弔いのダマスカス

キー

DAMASCUS STATION
BY DAVID McCLOSKEY
TRANSLATION BY ASAKO TSUTSUMI

ハーパー
BOOKS

Published by K.K. HarperCollins Japan, 2023

愛する共謀者のアビーへ
そしてシリアとそこに暮らす人々へ
過去よりも明るい未来を願って

ダマスカスは地上で起きたすべてのものを見て、
いまも生きつづけている。
千もの帝国が乾いた骨になったのを目撃し、
死ぬまでにさらに千の墓標を見るだろう。
——マーク・トウェイン（『地中海遊覧記』一八六九年）

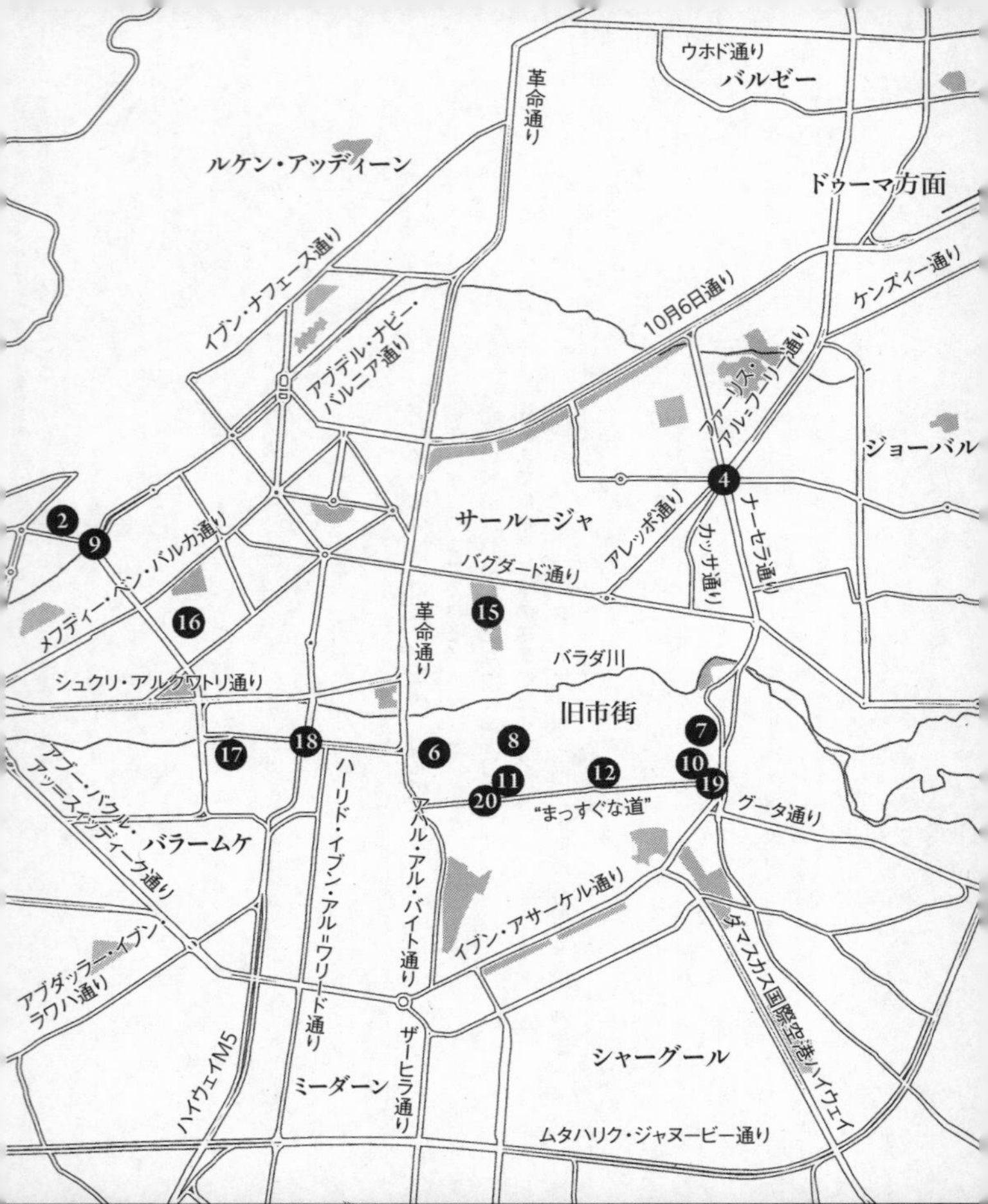

⑥ ハミディーエ市場
⑦ 聖アナニア教会
⑧ ウマイヤド・モスク
⑨ ラウダ広場
⑩ 聖トマスの門
⑪ ブズーリーエ市場
⑫ 聖マリア大聖堂
⑬〈アート・ハウス・レストラン〉
⑭ 大統領邸
⑮ ダーダー墓地
⑯〈スリー・テーブルズ〉
⑰ ダマスカス大学
⑱ ヒジャーズ広場
⑲ 東門
⑳ ミドハト・パシャ市場

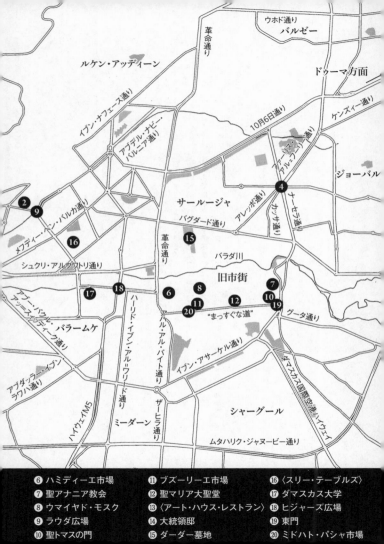

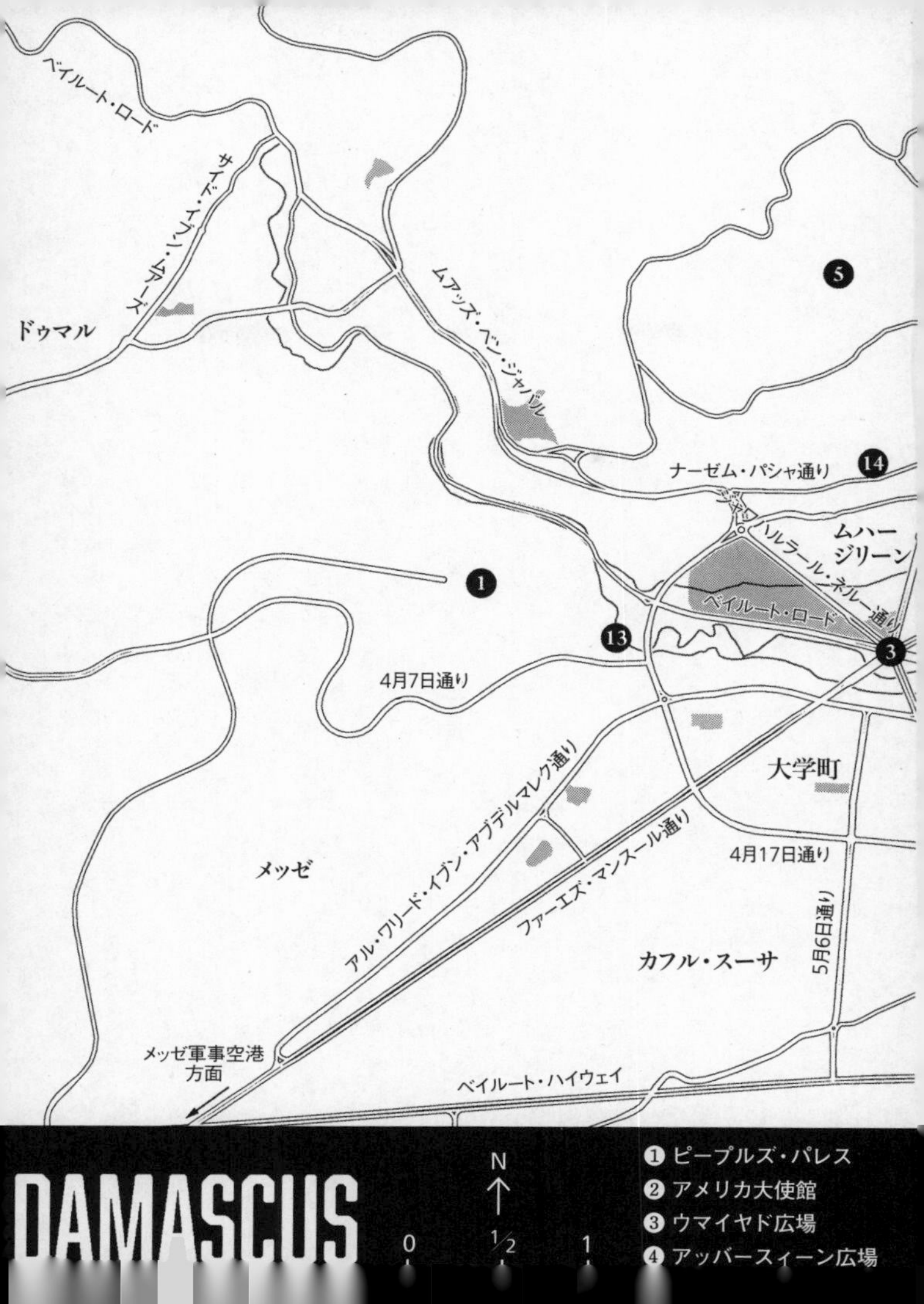

ベイルート・ロード
サイド・イブン・ムアーズ
ドゥマル
ムアッズ・ベン・ジャバル
5
ナーゼム・パシャ通り
14
ムハージリーン
ハルラール・ネルー通り
ベイルート・ロード
1
13
3
4月7日通り
大学町
アル・ワリード・イブン・アブデルマレク通り
ファーエズ・マンスール通り
4月17日通り
5月6日通り
メッゼ
カフル・スーサ
メッゼ軍事空港
方面
ベイルート・ハイウェイ
DAMASCUS
N
0
1/2
1
① ピープルズ・パレス
② アメリカ大使館
③ ウマイヤド広場
④ アッパースィーン広場

弔いのダマスカス

おもな登場人物

サミュエル（サム）・ジョセフ――CIAのケースオフィサー
アーテミス・アフロディーテ・プロクター――CIAダマスカス支局長
ヴァレリー（ヴァル）・オーウェンズ――サムの同僚。ダマスカス支局員
マリアム・ハッダード――シリア官邸職員。政務参事官
アリー・ハッサン――シリア情報機関〈セキュリティ・オフィス〉長官
エド・ブラッドリー――CIA中東課課長
ゼルダ・ゼイダン――CIA分析官
エライアス／ユースフ／ラーミー――CIA外部要員。監視チーム〈バンディートズ〉の三つ子
ラザン・ハッダード――反政府運動活動家。マリアムのいとこ
ダウード・ハッダード――SSRC（科学調査研究センター）幹部。ラザンの父親
ブサイナ・ナジャール――シリア大統領顧問。マリアムの上司
ジャミール・アティヤ――シリア大統領顧問。ブサイナのライバル
ファーティマ・ワーエル――シリア国民評議会幹部。反体制派活動家
アブー・カースィム――アレッポ出身の爆弾製造者
サルヤ――アブー・カースィムの妻。通称〈ブラック・デス〉
バースィル・マフルーフ――共和国防衛隊の准将
ルストゥム・ハッサン――共和国防衛隊の中将。アリーの兄

PART 1
殺人

1

シリア内戦初期

八時間ものあいだ監視探知ルート《SDR》を走ったあと、サムはハンドルを握っていた手を緩め、鼓動が落ち着きはじめるのを感じた。ダマスカス周辺で三回車を停め、決められたルートを曲がる際は毎回ミラーをチェックし、見張っている者がいないか確認した。停車するたびに時間をかけ、監視をあぶり出そうと目を光らせた。フロントガラス越しに日差しが照りつけ、エアコンと熾烈《しれつ》な戦いを繰り広げている。腰が悲鳴をあげ、肩は永遠に固まってしまったようだ。渋滞にはまったが、運よく椰子《やし》と松の木陰になった交差点でアイドリングさせることができた。赤信号のあいだ小刻みにハンドルを叩きながらミラーを確認し、今日これまで目にした車と同じものはないか頭のなかで照合した。信号が青に変わる。革のジャケットを着た兵士が片手を上げて道路に出てくると、先頭の車にそのまま停まっているよう合図した。うしろの車がクラクションを鳴らす。次にもうひとりの兵士がバッシャール・アル＝アサド大統領のステッカーが貼られたバリケードを引きずってきて、先頭の車に前に進むよう手を振った。だれかが検問だと叫んだ。

その日六回目の検問だったが、サムの鼓動はふたたび速まった。非公式諜報員にはなんの保証もない。捕まっても外交特権は適用されず、スパイ交換の対象にもならない。地下刑務所に消えるだけだ。なんの命綱もなく敵国で車を乗りまわすことに恐怖を感じない人間がいるとすれば、そいつは病んでいると言っていい。

　サムは胸ポケットからパスポートを取り出し、ダッシュボードの上に置いた。パスポートはカナダのもので、色は一般旅券の濃紺、ジェイムズ・ハンセンという名前の男の写真が貼ってある。写真はサムで、誕生日も同じだ。サムはこのパスポートを雪が溶けはじめた春先のある日、オタワのカナダ安全情報局で受け取った。最近設立された、しかし実体はない〝オリオン不動産投資会社〟のオフィスを見学したあとのことだ。偽装は完璧だった。電話には生身の人間が出て、メールにも返信する。カナダ側は〈コモド〉が無事にCIA本部《ラングレー》に到着したあと自分たちも報告会議のテーブルにつくことを条件に、このパスポートを発行してくれた。友好国の情報機関同士であっても無条件に施しはしない。

〈コモド〉はダマスカス支局が擁する、もっとも有力な情報提供者のひとりだった。中年、孤独、そして作戦公電によればやや不気味な彼は、アサドの肝煎りの化学兵器開発を担うシリアの科学調査研究センター（SSRC）の中堅化学者である。〈コモド〉との連絡に使っていた秘密通信システムがシリア側に破られたとする国家安全保障局《NSA》の判断を受け、ラングレーはめまぐるしく脱出プランを講じた。サムがビジネスマンを装って車でシリアに入国し、〈コモド〉の脱出を助けるというもので、同時に〈コモド〉の担当官であるヴァル・オーウェンズも帰国させることになった。サムはヴァルと同時期にイラクで働いたことがあった。彼女にとっては初めての、サムには三つ目の赴任地で、ふたりは家族同様に親しくなった。友人と命の危険にある情報提供者、ふたりを思うなか兵士が前に進むよう合図するのを見て、サムの心拍数がふたたび上がった。

うっすらと口髭《ひげ》を生やし、厳しい目つきをした若い兵士が運転席の窓に近づいてきて、書類の提示を求めた。サムは非礼にならない程度にアイコンタクトをしてから、九十日間のビザが貼ってあるページを開いて差し出し、フロントガラス越しにハイウェイを眺めた。兵士はパスポートをパラパラとめくり、上官を呼ぶかどうか考えるように周囲に視線をやったあと、目をすがめてサムを見返した。

「なぜシリアに？」兵士は強い訛《なま》りのある英語で質問した。

「ビジネスで」サムはアラビア語で答えた。

兵士は近づいてきた同僚にうなずいた。ふたりは待機中の車や周囲の建物に落ち着かない視線を走らせた。ダマスカスのこのあたりは政府のコントロールが及んでいるが、反政府勢力や聖戦主義者《ジハーディスト》により検問所が攻撃されることがある。自爆テロ、携行式ロケット弾、そしてバグダード赴任中にたびたび目にした走行中の車からの銃撃――いま、ダマスカスではそのすべてがあちこちで頻発するようになっていた。兵士は硬い表情で、サムのパスポートを手のひらに打ちつけた。

「トランクを開けろ」

サムはボタンを押してリアハッチを開けた。もうひとりの兵士がトランクからスーツケースを引っぱり出し、地面に乱暴に置いた。

「鍵はかかっているか？」兵士が尋ねた。

「いや」サムは答えた。ジッパーが開く音に続き、車内に服が放りこまれるくぐもった音が聞こえてきた。

「なぜ一枚もたたまれていないんだ？」もうひとりの兵士が尋ねた。

「今日一日で何度も検問を受けているんでね」

「レンタカー？」最初の兵士がＡＫ‐47の銃床で運転席のドアを叩きながら言った。

サムはうなずいた。

「書類」

グラブコンパートメントを開け、ヨルダンの首都アンマンにある〈レインボー・レンタルズ〉のレンタカーであることを示す書類を手渡した。兵士がそれに目を通しているあいだ、サムはアンマン支局の整備士が〈コモド〉の身長と体重（百六十センチ、六十五キロ）を正確に再現したマネキンを使って、特別仕様の隠しコンパートメントに人間を押しこむ方法を指南する光景を頭から追い払った。

兵士が書類を返してきた。「ミスター・ハンセン、どんなビジネスを？」

「不動産投資だ。このあたりのヴィラや、旧市街の住宅も少し扱っている」

「いまヴィラは安くなってるからな」

「ああ」サムは笑みを浮かべた。「本当に」

「スーツケースは問題ない」車の後方にいる兵士が言った。

隣に立った兵士がパスポートを返してうなるように命じた。「進め」

検問所をあとにし、旧市街を目指してハイウェイM1を走りはじめると、モスクから日没直後のマグリブの礼拝の開始を告げる祈禱時刻告知係《ムアッジン》の声が聞こえてきた。夕方の交通量は少なかった。シリアではいま、暗くなると政府軍と反政府勢力による追撃砲の応酬を避けるために、人々が慌てて家のなかに駆けこむようになっている。

背後の地平線に太陽が沈むころ、サムの身体はすでに頭が出していた答えに納得した。尾行《ブラック》はいない。監視されてはいない。だが一瞬胸を撫で下ろしたのもつかのま、すぐに一から思考をたどり直した。訓練所《ファーム》に足を踏み入れて以来、CIAの工作担当官《ケースオフィサー》ならだれでもやる監視探知ルート《SDR》の儀式だ。これがこの任務の厄介なところで、はっきり確信が持てない状況というのは実に恐ろしい事態だった。間違っているかもしれないと考えながら任務を続行するより、尾行されていることに気づいて撤退するほうがよほど簡単だ。

サムは、頭のなかに疑問をあふれさせるままにした。

ヤフールで助手席のドアが傷だらけの黒のレクサスに顔を見られていただろうか？　砂時計形のプールがある悪趣味なヴィラで二回目に停まったとき、いま真うしろにいる薄汚れた黄色いタクシーを目にしただろうか？　さっきの検問中、近くのアパートの窓に見えた光は、要所に配した監視ポストだっただろうか？　サムはミント味のガムを口に放りこんだ。ゆっくり口を動かしながら、風雨にさらされたフロントガラス越しに、徐々に近づきつつあるダマスカスの市街地を眺めわたした。車を使ったSDRは、繰り返し現れるものを見つけるのを著しく困難にする。車を降りて確認したかったが、そうする理由がなかった。ダマスカスの市街地は交戦地帯で、自分は不動産投資家ジェイムズ・ハンセンなのだ。ジェイムズ・ハンセンは交戦地帯でみだりに車を停めたりしない。ジェイムズ・ハンセンは旧市街に借りている家に急ぎ、ひと晩泊まってアンマンに戻ることになっている。

隠れ家《セーフハウス》から二ブロック離れたところでランドクルーザーを停めた。車の屋根に黄ばんだ地図帳を叩きつけ、入り組んだ路地にいらだっているふうを装った。撤退するならこれが最後のチャンスだ。サムは深呼吸して冷たい夜気を肌に感じた。うなじの毛は逆立っておらず、見られている感じはしなかった。周囲を見まわして、間抜けな観光客さながら地図帳を手に取り、暗がりに監視員が潜んでいないか最後に確認した。そして進むべき道に目を向け、助手席に地図帳を投げ入れた。

聖トマスの門《バーブ・トゥーマ》からすぐ近くの家の外に車を停めた。カナダ側は旧市街の外縁に理想的な場所を選んでいた。この隠れ家〈アルキメデス〉は、入り組んだ路地や細い小道の多い街の中心に出やすく――監視探知に理想的だ――同時に街を囲む広い道路にも簡単にアクセスでき、車で近づくことも容易だった。オスマン帝国時代に建てられた三階建ての邸宅は、サムの見たところ街区の半分にわたっている。ダマスカスでガレージは一般的ではなく、このような古い屋敷では目障りなものと見なされていた。美観を損なわずに機能性を持たせるために、カナダの支援者であるこの家のオーナーは、通りに面した外壁の一部に見える精巧な扉をつくっていた。

サムは北側の外壁に取りつけられた、ガス灯の横にあるボタンを押した。きしみをあげてガレージの扉が開くと、バックで車を入れた。家の大きさにしては背後に延びる廊下は狭かった。大理石の廊下の突き当たりには、コーランの一節を意匠にした複雑な模様の錬《れん》鉄《てつ》の格子細工のついた、高さ五メートル近いダブルドアがあった。そのドアを開けると中庭が広がっていた。真ん中で噴水がしぶきをあげ、周囲をオレンジやレモンの木が取り囲んでいる。サムが足を踏み出すと、どこかでミヤマガラスが警告の声をあげた。東のほうで迫撃砲の連射音がし、サムはびくりとして廊下に戻りドアを閉めた。

カナダ側から見取り図をもらっていたため、一階の入り組んだ廊下を迷うことなく進んでキッチンにたどり着いた。カビ臭いキャビネットのなかには依頼してあった品々がそろっていた。高カロリーのグラノーラ・バーひと箱、二ミリグラムの向精神薬《ザナックス》が十錠入った小袋、携帯型の酸素濃縮器、〈キャメルバック〉の給水ボトル、そして大人用紙おむつ。サムは給水ボトルに水を入れ、おむつを一枚取った。それらを黒い小ぶりのバッグに入れ、ジッパーを閉じた。

ガレージに戻り、ランドクルーザーのリアハッチを開ける。アンマンで習ったとおりに隠されたダイヤルをまわしてトランクスペースの下につくられたコンパートメントを開くと、内張りに手を滑らせた。ラングレーの地下からアンマン支局に外交行嚢《こうのう》（外交文書等を運ぶ封印された袋）

で輸送された黒いシリコン製の内張りは熱を吸収し、その下にある物体が赤外線センサーで感知されないようになっている。サムはそこにバッグを放りこみながら、ロシアになってCIAもこの手の非常用バッグのなかにシアン化合物の錠剤を潜ませておいてくれればいいのにと思った。シリアで捕まったCIAの情報提供者は、何カ月も尋問や拷問に耐えなければならない。もし自分が〈コモド〉の立場だったら、その薬が欲しい。

サムは緊張をほぐすため、腕立て伏せと腹筋を三十分やり、終わると熱いシャワーを浴びた。ヴァルは十五分遅れていた。時計を確認する必要はない。ファームでの訓練でその感覚が身についていた。

新しい白いシャツとライトグレーのスーツを着ると、コーヒーを探しにキッチンに戻った。埃《ほこり》をかぶった古いフレンチプレスと電気ケトル、挽《ひ》いたコーヒー豆が入っている缶を見つけた。賞味期限は気にしない。とにかくカフェインが必要だ。

湯を注いで蒸らし、マグカップに移して冷ましてから三口で飲んだ。湯気を見つめながら二杯目をいれる。次に記憶した番号に電話をかけ、ドバイの〝買収案件〟について進捗を尋ねた。回線の反対側の声はシリア人のサポート要員で、あらかじめ決めてあった暗号の意味を知らず、取引は保留になっていると答えた。サムはもう一度確認するように言った。

「保留中です、ミスター・ハンセン」

サムは二杯目のコーヒーをふた口で飲み干し、空になったマグを床に叩きつけた。

〈コモド〉の逮捕が迫り、シリアの治安状況が悪化したことで、CIAは通常の脱出作戦——情報提供者を数週間隠れ家でかくまい、ほとぼりが冷めるのを待って国境を越えさせる——が実行不可能になった。数週間にわたり監視下にあった〈コモド〉を連れ、この隠れ家からシリアを脱出しなければならない。

カフェインとアドレナリンで心臓が高鳴り、サムはスーツのままベッドに横になった。〈コモド〉がすでに拉致《らち》されていたら、次はヴァルが狙われるだろう。いまサムにできるのは彼女を待つことだけだ。待つことが仕事と言ってもいいくらいだが、神経がすり減り、ウイスキーのボトル半分か、〈コモド〉のザナックスを二錠飲むかしたくなる。ケースオフィサーのなかには酒やドラッグ、女で紛らわそうとする者もいるが、結局は解雇など破滅の道に通じることが多い。それよりもっとひどい場合もあり、ベラルーシで非公式諜報員として活動していたファームの同期は、ミンスクのアパートで梁《はり》にぶら下がっているところを発見された。床には錠剤や注射器、ウォッカの空のボトルが転がっていた。

この仕事は肉体と精神をどこまでも疲弊《ひへい》させる。

午前二時になろうとしていた。家のどこかでドアがきしむ音がして、廊下を歩く音が聞こえてきた。

キッチンにヴァルが立っていた。片足でコツコツと床を鳴らしながら、震える手でフレンチプレスにコーヒーの粉を入れていた。スプーンに山盛りになった粉を床にぶちまけると、カウンターに両手を打ちつけた。

「くそ、くそ、くそ！」ヴァルは叫んだ。「チャンスは三回。三回もピックアップのチャンスがあったのに、彼は全部しくじった」

落ち着こうと深く息を吸うと、ヴァルの張りつめた身体が膨らんだ。ケトルのスイッチを入れて、ずるずると床にすわりこんでキャビネットにもたれる。サムはその隣に腰を下ろし、ふたりで黙りこんでいるうちに湯が沸きはじめた。バグダードにいた頃と変わらずヴァルは筋肉質で引き締まった身体つきだが、ブロンドの髪を肩よりかなり下まで伸ばしている。サムが腕をまわすと、肩に頭をもたせかけてきた。

数分後、サムは立ち上がってランドクルーザーのコンパートメントに赤いバッグを取りに行った。キッチンに戻ると、それをヴァルに放り投げた。なかにはサムのものと同様の、彼女自身の写真と偽名で作成されたカナダのパスポートが入っている。ヴァルは変装道具をチェックした。かつら、眼鏡、十キロ太って見せるための詰め物——すべて写真と一致させるために特注したものだ。「ちょっと、太りすぎのブルネットみたいに見えるじゃない」とヴァルは文句を言った。

「わかってる。だからそれを選んだんだ」

ヴァルは苦笑したが、すぐにその表情は険しくなった。「彼が緊急シグナルを出すまであと二、三時間待つ。それでも現れなければ行くしかない」

ふたりはキッチンの床にすわりこんだまま、〈コモド〉の緊急シグナルか朝日かドアを蹴破って入ってくるムハーバラート（シリアの情報機関、秘密警察、武装治安組織の総称）を待ち受けた。交代で寝ずの番をしたが、どちらもほとんど眠れなかった。やがて外から甲高い声が聞こえてきて、ふたりとも目を強くこすった。デモ隊のリーダーがメガホンを使って「平和的に《セルミエ》、平和的に《セルミエ》」と叫び、それに呼応する声が家のなかに響きわたった。

「金曜の抗議活動が始まったな」サムが言った。

「アッバースィーン広場が数ブロック北にあるの」ヴァルが朦朧《もうろう》とした声で答えた。「反体制派の委員会やいろんな団体のフェイスブックで、今日デモが呼びかけられてる。政権が倒れるまで続ける構えだよ。でも今朝は早く始まったね。わたしたちもそろそろ行かないと」

サムは窓から大勢の人で埋めつくされている通りを見わたした。

「これまでで最大の抗議活動になりそう。血が流れるかも」ヴァルは椅子にすわり、テーブルの上で腕を組んだ。「彼はもう来ないと思う」

「たぶんな」サムもそう言って立ち上がった。「でもいまはこの行き詰まった作戦以外のことを話そう。もう脱出したほうがいい」

ヴァルが口を開きかけたとき、外でミヤマガラスの鳴き声がしてサムのうなじの毛が逆立った。ヴァルの口が閉じられて目が大きく見開かれるのを見て、彼女も異変を感じとったことがわかった。

〝平和的に《セルミエ》、平和的に《セルミエ》〟

ふたりは同時に立ち上がった。不穏な沈黙のなか、サムの椅子が床でこすれる音が響きわたった。

〝平和的に《セルミエ》、平和的に《セルミエ》〟。隠れ家の古い玄関扉がみしみしと音をたて、蝶番《ちょうつがい》から外れた。

2

シリアでこれほどの群衆を見るのは少女のころ以来だった。マリアムはスローガンを唱える人々と肩を押しつけ合いながら、アッパースィーン広場に近づいていった。彼らの多くは手書きのプラカードを掲げ、顔にペイントを施し、ピクニック気分なのかクーラーボックスを持参している者もいた。左側の体格のいい男性は折りたたみの椅子を抱え、抵抗のシンボルである緑、白、黒の三色の生地に三つの星が描かれた小さな旗を持っていた。デモ隊のリーダーがメガホンで叫ぶたびに、それを頭上に高く掲げている。右側の女性は〝自由〟と書かれたピンクのTシャツを着た幼い女の子の手を引いていた。親子が足早にマリアムのわきを通り過ぎたとき、少女と目があった。少女はVサインをつくって見せ、人ごみに消えた。広場は熱気に包まれていたが、マリアムが感じるのは恐怖だけだった。大統領官邸で働く彼女は、政府がこの動きをいつまでも許すはずがないことを知っていた。そして、マリアムにはすべき仕事があった。

広場からメガホンを通して甲高い声が聞こえてくる。〝平和的《セルミエ》に、平和的《セルミエ》に〟

アッバースィーン広場の南端まで来ると、本来は環状交差点である広場が群衆にのみこまれているのが見てとれた。車道も歩道も無数の頭、肩、旗、横断幕に埋めつくされている。マリアムがここに来たのは、大切ないとこ、ラザンを守るためだ。彼女はお気楽で危なっかしく、雰囲気に流されやすい。ラザンは抵抗の旗を肩にまとい——おそらく少しハイになって——自由や、非常事態法の撤廃、新たな選挙の実施を求めるプラカードの下を進んでいた。どれも妥当な要求だ。そして、法に照らせばどれも反逆罪に相当する。そのことを知っているマリアムは、叫びだしたい衝動に抗って足を前に進めた。広場にも、デモにも近づくのはやめておこう。なにか飲みに行こうよ、昔みたいに。だがラザンは広場の中心へと、デモに好意的な近隣の家から借りた家具や木材でつくられたステージに向かって進んでいく。マリアムはムハーバラートの姿を探し、たまたま通りかかったと言い逃れられる、ステージから充分離れた距離をキープした。〝パンを買いに出かけて、たまたま反逆的なデモを見かけたんです〟、マリアムは恥知らずにもそんな言い訳を声に出さずに練習した。ムハーバラートは間抜けな話に事欠かないんだよ、とラザンはよく言っていた。

広場に入ってすぐの菓子店の前で足を止めた。群衆の声は耳を聾《ろう》さんばかりになり、かつてないほどの騒ぎになっている。大規模な集会は、現大統領の父親である前大統領が広場の先のスタジアムで開催した官製デモ以来だ。あのとき幼かったマリアムは人ごみのなかで、「大統領はわが国の癒《いや》し手」と大きな声で繰り返した。「シリアの勇ましい騎士！」政府の役人がそう唱えるよう促した。「ダマスカスの獅子《しし》！」本当に大統領は病気を治せるの？ マリアムはあとで父に尋ねた。そういう質問は、ひと気のないところで聞かなくてはならないことをわきまえている程度の歳になっていた。父は笑みを浮かべてマリアムの髪を撫で、落ち着かなげにあたりを見まわしてから耳元で囁《ささや》いた。大統領は嘘がうまいんだよ、愛しい人《ハビブティ》。

ハンサムな細身の若者がふたりステージに上った。大統領の退陣を要求するふたりに、群衆は賛同の声をあげた。マリアムは革のジャケットを着たムハーバラートが参加者を撮影しているのに気がついた。数百人と潜んでいるのだろう。最初は心強く感じられた人の多さが、急に恐怖に変わった。いとこに視線を戻すと、ステージの下に達していた。顔の見えない男がラザンにメガホンを手渡している。マリアムは動きはじめた。あの世間知らず《ビント・ンバリ》をステージから引きずり下ろさなければ。殺される前に。

前に足を踏み出したとき、土にインクをこぼしたように目の前の地面に影が差した。

顔を上げると、菓子店の屋根の上に黒ずくめの男がいた。鼻と口をスカーフで覆い、大型の銃を構えている。イヤピースの無線を聞いているのか、男は顔の横に片手を当てて、道路を挟んだ向かいの店の屋根に目をやった。同じような服装の男が三脚架に銃をセットしている。一方、ステージでは片方の若者がメガホンを持ち、アサド大統領に——厳密に言えばマリアムの上司に——新しくできた政党を合法化するよう求めていた。マリアムは菓子店の裏に身を隠した。目の前をプラカード——〝自由は生とともに始まる。シリアでは死んでからだ〟——が通り過ぎていく。人ごみで若いカップルがキスをしていた。目を疑うほど胸の大きなぽっちゃりした女性が〝アサドよ目を覚ませ、おまえの時代は終わった〟と書かれたプラカードの前で踊っていた。

ラザンがメガホンを持ってステージに上がると、群衆が沸き立った。マリアムは屋根の上に目をやって、もう男たちがいないことを見てとった。ラザンは鮮やかなペイントが施されたジーンズに三星旗が刺繍《ししゅう》されたTシャツを着ていた。拳を突き上げて自由を叫び、国民は政権の崩壊を望んでいると明言した。ラザンが平和的《セルミエ》に、平和的《セルミエ》にと続けると、群衆が呼応した。

「アサドは虐殺者だ、暴君だ！」ラザンは悲鳴に近い声で叫んだ。「アサドは退陣しろ、辞任しろ！」

マリアムはいよいよ動こうとした。筋肉に火がついて勝手に動き出した——が、気がつくと菓子店の壁にしがみついていた。ムハーバラートがわきを駆け抜けていく。マリアムはラザンがたったいま叫んだ言葉に動くこともできず、愚かで勇敢ないとこに向けて、自分が罰当たりな言葉を吐き散らしているのを外から見ている気がした。

人ごみに紛れたムハーバラートが無線機に向かって何か囁くと、直後に銃声がした。もう一発。さらにもう一発。ステージ上の若者の片方が赤とピンクの泡を吹いてその場に倒れた。マリアムは壁にぴったり背中をつけた。冷たい壁に押しつけた背中が燃えるように熱く感じられた。広場はしんと静まりかえり、人々が逃げ出すのと同時に横断幕が地面に落ちた。

続いてムハーバラートの銃が群衆に向かって火を噴きはじめた。最初は散発的でためらいがちだった銃声が、狙撃手に度胸がついたのかリズムを持ちはじめた。白いヒジャブをつけた若い女性が両腕を上げて棍棒から身を守ろうとした。ムハーバラートはその棍棒を別の男性の頭に一回、二回、三回と振り下ろし、ついにその頭が割れた。男性は倒れまいと踏ん張ったが膝からくずおれ、ムハーバラートは彼を押し倒すと、もう一度棍棒を振り下ろした。

「逃げて、逃げて、逃げて！」マリアムはなすすべもなくラザンに向かって叫んだ。けれどもラザンの耳には届かなかったし、聞こえていても応じなかっただろう。

「自由を！」ラザンは叫んだ。「自由を！　自由を！」

そのとき屋根の上の銃が火を噴き、大口径の銃弾が大勢の市民やプラカードや旗を撃ち抜いた。顔に何かがかかり、マリアムは瞬きし、目をぬぐいながらいとこを罵《ののし》った。手についたのは血だったが、どこから出血したのかわからなかった。頭、胸、脚と触れていく。どこにも傷はなかった。銃声が続くなか、人々は逃げまどった。レイヨウのように右往左往する群衆が目に入っていないのか、ラザンはメガホンをつかんだまま挑むようにステージに立っている。

巨漢のムハーバラートが棍棒を持ってステージに駆け上った。

「自由を！」マリアムはメガホン越しにいとこが叫ぶ声を聞いた。「われわれに自由を！」男が近づいてくるのを見て、ラザンはメガホンを下ろした。それからカシオン山のほうを見上げ、目を閉じた。次の瞬間、男は持っていた棍棒をラザンの頭に振り下ろした。

3

「サム、無理だよ」ヴァルが小声で言った。「無理だって。〈コモド〉はミニサイズだけど、わたしは百八十あるんだから」サムは尻の片方に手をかけて、ヴァルをランドクルーザーの隠しコンパートメントに押しこもうとしていた。手脚を折り紙のように折りたたもうとすると、ヴァルは顔をしかめて悪態をついた。家のなかから怒鳴り声がし、足音が近づいてくる。ヴァルの名前を叫びながら部屋という部屋を捜しまわっている。彼女を捕らえに来たのだ。

ヴァルがバグダードでときどき耳にした、切羽詰まったときの笑い声をあげ――〝どうにもヤバいって〟――コンパートメントから勢いよく飛び出した。サムは吐き気を覚え、答えを知りながら危険を冒したいのかともう一度尋ねた。「ふつうにフロントシートに乗るっていうのは？」

「やつらがわたしの名前を叫んでるのを聞いたでしょ。わたしは外交官パスポートを持ってる。不逮捕特権がある。大丈夫、見つかったらヤバいことになるのはそっちでしょ」サムはうなずいた。脱出の提案はしたものの、お互いプロである以上すべきことはわかっていた。サムが頬にキスをすると、ヴァルはかすかに笑みを浮かべ壁のボタンを押した。ガレージの扉がゆっくりときしみをあげて開く。

「今度戻ったら飲みに行こうね」ヴァルはそう言って隠れ家のなかに戻った。

（はっきりしない声、書類をめくる音）

これオンになってるか？（くぐもった答え、雑音）

なってる？　よし。これは、ＧＳ－12作戦担当官サミュエル・ジョセフのダマスカスからの帰還に際して行なう、防諜課と保安課による二回目の合同聴取である。現在われわれはアンマン支局にいる。時刻は現地時間の三月二十六日午後一時。シリアで敢行された脱出作戦に関するミスター・ジョセフの前半の供述は、公電２３４５号を参照のこと。聴取は防諜課のティム・マクマヌスとロイド――

（咳払い）……どうも。（不明音）

保安課のロイド・クレイグ。この作戦について、われわれの理解にもとづき一連の質問を行なう。
Ｑ：記録のため氏名を。
Ａ：サミュエル・ジョセフです。
Ｑ：ヴァレリー・オーウェンズは、情報提供者の〈コモド〉がピックアップのチャンスを三回逃したときみに言ったのか？
Ａ：ティム、さっきも言いましたが、そのとおりです。彼女は〈コモド〉が三回とも全部しくじったと言いました。
Ｑ：そして監視探知ルート《ＳＤＲ》は片道切符だった？　彼女はきみとシリアを出るつもりだったのか？
Ａ：ティム、話があと戻りしてる気がします。
（書類をめくる音、聞き取れない会話）
Ｑ：隠れ家に到着してから、彼女はそのＳＤＲについて何も話さなかった？
Ａ：はい。
Ｑ：それは一般的でないのでは？
Ａ：問題がなければそうでもありません。もし尾行されていると思ったら、ヴァルはＳＤＲを完結させなかったはずです。中断して自宅に帰っていたはずだ。
Ｑ：どうしてそう言える？

A：彼女とはバグダードで一緒に働いてきた。くそ、ロイド、こんな話は――

Q：サム、聞かなくちゃならないんだ。本部から一時間前にさらに質問が送られてきた。

A：オーケイ、いいでしょう。ヴァルは卓越したケースオフィサーでした。ぼくたちはともに敵対地域における作戦を遂行してきました。彼女が隠れ家に来たのなら、監視されていないと考えていたということです。

Q：彼女のことはよく知っていた？

A：はい。親しかったので。

A：なんですか？

（ひそめた声、咳払い）

Q：ああ――（咳払い）

A：質問は？　ティム。

Q：これまでにミズ・オーウェンズと恋愛関係にあったことは？

A：ありません。

Q：ではシリアに滞在中、きみが監視を察知したことは？

A：ありません。

Q：（書類をめくる音）これが隠れ家の見取り図だ。相手がどこから侵入してきたか教えてくれ。

A：玄関から。ここです。破城槌《づち》を使ったと思います。それから通りに面した窓の少なくとも一枚を割った。ガレージまであっという間に来たことを考えると、ふたりは外壁を乗り越えて中庭に入ってきたはずですが、はっきりしたことはわかりません。連中はいきなり現れました。ぼくたちは車に向かって走り出した。この廊下を通って中庭に出たんです。そのとき数人が壁を乗り越える音が聞こえたと思います。ガレージまで行って、そして――

Q：ちょっと待ってくれ、サム、本部から具体的な質問が来てる。（書類をめくる音）どうして彼女をフロントシートに乗せて連れ帰らなかったのか？

A：ヴァルとぼくはアラビア語を流暢《りゅうちょう》に話します。ムハーバラートのチームが同じことを何度も叫びながら部屋を捜しまわっていた――〝女はここにいない〟と。連中はヴァルの名前を知っていました。彼女を捕らえに来たんです、ぼくではなく。一緒にいるところを見られる危険は冒せませんでした。

Q：それで、ランドクルーザーの隠しコンパートメントを試そうとした？

A：はい。でもサイズが合いませんでした。

Q：それから？

A：決断しました。外交特権のある彼女が残って火の粉を被ることになりました。連中は彼女を尋問したあと、好ましからざる人物《ペルソナ・ノン・グラータ》として国外退去処分にするはずだと考えたんです。

Q：もしきみが捕まったら──
A：もしぼくが捕まったら、カナダの一般旅券を持っていたことでシリアの地下牢《ろう》に永遠に姿を消すことになったでしょう。作戦上、正しい判断で、どの査問委員会だって認めるはずです。
Q：それを問題にしているんじゃないよ、サム。で、きみのスーツケースはすでに車のなかにあったんだね。それから？
A：ヴァルがガレージの扉を開けてくれたので車を出し、国境に向かいました。
Q：ムハーバラートに見られなかったのか？
A：家のあちら側にガレージや出入口があることは知らなかったはずです。車も見られていないと思います。
Q：隠れ家を出たとき、何か耳にしたとアンマン支局長に言ったか？
A：はい。
Q：何を聞いたのか教えてくれ。
A：ヴァルの悲鳴です。

サムはパソコンの音声をオフにした。テーブルを指先でコツコツ叩いているのに気づき、両手を膝の上に置き直した。ヴァルの悲鳴が頭のなかで響きわたり、思わず壁に目をやった。作戦本部のほかの課長たちの部屋とは違い、中東担当課長エド・ブラッドリーの〝おれの壁〟は殺風景だった。それでも奥の本棚には特別な友人たちから贈られたものがいくつか飾ってあった。半分にたたまれたオーストラリアのスローチ・ハットや、アメリカ同時多発テロの発案者として知られるハリド・シェイク・モハメドが所有していたAK－47。なかでもブラッドリーの誇りと喜びは、ソ連に侵攻されたアフガニスタンで作戦を指揮したことで贈られた、無力化されたスティンガー・ミサイルだ。だが噂《うわさ》によれば、この携行型対空ミサイルシステムは、完全には無力化されていないらしい。あるとき訪問者が引き金を引くと、クリスマスツリーのようにパッと光ったそうだ。いま、テーブルの射程内には、ヴァルの釈放に向けて協議するため、ラングレーに戻ってきたダマスカス支局長のプロクターがすわっている。

　ギリシャ神話オタクの父親のもとに生まれたアーテミス・アフロディーテ・プロクターが、ミドルネームよりファーストネームの精神を堅持しているかどうか、サムはこの顔合わせのあとで判断することにした（ギリシャ神話でアーテミスは月・狩りの女神、アフロディーテは愛・美の女神とされる）。

　プロクターの特徴はいくつもあるが、ひとつは飛び抜けて小柄だということだ。身長は百五十センチもないだろう。黒い髪はコンセントを差し込んだみたいにチリチリにカールしていて、そばかすの浮いた白い肌と好対照をなしている。全身が筋肉で張りつめていて、ブラウスの上からでも引き締まった腕と肩の張り具合がわかる。モスクワで彼女の部下だったケースオフィサーが言っていた。「あれは黒焦げになったエナザイジャー・バニー（電池メーカー、エナザイジャー社のうさぎのマスコット）だよ。だてに〝肛門科医〟と呼ばれてるわけじゃない。強烈だよ。

隙を見せたら尻を撃たれて取って食われるぞ」それから、彼女に自分の考案した作戦プランを公電で〝犬のクソ〟呼ばわりされたとも語った。「プロクターはそれをロシア・ハウス（ＣＩＡの対露作戦担当部署）に文字どおり送り返してきた。でもな、あれはたしかに〝犬のクソ〟だった。彼女からは多くのことを学んだよ」

プロクターは指で歯を突《つつ》いていた。ブラッドリーはサムの肩をぎゅっとつかんだあと、デスクからコーヒーの入ったサーモスを取ってテーブルについた。身長百八十八センチ、テキサス大学の元ラインバッカーで、若いころ身についたテキサス訛りを消し去ろうと長年努力していたが、ついにあきらめたようだった。そのむき出しの肉体的存在感が、人を即座に見抜く洞察力と諜報活動のプロとしての圧倒的な知見を覆い隠していた。けれどもいまブラッドリーは、中東で起きた危機とワシントンの政界の気の短い重鎮たち、議会の横柄な官僚たちのあいだを行ったり来たりしていて、その顔にはまざまざとストレスが刻まれていた。

「悲鳴と言ったわね」プロクターが沈黙を破って言った。「どんな悲鳴？」

「苦悶の。やつらに痛めつけられたんです」

サムは壁からプロクターのほうに視線を移した。「何か手がかりは？」

「実はひとつある」とプロクター。「昨夜届いたの。〈セキュリティ・オフィス〉というムハーバラートの一機関によって最近アメリカ人が逮捕されたという情報を傍受した。まだ裏は取れてないけど、信憑《しんぴょう》性はありそうね」

「〈セキュリティ・オフィス〉って初めて聞きました」サムが応じた。

「実を言うと、わたしたちも」とプロクター。「でも調べたところ、昨年末に入手した文書で二カ所言及があった。どうやらアサドはだれかに命じてムハーバラートの連中に目を光らせることにしたようね。そこでアリー・ハッサンという准将を任に就かせ、官邸内で絶大な権力を与えた。政権のゴールデンボーイよ。兄は共和国防衛隊の司令官、ルストゥム・ハッサン」

「ヴァルを拘束しているのがその連中なら朗報かもしれない」ブラッドリーが言った。

「少なくとも政府間で交渉ができる」

「何かあったら政府に責任を問うと、裏ルートを通じてアサド側には伝えてある」プロクターは続けた。「でも連中はヴァルを拘束していることを認めていない。ホワイトハウスとキャピトル・ヒルの間抜けどもは、うちの職員が何週間か刑務所にぶちこまれたとしてもかまわないと思ってるようだけど、わたしは違う。アリー・ハッサンの番号がわかったら直接電話するわよ、エド。メッセージを送ってやる」

「まだ脅しをかけてないんですか？」サムは思わず聞き返した。無意識に自分のネクタイに手をやって結び目を緩めていた。「そんなのばかげてる。ヴァルは不当に拘束されているんですよ」

　ブラッドリーがサムをじろりとにらみつけた。「大統領にはおれたちの計り知れない、視野の広いシリア政策があるんだ、サム。ヴァルは外交官パスポートを持っている。すぐに取り戻すよ」

「それまでは圧力をかけることなく、繰り返し警告を出すだけですか?」

ブラッドリーは肩をすくめて、サーモスからさらにコーヒーを注いだ。「おまえの言うとおりだが、いまはそれがホワイトハウスの方針だ。待つしかない。必ずヴァルを取り戻すが、それには時間がかかる。いくらシリア人だって、彼女を監房に入れて丁寧に質問をする以上のことはしないだろう。いずれ解放するはずだ。それからアーテミス、NSAが番号を突き止めたらハッサン准将と話をつけよう」

ブラッドリーは壁の時計に目をやった。「そろそろ車をつかまえないと。午後はずっとヒルの連中に追及される」

「SSCI?」サムは上院情報特別委員会の頭字語を実体にふさわしいように発音した。〝意気地なし《シッシー》?〟

「そう。シッシーたちだ」ブラッドリーは右の拳を握りしめて突き上げた。「ヴァルのことを聞かれるだろう」

サムと握手をし、プロクターは出ていった。サムはその場に残り、議会でのブリーフィングに向かうブラッドリーが鍵付きの鞄に書類をしまう横で、スティンガー・ミサイルを眺めていた。

「少し変わってるって聞きました」サムは言った。

「プロクターか?」

「はい」

「食えない女だよ。ところで今日の夕食の予定は？」

「冷蔵庫にロティサリー・チキンと六缶パックのビールが入ってます。それ以外は空っぽですけど」サムは答えた。

「ちょうどいい。そのビールを持ってきてくれ。今夜うちでアンジェラも一緒に夕食はどうだ？　おまえに渡すものがある」

「なんですか？」

「気晴らしさ」

サムは二時間かけて、ラッシュアワーで混雑している267号線とダレス・グリーンウェイを走り、ブラッドリーの農場に到着した。内戦下のダマスカスを走るのと同等の過酷なドライブだった。

砂利道の私道に車を入れたとき、ブルーリッジ山脈のふもとの丘陵地帯と地平線が重なるあたりにオレンジ色の太陽が沈もうとしていた。三頭の馬が石垣に沿って草を食《は》んでいる。車を降りた瞬間、サムはビールを忘れたのに気がついた。店に買いに行くべきか考えていると、アンジェラ・ブラッドリーがドアを開けた。「サム、いらっしゃい！」アンジェラはハグでサムを迎え、キッチンに案内した。「エドは下の箱のなかよ」〝箱〟というのは、機密情報隔離施設《SCIF》の彼女ならではの呼び方で、地下にあるその箱のなかから、エドは自宅にいながら仕事の電話を受けたり、公電を読むことができる。アンジェラはこの箱が嫌いだった。エドが中東課の仕事を引き受けるにあたって彼女の出した条件のひとつが、田園地帯に近いワシントン郊外に馬を飼える農場を買うことだった。通勤時間が一時間増えることになるので、ブラッドリーが抵抗したところ、彼女は言った。「そんなの知ったことじゃないわ、エド」

アンジェラは何も言わずにクアーズ・ライトの缶を開け、カウンターの上をサムのほうに滑らせた。それから自分も缶を開けて、女子学生のようにカウンターに飛び乗ると尋問を開始した。

「ご家族はお元気？」

「おかげさまでみんな元気です」

「ガールフレンドは？」

「いまはいません」

「あら。それは残念ね。次はどこに？」

「上の人が考えてますよ」

「ちゃんとエドに考えてもらわなくちゃね？」

「そうですね」

尋問が終わりアンジェラはうなずいたが、何に対してなのかサムにはわからなかった。アンジェラはふきんで手をぬぐうと、夕食はステーキだと言った。すぐに鋳鉄のフライパンがおいしそうな音をたてはじめ、さらにクアーズを二缶空けたころ、エドが階段を上ってきた。

アンジェラは片手でエドにビールを投げ、もう片方でステーキ肉を裏返した。エドが口を開こうとすると、彼女は釘を刺した。

「ねえ、あなたたち、ルールはわかってるでしょ。三十分は仕事の話はなし」

「はい、わかりました」サムは母音を伸ばす彼女の訛りを真似《まね》て言った。

アンジェラは中指を突き立ててそれに応じた。


結局、四十五分になった。

サムとエドはテーブルを片付けて皿を洗うと、いつものようにクーラーボックスにビールを入れて裏のデッキに向かった。外灯のまわりを蚊が飛びかっていた。

ふたりは黙って半分ほどビールを飲んだ。それからカイロでの苦労話に興じた。一緒に飲んだあいつを覚えているか？　といった他愛ない話だ。

サムがもう一缶飲み終えたとき、アンジェラが網戸を開けた。「もう寝るわね。サム、今日は泊まるでしょ？」

「かまいませんか？」サムは言った。

「もちろん」とエド。「明日は一緒に出勤しよう」

「いいわね」とアンジェラ。「〝箱〟の隣の部屋を使って。シーツやなんかは一階のクロゼットに入ってるから。じゃあ、おやすみなさい」彼女はブラッドリーの額にキスをして家のなかに消えた。

サムは空になった缶のタブを外すと、陰になった山並みを見わたした。クーラーボックスから最後の二缶を取り出し、一缶をエドに向かって軽く投げた。

「やってもらいたいことがある」ブラッドリーがようやく口を開いた。「ヴァルの件から離れて、少しは元気が出るかもしれない」

「なんですか?」

「肩慣らしにパリでの勧誘活動はどうだ? 近くシリアの代表団がパリに渡り、海外で活動する反体制派の運動家たちと会うことになっている。いまシリア政府の高官がダマスカスを離れることはめったになくなっているから、試す価値はある。おまえが最適任だ。中東課のトップ・リクルーターでアラビア語に堪能、前にもシリア人を勧誘している。数人の高官が出向く予定だから、おまえに適任者を決めてもらうことになるだろう」ブラッドリーが口を開く前から、サムは何を提案されようと、自分がイエスと言うことがわかっていた。それでも心地よく身体に広がるほろ酔い気分にもう少し浸っていたくて、聞くまでもないことを尋ねた。すでに答えは知っていたが。

「パリ支局は興味を持ってないんですか?」

「フランス当局には知らせないつもりだ。だから彼らに顔を知られている可能性のある地元の人間は使いたくない」

「これまでいいところには送ってくれなかったじゃないですか。いつものろくでもない場所からありがたい変化ですね。〈バンディートズ〉を連れていってもいいですか？　パリをよく知ってるし、監視対策が必要になります」

〈無法者たち《バンディートズ》〉はカッサーブ家の三つ子、エライアス、ユースフ、ラーミーの暗号名だ。三人ともCIAのサポート要員で、シリアとアメリカの二重国籍を持っている。シリアとレバノンで自動車販売店を経営する裕福なキリスト教徒《クリスチャン》の家庭で育ち、親族はほとんどがベイルートかイスタンブールで暮らしていて、国外から経営にあたっていた。サムはイスタンブールでの任務中に兄弟と親しくなり、最終的にスカウトした。彼らはベイルート支局のために車や隠れ家を確保し、基本的な監視を担当している。サムは折に触れて公電を読み、三人ともポリグラフをパスしたことを知っていた。

「ああ、連れていけ」ブラッドリーはそこで口をつぐみ、蚊を叩いた。「おまえのために何人か分析官を押さえてある。シリアの最新情報を入手し、勧誘の対策を考えるのに手を貸してくれるはずだ。ほら、そろそろ寝るぞ――カイロから帰ってまだ六日だし、時差ボケが残ってる」ブラッドリーは立ち上がり、室内に入るスイングドアに手をかけて振り返った。「真剣に考えてくれるな？　官邸の職員が確保できれば大きい。いまはシリア国内を目隠しして動きまわっているのと同じだからな」

「もちろんです」サムは答えた。「それとエド、あとひとつ」ブラッドリーはドアを少し開けたまま首をめぐらせた。「次の任務地ですけど。希望があります」

「そうか？」ブラッドリーはドアを閉めて、サムと向き合った。

「ダマスカスはどうです？」

ブラッドリーは弱々しく笑い、山並みを見わたした。

「優秀な人材が必要でしょう？」サムは続けた。「いまは適任者を探すのが大変なポストだ。家族は連れていけない。ぼくにはその問題がありません。即戦力になれます。あなたとプロクターの役に立てます」

「それは復讐劇か何かか？　ヴァルのことでシリア人に仕返ししようと？」

「ほかにぼくがもっと役立てる場所があれば教えてください。さっき言ったじゃないですか、いまシリアでは目隠しして動きまわっている状態だって。アラビア語は問題ないから一年間語学学校に通う必要もない。いますぐ任務につけます。それにパリでシリア高官を抱きこむことができたら、ダマスカスの内部から動かすことができる」

「プロクターは厄介だぞ」とブラッドリー。

「だから？」

ブラッドリーは肩をすくめた。「だから、そりが合わなかったら悲惨なことになる」

「内戦が始まりかけています」サムは言った。「プロクターは別にしても、一筋縄ではいかないでしょうね」

ブラッドリーは薄笑いを浮かべた。

「本気で言ってるんですよ、エド。そのポストが欲しいんです。これまでにぼくが何か頼んだことがありますか?」

「わかったよ。決まりだ。ダマスカスだな。明日手続きを始めよう」ブラッドリーはスイングドアを開け、家のなかに消えた。サムは冷蔵庫にもう一缶ビールを取りに行った。ポーチに戻って缶を開け、目を閉じるとヴァルの悲鳴がふたたび頭を駆けめぐり、暖かい夜気のなかに消えた。


翌日、サムはCIA新本部ビルに分析官を訪ねていった。新本部ビルはスチールとガラスでできた建物で、コンクリートづくりの旧本部と向かい合っている。会議室の真ん中に合板のテーブルが置かれ、政府支給の回転椅子がぐるりと周囲を囲んでいる。人間工学にもとづいた新しい椅子もあるが、カーター政権時代のものとおぼしききしみや悲鳴をあげるものも残っていた。壁には四つの時計が掛かっていて、それぞれワシントンD.C.、ラバト、テルアビブ、バグダードの時刻を示している——分析官の考える中東と北アフリカのおおよその境界線だ。時計は興味深いことにどれも四分から七分遅れている。壁にはさまざまな賞状や飾り板が飾ってあったが、多くはかなり古いもので(「部隊勲功章——キャンプ・デービッド合意」「最優秀チームリーダー賞——エリン・ヤズガル」)、それ以外は訪問者にはよく理解できない小さなものだった(「今月のワールド・インテリジェンス評論賞——ジェイムズ・デブマン」)。

ふたりの分析官がテーブルを挟んで言い争っていたが、サムが入っていくとふたりは立ち上がって出迎えた。ゼルダ・ゼイダンは細身で、漆黒の髪を肩の長さのボブにしていた。鷲鼻《わし》で、サイズの合っていない黒のパンツスーツにピンクのスカーフを巻いている。

一方、ジェイムズ・デブマンは丸々と太っていて、半袖の白いドレスシャツに派手なオレンジ色のボウタイをつけていた。ベトベトした手を差し出してきたので、しかたなくサムがその手を取ると、すわるように促された。ゼルダがテーブルの向こうから書類とバインダーの山を滑らせてきた。「これがうちのチームのこの半年間の成果物だ。読んでくれ」

デブマンはそう言うと椅子の背にもたれ、首から下げた青いバッジのプラスチックカバーを見つめ、剝がれかかっている部分をいじりはじめた。ゼルダは彼に目をやってから口を開いた。「あなたは中東の経験は豊富なようだけど、シリアに赴任するのは初めてでしょ。何をまず知りたい？」

「ケースオフィサーにする型どおりのレクチャーを」サムは答えた。イラクにいるあいだにもシリアのことはかなり学んでいたが、分析官の見解にはこれまで気を留めていなかった。

デブマンの目が興奮して光った。ゼルダのほうを見て考えすぎだったとか用意しすぎだったとかぶつぶつつぶやきながら、用意してあったメモをわきに押しやった。咳払いして大きなボトルから水を飲むと、関節を鳴らした。

「ぼくらの話は一九三〇年から始まる」

ゼルダは目を見開いてあきれ顔をした。

一九三〇年は、いまの大統領バッシャールの父ハーフェズ・アル＝アサドが生まれた年だ。少しさかのぼりすぎだろうと、サムは思った。

ゼルダも同意見だった。「ちょっと、デブマン、あんたっていつもこうなんだから」と声を張りあげた。「内戦から始めましょう。関係あるところから」

「こういうことなの」ゼルダは顔から髪を払った。「内戦前のシリアは脆《もろ》くなっていた。見かけ上は〝安定〟していたけど――」ゼルダがその言葉を口にしたとき、デブマンは指で引用符をつくった。「国庫は空っぽだった。石油が採れないから、アサドは賄賂《わいろ》を使ったり、国民にお金を行きわたらせてものごとをうまく進めることができなかった。でも利権はあって、ごく一部の人、つまりアサドの親族にそのほとんどが渡ったの。国民はこれに激怒した。たとえば、通信事業はアサドのいとこたちが独占していた。北部と東部でひどい干ばつがあって、百万人以上の住民が西部に移り住み、大都市の郊外がスラム化して、国が不安定化した。ムハーバラートは残虐で、いたるところにいた。家の二階を建て増すときも、結婚するときも彼らの許可が必要になった。ごくありふれたことにも。みんな腹を立てた」

「日常的な残虐行為だ」デブマンが口を挟んだ。「ずいぶん陳腐な言い草ね」ゼルダはバッジのチェーンでデブマンの首を締めあげたそうな顔をした。サムはひどいオレンジ色のボウタイで充分だろうと思った。

だれかが会議室のドアを開けたが、すぐに頭を引っこめた。「どこまでいった？」ゼルダが水をひと口飲んで言った。「思い出した。チュニジアとエジプトで政権が倒れ、シリア人はこう思った――おれたちにだってできないはずはない。焚きつけはカラカラに乾いていて、火花がひとつあればよかった。ダマスカスで小規模な抗議活動がいくつか始まったけど、意外にも政府は反応しなかった。やがて南西部のダルアーという町でも抗議活動が起きた。一度行ったことがあるけど、あまり楽しいところじゃなかったわね。でもムハーバラートが少年たちを拷問したことで、急速に運動が盛りあがったの。抗議、殺人、葬儀、殺人。同じことの繰り返し。ほかの地域でも抗議活動が盛んになり、全国的な動きになった。デモの規模は拡大し、本当に巨大になった。ハマーではある金曜日に数万人が集まった。衛星画像は、それはクレイジーだった。一方、アサドはどうすればいいかわからなかった。つまり、こういうことなの。銃を連射して、デモ参加者を無差別に殺すこともできる。八二年にハマーで父親がやったみたいにね。あのときはデモを鎮圧するのに街のほとんどを破壊したのよ」

「死者は一万人以上にのぼったとされているが、実際の人数はわかっていない」デブマンがつけ加えて、手で首を切る仕草をした。

ゼルダが額にしわを寄せた。「ちょっと何なの、デブマン。変な真似はやめてよ。とにかく政府は同じ手段はとらず、ぐずぐずと考えていた。最初のころはまだ抑制的だったの、メディアは逆のことを報道していたけど。でも結局、政府はだれも喜ばない中途半端な政治的譲歩をした。ときに意図的に参加者を撃ち殺し、ときに意図せず発砲してしまった。まったく撃たずにデモを許したこともあった。そして最終的に選択肢がなくなって、焦土作戦に舵を切った。皆殺しにしたのよ」

「混沌としているんだよ、サム、実にわかりにくい」デブマンがシャツで眼鏡を拭きながら言った。「政府は引き返せない状況をつくってしまった。もうあと戻りはできない、戦いは続く」そう続けて水を飲み、手で口元をぬぐった。

「さて、それで成し遂げられたことは？」ゼルダが大げさに言った。デブマンが答えようとしたところ、彼女は片手を振って黙らせた。「第一に、反体制派を制圧することはできなかった。逆に強固にしたわ、特に過激なイスラム主義者や聖戦主義者たちをね。政府が振るう暴力のせいで、それに抗《あらが》うには武器が必要だという理屈が成り立つことになった。第二に、宗派や民族で線が引かれて国が分断された。大雑把《おおざっぱ》に言うと、少数派とされているキリスト教徒、アラウィー派、ドゥルーズ派が政権に近づいた。この国はスンニ派が大多数を占めているけど、アサド家はアラウィト派よ、覚えておいて。シリアは本当に複雑な国なの、サム。たとえばキリスト教徒とアラウィー派は、それぞれ総人口の十パーセント程度よ。これまで政府は少数派グループの大部分と裕福なスンニ派の大半をうまく束ねてきた。ほかに選択肢はなかったから。第三に、政府そのものが巨大で過激な武装組織になってしまった」

「ただしアッラーではなく、バッシャール・アサドを崇めるんだ」デブマンが口を挟んだ。

「政府を支持するコミュニティと、反政府グループを支持するコミュニティのあいだには大きな隔たりがある」ゼルダが続けた。

デブマンが忍び笑いをもらした。「そう、たとえば政権支持派は電気や食べものが手に入るが、反体制派は違う」

「アメリカ政府が本当に関心を持っているのはシリアのごく一部の機関なの」とゼルダ。「まず大統領官邸。事実上バッシャールの個人オフィスで、大統領の上級顧問や主要な政府機関の連絡係が含まれる。たとえば最近、バッシャールは特に機密性の高い仕事をさせるために〈セキュリティ・オフィス〉という組織をつくったの。責任者はアリー・ハッサン准将。バッシャールは官邸からこの国を動かしている。二番目は共和国防衛隊。シリア最強の軍隊で、トップはアリーの兄ルストゥム・ハッサンよ。ルストゥムは軍きっての強硬派で、科学調査研究《SSRC》センター内ではバッシャールの尖兵として働いている。国の機関が弱体化しているため、統制を強化し中央集権化したわけ。同時に反体制派の暗殺キャンペーンが繰り広げられ、亡命が盛んになった。犠牲者は大変な数にのぼっている」

「じゃあ、内戦の行方についてはどう見てる？」サムは質問した。

ゼルダは立ち上がり、腰に手を当てて窓の外に目をやった。

「政権は持ちこたえるでしょうね」ゼルダは言った。「アサド家やアラウィー派のコミュニティはそれ以外の人々を徹底して抑圧している。国家や国家機関と深くつながり、その結びつきはわたしたちが考えていたよりよほど強固だった。そのための人材も忠誠心も、無慈悲さも備えていた。それで結局どうなるかと言うと、抗議活動、希望といったものはすべて消え失せるでしょうね。跡形もなく。合意の見込みはないから交渉は見せかけで終わる。両陣営とも自分たちが勝たなければならないと考えている」

「そして両陣営とも勝てると信じている」とデブマン。「路上で反乱を駆り立てるジハーディストと、政府とは名ばかりで民兵組織も同然のアサド派。どうにかやり過ごそうとなりを潜めていた傍観者たちは、どちらか選ぶよう迫られている」

さっきとは別の人物が顔を突き出して、おれたちがここを使う、きみたちはもう五分過ぎていると耳障りな声で言った。

「死ぬ気で戦うのよ」ゼルダがバインダーを集めながら言った。「総合格闘技《UFC》みたいに」

その日の午後、サムはゼルダの手を借りて、パリに向かうシリア代表団の経歴を調べた。

夜遅くなってから、シリア・デスクの担当者から調査結果が返ってきた。サムとゼルダは旧本部ビルにあるホーメル社の自動販売機でホットドッグを買った。ＣＩＡ以外でホットドッグの自動販売機が置かれている場所は見たことがない。ずっと写真に撮りたいと思っていたが、建物内での撮影は禁止されている。

サムはずらりと並んだ分析官用のブースでゼルダの隣にすわり、ホットドッグを食べながら代表団のひとりマリアム・ハッダードに関する情報に目を通した。

①調査結果（1／2）：当該対象者はシリア国籍で、大統領政策顧問ブサイナ・ナジャール付きの政務参事官である。資料Aによれば、対象者はシリア系クリスチャンで年齢は三十二歳、資料Bからは、日常的に上級官僚と接しており、アサド大統領、ジャミール・アティヤ大統領政策顧問らもそれに含まれることがわかる。
②調査結果（2／2）：資料Cによると、対象者の母親は、退任前にパリで代理公使を務めていた。父親のジョルジェ・ハッダード少将はシリア陸軍第三軍団を指揮しており、現在アレッポに駐在中である。また、資料Dによれば、対象者の父方のおじダウード・ハッダードはSSRCの部門450に勤務する大佐である。
③防諜課は中東課の同意が得られるまで、対象者との関係を発展させる接触を支持する。

「すごいコネクションだな」サムは言った。

「まさに国家の娘ね」ゼルダがペンを嚙みながら応じた。「官邸の仕事に就くには、これくらいの家に生まれないと」

サムは椅子を回転させて、ゼルダと向き合った。

「マリアムが適任かもしれない」サムは言った。「中間官僚っていうのは政権の中枢に近づける地位にありながら、ふつうそこまで取りこまれていない。それにおじからさりげなく情報を引き出せるようなら、化学兵器プログラムに入りこめる可能性もある。関係する報告書を呼び出してもらえる?」

ゼルダはうなずき、CIAの情報データベースという宇宙のなかを探りはじめた。どのデータベースにも膨大な報告書が保存されていて、重複しているものもあれば、一カ所にしかないものもあった。ゼルダはキーボードを叩きながら画面に顔を近づけた。

「何か見つけた」数分後に彼女が言い、サムはうしろにまわって画面を覗きこんだ。ダマスカスでの抗議活動についてムハーバラートが作成した報告書だった。日付をチェックした。三月二十五日。ヴァルが連れ去られた日だ。そのムハーバラートがラザン・ハッダードという若い女性を逮捕したことが書かれていた。サムは途中で読むのをやめた。

「よくある名前だよ」サムは言った。「スミスみたいな」

「わかってるけど、報告書のいちばん下を見て。作成者のコメント」

サムは目を通した。〝被拘束者は、陸軍第三軍団に所属する政治治安担当官からの正式な要請に応じて釈放された〟

「マリアムの父親の隊だ」

「そう。アレッポで戦っていながら、ダマスカスで拘束された人間の釈放を要請する人がほかにいる?」

「逮捕された親族は勧誘にもってこいの材料になる」サムは言った。「以前サウジで弟が拷問された経験のある男を担当したことがある。彼がその話をしたことはなかったが、長年協力してくれた。静かな復讐だ」

サムはホットドッグを食べ終えた。「候補者が見つかった」

4

マリアムは黄ばんだフォルダーをテーブルに置き、クリップ留めされたファーティマ・ワーエルの写真を眺めた。ファーティマが最後に逮捕されたときに撮られたこの写真は、いまではあちこち擦り切れている。マリアムは縁を手でなぞり、その疲弊した目を見つめた。ムハーバラートに撮られた写真ではふつう目は死んでいるものだが、ファーティマは一生分殴られながらも、なお挑みつづける女性の眼差《まなざ》しをしている。マリアムは写真をわきにやり、上司が電話で話すのを聞きながら資料を見返した。

最初のページには、ファーティマの逮捕歴が記されている。ほとんどの容疑に数十年前の非常事態法が適用されているが、これは〝扇動〟（平和的な抗議活動への参加）や〝外国勢力への不正な協力〟（たとえばダマスカス駐在のフランス大使との政治討論）など犯罪とは言いがたい行為を起訴できる強力な権限を国に与えた法律だ。ファイルの厚みはゆうに十センチはあった。ファーティマに関する報告書はすべて揃っていて、いちばん古いものは一九九〇年代初期にさかのぼる。二十二歳のとき、彼女は無謀にも前アサド大統領の退陣を求める記事を新聞に寄稿し、二〇〇三年から二〇〇八年までを獄中で過ごした。罪状は扇動。いまは亡命し、フランスとイタリアを行き来している。国外で活動する反体制派を率いる勇敢なシリア人女性として、国内の反政府グループの尊敬を集めている。政権にとってはずっと喉に刺さったままの棘《とげ》だ。

マリアムは、大統領政策顧問の上司ブサイナ・ナジャールが電話を終えるのと同時にファイルを置いた。国外を拠点に活動している反政府組織——国民評議会との交渉がマリアムの仕事だった。国民評議会は現場の活動家たちを代表していると主張する上部組織だ。マリアムの果たすべき役割はシンプルだった。ファーティマに現在内戦を率いているイスラム主義者たちとの関係を断たせたうえで、仲間の亡命者を非難するよう促し、最終的に帰国させること。沈黙と引き換えに安全と減刑を保証する。これまでマリアムに与えられたもっとも重要な任務で、今後のキャリアへの足掛かりになるだろう。

ブサイナはマリアムのいるテーブルの向かいにすわり、ファーティマのファイルを開くと、集中するときの癖でグッチの眼鏡のつるを嚙みはじめた。「それでマリアム、ファーティマの件はどう考える？　パリではどういう切り口でいくつもり？」

マリアムはスカートのしわを伸ばし、ファイルのなかから一冊の報告書を抜き出した。「ファーティマのパリのアパートと、トスカーナのヴィラを傍受しているイランのシギント（通信・信号などの傍受による諜報活動）の能力はきわめて高いです」マリアムは言った。「ファーティマはシリアを恋しがっています。外国でいい暮らしをしていても、ダマスカスが故郷です。きっと交渉に応じるでしょう」そこでコーヒーをひと口飲んだ。「でも代償は高くつきます」

マリアムは報告書をめくり、折り目をつけておいたページを開いた。昨夜遅くまで、このミーティングのためにベッドの上で準備したのだ。ゆったりしたTシャツを着て、四杯のコーヒーを飲みながら。

「これです。反体制派の内通者からの三件のレポートです。パリ、ローマ、イスタンブール。どれも組織の腐敗と資金の不正使用を伝えています。見てください」と言って報告書を押しやると、ブサイナは眼鏡をかけた。

「国民評議会がフランス外務省に送ったホテルの請求書です。ホテル・ブリストルの部屋を何室も。イスタンブールからの代表団が泊まったようです」

「超高級ホテルじゃないの」ブサイナは舌打ちした。

「部屋代はひと晩千二百ユーロ。ひとりひと部屋ずつとっています」

「当然よね」ブサイナはクロワッサンの端をかじりながら不敵な笑みを浮かべた。

「フランスがこの請求書を受け取らなかったので、評議会が支払うことになるでしょう。ほかにも同じような事例があって、こうした浪費のせいで幹部のあいだに不和が生じていることが指摘されています。ファーティマもそのひとりで、彼女は無駄が大嫌いです」

「こういう間抜けたちがどうして世界を変えられると思っているのかしら？」とブサイナ。

「わたしたちはテロリストと闘ってるのよ。このバカどもはパリでパーティーしてる」

マリアムはブサイナのほうにメモを滑らせた。「わたしの提案です。ダマスカスへ安全に帰ることを保証するのと引き換えに、反体制派を公《おおやけ》にテロリストと認め、帰国後は沈黙を守ってもらう」

「すぐにはうんと言わないでしょうね。頑固だもの」

マリアムはファーティマのそういうところを尊敬していた。生まれ変わったら姉妹になれるかもしれない。現実には存在しない世界でなら。

「そう思います。でもファーティマは国民評議会の要《かなめ》です。彼女が離脱すれば評議会は瓦解するでしょう。協力を拒むようなら、多少不愉快な手段でもとらざるをえないと思います」マリアムはもう一枚テーブル越しに書類を滑らせた。一枚の紙。ゆうべベッドでキーボードを叩きながら、自分でも吐き気がしそうになった。

「これはシリア国内にいるファーティマの親族のリストです。近親者順に並んでいます。彼女がこちらの条件を呑まない場合、承諾するまでいちばん上から逮捕していくのはどうでしょう。パリでこのリストを渡します」

ブサイナはほくそ笑んだ。「いいわね。残念ながら圧力をかけざるをえないようだから」眼鏡を外してテーブルの上に置き、ドアが閉まっているか確認した。

「パリに行く前に言っておきたいんだけど」ブサイナが続けた。「ジャミール・アティヤのオフィスにいる内通者によると、あの小児性愛者《ペドフィリア》の老いぼれがわたしたちに対してよからぬことを企んでいるそうよ。今度の出張を失敗させようとしている」

ジャミール・アティヤもまた大統領政策顧問だった。彼とブサイナは互いを見下し、官邸内での影響力をめぐって縄張り争いを繰り広げていた。アティヤは未成年の少女に目がなく、東アジアへの外交訪問のたびに買春していることはよく知られている。けれどもあの男を追放するにはそれだけでは不充分だ。ブサイナはいまもアティヤを葬り去る武器を探している。

「何を企んでいると思いますか？」マリアムは尋ねた。アティヤはブサイナの部下を狙って恐怖を植えつけ、その足元を狂わせようとしている。アドナーンという事務職員はアティヤ配下の暴漢から暴行を受け、三日間入院した。

「わからない。でも気をつけて」ブサイナは言った。「あいつは頭の切れる、残酷なクソ野郎よ」

マリアム・ハッダードの親族は何よりパーティーの意義を信じていた。ようやく婚約したいとこを口実に、ダマスカスのキリスト教徒地区にある、オスマン帝国時代の屋敷を改築した高級レストランの中庭を貸切りにした。

大理石が敷き詰められた中庭には、噴水を囲むようにテーブルが配置されていた。氷で冷やされたシャンパンのボトルを持ったウェイターがマリアムのわきを滑るように通り過ぎていった。この日のために選んだシルクの黒いドレスに身を包んだ自分が美しくパワフルであると感じながら、マリアムは化粧で塗り固められた母親の頬にキスをした。この場にいない父と兄の姿を無意識に捜してしまうのは、なかなかやめられない習慣だ。ふたりはアレッポの砲兵隊にいて、もう半年近く家を離れている。ここはシリアのスターリングラードだよ、と兄は電話で言っていた。マリアムはウェイターからシャンパンのフルートグラスを受け取り、母と他愛ない話を続けた。服やショッピング、いとこのぱっとしない婚約者のこと。

ディナーには惜しみない費用が費やされていた。米やひき肉をぶどうの葉で包んだドルマやパセリ、トマト、ミントのサラダのタブーリ、ミックススパイスのザータル、焼きナスとゴマペーストのババガヌーシュといった前菜がワゴンで供され、あっという間に食べつくされた。さらにシリアのミートボールのダウードバシャ、揚げもののキッベ、ケバブ各種、白身魚のチリソース添えにネギ、トマト、オクラ入りのシチューなどの料理やハミディーエ市場《スーク》の有名なパティシエがつくった何種類ものデザートが並んでいた。電球で照らされた中庭の片隅ではバンドが生演奏をしていた。

おじのダウードが広いテーブルについていた。ちょうどマリアムがひどく酔ったいととの気まずいダンスを終えたとき、手招きされた。

「みんなおまえの父さんと兄さんに会いたいと思っているよ」ダウードが言った。「ただ、もう言葉にする必要はない。じきに会えるはずだ」

マリアムはうなずいて弱々しい笑みを浮かべた。「ありがとう、おじさま」

ダウードはなみなみとシャンパンが入ったグラスをまわし、泡に目を凝らした。

「ラザンのようすは？」おじが尋ねた。

「よくなってきてる。おじさまを無視してるつもりはないのよ、ただ——」

ダウードは片手を上げた。「外に出たくないのはわかってる。だが、父親に電話しろと伝えてくれ」

「わかったわ。ただラザンはショックを受けているだけなの。いまは傷を癒しているところ、自分を恥ずかしいと思ってる」

「あの子は怒っている。わたしと同じように」おじはそう言って、フルートグラスをわきにやった。「でもやはり今日は来てほしかったよ。おまえのところに置いてくれてありがとう、マリアム。本当に助かった。あの子はおまえが大好きだ。モナがいなくなって——」おじはそこで口をつぐんだ。亡くなって十年以上たっていても、妻の名前を口にするのがいまでも辛いのだ。

「仕事に追われている父親のほかにだれもいない家にいるのはよくないと思っただけだ。おまえのアパートに置いてもらえてあの子も感謝してるはずだよ」

「わたしたちは昔から姉妹みたいなものだから」

「ああ。おまえの父さんとわたしは、ふた月違いで娘が生まれて本当に運がよかった」

マリアムは話題を変えたかったが、おじはそのまま続けたいようだった。マリアムはウエイターを呼び止めてウィスキーを頼んだ。ウエイターは驚いたように眉を吊り上げたが、そのまま去っていった。

「あんな真似をしたムハーバラートはだれか、調べている最中だとあの子に伝えてくれ。

手がかりはあるんだが、まだ名前がわからない」とおじは言った。

「伝えるわ。おじさまと父が捜していると知れば、ラザンも心強く思うはず」

ダウードはうなずいた。ウェイターがウィスキーのグラスを持って戻ってきた。マリアムはおじのグラスを受け取って中身を捨て、ウィスキーを少し入れて返した。ダウードは笑みを浮かべた。

「おまえは小さなころからずっとわたしたちの一員だったな、マリアム」おじはウィスキーをひと口飲んだ。「軍事委員会のメンバーだ」そう言って顔を上げ、ダンスフロアで踊りはじめたカップルを眺めた。周囲の人も歓声をあげ、口笛を吹いている。

「おまえの父さんとわたしはこれを守るためにいまの地位を築いた」おじは親族で埋めつくされた中庭に向かってさっと手を振った。「シリアで有力なクリスチャン一族の安全を守ること。わたしたちがやってきたことを考えてごらん。お父さんはアレッポで軍務に就いている。わたしは……」と弱々しい笑みを浮かべて言葉を濁した。

おじの仕事について話し合ったことはなかった。科学調査研究センター《SSRC》の部門４５０。化学兵器の安全管理と輸送を担当している。

おじはさらにウィスキーを飲んだ。「われわれの一族はずっと望まれたとおりのことをやってきた。安全と引き換えに忠実に仕え、沈黙を守り、余計なことには関心を持たずに。われわれは模範的なシリア人だ。約束を破ったのは政府のほうだ。ラザンの身に起きたことを見るがいい。だがわれわれには頼る先がない。身動きできないんだ」グラスを傾けたおじの目に何かが光った。まるでしゃべりすぎてしまったというように、おじはダンスフロアのほうに視線を向けた。

「ラザンは昔から反抗的だったでしょ、おじさま」マリアムはその言葉が嫌いだった。気性の激しいいとこがその報いを受けたと言っているような気がするからだ。「すぐに元どおりになる」

おじはダンスフロアのほうに向かってうなずいた。「どうだい？」

マリアムが夜明け近くに自宅のアパートに帰ると、ラザンはまだ起きていた。くしゃくしゃになったシルクのパジャマを着てソファに寝そべり、ファーティマ・ワーエルのインタビューを流しているアルジャジーラを見ていた。マリアムはテレビを消し、ラザンの脚をどけて隣にすわった。空になった白ワインのボトルがテーブルにのっている。

「いいにおい」ラザンは暗くなったテレビ画面に左目を向けたまま言った。右目にはまだ包帯が巻かれている。海賊みたい、とラザンは明るい気分のときにそう言っていた。棍棒で顔を殴られたときに右目が陥没し、いまも瞬きができない。医者にも治るかどうかわからないと言われているそうだ。

「おじさま寂しがってた」マリアムは言った。「お願いだから電話してあげて。おじさまのせいじゃないんだから」

「わかってる。今日は楽しかった？」

「ええ」マリアムは一族のようすやレストラン、ダンスの話をした。だが、ラザンの目を見ると、そのすべてに罪悪感を覚えた。

「どうして隠れてるの？」マリアムは尋ねた。

「パパから？」

「そう」

「わからない」

「わたしのことも憎んでる？」マリアムはさらに尋ねた。「わたしは官邸で働いてる。おじさまと変わらない」

ラザンは膝を抱えて、下を向いた。「どっちも憎んでなんかない」

左目から涙がこぼれ落ち、ラザンはそれをぬぐった。「わたしをこんな目にあわせた男を憎んでる。刑務所もね」そう言うとマリアムの肩に頭を預け、包帯の下の皮膚に指先で触れた。その後鼻をすすった。「医者には泣くなって言われてるの。治りが遅くなるって」

マリアムはラザンをソファに残して寝室に引きあげた。明かりは消したままドレスを脱ぎ、下着姿でベッドのわきに立った。荒い息をつきながら拳を握ったり、ほどいたりを繰り返した。

フロントキックから始めた。左右にジャンプしながら動きを速めていき、脚を蹴り出すごとに内に溜まった怒りを吐き出していった。動きとともに空を切る音が聞こえ、背中と額に汗がにじんだ。床に手と足をついて腕立て伏せに切り替え、筋肉が悲鳴をあげるまで両腕を伸ばして緊張させた。次に立ち上がってオープンブローを練習した。ラザンを痛めつけたムハーバラートの鼻を潰すところを思い描いて。〝もっと速く、マリアム、もっと〟。何年も前にパリで聞いた、イスラエルの護身術クラヴマガのインストラクターの声がよみがえった。〝止まるな、動け〟

5

アリー・ハッサン准将にとって死は身近なものだった。この世に生を享《う》けて数時間後に自分の母親を殺し、その後の四十年で数多くの他人を殺してきたからだ。そしていま内戦のただなかにあって、アリーはふたたびＣＩＡのスパイ、マルワーン・ガザーリーの左親指の爪の下にナイフを差しこみながら死に誘《いざな》おうとしていた。ガザーリーの悲鳴が響きわたるなか、アリーはナイフを引き抜き、布でぬぐってシャツのポケットに戻した。

「矛盾は許されない」アリーはガザーリーの正面の椅子にすわった。「説明したはずだ」

ガザーリーはテーブルの横の壊れそうな椅子に裸で縛りつけられていた。うしろから投光照明が当てられている。アリーの部下のひとり、サーレフ・カナーン大佐が思わせぶりに数枚の書類を扇形に並べていった。アリーはその中身を知っていた。

「マルワーン、おまえは三回目の尋問で、CIAの担当官ヴァレリー・オーウェンズとはダマスカスでしか会ったことがないと言った」アリーは別の書類に手を伸ばしてガザーリーのほうに滑らせた。ガザーリーはそれを見ようとしたが、親指の惨状にしか注意を向けられないようだった。

「代わりに読んでやろう」アリーは続けた。「四回目の尋問で、おまえはオーウェンズとアブダビで会ったと証言している」と言って別のページを開いた。「だが五回目の尋問ではアブダビで会ったことはないと言っている。ダマスカスだけだと」

アリーは煙草に火をつけて椅子の背にもたれた。「さあ、教えてくれ。アブダビで何があった？」

「間違いだった」ガザーリーは懇願するように言った。「何日も眠ってなかったから、頭が朦朧としていたんだ。あなたの部下に説明した」とカナーンのほうを示した。寒さで歯がガチガチ鳴っている。

「嘘だ」アリーは椅子を引き寄せながら言った。「本当のことを話せば、これ以上のトラブルを避けられる。アブダビで何があった？」

ガザーリーはがっくりとうなだれ、すすり泣きはじめた。「アブダビではだれとも会っていない」

アリーはため息をついた。ムハーバラートに入る前、アリーは警察官で、殺人や強盗の捜査をしてきたが、あるとき目にした残忍な磔《はりつけ》死体がいまでも目の奥に焼きついている。身体的な苦痛だけが真実を引き出すもっとも有効な手立てではない。スパイを根負けさせるのに最適なのは、数カ月に及ぶ隔離と絶え間ない尋問だ。混乱した囚人は気力や偽装を維持する能力を失い、最終的に崩壊する。するとすべてを白日のもとにさらす。けれども囚人が嘘をついた場合は、それなりの結果がもたらされなければならない。それがアリーのルールだった。

アリーはシャツのポケットからナイフを取り出した。ガザーリーが悲鳴をあげた。

アリーは地下のトイレでシャツをゆすぎ、ナイフを洗った。よく拭いたあとで胸ポケットに戻しマルボロに火をつけた。換気の不充分な部屋に煙が立ちこめるなかでシャツを絞った。

見立てどおり、ガザーリーはアブダビで一度オーウェンズに会っていた。そのときガザーリーは不正入手した書類を彼女に渡している。

アリーは煙草をもみ消し、上のオフィスに向かった。窓から差しこむ朝日に目を細め、窓辺に寄った。ロシアから購入した戦闘機ミグが夜明けの空を飛行し、反政府勢力が支配する郊外に爆弾を落とすのを見守った。窓ガラスが震え、瓦礫《がれき》と化したアパートの上に煙が立ちのぼっている。

ふたたび煙草に火をつけ、ドアにかかったバッシャール・アル＝アサド大統領の肖像画を見上げた。役人や治安職員はだれでも飾っている。

アリーはどちらかというと痩せ形だが、二十年近くに及ぶ夜型生活と犯罪捜査、諜報活動、そしていまは内戦によるストレスにさらされた結果、しだいに腹が出てきた。ヘルメットのような黒い髪はうしろに撫でつけられ、鋭い目と真ん中からやや右にずれた鼻、シャープな顎の線が特徴的だ。左の頰の下から首筋までケロイド状の傷痕が走っていて、ときどきかゆみをともなうことがある。

アリーは十階建てのビルの外に広がる瓦礫の山でできた迷路を見下ろした。ビルの剝がれかけた看板には〈シリア・アラブ共和国　農業・農地改革省〉と書かれている。これは事実と異なるが、意図的なものではなく、だれも取り外そうとしないだけだった。

このビルにはいま、大統領官邸直轄の情報機関〈セキュリティ・オフィス〉が入っている。シリア国内にいくつもある治安機関のひとつだが、アリーの勘定によれば、内戦下のシリアにはいま十七の治安機関がある。ムハーバラートと総称されるこの秘密警察の世界は複雑に絡み合い、重なり合って、目に見えない利権のネットワークが張りめぐらされている。アリーのような高官でもそれらを隔てる境界や管轄を見きわめるのは難しかった。父親に倣《なら》い、バッシャールはわざとそうしている――互いを競わせているほうが都合がいいのだ。けれども内戦が激化し、反体制派やテロリストが固定化すると、大統領は〈セキュリティ・オフィス〉を設置し、ひそかにスパイ狩りを始めた。その責任者に任じられたのがアリーだった。

アリーは煙草を消し、時計をチェックした。ヴァレリー・オーウェンズと話をする頃合いだ。マルボロの箱を手に取り、ふたたび地下へ下りていった。

〈セキュリティ・オフィス〉の地下にはじめじめした部屋が並んでいた。ファイルキャビネットが隙間なく設置され、一九七〇年代からの農業関連の書類が詰めこまれたダンボール箱があちこちに放置されている。アリーたちはこのスペースを独房と尋問室につくり替えた。防音設備のほかカメラとマイクが仕掛けられており、コンクリート板の寝台とトイレ代わりのバケツが置かれている。タイルが敷かれた部屋もあり、尋問の際に出た残留物を流す排水溝がついていた。

カナーンが独房のドアを開け、アリーはなかに入っていった。オーウェンズは寝台に横になり、天井を見上げていた。頭に包帯が巻かれ、逮捕時に負った傷が覆われていた。けがを負わせるなと厳命していたアリーは、彼女を襲った愚か者をただちに停職処分にした。

アリーはオーウェンズの足元にすわった。ふたりの会話はアラビア語だ。

「准将、ここで煙草は吸わないでほしいと言ったはずです」

「そうだったな、ミズ・オーウェンズ」アリーはそう言って床で煙草をもみ消した。それからすぐに笑いながらもう一本に火をつけ、彼女の寝台に向かって深々と煙を吐き出した。

オーウェンズは顔をしかめた。「マルワーン・ガザーリーとここダマスカスで、どうやって連絡をとっていたのかもう一度聞かせてもらいたい」アリーは彼女の目を見て反応をうかがったが、憎悪しか見出せなかった。よく訓練されている。二週間にわたって、寒く不快な環境に置かれているのに、価値のあることを何も話していない。

オーウェンズは起き上がり、独房に閉じこめられて以来ベタつきからまったブロンドの髪に手を走らせた。頭を置いていた寝台の端のあたりは油で光っている。「前にも話したでしょ、准将。マルワーン・ガザーリーなんて知らない。わたしは二等――」

「わかった、わかった」アリーはさえぎった。「アメリカ大使館の二等書記官だろう。わかってるよ。きみの車が映っている監視カメラの映像をもう一度見せようか？　きみの外交官ナンバーがついた車が、ガザーリーと落ちあうはずだった場所を通り過ぎるところを？　ガザーリーから出国するつもりだったと聞いたぞ。もう一度ビデオを見たほうがいいかもしれないな、ミズ・オーウェンズ？」

オーウェンズは立ち上がって、しなやかな手脚を伸ばした。少し痩せたようだが、シャツが持ち上がったときに割れた下腹が見えた。

「何度も言いましたが、准将」彼女は言った。「あのあたりに用事があったんです。あなたのすてきな地図で、わたしが行った店を示しましたよね。さあ、大使館と話をさせてください。わたしをここに拘束するのは違法行為です」

アリーはこの二週間毎日しているように、その要請を無視した。「ガザーリーからいろいろ聞いたよ。実は、ついさっききみたちがアブダビで会っていたことを知った。実に興味深い、ガザーリーが盗んだ書類のことだがね。とはいえミズ・オーウェンズ、わたしが本当に知りたいのはきみたちの通信手段だ。なんらかの機器を使っていたのか？　その機器が何で、どこにあるか教えてくれたら大使館に電話させてもいい。悪くないオファーだろう？」

オーウェンズは寝台に仰向《あおむ》けになった。「マルワーン・ガザーリーなんて知らない。わたしはアメリカの外交官で、二等書記官——」

アリーはさっと手を振って立ち上がり、ドアを閉めて彼女を暗闇に残した。

アリーがアパートの前で運転手の運転する車を降りたとき、すでに十時になっていた。双子はもう眠っていて、妻のライラはソファにもたれてワインを片手に本を読んでいた。いつものように、彼女は何も聞かず、アリーも言わなかった。アリーは自分もグラスにワインを注《つ》いで隣にすわり、彼女の脚をマッサージしはじめた。ライラは本を置いて目を閉じた。

「今日は息子たちと何をしてたんだ？」アリーは尋ねた。

「黙って続けて」ライラが言った。

アリーは命令に従うべきだという直感を大切にした。

数分後、アリーは答えを聞いた。「買い物に行って——行列がすごくて、今週はほとんどお肉がなかったわ——それから帰ってきて子どもたちを遊ばせたの。いいお天気でね。あ……もう少し優しく」アリーが右のかかとのツボを押すと、ライラは顔をしかめた。

アリーはソファを見下ろした。ライラの黒い髪が肘掛けに垂れて、シルクのローブから脚が覗いていた。足の爪はきれいにネイルが塗られたばかりだった。妻のむき出しの右脚に手を置いて上に滑らせていったとき、アパートの電話が鳴った。応じる価値のある相手は携帯にかけてくるので無視してライラの脚に注意を戻すと、彼女がじゃれ合うように上に進もうとするアリーの手を阻んだ。

そのとき、ドアがノックされた。最初は一度遠慮がちに、それから立て続けに。そして廊下に大きな声が響きわたった。覗き穴から見ると、ミセス・グラウィーの姿があった。隣の四六号室に住む未亡人で、ひとりで暮らしている。髪は乱れ、ファンデーションに涙のあとがにじんでいる。アリーが目配せすると、ライラがドアを開けて隣人を招き入れた。

「あの子がいなくなった、いなくなってしまった。連れていかれたの、どこかに」数分かけてやっとそれだけ聞き出すことができた。お茶を一杯飲むと、彼女はようやく落ち着いて話しはじめた。息子が政府の検問所で逮捕された。たぶん昨日、おとといかもしれない。警察で働いている甥《おい》から聞いたばかりで、彼はダマスカスの逮捕者リストを見たそうだ。共和国防衛隊に逮捕された、わかっているのはそれだけだ。

アリーはもう一本煙草を吸いたかった。詳細が不明でも、少年がこれからたどるコースはわかっている。まず急ごしらえの収容所に連れていかれ、国家反逆罪に問われる。次に荒っぽい尋問を受ける。苦痛が増していき、時間の感覚がわからなくなる。最後に自白が引き出され、サイドナヤ刑務所に送られてさんざん拷問されたあと、絞首刑に処される。

遺体は刑務所の外にある共同墓地に放りこまれる。墓を掘る作業のために、住宅建設省からショベルカーの作業員が駆り出されていた。

もちろん回避する方法はふたつある。運よく担当のムハーバラートが証拠を正当に判断できる数少ない本物の捜査官であるか、〝ワスタ〟――すなわち影響力のある保証人を見つけられる場合だ。だからこそ母親である隣人はここに来たのだ。アリーが准将であることと、アリーの兄が共和国防衛隊で大きな権力を持つ司令官であることを知っているからだ。

「助けてください、准将。あの子がどこにいるか知りたいだけなんです」彼女がそう言って目をこすると、頬や鼻に化粧のあとが広がった。

アリーにはなぜ少年が逮捕されたのかわからなかったが、推測はできた。政府が発行した少年の身分証明書に、出身地がホムス北部の村だと書かれているからだ。そこは現在、カリフの地として反体制派の首長によって支配されている。それがアルコール、もしくは攻撃的な共和国防衛隊の大尉と組み合わさると、気がつけば収容所に送られている。

アリーは少年が逮捕された理由に特に関心はなかったが、五歳のころから彼を知っていたし、息子たちとも遊んでくれた。ジハーディストでも犯罪者でも反乱分子でもない。アリーは以前、兄のルストゥムがスタジアムにつくった急ごしらえの刑務所の内部を見たことがあった。有刺鉄線のフェンスの近くにガリガリに痩せ細った遺体が放置されていたり、地下の配管を通して顔の見えないうめき声のシンフォニーが聞こえてきたりした。室内は防腐剤のにおいが充満していた――真ん中に排水溝があり、何かドロドロしたものが詰まっていた。そこに行ったのは、かかりつけ医の息子を迎えに行くためだった。だがたとえアリーでも、ただ入っていって少年を連れ帰ってくることはできなかった。ルストゥムに頭を下げざるをえず、それ自体が拷問に等しかった。最終的に少年を連れ帰ることを許されたものの、彼はすえたにおいを放つ血溜まりのなか排水管に鎖でつながれていた。その夜、アリーは浴びるほど酒を飲んで眠りについた。

アリーはミセス・グラウィーに向かってうなずいた。「見つけてきましょう。電話するので家で待っていてください」

彼女はうなずいて、ライラのほうを見た。ひどく疲れているようだ。隣人に泊まっていくよう勧めるかと思ったが、ありがたいことにライラは立ち上がって、彼女を送り出した。アリーはリビングルームにとって返すと、マルボロに火をつけ、ルストゥムに電話するのは明日の朝になってからのほうがいいかどうか考えた。だが、いま行くことに決めた。いつ別の場所に移されるかわからず、そうすると居所がわからなくなってしまう。三回の呼び出し音ののち、声が聞こえた。「やあ、リトル・ブラザー」

アリーは頬の内側を噛《か》んだ。「兄さん、いま忙しいか？」

「書類仕事を片付けている。なんの用だ？」

「少年が拘束されている。安否を確かめたい」

ルストゥムはいらだちを表すために、ガサガサと音をさせて書類をめくった。「いいかげんにしろ、アリー。司法制度を尊重しろ。いちいち口を突っこむことはできない」

その制度のせいでうちのかかりつけ医の息子は、政府に批判的なフェイスブックのグループに参加していただけで刑務所の排水管につながれたと言いたかったが、アリーは黙っていた。ここで思ったことを言えばこの会話は終わり、少年の運命が決まってしまう。アリーは慎重に言葉を選んだ。「拘束された少年はちゃんとした家の出だ。ライラとおれは彼をよく知っている。保証人になるよ」

「おまえは刑事の考え方から抜け出せないようだな」ルストゥムは憤慨して言った。「隅々まで恐怖を行きわたらせることが社会の安定につながるんだ。おまえの刑事のやり方はそこに穴を開けることになる。だがいいだろう。疲れているし、もう遅い。名前はなんだ？」

「ありがとう、兄さん。名前はグラウィーだ」

「数分で居場所を突き止めて、必要な手配をすませてから電話する」一瞬間があって、書類をめくる音が聞こえた。「そうだ、アリー？　あの売国奴とＣＩＡの女はまだ通信機のことを吐いてないのか？」

マルワーン・ガザーリーがヴァレリー・オーウェンズとの連絡に使っていた機器については以前から疑惑が持たれていた。ＣＩＡとは秘密のウェブサイトを通じて連絡していたと、ガザーリーは自白した。それが本当だろうというのは、イランの技術顧問の協力を得て、アリーがそのサイトを通じてガザーリーを見つけたからだった。ルストゥムがなぜＣＩＡの通信機を欲しがっているかもわかっていた。イラン情報省の技術担当者から説明を受けたからだ。イランはその機器を使って、イスラエルの開発したマルウェア〈スタックスネット〉のようなサイバー兵器を、ＣＩＡの衛星プラットフォームに搭載できるのではないかと考えているのだ。成功すればシリア政府とイラン政府はその秘密通信を傍受し、さらにスパイを特定できるかもしれない。

「ウェブサイトに関するガザーリーの供述にいまのところ変化はない」

「どれくらいプレッシャーをかけたんだ？」

「暗闇、寒さ、飢え、ナイフといったところだが、話は変わっていないよ、兄さん」とアリーは答えた。「答えは残念なものだが、あの男は嘘をついていない。間違いない」

「ＣＩＡの工作員はなんと言ってる？」ルストゥムが尋ねた。

「いまもＣＩＡであることを否定している。価値のあることは何もしゃべっていない」

「もっと荒っぽくやるべきだ」

「大統領の命令なんだよ、兄さん。アメリカ人は別扱いだ。当面は質問だけで、身体的な圧力はなし」

「いまそれを変えるよう働きかけている。ＣＩＡの女とガザーリーの両方にしかるべき尋問を行ないたい。もう時間切れだ」

アリーは首筋の傷痕を引っ掻き、何か食べようと冷蔵庫を開けた。人参の袋が目に入ったとき、帰宅して初めてマルワーン・ガザーリーの左手の親指を思い出し、大統領の命令に従ってＣＩＡ局員を拘束していることのリスクを考えた。アリーは何も取らずに冷蔵庫のドアを閉めた。

「どうして急にもっとスパイを見つけようと思ったんだ？」アリーは尋ねた。

「質問が多すぎるぞ、アリー。おまえは根っからの刑事だな、兵士ではない」

「スパイを見つけるのはおれの仕事だよ。何が起きてるんだ、ルストゥム？」アリーはもう一度尋ねた。

「人生は答えのない疑問ばかりだ。そのガキを見つけてやるよ」ルストゥムはそう言うと電話を切った。

ライラがリビングルームから現れた。「これから外出するの？」

アリーはうなずいた。ライラは夫の頬にキスをしてから本を手に取り、寝室に消えた。


隣家の少年は、最近収容所につくり替えられた古い倉庫にいた。ルストゥムのおかげで来訪が知らされていたため、アリーはすぐに少年がいる房に案内された。施設の責任者の大尉が錆《さ》びついた扉を開けた瞬間、言葉では言い表せないほどのすさまじい悪臭に襲われた。看守がうしろに下がり、アリーが部屋を見まわすと、自宅のリビングと同じくらいのスペースに苦悩に満ちた目をした男たちが七十五人は詰めこまれていた。大尉が少年の名を呼んだところ、男たちが少しずつ身体をずらし、やがて血まみれの少年が足を引きずって前に進み出てきた。アリーは大尉に向かってうなずいた。「ここは看守に任せ、われわれは書類仕事を終わらせましょう」大尉はそっけなく言うと、扉を閉めた。

アリーは大尉のオフィスで書類に目を通した。少年は殴られ、担当の大尉の記録によると調べられたそうだ。

「容疑は？」アリーは書類にサインしたあとで尋ねた。

「反政府感情です」

「それはどういう意味だね、大尉？」

大尉は頭のうしろで両手を組んだ。「部下のひとりに非礼を働きました」

「なるほど」とアリー。「酒を飲んでいたのか？」

「はい」

「お灸《きゅう》を据えたあと、釈放するつもりだったのか？」アリーは続けて尋ねた。

大尉は答えなかった。

「何を調べたんだ？」アリーはさらに尋ねた。「そもそもなぜ？」

「武器を持っていないかどうか、完全な身体検査が行なわれました」大尉は薄笑いを浮かべて答えた。「万一に備えて」

奥の部屋から少年の肩をつかんだ共和国防衛隊の大佐が現れた。少年の顔は青黒く変色しており、目は泣き腫らして真っ赤だった。途端に糞尿のにおいが部屋に充満した。

「検査の途中でクソを漏らした」大佐が肩をすくめて言った。

大佐は絵画でも披露するように少年のむくんだ顔を示すと、襟をつかんで目を合わせた。

「もしもう一度会うことになったら、そのときはここから出られないぞ。わかったか？」

少年はうなずいた。

「お好きにどうぞ」大佐はアリーのほうに少年を突き飛ばし、彼は床に崩れ落ちた。

アリーは少年をアパートまで送り届けた。悪臭を飛ばすため、車の窓を開け放して走ったが、歩道に車を停めるまで、どちらも口をきかなかった。

「強盗にあって殴られたと言うんだ」アリーは言った。「財布を盗《と》られたと。捕まった場所には二度と行くんじゃない」

少年はうつむいたままうなずいた。この国のシステムがまたひとり若者を犠牲にした。

「このことはだれにも言わない」アリーは続けて言った。

少年はダッシュボードに顔を突っ伏して泣いた。

ルストゥムと腹心の部下バースィル・マフルーフが、シリアの国章であるクライシュ族の鷹の紋章がエンボス加工された書類を携えて、翌朝早い時間に〈セキュリティ・オフィス〉に現れた。アリーは書類をざっと見て、最初の数行を読んだあとでデスクの上に放った。「一九六三年の非常事態法によって付与された権限にもとづく大統領命令により、国賊マルワーン・ガザーリーに対する捜査は、これ以降ただちに〈セキュリティ・オフィス〉から共和国防衛隊に移管される……」アリーは書類をわきにやってテーブルにつくと、客人には勧めずに煙草に火をつけた。
ルストゥムの処刑人――弟のアリーがそうであったことはなかったし、これからもないだろう――バースィルはアリーの隣の椅子を引いた。バースィルは細身だが筋肉質で、肌はくすんで青白かった。薄くなりつつある頭髪はサダム・フセイン風の濃い口髭と好対照をなしていて、しょっちゅう無意識に舌で舐《な》めている。身体のほかの部分に比べ、足が並外れて大きかった。けれどもバースィルには、より際立った特徴がふたつあった。濁った目と、低くしわがれた声だ。前者は魂のない、空っぽの内面を表しているが、後者は八二年の冬に起きたムスリム同胞団の最後の反乱で、気管をズタズタに切り裂かれたせいだった。

ルストゥムは公にしたくない仕事をバースィルに任せていた。バースィルは表向きには共和国防衛隊のミサイル・ロケット兵器局を統括していた。アサドの兵器庫にあるすべての戦略兵器を管理することが仕事だった。

アリーは以前、共和国防衛隊の医師が作成したバースィルの精神鑑定書を読んだことがあった。カナーンに命じて記録庫から盗ませたのだ。「対象者には遁走《とんそう》傾向が認められる」とバースィルを診察した精神分析医は書いていた。「おそらくトラウマ的なできごとを思い出しているのだろうが、自分自身から乖離《かいり》する期間がある。いまもその場にいるかのように、ハマーでのことをしばしば口にする。自身について三人称で語ることがあり、自分をコマンチ族と称している。コマンチ族はネイティブ・アメリカンの一種族だが、診察時に彼は英語でこの言葉を口にしていた」

バースィルがこの異名を得たのは、やはり一九八二年の冬に起きたハマーの虐殺でのことだった。政府のだれもが知っているように、アリーもそのときの話を耳にしていた。

「バースィル」アリーは言った。「ミサイルやロケット兵器の管理という大仕事から離れて、つまらない尋問に時間を割いてくれてありがたいよ。きみは真の愛国者だ」

「おれには人と接することが重要なんだ」バースィルは少しも冷笑を崩すことなく、うなるように答えた。

「輸送用バンはあるのか、それともこちらで手配しようか?」アリーは尋ねた。

ルストゥムが笑みを浮かべて窓辺に立った。「ここで行なうつもりだ」

「排水溝がある部屋にしてくれ」バースィルが言った。「あとで面倒をかけたくない」

「兄さん、それは――」

ルストゥムは片手を上げた。「もうこの捜査の責任者はおれだ、アリー。ガザーリーを広い尋問室に連れてこい、バースィルが挙げた条件も忘れずに」

「それからヴァレリー・オーウェンズ」バースィルが言った。「彼女にも聞きたいことがある」そして口髭を舐めた。

6

サムは時差ボケのまま、シャルル・ド・ゴール空港から直接パリ支局に向かった。機内エンターテインメントは故障中、座席はエコノミークラスの真ん中、大柄のモンタナ人と、フライトのあいだ人の腕を突くのが楽しいと知った幼児に挟まれ、一睡もできなかった。コンコルド広場に面した緑豊かな一角にある、クリーム色の瀟洒《しょうしゃ》な大使館の前でタクシーを降りた。まだ早い時間だったにもかかわらず、列に並んでバッジと黒のパスポートを提示しなければならなかった。ホテルで熱いシャワーを浴び、ひと眠りしたくてしかたなかったが局のネットワークにログインし、ハッダードの勧誘作戦について公電が届いていないか確認する必要があった。

列を進んでいくと、支局のサポートオフィサーに出迎えられ、大理石の螺旋《らせん》階段を上って四階まで案内された。セキュリティボックスに携帯を預け、彼女が暗証番号を入力して分厚いドアを開けるのを待ってなかに入った。

「窓があるんだね」サムは広々とした空間を見まわして言った。

「ヨーロッパの支局には窓があります。おいしいコーヒーもありますよ」彼女はそう言って簡易キッチンを示した。サムは短期《TDY》任務用のシステムをパソコンにセットアップし、公電を読みはじめた。ありがたいことに〈バンディートズ〉の監視チームがすでにパリに到着していることがわかった。今日の午後会ってリハーサルを行なうつもりだ。地図を見ながら、シリアの代表団が泊まっているホテルと彼らが使いそうなルートを確認した。それからふたたびマリアム・ハッダードの写真を眺めた。身分証用に撮影された写真で、CIAの内通者が電子名簿をそっくりコピーしたのだ。サムはすわったまま、しばらくその写真に見入った。

「なかなかの候補者だな」背後の声が言った。

椅子を回転させると、パリ支局長のピーター・シプリーが笑みを浮かべて立っていた。シプリーに会うのは初めてだったが、その評判とエド・ブラッドリーとの友情については知っていた。シプリーはアフガニスタン戦争の初期にカブール支局の支局長を務め、会議の最中に暗殺されかけたアフガニスタン大統領を救ったことがある。多くのケースオフィサーの例に漏れず、彼の結婚生活は破綻し、フランス人の妻は子どもを連れてパリに帰ってしまった。シプリーは家族のそばにいられる職を求め、やり直そうとしている。

「お会いできて光栄です、支局長《チーフ》」サムは手を差し出し、シプリーがコーヒーをブラックで飲んでいるのに目を留めた。

「ここに来ることになったシリアの案件か？」

「ええ、彼女がそうです。官邸職員のマリアム・ハッダード。でも見込みは高くありません。この二年シリア人は獲得できていませんから」

「だが試す価値はあるだろう？」シプリーはオフィスのほうに向かってうなずいた。「ダマスカスから知らせがあった。国家安全保障局《NSA》がアリー・ハッサンのオフィスの電話番号を突き止めた」

「いつ？」

「昨日の夜。ちょうどブラッドリーが作戦を承認したところだ。数分後にプロクターが電話をかけてくる。きみにも同席してもらいたいそうだ」

支局長のオフィスに入り、シプリーが電話をかけるかたわらで、サムは窓からコンコルド広場を見わたした。やがてプロクターの特徴的な声が聞こえてきた。「ピーター？　彼も一緒？」シプリーとプロクターは、アフガニスタンのころからの知り合いだ。

「ここにいるよ、アーテミス。飛行機から降りたばかりで、まさにそんな顔をしてる」シプリーはサムにテーブルにつくよう身振りで示し、一枚の紙を差し出した。ＮＳＡからダマスカス支局に送られた公電をプリントアウトしたもので、オフィスの電話番号が書かれていた。

「ダマスカスはいまちょうど昼前だから、捕まえてみる」プロクターが言った。「支局の通信担当官に頼んで発信元をごまかしてもらうことになった。ハッサンが発信者番号を特定しても、官邸の番号からかけているように見えるようにね。声を変えるあの気味悪いロボットを使うから、わたしの声は男みたいに聞こえるはずよ。サム、わたしがアラビア語をしくじったら入ってきて。みんな同じ声に聞こえるのよね、スタッフ？」

「はい、チーフ」と通信担当官のスタッフが答えた。「基本的には電話会議として設定しますが、こちら側からの発言はモジュレーターを通すことになります。低い男性の声に聞こえるはずです」

「台本は公電に添付したでしょ」とプロクター。

「アーテミス、公電には何もついてなかったぞ」シプリーが言った。「台本てなんのことだ?」

電話が鳴りはじめた。プロクターは口をつぐんだ。

呼び出し音が五回鳴ったのち、アラビア語が聞こえた。「アリー・ハッサン准将だ」

「よく聞くんだ、准将」プロクターがアラビア語で言った。「ひとつ警告がある」


疑心暗鬼にならない人間はシリアの政権内では出世できない。精神が安定して、肩の力が抜けたように見える役人も無縁ではいられない。ライバルに陥れられるのではないかという恐怖。夜中にされるかもしれないノック。妻や子どもが脅されるのではないかという不安。オフィスでの電話をほとんど録音しているからといって、アリーは自分が特別被害妄想が強い人間だとは思っていなかった。慎重さと自己防衛の問題であって、空軍情報部が電話を傍受していることは知っていた。それがわかったのは、皮肉にもアリー自身の組織が彼らの回線を盗聴したことがあるからだ。この電話がかかってきて、低いロボットのような声が聞こえた瞬間、アリーはレコーダーのスイッチを入れた。

アリーは数カ月間モスクワで英語を勉強した。最高の教師についたわけではなかったが、英語という言語には慣れ、自分ではまずまず堪能だと思っていた。たったいまかかってきた電話は――実際は一方的にまくし立てられたわけだが――ほとんどアラビア語だったものの、いくつか聞いたことのない粗野な英語が混じっていた。一方カナーンは、九〇年代にノースダコタ大学に留学していた。当時シリアとイスラエルのあいだで和平交渉が進み、シリアとアメリカの関係にも一定の改善が見られた。カナーンの家族はその機に乗じて、彼をアメリカに送り出したのだ。カナーンは英語が流暢になって帰ってきたが、アリーがいま聞いたばかりのアクセントとはまったく異なる、陽気な節回しを身につけていた。

アリーはレコーダーの停止ボタンを押し、顔を背けてくしゃみをした。カナーンはテーブルの向かいにすわっていた。アリーは煙草に火をつけて窓辺に歩み寄った。カナーンは最初はおもしろがっていたが、この電話の意味に気づくと真顔になった。アリーは窓の外を見ながら黙って煙草をもみ消した。ドゥーマの上空をヘリコプターが飛んでいる。やがてヘリコプターの胴体から何か、おそらく樽《たる》爆弾が投下された。アリーは顔を背けた。

「巻き戻してくれ」アリーは言った。「もう一度聞きたい」

アリー・ハッサン准将：何者だ？
不明発信者：それはどうでもいい。あなたがヴァレリー・オーウェンズを拘束していることはわかっている。彼女を今日中に釈放して、アメリカ大使館に返しなさい。
アリー・ハッサン准将：何者だ？
不明発信者：どうでもいいと言ったはずだ。ひとつはっきりさせておく。あなたが〈セキュリティ・オフィス〉内で彼女を拘束していることはわかっている。彼女に何かあった場合、責任をとってもらう。
（煙草の火がつけられる音）

不明発信者：聞いているか？

アリー・ハッサン准将：ヴァレリー・オーウェンズという人間は知らない。おまえはCIAか？

不明発信者：そう言うだろうと思っていた、このくされ外道《ドゥーシュバッグ》。

「止めろ」アリーは言い、固唾をのむカナーンを見た。「最後に言った英語はなんだ？」

カナーンは考えこむように目を細めた。「自分がクズだとわかっていない男のことを表す、下品なアメリカのスラングです」

「なぜバッグなんだ？」

「最初のほうは女性が使う品を示す言葉です」

「袋に入れるもの？」

「はい」

アリーは眉をひそめた。「続けてくれ」

アリー・ハッサン准将：CIAだな？　この電話は大統領に報告する。

不明発信者：あなた個人の責任を追及する。准将、いいか？　いますぐ彼女を釈放しろ。

アリー・ハッサン准将：なんの話かわからないと言ったはずだ。切るぞ。
不明発信者：切るな。（聞き取れないつぶやきと怒鳴り声）おまえの責任だ。彼女を傷つけたらわたしが個人的にカタをつける、アリー。彼女の髪の毛一本にでも手を触れたら、おまえのタマ袋をもぎ取って食わせてやる。絶対に——
（アリー・ハッサン准将、通話を切る）

「最後のところだが」アリーは口を開いた。「相手は非常に興奮していて、すべて英語だったと思う。電話を切るなと言ったのはわかったが、そのあとは聞き取れなかった。ひどく早口だったからな」

カナーンは要約した。

「おれ自身のタマを？　そう言ったのか？」

カナーンはうなずいた。

「髪の部分は？」

「ほんの少しでも彼女に危害を加えたら、われわれを痛めつけてやるという表現です。もしわれわれが彼女の髪の毛一本にでも手を触れたら」カナーンは強調するために自分の髪をひと房つかんで引っぱってみせた。

アリーはふたたび眉をひそめ、テーブルに置いたマルボロをつかむと、窓のほうを向いて火をつけた。「わかった、いまのところそれだけだな」

カナーンはドア口で立ち止まった。「准将、兄上のオフィスから電話があり、CIAの女の最終報告書はいつできあがるのか聞かれました。今日中に読めることを期待しているそうです」

アリーはうなずいた。「もう一度読み直したい。ここで待っててくれ」

アリーは、二日前に尋問室で起きた事案について書いた、大統領への短い報告書を手に取った。アリーとルストゥムは、どちらが原稿を書くかで揉めた。あのコマンチ族がカナーンの喉にナイフを突きつけ、簡単に決まった。「おまえが書け、アリー」ルストゥムが言った。マニラフォルダーを開く。もう一度報告書を読み返したあと、下に置いて写真が添付されている二枚目に目を通した。

カナーンを呼び寄せ、フォルダーを手渡した。「コピーを取って提出してくれ。原本はこっちで保管する」カナーンはコピーを取ると、原本をアリーのオフィスに戻した。

アリーはフォルダーを手に、地下に下りていった。煙草に火をつけて、暗闇のなか目当てのファイリングキャビネットを捜し当てた。この国の高官ならだれもがしているように、アリーもオフィスに金庫を備えているが、それは政治的な手入れもしくは汚職捜査が入った場合に真っ先に押収されるものだ。自宅も捜索されるだろうが、スイス銀行に口座を開設できるほどの外国とのつてはなかった。少なくともいまのところは。そこでさしあたり、農業省のファイリングキャビネットを金庫がわりに使っている。アリーは〈アサド湖の水位、報告と分析、1988－1992〉というラベルが貼られたフォルダーを開き、尋問のビデオテープと一緒に写真を入れた。それからファイリングキャビネットを閉じた。
オフィスに戻ると、もう一本煙草に火をつけて自宅に電話した。時計を確認する。「ハビブティ、きみも子どもたちも食事はすんだのか?」

帰宅したアリーは、ベッドの枕の山にサーミーを放り投げた。サーミーは嬉しそうに悲鳴をあげて宙を舞った。次にアリーはオオカミのようなうなり声をあげ、バッサムを寝室からリビングルームまで追いまわし、ライラが遅い夕食を用意しているキッチンで捕まえた。アリーはバッサムを抱えあげ、息子の腹に口をつけてシャボン玉を吹く真似をした。バッサムはキャッキャとはしゃぎ、気づくとサーミーがアリーの靴の上に乗り、脚をつかんでよじ登ろうとしていた。三人はソファの上に倒れこんだ。ベタベタした手がアリーの目をふさぎ、サーミーが言った。「だーれだ、パパ、だーれだ?」アリーはサーミーの髪をくしゃくしゃにして、息子の身体を振りまわすようにして前に持ってくると、腹をくすぐった。サーミーは歓喜の悲鳴をあげてソファに崩れ落ちた。今度はバッサムを寝室まで追いかけ、捕まえて肩の上に乗せると、サーミーのところまで連れていった。ふたりがソファの上で飛び跳ねているあいだ、アリーは夕食の仕上げを手伝おうとキッチンへ行った。「こんなに早く帰ってきてくれるなんて」ライラが言った。アリーはドア口で立ち止まり、返事をせずに妻がパプリカを刻むのを眺めていた。ライラは手際よく、だが力強く、ナイフの刃をまな板に打ちつけていた。大きなオレンジ色のパプリカを手早く刻んでわきによけると、今度はグリーンのパプリカに移った。トントントン、という小気味よい音がする。刻んだパプリカを息子たちの皿に移し、横にフムスを盛りつけた。

「オフィスに戻る前にあなたの分も用意するわね」ライラは袋からもうひとつオレンジのパプリカを取り出して、カットしはじめた。最後にヘタを切り落とすと、大げさな仕草でナイフを横に置いた。

アリーはドア枠にもたれ、ライラに微笑みかけた。皿を二枚渡されてキッチンテーブルに置くと、息子たちの〈トイ・ストーリー〉のカップに水を入れた。シンクに立つアリーを、ライラがうしろから抱きしめた。「帰ってきてくれて嬉しい」首筋にキスされ、アリーは彼女の髪が肩にかかるのを感じた。

〝彼女の髪の毛一本にでも触れたら……〟

カップから水があふれ、指にかかった。アリーは小さく毒づくと、水を少し捨てて手を拭いた。

「大丈夫？」ライラが尋ねた。

「もちろんだよ、ハビブティ」アリーは振り返って彼女の額にキスをした。

それからリビングルームのほうを向き、「ふたりとも、夕食ができたぞ」と大きな声で言った。

PART 2
勧誘

7

マリアム・ハッダードの監視作戦は、瀟洒なマレ地区のヴォージュ広場近くにあるパリ支局の隠れ家で、二日間にわたって練りあげられた。中東課の薄暗い家屋に慣れていたサムは、クリーム色の石づくりの建物の五階にある、分厚い木の扉の向こうの優雅な隠れ家に驚きを隠せなかった。窓を開けると眼下に広場が広がっていて、一面に屋根や煙突が見わたせた。スレート屋根、琥珀《こはく》色の屋根、黄土色の屋根。けれどもいま、優雅なリビングルームには、地図や衛星写真、ピザの箱、中華料理のテイクアウト容器が散乱していた。

夜になると想定したルートを車で走り、監視役を交代するリハーサルをした。〈無法者たち《バンディートズ》〉、すなわちカッサーブ三兄弟にその名がついたのは、ヒズボラがCIAに協力する者を監視していないか見きわめるために、ベイルートで似たような作戦を行なったときだった。フランスは、イギリスほど監視カメラが行きわたっていなかった。サムが読んだ報告書によれば、フランスでは治安サービスの予算が削減され、対テロ対策以外の国内監視が廃止されたそうだ。街なかでフランス側に邪魔される可能性は低い。「サム、マジでさ」ラーミーが言った。「この作戦もパリもさ、今回の仕事は休暇みたいなもんだよ」

三つ子はシリア代表団が宿泊しているホテルの周辺を写した衛星写真にかがみこみながら、ボックス容器入りの北京ダックヌードルに三人同時に息を吹きかけた。サムは笑った。

「何がおかしいんだ？」ラーミーが言った。三兄弟はそろってサムを見上げた。

「きみらは三つ子には見えないかもしれないが、同じ癖がある」

「三つ子に監視をやらせたいって、正気か、サム？」彼らを雇いたいとサムが言ったとき、ブラッドリーはそう応じた。「監視作戦のいちばんのポイントは気づかれないことだ、同じ人間を見る可能性を三倍に増やすことじゃない」サムは次の公電に写真を添付しておいた。ラーミー：ずんぐりして二重顎。ユースフ：細身で長身。エライアス：その中間。

ラーミーは北京ダックをかじって目を見開いた。

「とにかく」サムは言った。「きみらにとっては休暇かもしれないが、シリア人女性を通りで〝ウォームピッチ〟しないといけないのはこっちなんだ」CIAはハッダードに関する背景知識を持っているので、〝コールド〟ではなく〝ウォーム〟だが、〝口説き《ピッチ》〟は間違いなくもっとも不確かで難しい勧誘方法だ。通りで接近し、ものの数秒でひと目につかない場所で会うことを承諾させなければならない。ターゲットがどう反応するか予測することは不可能だ。サムがイスタンブールで会ったケースオフィサーは、ロシアの参謀本部《G》情報総局《RU》高官を地下鉄の階段で勧誘しようとして、下まで突き落とされたそうだ。声をかけるときは必ず平坦な地面にしろよ、とその男は言った。

サムは地図を見下ろし、マリアムのホテルから数ブロック先のセーヌ川のほとりにある石の階段を指さした。三つ子のひとりが赤いマーカーでしるしをつけてあった。「ここはやめておこう」

朝が来て、明るい春の日差しと同時に見張りという単調な時間がやってきた。監視作戦で最初に来る、重要だが退屈きわまりない部分だった。サムがすでにコーヒーを二杯飲み、カフェインの作用で少しピリピリしてきたころ、ホテルのダブルドアが開いてマリアム・ハッダードが通りに出てきた。ホテルは有名ブランド店や、日除けのある風が気持ちいいカフェ、高級ブティックなどが立ち並ぶリヴォリ通りから一本入ったところにあった。

「出てきた」サムは通りを挟んだベーカリーで、暗号化されたイヤピースの無線機に向かって言った。ひと口残ったパン・オ・ショコラを口に放りこんで、三杯目のコーヒーを飲み干した。

テーブルに数枚コインを重ねて立ち上がった。ダンスの始まりだ。シリアは彼女に一日じゅうぴったり見張りをつけているのだろうか。〝スイミングプール《ラ・ピシーヌ》〟という通り名があるフランス対外治安総局《DGSE》の連中は、彼女を勧誘しようとするだろうか。一日張りついていれば、答えはじきにわかるはずだ。

「了解」カッサーブ家の三つ子がそろって答えた。マリアムがどの方面に向かおうと対応できるように、近隣の幹線道路に散らばっている。

「トレーニングウェアを着ている、朝のジョギングのようだ」サムは言った。「ツイてるな」

ジョギングはマリアム本人以外、だれも知らないルートがとられるはずだ。つまり敵対する監視チームも、彼女を追跡するのに人や車、バイクなどの移動チームに頼らざるをえなくなり、サムたちにヒントを与えてくれる。一方、定位置の監視——駐車した車、あらかじめ設置されたカメラ、カフェの客——は異国の地にあるサムたちには見きわめづらい。移動チームならその動きは察知できる。

マリアムはホテル前の歩道に立ち、ストレッチしながら春の空気を吸いこんでいた。彼女はCIAが不法に入手した写真とほとんど変わりなかった。初めて写真を見たときのように、サムは任務上必要な時間より一拍長く彼女を見つめた。背中まで届く栗色の髪、くっきりした頬骨、そして丸みを帯びた自然な鼻。シリアの上流階級の女性なら当たり前にしている美容整形手術は受けていないのだろう。

彼女は髪をポニーテールにしてから、ルートを決めるように左右を見まわした。通りすがりの若いビジネスマンが、パリの慣習を破って彼女に微笑みかけた。マリアムが歯を見せてにっこり笑うと、頬にえくぼが浮かんだ。

それから着実な足取りで、テュイルリー庭園のほうへ走り出した。

「ラーミー、そっちの方向だ。カスティリオーネ通りを南」サムはそう言って、歩道に停めておいたレンタルのヴェスパに急いだ。

「了解。交差点に向かう」ラーミーはマリアムの向かう方向を見きわめて追跡するか、サムか兄弟のどちらかに正しい方向を教えてくれるはずだ。見失ってはいけないが、気づかれてもいけない。存在を気どられないよう絶えず位置を変える必要がある。

サムはヴェスパに乗ってコンコルド広場まで行き、そこでラーミーと交代するつもりだった。オベリスクを過ぎ、セーヌ川の橋の近くに来たところで赤信号に引っかかった。

「彼女は、その、いつもの監視ターゲットじゃないな、サム」ラーミーの声が聞こえた。

「彼女はもっと、なんて言うんだったかな……」

「美人？」サムは尋ねた。無線の向こうでユースフがくっと笑っている。

「豊満だって言いたかったんだ」ラーミーが答えた。

「イスタンブールで監視したターゲットもそうだったな」とサムは応じた。「ただ今回は相手がサウジの将軍ではなく女性で、体重は百三十キロをはるかに下まわっている。ラッキーだと思ってくれ」

「庭園を突っ切って川のほうに向かっている」ラーミーが息を切らしながら無線機に向かって言った。「そのうしろを身長約百八十センチ、黒いアスレチックシャツに短パンの若い男が走っている。たぶんなんでもないだろうが、レバノン人に見える」

「了解」全員が言った。

「ラーミー、コンコルドを出たところで信号に引っかかった」サムは言った。「庭園に入っていって、彼女が川に着いたとき、どっちの方向へ行くか見分けられそうか？」

「ああ」ラーミーは答えて荒い呼吸をした。サムは一拍待った。「彼女はあんたのほうに向かっている。さっきの男も一緒に曲がった。二十メートルほどうしろにいる」

一度曲がっただけ。まだ心配する必要はない。監視かどうか見きわめるには時間がかかる。二時間見張っただけでは結論は出ない。だが十時間、十二時間、一日――それだけかければふつうはわかる。信号はまだ赤だった。サムはガムを口に放りこんだ。どうにも落ち着かなかった。前方に車が五台停まっていて、通行人が横断している。マリアムが足早に駆け抜けた。うしろに続く男性ランナーはじっと彼女の背中を見ていた。

いやな感じがした。サムは右端に寄って下を流れる川に沿って走った。マリアムの姿が見えなくなり、バトー・ムーシュの遊覧船から汽笛が聞こえてきた。サムが近くを通り過ぎると、頭上で鳩の一群が飛び去った。

うしろのランナーをよく見たかった。その存在がサムの首筋を粟立《あわ》たせた。それはファームにいたころからのなじみ深い感覚で、監視員が近くにいるというシグナルだった。長時間にわたって存在を気どられないことは、単独で尾行する際に求められるスキルだ。監視や監視を見破る訓練を積んだことがない人間でも、最終的には気づくものだ。だがフランス対外治安局《DGSE》がこれほどあからさまな男を地上チームに使うとは思えなかった。サムは速度を上げて川岸に下りる次の石の階段に来ると、ヴェスパを歩道に停めた。

「ここからは徒歩で行く」階段を駆け下りると、四十メートルほど先にマリアムをつけている男がいた。男のうしろを走るうちに、ペース、視線など細かい点まで目につくようになった。男はサムがいま使っているようなイヤホン型の無線機をつけて、隠れているチームへさりげなく合図を送っている。マリアムがペースを速めた。モーターでもついているようだ。サムの身体にジーンズとTシャツが貼りつきはじめ、不審に思われることなく走りつづけるのは難しくなった。

「男が彼女をつけている」サムは言った。「ぼくは道路に上がってそのまま走りつづける。ユーフ、ぼくがバテたらあとを頼む」

「了解」

サムは次の橋で石の階段を上り、ガラス瓶や煙草の吸い殻が散乱する緑豊かな公園に入っていった。連れ立ってのんびり歩く人たち、そぞろ歩きを楽しむ人たち、リードをジグザクに交差させて犬を散歩させる人たちを巧みに避けて川沿いを走りつづけた。丸々したブルドッグを連れた老人は、サムがリードを飛び越えたのを見て息をのんだ。

アルマ橋まで来たとき、答えがわかった。黒ずくめのランナーがマリアムのあとから階段を上ってきて、てっぺんに着くと、トレーニングウェア姿の別の若い男と言葉を交わした。だぶだぶの赤い短パンをはいた新しいランナーが、マリアムのうしろについてあとを追いはじめた。

「尾行がついている」サムは言った。「たったいま新しい走者にバトンが渡った」

マリアムに尾行がついていることを確信し、サムと〈バンディートズ〉はその正体の解明に着手した。マリアムからいったん離れ、三人の男から成るチームに集中することにした。全員がシリア人かレバノン人だと、〈バンディートズ〉の意見は一致した。運動選手らしい身体つきの若手ふたりはともかく、年長のずんぐりした三番目の男は、エライアスによれば、「間違いなくシリア人」で、それは「いかにもムハーバラート的な容貌、類人猿的なセンス、先祖返りの口髭」でわかるそうだ。本屋の窓からぎこちない手信号で赤い短パン男と意思疎通していたことで、その存在が明らかになった。

シリアの監視チームは、マリアムがホテルに戻るまで尾行を続けた。その後彼女がギャラリー・ラファイエットへ買い物に行ったときもあとをつけた。いずれの時点でもこちらの監視に気づいたり、見破ろうとする気配はなかった。

マリアムが大統領官邸の同僚と、サントノーレ通りのレストランに出かけるまで彼女の監視は続いた。マリアムが無事にホテルの部屋に戻ると、サムと〈バンディートズ〉はマレ地区の隠れ家でミーティングを行なった。この優雅な部屋に、ユースフはピザハットのペパロニピザを二枚と、フランスの安いビールを十二本買って戻ってきた。

サムは顔をしかめた。「うそだろ、世界一の美食の都にいるっていうのに、こんなものを食えって？　二日続けてまずいテイクアウトなんて」

ユースフが肩をすくめた。「監視のときはピザハットと決まってる」

「下手に変えないほうがいい」エライアスが続けた。

パリ支局の目利きのサポート要員が蚤《のみ》の市で買ってきたコーヒーテーブルにピザを並べたところで、この隠れ家に栓抜きがないことに気がついた。習慣的に、作戦を練っているあいだは酒を飲まないため、そのミスに気づかなかったのだ。

「信じられない」サムは言った。

だれもライターを持っていなかったので、サムはキッチンからナイフを取ってきてふたをこじ開けようとした。ナイフの刃はあっという間に折れた。表面が少し削れたが、テーブルの端に引っかけて思い切り叩きつけると、ふたは弾け飛んだ。サムは木屑を払い、ビールをぐっと飲んだ。

「フランスが裏で糸を引いている可能性は？」ラーミーが話を戻した。

「そうは思わない」サムは答えた。「フランス人はこんなに雑な動きはしない。シリア人だ」

サムはピザをひと切れ取って口に運ぼうとしたが、生地がまだつながっているのに気がついた。「ちゃんと切れてないじゃないか。きみらが用意できたのってせいぜいこれなのか？」

シリアの監視チームの存在が明らかになり、作戦が複雑になった。マリアムにひそかに近づかなければならないが、路上ではできない。シリアチームの隙をつけたとしても、危険がともなう。軽い立ち話であっても道端でアメリカ人と話しているのを見つければ、彼女を問いただすかもしれない。彼女を危険に陥れるかもしれない。アメリカ人と短時間話をしても疑惑を持たれない場所でマリアムと話す必要がある。

そこでサムはパリ支局に行き、シギントを読んで計画を練り直すことにした。NSAから出向中のリサという技術士が代表団の通話を録音していた。ブサイナ・ナジャールがまだ特定できていない恋人にかけた複数回の通話――「このへんは飛ばしたほうがいいかもしれません」リサは顔を赤らめて言った。「ちょっと生々しいですから」マリアムと父親との通話。彼女の歌うようなアラビア語と笑い声を聞いて、サムは自分が楽しんでいるのに気がついた。話題がアレッポでの戦闘に移ると(NSAのコメント:ジョルジェ・ハッダードの陸軍第三軍団は十月よりアレッポに駐屯している)マリアムの声が硬くなり、父親は言葉を濁すようになった。「もういいよ」サムはぶっきらぼうに言った。「これ以上は必要ない」

技術士は〝停止〟をクリックした。

「代表団のスケジュールについて何か情報は?」サムは尋ねた。

「ひとつあります」リサはパソコンの前に戻り、六日前の日付のNSAの短い報告書を呼び出した。ダマスカス駐在のフランス大使とフランス副外相との通話を傍受したものだった。そのなかで大使は、世論の反発はあるだろうが、ブサイナの来仏中に社交イベントを開けば、外相が良好な関係を築くのに役立つだろうと語っていた。自分が出席しなくていいのであればかまわないと副外相が答えると、大使が複数の外国要人に出席してもらうのが重要だろう、特にアメリカの、と言ったところで突然通話が切れた。

サムはその報告書を持って、ピーター・シプリーのオフィスに向かった。支局長が息子の数学のテストのことで元妻と電話でピリピリしたやりとりをしているあいだ、サムはドアの外でうろうろしていた。熊を突くのに最適なタイミングとは言えなかったが、ほかにどうしようもなかった。外交行事はマリアムを勧誘する最高のチャンスだ。シプリーが受話器を置くのが聞こえ、サムはドアをノックした。シプリーはサムを手招きすると、老眼鏡をかけてレポートを読んだ。数秒後、彼はその紙をデスクに置き、「ふざけやがって」と言いながら椅子の背にもたれ、左のサスペンダーを親指で引っぱった。「うちの大使はずっとこれを隠してたのか。彼女に尾行がついているのは間違いないんだな？」

「はい」

シプリーはうなずいた。「ちょっと外に出てくれ、聞き苦しいかもしれないからな」

シプリーが駐仏アメリカ大使に電話をかけているあいだ、サムはオフィスの外にある毛羽だったグリーンのソファに三分間すわっていた。大使は製薬界の重鎮で、大口の政治献金者であると同時に有益な情報の宝庫だった。詳細ははっきり聞き取れなかったが、話のトーンは伝わってきた。最初の一分が終わるころに怒声が始まり、二分目の途中まで激しさが増していき、三分目は少し落ち着いたものの棘々《とげとげ》しい会話に終始した。そしてパリ支局長の口から「くたばれ《マザーファッカー》」という紛れもない罵り言葉が発せられ、盗聴防止機能のついた電話機がデスクに派手に叩きつけられて終わった。

ドアが開いたときシプリーの顔はまだ怒りで赤く染まっていたが、サムはそのしかめ面に皮肉めいた薄笑いを見てとった。

「おまえを招待させた。明日の夜、パレ・ルイ＝フィリップだ。午後八時。ましな格好で行け」

勧誘にはふつうは数カ月、場合によっては数年かかることがある。希少なリクルーターと、その他のケースオフィサーを分ける能力は、しかるべき情報にアクセスできる人物を見抜き、関係を築いて、ＣＩＡに協力することを説き伏せられるかどうかだ。サムは入局して十年で十五人を獲得していた。ファームの同期のなかではトップの成績だ。サムは人の本質、人が何で動くかを知っていて、心理を読むことができた。サウジの王子からエジプトの情報機関の職員、ラスベガスの放浪ギャンブラー、故郷ミネソタの小さな町シャーマンズ・コーナーで出会った製粉工場の男たちまで、だれとでも垣根なくつき合うことができた。現地協力者の勧誘は、サムにとってスポーツのようなものだった。

ファームでは、今回のような公式の場での勧誘について三段階からなる攻略が指南される。会話を始める、ターゲットから（不審を招かずに）できるだけ多くの情報を引き出す、プライベートな場所での次の約束をとりつける。要は化学反応が生まれるかどうかだが、この作用を引き起こすのにサムにはひと晩の猶予しかない。絆が生まれれば、彼女は翌日会うことに同意してくれるかもしれないが、そうでなければそれで終わりだ。

オルセー通りの外務省庁舎から数ブロック先にある宮殿のような建物の前で、国務省政策顧問のパトリッジが招待状を持って立っていた。周辺に二十人くらいのデモ隊が集まっていて、参加者はシリアの反政府活動の象徴である三つ星の旗を振り、さまざまなプラカードを手にしていた。歩道に憲兵隊が待機し、無線機が雑音をたて、マシンガンが地面に向けられていた。ふたりがどっしりした扉の前に行くと、タキシードを着た案内係がさっと腕を振ってなかに招き入れた。パトリッジはひと言も口をきくことなく招待客のなかに紛れて消えた。

室内は、さまざまなスタイルのインテリアで飾りつけられたカクテルパーティーのようだった。洞窟のような部屋、ウッドパネル、シャンデリア、バーカウンターが二カ所、そしてオードブルが並べられたテーブル。サムはスパイスのきいたチキンの小皿を取り、会場の雰囲気を感じるため、ひとりで背の高いテーブルについた。串刺しのチキンを一本食べ、さまざまな国家を代表する人々が一堂に介しつつも、たいていはかみ合わない会話をしているだけなのを観察した。ネクタイをいじりながら周囲を見まわした。

最初に気づいたのは、彼女がずんぐりした外交官との会話から逃げようとしているところだった。相手はたしか、かつての鉄のカーテンの東側の国の人間だ。サムは微笑しながら、どう逃げようかと算段するマリアムの顔が、わずかながらも不快の色を深めていくのを見守っていた。彼女の目は助けを求めてあたりをさまよった。

そしてサムと目が合った。

サムに向けた表情は世界共通のものだった。助けて。いまこそチャンスだ。サムは近づいていくと、流暢なアラビア語で元気だったかいと話しかけながら温かいハグをした。マリアムもハグを返してきて、友人と積もる話があると例の外交官に告げたので、サムは胸を撫で下ろした。外交官はムッとした顔をして足音も荒く去っていった。

ドレスを着たマリアムの姿は、当分サムの心から消えることはないだろう。光沢のある真紅のドレスは口紅とよく合っていて、腰の上ですぼまって流れるように床に落ちていた。髪はアップにしてうなじがあらわになっていた。

「サム・ジョセフです」サムは囁き、ふたりは背の高いテーブルに落ち着いた。憤懣《ふんまん》やるかたないスラブ人が、部屋の向こうで新しいドリンクを手に傷をいやしているのを見ながら、ふたりは古い友人を装いつづけた。近くを通り過ぎたウェイターからシャンパンを受け取る。

「マリアム・ハッダードです」マリアムも囁き返すと、サムの目を見てにっこりと微笑んだ。「アメリカ人？」

サムは彼女の視線を受け止めてうなずいた。

「すばらしいアラビア語ね」

「ありがとう。かなり練習したからね。あのイーゴリとは知り合い？」

「だれ？ ああ、彼の名前はニコライよ、たしか。ブルガリア人」

「いや、その、イーゴリっていうのはふつう……。なんでもない。そう、ニコライだ」

「残念ながらさっき会ったばかりよ。ところで、助けてくれてありがとう」マリアムはほとんど非の打ちどころのない英語に切り替えた。

「どういたしまして」とサム。「今度はぼくの同僚を標的にしたようだ。でも彼女には当然の報いだけど」ニコライがパトリッジに一直線に向かっていくのを見て、マリアムは笑った。

「ところで、あなたの英語は完璧ですね」サムは言った。「どこで習ったんですか？」

ウェイターが怪しい灰色の肉がのったクラッカーの皿を運んできたが、サムは手を振って断った。

「若いころここで習ったの。母が外交官で。パリ勤務を利用して、わたしにフランス語と英語を習わせてくれた。それにけんかの仕方も」マリアムは不敵な笑みを浮かべてシャンパンに口をつけた。

サムもシャンパンを飲みながら、彼女のボディランゲージを読み、けんかの部分は冗談なのかどうか見きわめようとした。

マリアムはドレスの裾を直しながら言った。「本当よ」

サムもそうだろうと思った。「お母さんはあなたに護身術を習わせたかった？」

「もちろん。母はスキャンダルを楽しむ人だったから、わたしにクラヴマガを習わせたの」

皮肉を言っているのかどうかわからず、サムは曖昧に微笑んだ。マリアムはそれに気づいた。

「シオニストがつくったゲームで倒す以上に、彼らの鼻を明かす方法があると思う？」マリアムは笑いながら言った。「汝《なんじ》の敵を知れ、よ」

サムも笑った。マリアムは皮肉めいた笑みを浮かべたが、少なくとも二サイズは小さいスーツを着た口髭のシリア人が近づいてくると、それは消えた。彼はアメリカ人とのやりとりはすべて報告する必要があるとぶっきらぼうに告げ、サムにアラビア語がわかるはずがないと決めてかかり、サムのほうを指さしながら侮蔑的な言葉を発した。サムは大使館の職員に目を光らせている間抜けなムハーバラートだろうと思って、ばかみたいに微笑んでおいた。

マリアムは大げさに目を見開き、「もちろんわかってるわ、モハンナド」と、サムには理解できないとばかりにアラビア語で言った。「明日の朝、報告書を提出する。お願いだから、ほかの人にいやがらせしてきて」彼女が顔を背けるとモハンナドはしかめ面をし、サムをにらみつけて去っていった。

ふたりは黙ってシャンパンを飲みながら、モハンナドがバーに行ってすさまじい勢いでクラッカーを食べるのを見ていた。視線に気づいたモハンナドがこちらを見返してきたので、マリアムはサムのほうを向いて英語で言った。「モハンナドはすごく疑り深くて、報告書を書くのが趣味なの」

「明日の夜、一杯飲みながら話の続きをしませんか?」サムはすでにソルボンヌ大学の近くにこぢんまりしたバーを見つけていた。

マリアムはサムの目を見ながらシャンパンに口をつけた。「どこで?」

「カルチェ・ラタンの〈オ・トルション〉は？　何時に？」

「八時半は？　七時までミーティングがあるの」

「完璧だ。じゃあ明日」

マリアムは空のグラスをサムのグラスにカチリと合わせてからその場を去った。サムはじっと彼女の姿を目で追っていることに気づき、残ったシャンパンを飲み干した。整理すべきことがたくさんあった。オリーブ色の肌の官能的な砂漠のプリンセスという最初のイメージが、クラヴマガをたしなむ英語の達者な政府職員に変わり、最後はムハーバラートに抗う勇気を持った有能なプロフェッショナルに落ち着いた。そして、あのドレス。

「シャンパンのお代わりはいかがですか、ムッシュー？」サムはウェイターの言葉でわれに返った。申し出を断って最後にマリアムの姿を捜したが、見当たらなかった。

出口に向かう途中で、サムはいまもずんぐりしたブルガリア人に捕まっているパトリッジに微笑みかけた。

8

翌朝、サムとプロクター、ブラッドリーは安全な回線を使ったビデオ会議を開き、シリアのチームがマリアムの監視を続けているのなら、彼女と飲みに行くことが得策かどうかを話し合った。「パーティーでちょっと話すのはかまわないし」とプロクターが言った。「大使館の間抜けな用心棒が報告書を書いて、彼女がアメリカ人に言い寄られたと報告したとしてもたいした問題じゃない。でももう一度会う？　ムハーバラートのレーダーにわざと引っかかりに行くようなものよ」

「たしかに。会う前に監視がついていないかしっかり確認しろよ」ブラッドリーが命じた。

監視任務を免れたサムは、〈オ・トルション〉から一ブロック離れたカフェでコーヒーを飲みながら、見張りを続けている〈バンディートズ〉の会話を聞いていた。

「いまのところクリーンだ、サム」ユースフが言った。「いまタクシーをつけている」

「レストランに向かう」サムはコーヒーを置いて言った。

「了解」

〈オ・トルション〉を選んだのは奥まった部屋があり、三カ所から外に出ることが可能だからだ。〈バンディートズ〉の三人は外から見張ることになっていた。サムは暗号化されたイヤホン式無線機を外して、使い捨ての携帯電話に切り替える予定だった。もしシリアの監視チームが店に近づいてきたら、〈バンディートズ〉がその携帯に連絡してくることになっている。

サムは奥の部屋に入り、隅に小ぶりのテーブルを見つけた。反対側のテーブルではフランス人の大学生ふたりが身を乗り出して話しこんでいる。サムのうしろから年配のカップルが足を引きずるようにして入ってきた。

サムはイヤホンを外し――協力者はこれを不快に感じるようだ――〈バンディートズ〉にテキストメールを送った。〝レストラン到着。携帯に切り替え〟

エライアスから返事がきた。〝五分で着く。監視《ブラック》なし〟

サムはメニューを眺めるふりをしながら、このあとの段取りについて考えた。パリ支局はシギントでシリア代表団の旅程を把握していた。彼らはあと四日間パリに滞在する予定だ。ダマスカスでもこの作戦を展開することはできるが、いろいろ面倒になるのは目に見えている。時間は限られていた。

ラーミー：〝到着。尾行なし〟

マリアムが奥の部屋に入ってきて、あのえくぼがサムに向けられた。黒っぽいジーンズにグレーのスエードのパンプス、涼しげな白のトップスという服装だった。髪は真ん中よりやや左で分けられ、両肩に下ろしている。そして「あら、来てたのね」といたずらっぽく言った。

ブルーのスーツに白のオックスフォードシャツ――ネクタイはなし――という格好のサムは、立ち上がって出迎えた。「友だちから逃げられたみたいだね」

「ときどき地下牢から出してくれるんだけど、何も言わずに勝手に出てくることもあるの」マリアムは言った。「今朝あなたについてスキャンダラスな報告書を書いたから、それでご機嫌なのよ」

その報告書には実際に何が書かれているのだろうと思いながら、サムは微笑んだ。「ワインにする？」

ふたりは席につき、マリアムがメニューを手に取った。「ええ、でもわたしがオーダーする。あなたはそうね……えーと、英語でなんて言うんだったかな？」

「ビール派？」

「シンプルな好みの人」

「たしかに」

マリアムはいたずらっぽく笑ってからウェイターに合図し、流暢なフランス語でいくつか質問したあと、ワインリストからオーダーを決めた。

ウェイターはジゴンダスという村でつくられた赤ワインを二杯運んできた。「母と行ったことがあるの。大昔だけど」マリアムはそう言ってひと口飲み、ウェイターに向かってうなずくと、彼は姿を消した。

「パリにはどれくらい住んでいたの？」サムはアラビア語で尋ねた。

「二年。十六のときに来て、十八のときに帰ったの。シリアの大学に入るために。父がダマスカス大学に行けってきかなくて」

仕事のことを聞かれるだろうと、マリアムが予期しているのがわかった。シリア国内の紛争や反体制派との話し合いについて遠回しに尋ねてくるだろうと。けれどもサムはそういう話をしたくなかった。いまはまだ。関係を築き、自分自身のことを語ってもらうことによって、勧誘を成功に導かなければならなかった。

「パリのどこがいちばん好き？」サムは尋ねた。

マリアムはワインをひと口飲み、「自由かな」と答えるとグラスのステムに指を添わせた。

「詳しく教えて」

マリアムは微笑んでもうひと口飲んだ。

「初めて来たときわたしは十六歳で、それまでシリアを出たことがなかった。五月だった。アパートを出て、日差しを浴びながらセーヌ川に沿って歩いたのを覚えてる。空気が軽やかだった。説明するのは難しいんだけど、ずっとだれかに胸を押さえつけられているような気がしていた。苦しくはないけれど、圧力を感じるほどには強く。生まれてからずっとそんな気がしてたのに、パリに来たらその手がなくなって、目を閉じてただ息を吸っていたのを覚えてる。それから走りはじめた。コートがはためいて、気がつくと涙が流れてた」そこで彼女は笑った。

サムも笑みを浮かべた。「まわりの人は、きみがどうかしたんじゃないかって思っただろうな」

マリアムはあきれたように鼻を鳴らした。NSAの録音で聞いたのと同じ音だ。

「煙草を買ったの。暗くなってからモンマルトルのサクレクール寺院に行って、街の灯《あか》りを眺めた。煙草を吸いながらきらめく光の海を見てた」

「息を吸って?」サムはにやりとした。

マリアムはふたたび鼻を鳴らした。「そのチャンスがあるたびにね。またあの手が戻ってくるんじゃないかと不安だったけど、戻ってこなかった。世界が軽くなってた。そのあと女の人が近づいてきた。若くてすごく痩せてて、くすんだ《ダーティ》ブロンドのショートカットで、きれいな頬骨をしたミルクみたいな肌の人。火を貸してって言われてつけてあげると、彼女が隣にすわって一緒に丘を見下ろした。家出したのと言うからどうしてかと尋ねたら、自由になる必要があったって。そしていまは自由だって。それからわたしの目を見て自由かどうか聞いた。わたしはわからないって答えた。煙草を吸い終えると彼女は去っていった」

サムはワインに口をつけた。「何か食べる?」

「いえ、大丈夫。ありがとう。さあ、わたしの話は終わり。あなたのことを教えて。何か楽しいことを。ただの年表じゃなくて、物語を」マリアムは椅子にもたれ、テーブルの上でワイングラスをまわしながら気取った笑みを浮かべた。「ばかばかしい話をして、サム」

部屋の反対側の年配のカップルが、四人がけのテーブルの片側に並んですわり、キスをしていた。サムはふたりのほうを手で示した。マリアムはそれを見て笑いを抑えながらサムに向き直り、すてき、とアラビア語で口の形だけで言った。「でもごまかされないわよ」

サムは笑った。「わかった。ぼくはミネソタで育った、アメリカの北部にある州だよ。シャーマンズ・コーナーという小さな町で、農場や製粉工場の多い、まさに労働者階級の町だ。二十歳くらいのころ、製粉工場の人たちにポーカーに誘われてね。そこで大勝ちしたんだ」

「カードが得意だったの？」

「すっかりはまった。関連書は全部読んだ。テレビでポーカー・トーナメントをやってると、手元が映っているところを隠して、その手を読んだりとかして。ぼくは毎日勝ちつづけた。やがてポーカー仲間のひとりがある提案をした。町外れにあるネイティブ・アメリカンが経営しているカジノで、べらぼうに賭け金の高いトーナメントがある。出場料が五千ドル、賞金は二十五万ドル。出場料を少しずつカンパしたら、出る気はあるかって聞かれた。勝った場合のぼくの取り分は二十五パーセント」

「当ててみるわね、勝ったんでしょ？」

「ああ。六万二千ドルを受け取ったよ。それで家に帰る途中に思ったんだ。乗せてもらった車のなかを見まわして、この人たちは妻と子どもの待つ家に帰り、製粉工場で働きつづける。この金はぼくにとって脱出のためのチケットなんじゃないかって。家で降ろしてもらって自分の部屋に行き、ダッフルバッグに荷物を詰めると、自分の車に飛び乗ってミネアポリスに向かった。ベガス行きのチケットを買って、しばらくそこにいた。母は怒り狂ったけど」

「息子が突然家を出てラスベガスに行ったら、わたしも怒るでしょうね。また当ててみるわ、あなたはベガスに行って何百万ドルももうけ、これ以上お金はいらない、何かおもしろいことをしようと決めた。たとえば国務省に入って世界を旅するとか」

サムは笑った。「だったらよかった。最初はうまくいってたんだ。ちょうどいいゲームを見つけて、手堅くプレーした。自制心を失いそうになったら、途中でやめるつもりだった。でも夢中になりすぎた。もうけがすぐに十五万ドル近くにまでなって、ますます深みにはまった。そして、トップレベルの賭け金の高いプライベートなゲームに参加して、有り金を全部賭けた」

「どうなったの？」

「負けた。頭のなかで計算したことを覚えてる。製粉工場の三年分の給料が消えたって。ふらふらと部屋を出ていこうとすると、ゲームのホストのマックスという男に呼び止められた。なぜゲームをするのかと聞かれ、ぼくは肩をすくめて答えた。勝つため。反抗的な態度だったはずだ。どうしてそんなこと気にするんだって聞き返すと、別に気にしてないと言われた。でも彼はぼくが嘘をついているか、ごまかしていると見抜いていた。ゲームの最中にぼくの目を見てわかったらしい。きみは勝つだけでは満足しないと言われた。それ以上のものが必要だって」

「どういう意味？」マリアムが尋ねた。

「ぼくたちは窓際に移動した。彼はストリップ大通りにある、〈ベラージオ〉という大きなカジノホテルの住人だった。きみならすべてを手に入れられる、と彼は言った。失った金は二カ月で取り戻せる。アストン・マーチンを乗りまわし、LAでもタホ湖のほとりでも好きなところに家が買えるってね。彼も虚無と闘ったと言った。ベガスで切り刻まれ、空っぽになったって。貢献したいかと聞かれ、なんの話かわからなかったが、はいと答えた。何か腑に落ちるものがあった。自分が本当に大切なものから隔たっているという、ミネソタとベガスの両方で感じていた空虚感に響いたんだ」

「それか、十万ドル以上失ったっていう現実にね」マリアムがにやりとして言った。

サムは笑った。「それもあるな。でもいずれにしても、そのマックスという男が国務省の人材探しを手伝っている人間だとわかった。それでぼくはいまここにいる」

「型破りね」マリアムはその一部が事実ではないと知っているような口ぶりで言った。だがワインを飲み干すと、サムのほうに身を乗り出した。「話してくれてありがとう」

彼女はもう一本ボトルをオーダーした。サムは、いまのが自分がこれまでにしたもっとも突拍子もない冒険譚《たん》さ、と言った。「きみは?」

「シリアのことを聞かないの? 反体制派との話し合いのことを?」マリアムが笑いながら言った。「ワシントンに報告書を書かなくちゃならないんじゃない?」

「ぼくの質問のほうが意義深いと思うよ」

マリアムの表情が曇り、ぐっとワインをあおった。「いいわ。わたし一度、抗議活動に行ったことがあるの」

「やっぱり反体制派だったか」サムは冗談で言ったが、マリアムがテーブルに置いたワイングラスの底をいじっているのに気づいた。「ごめん。茶化すつもりはなかった。別の話をしてもいい」

マリアムは一瞬考えて、もうひと口ワインを飲んだ。「いえ、いいの。ただ、だれにも話してないことだから」

ほうら来た、秘密が。サムの頭はこの瞬間を記録した。これまでに獲得したすべての協力者のときと同じように。ひとたび候補者が自分自身の秘密を明かしたら、最終的には政府の秘密も明かしてくれる。

「何があったんだい？」サムは軽く促した。

「ラザンていう、衝動的な性格のすてきないとこがいるの」マリアムは語りはじめた。「同い歳《どし》で、ほとんど姉妹みたいに育った。彼女にはダマスカスで活動しているタンスィーキーヤという反体制派の調整委員会に友だちがいる。彼らは反政府デモを組織しているわ。一方で、ハッダード家はダマスカスのクリスチャンのなかでは有力な一族とされているの。クリスチャンの多くはこの紛争で傍観者の立場をとっていて、早く事態が収束することを願っている。デモの主催者はラザンが参加すればありがたいと言った。クリスチャンが反体制派に連帯を示すことになるから。これはラザンから直接聞いたことよ、わたしたちがどれほど親しいかわかるでしょ。わたしは官邸で働いているけれど、彼女は打ち明けてくれた」

「それで彼女のあとをつけた？」

マリアムはうなずき、言葉を探しながら、まだ目の前のアメリカ人とのあいだに壁をつくっていた。「そうよ」

マリアムはワインを飲み干してもう一杯注ぐと、サムの目をまっすぐに見てメッセージを伝えた。「わたしが行ったのは彼女の安全を見守るため、運動を支持しているからじゃない」

「わかった」サムは静かに応じた。

マリアムはメッセージが伝わったか確認するようにサムの顔を見つめた。サムは彼女の目つき、ボディランゲージ、椅子の上でそわそわとすわる位置を変えるようすを観察した。緊張が高まるのを感じたが、彼女に先に動いてほしかった。サムは無言のまま、距離を保った。

「ラザンはメガホンを渡され、大統領を批判する不幸な演説を行なった。わたしは群衆から離れて、観客みたいに見ていた」

「ムハーバラートはどうしたんだ？」

「もちろん阻止しようとしたわ。ひとりがラザンの右目に棍棒を振り下ろした。彼女を引きずっていって、殴りつけて逮捕した。ラザンは数日間刑務所に入れられて、わたしの父が釈放させた。運がよかったの。でもいまもあの子の右目は見えないまま」

「きみはどうしたんだ？」

「何もしなかった」

サムは片手をテーブルに置き、指を伸ばして誘いかけた。マリアムはその手に自分の手を重ねた。温かくほっそりとしてなめらかだった。マリアムはここで話を終わらせてくれてありがとうと言うように、弱々しくえくぼを見せて笑った。

サムは、これは候補者との面会であって、デートじゃないと自分に言い聞かせた。一定の境界を越えてはならない。重なった手を見ながら、サムは肉体的接触は避けなければならないことを思い出していた。ケースオフィサーは肉体的魅力を武器として使うことがあるが、いかなる状況でも協力者や自分たち自身がその関係に耽溺することは許されなかった。サムは溺れそうになっていた。

「そろそろホテルに帰らないと」マリアムが手を引いた。

「パリにはあとどれくらいいる予定?」

「今週末まで、あと二、三日」

「また会えるかな?」その言葉が口をついて出た瞬間、なぜデートみたいな口のききかたをしているのだろうと思った。

マリアムはイエスと言いたそうな顔をしたが、結局こう答えた。「いい考えかどうかわからない。明日からすごく忙しくなるの。あなたもそうでしょう、アメリカ人さん」そう言ってテーブルの上のサムの手を見ると、目をそらした。

最初のノーは尊重しなければならない。いい勧誘は強要するものではない。相手に選ばせるのだ。

「わかった」サムは勘定書きが挟まれている革のホルダーからペンを抜き取り、ナプキンに電話番号を書いた。「これがぼくの番号。ぜひ話の続きをしたい。もう一度きみに会いたい。今週はずっとこっちにいる。自由な時間だ」とナプキンを押しやった。マリアムはそれに目をやり、少し考えたあとでバッグにしまった。

フランス人カップルはとうに姿を消していて、部屋にはだれもいなかった。

マリアムはサムの右頬に赤い口紅の跡をつけた。指で消したあとでその指を掲げ、いたずらっぽい笑みを浮かべた。「全部は取れなかった」

サムは笑い、彼女を引き寄せてハグをした。マリアムはサムを一瞬抱きしめたあと、早口におやすみなさいと言って曇り空の夜に消えた。

9

翌朝目覚めたマリアムは、テーブルの上で自分の手を誘っていたサムの手のことを考えていた。なぜあんな話をしてしまったのだろう？　なぜ初対面の外交官にあれほど心を開いてしまったのだろう？　それもアメリカの外交官に。折りたたんでクレジットカードのうしろにしまってある、ナプキンに書かれた電話番号のことを思った。身体に震えが走った。ビリビリに破いてトイレに流すべきだった。それはわかっている。にもかかわらずマリアムはそうしていなかった。理屈に合わないが、それが現実だ。

起き上がって、動けなくなるまでクラヴマガのエクササイズをした。汗だくになったのでシャワーを浴びてローブをはおり、ルームサービスでマキアートとブリオッシュを頼んだ。カップをじっと見つめているうちに、シンプルな疑問が頭のなかに渦巻き、マリアムを苦しめた。あなたはだれ？　なぜこんなことをしているの？　なぜファーティマ・ワーエルを脅すためにパリに来たの？

けれどもその疑問に答えることはしなかった。クロゼットの前に立ち、黒いペンシルスカートとクリーム色の花柄のブラウス、黒いハイヒール、母からもらったミキモトのシンプルなパールのネックレスを身につけた。髪をまとめて鏡に向かい、赤い口紅を塗ると、自分の見た目に満足した。エレガントでシンプル、ふだんファーティマを脅しているムハーバラートのならず者とは正反対だ。わたしはシリアの新しい顔よ、ファーティマ。こっちに鞍替えして反政府活動とは手を切りましょう。シリアに帰りましょう。さもないとあなたは破滅よ。

下におりていくとロビーの隣のダイニングルームでブサイナが朝食をとっていた。うしろのテーブルでは、彼女の護衛がジャングルキャットのようにくつろいでいる。ブサイナはテーブルに手帳を開き、すさまじいスピードで携帯でメールを打っていた。「マリアム、今日これからファーティマのところに一緒に行けなくなったわ。というより、予定を切り上げて帰国しなければならなくなった。ダマスカスで事件があったの」そう言いながら、もう一通メールを送った。マリアムが見ていると、非通知番号から着信があった。「まったく」ブサイナは小声で言った。「面会にはひとりで行ってあとで報告して」とマリアムに指示すると、新たに届いたメールを読んだ。「勘弁してよ」

大使館の車が八時にマリアムを迎えに来た。早朝からの雨で、パリの街路には油の浮いた水溜まりがあちこちにできていた。犬の散歩に出てきた人は長靴をはき、通りすがりにあるカフェのウェイターはタオルで椅子を拭いていた。大使館へ向かうのはマリアムの官僚としての武器を取りに行くためだった。書類、ファイル、名刺。

運転手は抗議の声をあげるデモ隊を蹴散らすようにして大使館に近づいていった。ある抗議者はアサドの写真の上に〝ドクター・デス〟と書いたプラカードを掲げていた。ゲートに入るのと同時に、マリアムは深いため息をついた。車がスピードを落とすと、デモ隊が近づいてきてボンネットや窓を叩きはじめた。若いシリア人の男が窓越しにマリアムを指さし、「おまえは虐殺者の奴隷だ」と言いながら手製のポスターを窓に貼りつけた。遺体の写真が使われていて、瓦礫に埋もれているものもあれば、カファンという埋葬布に包まれて並んでいるものもあった。男はもう一度マリアムを指さした。マリアムは彼の視線を避けて、死亡した女性の写真を見た。昔、夜のシリアで出会った女性に似ていた。

ダマスカス大学三年のとき、マリアムとラザンはしょっちゅう酔っ払っていた。

ふたりは買い物に行き、ランチに行き、パーティーに行き、踊り、デートをし、おしゃれをし、煙草を吸い、噂話に興じ、浪費し、無視し合った。政権の息子たちや娘たちにとって、怖いものは何もなかった。父親の死にともない、バッシャールは大統領職に就いたばかりだった。新聞は変化を書き立てた。なんといっても、前大統領は三十年にわたって国を治めていたのだ。いくつかの反政府勢力の本拠地では政治サロンが開かれ、西側諸国の政治家がこぞってダマスカスにやってきた。バッシャールは自身のフォルクスワーゲン・ゴルフに彼らを乗せて旧市街を案内し、写真を撮った。バッシャールは若く、パソコンが使えた。医師で、ロンドンで研鑽を積んでいた。妻のアスマーは――ラザンがよく言っていたが――セクシーな美女だった。ヴォーグ誌は彼女を〝砂漠のバラ〟と評して表紙に載せた。

けれども現実は、新しい大統領の周囲のごく狭いグループに金と権力が流れこんだだけだった。いとこ、信頼のおける友人、有力な一族――そういった内部関係者が石油や通信事業、自動車販売業で富を築いた。

そのころすでに衝動的で、反抗的で、マルクス主義をかじっていたラザンは、どういう仕組みなのかをマリアムに説明した。白いタンクトップとジーンズという格好で大学寮の床に寝そべり、頭の横に煙草をもみ消した灰皿を置いて、ボトルからウォッカをがぶ飲みしながら。「お金と認可と地位は、バッシャールと周囲のひと握りの人間に独占されているんだよ。あいつらはそれを切り分けて二番手の連中に与え、二番手が同じことを三番手にやって、それが続いていく」そう言ってウォッカのボトルを置き、煙草を深々と吸いながら腕を伸ばすと、シャツが上に引っぱられて浅黒い腹部があらわになった。へそにピアスをしている。完全なスキャンダルだ。「それがアサドによるシリア支配を強固なものにしているの。スーリヤ・アル・アサド。アサドのシリアよ」ラザンは悪意のある笑みを浮かべながらボトルをマリアムに差し出した。

マリアムはスケッチブックを置き、ラザンに向かって眉を吊り上げてからウォッカをあおった。ムハーバラートがどこかに盗聴器を仕掛けているかもしれないと思いながら部屋を見まわしたが、ラザンに気にするようすはなく、笑ってこう尋ねてきた。「それが全部どこに行くか知ってる？」

「下流に」マリアムは安いウォッカを飲みながら答えた。

ラザンが共有のクロゼットを開け、赤いソールでひと目でそれとわかる〈ルブタン〉のパンプスを指先にぶら下げた。その十三センチのハイヒールが見分けられないわけではない。それはマリアムのもので、何足か持っているうちの一足だった。「アサドからわたしたちのクロゼットへ」ウォッカがきいてきたのか、ラザンは呂律《ろれつ》のまわらない口で言った。「もちろん迂回はしてるよ。軍とSSRCを通ってわたしたちの父さんたちへ、そしてわたしたちへ」ひとり言を続けながら、ラザンはアクセサリーの引き出しを探ってゴールドのジュエリーを取り出した。それから両手で胸を包みこみ、指先で額に触れて言った——最近胸と額それぞれにシリコンを注入していた。「バッシャール・アル＝アサド閣下のご厚意により」と膝を折ると、マリアムのように鼻を鳴らして笑った。完全に酔いがまわったようすで壁にもたれかかった。

「ラザン、あと十五分しかないよ」マリアムは腕時計を見ながら言った。政治は置いておいて、これからパーティーに行くのだ。「アサドのルブタン」とラザンがいっそうまわらなくなった口で言いながら靴をはき、ぴったりしたミニのドレスを着た。しっかりメイクをしてから、友人の誕生日を祝うために〈アート・ハウス・レストラン〉に向かった。ダマスカスの街をタクシーで走りながら、ラザンがマリアムの肩に頭をもたせかけてきた。

「人生に追いつかれたらどうなると思う?」マリアムは尋ねた。

「子どもを産ませようとすると思う」ラザンが答えた。

「そうだよね」

「繁殖計画を逃れる唯一の方法はいい仕事に就くことだよ」とラザン。「それだけが逃げるチャンス」そう言って身体を起こし、窓の外を見た。マリアムも窓越しに光り輝く街を見つめた。ダマスカス、ああ、ダマスカス。マリアムは国の中心で光り輝くこの街が好きだった。壊疽《えそ》に冒されたこの国の隅々にまで、エネルギーを届けるネオンの心臓の役割を果たしている。

胸のつかえをもう少しで忘れそうになった。もう少しで。

マリアムはさらにウォッカを飲み、踊り、歴史のクラスの男子とキスしたことは記憶にある。そのあとラザンが何か企んでいるように目を光らせて誘ってきた。「フィールドトリップに行こうよ、マリアム」そしていとこは友人の車をくすねてくると——神さまお許しください——ハイウェイM5に乗り、東の郊外に車を走らせた。マリアムは記憶が飛んでいたのか、レストランを出たことを覚えていなかった。気がつくとラザンが窓を開けて煙草を吸っていた。ラジオから流れるエンリケ・イグレシアスの歌に合わせながら、ラザンはハンドルを握った手を小刻みに動かしたり、すわったまま踊ったりしていた。ハイウェイのライトが猛スピードで遠ざかっていき、マリアムは必死に手すりにつかまっていた。

三十分ほど過ぎたころ——もっと長かったかもしれない——マリアムはいったいどこに向かっているのかと尋ねた。「遠くだよ、マリアム」とラザンは答えた。「見聞を広げるためにね」少しは酔いが覚めたらしく、とにかくまっすぐには進んでいる。けれどもハラスターという街のあたりで、道路に落ちていた金属片をタイヤが踏んで、ポンという鈍い音がした。ラザンは毒づき、光る計器盤を確認して、お守りでもあるかのようにそれに触れた。ハイウェイM5を下りるとあたりの通りは暗く、鎧戸《よろいど》の下りた窓の向こうからスモークガラスのBMWを見つめている視線を感じた。モスクをいくつか過ぎ、家電販売店を過ぎ、野良猫の溜まり場になっているレストランを過ぎた。ダマスカスの中心部では見ることのない、ニカブをつけた女性が男性と幼い子どもたちのうしろを歩いていた。点々とゴミの山が築かれている。ゴミ袋をよけながら、モスクをまた通り過ぎたとき、タイヤがガタガタと大きな音をたてて道路を激しくこすった。「BMWを運転してるクリスチャンの女なんて見慣れてないだろうね」ラザンは騒音に負けずに言った。その音でマリアムの頭にかかっていたウォッカによるもやも晴れた。

ついにタイヤがパンクし、歩道にリムがぶつかって火花が散った。ラザンは毒づき、どこともしれない真っ暗な道でプスプスいって車が停まった。トランクの下にスペアタイヤがあったが、ふたりとも交換の仕方を知らなかった。

ふたりは暗闇に目を凝らし――街灯はどこ？――恐ろしいほどの静けさと下水のにおいが漂っているのを感じた。マリアムが口を開いた。「家から三十分しか離れていないのに、これ以上遠くに来たことがない気がする」

「ここはなんていう郊外？」ラザンが尋ねた。

「あなたが運転してきたんでしょ」

「だから？」

「ハラスターは通ったよね？」

「うん」

「じゃあ、ドゥーマだね。ドゥーマだよ」

ふたりは助けを求めて歩きはじめた。半分酔っ払った、ヒジャブもつけていないパーティー帰りのクリスチャンの娘ふたり。数ブロック南に行ったところで奇跡的に自動車修理工場が見つかった。もう夜中の十二時を過ぎている。店内は暗かったが、ラザンはかまわずドアを叩いた。

「ラザン、何してるの？　真夜中じゃない」

「お金いくら持ってる？」

「あんまり」

「有り金全部はたかないと」

三度目のノックで、漆黒の口髭を生やした、顔に傷のある男性がドアを開けた。自分の店の入口にふたりの女が立っているのを見て、彼は慌ててドアを閉めた。ラザンはもう一度ノックしようと手を上げたが、マリアムがそれを止めた。「だめだよ。もう充分」

ふたりは言い争ったのち、あきらめて帰ろうとした。そのときドアがふたたび開き、中年の女性が廊下に立っていた。ニカブを身につけている。「なんの用？」

「数ブロック先で車が停まってしまったんです」マリアムが言った。「タイヤがパンクして」

いまのが間違った答えだったように、女性は黙っていた。

「タクシーを呼んでくださるか、どなたかに車を見ていただけないかと思いまして」マリアムは続けた。

「何時かわかってるの？」

「はい。申し訳ありません。急に動かなくなってしまって」

「どこに行くつもりだったの？」

「ドライブに」とラザンが答えた。

女性は、ばかにしているのかというようにラザンを見つめた。マリアムもそう思った。

ほぼ全身を布で覆ったこの女性を見ているうちに、マリアムはいまこの瞬間にここにいることがどうにもいたたまれなくなった。ルブタンを――アサドのルブタンを――ドゥーマのゴミの山に投げ捨てたくなった。女性も同じことを思ったらしく、マリアムの靴を一瞥《いちべつ》してから顔を上げた。

「なかに入りなさい」

彼女は狭い廊下を通り、キッチンに入って薄汚れたプラスチックのテーブルにつくよう示した。それからその場を離れて夫と話しに行った。奥の部屋に通じるドアが少し開いていて、少なくとも八人、おそらく九人の子どもが床に広げたみすぼらしい毛布の上で眠っているのが見えた。戻ってきた彼女は、マリアムが子どもたちを見ていたのに気づいて言った。「六人はわたしの子ども、あとは東にいた夫の家族だよ。干ばつで農場と家畜がだめになって、ほかに行くところがなくなったから。夫が車を見に行くよ。どこにあるの？」

「あっちのほうの数ブロック先です」ラザンが指をさして答えると、女性はうなずいた。

「BMWです」マリアムは、彼女がそれに反応しないでくれるといいと願いながら言った。

女性はもう一度うなずいた。ニカブの下で彼女が笑ったように感じられた。女だけになり、ニカブがとられた。ゴワゴワした肌、白髪の目立つ髪、トウモロコシのような小さな歯。何歳なのかわからなかったが、整った目鼻立ちを見ると、生活に疲れる前は魅力的な女性だったのだろう。

「マリアムです」とマリアムは名乗った。「こちらはいとこのラザンです」

「ウンム・アビーハだよ」と女性は答えた。

彼女の夫が工具箱を手に、女たちと目を合わせないようにキッチンに入ってくると、ウンム・アビーハは車のある場所や車種を伝えた。彼はラザンがテーブルに滑らせたキーを拾い上げた。彼が手を伸ばしたとき、左腕にナイフの傷痕や火傷《やけど》の跡がいくつもあるのが目に入った。ナイフと火の歴史を物語っていたが、火傷の跡はほとんどが小さく丸いものだった。ラザンもじっと見ていたので、ウンム・アビーハは当然それに気づいた。夫が出ていくと、彼女は立ち上がって錆の浮いたティーポットを取り出した。キャビネットを開けてお茶を捜していたとき、棚がほとんど空っぽで、ゴキブリが這いまわっているのが見えた。マリアムはふたたび羞恥心に襲われた。常に焼きたてのパンや新鮮な野菜が揃い、スパイスがずらりと並んだ自分の母親の家のパントリーを思い出した。

「サイドナヤだよ」ウンム・アビーハが言った。

「え？」ラザンがかすれた声で聞き返した。とっさにその意味がわからなかったのは、疲れとウォッカのせいだろう。

「あんたたちも気づいた、夫の腕にある火傷の痕だよ。刑務所でやられたんだ。サイドナヤでね。あそこに三年いた」

「すみません」マリアムは言った。「じろじろ見るつもりはなかったんです」

ウンム・アビーハはティーポットをコンロにかけて、火をつけてからテーブルに戻ってきた。「武器を密輸したと言われた」彼女はふたたびマリアムの考えを読んだように言うと、肩をすくめた。本当かどうかなんてだれにわかる？　というように。ティーポットが音をたて、ウンム・アビーハは苦い紅茶を三杯いれた。ラザンが砂糖はあるかと聞いたので、マリアムはテーブルの下で彼女の脚を蹴飛ばした。

ウンム・アビーハの顔が赤く染まった。彼女は首を振って「ないの」と答えると、腰を下ろしてマリアムを見つめた。彼女のほかの部分は疲れているけれど、目は生き生きと輝いていた。

クリスチャンのふしだらな女たち《シャラーメート》を前にきまり悪い思いをしながら（とマリアムには思えた）、ウンム・アビーハはお仕置きの内容を考えている教師のように紅茶を飲んだ。しばらくのあいだだれも口をきかなかった。やがてほっそりした少女が奥の部屋から出てきてウンム・アビーハの膝にすわり、マリアムとラザンをじっと見つめた。

「刑務所に連れていかれる前は、夫はここドゥーマで農場をやっていた」と彼女は言った。「ほとんどが杏《あんず》の木でね、花が咲くとそれはきれいだったよ。でも井戸が増えて水が少なくなって、ムハーバラートがしょっちゅう調べにくるようになった。いまは弟と一緒に修理工場をやっている」ウンム・アビーハはラザンのネックレス、イヤリング、ドレスの裾に目をやった。ラザンのまぶたが下がり、ぱっと上を向いたかと思うと、ふたたび下に下がった。お茶には口をつけていなかった。

「旧市街に住んでいるのかい？」ウンム・アビーハが尋ねた。

「はい。ダマスカス大学に通っています」

彼女はうなずいた。「結婚は?」

「まだです」

「もったいない。きれいなのに」と言うと立ち上がって、子どもを寝かせに行った。ラザンはすわったまま寝てしまった。

夫が帰ってきて、足早にキッチンに入ってきた。ふた言三言妻に言ってキーを渡した。

「タイヤを替えたって」ウンム・アビーハが言った。

マリアムは財布を開きかけたが、ウンム・アビーハが片手を上げた。「いらないよ」有無を言わせない口調だった。マリアムはうなずいて財布から手を離した。

「ありがとうございます」

ラザンを起こそうとしたとき、ウンム・アビーハがマリアムのほうに椅子を向けた。そしてマリアムの手を取り、彼女の歯を見つめて自身の不揃いな歯を見せて笑った。

ウンム・アビーハはマリアムの手を持ち上げて自分のしわの寄った頰に触れさせると、そのまま歯並びの悪い口元をかすめ、骨張った首筋に添わせて六人の命を育んだ平らな胸に置いた。心臓にあてがわれた手から、マリアムは力強い鼓動を感じた。

「帰りなさい、マリアム」彼女は言った。「でも覚えておいて。わたしのことを忘れないで。門の外に暮らしている奴隷のことを」

その言葉に反し、マリアムはそのときのできごとを忘れようとした。けれどもいま振り返って、抗議ポスターに写っていた女性をもう一度見ようとした。「邪魔だ、どけ」運転手がぶつぶつ言いながら、人だかりを蹴散らして車を加速させた。ゲートが閉まってポスターが見えなくなるのと同時に、あの写真がウンム・アビーハだったのかどうかわからなくなった。マリアムは目を閉じて深く息を吸い、記憶を追いやるように吐き出した。

マリアムは大使館に入り、ムハーバラートの部屋に通じるドアをノックした。汗まみれのモハンナドが出てきたので、先日のレセプションでサムと交わした短い会話について書いたばかばかしい報告書のことを思い出した。あれはどうなったのだろう。

「ダマスカスから送ったファイルが必要なの」マリアムが言うと、モハンナドはうなずいてそこで待つように言った。しばらくして大きな束を抱えて戻ってきた。マリアムはそのなかから、ファーティマの親族のリストが書かれた一枚の書類を抜き出した。それを折って封筒に入れ、バッグにしまった。

そしてモハンナドをうしろに従えて、車寄せに待たせてあった大使館の車に戻り、ゲートの向こうから聞こえてくるデモ隊の脅迫的な言葉を無視しようとした。身体をかがめて乗りこもうとしたとき、サムとの二度目の密会についてモハンナドに報告することを思いもしなかったことに気づいた。車がゲートを通り抜けた。運転手はクラクションを鳴らして叫び、卑猥《ひわい》な仕草をして人ごみのなか車を走らせていった。

ファーティマには、シリア大使館が所有するこぢんまりしたアパルトマンで会うことになっていた。パリの不動産は高価なので、このアパルトマンはシリア政府のほとんどの所有物と同様、薄汚れていた。どっしりした木製の家具、カビ臭いラグとカーテン、そして前大統領ハーフェズ・アル＝アサドの肖像画のせいでいっそう時代遅れに見えた。モハンナドが入ってきて盗聴装置がないか確認したあと、廊下に出て見張りに立った。マリアムは狭苦しい応接間に置かれた、色あせた赤ワイン色のソファに腰を下ろした。クッションのひとつに油染みが浮いている。そして待った。

数分後、ファーティマが入ってきた。うしろにはモハンナドがいる。髪は赤っぽい巻き毛のショートカットで、顔は天使のようにぽっちゃりしていた。だが闘士の眼差しは健在で、握手をするときマリアムの目をじっと見つめてきた。黒いパンツスーツに白い水玉模様のフリルのブラウス、首には反政府活動の象徴である三つ星の旗が刺繍されたスカーフを巻いていた。彼女がマリアムの向かいに腰を下ろすと、モハンナドは廊下に消えた。大使館の係員がカルダモンティーを持ってきた。

「来てくださってありがとう」マリアムは言った。

「ブサイナはどこ？」ファーティマが尋ねた。

「急な用ができて。代理であなたと話す権限を与えられています」

ファーティマはうなずき、お茶に砂糖を入れてかき混ぜた。スカーフを外すと、三つ星が見えるようにソファに広げた。「あなた、ジョルジェ・ハッダード少将の娘さん？」

ファーティマはため息をつきながら、カチンと音をさせてスプーンをソーサーに置いた。「はい」

「わたしがいくつこういう話し合いをしてきたか知ってる？　毎回同じ筋書きなの。お茶、儀礼的な挨拶で始まってわたしの活動を無駄な抵抗だと指摘し、反乱を下支えしているジハーディストに関するご高説が披露される。そして最後にオファー、代償、それにともなう脅しが示される」そこで言葉を切ると、お茶をひと口飲んだ。「でもあなたみたいにエレガントなメッセンジャーはいなかったわね、マリアム。その点は評価する。あなたは腐敗した大統領のイメージ戦略に利用され、刷新された政権の顔になってる。でもさっき言った筋書きどおりでないのなら別だけど、いますぐオファーを出し、それによってどんな代償があるか、わたしが従わない場合どうするつもりなのかを話したほうがいい」そしてカップを置き、マリアムを凝視した。

「オファーは帰国です。代償はヨーロッパの複数の新聞に反政府活動がジハーディストの隠れ蓑《みの》になっていることを語り、帰国したら沈黙を守ること。子どものころ暮らしていた家で人生を全うすればいいわ」マリアムはお茶を飲み、熱い液体が内臓に広がるのを感じた。そしてバッグから封筒を取り出し、テーブルの上に置いた。

ファーティマが驚いたようにマリアムを見た。「脅し？」

「ええ」

ファーティマは封筒を開けて、二十二人の氏名が書かれたリストに目を通した。いちばん上は高齢の母親だ。年齢は八十歳。彼女は顔を上げてマリアムを見た。

「若いころ、政府を支持する人が理解できなかった。そういう人たちを憎んで、口もきかなかった。でも歳をとると、わたしたちはそういう世界、そういう家族のもとに生まれたんだと思うようになった。制約があり、システムがあるって。ある種の人たちは——たとえばフランス人やアメリカ人は——完全な自由が与えられる世界に生まれついている。でもわたしたちはそうじゃない。わたしたちはシリア人よ。生まれたときから檻のなかに囚われている、歴史に深く刻まれた理由によって。あなたのことを憎んでいるわけじゃないけれど、たったいまわたしの母を脅した。あなたは自分の家族の安全を守るため、いい暮らしをするため、いいものを食べるためにやってるんでしょう。でも自分をごまかさないほうがいい、あなたにはまだ選択肢がある。ただそれを選ぶのが難しいだけで」

マリアムはお茶を飲み終えると、音をたててカップをソーサーに置いた。胸がまた重苦しく感じられた。

ファーティマは紙をたたんでマリアムのほうに滑らせた。「答えはノーよ。わたしは自由な人間。これからもずっと」

午後になると雨が降り出し、分厚い雲が街を覆った。マリアムは大使館に戻って交渉の報告書を作成した。ブサイナはすでにシリアに帰国していた。公式会談は暗礁《あんしょう》に乗り上げたが、大統領は名ばかりの議会でファーティマとの会談の終結を宣言する演説を行なうことになっていた。

マリアムは報告書を仕上げるとブサイナの官邸のメールアドレスに送り、ホテルからすぐのカフェに向かった。日記をつけようと手帳を開いたが、一行も書けなかった。しかたなくそのまま閉じて携帯を取り出し、一瞬ためらったのちブサイナに電話した。

「メールは届きました？」マリアムは尋ねた。

「ええ。予想どおりね。しばらく考えてもらうわ。もう一度接触してちょうだい。今日一日、彼女は自分の決断についてあれこれ考えるはずよ。ちょっと待ってて」うしろでくぐもった音が聞こえ、だれかほかの人と話しているのがわかった。マリアムはふたたび手帳を開いてペンを握ったが、やはり動かなかった。

「まだそこにいる？」ブサイナの声がした。

「います」マリアムは手帳の白いページを見つめていた。なじられている気がした。

「これからアリー・ハッサンに電話するけど、週末までに応じなければ母親を連行するとファーティマに言っておいて」

「わかりました」マリアムは歯を食いしばった。

「けっこう。引き続き対応をお願いね。じゃあ」

マリアムは電話を切り、カフェの店内を見まわした。カウンターの女性がコーヒーを注文している大学生と楽しそうに話している。マリアムは財布を開いてナプキンを取り出し、テーブルに広げた。電話番号を見つめ、彼の手の感触を思い出した。

そしてその番号にかけた。

10

面会場所を変更するよう打診されたが、サムはラングレーとダマスカスへの公電で、代案を出せばマリアムを警戒させると反論した。そこで迅速な調査が行なわれた。本部ではその住所を数十に及ぶデータベースにかけ、傍受したテロリストの通信で言及されていないか調べられた。欧州課はダミー会社を使って同じ調査を行ない、本当にその住所でその事業が営まれているかどうかフランスの税務当局に確認した。〈バンディートズ〉は入口付近を見張っていたが、敵対的な監視は見当たらなかった。ラーミーはスタジオ内を見学し、外に防犯カメラが一台あるのを見つけた。下調べは終わった。

いまラーミーとエライアスは、マリアムの泊まっているホテルの外にいた。一方、サムとユースフは彼女に指定された住所から二ブロック離れた路地にいる。あれからさらに雨が降って、通りはひんやりしていた。

「いまホテルを出た」ラーミーが暗号化された無線機を通じて言った。

マリアムからは、トレーニングウェアを着て六時に来るよう言われていた。旧友からプライベートレッスンを受けるそうだ。「あんたのケツを蹴飛ばすつもりだな」ユースフが満面の笑みを浮かべてサムに囁いた。たぶんそうだろう。〝ケースオフィサー、イスラエルの格闘技の練習中にシリア人協力者候補に無力化される〟。実に恥ずかしい公電になるだろう。

「彼女、おもしろいことをしている」エライアスが無線で言った。「徒歩でサンジェルマン方面に向かっているが、ジグザグのルートをとっている。それに角を曲がったり、来た道を引き返したり、予想外の行動だ。監視探知ルート《SDR》のいたって単純な方法だが、驚いた」

「素人に見破られたら悲惨だな」ユースフが言った。

「おれたちはムハーバラートよりはましだ」とラーミー。「大丈夫だよ」

「きみにスタジオを案内したインストラクターの国籍は？」サムは無線機に向かって尋ねた。

「イスラエル」

サムはにやりとして、十七歳のマリアムがトレーニングウェアの入ったバッグを肩にかけて両親のアパルトマンを抜け出し、イスラエル人のもとでトレーニングに励んでいるところを思い浮かべた。

「ムハーバラートに見られたくないんだ」サムは言った。「ＳＤＲを実行している」

その建物に近づいていくと、〝クラヴマガ――パリ〟という色あせた手書きの表札が目に入り、サムは隣にあるボタンを押した。

「はい《ウィ》？」小さなスピーカーから、かすれ気味のしゃがれ声が聞こえてきた。

「すみません、フランス語は話せないんです」サムは片言のフランス語で言った。フランス語に接したのは、カイロ勤務のときに二週間モロッコに滞在して作戦に参加したときだけだ。サムが赴任していたのは砂漠地帯で、リクルーターの言語はフランス語ではなくアラビア語だった。

笑い声がした。「そのようだね。サム・ジョゼフかい？」

「はい」

ドアがカチッと開き、サムはコンクリートの螺旋階段を三階まで駆け上がった。

なかに入ると、詰め物がされた床でマリアムがストレッチをしていた。ぴったりした黒いストレッチパンツにすり減ったテニスシューズ、黒いレーサーバックのタンクトップという格好で、サムに気づくと微笑みかけた。男性インストラクターはサムの手を握り、ベニと名乗った。「昔の生徒が戻ってくるのはいつだって大歓迎だ。おまけにスパーリングのパートナーを連れてきてくれるなんて願ってもない」ベニは三十代半ばの肉体をしていたが、外気にさらされた顔と白髪まじりのボサボサの眉は六十歳に近いことを示していた。彼はフランス語とヘブライ語のアクセントがないまぜになった英語を話した。

「サム、スパーリングの経験は？」ベニが尋ねた。

「いちおうあります。子どものころに空手を習ってました」ファームで受けた接近戦の訓練や、バグダードに赴任する前の再訓練については省略した。

ベニは笑った。魅了されずにはいられない、しわがれた開けっぴろげな笑い声だった。「マリアムにボコボコにされないよう見張っていよう。彼女はわたしの、なんというか、熱心な生徒のひとりだったから」

それを聞いてマリアムはにやりと笑い、サムにヘッドギアとベスト、グローブを投げて渡した。「軽いスパーリングから始めましょう。ダマスカスでなまった勘を取り戻すのを手伝って」

ベニはサムのほうを見て咳払いした。「防具は持ってきてないだろうね、その、上品な言葉ではなんというのかな?」とサムの股間を指さした。マリアムは鼻を鳴らした。

サムはにやりとした。「持ってません」

「貸出用のがある。あまり使っていないから安心してくれ」

サムはバスルームから戻り、あの野生的なシリア人女性から守ってくれるはずのプラスチックの防具をもてあそんだ。

サムの股間の安全について、ベニが口にはしないまでも明らかな懸念を示すような視線を向けてきたので、サムはひとつうなずいて大丈夫だと思うと伝えた。ベニはうなずき返し、マリアムのほうを見た。「軽いコンタクトから始めよう」

サムとマリアムは互いのグローブを突き合わせた。マリアムが円を描くように動きはじめ、ベニはサイドラインからその動きを観察していた。「クラヴマガは型の美しさを競うものではない」彼はサムに向けて言った。「どんな手段を使っても敵を倒すことが目的だ。自分を守るだけじゃなく、脅威を取り除くために攻撃者になるんだ」

マリアムが先に何度かストレートパンチを繰り出してきたが、サムはそれを全部かわした。次に彼女は距離を詰めてサムのベストに向かって膝蹴りをし、直撃した。もう一度蹴りを入れてからうしろに下がり、ふたたび周囲をまわった。パンチは素早く正確だった。

マリアムは目を細めてヘッドギアの内側からにらみつけてきた。サムは彼女のエネルギーを感じ、次の動きを見きわめようとした。

さらなるストレートパンチと素早いフットワークが続いた。サムはうしろに下がって前腕で二度のパンチを防いだ。

マリアムが周囲をまわった。サムの頭にこれまでの経過が駆けめぐった。

彼女は飲みに行くことに同意した。

秘密を打ち明けた。

デモ参加者に同情的だ。否定はしているが。

最初はノーと言ったのに、電話してきた。

個人的な場所にサムを連れてきた。監視の目がないとわかっている場所に。

サムを肉体的に痛めつけようとしている。

戦いを望んでいる。

マリアムが股間を狙って蹴りを入れてきたので、サムはうしろにジャンプした。「攻守を交代するわよ、サム」マリアムが言った。「かかってきて」サムは偽装を続けるために真剣勝負は避けたかった。国務省の人間はこういう訓練を受けていない。

どうにでもなれ。サムは彼女のベストとヘッドギアに向けて、素早いジャブを三回繰り出した。マリアムはサムの腹に蹴りを入れてから前に踏み出して頭に肘を直撃させ、膝で股間をとらえた。サムはうめき声をあげて彼女のベストを拳で殴ると、距離をとるため彼女の脚を払った。「さあ、どうしたの、かかってきなさいよ」マリアムはグローブを合わせて叩いた。

サムはそうした。

いまふたりは互いの動きを読み合っていた。マリアムはジャブをすべて防ぎ、サムは彼女の蹴りを止めて肘をかわした。マリアムがサムの首を絞めて壁際に追い詰めようとしたところで、ベニが口笛を吹いた。サムはファームで習ったように彼女の腕を払い落とした。ヘッドギアに向かって繰り出してきた拳をよけると、マリアムはアラビア語で毒づき、もう一度拳を繰り出してきた。サムは頭を引っこめ、そのすばらしいヒップの上あたりにジャブを放った。マリアムはうしろに飛びのき、悪魔のような表情を浮かべて股間を狙って蹴りを繰り出してくる。サムはその脚をキャッチし、そのままねじ上げた。マリアムは仰向けに倒れそうになったが、サソリの尾のように右膝を折り曲げ、片足で跳ねてうしろに下がった。サムが前に飛び出したところ、マリアムは彼のすねに右膝を食いこませてきた。サムはもっと近寄ろうとしたが、マリアムは後ずさりながらうしろから蹴りを繰り出してくる。サムが動きを止めると彼女は上に跳び、左右のグローブを叩き合わせて罵り、また向かってきた。

ところが蹴りやパンチを繰り出すのではなく肩を下げて体当たりし、サムのバランスを失わせてそのままふたりとも床に倒れた。上になったマリアムが脚でサムの腕を固定し、パンチを浴びせた。サムはひるみ、毒づいた。そこでベニが口笛を吹いた。「そこまでだ、やめ！」ヘッドギアの奥でマリアムの目がきらめいているのを見て、サムはほくそ笑んだ。まるで彼をベッドに誘うか、殺したいと思っているようだった。両方かもしれない。

マリアムはサムの上から下りて、水を飲みにコーナーに向かった。遠ざかっていく彼女を見つめていると、大丈夫かと尋ねるベニの声が聞こえてきた。サムは差し出されたベニの手を取った。

サムはけんか慣れしている、とマリアムは思った。訓練を受けている。子どものころ空手を習っていた？　勘弁してよ。あれは訓練を受けた人間の動きだ。マリアムはもっとやりたかった、彼が欲しかった。いま焼けるように肺が痛み筋肉がこわばりながらも、ファーティマや戦争から離れてパリで過ごした少女時代に近づき、呼吸が楽になっていた。

「ベニ、武器は？」マリアムは言った。

　ベニはうなずき、どうにか立っているサムのほうを向いた。

「スパーリングは役に立つが、クラヴはもっと実戦的な、実際のシチュエーションにもとづく訓練を行なうんだ」ベニはボサボサの眉を吊り上げて言った。「子どものころ空手を習っただけだと言っていたな？　それ以上はなし？」

「そうです。あとはけんかを少々。ポーカーで揉めたときとか」

「なるほど」ベニは、本当は信じていない口ぶりで言った。マリアムも同じだろう。

「彼がわたしに銃を突きつけるとか？」マリアムが提案した。口に水を含んで、マウスガードのまわりにこびりついた唾をシンクに吐き出した。

　ベニはうなずき、壁際のラックからモデルガンを取ってサムに渡した。「彼女のうしろから近づいて頭に銃を突きつけ、金を要求する。反応する時間は与えるが、そのあとはチャンスがあれば引き金を引く。どちらの勝ちか、わたしが決める。いいかい《ダコール》？」

　サムはうなずき、本当に偽物かどうか確認するように銃の重さを手で確かめた。マリアムが椅子に腰を下ろした。サムはうしろから近づいて彼女の後頭部に銃を押しつけた。

「バッグを寄越せ」サムは言った。

　マリアムは右手で銃をつかみ、自分のものであるかのように両手で持つと、立ち上がってサムの腕を伸ばしたまま肘の下に自分の肩を押しつけ、まっすぐにした状態で時計回りに動いた。左手のグリップに力を入れて右手を離し、サムの正面にまわってヘッドギア越しに彼の顔を叩く。身体から力が抜け、サムは息をのんだ。マリアムはうしろにまわってサムの腕を引っぱり、儀礼的なお辞儀をさせるようにそのまま背中に持っていった。続けてサムの後頭部に素早いジャブを繰り出すと——膝が崩れ、サムはふたたび息をのんだ——左手で彼のシャツの襟をつかんで下に引っぱり、上に跳んだ。そしてプラスチックの銃をサムのベストの上、首の下に突きつけた。

　サムは崩れ落ちて腹這いに倒れた。ここまでにかかった時間は四秒。

　サムはどうにか立ち上がった。ベニに大丈夫かと聞かれ、「耳鳴りがしてます」と答えてシンクに行き、ヘッドギアを外して唾を吐いた。血のまじった唾が排水口に流れていくのを息を止めて見つめ、マリアムを振り返った。防具越しでも彼女が皮肉めいた笑みを浮かべているのがわかる。「ぼくの番は？」サムは言った。

　ベニは笑い声をあげてサムの肩を叩くと、壁際のラックに棍棒を取りに行った。「マリアムがこれできみを襲う、いいかい《ダコール》？」

　サムはうなずいてマットの反対側に移動した。棍棒で襲われると、ふつうはとっさに腕を折られると思う。相手が棍棒を振り上げたらこちらは腕を上げて身を守ろうとし、前腕の骨を砕かれる。その場に崩れ落ち、死ぬまで殴打される。肝心なのは相手に向かっていくことだ。頭を守りながら腕を前に突き出せば、骨を折られることはほぼなくなる。それから戦う——肘でも歯でも拳でも頭でも、使えるものはなんでも使う。接近戦になれば、棍棒の優位性は無効化される。

　棍棒を目にしたマリアムは、ラザンの目に警棒を振り下ろしたムハーバラートを思い出した。彼女のだらりとした手脚、そして悲鳴。あなたは何もしなかったわね、マリアム。ただ見ていただけ。

棍棒を振り上げてサムに飛びかかった。サムは腕を上げることなく前に突進し、間合いを詰めた。マリアムは頭を狙ったが、サムがさっとかわしたため棍棒はサムの左肩をかすり、気がつくとふたりは至近距離で向かい合っていた。マリアムは棍棒が揺れるのを感じた。サムが棍棒を握っているマリアムの手をつかみ、親指と人差し指のあいだの神経を圧迫した。棍棒がマットに落ち、サムは彼女の手首をしっかりと、だが痛めつけないようにつかんだ。マリアムは彼の目を見据えて、ジャブか膝蹴り、最後の一撃を待った。全身の筋肉、骨が悲鳴をあげていた。喉がからからだった。

サムは手首をつかんだまま、とどめを刺すのに躊躇《ちゅうちょ》し、マリアムの目をじっと見つめた。マリアムはサムのヘッドギアに思いきり頭突きをした。サムはうめき声をあげてうしろに倒れた。

ベニが笑って、試合終了の口笛を吹いた。

サンジェルマンの夜。雨はやみ、街路樹の立ち並ぶ並木道は煙草をくゆらせて歩くソルボンヌ大学の学生や、夜会服を着たカフェの客たちで賑わっていた。テーブルのわきには、汗をかいたサンセールのボトルが入ったワインクーラーがのっている。サムとマリアムは広い並木道を並んで歩いた。賢明ではなかったかもしれないが、〈バンディートズ〉によればマリアムに尾行はついていなかったし、サムも自分はクリーンだとわかっていた。ふたりともトレーニングウェアを着替えていたが、サムの額にはまだマリアムから受けた頭突きによる青あざが残っていた。マリアムもちょっと上を狙いすぎたと認めていた。

あまり客の入っていないブラッセリーを見つけて、料理を山ほど注文した。フォアグラ、鴨のコンフィ、白いんげん豆のキャセロール、そしてマリアムがばかにしたポテトフライ。ワインは彼女が注文し、サムはポテトに合わせてビールを頼んだ。「一杯だけだよ」サムの言葉にマリアムは笑った。「地元の仲間にポテトと一緒にワインを飲んだと知られたら殺されるからね」

「そういえば、あなたのいまの地元ってどこなの?」マリアムが尋ねた。

「いまはD.C.だ。次の赴任先が決まるまで国務省のシリアデスクを担当している。だからワシントンにアパートがあるんだ」

「へえ」ちょうどそのときウェイターが鴨を運んできた。マリアムはナプキンを膝に広げ、「犬派?」と鼻にしわを寄せて尋ねた。

サムは首を横に振った。

「猫?」

サムは笑みを浮かべた。「いや、ペットはいない」

「彼女?」

「いまはいない」

「想像できそう。冷蔵庫にまずいビールが入っていて、壁にはなんの飾りもない」

かなり当たっていたが、床にもほとんど家具がないことを見逃している。冷蔵庫も空っぽだ。サムは笑い声をあげてもう一本ポテトを食べた。「間違ってはいないが、次の赴任までの仮住まいなんだ。だから長くはいない」

「次はどこに行くの？」

ダマスカスのことを話そうかと思ったが、いまは明かさないでおくことにした。「まだ決まってないんだが、たぶん中東のどこかだと思う」

マリアムはうなずいてパンを少し食べた。

「きみの家はどこに？」サムは尋ねた。

「ダマスカスの旧市街にアパートがあるわ」

「犬は飼ってないんだろうね？」

「ええ。不浄な生き物だもの」

カイロに赴任していたころ、アラブ世界では一貫して犬が嫌われていたことを思い出した。「じゃあ、猫？」

「いいえ」

「彼氏？」

「彼女。とってもスキャンダラスなことに」マリアムは目配せをし、サムは笑った。

「ラザン？」

「そう。いまうちにいるの。わたしのアパートは、あなたみたいなわびしい独身者の部屋と違ってすてきな家具がそろってて、食べものも充分にある」

ウェイターが空いた小皿をさげに来た。サムは会話の切れ目を利用して、何か引き出すことにした。少しは進展していることをラングレーに報告しなければならない。「話し合いはどうだった？」ウェイターが姿を消すと、サムは尋ねた。

マリアムは鴨を突いて肉を骨から外そうとしていた。「あまりうまくいかなかった。今日の話し合いは決裂し、上司はシリアに帰った。反政府活動家のひとり、ファーティマ・ワーエルとの交渉は失敗に終わったわ」

サムはマリアムが見ている前で、ポテトをケチャップに浸した。彼女は最初の秘密を明かした。サムはポテトを食べ、ビールを飲んだ。

「それは残念だったね」サムはどれくらい踏みこむべきか考えながら言った。「きみも早めに帰るのかい？」

マリアムは首を横に振った。「上司にはあと数日残って、ファーティマの対応をするよう言われてる」

サムはうなずき、いまはこれ以上踏みこむべきではないと判断した。そのときマリアムの携帯が鳴り、彼女は番号を確かめた。

マリアムは顔をしかめ、「出ないと」と言って店の外に出ていった。サムはビールを飲み終え、互いのグラスにワインを注いだ。マリアムにはＣＩＡが求める資質が充分あるとますます確信を持った。けれども親密な会話と真剣勝負のスパーリングをしたあとで、サムは不安になった。ふたつの点で。

一点目。彼女が欲しかった。それは否定できないし、大きな問題でもあった。協力者と恋愛関係に陥ったケースオフィサーは解雇の対象になる。服務の宣誓を破り、CIAの規則も十以上破ることになるだろう。それなのにサムは、この問題が切迫したとき自分をコントロールできる自信がなかった。二点目。サムのリクルーターとしての勘が、この協力者を取りこむのにベストな方法は、恋愛のエネルギーをかき立てることだと告げていた。相互依存を促進させる各種の便宜、暗黙の権威、スパイ活動の興奮——さまざまな策を弄して候補者を勧誘に導くいつものアプローチでうまくいくか自信がなかった。彼女もサムを欲している。ロマンスが勧誘を成功に導くはずだ。だがブラッドリーはなんと言うだろう？　おまえは妄想に取り憑《つ》かれてるよ、サム、とか？

マリアムが戻ってきて腰を下ろした。「ファーティマが明日移動するみたい。彼女の家族はコート・ダジュールのヴィルフランシュ゠シュル゠メールに家を持っているの。そこでわたしに会ってもいいって。明日の朝発つことになった」

「また会ってもいいなんて、きみとの話し合いに興味をそそられたんだね」サムは言った。

マリアムはトーストの端にフォアグラをのせた。「ええ、でもどうしてかわからない」

「なぜ？」

「公に反体制派を非難しなかったら家族に危害を加えると脅したの。海外を拠点にしている活動家によく使う手よ。ブサイナのオフィスで案を練った」マリアムは視線をそらし、窓の外を見ながらトーストをもうひと口かじると、サムに視線を戻した。「これってよく知られたことよね？」

「もちろん」とはいえ、直接接触した人物によって裏付けられたことはなかった。このときまでは。

「あと何日かパリにいると言ったわね？」とマリアム。

サムはうなずき、ワインを飲み終えるとはっきり言うことにした。「そのつもりだった。でもきみがヴィルフランシュにいるあいだ、ぼくもそっちに行くというのはどうかな？」

そこでいったん言葉を切った。「何日か」

マリアムは残ったトーストのかけらにフォアグラをつけて、水で流しこんだ。そしてポーカーのテーブルで、これで勝ちだと確信した対戦相手が震える手で手の内を明かすときに浮かべる表情をした。「そうね、いいかもしれない」

ふたりはクレームブリュレを食べながら旅の相談をした。マリアムは翌朝、列車でコート・ダジュールに向かい、サムは午後に着くようにして宿泊場所を探し――パリ支局が近くに隠れ家を持っていればいいが――彼女が落ち合う時間と場所を連絡してくるのを待つ。話をしながら、サムは今晩ラングレーと半ダースの公電をやりとりしなければならないだろうと考えていた。

携帯をチェックしたところ、〈バンディートズ〉からは何も連絡は入っていなかった。ふたりは長い抱擁を交わし、目を合わせて互いの境界線、意図、期待を探り合った。マリアムは額をサムの額に――青あざは避けて――押しつけ、それから身を引いた。

「さっきの頭突きよりは優しいな」サムは言った。

マリアムは鼻を鳴らして笑みを浮かべた。「あなた、ためらったでしょ」

サムはあたりを見まわした。すでに客はいなかった。

「明日、ヴィルフランシュで？」サムは言った。

「明日、ヴィルフランシュで」

マリアムはサムの頬にキスをすると、店を出ていった。ドアがカチャンと閉まる音があとに残された。

ＳＤＲで帰路につく前に、サムはトイレで口紅を落とした。鏡を見て、自分がたったいまエージェンシーの規則第二条三四五項――「外国籍の者との接触に関する規制」――を破ったことを思い知った。鏡のなかの自分は咎《とが》めるように首を振っていたが、やがてそれも消えた。

11

アーテミス・プロクターは、安全が確保されたビデオ会議にベロアのライムグリーンのトラックスーツを着て出席した。サムとシプリーはパリ支局、ブラッドリーはラングレー、プロクターはダマスカスだ。マリアムの件に関し、サムが夜間に送った公電は、シリア・レポート、兵器情報拡散防止委員会、医療心理評価センターをはじめ、数多くの利害関係者の関心をかき立てたが、ブラッドリーは最小限の関係者だけでミーティングを招集した。

「そのネオンアニマルはいったいなんなんだ？」荒い画像のエド・ブラッドリーが尋ねた。

「ベロアのトラックスーツよ、ものを知らない男ね。ここダマスカス支局では、今日はカジュアルフライデーなの。ところで気に入った？」

「すてきですよ。数年前にスカウトしようとした、ウクライナのチンピラを思い出します」サムはにやにや笑いながら言った。

プロクターはサムに黙れと言い、癖毛の黒髪をまとめて何か黄色いものを手に取りながら尋ねた。「どれくらい近いと思う？」

「近いです」

「だからどれくらい？」プロクターは再度尋ねたが、サムのほうを見てはいなかった。キャンディの小袋に見えるものを開けようとしていた。

「彼女は政府と自分の仕事に幻滅しています。会うたびに内情を明かしてくれます」

　袋を開けることに成功したらしいプロクターは、キャンディを口に放りこみ、音をたてて嚙みはじめた。「細かい点はダマスカスでも対処できる。でもわたしの意見を言うと、ダマスカスに戻る前にクリアしておかなければならないのは、マドモアゼル・マリアムが人目のないところでアメリカ人と会うことに不安を感じないようにすることよ」プロクターはホワイトボード用のマーカーを手のなかでまわしはじめた。「ダマスカスがいまどうなっているか教えてあげる。この惑星でもっとも古くから人が住みはじめた街でね。あなたが最後に訪れてから、ますますひどくなってる」

　サムは口を開きかけたが、プロクターが強引に続けた。「いまダマスカスでシリア人がアメリカ人と会う理由なんて文字どおりひとつもないの。わたしたちをカクテルパーティーに招いてくれることはない。アサドに辞任を迫っているんだから当然かもしれないけれど、やっぱり失礼だし、わたしに言わせればちょっと無粋よね」プロクターの手が画面から消え、戻ってきたときにはマーカーの代わりにもうひとつキャンディを持っていた。それを口に放りこむと、画面を見ながら話を続けた。「ダマスカス支局から見て最良なのは、マリアムには隠れ家の住所と基本的な通信プランを持ってフランスを出てもらうこと。合図を残す場所や情報《デッド・ドロップ》受け渡しの場所なんかを頭に入れて。短距離用通信機器はすぐには用意できないから、彼女に高価な最新機器を渡す前にその裏付けになるものを手に入れたほうがいい」

サムは同意してうなずいた。「イランはずっとわれわれを監視していますが、連中はシリア人の技術指導にもあたっているので確認する必要があります。彼女から何か引き出せないかやってみます」サムはマリアムの話を少しも疑っていなかったが、それでも踏まなければならない手順があった。マリアムが機密情報を提供したのは事実だが、シリア政府を揺るがすようなものではない。彼女を正しく評価するのにもっと情報が必要だった。

「チーフ、治安状況はどうですか、協力者と――」サムがそこまで言ったところでプロクターがさえぎった。

「はい、はい、はい」プロクターは頭を縦に振りながら言った。「協力者とのミーティングに及ぼす影響の話でしょ？　問題よ、でも対処できる問題。いいわね？　ありがたいことに、まだセキュリティ要員は必要ない――ミーティングのムードがぶち壊しになるものね。ダマスカス中心部は政府が支配してるから、あなたが〈コモド〉とヴァルの救出に来たときと状況はさほど変わっていない。ときどき自爆攻撃はあるけれど、基本的に反政府勢力はここでは活動していないの。それに政府は最近、そっちに監視要員を向けているようだから、わたしたちに見張りがつかない日もある。でも向こうがぴったり張りつこうと思ったら、あちこちに見張りを立てるでしょうね――一流の諜報技術《トレードクラフト》とは言えないけれど、彼らのシマだし、通りを知りつくしている。固定の監視ポジションが豊富にあるルートを確立することができる」

「要するに」とプロクターは続けた。「ダマスカスでマリアムを味方につけることができればかなり有利になるってこと。もちろん、政府側は少なくとも最初の数週間はあなたに二十四時間の見張りをつけるわよ。いやがらせをする——アパートに押し入ったり、信号で停車中に窓を叩かれて、歯を剝き出しにしたムハーバラートが笑いかけてくる。ベッドにクソがしてあるかもしれない。こういう現実はすべて勧誘をやりにくくさせる」プロクターはそこでいったん言葉を切った。「だからフランスで動ければ動けるほどいいのよ」

今度はさえぎられなかった。「今週マリアムを勧誘するつもりです。少なくとも挑戦はしてみます」

「そうこなくちゃ」

「シプリー」ブラッドリーが言った。「ヴィルフランシュの近くに隠れ家は用意できるか?」

「ひとつある」とシプリー。「だが一介の外交官にどうやってレンタル料を捻出できるのかという大きな問題があるが」

「ベガスのことを彼女に話したと公電に書いてたよな?」ブラッドリーが尋ねた。

「そうです。そのときのもうけで払ったと言えばいいでしょう」とサムは答えた。

「信じてもらえればいいがな」とシプリー。「何しろすごい場所なんだ」

サムはTGVでパリを出発し、ニースに向かった。落書きだらけのコンクリートで覆われたごみごみした街並みが遠ざかり、鮮やかな緑の農地に変わるのを見ながら、この数日間ずっと悩んでいた問題に取り組んだ。パリでマリアムをつけていた三人のシリア人はいったい何者なのか？　最初は大使館付きのムハーバラートだと思って気にしていなかったが、なぜかその疑問が繰り返し頭をもたげた。あの三人は監視の訓練を受けていなかった。何かの謀略、罠ではないだろうか。

食堂車でコーヒーを注文した。離れたテーブルに〈バンディートズ〉がいるのがわかったが、言葉を交わすことなく座席に戻った。牧草地やぶどう畑、小さな村が次々と現れるのを見ながら、マリアムをどう勧誘すべきか考え、彼女の人柄と動機についての評価を研ぎ澄ました。それと同時に勧誘について報告する公電の案を練りはじめた。協力者の総合評価、通信プラン、資金の手配、機密情報を引き出す作戦プログラム。うまくいけば勧誘の成功、そこまでいかなくとも進展に対し、ラングレーの承認を意味する暗号名が与えられるだろう。だが戦略の柱は脆弱なままだった。サムは彼女への気持ちをどうコントロールすればいいかわからなかった。

列車は海岸に向かってスピードを上げていったが、車両点検のためアヴィニヨンで停まった。サムは脚を伸ばそうと席を立って、周囲を糸杉に囲まれているプラットホームに出た。プロヴァンスの田舎のかぐわしい春風が吹いてきて、マリアムの髪を思い出した。

マリアムは、サン＝ジャン＝カップ＝フェラ半島に立つファーティマの水彩画のような家を出て、海岸線に沿って延びる細い道を歩きはじめた。モハンナドがヴィルフランシュまでついて来ようとしたので、ブサイナに介入を頼んだ。ブサイナは、すぐそばにお目付役がいないほうが説得はうまくいくと主張してバトルに勝った。おかげでマリアムは、ここで四日間ひとりで過ごせることになったが、信じられない気分だった。むしろ、ブサイナかムハーバラートが仕掛けたなんらかの罠ではないかと疑ったし、いまでもそう思っている。

いまマリアムは、水平線に向かって波間を進む小さな白いヨットを見つめながら、無言のファーティマと肩を並べて歩いていた。角を曲がると、低木や松の木が立ち並ぶ海岸線がどこまでも広がっていて、湾の向こうにヴィルフランシュの赤い屋根の家並みが見わたせた。靴箱をいくつも並べたように、丘の斜面に黄色や黄土色の家が立っている。

「また会ってくれてありがとう」マリアムは言った。

「お互いもっと話すことがあると感じたの」ファーティマが答えた。

「どういう意味？」

「わかってると思うけど」

マリアムは足を止めてファーティマの肩に手を置き、彼女の目を数秒間覗きこんだ。

「残念だけどわからない」と言ってまた歩きはじめ、ファーティマが一歩うしろに続いた。

「あなたはアサド主義者じゃないでしょ」ファーティマはマリアムに追いついて言った。

「わたしたちのほうを手伝わない？」

すべてのシリア人に生来備わっている、疑心暗鬼がいま、マリアムの胸にどっしりと根を下ろしていた。マリアムはファーティマの真の狙い、策略や罠の可能性を考えた。ファーティマは反体制派に潜りこんだムハーバラートの密偵で、忠誠心を試すために政府職員を勧誘しようとしているのかもしれない。ブサイナのスパイかもしれない。それとも見た目どおりの人かもしれない。救いようのない、善意の理想主義者。

マリアムはこう言いたかった。〝この抵抗運動がどういう結末を迎えるかわからないの、ファーティマ。アサドが政権の座から退いても次の政権なんて存在しない。矛盾と分断が待っているだけ。だからあなたたちに加われないの〟

代わりに、目を細めてこう言った。「なるほど、それがあなたの口説き文句ね」

ふたりは小石まじりのビーチを見下ろす場所に出た。トップレスの女性たちがアザラシのように岩の上に寝そべっている。ファーティマは微笑んだ。「ここはなんて平和なんだろうといつも驚くの。わたしたちの国は内戦で荒廃しているのに、地中海を挟んだだけで、まるで小さな神々のように日光浴を楽しんでいる人たちがいる。わたしはシリアがこんなふうになってほしい。あなたもそうだと思うけど」

マリアムはこう言いたかった。〝わたしもよ、シスター《オクヒティ》。それを何よりも望んでる〟

けれどもこう言った。「わたしのオファーは考え直してもらえた？」

ファーティマはそれを無視した。「亡命したら？　ここヨーロッパでわたしたちと一緒にやりましょうよ」

マリアムはこう言いたかった。〝わたしは臆病者じゃないの〟

けれどもこう言った。「ファーティマ、わたしの忍耐力を試してるの？」

ファーティマは足を止め、マリアムのほうを向いた。「そうせざるをえないなら、母を逮捕すればいい。でも忘れないで。あなたは虐殺を産む手助けをしているのよ。あなたの魂にその覚悟ができていればいいけれど」

マリアムはこう言いたかった。〝あなたの言うとおりよ。覚悟はできていない〟

けれどもこう言った。「でもあなたはジハードを産む手助けをしているわ」

ファーティマは小道の先で立ち止まり、海を見わたした。「じゃあ、決めたのね」

マリアムはそれには答えず、ファーティマの顔も見られなかった。空と海が出会う線を見つめていた。「あと二日猶予をあげる。シリアに帰ればお母様は逮捕しない。でもずっとここにいるつもりなら、あなたを助けられない」

マリアムはそれだけ言うと、きびすを返してその場を去った。シリア人特有の疑心暗鬼が抑えきれなくなり、ブサイナに電話をかけた。話し合いの内容を詳しく報告したあと、シリア・アラブ共和国の内外の敵を継続的に支援している事実に鑑《かんが》みて、ファーティマの高齢の母親をただちに逮捕することを進言した。「頑固だって言ったでしょ」ブサイナが言った。「意見を変えるかどうか、あと二、三日ようすを見て」

マリアムは疲れ果ててホテルに戻った。ベッドに横になると、ファーティマの質問とかけるべきでない電話番号のことが頭を駆けめぐった。起き上がって下着姿になり、遠い昔にパリでベニに教わった蹴り、パンチ、肘鉄、膝蹴りの動きを繰り返した。

それからヴィルフランシュに来るまでの列車のなかで撚《よ》り合わせようとした、ほころんだ糸について考えた。彼の戦闘能力、自信、ヴィルフランシュまで来ると言い出したこと、遠慮がちな質問。マリアムはこれまで何十人とアメリカ人の外交官に会ってきた。だがサムはそのうちのだれとも違った。

マリアムは自分の勘が正しいことを願っているのに気がついた。


その隠れ家に着いてサムが最初に思ったのは、所属する課を間違えたということだった。エジプトやイラク赴任中に使っていた物件は、埃っぽくてカビ臭いうえ、配管に問題があってエアコンがまともに動かないところがほとんどだった。イラクのアンバルにあった隠れ家では、棚からヒヨケムシが落ちてきて、協力者の首を嚙んだことがあった。カイロでは、ずっと故障しているトイレの代わりに四十五リットルの古いペンキの缶を使わなければならなかった。

だが今回の〝隠れ家〟は、中世の村エズにある石づくりのシャトーだった。ヴィルフランシュから東に二十分ほどのところに位置するこの村は、古代ローマ時代の道沿いにあり、リヴィエラの海岸線から三百メートル以上切り立つ崖の上に築かれている。いまは数十人の高齢者が暮らしているが、同じくらいの数の特別裕福なヨーロッパ人やアメリカ人がリヴィエラの日差しを求めてひそかにやってくる。

サムは花壇のなかに隠されていた鍵でシャトーに入り、ホワイエの明かりをつけた。壁は剝き出しの石づくりで、調度類はフランスのアンティークだった。このテーブルで栓を開けないようにしなければ、と心に留めた。コート・ダジュールの風景が一望できるテラス、立派な寝室が七つ、食料のそろったキッチンがふたつあった。そのうちのひとつは使用人用だったらしく、冷蔵庫にはビールも入っていた。パリで頼んだものが全部用意されているかチェックしてからビールを開けてテラスに出ると、エライアスにテキストメールを送り、ヴィルフランシュのマリアムのホテルを監視しているか確認した。


マリアムはベッドに横たわり、天井のファンがゆっくりまわるのをぼんやり眺めながら、決断を下そうとしていた。何してるの？　いまならまだ立ち去ることができる。さっさとパリ行きの列車に乗って、シリアに帰ればいい。でもいま彼に電話すれば……。

マリアムは足首にストラップを巻きつける黄褐色のサンダルをはき、パリで買った膝丈の青と白のストライプのサンドレスを着た。

さらに十分天井を見つめ、口のなかがからからに乾いた状態で、部屋の電話からサムにもらった番号に電話をかけた。

ピザを食べながらホテルの外で監視を続けていた〈バンディートズ〉から、マリアムには尾行がついていないと聞き、サムはレンタカーで迎えに行った。ヴィルフランシュのレストランに行くのが自然だが、人目につかないリラックスした場所で話したかった。その点あの隠れ家は完璧だ。とはいえ、マリアムはそれをいやがり、街なかの適度ににぎやかな場所を提案してくるかもしれない。

「一緒に夕食をつくろうと思って」マリアムが車に乗りこみ、日焼けした脚の上でスカートを伸ばすのを見ながらサムは言った。彼女の頬にキスしたとき、目の下に細かいそばかすがあるのに気がついた。「ぼくが借りているヴィラに行くのはどうかな？　ここから東に二十分ほど行った、エズというとても美しい村にある。中世からある小さな村なんだ」

「すてきね」とマリアムは応じた。

　車は海岸線に沿って切り立つ崖の尾根沿いにつくられたローマ時代の道、モワイヨンヌ・コルニッシュを走った。ニースとヴィルフランシュの街の灯りが西の地平線を埋めつくし、東側にはモナコの光が瞬いている。

「今日、次の赴任先の辞令を受けた」サムは切り出した。「ダマスカスだ」

　マリアムは窓を開け、夕方の微風を顔に受けて髪をなびかせながら「それはすばらしい知らせね、サム」と窓の外を見ながら言った。「また会えるかもしれない」

「ぜひそうしたい」サムも窓を開け、海辺の空気を吸いこんだ。「この空気に慣れることはなさそうだな」

　マリアムは微笑んだだけで何も言わなかった。

シャトーに着くと、マリアムは当然の質問をした。サムの答えが本当かどうか確かめられるように、わざとアラビア語で聞いた。「どうやってここを見つけたの？」

「数週間前、ベガスでツキに恵まれたんだ」サムは答えた。「それで評判のいい現地の旅行代理店を見つけた」マリアムはこの答えを無視し、寝室のひとつに入って海を眺めた。もう水平線に黒いとばりが下りている。サムはゆっくりと部屋に入っていった。彼女もいまのは嘘だとわかっているようだが、しばらくは大目に見るつもりなのだろう。

「何をつくるの？」マリアムがキッチンを顎で示した。

サムは笑顔を向けた。「パスタはどう？」

マリアムが眉を吊り上げた。「パスタ？ あなたが？」

「得意料理がふたつある。そのうちのひとつを」

ふたりはキッチンに行き、カウンターに材料を並べた。サムは玉ねぎと人参、セロリを切るようマリアムに頼んだ。

「わたしにナイフを託すの？ その……」マリアムは腰に手を当てて、ナイフをサムの額の青あざに向け、「けがのあとで」と笑いながら言った。

サムは額に手を当てて微笑んだ。「だからキッチンの反対側にいるんだ、距離をとって」

サムはカウンターにバゲットを置いてスライスしてから、オリーブオイルとバルサミコ酢を皿に出し、上から粗塩を振りかけた。次にシプリーに用意しておくよう勧められたワインボトルを取り出すと、マリアムは笑顔でうなずいた。一杯注いでテイスティングをさせたところ、マリアムは驚きを隠さなかった。「スパーリングのときも思ったけど、あなたって案外ワインのことをよく知ってるのね？」

「だといいけど。ヴィルフランシュの店で勧めてもらったんだ。店員はぼくのフランス語がお気に召さなかったようだけどね」

サムは小麦粉と卵を混ぜて生地を練りはじめた。

「国務省の権力闘争ってどれくらい厄介なの？」マリアムが野菜を刻みながら尋ねた。

サムは笑った。「どういう意味？」

玉ねぎを切っていたマリアムは涙をぬぐい、頬を紅潮させた。「ええと、例をあげるわね」そこでこれから言うことをよく聞きなさい、と言うような顔でサムを見た。「官邸のわたしのチームは、海外を拠点としている反政府活動家や政府のメディアへの露出に関する業務を担当してるの」マリアムは続けた。「アリー・ハッサンの〈セキュリティ・オフィス〉はシリアの治安機関、つまりムハーバラートのハブ的存在よ。彼は言うなれば、スパイをスパイしている。大統領が裏切り者を見つけたいと思えば、アリーを使う」

小麦粉と卵をこねていたサムは、生地がこびりついた手でワイングラスをつかんだ。グラスに生地のかけらと小麦粉がついたが、気にしなかった。頭のなかでラングレーに送る公電を書きはじめながら、サムはまったくふつうの会話をしているようにマリアムの顔を見た。

「官邸のもうひとつの大きな派閥はジャミール・アティヤが仕切ってる。彼とわたしの上司のブサイナは反目し合っている。彼は小児性愛者《ペドフィリア》よ」

サムは生地をこねる手を止め、しかめ面をして顔を上げた。「ペドフィリア?」

「そう。みんな知ってる」

「そうだな、うちのオフィスでペドフィリアとやり合わなくちゃならないことはないから、その点では何もアドバイスできないけど、クソ野郎はどこにでもいる」

「野菜は全部切り終わったわ」マリアムが言った。

サムはオリーブオイルをたっぷり鍋に入れ、玉ねぎを炒めはじめた。透明になってきたところで、人参とセロリを加える。

「次はこのトマトをつぶさないと」とサム。

「あなたがやってよ」マリアムはそう言いながらワインを飲んだ。「ドレスに飛び散ったら困るもの」サムは微笑んだ。ほんの一瞬、CIAに協力するよう彼女をスカウトしている最中だということを忘れそうになった。

サムはトマトをボウルに入れ、ドロドロになるまで手で握りつぶした。それを鍋に移したあと水、赤唐辛子、塩を加えた。

「どこでこのレシピを習ったの?」マリアムはカウンターの上にすわり、ワインを飲みながらサムの作業を眺めていた。

「祖母から。イタリア系でニューヨークで育ったんだ」

「でも教わったのはこれだけ?」

「ふたつだけ。本当にケチなばあさんだった」

マリアムは鼻で笑い、ふきんをサムに向かって投げた。

ソースを煮こむあいだ、ふたりは戸棚で見つけた手動マシンを使ってパスタを伸ばした。どんどん薄くなっていく生地を、笑いながらどうにかマシンに通していった。サムの手に生地が貼りつくと、マリアムが小麦粉を投げつけた。サムも投げ返したが、マリアムはさっとよけた。「きみがすばしこいのを忘れてたよ」サムは言った。「今回は防具がないから気をつけなきゃな」と股間を指さした。

マリアムは笑った。ふたりはできあがったパスタをワックスペーパーの上にのせ、ソースが煮詰まるのを待った。サムはよくないとわかっていながら、互いのグラスにワインを注ぎ足した。

「なんの話だった？」とサム。

「そうそう。ブサイナとアティヤは不倶戴天の敵同志なの。それからだれもが知ってる事実だけど、ブサイナは共和国防衛隊の司令官ルストゥム・ハッサンとつき合ってる」マリアムはふたたびこう言うような顔をした。〝よく聞きなさい、アメリカ人。ものごとの仕組みを教えてあげてるのよ〟

これはＣＩＡにとって初めて明らかになった情報だった。夜中のラングレーでホットドッグの自販機へ行ったとき、分析官のゼルダがアサドの愛人の話や、どの政府高官が妻や夫に不誠実であるかどうかにまつわるゴシップを聞かせてくれた。けれどもこの話は出なかった。サムはすでに三本の報告書を書くのに充分な情報を獲得した自信があった。そのどれもが分析官にとっては垂涎《すいぜん》ものだろう。

マリアムは話を続けた。「ブサイナとルストゥムは、アティヤの汚職の証拠を集めて失脚させようとしている。当然向こうもやり返してきて、うちのオフィスの邪魔をしている。そういう政治ってある？」

サムはキャビネットで大きな鍋を見つけ、水を入れはじめた。「政治の意味によるな。うちでは――」

「国務省では？」サムがそれを認めるかどうか、嘘をついているかどうか見きわめるような口ぶりだった。

「そう、国務省では」

マリアムはつかの間彼の目を見つめたが、サムは何も気づかなかったように話を続けた。「うちでは絶えず影響力を争っているよ」サムは言った。「ひとりが長官に気に入られれば、ほかの職員との関係は悪くなる」

「ええ、もちろん、でもうちの政治はもっとよ。英語でなんて言うんだったかな、残酷？もっと残酷なの」マリアムは英語に切り替えた。「たとえばブサイナは、アティヤが未成年の女の子に執着している証拠を大統領に見せたの。それを知ったアティヤは、うちのオフィスの若い男性スタッフを襲わせた。ブサイナにメッセージを送るために半殺しの目にあわせたわけ、〝おれをなめるんじゃない〟って」マリアムはカウンターから飛び下りてソースを混ぜはじめた。

「ブサイナはどうやって反撃してるんだ？」サムはアラビア語で尋ねた。

「大統領には知られていない彼の銀行口座を見つけたわ。賄賂用の。政権内の人間はみんな持ってるけど、ブサイナは隠し口座を見つけたの。それにあの男が関係を持った未成年の少女たちのリストもつくってる。詳細にわたるものよ」

「ペドフィリアだってだけで、引きずり下ろすのに充分じゃないのか？」

「残念ながら。評判に傷はつくけど、ブサイナはそれ以上のものを欲しがっている。少女たちのことはすでに官邸内では周知の事実なの。大統領はブサイナを信用しているし、ルストゥムのことも信用している。でも同時にアティヤのことも、先代の大統領と同じように信頼していて、決断を下すのをためらっている。だから闘争は続いていく」マリアムはそこで肩をすくめた。

　パスタを茹《ゆ》で、湯を切ってから深皿に盛った。サムは上にソースをかけ、リコッタチーズをのせた。マリアムはキッチンのプランターからバジルの葉を摘んで上に散らした。ふたりは深皿とワインボトルをもう一本、そしてバゲットをテラスに運び、髪や服を揺らす風を感じながら食事をした。サムはテーブルの向かい側からマリアムの隣に椅子を移動させた。食べ終わると、マリアムがダマスカスではどうなると思うか聞いた。

「これからもきみに会いたい」とサムは言った。

「わたしも」

「制約が多くなる」ふたりは身体が触れ合うくらい近くにすわっていた。

「向こうでは勝手が違うだろうな」とサム。

マリアムはそれを無視し、サムはさらにワインを注いだ。

少しずつ互いの顔が近づいてキスが始まった。長く、湿り気のある、ゆったりしたキス。サムはマリアムの髪に手を走らせた。ふたりは見つめ合ったまま立ち上がり、ソファに移動した。彼女の手がバックルにかかり、滑りこみ、ジッパーが下ろされた。だがサムは、マリアムのサンドレスに手を入れた瞬間、自制心を取り戻した。もしことが起きたら解雇の事由になるし、勧誘の前に起きたのであれば、ＣＩＡに協力するという意思と恋愛感情を切り分けることができなくなるだろう。

サムは唇を離した。「今日は終わりにしよう」

マリアムの髪はもつれ、口紅ははみ出し、ドレスがどこを隠しているると見るかによるが、横にずれたり、ずり上がったり、ずり下がったりしていた。サムのベルトは外れ、ズボンのボタンもとれ、シャツは半分はだけていた。マリアムは身体を引き、表情を曇らせた。信じられないという思いと、女王然とした怒りがないまぜになった顔をしていた。足音も荒くバスルームに行って身なりを整えると、暗いオーラをまとってサムが皿を片付けているキッチンに戻ってきた。

「ホテルに帰る」

「マリアム、ぼくは――」

マリアムは片手を上げた。「ホテルまで送って」

ふたりは沈黙のなかヴィルフランシュに戻った。サムはブラッドリーが言うところの大ヘマをやらかしてしまったようだ。だがCIAに協力してもらうのに恋愛感情が必要なら、この勧誘は最初から失敗する運命にあるだろう。そう考えて心を落ち着かせたが、マリアムが最大限距離をとるように助手席のドアに身体を押しつけているのを見ると、拒絶したのは間違いだったと思えてきた。

ホテルに着き、サムは部屋まで送ってもいいか尋ねた。

「今夜は二度目のチャンスはないわよ、わかってる？」マリアムは窓の外を見たまま答えた。

「ああ」

サムは彼女のあとからロビーを歩き、部屋のある三階まで螺旋階段を上りながら、どうやって次に会う約束を取りつければいいか考えていた。

「ここよ」マリアムは振り返って背中をドアに押しつけ、ここで終わりだと言外に告げた。

「明日は会える？」

「たぶん。メールする」

「ちょっとだけなかに入ってもいいかな？」サムは言った。「説明したいんだ」

マリアムはうなずいて鍵穴に鍵を差しこみ、ドアノブをまわした。サムが開いたドアに向かって一歩踏み出したのと同時に、マリアムがなかに入った。そのときサムはドアノブに引っ掻き傷があり、剝がれた青いペンキが木のドアに付着しているのに気がついた。室内は暗かった。マリアムは照明のスイッチを手探りしながら、疲れているから説明の時間はきっかり一分しかないと言った。

明かりがついた。

するとそこに、パリで見たあの三人のシリア人がいた。ジーンズにピンク・フロイドのTシャツ姿のがっしりした男は、警棒と手錠を持っていた。両脇にパーカーとスラックス姿のふたりの男たちがいて、それぞれサプレッサー付きの銃を持っている。ひとりは全身グレーでもうひとりは黒ずくめだった。みんな互いを見て驚いていた。サムがピンク・フロイドを唖然と見つめていると、相手はアラビア語で身分証を見せろと怒鳴ってきた。サムは武器になるものはないかと見まわし、デスクの上にランプを見つけて素早く状況を把握した。暗殺ではなく誘拐だ。暗殺ならすでに死んでいる。だがもし連れ去られたら、マリアムがどうなるかわからない。

サムは両手を上げた。マリアムもそれにならい、サムとは街で偶然会ったと説明した。サムも前に出てこれは大きな誤解だ、協力する用意はあるとアラビア語で訴えた。ピンク・フロイドはサムに近づき、震える手で示しながら、うしろを向けと言った。サムが両手を上げたまま一歩前に出ると、ピンク・フロイドが近づいてきた。そこでサムは頭突きを食らわし、額を相手の鼻に叩きつけた。骨が砕ける音を聞き、相手の手から警棒をもぎ取るのと同時に股間に膝をめりこませた。警棒を頭に振り下ろしたあと、大理石のデスクランプをコンセントからもぎ取り、まだ銃を構えていなかった黒いパーカーの男に投げつけた。ランプが胸に命中し、男はベッドの上に倒れた。

マリアムもスカートをひるがえして動いていた。仲間がベッドに倒れるのをぽかんと見ていたグレーのパーカー男は、彼女の素早い蹴りを食らって手に持っていた銃を床に落とした。が、男はマリアムのハンマーフィストをブロックし、彼女を押し返してわずかに距離をとった。続けて銃を取り返そうと床にダイブしたが、サムはすでにベッドで伸びている黒のパーカー男から銃を奪っていた。

サムが汗ばんだ銃を握って二度発砲すると、グレーのパーカー男はデスクまで吹き飛んだ。黒のパーカー男はベッドの上でランプに直撃された胸を押さえていたが、鞘《さや》からナイフを引き抜きながら身体を起こし、マリアムに襲いかかった。サムは三発撃ち、男の頭、首、肩に命中した。男は仰向けにベッドに倒れ、生気のない目で天井で回転しているファンを見つめていた。サムはまだ息があるかどうか確認するためピンク・フロイドに近づいた。聞きたいことがいろいろあったが、サムの一撃で頭蓋骨が砕かれ、床に崩れ落ちていた。脈はなかった。

マリアムが立ち上がった。ありえないほど目を大きく見開き、胸を激しく上下させている。

サムは素早くほかのふたりの脈を確認したが、何も感じなかった。「くそっ」と小声で毒づいた。「しまった」

面倒なことになった以上、逃げるしかない。「ここを出ないと」サムは訓練が威力を発揮し、沸き上がるアドレナリンをなだめてくれるのを感じた。

マリアムはすぐ隣にいて、すでに手当たり次第荷物をスーツケースに放りこんでいた。

「今度こそ本当のことを話してくれるわね？」彼女は叫ぶように言った。「わかった？」

12

〈オテル・ル・パルノミック〉がせめてごく基本的な防犯システムを備えていたら、三階の防犯カメラには午前〇時三十八分に背の高いアメリカ人男性とアラブ人女性が三〇二号室のドアに〝起こさないでください〟の札をかけるところが映っていただろう。また別のカメラは、同じカップルがロビーを足早に横切る姿をとらえていただろう。女性は左手でスーツケースのハンドルを握り、右手で男性に向かっていらだたしげなジェスチャーをしていた。男性は荷物を持っておらず、女性の手をつかんで車のほうへ歩いていった。カメラがあれば、まるで慌てて荷造りしたように、女性のスーツケースのジッパーからブラウスの端がはみ出しているのがわかっただろう。女性の額には血痕が付着していて、映像を見た人は、彼女が慌てて顔を洗ったために洗い残しがあったと思ったかもしれない。肩と額の上の髪がひどく濡れているようだった。

一方、サムはマリアムをロビーから連れ出しながら、目に見えるところに防犯カメラがなく、フロントデスクの受付係がぐっすり眠っていたことに胸を撫で下ろしていた。ロビーを抜けて車に乗りこむまでに、三つの問題が明らかになった。いちばん切迫した問題は、マリアムを落ち着かせること。痛めた腰をさすりながら、答えにくい質問ばかりしてくる。

二番目はどこに向かうか。エズの隠れ家が最善に思えたので、マリアムのスーツケースをトランクに放りこみ、エズに向かってモワイヨンヌ・コルニッシュ通りを戻りはじめた。沈黙はマリアムの発する不敬なアラビア語によって一定の間隔で破られた。サムはハンドルをしっかり握り、制限速度の五十キロを超えていないかたびたび確認した。

三番目、もっとも大きな問題が死体の始末だった。だれかに銃声や格闘の際の騒動を聞かれたかどうかわからなかった。耳にした人がいれば、フランスの警察がものの数分で現れるだろう。そうでなければ時間が稼げる。三人を殺害したために、シリアの人間はマリアムをＣＩＡと結びつけることはできなくなった。あとはマリアムと死体との関連を断ち切ればいい。

左手でハンドルをつかみながら、サムは携帯でシプリーに電話をかけはじめた。だれに連絡しているのかとマリアムが尋ねた。

「フランスのボスだよ」サムは答えた。

「ちょっと待って。その前に話がある。少なくとも三人のうちのひとりを知ってるわ。大きい人。アティヤの配下の人間よ。ムハーバラート」

「フランスを拠点にしているのか？」

「違うと思う。わたしを誘拐するつもりだったの？」

「失敗したけどね」

マリアムは「ファック」と英語で叫んで、ダッシュボードを叩いた。

ボーリユーを抜けたところでシプリーに電話して経緯を説明すると、支局長は数秒黙りこんだ。サムは エズ村の標識を見て減速し、マリアムは両手で顔をこすった。

「いますぐ隠れ家に行け」シプリーが言った。「シリア人も一緒に連れていくんだ。警察がまだ到着していなければ、死体の始末のためにチームを送る。そういうことを担当するスタッフがいる」

「この件について、その、通報はどうすれば？」

「暴漢がシリア人というのはたしかなのか？ フランス人ではなく？ 北アフリカ系フランス人の可能性は？」

「少なくともひとりはシリアから来た人間です。マリアムがダマスカスで見たことがあるそうです」

「あとのふたりは？」

「シリア人だと思います」

「おれの考えでは、これを正式に通報してもいいことは何もないと思う。うちのチームで対応可能だし、シリア人は無事、三人の誘拐犯は死亡。だがこれがフランス警察の事件簿に載ることになったら、おまえは二度とフランスの地を踏めなくなる」

「それはかまいません」

「警察が来ないか、おまえの監視チームにホテルを見張らせろ。うちのチームを二、三時間以内に向かわせる。もし警察が来たら、シリア人は逃げるか出頭するかせざるをえないだろうな」支局長は受話器に息を吹きかけ、「逐一報告しろ」と言って電話が切れた。

マリアムがシャワーを浴びているあいだに、サムは〈バンディートズ〉に指示を出した。シプリーの清掃チームに渡すために、エライアスがホテルのルームキーをエズまで取りに来た。三十分後にラーミーから電話があり、警察はまだ到着しておらず、ホテルも静かだと報告があった。

シプリーに電話したところ、清掃チームはあと二時間でヴィルフランシュに着くということだった。メイドに先を越されてはならない。襲撃のときに着ていた服や使った武器を取りに来るという。「全部ゴミ袋に入れて、外に出しておけ」

「死体はどうするんですか？」

シプリーはうなるように言った。「ノコギリや酸、スーツケースをいくつか持っていく。ほかに質問は？」

電話を切ったあと、サムは着ていた服をゴミ袋に入れ熱いシャワーを浴びた。ビールを持ってテラスに出ると、空気がひんやりとして心地よく、雲のほとんどない夜空に大きな月が輝いていた。マリアムは勘づいている。サムはビールをぐっとあおった。そろそろ潮時だろう。

マリアムはワインボトルを手にテラスに出てくると、サムの向かいに腰を下ろし、黙ってグラス半分のワインを飲んだ。ローブ姿で、髪は濡れている。

「着ていた服は？」サムは尋ねた。

「バスルームよ」

サムはマリアムの服を銃や警棒と同じゴミ袋に詰めこみ、シプリーに指示されたとおり外に置いた。テラスに戻ると、マリアムはもう一杯ワインを注いでいた。

「質問がある」彼女は言った。「わたしが先に聞くから、あなたはそのあとに聞いて」

「わかった」

「あなた、ＣＩＡ？」マリアムは尋ねた。

「そうだ」

「サムは本名？」

「ああ」

「本当にミネソタ出身？　ラスベガスに行ったのは本当？　あなたのバックグラウンド、あれは全部本当なの？」

「本当だ」

「ここはCIAの持ち物？　カジノで勝ったお金で借りたというのは嘘でしょ」

「ああ。隠れ家だ」

「本当に次はダマスカスに行くの？」

「そうだよ」

「スパーリングがうまかったのは訓練を受けていたから？」

「そうだ」

「どうしてパリに来たの？」

「きみと話すため」

「わたしを勧誘するため」

サムはビールを飲み終えた。いまのは質問ではなかった。それでもサムは答えた。「そうだ。きみを勧誘するためだ」

「ホテルの男たちは、あなたたちが仕組んだことじゃないの？」

「きみたちシリア人は本当に被害妄想が――」

「質問に答えて」

「違う。ぼくたちが仕組んだんじゃない。きみと同じくらい驚いた」

マリアムはワインをぐっと飲んだ。サムは彼女が震えていないことに気づいた。落ち着いている。以前死を目の当たりにしたことがあるのだろう。

「フランスから出なければいけない？」

「その必要はないと思う。警察は呼ばれていないし、うちの清掃チームが向かっている。あと二、三時間でもっと状況がわかると思う」

「わたしたちのあいだにあった化学反応、あれは本物？　それともわたしを勧誘するための演技？」

「本物だ。間違いなく本物だ」

「質問は終わり」マリアムは崖の上から吹きつける風にロープをきつく重ね合わせ、海のほうを見わたした。

サムは空になったビール瓶を置いて、彼女をよく観察しようと椅子を近くに引き寄せた。目、手の動き、頭の位置。今後の展開に重要な情報だ。

「きみは前にも殺人を目撃したことがあるか、だれかを殺したことがある？」

「ええ。シリアは内戦中よ、サム」

「でもそれだけじゃないはずだ。実際に経験があるんだろう？」

マリアムは濡れた髪に手をやって、からまった髪をほどいた。「ええ、一度ね。二十歳のころダマスカスで。レイプされそうになったの。未遂だったけどね、殺したから。次の質問がそうかもしれないから言っておくけど、少しも後悔していない」

「そうじゃない。それはわかってた。どうして官邸内のことをぼくに話したんだ？」

「あなたに知ってもらいたかったから」

「どうして？」

「何かしなければならないと思ったから」

「一緒に働かないか？」

「あなたと一緒に？」

「そうだ。ダマスカスで一緒に働ける」

「どういうふうになるのか教えて」


マリアムはレヴァント人特有の交渉能力を遺憾なく発揮し、実際にはイエスと言うことなく会話を進めていった。サムは流れをよどみなく説明した。フランスにいるあいだに短期集中訓練を行なう。シリア国内で話せるような通信プラン、ダマスカスで会える住所、アメリカ側が知りたいと思っている事柄のリストを頭に入れてもらい、報酬について取り決めを行なう。


マリアムが片手を上げた。「お金はいらない。雇われるつもりはないから」

「わかってるよ、マリアム、でもそうなると第三者預託をすることになる。のちのちのために」

「わたしはシリアを離れるつもりはない。必要ないわ」

サムはひとまずこの話は置くことにした。いずれにしても金は口座に流れ、財務課が記録する。彼女が亡命するか引退したら、それは彼女のものになる。ＣＩＡは協力者への約束を必ず守る。サムはかつてスパイ容疑で刑務所に入っていた協力者に、その間彼が受け取れなかった十年分の報酬を届けたことがある。列車でその男の向かいにすわり、現金が詰まったダッフルバッグを足元に滑らせた。「アメリカの友人からです」サムはそれだけ言って車両を移動した。

「ムハーバラートに見つからずに隠れ家に行く方法を教えてくれる？」

「ああ、もちろん——」そのときサムのポケットで携帯が震えた。ラーミーだった。もう朝の五時になるが、眠気はまったくない。

「どうなった？」

「清掃チームがいま帰った。フロントデスクの男は文字どおり高いびきだったらしい。警察は来ていない」

助かった。サムは次にシプリーに電話した。「彼女が出国する必要はありますか？」

「いや。うちのチームによれば、部屋はきれいになったそうだ」

顔を上げるとマリアムは錬鉄の手すりにもたれ、こちらをじっと見ていた。「明日の朝ホテルをチェックアウトして、こっちに、エズに移るというのは？」

「彼女はそれでいいのか？」とシプリー。

「はい」

「わかった。明日電話しろ」そこで電話が切れた。

「大丈夫なの？」マリアムが言った。どれくらい話を聞いていたのだろう。

「ああ。明日の朝チェックアウトしてほしい。そのあとよければここに移ってくれ」

「シリアに戻ったらどう対処すればいい？」

「誘拐未遂のこと？」サムが聞くと、マリアムはうなずいた。「さしあたって何かする必要はないと思う。アティヤはしくじったと気づくだろうから何も言わないはずだが、そのうちまた手下を集めて同じことをやろうとするかもしれない。でも今回の件が公になることはないだろう」

「それがシリアの問題なのよ、サム。きっとわからないでしょうね」

13

マリアムが寝室に入ったあと、サムは公電を書いた。惰眠を貪《むさぼ》るCIAの官僚たちの目を覚ますべく、今回の事案にアクセスできる限られた職員のリスト——ビゴットリストに暗号化して送った。CIAの極端な二面性に驚かなくなることはないだろう。CIAはアフガニスタンのヒンドゥークシュ山脈に潜む人間を殺すことができる一方で、ラングレーでは使えるホチキスを見つけられないことがままある。それはマリアムの勧誘でも同じだった。

プロクターは、貴重な現地協力者が三日後ダマスカスに戻ったときに必要になるものの準備に取りかかった。デッド・ドロップに使えそうな場所や合図を残す場所、瞬時の受け渡し《ブラッシュ・パス》が可能な場所、旧市街の二カ所の隠れ家を示す地図を送ってきた。大量の衛星画像もあった。マリアムの生活パターンと合致している必要があり、サムはエズでそれをつくりあげなければならない。幸い、協力者と過ごす数日間は一生に値する。

眠れなかったので、コーヒーをいれた。朝の七時になり、太陽が水平線の上に顔を出しはじめた。マリアムはまだ眠っていた。コーヒーの抽出が終わるのを待っていると、潮の香りが漂い、岩場に波が打ち寄せる音が聞こえてきた。プランジャーを押してカップに注ぎ、テラスに出て日の出を眺めた。静けさに包まれた夜明けの通りを乱すのは、波の音と一回小さく鳴らされた車のクラクションだけだった。数分かけてコーヒーを飲んでから室内に戻り、プロクターが送ってきた地図を安全なタブレットに表示させた。ラングレーの硬直した官僚主義があらわれていた。サムは、マリアムに監視探知ルート《SDR》のやり方を指導するトレーナーを要請していたが、あえなく却下された。プロクターは怒り狂い、正式な公電に〝犬のクソ〟という言葉を使って抗議した。〝最重要国のまたとない協力者、それも官邸勤務の参事官だというのに、だれもつけられないわけ？　いったいなんの冗談？〟。だが無駄だった。サムと〈バンディートズ〉でどうにかしなければならないようだ。

寝室から出てきたマリアムはガサガサと棚を探りはじめ、やがて荒々しく扉を閉じた。

「この世のすべてがそろってるのに、お茶はないのね」そう言ってコーヒーを注ぐと、ソファにすわっているサムの隣に腰を下ろした。

「始める前に約束してほしい」とサムは言った。「お互いすべてにおいて真実を語ること。壁はなし。半分真実はなし、嘘はなし」サムはこれまで同じ話をほかの協力者にもしてきたが、ふだんバスローブ姿でやることはなかった。いまサムはマリアムの目を見て、ごまかしがないか、また決意のほどを探った。誠実さが見えた。そして恐怖も。決断の重さをわかっている証拠だ。

マリアムがサムの目を見据えて言った。「約束する、サム」

「ぼくもだよ、マリアム」

「じゃあ、どこから始める？」

ふたりは四時間かけてマリアムの生活を洗い出した。家族、仕事のルーティン、友人関係、よく行くレストラン、敵、脅迫のリスク。地図と突き合わせ、マリアムは自宅のアパート、官邸、両親の家を指し示した。

午後になると、マリアムは昼食の調達と、ファーティマの件は進展がないとブサイナに電話で報告するために町に出かけていった。サムは暗号化された公電のデータベースをタブレットで開き、吉報を見つけた。

①中東課は、当該候補者の動機及び獲得に至る経緯に関するゴールドジャガーの評価

に同意する。

②防諜課の同意を待って、暗号名の作成を推奨する。

③ゴールドジャガーの通信及び作戦プランの評価を期待する。

バート・O・ゴールドジャガーはサムの〝ファニーネーム〟で、書類に本名が残るのを避けるために公電のやりとりで使われる別名だった。この手の名前はばかばかしいものであることが多く、一九五〇年代のイギリスで使われていた電話帳をもとにコンピュータープログラムで作られたものだ。プロクターはこの名前がおもしろいと思ったらしく、サムのことを〝ジャガーズ〟と呼ぶようになった。その後、サムは防諜課《カウンター・インテリジェンス》、CIからの公電を見つけた。

①CIは本勧誘に同意し、同様に通信及び作戦プランを期待する。

②当該候補者は〈アテナ〉と命名する。

〈アテナ〉は完璧な名前だった。前回サムが勧誘した人物は〈一括処理《スリ》プログラム《マー》〉と名付けられたが、それよりよほどまともだった。

エライアスに電話し、翌朝ニースでマリアムにSDRの技術を一緒に指南してくれるよう頼んだ。ニースの入り組んだ街並みは、ダマスカスの旧市街とよく似ている。

サムはプロクターに公電を書き、通信プランの案と今朝マリアムと話したことで生まれた疑問を記した。マリアムのふだんのジョギングルートを書き入れた地図も添付した。ダマスカスの街を抜けて街を見わたすカシオン山に登るルートで、プロクターがこの山で理想的な受け渡し場所《ドロップサイト》を見つけてくれるといいのだが。公電を送り、データベースを閉じると、コーヒーのお代わりを注いだ。

マリアムがランチを買って戻ってきた。サラミとバターのサンドイッチ、ミネラルウォーター、サラダにキッシュ。ブサイナから最後にもう一度ファーティマと会うよう指示されたそうだ。思いがけない幸運だった。これでもう少し時間が稼げる。ランチを食べながら、サムはドロップサイトを探してもらうよう頼んだことを話した。「このあと近くの山に行こう。やりかたを教えるよ」サムが言うと、マリアムはミネラルウォーターを飲みながら何か考えこむような顔をした。

「どうかした？」サムは聞いた。

「官邸のことをもう少し話してもいい？　あなたたちがどんな情報を必要としているのかもっと理解しやすくなるかもしれない」

「もちろん」

「たとえば、ブサイナが共和国防衛隊のために妙な会計取引をしているとしたら?」マリアムは言った。「興味深いと思う?」

「とても興味深いね」

マリアムは水をひと口飲んだ。「二、三カ月前、ルストゥムがミーティングのためにブサイナのオフィスに来たの。これまでになかったことだし、それからも一度もない。ブサイナはほとんどすべての会議にわたしを同席させるんだけど、このときは違った。あとでその理由を説明したわ、しなきゃよかったのに。防衛隊が内密に装備を調達したがってるって言ってた。いま制裁が厳しいから、科学調査研究センター《SSRC》のダミー会社には極秘取引は任せられないって」

「SSRCって言ったのかい?」サムは尋ねた。

「ええ」

「興味深い」

マリアムは続けた。「ブサイナは政権に友好的なシリア人ビジネスマンのネットワークを使って、ダミー会社をいくつもつくってる。ほとんどがベイルートにあって、アンマンに少し、キプロスと湾岸諸国にもいくつかある。わたしは六件の取引を手伝った。でも全体像がわからない」

「すべて官邸に関係する取引?」

「そうだと思う。資金は共和国防衛隊に関連する銀行口座から来ていて、ブサイナが管理している官邸の複数の口座に移されたの。それからそのお金をダミー会社に送金した。たぶん防衛隊の代わりに何か買っているんだと思う。ブサイナはそのせいでやきもきしてるんだけど、おもしろいのはここからでね。わたし、ダミー会社のひとつを調べてみたの。インターネットでは何も出てこなかった。ウェブサイトすらなかった。でも官邸のデータベースをチェックすると、その会社は二〇〇二年にSSRCに代わって取引を行なうためにつくられたダミー会社だったことがわかった」

「この話がどこに向かうかわかったよ」サムは言った。「化学兵器だ。でも今回は同じダミー会社を使って、何か別のものを買ったのかもしれない。パイプやボルト、ハサミとか」

マリアムはうなずいた。「そうね、でも気になったから電話してみたの。財務部の担当者を装って、請求書に書かれた商品名を読んでほしいと頼んでみた。スキャナーの調子が悪いようだと言って。商品はただひとつだった。イソプロピルアルコール。サリンをつくるのに必要なものよ。それを知ってたのは、以前ヨーロッパがシリアへの輸出を禁じた化学物質に関する質問に答えなければならないことがあったから」

「そのダミー会社にいくら送金されたかわかる？」サムは尋ねた。

「一千万米ドル」

「すべてのダミー会社のリストと、それらの会社と官邸との取引を示す情報を入手する方法はあるかい？」

「ブサイナのパソコンに入ってるはず」

「きみがそのパソコンのある部屋にひとりきりになることはある？」サムは続けて尋ねた。危険を冒す価値はある。だが、彼女がソファに脚を折りたたんですわり、白い下着を覗かせて地図を凝視している横で客観的になるのは難しかった。


ふたりはボーリュー＝シュル＝メールを車で走り抜け、サン＝ジャン＝カップ＝フェラ半島の北端に車を停めた。ふたりとも午後の散歩に出かけるようなカジュアルな服装だった。マリアムはジーンズにストライプのトップス、白いテニスシューズという格好で、サムはジーンズにグレーのTシャツ。半島をぐるりと囲む埃っぽい小道は、ダマスカスでジョギング中に行なうデッド・ドロップの練習をするのに打ってつけだった。午後の遅い時間で空には雲ひとつなく、小道にはそこそこ多くの人がいたが、混雑しているというほどではなかった。互いの尻ポケットに手を入れた若いカップルがふたりを追い越していった。

サムとマリアムはアラビア語で会話していた。

「客観性が失われるから、自分の協力者《エージェント》を好きになってはいけないんでしょ？」

「そのとおり」

「CIAにキスがバレたらどうなるの？」

「たぶん大丈夫。いろいろ質問されるだろうけどね。ひょっとするとポリ――」

サムは口をつぐんだ。ベビーカーを押した夫婦が目の前の角を曲がって通り過ぎた。

サムは続けた。「ポリグラフにかけられるかもしれない。でも大丈夫だ、キスは違うから――」

マリアムが英語で締めくくった。「セックスとは」

サムはアラビア語からの切り替えに面食らった。「そうだ。その場合はクビになるかもしれないな。徹底的に調べられるだろう。前にエージェントと寝た局員がいたんだ。二年間窓際に追いやられた」

「窓際って？」

「デスクについたまま何もしないことさ」

「なるほど」

ふたりは歩きつづけ、刺激の少ない話題に移った。デッド・ドロップの説明だ。

「いい場所っていうのは、周囲から見えにくく、それでいて人の流れがあり、そのバランスがうまくとれているところなんだ」サムは説明した。「前者に関してはその場所は人目についてはいけないし、後者についてはエージェントと担当官がそこを素早く通り過ぎなければならない。スピードを落とすことなく目的物を回収するのが理想だけれど、そのふたつは常に緊張関係にある。人の流れが多いほど、人目につくリスクは増す。隠された場所であるほど、人の流れが少なくなる。以前、建設現場の近くに剝製の猫を置いておいたことがあってね。その空っぽの腹にエージェントが書類とメッセージを詰めることになっていた。その猫に触れた者はいなかったのに、担当官は見つけられなかった。そのあたりにはほかにも車に轢《ひ》かれた動物の死骸が複数あって、目当ての猫を捜し当てられなかったんだ。不用意にうろつくことはできないから、結局あきらめざるをえなかった」

マリアムが不快そうに鼻を鳴らした。「冗談でしょ」

「いや」

「猫はやめて、お願い」

サムはうなずいた。「猫はなし、約束する。ゴミを使おう。内側に接着剤をつけて紙を貼れるような缶がいいだろう、ふたのついた」

半島の西側でよさそうな場所が見つかった。低い石垣のまわりにゴミが散乱していて、そのなかで空き缶を見つけた。サムは缶を拾い、持参したポケットナイフでふたを外した。

「これほどいい場所は見つからないだろうな」サムはそう言いながらゴミを漁り、ペーパーナプキンを見つけた。それを缶に入れ、ゴミの山に放り投げた。マリアムは顔をしかめてゴミの山を見つめた。

「人が思っているほど華やかな世界じゃないよ」サムは言った。「なんといってもゴミと死んだ猫だからね」

それから二時間練習を重ね、人が近づいてくると中断した。マリアムが缶のなかに紙を入れたり、中身を回収したりするのをサムは携帯で撮影した。彼女はのみこみが早かった。クラヴマガが役立っているのだろう。流れるように動き、揺るぎない足取りで歩くことができた。意思を感じさせる動きで、サムはそれをあらゆる角度から撮影した。夕方になるころには完璧に偽装できるようになっていた。約三秒で靴ひもを結び直すランナーの動きを。

日が沈みはじめたころ、マリアムがもういいでしょと言ったが、サムはあと一回やってみようと言った。サムはムハーバラートの尾行のようにうしろから撮影した。マリアムは走っていって、ゴミの山の近くまで来るとスピードを緩めた。到達したところで脚をまっすぐに伸ばし、九〇度の角度で上半身を折り曲げた。地面に胸が近づき、尻を突き出していた。

ぴったりしたジーンズは、サムからいまのデッド・ドロップを評価する集中力を奪った。マリアムはいたずらっぽい笑みを浮かべて振り返った。それから身体を起こしてまっすぐに立つと、缶から中身を飲むふりをした。そしてウィンクをした。

「今日は終わりでいいと思う」サムは言った。

14

夕食は、サムが祖母から教わったふたつ目のレシピ、カチョエペペをつくった。ブカテイーニを二十ユーロ分の溶かしたペコリーノチーズとからませ、黒胡椒《こしょう》を挽く。それからランタンに蠟燭《ろうそく》を灯し、テラスにいくつか置いた。マリアムは赤い花柄のサンドレスにサンダルという格好で、金のフープのイヤリングをつけ、カールした髪を無造作にうしろに流していた。

デッド・ドロップの練習のビデオを見直したあと、マリアムは地下にワインセラーがあるのを発見し、トスカーナ産の赤ワインを持ってきた。サムがそれは高いのかと尋ねると、マリアムはあきれたように目を見開いた。「そういう問題じゃないの。このパスタに合うワインがほしいだけ。このサンジョヴェーゼが合いそう」

「で、高いのかい？」

「ええ」

「ならよかった」

マリアムはまた目を見開いた。

「ホテルの部屋まで来てくれてありがとう」腰を下ろし、グラスを触れ合わせたあとでマリアムが言った。「助けてくれて。まだお礼を言ってなかったことにさっき気づいたの」

「きみだって同じことをしてくれたはずだ」

「そうね、でも」

ふたりはしばらく黙って食事を続けたが、やがてマリアムがフォークを置いた。「怖いの。シリアに帰るのが。最初の一歩を踏み出すのが」

「一緒にやっていこう」サムは言った。「必ずきみを守る」

サムの目を見たその瞬間、マリアムはどうして彼が欲しいのかわかった。奇妙な世界のなかで、サムとの関係がもっとも親密なものになろうとしていた。彼はマリアムのことをすべて知っているだけでなく、一緒に血を流し、彼女の暗い秘密をも知っている。パリで化学反応を感じたことはたしかだが、いまではそれ以上に生々しい、まだ一線を越えていない相手への親密な感情を感じていた。マリアムはもっと欲しかった。すべて欲しかった。

「わたしを守ってくれることはわかってる」マリアムは言った。「それがあなたの仕事でしょ？　スパイを勧誘して秘密を手に入れる。でもわたしが捕まったら？」

「マリアム、それは――」

「最後まで言わせて。もし捕まったらわたしは拷問され、そして殺される。あなたはアメリカに帰る。わたしはすべてを懸けることになるけれど、あなたは違う。それは否定できない事実でしょう」

「それが気になってるんだね」

「もちろん。わたしたちの関係は――わたしたちのパートナーシップは――特別なものよ。これをなんて言い表せばいいかわからない。ただそういうものだとしか」マリアムは身を乗り出して、自分の心臓を指さした。「だからふつうのエージェントが得る以上のものが欲しいの」

サムは椅子から身を乗り出して崖を見下ろし、月明かりに照らされた海のほうに視線を向けた。ワインが少し残ったグラスを無意識にまわしている。マリアムは海をじっと見ながら、サムの心がどこか別の場所をさまよっていることに気がついた。サムは両手で髪をかき上げたあと、その手をテーブルに置いた。テーブルクロスに汗がにじんだ。サムは信頼できるか確かめるように、マリアムの目をじっと見つめて口を開いた。

「これまでだれにも話したことのない秘密を打ち明けるよ。聞いてくれる？」マリアムは聞きたいと答えた。

「ぼくには兄弟が三人いる。でも前は四人いた。チャーリーは末っ子で、四つ年下だった。とにかく面白い子だったと、両親はいまになってそう言っているけど、ぼくは昔からそう思っていた。金髪でブルーの大きな瞳、かわいらしい笑顔。よくおどけた顔をして、音楽に合わせて踊っていた。パーティーのような毎日で、チャーリーとぼくはいつも一緒に遊んでいた。ぼくはチャーリーの面倒を見られるほどの歳だったし、チャーリーは一緒に楽しめるほどの歳だった」

サムは歯を食いしばった。マリアムもよくやるが、泣きたいけれど、必死にこらえているときのように。マリアムは何も言わなかった。

「よく覚えていることがある。チャーリーが四歳か四歳半くらい、ぼくは八歳くらいのころだ。いちばん上の兄のダニーが算数のテストに向けて勉強していた。父が手伝っていたが、なかなか問題が解けなくて、やがてダニーは泣き出した。父は少し休んだほうがいいと言って、キッチンを出ていった。ダニーがテーブルに突っ伏して泣いていると、チャーリーが隣に行って、ふんふんというように教科書を眺めた。それから教科書を閉じてダニーに腕をまわすと、大丈夫だよ、きっとうまくいくよと言った。四歳児がいちばん上の兄貴を慰めたんだ。ダニーはチャーリーの肩に頭を預けていた」

サムは笑って、右目の端をぬぐいながらワインに口をつけた。「そのあとチャーリーは右の人差し指を口のなかに入れてペロペロ舐めると、ダニーの耳に突っこんで、算数なんか簡単だ、最後にはちゃんと解けるよと言った」

マリアムは笑い、もう少しでワインを吹き出しそうになった。「ダニーはどうしたの？」

「怒鳴ってチャーリーを追いかけた。算数のテストはダメだったと思う」

サムはふたたび歯を食いしばり、ふたりはしばらく黙っていた。崖の斜面を虫が飛びまわる音が聞こえ、中世からの狭い道を歩く人々の声が下から聞こえてくる。

「それから二、三カ月後のことだった」サムは続けた。「母に卵を買ってきてと頼まれた。歩いて十分くらいの店で、よくあることだった。兄弟で家にいたのはぼくとチャーリーだけだったから、母に一緒に連れていくように言われて、ぼくたちは野球のボールを持って出かけた。投げっこをしながら歩いていると、チャーリーがボールを高く投げてくれと言い出した。ぼくが投げて、チャーリーがそれをキャッチし、また投げ返すという流れだ。その道はめったに車が通らなかったが、よくないことだとわかってた。でもチャーリーがふくれっ面をしてわめきはじめたから、ついにぼくは根負けして、ボールを五、六メートル先に投げた。このときぼくたちは坂の上まで来ていて、チャーリーのうしろは下り坂になっていた。ぼくたちがいた路肩のわきには松林が広がっていた。ぼくはかなり高くボールを投げた。チャーリーがわがままばかり言うからちょっと頭にきてたんだ。ボールは松の枝に当たって車道のほうに飛んでいった。車が来ていたのは見えなかった。黒のピックアップトラックが、すごいスピードで坂を登ってきた。あっという間のことで、あとで医者は苦しまなかったはずだと言った。ぼくは死んだチャーリーの隣に横たわった。どれくらいそこにいたのかわからない。チャーリーの目はまだボールを見ているように見開いていた。運転手は両手で頭を抱え、何かぶつぶつ言いながらあたりをうろついていた。ボールはとうとう見つからなかった。いまでもそこにあるはずだ。だれかにこの話をしたのは初めてだよ」

今度はマリアムが歯を食いしばっていた。「あなたのせいじゃない。あなたが轢いたんじゃないんだから」

サムはため息をついて、ワイングラスをふたたび満たした。パスタは冷たくなっていた。

「温め直したほうがいいみたいだ」

キッチンに立つと、マリアムはサムにキスをした。「話してくれてありがとう」

ふたりは空腹のあまり鍋から直接パスタを食べ、パリでのスパーリングのことや、デッド・ドロップの練習のときの思わせぶりな態度、昨晩マリアムがサムのシャツを脱がせようとして見つけたものについて冗談を言い合った。

「見せて」マリアムはサムの左の肩甲骨を指さした。「昨日の夜はよく見えなかったの。まだ秘密がある」

サムはシャツを持ち上げて、左肩に入った〝Clarity〟というタトゥーを見せた。

「どういう意味？　それにiのあとの色が変わっていて、クソ《シッティ》なのはどうして？」マリアムが英語で尋ねた。

「手抜き《シャディ》ってこと？」

「違う」マリアムは半笑いで答えた。

サムは落ち着かなげに身じろぎした。そのボディランゲージは前にもこの話をしたことがあり、それをもう一度繰り返したくないことを示していた。マリアムは彼の背中に手を走らせた。力強くてそそられたが、このタトゥーは好きになれなかった。

「ハイスクール時代のガールフレンドがクレア（Clare）という名前だった」サムは言った。「ある晩、酔っ払ってタトゥーショップに行き、互いの名前を背中に入れたんだ。別れたあと全部消す金がなかったんで、eを消して明晰《Clarity》に変えてもらった。そのときはすごくいい考えだと思ったんだ」

マリアムは弾《はじ》けたように笑い、それから鼻を鳴らした。パスタが口から飛び出しそうになり、ドレスにチーズが飛んだ。マリアムは笑いながらそれを拭きとった。「わたしはお金を払ってアサドのタトゥーをお尻から消してもらったわ。それだけの価値はあったわよ」そこでウインクした。サムは笑い出し、マリアムにキスをした。弟の記憶から遠ざかり、サムに自信と気安さが戻ってきた。

ふたりは笑いながら、さらにワインを探すために地下のセラーに下りていった。

次のボトルもほとんど空になったころ、マリアムはどれくらいダマスカスで会えそうかと尋ねた。「それは本当に場合による」サムは答えた。「でも理想は必要なときだけだ。ダマスカスで直接会うのはどう考えても危険だからね。きみの安全のためにはできるだけデッド・ドロップを通じたやりとりに限ったほうがいい。ゆくゆくはきみに通信機を用意する」

「明日の訓練は？」マリアムは尋ねた。

「監視探知ルートの確立。ＳＤＲだ。会う前にムハーバラートに監視されていないことを見きわめる方法だよ。それからすれちがいざまの受け渡し《ブラッシュ・パス》の練習もする。やることは山ほどある」サムは彼女がシリアに戻ったときのことを考えると吐き気がしそうになった。

「じゃあ、わたしたちにはあと二日しかなくて、そのあとはわからないってことね」マリアムは言った。

ふたりはテラスのカウチにすわり、心地いい沈黙に身を任せた。海岸線を見つめながらグラスを重ねて寄り添っていると、自分たちがふつうのカップルのように思えてきた。しばらくそのまま広大な闇に包まれていたが、サムがキスをすると、マリアムもキスを返してきて、ＣＩＡの隠れ家の主寝室に誘《いざな》うのはごく自然な成り行きに思えた。ふたりの唇は重なり、笑ったりキスしたり優しく嚙んだりするために動いた。ベッドの横に立ったとき、マリアムがサンドレスと下着を脱ぎはじめて、サムは追いつこうと焦り、ジーンズに足を取られそうになった。あの鼻を鳴らす音が聞こえ、彼女を引き寄せるとサムはやわらかい手に彼自身が包まれるのを感じた。ふたりは友だち同士のように笑いながらベッドに寝転がった。まるでもっと近づけたことにたったいま気づき、これまでその秘密に気づかなかったことが信じられないというかのように。

ファックして、とマリアムは英語で言った。ファックして、愛しい人《ハビービー》。サムが彼女のなかに入ると、マリアムは枕に頭を預け、サムは額と額をつけてキスをした。彼女の肌は汗で輝き、額は汗で濡れ、濃い色の髪が顔と枕に貼りついていた。身体はサムの下でシーソーのようにリズミカルに動き、口紅のあとがさながら犯罪現場のようにあちこちに残された。ふたりでリズムをつくりあげるあいだ、サムが感じるのは温もりとラベンダーの香りだけで、聞こえるのは彼女のイヤリングがたてる音だけだった。サムは一瞬だけわれに返り、ＣＩＡの行動規範とおそらく半ダースの連邦法に違反していると承知しながらも、シリア政府の官邸職員でＣＩＡが獲得したエージェントのマリアム・ハッダード――コードネーム〈アテナ〉とこうして結ばれるのは正しく自然なことだと思った。マリアムが頭をそらしてサムにまたがり、ふたりの手が固く握り合わされている状態で、その懸念はあっという間に消えていった。

夜明けの光が窓から差しこむころ、マリアムが先に眠りに落ちた。サムは眠れずに気を揉んでいた。自分のエージェントがデッド・ドロップを遂行するところを想像した。情報を盗み、SDRで移動する。ダマスカスで。床に落ちているマリアムのブラに目をやった。いったい自分は何をしてしまったのだろう。

マリアムが身を寄せてきた。眠ったまま、ゆったりと深い呼吸を続けている。

15

ふたりは家のあちこちに脱ぎ捨てた服を集めてまわり、寝室を片付け、鍋に貼りついたパスタをこそげ落とした。セックスのことはどちらも口にしなかった。ふつうでない状況であるとはいえ、自然で楽しく、当然の行為だった。サムが卵とトーストの朝食を用意し、ふたりで岩場に波が打ち寄せるのを見ながらテラスでコーヒーを飲んだ。むっとする空気が崖の上まであがってきた。

マリアムがシャワーを浴びているあいだ、サムはプロクターが送ってきたダマスカスの地図をタブレットで見直していた。やがてマリアムが濡れた髪をタオルで拭きながらリビングルームに現れた。頭にタオルを巻きつけ、ニースには何時に行くのかと尋ねた。「十日分の訓練を二日でやらなくちゃいけない。支度してきてくれ、ハビブティ」サムは無意識にハビブティ――きみ、ベイビー、愛しい人――と呼んでいた。思わず口をついて出た言葉だが、マリアムが気づかないわけがなかった。彼女は一瞬サムに笑いかけ、寝室に行った。

そのあとコーヒーを飲みながら、大急ぎでSDRの授業を行なった。マリアムは優秀な生徒だった。熱心で、好奇心旺盛で、学ぶ意欲にあふれている。けれどもサムのいれたコーヒーは不評だった。「これじゃタールよ、サム」マリアムはひと口飲んで顔をしかめた。「野蛮人の飲み物ね」

サムはSDRのすべてを教えた。基本的な仕組み、動き方、繰り返し現れる人間を見つける方法、毎日の生活にSDRを組みこむ方法。だがファームでの経験から、机上の講義はたいして役に立たないとわかっていた。実際に路上に出なければわからない。髪のにおいが鼻をくすぐり、ぴったりしたシャツの下の胸の形がわかるほどマリアムはそばにいる……何を考えているんだ、これはダマスカスに帰る彼女のための訓練だ。集中しろ。チャンスは一度しかない。

「言うまでもないけれど、いま説明した方法のいくつかは外で実践する必要がある」サムはそう言って、ニース方面の海岸線を指さした。マリアムはうなずいて地図に目を通した。行動に出る用意ができている。「そろそろ行こう」サムは言った。

マリアムがテニスシューズにはきかえていると、サムの携帯が鳴った。見たことのない番号だった。

「もしもし?」サムは応答した。

「プロクターよ」

「チーフ、どうしたんですか?」

「いまニースに着いたの。とっさの思いつきでやつだから、わたしがあなたを信用していないと思わないで。ただわたしたちの期待の星がダマスカスに消える前に、会っておきたかっただけ。公電では今日SDRの訓練をすると言っていたわね。わたしも入れてちょうだい、コーチ」

サムは、ニースの旧市街《ヴィエイユ・ヴィル》を縦横に移動するルートをいくつか考案した。昔ながらの入り組んだ路地はシリアの首都に似ているが、ダマスカスの爆撃、民兵、毎日のように続く騒乱の代わりに、フェドラ帽をかぶった観光客であふれ、ジェラートショップや水彩画のような建物が立ち並んでいる。〈バンディートズ〉とプロクターが敵役をやることになっていた。ダマスカスでは一筋縄ではいかないだろうから、プロクターたちにはここで悪役に徹してもらう。装備も用意されていた。アップルのエアポッドに見える暗号化されたイヤピース、レンタルのスクーター数台、変装用具一式――口髭、腹の詰め物、新しい服に靴、化粧品。さらに高解像度の赤外線カメラを搭載したほぼ無音のマイクロドローン――フランスの航空法では許可されていないが知ったことか。サングラス、メッセンジャーバッグ、フェドラ帽に埋めこまれた超小型カメラは、暗号化された衛星リンクにつながっていて、映像は母艦、つまりプロクターが乗っている配達用バンにすべて転送される。サムとマリアムは街の西端にあるブラッセリーで、観光客用の地図を見ながら検討し、一本のルートを考案した。ダマスカスでのSDRがそうなるであろう、長く、体力を消耗するルートだ。

サムはドローンのことは伏せておくことにした。邪悪で意地の悪いやり口だ。

ふたりでルートを検討したとき、マリアムは自分がこの任務を気に入っていることに気がついた。シリアに帰るのは恐ろしかったが、もっとやりたいと思った。ひとりになって二十分ほどたったとき、ホームレスの格好をした監視員がベスト・ウェスタン・ホテルの前にいるのに気づいた。靴がきれいで新しいからホームレスではない――のちのミーティングでマリアムはそう言った。それからふたりの尾行者を、首尾よく崖の上の城砦公園まで行くミニトレインに乗せることに成功した。自分に素質があるのはわかっていた。職場でも敵の動きが読めた。常に監視にさらされて生きている、シリア人特有の被害妄想的な性質の賜物《たまもの》だろう。そのとき背筋がチクチクした。悪寒が走り、監視の目を探したが、何も見当たらない。三回立ち止まり、六回角を曲がって、入り組んだ細い路地を抜けたあと、少しペースダウンすることにした。サレヤ広場で、華麗な彫刻が施されたバロック様式の明るい黄色の教会を通り過ぎた。尾行者が消えたのは間違いなかったが、悪寒はまだ残っていた。教会のすぐそばにあるイタリア料理店に入り、そのまま裏庭に抜けた。

高齢の女性が窓を開け、洗濯物を干しはじめた。見上げると、青い空にキラッと光るものが目に入った。するとふたたび悪寒が走り、心臓が早鐘を打ちはじめた。思っているとおりのものだったら、チームを配置するのに使われているはずだ。逃げるか尾行者を見つければ、相手はチームを再編成せざるをえなくなるだろう。

つかの間、喉がヒリヒリし、汗が噴き出したが、マリアムは通用口を抜けて外に出た。日差しの強い通りに出ると、ただちに監視が戻ってくるのがわかった。大聖堂の近くで何度か素早く角を曲がり、サムが〝隙間時間〟と呼んでいた、監視を免れる時間を計算した。おそらく三十秒。観光客向けの土産《みやげ》物を売るごちゃごちゃした屋台に紛れこみ、英語のロゴが入った大きめのTシャツ（〝ニースはナイス〟）と野球帽（I♡NICE）、安っぽい黄色のスカーフを買った。それらをバッグにしまいながら、二十五まで数えたところでふたたび通りに戻った。

図書館の近くで人ごみに紛れ、閑散としたケバブの店、インド料理店、イタリア料理店が軒《のき》を連ねる人通りの少ない脇道に入った。うまく移動している。いつ足を速め、いつ足を止めてぐずぐずしていればいいかわかってきた。上空でブンブンいっているものと別れる地点に近づいていた。いまでは、それが信じられないほど小型の偵察ドローンだと確信している。

ダマスカスに劣らないほど狭い路地が入り組んだ地区に入っていった。空を覆い隠すように張りだしている、レストランの色鮮やかなサンシェードもダマスカスと同じだ。歩きながら買ったばかりの帽子と悪趣味なTシャツを身につけ、スカーフを首に巻いた。シェードの並ぶ路地を抜けると、悪寒は消えていた。ゴールの〝隠れ家〟——〈ルネ・ソッカ〉というカフェを目指して進んでいくうちに、この地区を攻略しはじめていた。角を曲がり、立ち止まり、時間をかけて角を曲がり——だれも尾行していないのを確認して——〈ルネ・ソッカ〉の前を通り過ぎて三ブロック北にあるカフェに入った。つけられていない。ドローンは、南フランスでいちばん趣味のわるいアラブ人観光客ではなく、ネイビーのTシャツにカプリパンツの女性を捜しに行った。マリアムはふたたび歩き出し、最終チェックを行なった。すれ違う人全員をこの日見かけた監視役と尾行者と見比べ、頭を動かすことなく駐車中の車内を見ていった。

尾行はいない。クリーンだ。

テーブルを探し、グラスワインを注文した。

サムとプロクターは、二杯目のワインを飲んでいるマリアムを見つけた。帽子と信じられないほど悪趣味なTシャツを身につけ、勝者の笑みを浮かべている。

「五十一分ね」サムとプロクターが近づいていくと、マリアムは笑顔で言った。「化粧室で着替えてくるから、ここにすわってて」もうあと一分でもこの格好に耐えられない」すれ違ったとき、サムがキスしたがっているように見えた。

ミーティングのため全員で隠れ家に戻った。プロクターはスーツケースを引きずりながら、余っている寝室がなければ、空気を入れて膨らませるソファでもいいから泊めてくれと言った。サムは、マリアムが彼女のことをどう思うか気になった。

〈バンディートズ〉が食事を調達してきた。「ピザハットのデリバリー到着！」とエライアスの大きな声がしたのと同時に三兄弟がドアを開け、ピザの箱を抱えて入ってきた。幸いサムをからかっただけで、実際はヴィルフランシュにあるまずまずのシチリア料理店のものだった。〈バンディートズ〉は撮影した動画を見ながら、マリアムにあれこれ指導した。「すばらしい初日だったわね、マリアム」プロクターが言った。「明日もう一度、あなたの足から血が流れるまでやるからね」マリアムは片方の眉を吊り上げ、そして笑った。

〈バンディートズ〉が角を曲がるときにさりげなく周囲をうかがう方法をマリアムに指南しているあいだ、プロクターがサムをキッチンに呼んだ。

「通信プランが決まったわよ」プロクターがタブレットを開き、マリアムのジョギングルート沿いの膨大な写真データを見せながら説明しはじめた。サムは、プロクターが示したある画像に注目した。ジョギングルートにある分かれ道で、崩れかけた擁壁が道を隔てていて、わきにゴミの山があった。人がほとんど通らない場所で、マリアムのジョギングコースとも一致している。

「ここよ。あなたが練習でしてたように空き缶を使うことにする。前に話した合図も使える。彼女がここに情報を置いたらアパートのブラインドを半分開けておいてもらう。こっちは彼女のアパートの外の壁に落書きを残す。しばらくこうやって慣れてから、通信機を調達する」

サムはうなずいた。「わかりました、リハーサルしておきます」プロクターはタブレットを置くと、サムにここまでの評価を尋ねながらコーヒーメーカーのスイッチを入れた。サムはフレンチプレスを使っていたが、プロクターはコーヒーメーカーにこだわった。ビーッと二回音がしてから電源が切れた。「なんなのこれ」支局長は文句を言うと、水を入れる部分を思いきり叩いた。

「これまでのところ申し分ありません」サムは、マリアムが空き缶を拾おうと腰をかがめたときの表情を思い出しながら言った。「動きもいいし勘もいい。天性のものですよ」

「ダマスカスでもその才能を発揮できることを祈るしかないわね」とプロクター。

サムは話題を変えたかった。「アリーへの電話はその後どうなりました?」

「何も。あの男はヴァルの居所は知らないの一点張りよ。彼女を誘拐した犯罪者なりテロリストなりを突き止める協力をすると言ってきてる。あの野郎」プロクターはもう一度コーヒーメーカーを叩いた。マシンはついにシューーッと音をたて、ポットにコーヒーが滴り落ちはじめた。プロクターはマリアムと〈バンディートズ〉のほうを振り返り、自分とサムしかいないことを確認した。「ブラッドリーから聞いたけど、この前ホワイトハウスであったシリア作業部会の会合で大統領がこの件でひどく感情的になっていたそうよ。みんなあいつらのゲームにうんざりしてるのよ」

今度はサムがリビングルームを振り返って、四人のシリア人が声の届かないところにいることを確かめた。「拘束する時間が長いほど、ヴァルから情報を引き出す可能性は高くなります。何か手を打たないと」

「わかってる、わかってるから。それにわたしは言ったとおりのことをするつもりよ。もしアリーがヴァルを傷つけたら、タマをもぎ取って食わせてやる」

高い地位にある政府職員という貴重なエージェントと数日間過ごせることは、インテリジェンスの神からのまたとない贈りものだ。

そこで、プロクターとサムはラングレーから送られてきた質問を次々とマリアムに浴びせかけた。ホワイトハウスやCIAの中東課、分析官がいますぐに知りたがっていること——彼女のオフィスの役割、アサド大統領の内戦に対する見立て、軍や治安当局の計画や意図などだ。なごやかな雰囲気で話し合いは進み、マリアムとプロクターは楽しそうに会話を続けていた。支局長はいつの間にかジェスチャーを交じえ、シリア大統領の精力について卑猥な冗談を飛ばしていたが、その多くは生物学的にも解剖学的にも不可能なもので、マリアムは声をあげて笑っていた。

訓練で疲れきり、全員が早めに寝室に引き上げた。「明日もまたサーカスよ」とプロクターが言った。「やることが山ほどある」

プロクターがドアを閉めると、マリアムは廊下でサムの額にキスをした。「彼女のこと気に入ったわ、サム。このチームも。しっくりくる」

翌日も暑く過酷で疲労困憊《こんぱい》の一日だった。「でも現場の感じをつかめますね」サムは監視用のバンのなかでプロクターに言った。プロクターはふたたびドローンを飛ばし、〈バンディートズ〉は二度目のランが始まって六時間後、公園の東側でマリアムを見失った。プロクターは彼女のデッド・ドロップのようすをモニターで見て「完璧」と言ったが、「パルフェ」を「パー・ファット」と発音した。ユースフは自分の第二言語が台無しにされたのを聞いて怖気《おぞけ》をふるった。一日が終わり、プロクターはマリアムを抱きしめた。「一緒にすばらしい仕事をしましょう、マリアム」支局長はそう言い残して、シリアに帰った。

マリアムは最後にもう一度ファーティマ・ワーエルに接触を試みた。けれども連絡はつかず、上司のブサイナに電話して指示を仰いだ。「帰っていらっしゃい、マリアム。あの世間知らず《ビント・ンバリ》は自ら選択したのよ」

これが最後の夜なので、サムとマリアムはモワイヨンヌ・コルニッシュをドライブした。表向きは車でのSDRのやり方を説明するためだったが、本当は隠れ家でふたりきりになれても、プロクターが盗聴器を仕掛けたのではないかと不安だったからだ。それにマリアムのおじ、ダウードのことも話さなければならなかった。

ふたりはモナコに向かった。薄雲の合間に星がきらめくなか、サムは展望台で車を停めた。崖の真下には椰子や柑橘《かんきつ》系の木々がうっそうと茂り、白いビーチが広がっている。展望台の反対側に二、三台車が停まり、なかでカップルが抱き合っていた。

しばらくのあいだ、ふたりは黙って外を見ていた。

「おじ？」声の届く範囲にだれもいないことを確かめてからマリアムが聞き返した。

「どう思う？」サムは尋ねた。

「ＣＩＡに協力することはないでしょうね。でもわたしになら言うべきでないことも言うかもしれない。自分の漏らした情報が別のところに流れたことがわかっても、どういうことかと問いただしたりしないと思う」

「彼は不満を持っていると言っていたね？」

「ええ、ラザンのことで。娘が受けた仕打ちへの怒りが鬱積《うっせき》してる。それに多くの国民と同じで無差別殺人を支持していない。毒ガスが使われるのも見たくないと思っている。おじは愛国者よ。イスラエルを牽制するのにサリンが必要だということは理解してるけど、自国民に使うべきじゃないと思ってる」

「それを話し合ったことは？」

マリアムはサムの脚に手を置き、〝シリアのことを教えてあげる、無知なアメリカ人さん〟というような顔をして言った。「わたしたちの会話はもっと用心深くて曖昧なの。シリアではだれが聞いているかわからないから、こんなふうにざっくばらんに話し合うことはできない。おじに質問するとしたら、官邸が聞いてきたと言うわ。そうすればきっと率直に話してくれると思う」

「とにかく気をつけてくれ」

マリアムはなにをいまさらというように目を見開き、顔を背けた。

サムは続けた。「何を話してくれると思う？」

「おじは化学兵器の管理責任者だから、政府がサリンを使おうとしたらわかるはずよ。それに保管施設の警備状況も知ってると思う」

サムはうなずいた。「きみが引き出してくれる情報はどんなものでも役に立つ。それがぼくたちにとって何より大切だ」


マリアムは激しいキスをしてサムを黙らせた。ふたりはぎこちなく車の後部座席に移った。サムが先に移動し、マリアムが続いた。すぐにマリアムは前後に身体を揺らし、サムを筋肉で締めつけた。やがて身体は内側から満たされ、快感に包まれた。サムの両手がマリアムの髪をつかみ、目と目を合わせたまま、彼女が望む角度を探して腰の位置を調整した。ことが終わると、ふたりは息を切らしてそのまま横たわった。こうやって重大な決断は下されるのだ、とマリアムは一緒に息をしながら思った。

わたしは何もしなかった。

でもこれからは違う。

PART 3
爆撃

16

そのニュースは、機密ファイルを撮影することで毎月高額な報酬を得ているシリア人内通者によって、ラングレーの七階にもたらされた。ブラッドリーは、この資料は直接入手したものであり信頼できると長官に報告した。〝この書類と添付の写真は、本物と見て間違いないでしょう〟。長官は協議のため、プロクターをラングレーに呼び寄せた。

次の二十四時間で、保安課の少人数のチームがヴァレリー・オーウェンズの医療カルテと薬剤の処方記録を精査した。CIA所属の心理学者に意見を聞き、医師、病理学者、検死官のチームがその一枚の写真を徹底的に調べあげた。最終的に、書類に記された嘘と写真のなかの真実のために、長官との午後のミーティングが設定された。うわべを取り繕ったその会議録は、機密解除や情報公開法による開示に適さないとされ、極秘の区分に分類された。もしその会議録を読むことができたら、会議が始まって十五分から十七分のあいだに、ダマスカス支局長のアーテミス・A・プロクターが「自身の医学的判断にどれほど妥当性があるかを説明しようとするドクター・パンをさえぎって、延々と粗野な言葉で最適な復讐の方法を語った」ことがわかっただろう。

ダマスカス赴任に先立ち、サムは医療室で血液検査を受けていた。ドアの外に黒い髪が見えたと思うとプロクターがドアを開け、医師を押しのけて入ってきた。医師は賢明にも何も言わなかった。サムはなぜ彼女がラングレーにいるのか知らなかった。

「外の空気を吸いに行くわよ」プロクターが言った。「さっさとその針を外しなさい」

ふたりは旧本部ビルを出ると、チェーン橋を渡って森のなかのジョギングコースに向かった。蒸し暑い午後で、歩いていると背中と脚に汗がにじんできた。プロクターはツイードのスカートにえび茶色のブラウスという格好ながら、顔に汗ひとつかいていない。ジョギングコースに着くころには、サムの白いシャツは汗でびっしょりになっていた。

プロクターは足を速めたが、まだ黙ったままだった。サムよりほぼ三十センチは脚が短いはずなのに、サムはついていくのがやっとだった。息を切らしたランナーが追い越していった。そのランナーが角を曲がり、姿が見えなくなるまでふたりは無言で歩きつづけた。サムは日陰を探してジグザグに歩いたが、こわばって青ざめた顔をしたプロクターはまっすぐに日なたの道を進み、やがてコースの奥まった場所にたどり着いた。

プロクターが足を止めた。

「ヴァルが死んだ」プロクターは唐突に言った。「昨日の朝、知らせがあったの。尋問の最中にアリー・ハッサンに殺された」と吐き出すように続けた。

サムはベンチまで歩いていって腰を下ろした。夕方の風に木の葉が舞うのを見ながら、汗ばんだ手で熱をもった額をぬぐった。些細なこと、小さなことにすがろうとした。マリアムの顔が浮かび、いまここにいてほしいと願った。彼女の肌を感じたかった。もうひとりランナーが走り去った。サムはシャツの袖をまくりあげ、呆然とネクタイを撫でた。

プロクターは周囲を見まわした。だれもいない。彼女は滝のような汗をかいているサムを見つめながら、ポケットからゴムを取り出した。黒い癖毛をゆがんだポニーテールにまとめると、スカートのポケットから折りたたんだ二枚の紙を取り出し、サムに差し出した。サムが片方の紙を開くと、写真に大粒の汗が滴り落ちた。これまでに死を見たことはあった。子どものころ、北部の松林のわきの車道で。大人になってからはバグダードやアンバールのぬかるみや砂のなかで。サムは紙に印刷された、生気のないヴァルの目を見つめた。

「あいつら、ヴァルの頭の皮を剝いだ」プロクターが口を開いた。「CIA《エージェンシー》の医師と画像の専門家が、頭部にうっすら切開のあとがあるのに気づいたの、化粧がされていたけどね。あいつらはヴァルの頭の皮を剝いで、この写真を撮るために縫い直したのよ」

激しいめまいと闘い、サムは写真を折りたたんでプロクターに返した。またひとりランナーが走り去った。

「もう一枚のほうも読んで」そう言われ、サムは二枚目の紙を開いて英語に翻訳された文章に目を通した。

四月十五日

差出人：大統領官邸付〈セキュリティ・オフィス〉長官、アリー・ハッサン准将
宛先：シリア・アラブ共和国大統領バッシャール・アル＝アサド閣下、共和国防衛隊司令官ルストゥム・ハッサン中将
件名：拘束中のCIA局員

アメリカ大使館の二等書記官として潜入していたCIA局員ヴァレリー・オーウェンズが、規定の尋問中に心不全で死亡したことを報告いたします。自宅で押収した処方薬と抗うつ剤から、同氏は高コレステロール、過剰ストレス、パニック発作を患っていたことが判明しました。〈セキュリティ・オフィス〉は、オーウェンズ氏の時ならぬ逝去につき遺憾の意を表します。

サムはその紙をたたみ、プロクターに返した。「ちなみにエージェンシーの医師団がヴァルの医療カルテを見直して、薬に関するくだりは大嘘だってわかってるから」プロクターは紙をポケットにしまいながら言った。「アリーは自分のケツを守るために病歴をでっちあげた。長官は暗殺許可を出すようホワイトハウスに働きかけているけど、それが出る保証はない。こういうことは難しいし、時間もかかる。それでも局員が殺されたら簡単にあきらめるわけにはいかない」

ヴァルの仇《かたき》を討つには、暗殺許可が必要になることをサムは知っていた。許可には確固

たる情報に裏付けられた事由が必要とされ、ＣＩＡ局内の法務顧問室はもちろん、司法省法律顧問局の審査を経なければならない。レーガン政権時代に出された大統領令により暗殺が全面的に禁止されたため、慎重な扱いが要求されているのだ。

「許可が下りたときにすぐ対応できるプランが必要よ。記録に残らないようにね。シリアにはあの三兄弟も連れてくるといいわ。アリーを消す計画を立ててもらいたい。いざというときのために」プロクターはひるむことなく、まっすぐ前を見据えて言った。

また別のランナーが通り過ぎ、サムは立ち上がった。「ぼくは少しのあいだここを離れようと思います。ダマスカスに行く前に頭をすっきりさせたくて」

「いい考えね」

あからさまな感情を見せると、せっかくチームに入れてくれたプロクターの気が変わるかもしれないと思ったので、サムは率直でシンプルな言葉を選んだ。「ダマスカスでの狩りに加われて光栄です。チャンスを与えてくれて感謝しています」

プロクターはうなずいた。「ショーにようこそ」

ダマスカスに出発するまで一週間あったので、サムは気晴らしのため別の砂漠に飛んだ。ラスベガスの熱気は最高潮だった。ストリップ大通りのきらめき、しなる椰子の木、いたるところに酒と、足元には吐いたあとがある。

サムは少し酔っていて、ツキにツイていた。

もし別の過去を持つ別の男だったら、いま〈ベラージオ〉のポーカールームで、見慣れたグリーンのフェルトのテーブルにうずたかく積まれた二万二千七百五十ドル分のチップを前に、使い道をあれこれ考えていたかもしれない。

サムは勝ったうち百ドル札一枚だけをゲーム後のふたり分のビュッフェ代としてとっておくつもりだった。ベガスへの旅は、海外赴任や過酷な作戦のあとの浄化儀式のようになっていた。これまでの赴任先は運悪く、カイロやリヤド、バグダードなどギャンブルがよく思われない街ばかりだった。サムは大使館や現地支局内のカード大会で簡単に大勝ちできたし実際にしたが、盛り上がりに欠け、サムの好む真剣勝負というより相手が降参するのをスローモーションで見ているようだった。サムにとってカードゲームは平時の闘争だった。諜報戦の代用であるが、賭けられるのはエージェントの命ではなく金だった。

いまサムは、ツキを呼びこむと信じているくたびれたグレーのパーカーを着て、テーブルの向こうのスーツ姿の太ったイギリス人を凝視していた。サムのレイズに対して、ひとりだけコールした男だ。実はブラフだった。サムのカードは10と8にすぎなかったが、チャンスだと感じたのだ。

イギリス人は咳をして不安を覗かせた。

フロップはスペードの2、ハートの4、スペードのクイーンだった。

サムがチェックしたところ、イギリス人が五百ドルをベットした。サムは相手のベットのパターンを思い返した。前回の最高賭け金は二百ドルで、チップの高さはそのときと同じくらいだった。ベットを釣り上げているわけではない。もしクイーンを持っているなら、誘いをかけるのにもっと低い額で賭けたはずだ。油断させるために。ゲームを降りさせたいのだろう。エースとキング？　ジャックのペア？　10のペア？　フラッシュ・ドロー？　サムは五百ドルをリレイズした。イギリス人はコールした。

ターンはダイヤの9。

イギリス人はかすかに微笑みながら、チップをもてあそんでいた。サムは何百人という人間にこの表情を見てきた。何かを確信したときの気の抜けた笑顔。咳は消えていた。

イギリス人は七百五十ドルをベットした。サムは男を凝視した。腹に貼りついたドレスシャツがわずかに上下している。呼吸をコントロールしようとしている。サムがもう一度仕掛けたら相手は食いついて、フラッシュ・ドローの代償を支払うことになる。

サムはさらに千ドル、リレイズした。

相手の笑みが消えた。イギリス人は手元のカードにもう一度目をやった。見込みのなくなったハンドがあらわになる。

イギリス人はディーラーにカードを放り投げた。ディーラーはポットのチップをかき集め、サムのほうに押しやった。

「どんな手だったんだ？　聞いてもかまわなければ」イギリス人が言った。

「クイーンのペア」サムは嘘をついた。

イギリス人はうなずいてウィスキーを飲んだ。「やられたな。いいゲームだったよ」

そのときサムの肩に手が置かれた。「そろそろビュッフェに行かないか？　ディナーは十時で終わりだ」

サムはフェルトに手を走らせてクレイ素材のチップを指先でもてあそび、手のなかで重さを確かめた。目を閉じて、アクション中のテーブルの、カビ臭いがほっとするにおいを吸いこんだ。

サムは〈ベラージオ〉の住人で、夜のビュッフェのパートナーにして、ときにCIAのスカウトも行なうマックス・ヒューストンと肩を並べてキャッシャーに向かった。サムをCIAに紹介したのもヒューストンだった。ヒューストンとCIAとの関係は非公式であり、その場その場のものという話だったが、真相は謎に包まれていた。ヒューストンはベガスで見込みのある人間を見つけ、ラングレーの採用担当者に送りこんでいた。報酬はもらっていない。かつて彼はウォッカソーダを五、六杯飲んだあとで、共産主義者やロシア人、アルカーイダのラクダ乗りに対抗するため、市民の義務を果たしているだけだと語ったことがある。「CIAには最高の人材が必要だ。アイビーリーグのすかしたやつらだけじゃなく」と片目を開け、もう片方のまぶたをピクピクさせながら言った。「CIAには人がどう動くかわかる男や女が必要なんだよ、サム」マックス・ヒューストンと出会って半年後、サムはファームの実践諜報技術コースにいて、新たなケースオフィサーとして必要な胆力があるか見きわめる最初のテストを受けていた。

「今夜の狩りは成功か？」ヒューストンがウォッカを飲みながら尋ねた。

「まあ。昔みたいに」サムはそう答えて、ガラスの向こうにすわっている頑強そうな会計係にスロットからチップをのせたトレーを滑らせた。

「よかったな」

「小切手二枚と紙幣に分けてもらえるか？」サムは会計係に尋ねた。

ヒューストンが笑った。

「もちろんです」会計係は眉根を寄せてヒューストンに目をやり、それからだんだん減っていくウォッカに視線を移した。会計係は愛想笑いを浮かべた。

「一枚はサム・ジョセフ宛の一万ドルの小切手に。ロットから差し入れた。「それから百ドル札を一枚。残りはクララ・グレース・ジョセフ宛の小切手に」サムは名前のスペルを言った。

ヒューストンは忍び笑いを漏らし、ウォッカを飲み終えた。「彼女は何に使うんだ？」

「カイロの前のときは車を買ってたかな」

「バグダードは？」

「バグダードに行く前は、小切手はなかった」

ヒューストンはにやりとした。「そうだったな」

サムはあらかじめ宛名を書いてある封筒をジーンズのポケットから引っぱり出した。

クララ・グレース・ジョセフ
ビッグ・ライス・ロード15
シャーマンズ・コーナー、MN55395

サムは二万四千四百八十ドルの小切手をその封筒に入れ、会計係にペンと紙を借りた。〝好きなものを買って。母さん、愛してる〟と書くと、封筒に入れて封をした。

「幸せな母親だな」ヒューストンが言った。「ずいぶん心配をかけてはいるが。さあ、ビュッフェだ。いつものことだが、その軍資金ではおれの飲み代には足りないがな」


サムは皿をシーフードで山盛りにして、ヒューストンのいるブースの向かいにすわった。彼はすでに二杯目のウォッカを飲んでいて、サムの分も注文していた。

「昔の愛弟子がベガスに来てくれるのはいつでも大歓迎だよ」ヒューストンはそう言ってグラスを掲げ、サムも同様にした。周囲は騒がしく、熱気に包まれていた。厨房《ちゆうぼう》からは皿がカチャカチャ鳴る音が聞こえ、酔っ払った中国人ビジネスマンのグループがあちこちからヤジられていた。ヒューストンは信じられないほど短いスカートをはいた、三人の魅力的な女性たちに向かってグラスを掲げた。三人とも濃い化粧をし、髪は白くなるまで脱色している。それからズワイガニに取りかかっているサムのほうに視線を戻すと、眉根を寄せて言った。「何かあったのか?」

「仲間が死んだ」ヒューストンはうめき声をあげてグラスを持ち上げた。「それ以上は言えないんだな？」

「残念ながら」ヒューストンはリブステーキを切り分けた。「ブラッドリーに巻きこまれたのか？」

「ああ」

「おまえは彼の揉み消し屋だからな、サム、わかってるだろう。だからこそおまえを実戦に投入するんだ」

サムは、ヒューストンに唇をすぼめたのが見えないようにグラスを持ち上げた。ブラッドリーの揉み消し屋と言われるのは不本意だった――それが事実だったから。

中国人ビジネスマンがどっと笑い出し、ひとりがブースから転げ落ちた。ちょうどそこに歩いてきたウェイターがとっさに彼をまたいだ。「ここが恋しかったか？」ヒューストンが話題を変えた。

酔っ払った同僚たちが囃《はや》したてるなか、テーブルの端につかまって立とうとしている中国人のほうを見ながら、サムは言った。「あなたの笑顔が見たかっただけだよ、マックス」

ウォッカをさらに二杯飲み、もう一度料理を取りに行き、ヒューストンがいつもナイトキャップにふさわしいのはこれだけだと主張するピート臭の強いスコッチをワンフィンガー分飲んだあとで、サムはお開きにしようとした。するとヒューストンが、ステーキを焼いているブースの上に設置されたテレビに向かって空のグラスを掲げた。

サムは振り返ってCNNのテロップを読んだ。〝ダマスカスで米政府職員死亡〟。そして字幕。〝NSAの高官がCNNに明らかにしたところによれば、アメリカ人外交官のヴァレリー・オーウェンズ氏がダマスカスで死亡した。シリア政府による公式声明はまだ発表されていない〟

サムはミニバーにあったウィスキーを四本飲み干し、ストリップ大通りに面する窓辺に立った。眼下にはライトアップされた噴水やエッフェル塔のレプリカがあり、遠くに目を転じると陰になった山並みが見わたせる。

〈ベラージオ〉の噴水から放たれる白い光線が、闇夜を明るく照らしていた。だからここを離れたのだ。この街は踊り、忘却を続け、戦争はどこか別の場所で起きている。マリアムはここをどう思うだろうかと考え、フランスが懐かしくなった。マリアムがダマスカスに戻る前。ヴァルの写真を見る前のことが。

サムは五本目のウィスキーもあっという間に飲み干した。メディアへのリークに腹が立っていた。極秘任務についていたヴァルは、そのままひそかに埋葬される資格があったのに、大学のイヤーブックの写真がニュースに氾濫していた。サムは憤怒に駆られた。ベッドに横になって眠りが訪れるのを待ったが、この世を去った友人の思い出が次々と再生され、バグダードで聞いた笑い声がよみがえるだけだった。ようやく夜が明けると、部屋のマシンでコーヒーをいれ、噴水を見ながら黙って飲んだ。いま噴水はラスベガスの朝日のなかでライトアップされることもなく、むき出しの姿をさらしている。サムはコーヒーカップを置いて、空になったジャックダニエルのミニボトルを手のなかでひっくり返した。

今度戻ったら飲みに行こうね、とヴァルは言った。

ヴァレリー・オーウェンズは年に一度行なわれる追悼式典の前に死亡したため、石工職人は大理石の壁に刻まれた百三十三番目の星からきっかり十五センチ右のところに百三十四番目の星を彫る時間があった。壁から突き出したガラスケースに収められた山羊革の「名誉の書」にも、殉職者を記録するカリグラファーの手によって同じような黒い星が描き加えられたが、氏名は記されなかった。ヴァレリー・オーウェンズは死亡時、身分を偽装して外交官を名乗っており、本来のCIA局員としての役割は機密扱いになっていたからだ。

ロビーはCIAの幹部、取材を認められた記者、遺族、その他本部ビルのロビーに入りこめた者でごった返していた。青いバッジや最高機密《TS》／機密隔離情報《SCI》の取扱資格を持たない人々が聴衆席を埋めていたため、長官は式のあいだヴァレリーの名を口にしなかった。

サムは後方に立っていた。聴衆を見わたすと、最前列にすわっている年配の女性が目に留まった。白髪まじりの髪が乱れ、近ごろ中東のとある国で命を落としたケースオフィサーについて話す長官の言葉に嗚咽を漏らしている。ヴァルの母親、ジョアンナだ。父親はすでに他界している。

サムは職務中に同僚が殺される事態をあまり想定していなかった。亡くなるのはほとんどが特別行動部《SAD》の準軍事作戦《パラミリタリー》担当官で、それもたいていは地上班に属する者たちだった。紛争地域において情報収集というより、戦闘行為に近い任務に従事している場合が多い。けれども今回は違う。星を見ていると、壁に飾りを残してヴァルの存在が世界から消滅してしまったように感じられた。

長官が列席者全員に謝意を示し、殉職者を曖昧な敬称で称えると、聴衆はその場をあとにしはじめた。サムは人ごみをぬってジョアンナ・オーウェンズに近づいていった。その頰は紅潮し、目はただひとりのわが子を失った母親の絶望で血走っていた。サムは、彼女にお悔やみを述べている見知らぬ人物を押しのけるように前に出て、ジョアンナを思いきり抱きしめた。「バグダードで一緒でした、妹のような存在でした。本当に残念です」サムがそう言うと、彼女は泣き出した。サムは身体を引き、CIAは娘さんを殺した人間を絶対に見つけますと言いたかった。けれども、娘が殺されたことをジョアンナが知っているかわからなかったし、ラングレーが最終的にヴァルの仇を討つつもりなのかもわからなかった。しかたなく彼女の目を見て、「本当に残念です」ともう一度繰り返した。ジョアンナは鼻をすすってうなずいた。サムは罪悪感に襲われ、顔を背けると人ごみをかき分けてロビーを出ていった。

サムはグローバル配備センターによって購入されたエコノミークラスのチケットでダマ

スカスに向かった。ＣＩＡの規則第四一条二項で「乗り継ぎ時間を含めて十三時間以上の移動時間でなければ、米国の航空会社（デルタ、アメリカン、ユナイテッド等）のエコノミークラスより上の航空券を購入することはできない」と規定されていた。サムは年配の女性職員にフラットシートでぐっすり眠れれば時差ボケにならないと力説したが、相手は譲らなかった。最安値のチケットの所要時間は十二時間四十七分だった。

サムはウィーンで乗り継いだ。西側諸国でいまもダマスカスに飛行機を飛ばしている数少ない航空会社のひとつがオーストリア航空だったからだ。ようやくうとうとしはじめたころ、ダマスカス国際空港に向けて急降下するので、しっかりつかまっていてくださいとパイロットからアナウンスがあった。理由は説明されなかったが、サムは知っていた。反政府勢力が肩撃ち式ミサイルを打ちこんでくる恐れがあるため、急降下して機体を目立ちにくくするのだ。パイロットが急降下したとき、サムの胃は頭より上に持ち上がった。

窓の外に目をやると、郊外の交戦地域で煙が上がっているのが見えた。不毛の大地に石づくりのアパートが不規則に広がっている。上空から見ると、街を取り囲むようにリング状に郊外が広がり、軽量コンクリートブロックが延々と続いているように見えた。一方、街の中心の旧市街には、尖塔《ミナレット》や緑豊かな公園が点在していた。空から見るには美しい光景で、一瞬サムはマリアムが直面している危険や、前回この街から逃げ出したときに耳にしたヴァルの悲鳴を忘れそうになった。

滑走路に車輪がぶつかり、パイロットが気乗りしない声でダマスカスへようこそと告げた。サムは周囲を見まわしたが、だれも喜んでいるようには見えなかった。

「飛行機を降りると、ダマスカスへの転属を承認する公電で示されていたとおり、ゲートで大使館のサポート係が待っていた。彼はサムに手を差し出してシリアへの到着を歓迎するや急ぎ足で各所の手続きにまわった。入国審査を終えて手荷物受取所に到着すると、プロクターが待っていた。アビエイターサングラスをかけ、寒冷地用の陸軍のブレザーを着た支局長はにこりともしなかった。ふたりは現地採用のサポート係がいる前では言葉を交わさず、サムは手荷物受取所でスーツケースをひとつ受け取った。スーツケースは動いていないターンテーブルのわきにぞんざいに積み上げられ、小麦粉の袋を奪い合うバグダードの難民さながら乗客が群がっていた。税関を通過すると、サムはスーツケースを引いて埃っぽい空港ターミナルを抜け、午後の強烈な日差しのもとに出た。

　アラブ世界の有能なサポート係らしく、その男は違法駐車をしていた。ハザードランプを点滅させた大使館の白いランドクルーザーがターミナルの真ん前に停まっていた。プロクターはサポート係を追い払い――彼は少し離れたところに合法的に停めた別の車に向かった――自分が運転席にすわった。サムがスーツケースを入れようと後部座席のドアを開くと、なぜかシャベルが置いてあり、支局長の心温まる最初の言葉が聞こえた。「今朝、空港に向かう道で共和国防衛隊の兵士が反政府勢力に誘拐されたの。だからわたしが来たってわけ、あなたが初日に死体で見つからないように」

五分走ると最初の検問にぶつかった。ふたりが黒い外交官パスポートを見せると、後部座席の荷物をチェックされることもなくあっさりと通された。街の中心部は空港から南東に車で三十分ほどのところにある。「二十分で戦時から平時に変わるわよ」プロクターが言った。サムは椰子の木や、あちこちにある政府のプロパガンダで埋めつくされた広告看板、軽量コンクリートブロックの外壁が立ち並ぶ郊外の風景を見ていった。ヴァルと〈コモド〉の救出作戦のときより状況は悪化しているように見えた。街の中心部に近づいていき、遠い昔の大災害で遺棄されたままのような閉鎖されたショッピングモール、レストラン、自動車修理工場を通り過ぎた。

ハンドルを握ったままプロクターがツアーガイドを買ってでた。「この道で反政府勢力が政権側の兵士や民兵を襲撃しはじめたの」と空港ハイウェイに沿って広がる低木の茂みを指さしながら言った。「誘拐のときもあるし、携行式ロケット弾を車に撃ちこんでくることもある」と落ち着かない手振りでランドクルーザーのフロントガラスを示した。「この街を動きまわる前に、あなたの神さまと和解しておいたほうがいいわよ」

反政府勢力が支配するジャラマーナーという郊外の街に着くと、さらに五カ所の検問に行き当たった。毎回何ごともなかったものの、緊張で脈が速くなった。五つ目の検問所を通過したあと、プロクターが窓を開けて街の現状を伝えた。「十代のガキどもがいつふざけてこっちに銃を向けてくるかわかりゃしない」三機の戦闘ヘリコプターが上空をホバリングし、機関銃が瓦礫の山をつくり出していた。共和国防衛隊の兵士が入口に立ってあちこちの建物を封鎖していたが、なかが破壊しつくされているのがわかった。側面の壁が削ぎ取られ、コンクリートには砲撃によるくぼみが残り、表面は煤《すす》で黒くなっていた。「ここはアフガニスタンみたいなものよ」プロクターは続けた。「楽しい雰囲気はないけどね」

ところが、ダマスカス中心部の世界は光り輝いていた。店はまだ開いていて、街角のカフェは人で賑わい、建物は完全な形に保たれ、車の往来も活発だった。プロクターは大使館前のロータリーの歩道に車を停めた。「案内してあげる」と言うとシートベルトを外して車を降りた。サムの荷物は残したまま、ふたりは大使館の白い石壁の外を西に向かって歩きだした。壁の高さは三メートル近くあり、その上に五メートルほどのフェンスが張りめぐらされて侵入を防いでいた。「道路からあまり引っこんでいませんね」サムは言った。

「そう、大きな問題よ」とプロクター。「二〇〇六年に爆弾を積んだトラックが正面玄関から突っこんでこようとしたの。歩道の三角コーン以外、だれも止めようとしなかった」

ふたりは西側の入口から入り、海兵隊所属の三人の護衛官が厳しく目を光らせるなか金属探知機を通過した。サムはすでにバッジを持っていたので、まっすぐ大使館の事務棟に向かい、プロクターに暗証番号を教わった。「二階には国のお偉いさんたちの部屋が入ってる。大使や次席公使の部屋に、政治経済班のオフィス。大使の部屋には機密情報隔離スペースがあるから、ときどきブリーフィングに使ってる。三階は海兵隊と通信オタクたちの部屋で、彼らの使うアンテナやら何やらが置いてある。もし七九年のテヘランみたいな事態になったらそこに集合するのよ」

「次は地下」プロクターは漆喰《しっくい》が剝がれ、蛍光灯が点滅している廊下を指さした。突き当たりにドアが半分開いたトイレが見える。「ここがわたしたちの城よ。ダマスカス支局にようこそ」分厚い金属製の扉に近づいて暗証番号を入力し、ブーンという音がしてからその分厚い扉を押し開けた。

サムは最初の赴任地のカイロで、CIAが中東で使用する施設の貧相さには慣れていたが、ダマスカス支局も例外ではなかった。人工光に照らされ、デスクは十近くあるのに、一時解雇か疫病——何度も循環している空気を考えればありえない話ではない——でもあったかのようになぜかほとんど人がいなかった。簡素なのは略奪を恐れてのことだろう。毎晩パソコンからハードディスクを取り外し、書類は酸を使ったシュレッダーにかけるか金庫に保管、私物を持ってくるのは控えるよう指示された。テレビのモニターには分厚い金属扉の外のようすが映っていた。

プロクターはサムがこれから使うデスクに案内した。通気口の前で反政府勢力の旗とバッシャール・アル＝アサドの肖像画がはためいていた。

プロクターのオフィスでまず目についたのはショットガンだった。

モスクワで彼女のもとで働いていたケースオフィサーから聞いた話を思い出した。プロクターは規則をいくつも破って、モスバーグのコンバットショットガンをオフィスの隅のゴミ箱に立てかけていた。〝人質事件発生時に使用〟と注意書きが貼ってあったらしい。

窓なし、広さ三×一・五メートル、家具は小ぶりのデスクとテーブルだけという独房のような彼女のオフィスに入ると、デスクが油っぽい包み紙とピタパンの屑で覆われていた。プロクターはブレザーを脱いで床に放り投げた。その下は黒いタンクトップで、背中には〝敬意を表して〟という言葉の下に、七つの星のタトゥーが一列に入っていた。彼女の背中につくられた個人的な記念碑だ。プロクターは、〈アテナ〉作戦の立案にいますぐ取りかかりたいと言った。シリアに着いてまだ一時間半、丸一日眠っていないサムはずいぶん酷だと思ったが、彼女のニックネームを思い出した——〝エナジャイザー・バニー〟。プロクターはホワイトボードの前に立ち、何か思いついたように赤いマーカーを手に取ったものの、何も書くことなく元に戻した。それから時計を見てドアを指さした。

「瞑想の時間だから出ていって」

17

水曜日、いつものようにロシア対外情報庁《SVR》からの小包がアリーのオフィスに届けられた。反政府勢力と戦うアサド政権を支援するという、アサドとプーチンのあいだで結ばれた取り決めの一環だった。ロシアの情報機関から届く情報は、紛争前、シリアがワシントンとモスクワの代理戦争の中心地ではなかった時代のものに比べて格段に進化していた。

ひととおり書類に目を通したアリーは、最近拘束者が出たばかりなのにもかかわらず、アメリカが新しく協力者を獲得したことを知った。〈シリアの大統領官邸職員と権力学《パワーバランス》〉というタイトルの興味深い報告書を読み終えた。内容はきわめて正確だった。最後はＳＶＲの中東担当者がぎこちないアラビア語で書いた、短いパラグラフで終わっていた。

〝ＳＶＲの情報源によれば、ＣＩＡはシリア国内で高い地位にある協力者を新たに獲得したとのことだ。当該人物は非公式のやりとりでその情報を入手した。ＳＶＲは引き続き詳細を提供する〟

情報源は明らかにされていなかったが、ＣＩＡかイスラエルのモサドに情報提供者がいると考えるのが妥当だった。小包に同封されていたＣＩＡの報告書をスキャンしたものに〝ＴＳ//ＨＣＳ//ＯＣ ＲＥＬ ＩＳＲ〟というマークが入っていたからだ。〝ＲＥＬ ＩＳＲ〟は、イスラエルに開示が認められたという意味だ。

アリーは部下のカナーンに電話して、アメリカ大使館の報告書を持ってくるよう命じた。ムハーバラートは毎日大使館を監視し、出入りするアメリカ人の記録をつけている。待っているあいだ、アリーは煙草を消して特に理由なく妻に電話した。

ライラは家が停電していると言った。最近アリーの住んでいる地域でも頻発している。

やがてカナーンが報告書を持ってきて、デスクに置いていった。アリーはライラにまたかけると言って電話を切った。

報告書を読みはじめた。アメリカ人職員ひとりひとりの写真と説明が載っている。〝CIAの疑い〟または〝CIAと確認〟と但し書きが付されている者がいて、このカテゴリーには二十人以上が分類されていた。そのなかに知らない名前を見つけた。二等書記官サミュエル・ジョセフ。顔も見たことがなかった。粒子の荒い写真に写ったミスター・ジョセフは午前七時五十六分に大使館に入っていき、午前十一時四十五分におそらく昼食のために出ていくと、また戻ってきて最終的に午後六時四十八分に退館した。報告書では〝CIAの疑い〟に分類されていたが、ダマスカスに来てまだ二日のようだった。

アリーはカナーンに電話し、ムハーバラートの各機関の記録係に命じてこのサミュエルに関する情報を集めるよう指示した。それからデスクの別の書類の山に視線を向けた。いまアリーが着ているのはシリアにおけるムハーバラートの非公式の制服だった。白い襟つきのシャツとゆったりした黒いスラックス、すり減った黒い革靴。ごくありきたりの、安価で機能的な、国際的に共通する刑事の制服だが、シャツの上ふたつのボタンは暑さで留めていない。ふたたび戦争の夏が近づいてきている。もちろんこれが最後でもないだろう。

窓のほうに椅子を向け、東の空を眺めた。かすんだ光線が、郊外の反政府勢力が支配する地域を照らしていた。アリーは共和国防衛隊がドゥーマで展開した作戦に関する報告書に目を通した。ルストゥムの部下たちは昨夜とうとう地区を封鎖し、最後と思われる地下トンネルを閉鎖した。このとき集団的懲罰という戦略がとられた。反抗的な地域を封鎖して住民を閉じこめ、政府の怒りを呼びこんだことに対し、反政府勢力が住民に憎まれるまでそれを続ける作戦だ。住民が彼らに反旗をひるがえすまで。

次に写真に移った。氏名、経歴、死因が記された被害者の写真。なかには身体の一部しかないものもあった。残りの部分はおそらく流れ弾、追撃砲、ソビエト時代の戦闘機から──当然見境なく──投下された即席爆弾で失われたのだろう。被害者はみな痩せ衰え、多くが子どもだった。アリーは報告書を置いた。思いはいつしか自分の息子たち、そしてすべてが始まったライラとの会話に移っていった。

二〇一一年四月。抗議活動が始まってわずか四週間後、新たに生まれ変わり、同時に崩壊しはじめたシリアの初めての春だった。ふたりはその日の午後、ライラの母親に双子を預け、軽食とシリアワインを詰めたバスケットを持って、カシオン山のひと気のない尾根に登り、街を見下ろした。アリーは空気に怒りを感じとっていて、これからすべてが瓦解するだろうと予想していた。ライラにもそう言った。罪のない市民を撃ち殺すムハーバラート、激しさを増す抗議活動、暗がりに潜む犯罪者やジハーディスト、誘拐や拷問、アラウィー派の家のドアに死を意味する赤いXを書く反体制派。混乱はまだ生まれたばかりだったが、間違いなくそこにあった。アリーは注意深く事態を観察し、パターンをなぞって自分が生き延びられるかどうか見きわめようとした。だれもがしているように、取りうる手段を妻と話し合った。逃げる、留《とど》まって大統領を支持する、抗議活動に身を投じる、目立たないようにおとなしくしている。

どれもまずい選択肢だった。

とはいえ悩む余地はなかった。親戚一同を連れて逃げる金はなかったし、政権での自分の立ち位置を考えれば、行き先によっては戦争犯罪で逮捕されるだろう。シリアから逃げることは親族の多くにとって、そして将来的にはアリー自身にとっても死刑判決になるだろう。反体制派に寝返れば、親族にいっそう災いが降りかかる。逮捕され、財産を没収されたあげく、見せしめに拷問されたうえで数人が殺されるだろう。

「アサドのことをどう思う?」ワインを三杯飲んだあとでライラが尋ねた。「あなたは政府を支持してる?」この質問をされたのは初めてだったし、アリーも自分から意見を言ったことはなかった。二度とそうすることはないだろうと思いながら、アリーは妻に本音を語ろうと決めた。「アサドはおれたちを人質にして切り抜けようとしている。おれたちは魂を奪われるだろう」

それで充分な答えになっていた。選択肢はひとつしか残されていないからだ。その場に留まり、目立たないようおとなしくしている。

アリーは自分が臆病者に思えた。いまでもそう思っている。

アリーのオフィスに入ってきたカナーンは、勝ち誇ったようにフォルダーを振って一枚の紙をデスクに滑らせた。「パリに随行した担当官から興味深い報告があがっています。モハンナド・アル＝バクリー。記録係のひとりが彼を知っていました。やたらと書類を提出するので、不評を買っているようです。大使館員を日常的に監視して報告書を書いています。当然嫌われている」

「当然だな」

「けれども今回は、アル＝バクリーのしつこさが吉と出ました。ほんの二、三週間前に提出した報告書に、サミュエル・ジョセフの名前が記されていたんです」

アリーの心臓が跳ねあがった。ふたたび絡み合った長い糸をほどきはじめた刑事に戻った気がした。この瞬間、アリーは大量殺人の共犯者ではなく、捜査官だった。

「サミュエル・ジョセフとマリアム・ハッダードという官邸職員との接触について書かれています」カナーンが続けた。

「ハッダード？」アリーは眉をひそめ、煙草に火をつけた。

「はい、ダマスカスに古くから暮らすクリスチャン一族です」

「みんな知ってる。報告書にはなんと？」

「ええと、アル＝バクリーは、マリアムとサミュエル・ジョセフがパリで開かれた外交行事で話していたと書いています。アル＝バクリーがアメリカ人と話すのはやめるようマリアムに警告したところ、彼女はそれを跳ねつけたようです。彼によればその接触は〝温かく友好的でなまめかしい雰囲気〟だったそうです」

アリーは笑った。「彼女はただその男のことを魅力的なアメリカ人外交官だと思い、暇潰しに話していただけかもしれないな。アル＝バクリーに失せろと言って何が悪い？　彼女は名門の出身だ、末端のムハーバラートなんて軽くあしらえるだろう」

カナーンはブリーフケースから写真を出し、アリーに向かって押しやった。「見てのとおり彼女はかなり――その、美人です。アル＝バクリーが嫉妬するのも無理ありません」

アリーはその身分証の写真に目をやった。長く濃い色の髪は、ライラと同じように緩いウェーブがかかっている。

「マリアムに話を聞こう」

「もちろんです、准将、手配します」

カナーンが立ち上がるのと同時にデスクの電話が鳴った。残念ながらアリーはその番号を知っていた。「やあ、兄さん」

「リトル・ブラザー」ルストゥムが言った。「いま明日の準備をしているところだが、マルワーン・ガザーリーの尋問の詳細を聞きたい」死亡したスパイの名を耳にし、尋問室で思いきりルストゥムに体重をかけられたときの感覚がよみがえった。アリーは咳払いした。

「詳細って？」アリーは聞き返した。

「おまえは、ガザーリーがＣＩＡに科学《S》調査《S》研究《R》センター《C》の職員リストを渡したことを認めたと、報告書に書いていたな。その職員たちはＣＩＡの情報源になる可能性がある。彼らは何も知らないとあいつは言っていたようだが」

「そうだ」アリーは答えた。「念のため、リストの大半の人物を監視している」

「ダウード・ハッダード大佐の名前はあったか？」

「いや」アリーが答えると、ルストゥムは何も言わずに電話を切った。

アリーは受話器を置いた。カフェインの欠如のせいで激しい頭痛が起きたため、捜査のことを考えようとした。ルストゥム、バースィル、マルワーン・ガザーリー、ヴァレリー・オーウェンズ以外のことならなんでもいい。カナーンに紅茶を持ってくるよう命じると、きしみをあげる椅子にもたれ、親指をこめかみに押しつけて痛みをやわらげようとした。サミュエル・ジョセフの着任は、ＣＩＡが新たに獲得したという協力者と何か関係があるのだろうか。ＣＩＡの局員は頻繁に代わる。ただの異動かもしれない。だがもしそのふたつがつながっていたら？

マリアムがどこに関わってくるのかわからなかったが、アル＝バクリーの報告書以上の何かがアリーに訴えかけていた。捜査官としての彼の頭脳の奥深くに眠る何かに。ここには何かあるはずだ。それを突き止めなければならない。

18

装甲を施したルストゥムのレクサスSUVが、飛行場の外に築かれたコンクリートの防護柵のあいだをジグザグに走行して駐機場に乗り入れた。滑走路で給油中のロシア製戦闘機ミグ29の隣に、バースィルの車も含め数台の車両が三角形を描いて停まり、ヘッドライトが夜明けの暗がりを照らしていた。車と戦闘機のあいだにトレーラーが入ってきたのを見て、ルストゥムは運転手に停まるよう命じた。ヘリコプターが上空を旋回し、装甲兵員輸送車が飛行場を取り囲むように配置されている。車から勢いよく降りてきたルストゥムはバースィルにうなずくと、ダウード・ハッダード大佐と部下の技術者のところに近づいていった。ふたりはくたびれたトヨタの白いピックアップトラックのボンネットに置いたパソコンを覗きこんでいた。ドアには剝がれかけたペンキで〝SSRC〟と書かれている。

爆弾を積んだリフトトラックが戦闘機に近づいていくのを横目に見ながら、ふたりは握手をした。「これほど早くチームを編成してくれて助かったよ。これは極秘任務だから、きみが自ら監督してくれてありがたい」

「当然のことです、司令官」ダウードが答えた。

リフトトラックが横を通り過ぎたとき、ルストゥムは、ダウードが爆弾の中央部分の緑色の塗料に目をやったのに気がついた。内容量を示すロシア製の計器がついている。バースィルが隣ににじり寄ると、ダウードは品よく微笑みながら一歩離れた。

「この爆弾に原料を詰め、技術者に試験結果を分析してもらいたい」ルストゥムは言った。

「試験場にはすでにセンサーを取りつけてある」

ダウードはうなずいた。「いつもの試験場に行かないのですか？」

ルストゥムは首を振った。「いや。今日は別の、新しい試験場だ」ダウードはチームを呼び寄せ、ルストゥムの要望を説明した。リフトトラックの隣にフォークリフトでドラム缶を運んでいく。操作係が弾薬庫を開き、ダウードのチームがゴム製の真空ホースに取りつけたセンサーを使って、それぞれの原料の出力を測りながら慎重に充塡しはじめた。十五分後、ダウードがルストゥムに親指を立ててみせたのと同時に、リフトトラックは戦闘機から離れていった。パイロットがコックピットに乗りこんで、飛行前の点検を行なった。

「現場はごくかすかな風が吹いています、司令官」部下がルストゥムに言った。

ルストゥムはうなずいた。「ダウードのチームを乗せていくぞ」

ダマスカスから三十分ほど行ったところで、ルストゥムのレクサス、共和国防衛隊のジープ三台、装甲兵員輸送車二台から成る車列がエフレの村を見下ろす丘の上に停まった。反対側の丘の上にある村には、一本の道に沿って石づくりの粗末な民家が点在していて、南の突き当たりにモスクが立っていた。村の北のほうに爆撃機の光が見えたが、あたりはまだ暗かった。村の唯一の光は小さな民家から出ているもので、まだ屋根で炎が燃えていた。ルストゥムはＳＳＲＣの幹部に秘密を明かしたくないと思っていたが、今日は４５０部門の専門家が必要で、ダウード・ハッダードは政権に忠実だと見なされていた。

ルストゥムは車を降りてブーツで砂利道を踏みしめた。「ダウードを呼んでこい」と部下に命じると、しばらくしてダウードが小走りに近づいてきた。「司令官？」

大尉がレクサスのボンネットに地図を広げた。赤い点がポツポツと記されている。「村を格子状に区切ってセンサーを設置した」ルストゥムは言った。「テロリストが昔使っていた地下トンネルにもいくつか置いてある。地下でどれくらい効率的に広がるか見たい。どこに爆弾を投下すればいいか教えてくれ」

ダウードはうなじを揉みながら地図から村に視線を移し、技術者のひとりに風速と方向を尋ねた。それから地図に戻って、村から南に数百メートル離れた場所を指さした。「弱い南寄りの風を考えると、わたしならここに落とします。化学物質が風で村全体に運ばれるはずです」

ルストゥムはうなずいて、部下にトランシーバーを持ってくるよう合図した。頭上を爆撃機が旋回している。ルストゥムはトランシーバーのスイッチを入れて地図の座標を読みあげた。

爆弾は南の丘のてっぺんにあるオリーブの林を木《こ》っ端《ぱ》微塵《みじん》にした。空に向かって四カ所から煙が立ちのぼり、やがて合体してエフレの村をすっぽり包みこんだ。人の姿は見えずしんと静まりかえっていた。部下の何人かはルストゥムは双眼鏡を覗きこみ、モスクの陰になった一軒の家をじっと見つめた。部下の何人かは装甲車の上でカードをやっていて、ダウードは技術者とパソコンの画面を凝視している。

　部下のひとりが煙草を吸いながら、車両の合間をぬって歩いていく。装甲兵員輸送車のボロボロになった革張りの座席で寝ている者もいた。バースィルはナイフで棒切れを削りながらルストゥムと同じ家を見つめていた。村を封鎖するにあたり、すでにバースィルはある血生臭い作戦を監督していた。

「ダウードも連れていくべきだ」ルストゥムが言うと、バースィルがうなずいた。視線はあの家に向けたままだ。

　太陽がのぼるのと同時に煙が消えていった。

　二十分後、ルストゥムはダウードと技術者に近づいて予備的報告を求めた。サリンはエアロゾルとして吸いこんだときがもっとも致死性が高い。エフレじゅうに張りめぐらしたセンサーによって、サリンが空中に漂う時間と汚染範囲を測定することが可能だった。同じ実験場でも、周囲にいる者をすべて死に至らしめるほど毒性が高い場所と、単に気分が悪くなるだけの場所がある。

「範囲は申し分ありません、司令官」ダウードが言った。「ほとんどの場所で致死性は維持されています。例外は北の端に設置したセンサーです。深刻な影響はもたらすものの、死には至らない程度の濃度が計測されました。風が弱かったために、飛散しすぎることなくうまい具合に拡散されたようです」そこでダウードの声がうわずった。何かおかしいと察したようだ。

ルストゥムはダウードの肩に手を置いた。そろそろ潮時だろう。「村の視察に行こう、大佐。封鎖作戦以来、部下たちはこの村を目にしていないんだ。もう一度見たくてうずうずしている」そう言ってダウードに笑いかけた。

ダウードは村を見下ろした。「センサーを回収するためですか、司令官?」

バースィルが笑った。

サリンはすべて消えてなくなっていると、ダウードは二度説明したが、ルストゥムはサリンに健全な畏怖を抱いていたので、部下たちに防護服の着用を命じた。最初の家に入ると、薪ストーブのそばのプラスチックの椅子がひっくり返り、窓辺に空の薬莢《やっきょう》が散乱していた。白いシャツ、赤ん坊の左側の靴、カフィエと呼ばれる伝統的なスカーフ、迷彩ベストといった衣類がしわくちゃになったまま床に落ちていて、この家が民家から反政府勢力のアジトに変わったことを示していた。ルストゥムが床にあるハッチを見た。上から釘付けされていたため、部下に合図してこじ開けさせた。

バールとナイフで作業を続け、釘がゆるんだ床板を引き剝がした。ひとりがハッチをわきに放り投げ、ベニヤのはしごを伝って暗闇に消えていった。バースィルがそのあとに続いた。ルストゥムはガスマスク越しに笑い、すっかり青ざめているダウードの肩を強く叩いた。「きみの番だ、大佐」ダウードはドアのほうに目をやり、続いて赤ん坊の靴に目を留めた。それからひとつうなずくとゆっくりはしごを下りはじめた。ルストゥムはそのあとに続き、およそ六メートル下の底に着くころにはトンネルの暗闇に目が慣れていた。

ダウードはマスクを床に落とし、壁に向かっていた。背中を丸めて空吐きをしている。ルストゥムはその背中を叩いた。「盲目の画家みたいだな、ようやく自分の作品を初めて目にしたような」そこで笑った。「ご感想は？」

バースィルがいくつも並んだ死体に向かって懐中電灯を走らせ、七十歳くらいの老人のところで止めた。ルストゥムは口のまわりのよだれと血走って飛び出そうな目を見ながら、老人の頬を軽く叩いた。バースィルは地下トンネルの奥まで歩いていって通路を確認した。十代の少年のかたわらで立ち止まり、膝をついた。「こいつなんて自分の両手を嚙み切ろうとしたみたいですよ、司令官」

「みんな死んだのか？」

「そのようです」

ルストゥムはダウードの肩をつかみ、五十七の死体が倒れている通路を指さした。村を封鎖したあと、捕虜の人数を数えてあった。「可能なら、やつらも同じことをした」ルストゥムはそう言って女性の素足を蹴った。「女であろうとな。それを忘れるな、大佐」

ダウードは呆然と通路を見つめていた。

「他言は無用だ。きみは優秀な兵士だろう」ルストゥムはダウードを地下トンネルの奥まで連れていき、目を閉じ口を開いて倒れている少女のところで足を止めた。「たとえ、きみの娘が口を閉じているべきときを知らなくても」

19

ダマスカスに来て最初の週末、サムは旧市街に出かけて典型的な観光スポットを見てまわった。ウマイヤド・モスク、〝まっすぐな道〟と呼ばれる大通り、ハミディーエ市場、聖アナニア教会、その他六カ所ほど。写真を撮り、兄弟のためにアサドの顔がプリントされた細々した土産物を買った。検問所ではばかみたいに笑顔を振りまきながら、黒い外交官パスポートを差し出してダマスカスに来られてとても感謝していると言った。街の中心部からは出なかった。アメリカから着任したばかりの外交官がいかにもとりがちなルートに見えるはずだ。そして実際そうだった。

あちこちで立ち止まっているのは、フランスを離れて以来考えていたＳＤＲ策定の準備のためだった。決まった場所にいる監視員や監視カメラを捜しながら、街の地形や感覚をつかんでいった。どこへ行っても見られている気がした。

カフル・スーサの崩れかけたカフェで苦いコーヒーを飲んでいると、午後の礼拝《サラート》を呼びかける声がスピーカーから聞こえてきた。それが終わると店を出て、宝石店のほうへ歩きはじめた。母に何か買おうと思っていたが、途中で〈シリア・アラブ共和国　農業・農地改革省〉という看板のある建物の前を通り過ぎた。

別の建物の前に差しかかった。ずらりと並んだ窓が道路に面している。その建物の住所、リース会社の電話番号に目を留めたとき、ムハーバラートがすぐうしろにいることに気がついた。そのまま歩いて宝石店に入り、一時間かけて商品をじっくり吟味した。シンプルなシルバーや凝った細工が施されたゴールドのアクセサリー、螺鈿《らでん》細工。結局、アレッポでつくられた、花をかたどった大ぶりのシルバーの指輪に決めた。

気の毒なムハーバラートが退屈しきったように、店の外からこちらをうかがっていた。

〈バンディートズ〉もダマスカスに到着していた。

国務省の通信担当官（二等書記官）という肩書きのサムは、オフィスからラーミーに電話して、シリアのビジネス環境について大使と話し合う気はないかと尋ねた。「大きな商業的利益を前提に、経済に関する見通しをぜひ聞かせていただきたい」

三兄弟は、アメリカ大使館でのミーティングに出席するのに必要な電話をかけた。内務省、軍事情報部、総合情報局、政治治安局、空軍情報部、そして官邸だ。すべて許可が下りた。軍事情報部からはアメリカ人との話し合いのポイントがファックスで送られてきたが、ラーミーは即座にゴミ箱に捨てた。

サムは三兄弟を大使館で出迎えて事務棟に案内し、二階の大使のオフィスを過ぎて、国務省のチームが使っている機密情報隔離スペースに通した。

二時間にわたって三人に対応したのは、大使ではなくサムとプロクターだった。ありとあらゆることを検討した。隠れ家の準備、ダマスカスにあるカッサーブ家のヴィラをふたたび使えるようにする段取り、三兄弟がシリアに戻ってきたビジネス上の理由付け。

「なあ、しかるべき支払いをすれば何も聞かれないぜ」ユースフが大使館の売店から届けられたハンバーガーにかぶりつきながら言った。「賄賂のリストは長くなるが、やることをやればなぜおれたちが戻ってきたのかなんてだれも気にしない。おれたちみたいに、ベイルートでぶらぶらしている政権の息子たちはたくさんいる」

CIAは活動資金として、〈バンディートズ〉の第三者預託口座に五十万ドルを送金することになった。サムはこの前見つけた建物の住所を書いた紙をテーブルに滑らせた。ユースフが手に取って読み、サムに戻した。

「対処しておく」ユースフが応じた。

「それでも前みたいにちゃんとした会計処理が必要だ」サムは言った。毎回興ざめになる話題だが、作戦本部の財務課は作戦用の口座を監査し、面倒な質問をしてくる。

エライアスが笑った。「フランス対外治安総局《DGSE》に鞍替えしたほうがいいかもな、フランス人が書類仕事を要求するはずがない」

「賄賂のことは書かないでくれよ」

〈バンディートズ〉の口座に入った資金の大半は、新たな隠れ家の準備に充てられた（作戦本部の財務項目では〝住宅〟に分類）。

とあるペーパーカンパニーを使って、ラーミーは狭苦しい九階のオフィスの六カ月分の家賃を支払った。窓からの眺めも含めサムがロケーションを指定したが、ターゲットは伝えていなかった。いまはまだ。

サムはSDRでその新しいオフィスへ行くのに十時間かけた。サムをドアで出迎えたラーミーは、にやりとしながらもう夕食はすませたと謝った。「来るのかどうかわからなくてさ。でも冷めた肉の串焼き《シャワルマ》なら残してある」

オフィスはさまざまなスタイルの家具が使われていた。パーティクルボードのデスク、黒い合成皮革を使った椅子、〈アバイア〉のまだ通じていない電話機、安っぽいグレーの絨毯《じゅうたん》。どこであってもおかしくなかったが、ここはカフル・スーサにある〈セキュリティ・オフィス〉から一ブロックのところだ。

ユースフは狭苦しい小部屋をふたつ見せたあと、会議室に案内した。洗浄剤とペンキのにおいが鼻をつき、頭上では蛍光灯がブーンと音をたてている。サムは目がヒリヒリした。

「インターネットと電話は火曜にはつながる予定だ」ラーミーが言った。

「わかった。水曜にだれか来させて盗聴装置がないか確認させる」サムは言った。昨日支局の技術者が来て、さしあたりのチェックはすんでいた。

サムは生ぬるい白ワインをグラスに注ぎ、シャワルマを手に取った。全員テーブルについたあと、エライアスがグラスにワインを注ぎ直し、サムのうしろに来て肩を叩いた。

「ダマスカスに戻れて何よりだ」彼は確信なさげに言った。

サムはグラスを持ち上げた。「また一緒に働けることに」

「そしてこの内戦を切り抜けて歳をとれるように」ユースフが言い、全員でグラスを合わせワインを飲んだ。

「窓からの眺めのことを話そう」出るまでに十五分ほどしかなかったため、サムは言った。

エライアスが立ち上がって小部屋のほうを示し、サムたちはあとに続いた。会議室に近いほうの小部屋に入ると、壁の真ん中に切られた四角い窓から〈セキュリティ・オフィス〉の正面玄関がはっきり見えた。エライアスが指さして言った。

「いまわかっているかぎりでは出入口はふたつ。ここと西側の小さめのやつだ。昔は農業省だった。もちろんいまは違うが」

玄関は通りの二百メートルほど先にあった。コンクリートの瓦礫、警備員用の詰所、手動のゲート。AK‐47を構えた三人の護衛が外でうろついている。背後に設置された軽量コンクリートブロックの壁が建物を取り囲んでいた。

サムは眼下の通りを見下ろした。車が何台も路上駐車されていて、ムハーバラートの役人がその合間をぬって詰所に近づいていき、バッジを見せて中庭に入っていった。ひとりが通り過ぎさま、車のトランクにぶつかった。

会議室に戻ると、サムは鞄からアリーの写真を取り出し、机の上に置いた。ふだんの仕事は外国政府の役人を殺すことではなく、勧誘の方法を考えることなのにと思いながら。アリー・ハッサンの暗殺が承認される見通しが立ち、すべてが変わった。

「これはこの部屋のなかだけの話にしてくれ。ほかの人間は関わらせないでほしい。大変なのはわかっているが、きみたち三人で一週間ここで見張っていてもらいたい。このアリー・ハッサン准将がいつこの建物に入って、いつ出ていったか知りたい。いつもどおりの手順だ。タイムスタンプ付きのログ、写真、入ってきた通りと出ていく通り」

ラーミーが写真を見て尋ねた。「この男は？」

「官邸の〈セキュリティ・オフィス〉の長官だ。悪いやつさ」

「尾行したほうがいいか？」

「まだいい。当面あのビルを見張るだけで。このオフィスから見えるものすべてを」

エライアスは笑みを浮かべ、サムの頭がどんな策略を講じているのか見きわめようとした。「あんたがいま何を考えているかわかったらな」

「知らないほうがいい」

20

USBスティックが隠された、サムの右足のジョギングシューズがオレンジの外交行嚢に入って届いた。そのUSBはCIAの科学技術本部《DS&T》がアメリカの納税者に多大な負担を強いてつくったもので、五十テラバイトの容量があり、十秒でコンピューターの中身をすべてコピーする悪意あるプログラムが入っていた。十秒という時間は長くは聞こえないかもしれないが、マリアムにとっては永遠だろう。彼女はフランスでこの作戦への参加に同意した。取り決めの一環であることはお互い承知のうえだった。彼女は自由意志でCIAに協力することを選んだが、サムはいまも気に病んでいた。彼女への思いに悩まされた。CIAのケースオフィサーというより、恋人を操ろうとする卑劣な男になった気がした。

カシオン山の頂上近くのレストランのわきを走って通り過ぎたとき、スティックがかかとに当たった。サムは立ち止まってストレッチをし、景色を眺めながらふたたび監視をチェックした。夏にしては肌寒い夕方で、かすかな風が松の木を揺らしていた。ダマスカスの中心部に明かりが灯り、民家や店舗、レストランが夜を迎える準備を始めていた。一方、郊外はすでに暗闇に包まれている。

サムがアパートを出てジョギングを始めるとすぐに、ムハーバラートの大男があとをぴったりつけはじめた。遊びではなく、ずっと影につきまとわれるような、髪を引っぱられているような感覚があった。

だがドロップサイトの近くに来ると、もう尾行はついていないとわかった。

「サミュエル・ジョセフはどれくらい頻繁にジョギングをするんだ？」監視チームを下がらせたあとで、アリーはカナーンに尋ねた。反政府勢力への武器の密売が疑われている男に対して行なう、別の作戦のために人員が必要だったからだ。

「だいたい週に二回、三回のこともあります」カナーンが答えた。「それが習慣のようです」

アリーは地図を凝視した。ダマスカス中心部の曲がりくねった道を走るジョセフのあとを、ひとつのチームが一時間にわたって尾行したが、成果は何もなかった。アリーは煙草に火をつけ、ジョセフは行き止まりなのだろうかと考えた。するとふたたび頭のなかで小さな声がした。昔、連続殺人犯を突き止めるのを助けてくれたのと同じ声だ。いまその声はこう言っていた。〝いや、そのアメリカ人を引き続き調べろ〟。アリーは深々と煙草を吸い、灰皿でもみ消すと、声を聞くためにライラに電話をかけた。

サムは周囲にだれもいないことを確信し、自分の周辺と山の上のほうを、頭を動かさずに確認した。何もない。目の前に急な坂道があり、その先は右に曲がっている。サムはその坂道を駆けのぼりはじめた。脚と肺が燃えるように痛み、額に冷たい汗がにじんできた。やがて道は平らになり、松の林から抜け出した。二十メートルほど先にドロップサイトの擁壁が見えた。フランスにいるときに、プロクターのタブレットで見たのと同じ光景だった。

走って近づいていき、つけられていないか確かめるためにあからさまに振り返った。やはりだれもいなかった。ゴミの山から三メートルほどのところでラベルのない空き缶を見つけると、膝をついて缶のふたを持ち上げ、スニーカーからUSBスティックを抜き出してなかに入れた。

それからひもを結び直し、坂道を下りはじめた。

フランスから帰国して以来、マリアムは恐怖に囚われていた。恐怖とともにベッドに入り、ラザンの目に恐怖を見ていた。旧市街を歩いていると首筋がチクチクした。ムハーバラートを待ち受けた。ジャミール・アティヤの刺客がふたたびやってくるのを待ち受けた。ハンニースでサムに教わった動きを実践して、尾行を待ち受けた。ハンティングナイフをバッグに忍ばせ、自宅で鞘から抜き、殺し屋の頭や首、胸を切りつけてはらわたを引きずり出す練習をした。

一方で、胸の重苦しさが軽くなった気がした。自分がつく側を選び、コントロールを取り戻したからだ。奇妙なことだが、恐怖がスパイになった決断を正当化した。残虐な政府に対峙《たいじ》することになったが、相手は倒れていないので恐怖はいまも続いている。まだ勝利は収めていない。その日が来ることはないかもしれない。

いまマリアムはオフィスにいて、汗ばんだ手を布張りのソファでぬぐい、顔に汗をかいていないか確かめた。USBスティックをバインダーのポケットに忍ばせてから閉じ、その上にブサイナのバインダーを重ね、時刻をチェックした。ミーティングまであと二分。早足になりすぎないよう気をつけながら、ブサイナのオフィスに向かって廊下を歩きはじめた。手は震えていなかったが、心臓は激しく脈打っていた。

マリアムはふだんルストゥムから電話がかかってくる時刻を見計らって、ブサイナに夕方のミーティングを申し入れていた。ときに仕事の関係で、ときに艶めいた理由で、毎回数分の邪魔が入る。オフィスから追い払われることもあるし、ブサイナが専用の化粧室に閉じこもるときもある。めったにないことではあるが、ときどきマリアムのいる前で電話をとる場合もあった。今夜はそうでないことを祈った。

ブサイナに手招きされ、マリアムは席についた。ブサイナはシャネルのべっ甲縁のリーディンググラスをかけてテーブルについた。マリアムは上のバインダーをブサイナのほうに押しやり、国民評議会の最近の分裂について報告を始めた。破壊的な感性の持ち主のブサイナにとってはすべてが驚くには値せず、スキャンダラスで、喜ばしい事態だった。

「わたしたちは何もする必要ないわね、マリアム？　自分たちで勝手に崩壊するんだもの」

ちょうどマリアムが話を終えたとき、ブサイナの携帯電話が鳴った。彼女の声のトーンがほとんどわからない程度だが、ごくかすかにやわらかくなったので、相手はルストゥムだとわかった。ブサイナは失礼と断ると、化粧室に入ってドアを閉めた。

マリアムはテーブルのわきに立った。世界は悪意あるプログラムが仕込まれたUSBスティックと、背中に滝のように流れ落ちる汗だけになった。エズでサムに言われたことを思い出した。作戦の実行そのものはふつう短時間で終わる。計画、段取り――それにこそ膨大な時間がかかるのだ。科学技術本部の職員はこのUSBの開発に数年にわたって取り組んできたと、サムは言った。研究開発にはおそらく数百万ドルの予算が投じられている。作戦の成功に向け、見えないところで多くの人が関わっている。分析官、技術者、ダマスカスで後方支援に携わるオペレーター。けれどすべてはきみのような、他人のオフィスに入っていって、本来触れてはならないパソコンにこれを差しこむ勇気のある人の手にゆだねられている。たった十秒のことだが、すべてはそこにかかっているんだ。

マリアムは自分のバインダーからUSBスティックを取り出して、ブサイナのバインダーを手に取った。ブサイナのデスクに行って、そのバインダーを置くと――ここに移動したことの口実だ――USBスティックのふたを外した。それを何時間とも思えるあいだ見つめているうちに、自分の良心とこれまでに明らかになった事実とが葛藤を始めた。自分はすでに反逆罪を犯してしまったと、マリアムは思った。でもそうだろうか？　いまが引き返す最後のチャンスだ。これをハンマーで叩き潰してゴミ箱に捨てればいい。

だがそれを実行に移すことはなかった。マリアムはいまいましいUSBをパソコンに差しこむと、デスクの椅子にすわって書類をぱらぱらめくりはじめた。あとでブサイナに読んでもらうために、このバインダーを置いていくというように。

そのときジャミール・アティヤが勢いよくドアを開けた。

21

まるで火にあぶられたかのように皮膚がカッと熱くなったが、マリアムは何も言わずにアティヤを見つめ、青ざめた顔でにこやかに笑ってみせた。

アティヤはマリアムをじろりと見てからデスクに目をやり、ブサイナの姿を捜して部屋のあちこちに視線をさまよわせた。マリアムのぼやけた視界の隅にUSBスティックの緑のランプが点滅しているのが映ったが、アティヤの見ている前で引き抜くことはできない。

アティヤは威嚇するような笑みを浮かべて舌打ちし、そのままオフィスに入ってきてドアを閉めた。

「上司の椅子に慣れようとしているのか、マリアム?」とアティヤが言った。

「書類を整理しているだけです」マリアムはUSBを見ないようにして答えた。

ヴィルフランシュ以来、アティヤはマリアムの生活に不気味な影を投げかけていた。ブサイナとの出世争いで、彼がマリアムを捨て駒にするつもりなのだろうとは思っていたが、なぜ自分を標的にしたのかわからなかった。マリアムは部屋の隅に目をやって、暴漢の存在を告げるヒリヒリする感覚を待った。けれども何も感じられず、サムが言ったように、それこそが正気を失いそうになる瞬間だった。だれもいないとは言い切れない。この静けさは罠かもしれない。

アティヤははげ頭で身体は筋肉質だったが、頬と口髭は溶けた蠟のように垂れ下がっていた。「あいつはだれが見ても蠟人形に見えるわ」ブサイナは以前そう言った。「十三歳の子どもと寝ている人間がまともに見えるはずがない」アティヤは、なかで声をひそめた性的な会話が繰り広げられている化粧室に視線を向けた。ドアの下からひそひそ声が聞こえてきて、アティヤの顔に笑みが広がった。

「彼女を呼んできてくれ。いますぐわたしのオフィスに来てもらいたい」

マリアムはどうすべきか考えた。アティヤの前でUSBを引き抜くわけにはいかないし、彼に従わないわけにもいかなかった。ブサイナが彼のオフィスに行けば、USBを抜いて帰ることができる。背中に滝のような汗が流れ――黒いワンピースでよかった――視界が曇った。けれどもマリアムはにこやかに笑みを浮かべ、軽やかに歩いていった。

化粧室のドアをノックする。「ブサイナ、ジャミール・アティヤが来ています。緊急の用件だそうです」もう一度、今度は少し強くノックした。話し声がやみ、切るわね、という慌てた声が聞こえた。ドアを開けたブサイナの頰は紅潮し、目は残忍な光を帯びていた。

「ジャミール、わざわざお越しいただいたわけは？」彼女は歯ぎしりするように言った。

アティヤはブサイナの背後の化粧室をじっと見て、下卑《げび》た笑いを浮かべた。

「わたしのオフィスへ来い。いますぐだ」アティヤはそう告げると、にやついた顔でマリアムを見てから、きびすを返して出ていった。ブサイナは慌てたようすで無言のままデスクに移動し、何かを捜しはじめた。右手がＵＳＢスティックをかすめる。「何か手伝うことはありますか、ブサイナ？」マリアムは自分がそう言うのを聞いた。自分がちゃんと立っているのかすらおぼつかなかったが、従順な部下らしく笑みを浮かべているのはわかった。

ブサイナはパソコンを見下ろし、ＵＳＢのほうに視線を向けた。「いまはいいわ。これをどうにかしないと」彼女は捜していたフォルダーを見つけ、部屋を出ていった。

その晩マリアムは、どうやって家に帰ったのか時系列をうまく思い出せなかった。断片はところどころ覚えている。ブサイナのデスクを見下ろすように立ち、ＵＳＢスティックを引き抜いた。自分のオフィスに戻ってバインダーをバッグに突っこんだ。暗い空のもと歩いて家まで帰った。迫撃砲のドーンという音が自分の背信行為を触れまわっているように聞こえた。そして、汗でびっしょり濡れたワンピースのままベッドに倒れこんだ。

アドレナリンが放出されるのを感じながら、ひとつの感覚に気がついた。胸の重苦しさがとれ、軽くなっている。幼いころから胸を押さえつけていた手がなくなっている。けれども代わりに恐怖が居すわっていた。

数日が過ぎても、ちっぽけなUSBスティックは放射性物質のように感じられた。マリアムはそれに消えてもらいたかった。そこで寝室にある花瓶の底に入れておき、エズで決めた場所でブラッシュ・パスをしたいと書いたメモをドロップサイトに残した。缶のなかにUSBを入れておこうかと考えたが、危険すぎるだろう。だめだ、直接渡すまで持っていなければならない。

いまマリアムは幼いころのように、スパイスを専門に売るにぎやかなブズーリーエ市場の人ごみを歩きながら、色とりどりのスパイスを物色している。贔屓《ひいき》にしている露天で立ち止まり、スターアニス、コリアンダー、シナモン、カルダモン、タイム、そして名前を知らない百以上のスパイスの香りを吸いこんだ。子どものころこの市場をラザンと一緒に歩くのが好きだった。バッグにはシナモンの入った茶色いビニール袋を忍ばせていた。そのなかにはブサイナのパソコンの中身を移したUSBが入っている。ふだんは気持ちを落ち着かせてくれる市場の喧騒を聞きながら、胸のなかで心臓が這いまわる感覚を覚えていた。バッグのなかに入っているのと同じ袋入りのシナモンを値切って買い、携帯の時計をチェックした。あと二、三分。あと二回通りを渡り、ぱっと左に曲がる。

屋根のある市場は太陽の日差しから買い物客を守ってくれるが、マリアムは腰のあたりにいやな汗をかいていた。暑さとストレスで意識が朦朧《もうろう》としはじめ、ムハーバラートにブラッシュ・パスの現場を押さえられたら、直面せざるをえない苦痛の山のことを考えはじめた。連中は供述書を書くように迫り、最終的に嘘を見つけるだろう。この段階はまだ拷問者にとってふもとのベースキャンプにすぎない。次に軽い殴打に移り、さらなる尋問に続き、やたらと身体に触りたがるレズビアンによる〝検査〟へと進んだあと残虐の頂《いただき》に到達する。電気ショックだ。だが頂上に達してもさらに続きが待っている。絞首刑執行人。これだけ野蛮な所業でありながらも、首吊り縄に向かって最後のひと押しをするのは書類だ。ムハーバラートが作成し、国家治安最高裁判所の判事によって承認され、アサド大統領の署名とシリアの国章であるクライシュの鷲のエンボス加工が入った書類。そして、大いなる慈悲により足元の床が抜け、最後に首の骨がポキリと折れる。安らかに眠れ。

マリアムは黒いTシャツの下に手を入れ、腰にかいた汗をぬぐった。続けてジーンズのポケットから携帯を取り出して時刻をふたたび確認すると、バッグからシナモンの入った袋――なかにUSBスティックを隠したほう――を取り出し、顔に近づけた。目を閉じてスパイシーな甘い香りを吸いこんで、顔から離した。右手に袋を持って左に曲がり、スパイス市場に戻って端のほうを歩いていった。狭い道は人でごった返していて、ピンクのシルクのヒジャブをつけた女性とぶつかった。マリアムはごめんなさいと言いながら、しっかり袋を持っているか確認した。

落としてはだめ。足を止めてはいけない。そして彼を見ないこと。

角を曲がると右手にサムの姿が見えた。次の瞬間、まったく同じ袋が胸に押しつけられた。左手でその袋をしっかりつかむ間に、サムが右手からＵＳＢの入った袋を奪っていった。マリアムはペースを落とさずに歩きつづけ、新しい袋をさっきまで別の袋を持っていた右手に持ち替えた。

この間《かん》、一秒もかかっていない。

別の露天まで歩いてカルダモンを買ったが、支払いの際に自分の手が震えていないことに気がついた。その露天を離れるとき、足を止めてスパイスが整然と並んでいるさまをあらためて見た。これほど色鮮やかで、美しく見えたことはなかった。

22

「〈アテナ〉からの情報が波紋を呼び起こすことはわかってたけど」とプロクターが言った。「わたしたちまでのみこまれそうになるとは思わなかった。ところで、あの女性分析官はどう？　エスメラルダだっけ？　『ノートルダムの鐘』に出てくる娘と同じ名前じゃない？　たしかシリア系メキシコ系アメリカ人よね」この話はどこに向かうのだろうと思いながら、サムはぼんやり前を見つめていた。「彼女の父親は両親がシリア人だけどアメリカ生まれ、母親はメキシコ人よ」とプロクターは続けた。「彼女自身はメキシコで生まれたのよね。ところで、エスメラルダってメキシコの名前？」

　サムは肩をすくめた。「どうでしょう。もっぱらゼルダで通っています。スペイン語についてはわかりませんが、彼女はまずまずのレバント方言のアラビア語を話します」

　ゼルダ・ゼイダンが話題になっているのは、ブサイナのパソコンから盗んだ情報を分析するために、短期任務《ＴＤＹ》でダマスカスにやってきたからだった。プロクターはなぜか彼女の名前が引っかかっているらしい。「それってわたしをテミスと呼ぶようなものじゃない。今日からテミスで通そうかしら。まあ、なんでもいいけど」そう言いながら両方の親指を下に向けた。サムは先を続けた。

「ゼルダはいまＴＤＹ用のシステムをセットアップしています」サムは餌には食いつかずに言った。「技術班の話では、今朝フォートミード（メリーランド州にある国家安全保障局の本拠地）から検証用のコンピューターが届いたそうです」このマシンはエージェンシーのネットワークとはつながっておらず、ＵＳＢスティックがマルウェアに感染していないかどうか調べることができる。すでに国務省の外交保安局のチームが爆発物や毒物が仕込まれていないかスキャンして調べてあった。可能性は低いが、以前ヒズボラが押収されるとわかっていた携帯電話に爆発物を潜ませていたことがあった。なかを見るためにこじ開けようとしたＣＩＡ局員が木っ端微塵になるのを願ってのことだ。

「完璧なタイミングね」プロクターが言った。「彼女にはやってもらうことがたくさんある」

初日の午後、サムはゼルダのデスクに積み上がっている報告書に目を留めた。いちばん上にあったのは、〈情報分析――化学兵器プログラム：ソビエト連邦、エジプト、イラク、シリアにおける事例〉というタイトルの、情報本部が作成した評価書だった。報告書の山の下には、『神経ガスの前駆物質と製造方法』という本が置かれていた。サムの視線に気づいたゼルダが「それ、いい本よ」と言った。「レーガン政権時代に書かれたんだけど、アメリカとソ連で使われた工業用サリンの作り方も載ってる。シリアは同じような製造方法を使ってるの」

ゼルダは立ち上がって伸びをした。サムはその本をぱらぱらとめくった。「で、どういう作戦？」

「このパソコンに入ってる原料の請求書を全部チェックして、サリンの前駆物質になる可能性のあるものを探す」とゼルダは答えた。「そして怪しいダミー会社のリストをつくり、お金の流れをたどって官邸とのつながりを調べる。会計処理がちゃんとしていれば、全体量が見えてくると思う」

ゼルダは両手を腰に当てて風船ガムを大きく膨らませた。ガムを吐き出すと、ヘッドフォンをつけ直した。

答えが出るまで二日かかった。サムの見たところ、ゼルダはそのあいだに支局の苦いコーヒーを約二十リットル飲み、トータルで四時間しか寝ていなかった。睡眠不足はプロクターのせいだった。支局長が早く作戦の全容を知りたいと、ゼルダにあまりに無茶な締め切りを設定したからだ。「日当がかかるんだから」とプロクターは言った。「百三十八ドルもね」そういうわけで三十六時間後にサムとプロクターが手招きされたとき、ゼルダは疲れきっていた。プロクターは管理職として感じ入るものがあったはずだ。ゼルダの服はしわくちゃでラブネ（水切りヨーグルト）のシミがズボンについていた。それでも彼女は笑っていた。プロクターが壁を顎で示して言った。「分析官の脳動脈瘤《どうみやくりゆう》？」

　漆喰の剝がれかけた壁には、無数の付箋が貼ってあった。ピラミッド形になっていて、てっぺんに〝サリン〟という文字が見える。その下にはバイナリー兵器（比較的無害な二種類の化学物質を使用時に混合させ毒物を発生させる兵器）として使われる二種類の前駆物質の名前が記された二枚の付箋があった。メチルホスホン酸ジフルオリド（ＤＦ）とイソプロピルアルコール（ＩＡ）。その下には元素周期表が爆発したように、メチルホスホン酸ジクロリド、メチルジクロロホスフィン、フッ化水素をはじめ、サムには読むことすらできない化学物質の名前が書かれた付箋が大量に貼ってあった。

　プロクターが椅子を引っぱってきて腰を下ろした。「説明して」

　ゼルダはうなずいて壁の前に立った。「要するに、彼らがサリンの貯蔵量を増やすためのネットワークを確立したということです。おそらく共和国防衛隊が使うために官邸が後押ししているのでしょう。ブサイナ・ナジャールがほとんどの前駆物質を購入する手助けをしていた証拠が見つかりました。少なくとも自国の工場で製造できるたぐいのものではありません。大半はレバノンにあるフロント企業に、一部はトルコに輸送され、そこからシリアに密輸されていると思われます」

「どのくらいの量を確保してるんだ?」サムが尋ねた。

ゼルダはパソコンでエクセルを開いて表を確認した。「すべて判明しているわけじゃないけど、把握している前駆物質を全部足せば、二千トン近くになると思う」

「すごい量に聞こえるな」サムが言った。

「そうよ」とゼルダ。「工業用サリンを製造する大まかな計算式は、生産量は原料の八分の一だということ。だから正しい製法でつくれば、二百五十トンのサリンが手に入ることになる。大規模な攻撃に充分な量ね。原料購入の日付を考えれば、すでに製造に取りかかっていてもおかしくない」

「製造と保管のために、いまこの瞬間にもSSRCに送っているかもしれないわね、ジャガーズ?」プロクターがサムを振り返って言った。

「ジャガーズ?」ゼルダが聞き返した。

「〈ゴールドジャガー〉」プロクターが目を見開いてゼルダのほうを向いた。ゼルダはサムとメールのやりとりをしたことがないので、彼のファニーネームを見たことがないのだ。

「ジョセフの偽名よ」

「ああ、なるほど。それはひどい偽名ね。デブマンのは〈ウィリー・T・ペッカー〉で、彼は変更を申し出ているわ。それはともかくチーフの質問ですけど、いまこの瞬間にもＳＳＲＣに送られている可能性はたしかにありますが、イスラエルのシギントや画像分析によれば、ＳＳＲＣの製造施設やサリンの貯蔵量にはこの一年さほど変化がありません。それにシリアはすでに充分な量を確保しているので、イスラエルが現政権を転覆させるような真似はしてこないと考えています」

ゼルダは鉛筆を持ってメトロノームのように壁を叩きながら、考えをまとめていた。

「抑止力は万全だと考えているなら、なぜシリアは二千トンもの前駆物質を購入したのか？　すでに充分ある貯蔵分に加えて？」

「反政府勢力に対して使いたいからだ」サムは静かに言った。

ゼルダは壁に寄りかかり、パテで補修された天井のタイルをじっと見上げた。「それも大量に」

「それに政府はいまの貯蔵分は使えないと考えている。アメリカやイスラエルが輸送や製造、準備を察知するから」サムが続けた。

プロクターは大きくうなずきはじめていた。

「そのとおりよ」とゼルダ。「ルストゥム・ハッサンはばかじゃない。わたしたちがＳＳＲＣの施設をずっと人工衛星で監視していることは知っている。貯蔵分が動かされたり、準備段階に入ったらこっちにもわかる。もしサリンを実戦に使いたいなら、ＳＳＲＣから切り離さなければならない。極秘プログラムを立ち上げる必要がある」

「いったいどこだっていうのよ?」とプロクター。「二千トンもの原料を扱うとなれば、国内のどこかにサリンを大量生産できる施設があるってことでしょ?」

ゼルダがにやりとした。「ブサイナはメールでミスをして、ブローカーのひとりにジャブラに何かを送ると書いています。そこから別の共和国防衛隊の施設に移すと。調べてみたところ、過去実際に国家地理空間情報局《NGA》がジャブラ近郊にある〝謎の施設〟――」と言いながら指で引用マークをつくった。「――に関する調査を行なっていたんです。九カ月前のことです。何か建設中のものがあるようだと。でもそれ以来、低空飛行による偵察はされていません。もう一度調べてみるべきだと思います」

サムは壁に貼ってあるアサドのポスターに向かって手で銃をつくり、引き金を引いた。

国家偵察局《NRO》と国家地理空間情報局におけるアーテミス・アフロディーテ・プロクターの評価は、毀誉褒貶《きよほうへん》相半ばだった。かつてカブールで不運なできごとがあった。パキスタン・タリバン運動の指導者に対して行なわれた無人攻撃機による作戦の最中に議論が起こり、ふたりの衛星画像分析官が階段から突き落とされたのだ。「事故よ」その話になるとプロクターはいつも言った。「不幸な事故」

この事件以降、プロクターがどちらかの機関の代表者とリソースをともなう交渉をするのは難しくなった。

そこで彼女は円滑にものごとを進めるためにエド・ブラッドリーに電話した。「エド、偵察衛星を飛ばしてもらえるよう、あのオタクたちを説得してくれない？」

ブラッドリーは、CIAの国家偵察局《NRO》担当の連絡官に電話してジャブラの施設の座標を伝えた。連絡官はNROの利用可能な軌道を示すリアルタイムの映像を確認した。その映像はきわめて機密度が高く、彼の孫であっても一般公開されるのを目にすることはないだろう。それから彼は衛星プラットフォーム、ミスティ3が役に立つかもしれないと考え、ミッション・マネージャーに電話してジャブラの座標を伝えた。

「まったく」NROのミッション・マネージャーは、朝のミーティングでコーヒーのマグを顔に近づけながら言った。このマグ自体が機密情報といってもいいかもしれない。形がミスティのバルーンに似ていて、〝笑って、映ってるよ〟という文字が入っている。「偵察衛星は無尽蔵にあるわけじゃないんだ」ミッション・マネージャーは夕方までにこのマグで六杯のコーヒーを流しこみ、顔をひきつらせながらイタリア系の技術者を見下ろしていた。技術者は衛星軌道の遠地点でミスティのイオンエンジンを発射し、現地時間の翌朝にジャブラ上空を通過するコースに修正した。

ミスティは現地時刻、午前六時四十三分きっかりにジャブラ上空を飛行し、全長約三メートルのパノラマカメラでその施設の写真を七枚撮った。暗号化されたリンクを経由してワシントンに送られたその画像には、巨大な三つの倉庫とトラクタートレーラーの一群、共和国防衛隊の記章が入ったものも含めた駐車車両、そして山の谷間に抱かれるようにして立つ小さな兵舎が写っていた。だが、意外な収穫は判読可能なナンバープレートのついた貨物トラックだった。その画像はNGAの中東・北アフリカ分析課に送られた。分析官はノイズキャンセリング機能のついたヘッドフォンでチャイコフスキーのピアノ三重奏曲イ短調を聴きながら報告書を作成し、それは最終的に、〈六月十五日、ジャブラの複合施設における活動は共和国防衛隊とSSRCの提携を示唆〉というタイトルで関係各所に配布された。分析官のコメント欄には冗長な言葉が並んでいた。細部にこだわる性格だったため、さまざまな調査を行ない、トラックのナンバーをNGAの無数のデータベースに片っ端から入れていった。

結果、そのトラックはSSRCで化学兵器の安全管理と輸送を担当する450部門が所有するものだと判明した。

23

砲撃による攻撃が激しさを増し、政府による首都コントロールが弱まってくると、ダマスカス市民はたちまち外出を控えるようになった。住民は視線を避けながらも互いを監視し合い、街角のカフェは閑散として、レストランのシャッターはあちこちで閉まっていた。

電力供給は不安定で、富裕層の住む地域にも暗闇が疫病のように迫ってきた。

したがって、おじのダウードが会いたいと言ってきたとき、マリアムとラザンはレストランではなく四ブロック歩いておじのアパートに出向き、手づくりのダウードバシャをふるまわれた。おばのモナが生きていたときはダイニングに集まったが、一家が八〇年代にこのアパートに移ってきて以来彼女がすわっていた場所にはだれも目を向けようとしなかった。ダウードは彼女の椅子を撤去したが、事態はいっそう悪化したように思われた。そういうわけで、理由は深く考えずに、三人はキッチンの狭いテーブルで肩を寄せ合っていた。

おじはラザンに、医者は目のことをなんと言っているか、いまどんな本を読んでいるのか、そして友人たちについて尋ねた。いい父親たろうと努力しているが、ラザンはまるで興味を示さなかった。椅子にすわってミートボールを突き、ワインには手をつけていない。まだ眼帯をした目は父親の向こうの冷蔵庫に向けられている。マリアムはラザンの頰を引っぱたきたくなった。恩知らずのわがまま娘、まるで不機嫌な子どもじゃないの。大目に見てあげなさいよ。たしかにわたしたちはあなたの大嫌いな政府に仕えている、でもおじさまはあなたを食べさせるために働いてきたのよ。マリアムは内なるひとり言が外に漏れ出ていないか心配になり、レバノン産ワインをぐっとあおった。

「仕事に戻れるのはいつごろになりそうだ？」おじが尋ねた。ラザンはいいほうの目で皿をじっと見つめている。

「わからない」ラザンはフォークを置き、席を立った。

おじは疲れた目をしてマリアムに微笑みかけた。マリアムは、今夜がそのときなのだろうかと思いながらおじの顔をうかがった。CIAのスパイになってくれと頼むわけじゃないと、サムは言っていた。わたしにだけ教えてほしいと頼むんだ。明かすべきでないことを教えてほしい、と。彼はきみが外国の情報機関に協力しているのではないかと疑うかもしれないが、認めてはならない。CIAは準情報源を勧誘することもあるが、ほとんどの場合、情報源と準情報源の関係はそのままだ。わたしは勧誘されたの？　マリアムが尋ねたところ、サムはその質問をはぐらかした。彼が気まずい思いをしたのがわかったが、マリアムも同じように感じていた。

おじの背中は曲がり腹が垂れ下がって、いとこの婚約パーティーで会ったときより七キロほど太ったように見えた。栗色の髪は記憶にあるより薄く、細くなっている。実験の失敗を知ったばかりの落胆した化学者のようだった。マリアムの目には、おじはただ悲しそうに見えた。

ラザンは意を決したように、まだらに赤くなった頰に血走った目をして戻ってきた。バスルームで覚悟を固めたらしく、父親ととことん話し合うつもりのようだ。マリアムはもはや傍観者にすぎなかった。

「父親として聞いてもらいたいの」ラザンが切り出した。「SSRCの職員としてではなく」おじはうなずいたが、その表情はこれから娘の口から出てくる言葉を聞きたくないと物語っていた。「また調整委員会で働きたいと思ってる」ラザンは銀行に就職するつもりだというような口ぶりで言った。全権を有するアサドに中指を突きつけることがごくふつうの仕事だというように。

ダウードは歯を食いしばり、背筋を伸ばして怒りをあらわにした。「ラザン、何を言うんだ、だめに――」

「やめて、パパ、最後まで聞いて。わたしはこの国が壊されていくのを黙って見ていられない。抗議側に力はないけど、彼らは正しい。わたしは正しい側にいたいの。道徳的な側に。神のいる側に」

ダウードは薄くなりつつある髪を両手でかきむしり、椅子をうしろに押しやって、怒りをこめた目でラザンを見返した。「いまシリアに神はいない、おまえは気づいていないかもしれないがな、ラザン。わたしたちは混乱のなかに置き去りにされたんだ。身を潜めてこの苦境をやり過ごす以外にできることは何もない。神を持ち出さなけりゃならんと言うなら、反体制派に加わることでどんな善がなされるというんだ？　やつらの血に飢えたアッラーをこの国に呼び寄せ、われわれを皆殺しにさせるのに手を貸したいのか？」

ダウードはラザンの目を指さしながら泣いていた。おじが目の前で落ち着きを失い取り乱すさまを見て、マリアムは同じ空間にいることがいたたまれなくなった。「わたしはすでにおまえの母親を失っている。ここに、この地獄にわたしをひとり置いていかないでくれ。ラザン、おまえまで失うわけにはいかないんだ」と声を絞り出すように言った。

おじはもっと何か言いかけたが、それはあとまで待たなければならなかった。だれかがドアをノックしたからだ。

マリアムは自分の身体を外側から見ているような奇妙な感覚を覚えていた。ノック。シリア人はノックの意味を知っている。ダウードとラザンの目もそれを示していた。マリアムはとっさにブサイナのパソコンのことを思った。わたしはたいしたことができなかった。スパイとしても短命だった。マリアムは愚かにも、スパイはふつうどれくらいの期間働くものなのかとサムに聞いたことがある。彼は状況によると答えた。いったいどんな？

ダウードが立ち上がってドアを開けた。ふたりのムハーバラートが立っていて、政治治安局のバッジを見せた。ひとりは太鼓腹で二重顎、ダウードより二十キロ以上体重がありそうだった。カリフラワーのような鼻をして垂れ下がった口髭を生やしている。もうひとりはその部下で、背が低くネズミのような顔をしていた。鼻は上を向き、臆病そうな目はじっと床を見つめている。子どものころからの習慣で、マリアムは恐怖をなだめるためそのムハーバラートたちにひそかにあだ名をつけた。

カリフラワーとネズミ、マリアムは小声でつぶやいた。

カリフラワーがラザンはいるかと尋ね、全員に身分証の提示を求めたのと同時にマリアムの鼓動が落ち着きはじめた。ネズミがIDカードを集め、ここがSSRCで尊敬を集めている大佐の自宅であることを知っているカリフラワーが、長居をするつもりはないがミズ・ラザンに逮捕の件でいくつか質問をしたいと言った。彼らも自身の身分証を提示したので、ずいぶん丁寧だとマリアムは思った。ムハーバラートは革ジャケット姿で突然現れ、話を聞かせろと言ってくることがほとんどだからだ。カリフラワーは大佐で、ネズミは中尉だった。

「日をあらためてもらうことはできないのか？」ダウードが憮然として言った。

ネズミはずっと床を見つめていたが、カリフラワーは一歩も引かなかった。「クドスィーヤ将軍からミズ・ラザンと内密に話をするよう要請があったもので。その後の状況確認です。ご理解いただけると思いますが、こういうことはままあるものですよ。そうですね、お嬢さんの通常とは異なる釈放の経緯を考えると」ネズミが咳払いをし、フロアランプに目をやった。

クドスィーヤは政治治安局の長官だった。手出しができない存在で、彼の名前が出た段階で議論は終わりだった。

「先週は軍事情報部だった」ラザンが口を開いた。「先々週は国家治安局」これらの組織のうち、いくつが生き残るのだろう？　マリアムは、ラザンの鼻が膨らみ、声が詰まってかすれているのに気がついた。

カリフラワーはダウードに目をやったあと、ラザンに視線を戻した。「あなたの犯した罪は――」

「やめろ」ダウードがさえぎった。「やめてくれ、大佐、わざわざ言う必要はない。ラザン、彼らと話をしてきなさい。どのくらいの時間が必要なんだ？」

ラザンの頬が赤くなり、胸の前で腕を組んだ。おとなしくして、とマリアムは思った。ただ話を聞いてけりをつければいい。

「十分、十五分ほどで」カリフラワーが答えた。

マリアムとダウードはバルコニーで煙草を吸った。おじはいまも、おばがしていたように小さな庭で鉢植えの木や花を育てていた。いまはホワイトジャスミンが満開で、ダマスクローズや引き戸の横でそびえるほどの高さに成長したハイビスカスも花を咲かせていた。おばのモナやあちこち歩きまわるラザンと一緒にジャスミンを植え、おじと父がなかで笑いながら料理していたことを思い出した。

いまはなかから笑い声はしない。カリフラワーとネズミ、ラザンの三人でキッチンで行なわれている面談は、丁重であると同時に相手の評判を落とすもので、官僚的であると同時に野蛮なものだった。突然玄関に現れて連れ去るたぐいのものではなかった。暴力もないし、襲撃もない。その段階は過ぎている。これは、おまえは支配されているのだというメッセージだった。

男たちは、最近何をしているのかとラザンに聞くだろう。調整委員会のだれかから連絡はなかったか、医者へは行っているか。その後クドスィーヤ将軍は読みもしない報告書にまとめるだろう。そしてその報告書はファイルに保管される。軍事情報部も報告書を作成する。国家治安局も、そしておそらく〈セキュリティ・オフィス〉も。だが彼らは情報を共有しない。報告書は地下のファイルキャビネットで眠りつづけるだろう。その一方で、それぞれの機関の担当者たちはこの先数十年にわたってラザンを訪ねつづけるはずだ。招かれもせずに突然現れ、子どもたちが遊ぶのを眺める――ラザンが子どもを持ちたいと思うようになればだが。暗に賄賂を要求する者もいるだろう。公然と非難し、調べ、脅す者もいるだろう。すでに答えを知りながら、同じ質問を繰り返すのだ。

今回は十二分で終わった。カリフラワーは協力に感謝するとラザンに言い、邪魔したことをふたたびダウードに詫びた。最後にマリアムに向かってうなずくと、ネズミをうしろに従えて出ていった。

「失礼なことはされなかった？」マリアムは尋ねた。

「うん。でも今夜はもう話したくない。パパ、泊まっていってもいい？　横になりたい」

「もちろんだよ、ハビブティ。だが食事はもういいのか？」

「お腹すいてない」

ラザンは父親とマリアムを抱きしめると、子ども時代の寝室に足を引きずるように歩いていきドアを閉めた。

「ウィスキーを飲まないと」ダウードが言った。

ダウードは、マリアムの父が去年の誕生日に贈ったジョニーウォーカーのブルーラベルをそれぞれワンフィンガー分ふたつのグラスに注ぎ、バルコニーに戻ってきた。マリアムは昔からこのバルコニーが好きだった。ここからは向かいのアパートの室内が見え、週末にはバーブ・トゥーマ地区のナイトライフの喧騒が聞こえてくる。パーティーに向かう人、デート中のカップル、ぴったりしたジーンズをはいた女性もヒジャブをつけた女性も、みな旧市街のバーやレストランで踊っていた。ところがいまは奇妙なほど静まりかえっていて、通りの向こうのアパートは真っ暗だった。ダウードはひと息でグラス半分のウィスキーを飲んだ。

マリアムは婚約パーティーでおじが言ったことを思い出した。〝約束を破ったのは政府のほうだ。ラザンの身に起きたことを見るがいい。だが、われわれには頼る先がない。身動きできないんだ〟

マリアムは肥大化する一方のおじのウェストラインと血色の悪い頬に目をやった。悪夢が呼び起こされたのか、おじの目に光が宿り、額をこすって首筋を引っ掻いた。指先を突っこんだシャツの襟元から、開いた傷口が垣間見えた。おじはそこをいじりながらウィスキーを飲み干した。そして椅子の背にもたれて目を閉じ、花の香りを吸いこんだ。

情報を得るには強く迫らなくてはならないだろうと思っていたが、必要なのはたったひとつの質問だった。「どうかしたの、おじさま?」マリアムは尋ねた。

「実験をした」おじは目を閉じたままつぶやいた。

「いつもしてるんじゃない?」

「ああ、だが今回は人体実験だった」

マリアムはグラスを置いた。手が冷たくなっていた。

おじは目を開いてマリアムの顔を見た。また首筋の傷を掻いていた。「それは成功した」とつぶやいてもう一杯ウィスキーを注いだ。「政府はサリンを使おうとしている」

二時間後、マリアムはベッドで寝ているラザンの隣に潜りこんだが、なかなか寝つけなかった。いとこの温かい身体とゆっくり上下する胸の動きを感じながらカバーを引き上げ、ラザンのほうを向いた。眼帯。枕の下にはティッシュが押しこまれている。

マリアムはいくつも質問をした。多すぎたかもしれない。それでもおじは一線を越えた。というより何線も。おじが語った言葉は現実とは思えなかった。耳をふさぎたかった。眠りを妨げられていた。

マリアムは翌朝早くに抜け出して自宅のアパートに帰った。クロゼットのなかで短いメモを書き、フランスでサムに習ったとおりに折りたたむと、缶のなかに収まりそうだと満足して靴の底に隠した。ジョギング用のズボンと長袖の白いTシャツを着て、カシオン山に向かって走り出した。

アパートに戻ると、ラザンがキッチンでコーヒーを飲みながら雑誌を読んでいた。父親のアパートから早々に引きあげてきたらしい。

「ゆうべのことを話したい？」マリアムは尋ねた。

「やめとく」

「わかった」マリアムはそう言って寝室に戻り、クラヴマガのエクササイズをして身体に残っていたウィスキーを汗で流した。

それが終わると、窓際のブラインドを半分下ろした。

24

ダマスカス支局はマリアムからの情報をラングレーの中東課に公電で伝え、早急な分析と伝達を促した。シリアレポート・チームのルイーズ・ブーラッテは、このシリア人たちは野蛮で残酷なモンスターだとぶつぶつ文句を言いながら報告書を提出した。彼女はダマスカス支局と同様に、化学兵器の使用という米国大統領が規定する越えてはならない一線《レッドライン》への明白な違反であっても、ホワイトハウスから反応を引き出せるだろうかといぶかった。それは厳しいのではないかと思ったが、自分に何がわかるだろう？　このときブーラッテは、残業代のために精を出していただけだった。功労章をもらっても邪魔にはならないが、作戦本部の財務課は最近、現金のボーナスをレストランのギフトカードに変えた。

ブーラッテは、夕方のブリーフィングで確実に長官に読んでもらうよう報告書に付箋をつけておいた。それを読んだ長官はシリア政府を罵り、国家安全保障問題担当顧問に電話した。彼も同じ反応を見せ、その日の夜ホワイトハウスでシリア作業部会の会合を開き、アリー・ハッサン准将に対する暗殺許可とダマスカスからもたらされた化学兵器使用計画について話し合うと応じた。すでにサウジ大使との会食に遅れていた長官は、作業部会にはCIAを代表してエド・ブラッドリーが出席すると説明した。ホワイトハウスの危機管理室では、レッドラインを越えたことに対し、大統領がなんらかの措置をとるべきかどうか三時間にわたって議論された。最終的に、国家安全保障問題担当顧問が三つの選択肢を大統領に提示した。政権の転覆、ジャブラの施設の爆破、そして秘密のメッセージ。

「うまくやってくれよ、エド」三つ目の選択肢を選んだとき大統領は言った。「准将だけだ。無関係の第三者は巻きこまないでくれ」

翌日プロクターは、サムをオフィスに呼んでブラッドリーとのビデオ会議を行なった。回線がつながったとき、ブラッドリーは自宅の〝箱〟にいて、ビールを二、三本開けたあとのようだった。彼のぼやけた姿が画面に映し出された。

「みんな元気か」ブラッドリーが言った。「手短にすませよう。ゆうべ大統領は〈アテナ〉からのサリン実験の情報にもとづき、制裁としてダマスカスを空爆する案を検討した。空爆は見送られたが、われわれをなめるな的なメッセージをシリア政府に送ることになった。司法省法律顧問局は、ヴァルと〈コモド〉が殺害されたことを、ダマスカスでのアリー・ハッサンの監視作戦について判断を下したときと同様、わが国とその国益への引き続き存在する脅威と見なすことが可能だと解釈した。だからいま、この手に大統領が四十五分前にサインした書類がある。アリー・ハッサン准将を排除する作戦は――合衆国法典第五〇編から引用するが――〝合衆国の特定可能な外交政策目標を推進するために必要〟であると書かれている。これは暗殺ではない。国家としての正当防衛だと認定されたのだ」

「とっても上品ね。ナイトガウンのような優雅さだわ」プロクターが言った。「だから弁護士ってみんなに好かれるのね」

「条件は？」サムが尋ねた。

「書類にはどれくらい書かれてるの？」とプロクター。

「プロクター、その口ぶりからきみが本当に知りたいのは、アフガニスタンやパキスタンで行なわれたような無人攻撃機を使った作戦ができるかどうかということだろう？　答えはノーだ。死ぬのはアリーだけだ。巻き添え被害は認められない。書類に明記されている制限はそれだけだよ」

「明記されていないものは？」サムが尋ねた。

「ああ、おれからひとつ」とブラッドリー。「大統領も了承しているが、司令官からの助言と考えてくれ。引き金を引く前に、アリー・ハッサン本人だと確認するため顔認識の専門家に見てもらう。別のシリア人将軍と間違えて殺したりしたくない。本人確認のためにリアルタイムのビデオ映像が必要になるだろう」ブラッドリーの目が細められ、画面越しにサムを凝視しているように見えた。「自分たちの手で仲間の仇をとれる数少ないチャンスだ。アリー・ハッサンにはヴァルの死を死で償ってもらう。だがうまくやってくれ。混乱はなしだ」

「もちろんです」とサムは答えた。脈拍が上がっていた。ＣＩＡではふつう仲間が殺されても見て見ぬふりをしなければならない。だが今度はヴァルの仇がとれる。アリーには彼女の額につけた薄い線の償いをしてもらう。

プロクターがツイードのブレザーを脱いで画面の前に立ち、ブラッドリーを見返した。黒いタンクトップの上に〝敬意を表して〟という言葉とともに星が見える。いったいどんな意味があるのだろう？

「うちでは満足に仕事をこなせないと暗に言ってるわけ？」

「まさか」とブラッドリー。「きみたちはかつてないほどのプレッシャーにさらされていると、おれなりに端的に言ってるんだ。きみたちのすばらしい仕事のおかげで期待が高まっている。ドアは閉まってるか？」

プロクターは閉じたドアを振り返った。

「ええ、大きく開いてる、事務棟に続くドアもね。本当はこの部屋にシリア人がいるのよ、エド。カメラに映らないところで記録をとってる。マフムード、マフムード、ちょっとこっちに来てエドに笑ってみせて」プロクターはドアに向かって大きく手を振ってみせた。

それから画面に向き直り、ブラッドリーに不遜な笑みを見せた。

ブラッドリーは笑った。「きみがどんなに食わせ者か忘れてたよ、プロクター。きみを欧州課に送って、おれにいやがらせできないようにしておくべきだったな。おれはいま、きみがパキスタン・タリバンやアルカーイダにしたのと同じ扱いを受けている」

「でもあなたはまだ生きてるじゃない」

安全が確保された大使館の会議室で、ユースフはテーブルに両足をのせたままピザにかぶりついた。〈カフェ・コスタ〉という店から届いた箱には〝本格的シリア風ピザ〟と書かれていたが、サムは気づいていなかった。「そこで止めてくれ、ラーミー」ユースフはそう言うと、椅子にすわり直した。画面にはアリー・ハッサンの車がコンクリートの瓦礫をぬうように、〈セキュリティ・オフィス〉の建物に近づいていくところが映っていた。〈バンディートズ〉が撮影した監視映像だった。

「レクサスの車体が沈んでるのがわかるか？」ユースフが言った。「武装してるんだ、だからこっちもそれなりの装備が必要になる。それにこれを見てくれ」と言いながら、監視ログをテーブルに滑らせた。

サムはそのファイルを開いた。〈バンディートズ〉がアリーの出勤と退勤の時刻を記録したもので、日によって異なり、数時間違うこともあった。

「ルートも変えてる？」サムは尋ねた。

「ああ、残念ながら。いろんな方向からやってくる」エライアスはもうひと切れピザを取った。「パターンはまだわからない」

「守衛詰所を襲うとか？」プロクターがピザを横目で見ながら言った。「あいつがバッジを見せてる隙に撃って逃げる？」

「通常はひとりが詰所にいて、四人から七人が外で煙草を吸ったり無駄話をしている」ラーミーが答えた。「プロ意識が高いとは言えないが、銃撃戦になるのは避けられないだろうね」

プロクターが立ち上がった。「わたしはあいつのタマを引きちぎってやるって言った、本気よ。何か役立ちそうなアイデアはない？」

「ひとつある」とユースフが答えた。

そして胸ポケットからマルボロの煙草を取り出し、テーブルの上に置いた。

「けっこうよ、ユースフ」プロクターは尊大な笑みを浮かべた。「この箱の空調はそんなに性能がいいとは言えないから」

「違う。見てくれ」ユースフは早送りして、先週の午後九時五十五分と示された場面で映像を停止した。カメラはアリー・ハッサンが〈セキュリティ・オフィス〉のビルから出てきたところをとらえている。アリーはそのまま道を歩いていき、サムが以前このビルを見たときにほかの通行人もしていたように、路上駐車された車の合間をぬって進んでいった。

「スクープ映像だ」ユースフが言った。「よく見てくれ」カメラはアリーにズームインした。アリーは路上駐車された車の隣で立ち止まり、シャツのポケットからマルボロの特徴的な赤いパッケージを取り出した。煙草を一本抜いて火をつけると、ふたたび歩きはじめた。何か考えごとをしているように、ゆっくり歩を進めていく。

「次はこっち」ユースフがふたたびビデオを早送りして、翌日の映像になった。タイムスタンプは午後十時二分。アリーはマルボロを吸いながら同じルートを歩いていた。

「しょっちゅうこれをやってる。一週間に四回はこのルートを歩いている」

サムはテーブルの上に置かれたマルボロをつかみ、手のなかでひっくり返した。プロクターに向かってうなずくと、彼女もうなずき返した。

25

ジャミール・アティヤはブサイナの同輩だった。ともかく肩書き上は。けれどもアティヤは以前、軍事情報部の副長官としてバッシャールがスムーズに大統領の座に就くのに手を貸したので、いまはイランとの折衝を担当していた。彼はブサイナよりコネ《ワスタ》を持っていた。ペニスを持っていた。ブサイナに命令できると思っていた。

したがって、国民評議会から活動家を引き剝がすというマリアムの任務について説明するようアティヤにぞんざいな態度で呼ばれたとき、ブサイナは激怒したが驚きはしなかった。「ミーティングではわたしがあのペドフィリアに対応する」ブサイナが言った。「でも細かいことを聞かれたときのためにあなたにも来てほしいの。あなたがフランスで作成した報告書を見せるわ。もちろんあいつは実際に何があったのかなんて興味はない、これはわたしたちの闘いなの。あいつはまたわたしたちを破滅させようとしている」マリアムはヴィルフランシュのホテルの部屋に三人の死体を残したことを思い出し、無意識に人差指を口元に当てていた。ドアを閉めるときに震える手で〝起こさないでください〟の札をかけたことを。

スパイス市場でブラッシュ・パスを行なったあたりから、マリアムは爪のまわりの皮膚を噛むようになり、ひどいさかむけになっていた。最初は気づかなかったが、二本目、三本目となったときにはっとした。けれども自分にしか興味のないブサイナは、気づいていないようだった。

マリアムはテーブルの上に両手を置き、右の親指の爪から血がにじんでいるのに目を留めた。携帯が鳴り、ブサイナは化粧室に消えた。彼女がルストゥムと話しているあいだ、マリアムは報告書をもてあそびながら、上司の通信セキュリティに対する認識の甘さについて考えていた。ふと左中指の惨状が目に入り、嫌悪感を覚えて唇を噛んだ。

ブサイナが電話を終え、化粧室から出てきて言った。「あの変態じじいに会いに行くわよ」

マリアムはダークブルーのスカートのしわを伸ばし、報告書を持ってあとに続いた。アティヤはデスクで資料を読んでいて、ふたりが現れても顔を上げもしなかった。今日はピンストライプの入った仕立てのいい黒いスーツを着ており、さながらギャングのようだ。

ブサイナとマリアムはテーブルについた。報告書を読み終えると、アティヤはようやく顔を上げた。紅茶を飲んでいたが、ふたりには勧めなかった。その代わりマリアムを舐めるように見て、それを隠そうともしなかった。

「彼女はあんたにはちょっと歳がいってるわよ」ブサイナが噛みつくように言った。

その言葉が聞こえていないのか、アティヤはマリアムに話しかけた。「前回会ったときに聞くのを忘れていたよ。フランスはどうだったかね？」含みのある言い方で、怒りが表に出ようとしていた。眉毛がピクッと動いたがあっという間に止まり、今度はそれを吊り上げて笑みを浮かべてみせた。「いろんなできごとがあったのでは？」

「ファーティマとの交渉はうまくいきませんでした」マリアムは答えた。「さしあたっては。この報告書に書いたとおり、彼女が意見を変えるよう積極的な対策を講じています」

マリアムはアティヤのほうに報告書を滑らせた。

アティヤは払いのけるように手を振った。「ファーティマの母親が逮捕されたことは知っている。報告書は必要ない。わたしが知りたいのは、ブサイナ、きみのオフィスが失敗ばかりしている理由だ。ファーティマはまだ評議会に所属しているし、ヨーロッパでぶらぶらしている。われわれはいい笑いものだ」

ブサイナはデスクに置かれたレターオープナーにもの問いたげに目をやった。それから下を向いて、われ関せずというふうにズボンの左脚から糸くずを払った。彼女もアティヤとの闘いには冷静さが必要だとわかっていた。「あんたが十代の女の子の肉体を貪っているあいだにも、わたしのオフィスは反体制派の息の根を止めるために奔走しているのよ。それぞれ優先事項が違うみたいね」

アティヤは鼻で笑ったが、目はマリアムに向けたままだった。マリアムは爪を噛まないように手を重ねて膝に置き、レターオープナーを盗み見た。ニースのホテルで襲撃されたことへの報復にちょうどよさそうだ。

「きみは同じ武器ばかり使うな、ブサイナ」とアティヤ。「もう効き目はないぞ。ほかを試せ。きみがこの問題を解決できないなら、裁量権を失うだろう。わたしがそれを手に入れて、きみとマリアムが失敗したことを成功に導いてやろう」アティヤはマリアムの報告書を手に取りながら、彼女のブラウスをじっと見ていた。「ひょっとするとこれも読むかもしれないな。マリアム、読み終わったら適切なブリーフィングをしてもらいたいものだ」アティヤの言う適切は、本来の意味とはかけ離れたものだった。

ボトックスの威力に負けず、ブサイナの額にしわが寄った。何か言うかに見えたが口をつぐんで立ち上がり、ドアに向かってそのまま出ていった。マリアムもあとに続こうとしたものの、ドアにたどり着いたところで肩をつかまれ、首筋に熱い息が吹きかけられた。

「きみが無事にフランスの休暇から戻って嬉しいよ」アティヤが言った。

マリアムは振り向いて肩から手を払った。

「きみを失っていたらさぞ残念だっただろう。だがわかってくれ、きみに恨みがあってのことではない。ブサイナがわたしに戦争を仕掛けてきたんだ」

マリアムはハイヒールをはいていたため一瞬バランスを崩し、持っていた書類を取り落とした。

アティヤの目が愉快そうに光った。「気をつけるんだな、マリアム。恐れることは山のようにある。報告書を読み終わったら連絡するから、詳しく報告してもらおう」彼は床に落ちた書類を見て笑い、オフィスのドアを閉めた。

マリアムは急いで散らばった書類を集め、ブサイナのオフィスに急いだ。大統領の肖像画の前を通り過ぎるとき、じっと目を合わせた。

ブサイナはすでにデスクについて、パソコンの画面をにらみながら猛烈な勢いでキーボードを叩いていた。「うまくいったわよね？」と言われるまで、マリアムは自分が戻ってきたことにブサイナが気づいているとは思わなかった。マリアムはテーブルに歩み寄り、曖昧に答えながら書類を整理しはじめた。これは書類やファイル、会議、捨て駒である部下で闘う、由緒正しいシリアの官僚同士の戦争なのだ。

「これよ」ブサイナは、イランが入手したファーティマの旅程表をマリアムの前に突き出した。「アティヤは大統領にわたしたちが失敗したと言いたいのよ。それで自分が有利になると思ってる、そのとおりだけど」と言いながら旅程表を指さした。「ファーティマは七月六日から数日間トスカーナにある家族の家に滞在する。会いに行ってきて。彼女をシリアに連れて帰るのよ、泣き落としでも、口輪をはめてでも、プレゼント攻撃にしてでも。アリーにあと何人か親族を逮捕させて態度を変えさせなさい。マリアム、今度は成功させるのよ」

「もちろんです、ブサイナ。お任せください」マリアムは口元に指先を近づけたが、途中で気づいて手をおろし、拳を握るように丸めた。

帰宅途中、マリアムは空腹をなだめるためにクラッカーをかじりながら歩いていた。アティヤの脅しが頭を駆けめぐるのと同時に、イタリアでサムに会えないだろうかという禁じられた思いが芽生えていた。サムなら自分を落ち着かせ、一緒に考えてくれるだろう。マリアムは通りを渡って、人でごった返すハミディーエ市場に入っていった。歩いていると、あちこちからすてきなドレスがあるよ、サングラスはどう？　と声がかかった。けれどもマリアムの心はエズにあって、サムの上になって快楽に耽っていた。すると同時にピンク・フロイドのTシャツを着た、いかつい暗殺者の頭に棍棒が振り下ろされた。車の後部座席でサムをなかに迎え入れているとき、ふたり目の男の血がホテルの部屋の鏡に飛び散った。ベッドに横たわり、彼の胸の筋肉を指先でなぞっていると、三人目の襲撃者の後頭部が替えたばかりのシーツに倒れこんできた。マリアムは盛り上がった敷石につまずきそうになって立ち止まった。バッグのなかを探ってクラッカーの袋を取り出し、一枚口に入れながら、もう一度バッグに手を入れてマーカーがあるかどうか確かめた。つかの間それを握りしめて心を落ち着かせた。肩にバッグをかけ直して目を閉じ、エズでナプキンに書いて練習した落書きのイメージを思い起こした。

「これが緊急時の合図だ」サムは地中海の風にはためくナプキンを押さえながら言った。「だれかが毎日チェックする。もしこれを見つけたら、すぐにドロップサイトに行くよ」

マリアムは自宅アパートの三ブロック手前の路地の入口で立ち止まった。「だれかに見られたらどうすればいいの？」と尋ねたことを思い出す。「それは避けてくれ」と彼は答えた。

マリアムはほかにだれもいないことを確認し、路地に入っていって壁にしるしを残した。

26

サムとプロクターは、支局でマリアムのメッセージを読んだ。「うーん」プロクターがうなった。「新しく訓練したばかりのエージェントとあの隠れ家で会うの？　気に入らないわね」

「ぼくもです」サムは言い、もう一度メッセージを読んだ。

ブサイナ。と一緒にアティヤに会った。官邸内で縄張り争いが続いている。アティヤは、わたしがファーティマの説得に失敗したことを利用してブサイナを締めあげた。ミーティングの最後でわたしに身体的な脅しをかけてきた。フランスでの襲撃についてもほのめかした。アティヤの言葉。「気をつけるんだな。恐れることは山のようにある」

もう一度ファーティマに会ってくるよう命じられ、七月六日にイタリアのモンタルチーノに行くことになった。直接会う時間がとれそう。

最初の言葉のあとに句点があるのは、マリアムがこのメッセージをだれかに強制されて書いているのではないことを示している。プロクターはサムの肩越しにメッセージを読んでいた。彼女は「うーん」ともう一度うなって、頭を振った。「最悪ね、ジャガーズ」

「でもほかに選択肢はありませんよね？」サムは言った。「彼らはすでに彼女をフランスで拉致しようとした」

「彼女を助ける案はある？」

サムはペンでコツコツとテーブルを叩いていた。「どうしてショットガンをそこに置いてるんですか、チーフ？　武器庫はそう遠くないでしょう？」

「銃が近くにあると安心するのよ」

サムはふたたびペンでテーブルを叩いた。カイロ支局でビールを飲みながら、ブラッドリーから聞いたアイデアしか思いつかなかった。常軌を逸してはいるが、ブラッドリーはそれが協力者の命を救ったと言って譲らなかった。しかたない、試す価値はある。彼女を守らなければならない。

「いいでしょう、いかれたアイデアですが、似たような状況下で協力者を守るためにアルジェリアで行なった作戦をブラッドリーから聞いたことがあります」

「本当?」

「ええ、でも全容を明かすと、超小型カメラとネックレスが必要です」

「参ったわね。それにはふつう倍の金額を払わないといけないのよ」

プロクターはその案が気に入り、公電でわめき立てた(中東課の大半の職員と科学技術本部の上層部が読む公電で〝犬のクソ並みにろくでもないお役所仕事〟という言葉が使われた)。四十八時間後、ゆうに真夜中を過ぎたころにプロクターのオフィスで安全な回線を使ったビデオ会議が行なわれ、ふたりはひどく疲れた顔をした科学技術本部の技術士がサファイアのネックレスを持ち上げるのをモニター越しに見ていた。マリアムを勧誘する前に〈バンディートズ〉がパリで撮った写真に写っていたのと同じネックレスだった。エズのテラスでワインを飲むマリアムの胸にも、そのネックレスが光っていた。その後、ベッドで彼女が身につけているのはそれだけになった。

深夜で気分が緩んだのか、プロクターはクアーズ・ライトを飲みながら——おそらく外交安全局の友人に密輸させたのだろう——モニターに映るネックレスをぶら下げた技術士を指さした。「まるで通信販売ね。注文を締め切るまであと何分あるの？」

技術士は楽しそうにチェーンを揺らして指を沿わせながら、受付終了まであと二十分、〝月々たったの千九百九十五ドルの十回払い〟だと説明した。サムは笑った。プロクターは何やら聞き取れない言葉をつぶやき、技術士はふたたびネックレスを指でなぞった。

「さっさと使い方を説明して」プロクターが言った。

技術士は電源ボタンがある場所を示して、針やヘアピンを使って電源を入れたり切ったりできると説明した。水に濡れてもドロップサイトに置かれても問題なし、全天候型だと請け合ったが、「でもビニールのカバーで覆うとなおいいでしょう」とつけ加えた。プロクターが眉を吊り上げるのを見て、彼は何か言われる前に三十時間分の映像を記録できると早口で言い、ちょっとした奇跡だと言い添えた。それからストロンチウムを使った電池について専門的な説明を始めた。

「ちょっと待って」プロクターが手を上げた。「こっちの協力者は若い女の子よ、これを首筋に、肌に直接つけるのよ」と言いながら、技術士に解剖学的語彙《ごい》が不足しているといけないので、自分の胸を指さした。「その放射線を使ったおぞましい電池のせいで乳がんのリスクが高まったりしないの？」

技術士が笑いたいのか泣きたいのか、サムにはわからなかった。きっと両方だろう。彼の顔から血の気が失せた。

「いえ、そのリスクはありません。協力者に危険はありません」技術士は言った。「完全に無害です」

「どれくらいでこっちに届きそうか？」サムは尋ねた。

「今夜送ります」話が終わりに近づいていることにほっとしたように技術士は答えた。

プロクターが通話を切った。

キリスト教徒地区の脇道にひっそりとある隠れ家に着いたのはサムが先だった。くたくたに疲れていた。六時間で尾行者はいないと確信できたが、監視されていないか見きわめるのに全部で十二時間かけた。

隠れ家には小さいキッチンがついていて、冷蔵庫とパントリーにはたっぷり食料が用意されていた。その先のリビングルームにはモダンな家具がそろっていたが、壁はむき出しだった。リビングの奥に寝室とバスルームがあった。その日の午前中に支局の技術士が来て、盗聴器が仕掛けられていないか調べてあった。

サムはコーヒーをセットして、用意されていた前菜の盛り合わせ《メッツェ》を冷蔵庫から取り出した。パントリーの引き出しを開けたり冷蔵庫を探っているうちに、罪悪感が芽生えてきた。シリアのいたるところで食料が不足していて、いうまでもないがダマスカス中心部のバブルの外では急激なインフレが起きていた。特にドゥーマでは食料不足が深刻で、報告書によれば住民たちは草を食べて生きながらえている。なけなしの食料は反体制派の司令官たちが溜めこんでいるそうだ。政府はその状態を〝降伏か飢餓か〟と呼んで静観している。サムはオリーブオイル（内戦前は一リットル二百シリアポンドだったのが、現在は千百ポンド）のボトルに手を伸ばし、カウンターの上に置いた。

オードブルの皿に目を移すと、オリーブやマクドゥース、タブーレ、ぶどうの葉でハーブライスを包んだヤランジが並んでいた。保温器のスイッチを入れ、ラムのケバブを四本なかに入れた。冷蔵庫に戻って南シリアの郷土料理クーサマハシーを見つけた。小ぶりのズッキーニをくり抜いて、クミン、ミント、コリアンダー、バラカットで味つけしたラムとライスをなかに詰めたものだ。

カップにコーヒーを注いだ。マリアムが来るまで三十分あり、それまでに気持ちを落ち着かせる必要があった。彼女が尾行を確認しながら歩いているところを想像するのをやめるためにも何かしなければならなかった。リビングでコーヒーを飲みながら、誘いをかけてくる寝室に落ち着かない視線を投げた。マリアムとはスパイス市場でのブラッシュ・パス以来会っていないし、あのときもさっと視線を交わした程度だった。変わりはないだろうか。サムは自分を抑えられるか自信がなかった。もしワシントンが空爆を決めたら支局は国外へ退避することになり、彼女には二度と会えなくなるだろう。

ダマスカスは、いまにもビルから飛び降りんばかりの人のような極限状態にあった。サリンの実験や政権の反撃に関する報告も深刻だったが、より生々しいのは、日々の生活そのものだった。自爆テロ、迫撃砲の連射、食料の配給に並ぶ人の列、停電、食料品店の空っぽの棚。フォーシーズンズ・ホテルに身を潜めているジャーナリストや国連職員の姿は、ソマリアのモガディシュや内戦下のベイルートを彷彿《ほうふつ》とさせた。街が徹底的に破壊しつくされたために外国人は唯一安全な社交場に身を寄せ合い、プールサイドで情報源や特派員たちと仕事をしている。贅沢をしたいからではなく、それ以外の場所が危険すぎるからだった。

ダマスカスが安全だとは到底思えなかった。自分だけでなく、仲間の安全も気がかりだった。プロクター、支局の同僚たち。そして、もちろんマリアムの身が。彼女が国外に出る可能性に思いを馳せた。現実の人間関係を築く可能性について考えた。肉体的な魅力に惹かれて始まったものがより深いものに成熟していき、それなのに輝きは少しも失われていない。マリアムは世慣れていて、茶目っ気があり、勇敢で、希望を失っていなかった。サムは自分の気持ちがわかっていたが、自分自身に対してでさえそれを口にできなかった。

立ち上がってコーヒーを注ぎ、カウンターに寄りかかった。

そのときドアが開いて、マリアムが入ってきた。黒っぽいジーンズに腰ですぼまっているブルーのジャケットをはおり、グレーのTシャツが肌に貼りついている。サムはキッチンに入ってきた彼女を引き寄せてハグをした。マリアムはサムの肩に頭を押しつけて言った。「ハビービー、会いたかった」サムはスーツに白いドレスシャツという格好で、はたから見れば数日間離れていたカップルがオフィスで再会したように見えるだろう。そのままキスをし、目を閉じてラベンダーの香りを吸いこんだ。

「時間はどれくらいある？」サムは尋ねた。どのエージェントにも最初にする質問だった。

「二時間」

サムはまずアティヤに対抗する作戦について話そうと思っていたが、キッチンでもう一度キスを交わすあいだに、マリアムが髪に両手を差し入れてきたので、寝室に誘《いざな》った。マリアムはサムの顎を甘噛みし、狭いソファに押しやった。サムはシャツを脱ぎはじめた。ふたりは微笑みあい、マリアムはくすくす笑ってベッドのほうにちらりと視線を向けた。サムの視界は狭まって、マリアムしか見えなくなった。彼女は足首に引っかかったジーンズを大理石の床に蹴って脱ぎ捨てた。ふたりはボタンやスナップを外し、服を剝ぎ取りながらベッドの際まで行って倒れこんだ。

終わったあと、サムは床に残った痕跡に目をやった。ソファ近くの靴から始まり、マリアムのジーンズ、サムのスラックス、マリアムのグレーのTシャツ、黒のブラ、サムの白いシャツ、マリアムの黒のレースのショーツ、そしてサムのボクサーショーツで終わっていた。ベッドへたどり着いたときの喜びがスローモーションでよみがえった。

起き上がると、ふたりは外の世界に戻るため、シンクがひとつしかないバスルームに一緒に入った。サムは髪を直し、マリアムはネックレスをいじりながら腰でサムを押しのけた。

カウンターにかがみこんだときには、マリアムの頰の赤みは引いていた。髪はうしろに撫でつけられてアップにされ、口紅は塗りなおされた。マリアムはすぐそこにいて、かすかな汗とラベンダーがまじり合った香りがサムの鼻をくすぐった。

「もう一度チャンスがあるかわからなかったから、これが欲しかったの」マリアムが言った。「二度と会えないかもしれないと思ってたけど、こうして会えた。あと何回会えるかなんてだれにもわからない。わたしたちは多くのシリア人と同じような最期を迎えるかもしれない。生きていたと思ったら、次の瞬間には死んでいる。もしあなたがアメリカに帰ったら二度と会えないでしょうね。別々に歳をとっていく。ルールがあるのはわかっているし、自分の仕事はするつもりだけれど、わたしたちのあいだには何かがある。それがわたしにとって意味のあることなの」

サムはマリアムの腰に両手を置いた。「ぼくにとっても意味があるよ、マリアム。きみを大切に思っている」

彼女を愛しているのに、それを言えない、言おうとしない自分にうんざりした。

ふたりはキスをしたが、マリアムが身体を引いてサムにうなずいた。「あなたの気持ちはわかる。わたしもそう思ってるから」

オードブルの皿をリビングに運びながら、マリアムはアティヤとのミーティングの内容をサムに詳しく話した。サムはすべての言葉、すべてのディテールを要求した。マリアムの話が終わると、サムは計画を説明しネックレスを見せた。

マリアムは弱々しく微笑んだ。「どうやってここまで完璧に再現したの？　ちょっと気持ち悪い」

サムは咳払いした。「パリで撮った写真から」

幸いマリアムはそれ以上追及することなく、ネックレスをつけた。その後サムが持参したアルミ缶でなかにネックレスを入れる練習をした。アティヤのオフィスを撮影したあとでカシオン山に持っていくためだ。

「だれかにつけられていると思う？」サムはキッチンでオードブルをふたたび皿に盛りながら尋ねた。

マリアムは首を振った。「気をつけてるから。だれにも尾行されていないと思う。でも――」

そのとき向かいの建物の屋根に迫撃砲が着弾した。隠れ家はガタガタと揺れ、みしみしと音をたてた。この音に慣れているマリアムは皿をテーブルに置き、窓に近づいてカーテンを開けた。このアパートでもっとも近づくべきでない場所だとサムはわかっていたが、好奇心には勝てなかった。向かいの建物の最上階の窓が粉々に割れて落下し、石灰岩の塊や漆喰、ガラスの破片が下の通りに降り注いでいた。遠くからサイレンの音が聞こえてきた。

今度は数ブロック南の建物が被弾した。そして三発、四発、五発、六発とスタッカートのように続いた。そのたびにガタガタと壁が震えた。

ふたりは窓から離れた。

「反政府勢力はキリスト教徒地区を攻撃したいのよ」マリアムが言った。「クリスチャンの家とムハーバラートが使っている建物がたくさんあるから。ムハーバラートを仕留められなくても、少しでもクリスチャンを殺せればラッキーなの」

サムはアパート内を見まわして、窓からもっとも離れた場所を探した。まだ外には出られない。警察に消防車、おそらくムハーバラートも向かっているだろうからなおさらだ。

ふたりは寝室に移動した。ベッドのわきに立って、マリアムがしわくちゃになったシーツを整えはじめた。「イタリアでふたりきりになれる、ハビービー？」

「プロクターも一緒だ。きみが国外にいるあいだにアティヤがまた何か仕掛けてこないよう、同じ監視チームで目を光らせる」

マリアムは両手を腰に当てて言った。「ふうん。観客つきなのね」

サムはベッドにすわり、髪に手を走らせた。深みにはまっているのはわかっているが、抜け出す方法はなかった。もしプロクターに話したら、CIAをクビになるだろう。二度とマリアムに会わなければ？　その自信はなかった。

マリアムはサムをシーツに押し倒し、上にまたがった。外ではサイレンがもの悲しく鳴り響いていた。

27

カファンと呼ばれる埋葬布に包まれ、コットンの繭《まゆ》のように並んでいるおびただしい数の遺体を見て、妻が子どもを産めないことに感謝の念を覚えるのは奇妙な感覚だった。奇妙ではあるが、珍しくはなかった。アブー・カースィムがアレッポでアサドの包囲攻撃に反撃しはじめてから、この感謝の念はたびたび浮かんできた。

先週の金曜日——塹壕に水を運んでいた少年が砲撃で殺された。

土曜日——スナイパーの根城となっていた、破壊された母親のアパートで、黄疸《おうだん》を起こした少女がチフスで死亡した。

日曜日——十六歳の少年が通りの角から顔を出したところ、ＡＫ－47が火を噴き射程範囲のものはすべて撃ち損ねたが、一発の銃弾が少年の喉を引き裂いた。

月曜日——野戦病院に樽爆弾が落とされ、白血病の少女と外の通りにいたふたりの少女が殺された。

そしていま、瓦礫と化したアレッポから数時間のところにあるホウラという村で、ひとりの老人が泣きながら惨状を訴えるのを聞いていると、あの感謝の念が戻ってきた。頭をメッカの方角に向けられた死者たちを老人が呆然と見つめている横で、アブー・カースィムはカファンに包まれた小さな子どもの遺体を見下ろし、頭部がなくなっているらしいことを見てとった。妻のサルヤを呼び、彼女の腹に向かって祈りを捧げた。死んだ子どもを目にするたびに毎回するように、妻が子どもを産めないことをアッラーに感謝した。アブー・カースィム（カースィムの父の意）という名がただのクンヤ、別名であることに胸を撫で下ろし、これまで子どもがいなかったこと、これからも産まれないことに感謝を捧げた。

老人は気づかなかった。興奮状態にあったからだ。

アブー・カースィムは老人に対し、詳細な報告を聞きたいが少し休んで気持ちを落ち着けてからにしてはどうかと言った。「はい、司令官、もちろんです」老人は目をぬぐいながら応じた。「紅茶をお持ちします」

アブー・カースィムがずらりと並んだ死体から目をそらして低木の茂みを見わたしていると、サルヤが伸びをして老人のいない隙にヒジャブを取って髪を直した。かつては艶やかだった黒髪はいまでは白いものが目立つ。以前はジーンズから軽くはみ出していた下腹は、引き締まった筋肉に変わり、昔はなめらかだった顔にはしわが刻まれている。食料不足のせいで乳房はしぼみ、歩いたりすわったりするときも、銃を抱えているようにわずかに背中を丸めている。実際しばしば抱えていたが。

にもかかわらず、彼女は依然として美しかった。いまも満面の笑みを浮かべ、長い髪は豊かで目は生き生きとし、彼を求める欲望は少しも衰えていない。アブー・カースィムはすっかりこけてしまった自分の頰に触れ、薄くなった髪、骨張った脚と腕、指が四本しかない左手のことを思った。戦闘に参加して以来、十キロ以上痩せていた。

ふたりは常に移動しつづけていた。昨日虐殺があったという知らせを受け、すぐに立ち寄ることを決めた。アレッポからの旅は内戦前は四時間だった。けれどもいまは四日をかけて迷路のようなハイウェイを走り、検問所を通過し、裏道をくねくねと進まなければならなかった。政府の検問所では、死んだアラウィー派から盗んだ偽造の身分証を使って軍の配達人を装った。そうした検問所に遭遇するとサルヤは疲れたふりをし、直接政府の職員に話しかけた。

反体制派の検問所では、必ず本物の身分証を使ったが、サルヤがバンの後部座席でニカブをつけていなければならないところもあれば、ヒジャブで充分なところもあった。反体制派の検問所では彼女は決して口を開かなかった。無事に通過したあとで、サルヤは毎回いらだちをあらわにした。検問所を取り仕切る若い男たちよりよほど多くの兵士をライフルで撃ち殺しているのだから。なぜわたしがあいつらの質問に答えなくちゃならないの？わたしはこれまで百四十二人を殺している。いま使っているロシア製ライフルSV－98は、サルヤがその持ち主を殺したとき手に入れた銃であり、アレッポの前線で死んだ兵士から奪った、やはりロシア製のドラグノフからアップグレードしたものだった。SV－98はトランクの二重底のなかに隠してあった。ダマスカスで必要になるだろう。

老人が紅茶を持って戻ってきたが、ふたりは口をつけなかった。「死者は百二人にのぼっています。すべて昨日のことですが、おそらく今日のうちにあと五、六名死ぬでしょう。医師の見通しも明るくありません。ひとつの氏族から五十人以上亡くなっています」そこで彼は目をこすった。「わたしの氏族では十八人が命を落としました」

アブー・カースィムは何も言わなかった。相手にしゃべらせたかった。嘆き悲しむのはひとりになってからにしたかった。老人はそのメッセージを受け取って謝罪の言葉を口にし、落ち着きを取り戻した。「村の男たちは朝、演習のために集まっていたんです。すると砲撃が始まり、二、三時間続きました。男たちは家に帰れなくなった。帰ろうとした者はみんな死んでしまった。午後になって砲撃がやみましたが、政府軍、ムハーバラート、親政府派《シャッビーハ》の民兵組織が水汲み場の近くに集まっていて、わたしらを押さえつけた。シャッビーハはアラウィー派の村から来たんです」

老人はその村のほうを指さしながら、顎を震わせていた。

「あいつらは銃だけじゃなく、肉切り包丁やなた、吊りフックを持っていた」と老人は続けた。「そうやって虐殺を始めたんです。殺された四十七人の子どものうち大半が赤ん坊や幼児だった。銃で撃たれ、刺され、喉を切り裂かれた。三十四人の女もです」いまや大声になっていた。老人は立ち上がって、カファンに包まれた死者が並んでいる外を指さした。アブー・カースィムはいまになって、カファンの多くがただのシーツであることに気がついた。カファンの布がなくなったのだろう。

アブー・カースィムは浄《きよ》めの儀式と埋葬の準備が進行している死者たちの写真を撮って、

首長に送った。それからドゥーマへの移動のためバンに乗りこんだ。ドゥーマは反政府勢力によって一度は解放されたが、ふたたび包囲攻撃に苦しんでいた。

車中では虐殺の話はしなかった。すでにアレッポで見た光景で、言うべきことは何もなかったからだ。

アブー・カースィムたちは、夜が更けてから歩行者用の地下トンネルを使ってドゥーマに入った。

ドゥーマの軍司令官ザフラン・アッルーシュは、打ち捨てられた家電販売店の地下にあり、強烈な下水臭がする司令本部にふたりを迎え入れた。床は擦り切れた絨毯が敷き詰められ、天井は結露しパイプや電気コードが壁を伝っていた。薄型モニターがのっているカード用テーブルがいくつも並び、入り組んだトンネルのようすやアルジャジーラのニュース番組、サウジの衛星放送を映していた。ふだんは大勢の人間で雑然としているこの部屋は、このミーティングのために無人になっていた。

食料不足により、アブー・カースィムが治める地域の住人は雑草や古い革を食べることを余儀なくされていたが、アッルーシュは客人のためにパンとチキンを用意していた。アブー・カースィムは油がギラギラ光る串焼きを食い入るように見つめ、自分でも気づかないうちに唇を舐めていた。ネズミではない動物の肉を最後に食べたのがいつだったか思い出せなかった。サルヤも一緒に食べられればよかったのにと思ったが、アッルーシュは戦闘について話し合うテーブルに女性がいるのを許さないだろう。

アッルーシュはアブー・カースィムにすわるよう身振りで示した。ふたりは無言のままあっという間に料理を平らげた。心ゆくまで味わいつくしたあと、アブー・カースィムは満腹になった感覚をしばらく楽しんでいたが、やがて沈黙を破った。「あなたに提案があります」

アッルーシュはにやりとした。「首長からそう聞いているが、どういう意味だ？　わたしの大隊にはダマスカスでの任務を十二分に実行する力がある。なぜきみたちが送りこまれてきたのかわからない。情報を渡してもらえばわたしの隊で対処可能だ」

「わたしの情報源によれば、ある種の才能を持つ人間が複数必要とされているようですが」

アッルーシュは身を乗り出して、アブー・カースィムに指を突きつけた。「わたしにはすでに街で作戦を遂行できる指揮官がいる」

「あなたに百四十二人を殺害した実績のあるスナイパーがいれば、首長も自身のスナイパーを送る必要はなかったでしょう」アブー・カースィムは言った。「あるいは充分な……経験を持った爆弾製造者が」と言いながら、自分の九本しかない指を見下ろした。

「ああ、忘れていたよ、〈ブラック・デス〉を」アッルーシュはサルヤのニックネームを口にして、薄ら笑いを浮かべながらじめじめした部屋を見まわした。その名は彼女が政権派の兵士や民兵を殺すときに黒いヒジャブをつけていたことから来ていた。

アブー・カースィムがそれを無視すると、アッルーシュは紅茶を持ってくるよう命じた。給仕の少年が来るまでふたりはじっと黙りこんでいた。湯気のたつ二客のカップが残されると、アッルーシュはカップを口元に運びながら言った。「で、提案というのは？」

「まずは必要なものを説明します」アブー・カースィムが言った。「狙撃用ライフルと弾薬がいくらかありますが、もっと必要です。基本的な装備用に小火器も。標準的な自動小銃でかまいませんが、弾薬が数箱いります。爆弾のほうは、あなたの爆弾製造工場と資材倉庫に入る許可が欲しい。そこで二日ほど過ごさせてもらえれば」

アッルーシュは眉をひそめて椅子の背にもたれた。「それだけか？」

「いいえ。あとひとつ。あなたのところにいる共和国防衛隊から離反した者を何人か」

「理由は？」

「あなたの精鋭だから」

「そうだ、だからこそ手放すわけにいかない」

アブー・カースィムはポケットから手紙を取り出してテーブルの上に置いた。「その者たちに関する首長からの直々の要請です」

アッルーシュはその手紙に目をやったが、手に取ることなくアブー・カースィムのほうに押し戻した。「首長とわたしはサイドナヤ刑務所で兄弟の誓いを交わした。読む必要はない。だが、その買い物リストと引き換えにわたしは何を得るんだ？」

「作戦の手柄です。終結の暁《あかつき》にはあなたがテレビに映る。それを利用して湾岸からもっと資金を調達できる」
アッルーシュはその餌をやり過ごした。「作戦とは?」
アブー・カースィムはにやりと笑った。

28

ポリーナ・ジャクソンは作業台にすわり、ボーン・サグスン・ハーモニーの『アイ・トライド』を繰り返しヘッドフォンで聴いていた。全盛期は過ぎていたが、クリーヴランド出身だったのでポリーナはこのバンドが大好きだった。この日二十回目の曲を聴きながら、シート状のセムテックス（プラスチック爆薬の一種）を政府支給のスチールのチューブ——実際は麺棒——で成型した。今日の実験では使われないかもしれないが、失敗しないよう自分に言い聞かせた。ラングレーの幹部たちがデモンストレーションに現れたときに完璧に仕上がっていなければならない。作業台の上に貼ってあるのは、ダマスカスのサポート要員が撮った、煙草を吸いながら通りを歩いているアリー・ハッサンの写真だ。海軍特殊部隊ＳＥＡＬがビン・ラーディン暗殺に臨んだときのように、ダマスカスの同じ通りが再現されていた。当時ポリーナはその作戦には参加できず、訓練中の〝チームズ〟をちらりと見た程度だった。だが今度は自分の出番だ。

大統領の署名がある暗殺許可書のコピーが失敗の余地はないと告げていた。爆弾の製造にあたっては特別行動部の幹部からも一連の厳しい技術的要件を求められており、ポリーナはそれをすべて暗記していた。なんと言っても、これを三十一回もつくって実験を繰り返してきたのだ。造形に愛着がありすぎて、自分自身のニックネーム〝フリスビー〟を与えた。三菱パジェロの助手席側スピーカーの内側に収まるよう設計しているが、爆破の際の威力と分散をコントロールするために外側に爆発するよう調整する必要があった。

最初の数回の実験はうまくいかなかった。威力が強すぎて、上司のロドニーは爆弾の破片が壁を突き抜けて赤ん坊を殺してしまうと苦言を呈した。「あの壁だよ」彼は実物大に再現された軽量コンクリートブロックの壁を指さしながら言った。「いまのはあの壁を突き抜けるんじゃないか、ポリーナ？　ほんの少しかすめるだけでいいんだ。きみが弟に軽くキスするみたいに、チュッと」ポリーナはすぐにセムテックスの量を百十三グラム以下に減らすことにした。

続けてセムテックスのシートを円盤の形に引き伸ばした。〝フリスビー〟の形状は、爆発の際に外側に爆破を促し、爆発の半径も狭くなり、巻き添え被害を減少させられる。ポリーナは立ち上がって、作業台のうしろに停まっているパジェロのところに行き、助手席のドアを開けてスピーカーのあった場所にフリスビーが収まるか確認した。無事収まった。

耳元で音楽を鳴り響かせながら作業台に戻り、受動型赤外線センサーを衛星電話につなげる回路を配線しはじめた。実行チームはその衛星電話に電話をかけて回路を作動させる。アリーが赤外線センサーの検知範囲に足を踏み入れると回路が閉じ、バッテリーからセムテックスに埋めこまれた雷管に電流が流れだす。

「シリアのチームは、ラングレー上層部がターゲットの本人確認をすることを提案しているそうだ」初日に、ロドニーはコカ・コーラの瓶底のような分厚い眼鏡をかけて作戦計画書を読みあげた。「赤外線センサーを起動後、同時に、ダマスカスでもターゲットの目視を続行する。赤外線の検知範囲をターゲットが横切った瞬間、爆発する」その公電は奇妙な名前のケースオフィサーが書いたものだった。たしか〈ゴールドジャガー〉とかいう名前の。ロドニーは眼鏡を外して言った。「楽勝だな」

赤外線センサーと〈スラーヤ〉の衛星電話を九ボルトの乾電池につなげ、それをトルコ製の雷管に配線して作業台に置いてから、嚙み煙草を口に入れて自分の作品をチェックした。できばえに満足すると装置を絶縁テープで巻き、嚙み煙草を空のコーヒーカップに吐き捨てたあと、衛星電話と赤外線センサーをドアの内側の〝フリスビー〟の隣に置いた。車を実験場に動かしてからセムテックスに雷管をつなげよう。コンパートメントを閉じ、助手席のドアをそっと閉めながら、史上最高の〝フリスビー〟だと悦に入った。それから運転席に乗りこんで格納庫を出ると、黒焦げになった最初のパジェロ——最高の爆弾ではなかった——を過ぎて実験場の駐車場に移動させ、ほかの三台のパジェロの隣に停めた。西側諸国で手に入る代表的な車種だ。セムテックスは安定した爆薬だが、絶対とは言い切れないので地面に開いた穴は避けて運転した。

時計を確認し、音楽を消して耳を揉んだ。視察のため、ラングレーの幹部が二、三時間後に到着するはずだ。死体を持ってくる男はどこにいる？

もし知ることがあれば、アブー・カースィムはポリーナの職場環境、特にセムテックスが簡単に手に入る環境をうらやんだことだろう。ポリーナが〝フリスビー〟をつくっていたまさにそのとき、アブー・カースィムは地下の工房にいて、埃まみれの作業着姿でニキロのセムテックスに支払った法外な金額に愚痴をこぼしていた。だがポリーナ・ジャクソンやCIAとは違い、アブー・カースィムはあの男に特別な恨みはなく、少なくとも政権のほかのモンスターほどひどくないと思っていた。アリー・ハッサンを標的にするのは、彼が重要な地位にある准将だからだ。それに彼が出席する会合に爆弾を仕掛けることが可能な協力者がいるからだった。

アブー・カースィムはティーワゴンの写真を観察して、ドゥーマの倉庫から盗んできた粗雑なつくりのプラスチックの実物大模型を蹴飛ばした。棚を見直して、雷管がぎっしり入った引き出しを丹念に調べた。爆弾はティーワゴンの下段にのせる箱のなかに収めなければならない。雷管を慎重に吟味し、ワイヤが一本でも錆びついているといかめしく頭を振った。

やがて使えそうな八号雷管が見つかった。ニグラムの雷酸水銀と塩素酸カリウムを混ぜたものが太いペンほどの金属の筒に詰まっていて、片端からヒューズ線が垂れ下がっている。電流を受けたワイヤが雷管を吹き飛ばし、セムテックスを起爆する——協力者のためにトリガーにはプリペイド携帯を使うつもりだった。アブー・カースィムは手のなかでそれをもてあそびながらほくそ笑んだ。アレッポではあらかじめセットされた雷管を使うような贅沢は許されていなかった。爆弾製造を始めたばかりのころ雷酸水銀を合成しようとして爆発し、左手の薬指も一緒に吹き飛ばされた。

　ビニールに包まれたオレンジ色のセムテックスを切り出し、床からアルミニウム管を拾い上げると——セムテックスが爆発したときすぐに砕けるほど薄い——ティーワゴンにはどれくらいの長さがちょうどいいか目測した。黒の油性ペンで線を引き、ツールボックスを探って見つけた弓のこで端を切り落とした。それから粘土をこねるようにセムテックスを丸め、アルミ管に収まるよう直径を計りながら管のなかに入れていった。アッルーシュの部下に頼んであった四・七ミリのボールベアリングの入った箱を開けてひとつずつなかに入れていくと、やがてセムテックスのくすんだオレンジ色がクロームメッキの銀白色に変わった。一分休んで汗ばんだ手を作業着で拭きながら、ボールベアリング受けのひとつがアリー・ハッサンの頭蓋骨を直撃するところを思い描いた。次にキャビネットからコイル状の銅線を取り出し、九ボルトの乾電池とノキアのプリペイド携帯二台の包装を剝がした。充電されているかチェックしたあと、それぞれの携帯で電話をかけてみた。両方とも問題なく使えた。起爆装置に使うほうの携帯に赤のマーカーで大きな丸をつけ、その番号をもう一方の携帯に登録し、そちらには緑のマーカーでしるしをつけた。さらに赤の携帯の番号をテープに書いて緑の携帯の裏に貼り、念のため赤のほうのバッテリーは外しておいた。それから、ワイヤを使って起爆装置を作動させる電気回路をつくりはじめた。赤の携帯に電話をかければ回路基盤から雷管に電流が流れ、セムテックスが爆発する。

明かりがちらついてファンが止まった。配線をいじっていると、汗がポタポタと作業テーブルに落ちてきた。回路が完成し、携帯と九ボルトの乾電池を雷管につなげた。最終的にその雷管をセムテックスに挿入することになる。雷管につなげ終わると、四つん這いになって作業テーブルの下にある箱のなかを探った。ベルクロの面ファスナーを二枚取り出して携帯と乾電池を雷管に貼りつけ、一歩下がって自分の作品を確認した。重さは五キロ以下で、紅茶や砂糖の袋が詰まった大型のダンボール箱にもすんなり入るだろう。そのとき衝撃で壁が震えた。おそらく樽爆弾が落ちたのだろうが、ここは地下深いのではっきりしたことはわからない。明かりがまたちらついた。アブー・カースィムは顔を上げたあと、ふたたび爆弾に視線を戻した。アッルーシュの私兵が政府の倉庫から盗んできたセムテックスのおかげですっきりした作品に仕上がった。

それでも実験できればよかったのだが。

実験を始める前に、ロドニーが格納庫の作業台にエド・ブラッドリーを連れてきてポリーナに紹介した。「チーフ、初めまして」ポリーナは右手を差し出して挨拶した。指が一本ないことや、ごわついた皮膚にブラッドリーがひるまなかったので、ポリーナは感心した。

「準備は整いつつあります」格納庫を出て、ダマスカスを再現した街並みに向かいながらロドニーが言った。実験場に着くと、ポリーナはアビエイターサングラスとクリーブランド・インディアンズの野球帽をつけ、観察台に並んで立った。三人は厚さ約六十センチのプレキシガラス越しに七月の太陽にジリジリと焼かれた。技術士のライルがパジェロを運転してきて、再現された縁石に停めた。

ブラッドリーがロドニーのほうを向いた。「死体を使ったテストか？」

「はい、そうです」とロドニー。

「いつも変な感じがするな」ブラッドリーはそう言いながらサングラスをかけて袖をまくりあげた。

爆発の衝撃を計測するのにもっとも確実な指標は、実際の人間の骨、筋肉、皮膚である。爆弾の実験にモルモットは使えないが、すでに死んでいる人間はいて、ポリーナのチームはこういう重要性の高い実験のときは二、三体は融通してもらえた。四人の技術士が、ローラーブレードをはかせた死体を格納庫から再現された通りに運んできた。死体の体重は点滴のスタンドらしきもので吊って支えている。ライルはアリー役の死体をパジェロのトランクの後方十メートルほどの場所に配置したあと、歩行シミュレーションができるように点滴スタンドに長いロープをつなげた。その後アリーのまわりに通行人に見立てた三人の死体を置いた。納品書にサインしたとき、アリー役の死体は心臓発作で亡くなった六十歳のダリルという男性だということがわかった。ポリーナはダリルに少し申し訳なく思った。

ライルはそれぞれの死体に爆発の際の〝K要素〟――肺や鼓膜など人体の気腔を破裂させる風圧（キロパスカル）――を計測するセンサーを取りつけた。続けて、再現された軽量コンクリートブロックの壁に大きなシーツのようなものをかけた。そのシーツはノーカーボン紙の一種で、圧がかかると放出されるマイクロカプセル化した染料でコーティングされ、破片がどこに飛んだのかわかるようになっていた。さらにライルたちは同じシーツをかけたホワイトボードを運んできて、パジェロと死体を囲むように配置した。

「電話をかけてから装置の起動までどれくらいかかる？」ブラッドリーが尋ねた。

「複数の衛星電話で信号を送る実験をしましたが、どのケースでも〇・五秒でした」ポリーナは答えた。「アリーがオフィスから出てきたら、ラングレーがターゲットの本人確認をする。ダマスカスのチームが隠れ家から起動させ、アリーが車の横の赤外線検知範囲に差しかかると、ドカーンと爆発します。通行人が現れた場合は中止する時間があります」

ブラッドリーはうなずいた。「装置にアメリカ製の部品は？」

ポリーナは首を振った。「すべて外国製です。たとえ調べられてもテロリストがつくったと思われるでしょう。このプロジェクトに米国製品優先購入政策法《バイ・アメリカン》は適用されません」

ブラッドリーは満足げに微笑した。

「ドアのスピーカーに装置を？」と尋ねた。

「そうです」

ブラッドリーは再現された舞台のほうを向いて言った。「では見てみよう」

ライルが親指を上げ、観察台の階段を駆け上った。センサーに接続されたノートパソコンを開き、一瞬画面を凝視した。「準備ＯＫ」

ポリーナは衛星電話の番号を押し、装置を起動させた。それからライルに合図を送ると、ライルがロープを引っぱりはじめた。点滴スタンドに支えられたアリー／ダリルの死体が動き出した。

死体が赤外線検知範囲に差しかかった瞬間、衝撃音がした。縁石からパジェロがわずかに浮き上がったと思うと、アリー／ダリルの頭が消え、肩と胸が引き裂かれて肉片になった。点滴のスタンドが横に傾いて、身体が壁のほうに倒れた。

ほかの三人の死体は立ったままだった。「通行人が受ける風圧は二十三キロパスカルです」ライルが言った。「二十三キロパスカルというのは、突入に使われるブリーチャー（ガスショットガン）で生じる風圧より安全な数値です。微風も同然の」ポリーナたちは観察台を離れて再現された通りに移動し、数分間被害状況を調べた。ほかの死体には最低限の損傷しか認められなかった。ライルは超過気圧の計測により、いま死体があるのと同じ場所に通行人がいたとしても、最悪の被害は鼓膜が破れる程度だろうと予測した。

ブラッドリーはさらに十分かけて再現された通りを歩き、ロドニーがそのうしろに続いた。ポリーナは失礼しますと断って、すばらしくエアコンのきいた格納庫に戻った。心を落ち着けるためにふたたび噛み煙草を口に入れ、作業台に足を上げてすわりアリー・ハッサンの写真を見つめた。次に引き出しを開け、死亡した白人女性のケースオフィサーの写真を取り出した。神に見捨てられた国で彼女が誘拐され、殺されたことですべてが始まったのだ。ポリーナはアリー・ハッサンの写真の上にその写真をピンで留め、コーヒーカップに噛み煙草を吐き出した。

爆弾の製造にあたり、アブー・カースィムはアメリカ政府の支援は受けられなかったが、ひとつの小さな勝利を得た。先に爆弾を設置したのだ。

アブー・カースィム、サルヤ、そしてアッルーシュから借り受けた共和国防衛隊の四人の離反者は、配達用バンのうしろに隠れてダマスカス中心部に入っていった。バンには弾薬やAK－47、サルヤの狙撃用ライフル、そして爆弾を潜ませた木箱が一緒に積みこまれたが、道のでこぼこにぶつかるたびにアブー・カースィムの心臓が震えあがった。

隠れ家は難民キャンプのようなありさまだった。簡易ベッド、縁までいっぱいになったゴミ箱、すえた汗のにおい。アブー・カースィムたちはなかであとふたりの男が到着するのを待った。サルヤは離反者たちから距離をとり、寝室でライフルの遊底《ボルト》に油を差していた。

ノックの音がした。アブー・カースィムはAK－47をつかんでドアのほうに向けた。離反者たちもマットから立ち上がって同じようにした。

ふたたびノックがあった。もう一度。そしてもう一度。彼らだ。

アブー・カースィムがドアを開けると、高齢の聖職者と目隠しをされた少年が立っていた。聖職者はカースィムの向こうのリビングルームに目をやり、ドアに向かってＡＫ－47を突きつけている男たちを見て言った。「落ち着いてくれ、きみたち」彼はウマルといって、ダマスカスにおけるカースィムの協力者だった。政府高官の情報を提供してくれるネットワークを持っていて、この隠れ家を用意してくれたのも彼だ。アリー・ハッサンが出席する会議の場所と時刻を突き止め、この少年を勧誘してくれた。

アブー・カースィムはふたりをなかに引き入れてドアを閉めた。サルヤが寝室から出てきた。

アブー・カースィムは少年の手を握った。力は弱々しく、手に汗をかいていた。「きみの名前は？」

「ジブリールです」

「よく来てくれた、ジブリール。さあ、すわってくれ。話すことがたくさんある」

アブー・カースィムはリビングルームに置いた枕に腰を下ろし、段取りを一から確認していった。爆弾が入っている木箱を指さし、ジブリールに見るよう促した。「あれをティーワゴンの下の段に置いてくれ」

ジブリールは黙って見つめていたが、やがてうなずいた。

アブー・カースィムが箱を開けると、ジブリールは身をすくませた。「会議が始まる前にやることはたったふたつだ」アブー・カースィムは言った。「携帯にバッテリーを入れ、電源を入れる。バッテリーは完全に充電されているから、最低十五時間はもつ。だが念のため、電源を入れるのは会議が始まる十分前になってからだ。会議に出席する全員が集まるまでこれをワゴンにのせてはいけない、わかったか？」

「はい、司令官」

「七月十八日の予定に変わりはないか？」

「はい」

アブー・カースィムはポケットからウマルの作成した情勢レポートを取り出し、ジブリールに渡した。「まだこの男たちが参加する予定か？」

ジブリールはリストに目を通した。「最近国防大臣はめったに来ないから、出席しないと思います。それからこのリストには、アリーの兄で共和国防衛隊の司令官、ルストゥム・ハッサンが抜けています」

アブー・カースィムの心臓が興奮で飛び跳ねた。「本当か？」

「はい、最近は毎回会議に出席しています。噂では、最初アリーは兄を招いていなかったんですが、ルストゥムが大統領にかけあって席を確保してもらったそうです。兄弟は互いを嫌っています。ルストゥムが必ず出席するのは、弟をいらだたせたいからです」

「それはすばらしいニュースだ」アブー・カースィムはつぶやいた。「ジブリール、建物の外ではどんな保安検査がされているんだ？」

「ほとんどありません。探知犬もいないし、金属探知機はいつも壊れています。ぼくはお茶の道具が入ったこれくらいの大きさの箱を毎週持っていってます。ぼくが調べられることはありません」

アブー・カースィムはうなずくと、立ち上がって木箱をダンボール箱のなかに入れた。

「カースィム、この計画が成功したとしても、ほかの人間を昇格させてアリーの穴を埋めるだけだぞ」ウマルが口を開いた。「政府を転覆させるにはほど遠い」

「われわれがいまの政府を倒すことはないでしょう」アブー・カースィムはダンボール箱のふたを閉めながら言った。「そもそもそれが目的でこの爆弾をつくったのではありません」箱にテープを貼り、ジブリールのほうに押しやった。

「単純な目的です。あいつらを苦しめることだ」

その晩、ジブリールは三階にある自宅のアパートに苦労してその箱を運びこんだ。箱自体はそれほど重くなかったし、エアコンも凍えるほどに効いていたが、ひどい汗をかきながら階段を上っていった。部屋に入るとさらに紅茶と砂糖の袋をダンボール箱に詰め、見ると吐き気がする木箱を覆い隠した。それをクロゼットに入れて扉を閉めたものの、ふたたび扉を開けた。箱を見つめているうちに、一瞬それを投げ捨てて、兄のようにトルコに逃げようかと考えた。けれども父の不自由になった脚と両腕を思い出した。「その小さな丸は何、パパ？」子どものころ、ジブリールは尋ねたことがある。母がジブリールを追い払おうとしたが、父は笑みを浮かべていた。不気味な、わけ知り顔の笑みだった。「サイドナヤ病だよ」毒のある皮肉を思い出しながら、ジブリールは気持ちを落ち着かせるために煙草に火をつけ、ふたたびクロゼットの扉を閉めた。

ポリーナ・ジャクソンの爆弾が入ったオレンジ色の外交行嚢は、ＣＩＡの無愛想な整備士によってアンマン支局に届けられた。イエーツというその整備士はそのパジェロのドアに何があるのか知らなかったし、知りたくもなかった。

大使館のだれもいない駐車場で、イエーツは二〇一二年型三菱パジェロの助手席側のドアを開けた。カーバッテリーを取り出し、パワーウィンドウとロックにつながるヒューズを切断した。ハンマーでドアピンを叩き落とすと、ワイヤを束ねているハーネスを引き出し、新しいドアに取りつけるのに充分な長さを残して切断した。続けてヒンジのボルトを外し、ドアがコンクリートの地面に落ちるのに任せた。慌てる必要はない。この車がシリアから戻ってくることはないのだ。

砂漠の灼熱の暑さのなか、イエーツは屋外の敷地に出て煙草休憩をとった。ここはまるで要塞のようだが、何よりも暑さがたまらなかった。あまりに暑くて、フィルターまでずいぶん残して煙草を捨ててしまった。駐車場に戻ったときには、シャツに汗じみができていた。次にオレンジの行嚢から新しいドアを取り出すと、一瞬高く持ち上げて、重さを確かめた。続けて古いほうのドアを拾い上げる。塗装は同じだ。重さも同じ。このドアが何か知らないが、装甲を施されてはいない。それは間違いなかった。ドアから出ているワイヤを車体につなげる作業に入ったところ、公電に記されていたとおり黄色のテープが巻かれたワイヤを見つけた。これを確実にドアのパワーシステムにつなげ、車の走行中にこのなかに入っているものが充電されるようにしなければならない。作業を続けていると、音響システムのフィードがないことに気づいた。いったいどういうことなのか、習慣から顔を近づけてよく見ようとしたが、途中で止めた。わざわざアンマンまでドアを送らせて、まったく問題のないものと取り替えさせるというのなら、もっともな理由があるはずだ。

握ったレンチが滑り、何度か下に置いてズボンで手の汗を拭かなければならなかった。ボルトをすべて締め終えてから、バッテリーを元に戻して時計を確認した。煙草休憩を入れて四十五分。ひと晩ただでフォーシーズンズに泊まれるのなら悪くない。部屋はどうでもよかったが、バーが最高だった。ムスリム国家だかなんだか知らないが、あれほど酒を飲む人々を見るのは初めてだった。日当が百五十ドルであることを考えれば、それを逃す手はない。イエーツは道具をかき集めると、細心の注意を払ってドアを閉めた。念のために。

ラーミーはアンマンからダマスカスまで運転してきたばかりの車に何があるのか、サムに聞くような真似はしなかった。その車を家族の経営する販売代理店に持っていき、指示されたとおりにナンバープレートを外してから、同じ型の新しいパジェロの隣に停めた。二台の車を見比べると、ほとんど見分けがつかなかった。待っているあいだに煙草を吸い、オフィスでピザを食べた。午後十時にやってきた男はずんぐりしてぶっきらぼうで、永遠にしかめた眉をしていた。ダマスカス支局のサポート要員であるタリクはポリグラフを受け、余計な質問をしない、信頼のおける優秀な整備士だった。ダマスカスはもちろん、どの世界でもこれほどの資質を兼ね備えた人材はめったに見つからない。

ラーミーはアンマンから運転してきた車のドアを指さした。「それを、あっちへ」

タリクはうなずいて、イエーツがアンマンでしたのと同じ手順を踏んだ。彼は一時間後に作業を終えると黙って帰っていった。ラーミーはパジェロに目をやった。シリアのナンバープレートに登録証、そしてＣＩＡ特製のドア。地面のでこぼこに気をつけながらそれを〈カッサーブ・モーターズ〉の駐車場の端に移動させ、〝売約済み〟のカードをフロントガラスに置いた。

それからサムに連絡した。

29

　爆弾はいまやアッラーの手にゆだねられた。アブー・カースィムとサルヤは隠れ家の寝室で、もうひとりの男の死を手配しながらダマスカスのネットワークが作成した情勢レポートを精査していた。情報はほとんど金はかかっていないながら、とてつもない代償と引き換えに手に入れたものだった。進んで提供したうちの三人はサイドナヤ刑務所に消え、刑務所内にいる首長のスパイによれば、少なくともひとりは拷問のすえ死亡した。けれども情報の大半は、訓練を受けていない素人のチームが場当たり的にかき集めたものだった。たとえばアリーの行動を追った月曜から水曜までの記録はあるが、数週間分が抜けていた。その点、ジブリールが給仕している会議に関する情報は信憑性が高かった。翌日、ＳＳＲＣの部門４５０のトップ、リヤード・シャーリーシュが市内を移動する予定のルートが書きこまれた地図と同じように。それこそアブー・カースィムがダマスカスにサルヤとそのライフルを連れてきた理由だった。

　サルヤは書類を床に放り投げた。「勉強は終わり」と彼女は言った。「準備完了。これ以上やっても同じことよ」

「だが、ひとつ……」アブー・カースィムは言いかけたが、サルヤの表情が暗くなるのを見て口をつぐんだ。殺しを前にすると彼女はいつも寡黙になる。段取りの確認が終わると、話すのをやめて夫の声も聞きたくなくなる。逆にアブー・カースィムは、作戦の前はいつも饒舌《じょうぜつ》になった。緊張をほぐすためにしゃべりたくなったが、サルヤはこれに我慢できなかった。「わたしの欲求は動物的に、より基本的なものになるの」かつて彼女はそう語ったことがある。「狩りの前、わたしは食べて、夫と横になって、眠って、祈りたい。殺人は避けられないことだけど、何をすべきかわかったら、もうその話はしたくない」アブー・カースィムは数十人、いや数百人の男たちや女たち、子どもたちを爆弾で殺していたが、その顔を思い浮かべることはできなかった。それは慰めだと思っていた。一方、サルヤは百四十二人の犠牲者が死ぬ直前の目を見ていた。だがかえってその距離の近さが、この男たちは死に値するという確信を与えてもくれた。相手は共和国防衛隊の兵士か政権派の民兵《シャッビーハ》、あるいはイランの傭兵だった。「わたしが殺さなければ、だれがやるの？」彼女は言ったものだ。そうやって心の平穏を得ているのだろう。そして、いまもまたサルヤは黙ってすわっている。

アブー・カースィムはキッチンから硬くなったパンとレンズ豆を取ってきて、マットレスの上で向かい合って食べた。自分の信仰心は妻のより弱いと、彼はかねてから思っていた。そうにちがいなかった。なぜなら明日以降、この世であれ来世であれ、彼女とふたたび会えるか確信が持てないからだ。アブー・カースィムは来世に思いを馳せた。そこでふたりはともに年老い、子どもたちは金切り声をあげて遊びまわっている。だがいまはまだこの現世にいる。人生は自然な経過をたどった。ビジネスマンからアウトロー、反体制派の司令官、暗殺者、そして大量殺人者へ。アッラーはどう裁かれるだろう。思いはアレッポへ、内戦前の騒乱が生まれた場所に向かった。大量殺戮《さつりく》の前、爆弾の前、魂を失う前のころに。

アレッポは当初、大統領の退陣を求める抗議者たちの邪魔立てをしようと騒ぎに首を突っこんだ。抗議者の問題は忠誠心のなさではなかった。問題は彼らが貧しいことだった。その多くが大学生だったが、なかには地方の貧しい農民もいた。〝フェッラーヒーン〟と呼ばれる彼らは女性たちを家に閉じこめ、長い顎ひげを生やし、ぞっとするような歯並びやひどい体臭を隠そうともしなかった。半世紀近く恥辱にまみれ、アサド家の餌食になってきた彼らには晴らすべき恨みがあった。

最初はアブー・カースィムのような家の出の人間はいなかった。父親は裕福な繊維業者で、抗議活動を商売に悪影響を与えるものとして冷ややかに見ていた。「いまにあのばかどものせいで高い代償を払うことになる」と父は言った。もちろんそれは正しかった。父が知らなかったのは、息子がそれを扇動するようになることだった。

アブー・カースィムの実家のようなスンニ派の上流階級は、抗議活動が始まったとき傍観者の立場で静観していた。当時彼は父親の代わりにたびたびトルコに出張していた。そこで愛人を囲い、酒を飲み、煙草を吸った。サルヤはアレッポで社交活動に明け暮れ、そのころヒジャブはつけていなかった。祈りもせず、モスクに行くことはめったになかった。彼は妻を憎んでいた。見合い結婚と、子どもを産めない妻を。

反政府活動に足を踏み入れたきっかけは、ほかの多くの者と同じでムハーバラートの棍棒だった。彼自身が殴られたわけではない。母校の大学での抗議活動中に友人がやられたのだ。アブー・カースィムはその場にはいなかった。けれども死体を見た。全身が傷だらけで腫れあがり、友人とわからないほど血にまみれていた。

次の金曜日、彼は当時抗議活動を呼びかけていた〝ダンスィーキーヤ〟という地方委員会が主催する抗議集会に出席し、それから本格的にのめりこんでいった。カーニバルのような雰囲気のなか、スローガンを唱え、横断幕を風になびかせ、踊り、歓声をあげ、自由を味わった。一万人以上がデモに参加した。これほどの人数が集まれば、抗議活動はさらに大きくなり、通りや広場は人であふれ、最終的にアサドはエジプトのムバラクやチュニジアのベン・アリーのように辞任に追いこまれるだろうと考えた。翌週はサルヤを連れていった。この新しい世界でなら贖《あがな》いのチャンスを見つけ、父に与えられた人生以上の何かを見出せる気がした。その週、彼とサルヤはひそかに〝ダンスィーキーヤ〟に入会した。

密告者が彼を売り、ムハーバラートがやってきた。結果は惨憺《さんたん》たるものだった。十人の男たちが父親の工場に押しかけてきて、抗議活動をやめないと悲惨な結果が待ち受けていると脅した。彼らが現れたのは百人の従業員が集まるパーティーの最中で、父が退職者に向けて挨拶をしているときだった。ムハーバラートのリーダーが話をさえぎり、アブー・カースィムと父にちょっと話がしたいと言ってきた。

父の顔は怒りで真っ赤になった。するとだれかがムハーバラートのひとりにハンマーを投げつけ、それが額を直撃した。部屋中が静まり返って、そのムハーバラートは泡を吹きながら床の上をのたうちまわり、やがて死んだ。父はああ、神《ヤ・アッラー》よと叫んだ。

報復として銃弾が撃ちこまれ、床を掃除していた女性が死亡し、その場は大混乱に陥った。工場労働者たちは六人のムハーバラートを殺した。ムハーバラートは彼の父を二階のオフィスの窓から放り投げ、三十一人の従業員を虐殺し、工場に火をつけた。アブー・カースィムはどうにか逃げ出して夜のうちにサルヤとアレッポを逃れ、刑務所から釈放されたばかりのアレッポ大学の恩師だった首長を捜した。きっとかくまってくれるはずだ。

首長の野営地につくられた射撃場で、偶然サルヤが驚くべき才能を持っていることがわかった。この婦人は赤ん坊を世に送り出すのではなく、〝異教徒《カーフィル》〟の子どもたちを狩るために遣わされたのだと首長は言った。そしてジハードの旗のもとで狩りに精を出すだろう、と。

ひと月後、ふたりはアレッポに戻り、アブー・カースィムは地方の戦闘を大都市に持ちこみ、積もる恨みを晴らすために首長の軍に入った。泥沼の持久戦に身を投じた。爆弾製造をマスターし、指を一本失い、夫婦関係を修復し、樽爆弾の釘を二本体内に取りこみ、チフスで死にかけ、生き延びるためにネズミの皮を剝ぎ、〈ブラック・デス〉がもたらす厄災を見守り、その結果、すべての希望を失った。

アブー・カースィムは空になった深皿を置いて、マットレスのわきで手を拭いた。サルヤは閉じたドアのほうを見て、シーツに視線を移した。アブー・カースィムはうっすら笑みを浮かべて立ち上がった。ズボンを脱ぐあいだに彼のものは硬く大きくなり、サルヤが服を脱ぐのを見守った。それからマットレスに横たわり、互いの口のなかに声を封じこめて静かに愛し合った。サルヤはまとわりつく暑さを嫌い、シーツの上で手脚を広げて眠りに落ちた。けれどもアブー・カースィムは外が明るくなるまでまんじりともせず、呼吸に合わせて彼女の腹が上下するのを見守っていた。あらためて子どもを産めない妻に感謝した。ふたりの愛から産まれた子どもがこの地獄を生きずにすんだからだ。

　ようやく眠りに落ちたころ、小声でスーラの一節を暗唱するサルヤの声で目が覚めた。イスラムの軍隊によって初めて戦われた戦闘を表したものだ。そのとき預言者その人がこう言われた。

「あなたの主が天使たちに啓示されたときのことを思いなさい」サルヤは目を閉じて小声で言った。「わたしはあなたがたとともにいる。信じる者に強さを与え、不信心者の心には恐怖を植えつける。それゆえ彼らの頭を刎《は》ね、それぞれの指を切り落とすがよい」

「神は偉大なり《アッラーフ・アクバル》」アブー・カースィムは言った。手をサルヤの腹に置くと、彼女はその指をぎゅっと握った。

「それは彼らがアッラーとその使者に背く行為をしたからだ」サルヤは続けた。「そしてアッラーとその使者に背く行為をした者には――アッラーは激しい罰を下される」

「神は偉大なり《アッラーフ・アクバル》」

「さあ味わうがよい、アッラーに抗った者は業火《ごうか》に焼かれるのだから」

アブー・カースィムは妻の額にキスをした。彼女は夫の頰にキスを返すと、立ち上がってシャツを着た。

たしかにバルコニーは必要だったが、アブー・カースィムは老人を殺したことにまだ一抹の罪悪感を覚えていた。離反者のひとりファードが共和国防衛隊の制服を着てその家のドアをノックした。老人がドアを開け、「同志か？　さあ、入ってくれ」と応じると、代わりにファードはその頭にマカロフを突きつけ、騒いだら死ぬことになると脅した。老人は事情はわかっているというような弱々しい笑みを浮かべ、なかに入れと身振りで示した。アブー・カースィムとサルヤはファードのあとに続いた。アブー・カースィムはドアを閉め、老人にリビングルームへ案内させた。椅子の上に吊ってある鳥籠のなかのインコが甲高い声をあげた。アブー・カースィムはマカロフを持ち上げた。

「さっさとやってくれ」老人は腰を下ろしながら言った。「あんたたちに話せる秘密はないし、金もない」

アブー・カースィムは狭いアパート内に素早く視線を走らせた。「ひとりか?」ファードが寝室を調べに行った。

「そうだ」老人は答えた。「しばらく前からな」そう言いながら薄くなりつつある髪に手をやった。「こんなふうに終わるだろうと、ずっと思っていた。おれは三十年近く空軍情報部にいた。それなりのことをやった。次はおれの番だ」インコがわめき立てた。老人が鳥を見上げたのと同時に、アブー・カースィムは彼の額を撃ち抜いた。

いま死体は椅子の上で安らかに眠っている。サルヤは老人の隣にすわり、テーブルの背後にいる。うだるような暑さのなか、ヒジャブをずらし、開いたバルコニーのドアを鍵穴代わりに使って、眼下の通りを見下ろしている。テーブルにセットされたロシア製のライフルがドアの隙間から突き出して、眼下の渋滞した大通りに向けられていた。

アブー・カースィムは双眼鏡で〈セキュリティ・オフィス〉に続く道路を見張っていた。北からの風が強まり、砂が舞って窓ガラスにぶつかった。サルヤが振り返って言った。

「風が不安定ね」

そのときアブー・カースィムの携帯が音をたてた。「司令官、いまビルを出ました。車の特徴とナンバープレートはレポートのとおりです」

「了解」アブー・カースィムは電話を切った。

「二十分だ」彼はサルヤに言った。

彼女はうなずいて、ふたたびケストレルの風速計を確認した。死んだロシア兵から頂戴したもので、おそらくそのロシア人も死亡した反政府勢力の兵士から盗んだのだろう。

「風速十キロ」サルヤはそう言って首を横に振った。だが彼女が本当に知りたかったのは、弾着点の風速だった。交差点のほうに目をやり、近くのビルで風にたなびいている洗濯物を見つけた。「あそこは風速六メートルね」サルヤはそう言うと、携帯で弾道チャートを調べ、距離、風速、高度にもとづいて弾丸落下地点を計算した。砂埃が舞い上がった。サルヤはボルトアクションを確認し、引き金を引く真似をしたあと、ボルトを開いてまた閉じた。続けてケースから銃口クリーナーとオイルを混ぜたものを取り出すと、数分かけてボルトをぬぐった。

アレッポの〈ブラック・デス〉、百四十二人の命を奪った死神はヒジャブをつけ直した。そして百四十三人目のために祈りはじめた。

風速計が新たな風を観測するのを見守っていると、アブー・カースィムの携帯がまた鳴った。

「司令官、いま目の前を通過しました。窓ガラスの色が濃すぎてはっきり見えませんでしたが、なかに四人乗っていたと思います。運転手も含めて。どれがターゲットかはわかりませんでした」アブー・カースィムは悪態をついた。

サルヤはヒジャブを取って涙目をこすった。「確実に仕留めるために二回クリーンショットを決めないと。フロントシートに乗っている人間をそれぞれ狙って、バックシートの人間に命中させる」

アブー・カースィムは双眼鏡を覗いて車を捜した。サルヤは倒れた殉教者たちの復讐を遂げるために、アッラーに祈りを捧げながらライフルにフルマガジンを装塡し――せいぜい三発撃つ時間しかないだろうとわかっていたが――スコープの倍率を上げて道路の先を見た。アレッポの死者たちを歌うように讃えるのと同時に、異教徒《クッファール》たちを罵りつつ頬当てを調整した。風速計と洗濯物に目をやる。アブー・カースィムが祈りに加わった。ふたりがどこに向かっているのかわからなかったが、この瞬間における自分たちの重要性は認識していた。

車が近づいてきて、サルヤはスコープの倍率を下げた。

一陣の風が吹いたとき、まだ一キロ以上先ではあるが車が視界に入ってきた。漆黒のレクサスのセダン、ナンバーは９７６０１１２。プレートに黄色いストライプが入っているので、政府車両に間違いない。

「やつらだ」アブー・カースィムは言い、サルヤの背中がゆっくり動いて呼吸を調整するのを見守った。彼女は発砲に備えて思いきり息を吸い、それから徐々に吐き出して自然に呼吸を止めた。

サルヤは政権の終焉《しゅうえん》をアッラーに懇願した。アブー・カースィムは風がやむように祈った。

風がやんだ。

祈りは終わった。五百メートル先の交差点でおもむろに車が停まった。

サルヤは残った空気を肺からゆっくり吐き出した。そして引き金を引いた。

ダウード・ハッダードはガラスが割れる音を聞き、直後に顔の左側と首筋に温かいしぶきがかかるのを感じた。目が燃えるように痛み、顔を両手で覆って窓に寄りかかった。目が見えなかった。後部座席から上司のシャーリーシュのゴボゴボいう音が聞こえたかと思うと、左耳が熱く重くなって圧迫を感じた。それからクラクションがけたたましく鳴らされた。車を降りようとしたが、激痛のあまり床に崩れ落ちただけだった。手を伸ばした――ドアハンドルはどこだ？　捜し当てたがどうしても開かなかった。何度もつかもうとして、自分の手が濡れて滑っているのに気がついた。ふたたびガラスが割れ、上から降り注いだ。運転手の身体がフロントシートのあいだに崩れ落ちた。

クラクションがやんだ。

ダウードは目を開こうとしたが、どうしても開かなかった。黄色のワンピースを着た幼いラザンの姿が目に浮かんだ。妻のモナの顔は思い出せなかった。

サルヤはボルトをスライドさせて三発目の薬莢を排出し、アッラーに収穫を感謝した。あぐらをかいてすわり、ライフルのリアレッグを銃床側に、二脚架を前床側に折りたたむ。スコープを外してマガジンを取り出すと、それらをライフル本体と一緒にケースにしまった。ヒジャブを取ってそれも入れた。この界隈で髪を覆っていると目立つだろう。

「百四十五」サルヤは言った。アブー・カースィムはうなずいた。

玄関を出てドアを閉めかけたとき、彼は動きを止めた。

「どうしたの？」サルヤが小声で尋ねた。「急がないと」

遠くにサイレンの音が聞こえてきたが、アブー・カースィムはリビングルームに戻って老人のまぶたを閉じた。

30

マリアムがティシュリーン軍事病院に到着したとき、ダウードの容体はすでに安定していた。おじがいるのは人工光がまぶしい無菌室の個室で、ひとつだけある窓は、野良猫が何匹もいる路地に面していた。ラザンはおじが眠っているベッドの横に壊れそうな折りたたみ椅子を置いて小説を読んでいた。マリアムがドア口に立つと、点滴の調節をしていた看護師が微笑みかけてきた。最初にその電話がかかってきたとき、ラザンの声はひどく震えていて、マリアムは何があったのかほとんど理解できなかった。二度目の電話はもっと落ち着いていて、医師団からおじのけがは命に関わるものではないと説明を受けたあとだった。

「具合はどう?」マリアムは部屋に入ってラザンに尋ねた。

ラザンは立ち上がって、マリアムをぎゅっと抱きしめた。「大丈夫。疲れているだけ。さっき最後の破片を取り除いてもらったところ。運がよかったって。弾が当たったわけじゃないの」ラザンは無理に笑おうとした。

マリアムはラザンの隣に椅子を置いてすわり、おじの胸が呼吸とともに上下するのを見守った。ラザンの椅子に椅子を近づけ、彼女の肩に頭をもたせかけた。「犯人はわかってるの?」

「わからない」

「まだおじさまに謝ってなかったの、ラザン?」マリアムは尋ねた。「この前きちんと話をしなかったこと」ラザンのいいほうの目に涙が浮かんだ。ラザンはマリアムの頭を押しのけてまっすぐにすわり、鼻をすすった。

「いまはやめて。お願い、マリアム」

マリアムはうなずき、立ち上がって汚れた窓の外を見た。大型ゴミ容器、野良猫、舗装の剥がれかけた歩道、さらに野良猫。室内に視線を戻すとおじの目が開いていた。まるでミイラさながら頭から頬、首、手に包帯が巻かれている。それでもおじは笑みを浮かべて言った。「マリアム」

マリアムは額の包帯が巻かれていないところにキスをし、ベッドの右側に椅子を持っていった。ラザンが左手を握っていた。

おじはゆっくりと、息継ぎしながら話しはじめた。「命に別状はないそうだ」苦しそうに息をした。「手術はうまくいった。ガラスをたくさん浴びたんだ。だがシャーリーシュは……」声は尻すぼみに消え、天井の蛍光灯を見つめた。

マリアムはラザンからパニックめいた電話を受けたあと、官邸内で情報を集めた。ダウード、上司のリヤード・シャーリーシュ、そしてもうひとりのSSRCの職員が〈セキュリティ・オフィス〉で開かれる会議に向かっていたところ、運転手付きの車が銃撃された。唯一生き残ったのがおじだった。シャーリーシュが死んだいま、おじが部門450を率いることになるだろう。SSRCについてさらに情報が得られるチャンスと見て、サムたちはこの昇進を歓迎するはずだ。昇進はたしかに情報収集に役立ちそうだが、手術を終えて包帯でぐるぐる巻きにされたおじを見て、マリアムはそう考えた自分を恥じた。

「おじさま、気分はどう？」マリアムは尋ねた。

「大丈夫だよ。薬がよく効いてる」おじは点滴バッグのほうを顎で示し、ふたたび目を閉じた。

「何か手がかりは？」とマリアム。

おじは目を開き、ラザンの姿を捜した。「もちろん反政府勢力だ。反体制派だよ」その言葉にラザンの顔がカッと赤くなった。今回のおじの負傷には、調整委員会にいるラザンの友人たちに広い意味で責任があるという当てこすりだった。もちろんマリアム同様ダウードも、抗議グループがこんな真似をしたのではないことはわかっている。

ラザンは顔をしかめたが何も言わず、おじの手を固く握りしめていた。

ラザンが何も言い返さなかったことに、マリアムは感謝の表情を向けた。「どの勢力？」

「はっきりはわかっていない」おじは答えた。「だが最近、ザフラン・アッルーシュが率いるドゥーマの民兵たちがダマスカスの中心部に部隊を送り、政府高官を殺害して混乱を引き起こそうとしているという情報をつかんだところだった」おじはふたたび目を閉じ、苦しそうに荒い呼吸をした。

ドゥーマ。それを聞いて、マリアムはウンム・アビーハの家を訪ねた夜のことを思い出した。いま愛するおじを目の前にして、彼女とのあいだに埋められない隔たりがあるのを感じた。それがこの紛争の悪魔的な側面だった。内戦が始まる前はうまくつき合ってきた善良な人々がいま、互いを殺し合っている。ドゥーマで出会ったあの中年女性と彼女の夫は、その親切に値する人間ではなかったのに、マリアムとラザンを助けてくれた。ところがいま、ドゥーマからやってきた殺し屋たちが路上でおじを殺しかけた。たしかにおじは――彼が地下トンネルに行った理由を思い出して、その先は考えないようにした。代わりにファーティマのことが頭に浮かび、痛みが戻ってきた。憎悪のサイクルを持続させることに自分も手を貸しているからだ。いまや家族や宗派、民族を束ねて互いに反目させる力に打ち勝つには、ラザンのような理想主義者が数百万人必要になるだろう。ラザンの眼帯と、包帯を巻かれたおじの顔を見て、マリアムは泣きたくなった。

おじの額にキスをし、ラザンを強く抱きしめた。おじがふたたび眠りにつくのを見て、ふたりで涙を流した。マリアムはラザンの背中に手をまわしたまま、彼女の肩に涙が流れ落ちるのに任せた。鼻をすする音やしゃくりあげる音、部屋の隅で鳴っている心強い心電図の電子音以外、何も聞こえなかった。

帰宅したマリアムはヘアピンを手にクロゼットのなかに立ち、アクセサリーの入った引き出しを開けた。隠れ家でサムから受け取ったネックレスを取り出し、サファイアをじっと見つめた。サムに教わったとおり裏に小さな穴があり、ピンを差してカチッというまで押した。そのネックレスをつけてしばらく目を閉じ、深呼吸して肺を大きく膨らませた。胸のラインが目立つ七分袖の動きやすい黒のワンピースを着て、サファイアのトップがアセテートの生地に覆われた胸の谷間の上にくるよう調整した。以前脅されたとおり、マリアムはアティヤにミーティングに呼ばれていた。ネックレスを凝視してほしくなかったが、きっとじろじろ見てくるだろう。アパートを出ると、合図の落書きがないかチェックした。毎日の日課になっているが、今日は何もなかった。フランスで教わったとおり、尾行されていないか確かめながらオフィスまで歩いていった。アティヤはふたたび自分を殺そうとするだろうかと考えながら。

アティヤのオフィスに向かう途中、マリアムはあの小児性愛者を自分の手で殺すところを想像して恐怖と闘った。自分が振り下ろした棍棒であの男の脳みそが飛び散るところを。だがマリアムとサムの目論みが成功すれば、絞首刑執行人を呼びに行くまでもなく、アティヤは〈セキュリティ・オフィス〉の地下でひっそりと最期を遂げるだろう。

けれども今日はアティヤと一対一で、国民評議会についてマリアムが書いた報告書を検討することになっていた。サムに頼まれたとおり、彼のオフィス全体をネックレスのカメラで撮影する絶好のチャンスだ。今日のアティヤはおそらくイタリア製の漆黒のスーツに、がっしりした身体つきがわかる白いシャツ、サムなら悪趣味だと一蹴しそうなライムグリーンのネクタイをつけている。マリアムはこみあげてきた笑いをこらえた。

アティヤはマリアムの胸元に目を釘付けにして、なかに入るよう身振りで示した。目で服を脱がされるこの儀式に、マリアムは動じることなく微笑んでみせた。胸の谷間に気をとられているなら、この小型カメラでアティヤ自身や彼のデスク、応接スペースをゆっくり撮影できるだろう。このオフィスをじっくり見るのは初めてだったが、あまりものがないことに気がついた。隠れられる場所がほとんどない。引き出しのないデスク、薄いクッションのあるソファ、テーブルと椅子三脚、本棚一架――これなら見込みがありそうだった。

デスクに近づくと、足元に上品な黒いブリーフケースが置いてあった。そのときアティヤが手を振ってマリアムに椅子を示すのと同時に自身もテーブルにつき、バインダーをつかんで無言のままページをめくりはじめた。マリアムは口を開こうとしたが、アティヤは片手を上げて制し、そのまま読みつづけた。マリアムはアティヤの股間を蹴り上げて顔に膝をめりこませ、本棚に叩きつけるところを想像した。倒れたところを、ネックレスを使って首を絞めあげる。世界一高価な絞殺ロープになるだろう。壊れないとしてだけど……もしものときは、ごめんなさい、サム、巻き添え被害ということで。アティヤが報告書を読み耽っているあいだ、マリアムは楽しげに微笑み、部屋を見まわした。木製のシガーボックスが置かれているデスクの右側が映るよう身体を軽く右に向けた。けれども本当はブリーフケースをはっきり映したかった。アティヤは報告書に集中していたので、そっとテーブルの端からデスクの方向に向けてペンを落とした。立ち上がってすぐに膝をつき、ネックレスを鞄のほうに向けてつかの間動きを止めた。それからふたたび立ち上がり、そのとき背中に視線を感じたので、慌てて振り返って椅子に戻った。アティヤはマリアムをにらみつけながら書類を置き、眠気を払うように目をこすりながら椅子の背にもたれた。

「まだ腑に落ちないんだよ、マリアム。どうやってきみが三人の男を殺したのかわからない。それに死体はどこにある？　痕跡もない。跡形もなく消えてしまった。たいしたものだ」アティヤは口笛を吹き、手を叩いてみせた。

マリアムは微笑を貼りつけたまま、この容疑を否定すべきかどうか考えた。いまやすべての本能がいますぐ遠くに逃げ出せと命じていたが、沈黙を長引かせた。

「それほど腕の立つ連中ではなかったが」アティヤは話を続けた。「とはいえ三人だ。しかも不意を狙ったはずだ。ひょっとすると、ヴィルフランシュではだれかと一緒だったのか？」アティヤはまるでだれかがそこにいるとでもいうように、マリアムの向こうの壁をじっと見ていた。

マリアムはこう答えるところを想像した。〝ＣＩＡの恋人と一緒だったの、ふたりで三人を殺したあと別のアメリカ人が死体を始末したのよ〟

代わりにマリアムはノートを閉じた。「なんの話だかわかりません」と応じて立ち上がり、もう一度ブリーフケースのほうに身体を向けたところで腕をつかまれた。マリアムはその手を見て、親指と人差し指のあいだに目をやった。一瞬のうちにその手を振り払うことができるが、そのままじっと立っていた。

「マリアム、わたしにはあらゆるところに目がある。いずれすべてが白日のもとにさらされるだろう。ブサイナにも言っておけ。いい子だから彼女にも伝えておくんだ」アティヤは手を離し、マリアムが背を向けて歩き出すとその尻を叩いた。殴り返さないでいるにはすべての精神力が必要だったが、マリアムは小型カメラに集中して、オフィスを出るとき全体が映るように気を配った。廊下を歩きながら、いつの日かこのカメラが絞首台に吊るされたアティヤの身体をとらえるところを想像した。晩夏の微風に吹かれて足が揺れているところを。

31

ダンキンドーナツのコーヒーをがぶ飲みしていたブライアン・ハンリーは、ロータス・ノーツの受信トレーにメッセージが届いたのを見て顔をしかめた。いまどきロータス・ノーツだなんて勘弁してくれ。ここは一九九五年の世界か？　外国の情報機関への情報提供を扱う担当部署（FDT）にはこの数日いらいらさせられっぱなしだった。イスラエルのモサドとは、定期的にシリアに関する情報交換が行なわれているが、そのときに渡す報告書について何度も細かい修正が入った。イスラエルは中東課のもっとも緊密な地域パートナーではあるものの、〝REL ISR〟のスタンプをもらうには恐ろしいほど高いハードルがあった。

けれどもハンリーは、FDTのオタクたちがようやく折れてくれたのでほっとした。SSRCがジャブラで行なっている活動を記録した画像の提供についても許可が下りた。さらに、小規模なサリン実験の興味深い報告についても。シリアに関するモサドの情報収集レポートはいつもレベルが高かったが――実際、CIAのものより優れていた――最近イスラエルは最重要のシギントへのアクセスを失ったところだったので、これはさぞ気に入ることだろう。ハンリーはジャブラの画像をカラーでプリントアウトした。ちょっとした気遣いだ。コピーをとって鍵付きの黒い鞄にしまうと、昼までの時間をオールスターゲームに関する野球の記事を読んで過ごしてから、タイソンズ・コーナーにある看板の出ていない別館へ出かけていった。そこはなんの変哲もない建物で、外にカービン銃を持って青いバッジをチェックしている警備員がいなければ見分けがつかないだろう。CIAは本部にイスラエル人を入れたがらなかった。数年前に、モサドの連絡担当官が一日勝手に本部を嗅ぎまわるという不愉快なできごとがあったからだ。

フクロウに似たモサドのワシントン副支局長、ダニー・ダヤンは、その週イスラエルから来た代表団をワシントン見物に案内していた。ダヤンは、CIA局員たちが〈コーナー・ベイカリー〉の巨大なスコーンを片手に、ハードコピーの資料を参照しながらぺらぺらしゃべるのを注意深く聞いていた。アメリカ人と六十回以上の連絡会議を重ねるうちに、このカフェチェーンは本当はCIAが所有しているのではないかと疑うようになっていた。だがどうでもいい。ラングレーの連中はいま、興味深い案件に夢中のようだ。ミーティングが終わり駐車場まで歩いて戻りながら、ダヤンはハンリーをわきに引っぱった。

「今月は上物だったな。ダマスカスのチームによろしく伝えてくれ」ダヤンは言った。

「それを聞けばジョセフは喜ぶでしょうね、あっちで厄介な案件に苦労しているようだから」ハンリーはそう答えたあとで、自分の軽率さに顔を赤らめた。ダヤンはうなずき、年下のCIA局員がトヨタ・プリウスに乗って慌てて去っていくのを半笑いを浮かべて見送った。

その晩自宅のアパートで、ダヤンはワインを三杯飲みながらメモを書き、超小型カメラでCIAから受け取った書類の写真を撮った。フィルムを取り外してドラッグディーラーが使うような小袋に入れると、メモを折りたたんでそれもなかに入れた。隠しポケットがある革のメッセンジャーバッグを支給されていたが、仰々しくて好きになれなかったので、袋を下着のなかに突っこんだ。ワシントン・ナショナルズの野球帽をかぶり、ロック・クリーク・パークに向かった。

いつものベンチでエカテリーナが待っていた。ダヤンはにやりと笑って下着のなかから小袋を取り出すと、眉をひそめる彼女の膝の上に放り投げ、隣に腰を下ろした。

「あなた、ギャンブルがやめられずにモスクワでトラブルに陥ったのよね、ダニー」エカテリーナは言った。「ここでは自分の人生を賭けるつもり？」

ダヤンは挑発には乗らなかった。話が長引けば、ナショナルズのゲームのラスト数イニングが見られなくなる。「興味深い情報の資料が入ってる」ダヤンは言った。「シリア関係だ。SSRC、化学兵器。すべて一級品だ」

「ボルコフ将軍が喜びそうね」エカテリーナはロシア対外情報庁《SVR》の中東課長で、モスクワでダヤンを勧誘した人物の名前をあげた。

ダヤンはうなずいた。「それだけじゃない。情報交換のあと若い局員と話した。どうやらジョセフという人物がこのハードコピーの報告書に関わる案件を担当しているらしい。ダマスカスにいる」

「ジョセフ・何？」エカテリーナが尋ねた。

「わからないが、ジョセフはラストネームだと思う」ダヤンは答えた。「痕跡を追えばわかるはずだ」

ダヤンは帽子を深くかぶると、立ち上がってその場を去った。

32

ルストゥムはＳＶＲの報告書をわきにやり、口髭を撫でながら紅茶を飲み干した。自身の決めた厳格な書類管理法に従って、ＣＩＡが入手したジャブラの施設の衛星画像と報告書を金庫にしまった。アメリカ人はどうやってここを見つけたんだ？　ジャブラの施設からはこの数カ月間だれも外に出ていない。あそこで二百トンのサリンが製造されたわけだが、こうなったら全員別の場所に移さなければならないようだ。だれがＣＩＡに密告した？　ＳＳＲＣの内部にもうひとりマルワーン・ガザーリーのようなスパイがいるのか？弟は自分の仕事も満足にできないようだ。ひとまず怒りが収まると、ルストゥムはブサイナとのランチに出かけようとドアノブに手をかけた。そのとき死んだシャーリーシュのことを思い出した。化学兵器作戦に深く関わり、完全に交換可能な存在ではあるが、それでも一定の役割はあった。攻撃には部門450のサリン専門家が必要だ。シャーリーシュが化学物質の配分を担当していたが、ダマスカスの中心部で銃撃されて死んでしまった。代わりにだれを昇格させる？　ルストゥムは動きを止め、深呼吸しながらまだ外の世界に出る準備ができていないことに気がついた。この数日よくないことばかり起きていた。

手に取ったことも覚えていなかったが、現実に戻ったとき、レターオープナーをソファのクッションに深く突き刺していた。側近がそばに来て、司令官、どうなさったんですかと聞かれるまでにクッションふたつと腰当てピロー三つを切り裂いていた。側近は部屋を見まわした。クッションの詰め物が舞い散るオフィスで、共和国防衛隊の司令官が床に膝をつき、シルクサテンのピローを切り裂いている。ルストゥムは自分が叫んでいたことに気づかなかったので、罵り声をあげた。「何か言ってたか？」と小声で聞いた。

「同じことを何度も」側近はそこで言葉を切った。「繰り返しハマーの話を」

ルストゥムは立ち上がり、リネンのシャツについた詰め物をつまみ取ると、側近を下がらせた。ブサイナによれば、寝ているあいだにもときどきその話をしているそうだ。バースィルがしていると精神分析医が言っていたのと同じようなことを。

ルストゥムは涼しい気候とブサイナとの大人のバカンスを求めて、レバノンとの国境近くの山間部にあるヴィラに数日間こもっていた。このヴィラはシリアのエリート層が好む山のリゾート、ブルダーンから少し上に行ったところにあり、アーモンドの雑木林に囲まれていた。子どものころは給仕することしか思い描けなかった場所だが、いまの自分はその主《あるじ》だ。ルストゥムはテラスに出て、日光浴しているブサイナに目をやった。ワインクーラーに入った白ワインのボトルを近くに置き、大きなシャネルのサングラスをかけて日差しを浴びている。彼が見ているのに気づいてブサイナは微笑んだ。ルストゥムはまだ胸の動悸がし、セックスすれば収まるだろうかと考えた。そのとき携帯が鳴った。画面を見ると、いらだち、怒り、不安の入りまじった感情がこみあげてきた。大統領からだった。

SVRの報告書により、アメリカ人サミュエル・ジョセフに対するアリーの直感が正しかったことが裏付けられた。うまく利用すれば、スパイの捕獲につながる確実な情報だ。アリーは念のため、SVRのコメントをもう一度読んだ。

〝SVRの情報提供者は、ジャブラと化学兵器の疑惑について調査を担当しているCIA工作員の名前をつかんだ。準情報提供者は彼を「ジョセフ」と呼んでいる。これまでに入手した証拠により、問題の工作員は在ダマスカス、アメリカ大使館所属の通信担当官サミュエル・ジョセフである可能性が高いと考えられる〟

それからサリンの実験とジャブラの施設の話があった。アリーは煙草に火をつけて窓辺に移動した。兄はただ残酷なだけじゃない、常軌を逸している。それなのに兄と戦うすべはなかった。四十年間負けつづけているので、戦っても無駄だという意識がしみついていた。このプログラムがなんであれ、大統領が承認したのだ。だがサリン？　本当か？　これほどの量を？　何を企んでいる？　政府が攻撃を仕掛ければ、反体制派は間違いなく反撃してくる。この内戦の出口が見えないだけでなく、勝つ見込みもなかった。負けた場合の善後策もない。したがって、アリーは捜査に集中するほかなかった。自分にもいくらかコントロールできるものに。

アリーは机の引き出しからサミュエル・ジョセフに関する捜査の覚え書きを取り出した。SVRの報告書が届いてからすぐに急いでまとめたものだ。ルストゥムの優位に立つためには、それなりの根拠を示さなければならない。アリーはそれをアサドに提出し、同じものをルストゥムにも送ってあった。これから三十分後に宮殿で話し合うことになっている。

アリーは覚え書きを読み返した。うまくいくはずだと思っていたが、急に目的が何かわからなくなった。いらいらするだけで、考えても無駄だろうが。アリーはそれをわきに押しやった。

カナーンがドアを開けた。「お出かけの前にコーヒーをお持ちしましょうか？」

アリーは笑みを浮かべながら、予備のコピーをブリーフケースにしまった。「どうして？」

「お疲れのようなので」

「ルストゥムのような兄がいれば、おまえもそうなる」

ダマスカスには宮殿がふたつある。ピープルズ・パレスはメッゼ山の上に建てられた砂岩づくりの巨大な建造物で、封建時代の城のごとく街を見下ろしている。大統領は海外からの賓客との不毛な記念撮影でもないかぎりめったに訪れない。もう一方のマルキはアサド家の住居で、ダマスカス中心部の緑豊かな地区にひっそりと立っている。宮殿というよりふつうの平屋建て家屋のようだ。部屋はきれいに整えられていて居心地がよく、決して豪華ではない。床にはバッシャールの子どもたちのおもちゃが散らばっている。サダム・フセインやサウジのサウード家と違い、バッシャール・アル゠アサドは父親と同様、数えきれない豪邸や黄金のトイレ、ローマ時代を模した浴場、官能的でけばけばしい絵画を並べたてた壁で富をひけらかしたりしない。内戦のさなかにあっても、アサド家は自分たちを民意の象徴だと見なしていた。地に足のついたイメージの、守るべき王朝だと。

先に到着したアリーは、リビングルームに案内されて紅茶をふるまわれた。ミーティングはアサドのこぢんまりした書斎で行なわれることになっていた。ひびの入った革のソファ、音を消してあるテレビ、トレッドミル、山積みのファイルや書類に囲まれて。ちょうど紅茶を飲み終わったとき、アサドの秘書が現れて「大統領は書斎にいらっしゃいます」と告げられた。「ですが、まだ司令官が到着されていません。よろしければ上でお待ちください、准将」

アリーがドアを二回ノックすると、「入ってくれ、さあ」という舌足らずな声が返ってきた。シリア・アラブ共和国の大統領バッシャール・アル＝アサドは、いつものジーンズとドレスシャツではなく、ヨーロッパのテレビ局とのインタビューの際に身につける黒いスーツとメタリックブルーのネクタイという格好で、Ｍａｃのパソコンの前にすわっていた。三つの革のソファがＵ字形に配置され、象嵌《ぞうがん》細工の施されたコーヒーテーブルには雑誌が散らばっている。ソファのうしろのデスクにはマニラフォルダーと新聞がうずたかく積まれ、壁掛けのテレビにはアルジャジーラが映っていた。

アサドは長身痩軀《そうく》の体型だったが、全体的にどこかぎこちない印象があった。まるで身体のパーツをあちこちから持ってきて適当につなぎ合わせたような。情勢レポートによると、反体制派の落書きでキリンになぞらえられているそうだ。長い首は弱々しい顎につながり、少年のような薄い口髭が生えている。アリーは前から思っていたが、彼の耳は人間というよりエルフのそれのようだった。けれどもその弱さ――外見、舌足らずな話し方、知性を感じさせる医師としての経歴（ロンドンで眼科研修医として働いていた）――はすべて有利に働いた。それらはすべて相手が彼をみくびる要因になり、そのようなミスは常に大きな損害につながった。大統領は、彼らと同じく殺人者だったのだ。

アリーがソファのひとつに腰を下ろすと、その隣にアサドがすわった。コーヒーテーブルの上に赤いインクでしるしがつけられた覚え書きがのっていた。「すばらしい仕事だ、アリー」とアサドがねぎらった。

続けて大統領はライラと双子たちについて尋ね、アリーも同様に彼の妻アスマーと子どもたちのようすを尋ねた。愛人や恋人のことは聞かなかった。ぎこちない外見にもかかわらず――いや、おそらくだからこそ――アサドは自身の精力や権力をシリアのエリート層に見せつける手段としてセックスを利用していた。アリーはできるかぎりライラが彼の目に留まらないように気をつけていた。

大統領が金の腕時計を確認した。

ちょうどそのとき、黒い肩章と共和国防衛隊の赤い帽子をつけた完全な軍服姿でルストゥムが現れた。そのうしろにやはり軍服姿のバースィルがいるのを見て、アリーは思わず歯を食いしばった。この人殺したちはすっかり身ぎれいに取り繕っている。パリッとした制服を着て大統領と握手をし、秘書に丁寧にお茶を頼んでいるのを見ると、立派な人物かと錯覚しそうになる。バースィルがコマンチ族という異名を得ることになった、八〇年代の騒乱について忘れてしまいそうになる。

シリアの反政府グループにサウジアラビアが資金を提供していたことを報じるアルジャジーラを見ていた大統領は、サウード家を罵る言葉を吐いてテレビを消し、ルストゥムとバースィルにすわるよう身振りで示した。「さて」大統領は口を開いた。「裏切り者がいるようだな。その者を早急に突き止めなければならない。アリー、計画は？」

「はい、大統領。覚え書きには全員、目を通していただいたということでよろしいですか？」ルストゥムが低いうなり声をあげた。案を練るのに相談されなかったので怒っているのだ。バースィルは首を横に振って否定し、口髭を舐めた。

「裏切り者を捕らえるのに三つの方法を考えました」アリーはバースィルを無視して続けた。「最大の効果を狙って三つ同時に進めるべきです」

アサドはコーヒーテーブルに右肘をついて顎を支え、覚え書きに目を通して質問を口にした。「この最初の案だが、きみのスパイがＣＩＡの通信機を入手できるということか？」

「可能です。さらに、ここダマスカスでＣＩＡが展開している作戦の情報を引き出すこともできると考えています。このサミュエル・ジョセフなる工作員は、目の前に正しい餌が置かれれば食いついてくるはずです」

「そしてイランはその通信機に攻撃を仕掛ける自信があるのか？」アサドが続けて尋ねた。

「はい。ＣＩＡが人工衛星とリンクしている通信機を渡していて、ガザーリーのときのようにウェブサイトを使っていなければ」アリーは言葉を切って顎を食いしばった。「イランにはそれを攻撃する自信があります」

「そのサミュエル・ジョセフという工作員を攻略する人間に心当たりはあるのか？」アサドが言った。

「以前彼に会ったことのある人物も含め、いくつか当てがあります。すぐに決まるでしょう。それに試してみることで失うものはありません」

アサドの秘書がペストリーと湯気のたつ紅茶をのせたトレーを運んできたので、アリーは口を閉じた。秘書はテーブルにトレーを置くと出ていった。

「最初のアプローチは上品すぎませんか」ルストゥムが口を開いた。「それに見返りが不明確です」

アサドは手を振ってルストゥムを黙らせた。「どうかな。アリーが正しい。われわれにはメリットだけで損はない。きみの予測どおりにことが運ぶようなら、必ずイラン人を引きこむんだ。向こうの技術チームは通信機を攻撃するのに手を貸してくれるはずだ」

「もちろんです、大統領」

アリーは続けた。「二番目の案はジャブラのことを知っている人間をリストアップして、それぞれに情報を与えることです。ひとりひとりどこか異なる情報です。アメリカ側に伝わるほど重要なものでなければならないので、今回の化学兵器プログラムに関するものにすべきです。SVRのコメントとCIAの書類についているマークから、ロシアの情報源はイスラエルであることがわかり、関心は化学兵器にあるようです。何が返ってくるか見てみましょう」

ルストゥムはティーカップを持ち上げると湯気を吸いこみ、「そうだな」と言って紅茶をひと口飲んだ。「施設の存在が漏れたいま、容疑者のリストは狭まった。ところで甘すぎますな、この宮殿の代物は」

アサドが甲高い笑い声をあげた。

アリーはさらに続けた。「内通者については三つのことがわかっています。ひとつはSSRC内における共和国防衛隊の極秘任務の内容を知っていること。ふたつ目はエフレでサリン実験が行なわれた事実を知っていること。三つ目はジャブラの施設の場所を知っていること。この三点の情報を持っているのは？」

「生きているのは四人だろう」とルストゥム。「シャーリーシュがいたが、やつは死んだ。まずはジャブラの司令官と副官。そしてジャミール・アティヤとSSRCの所長。SSRCと共和国防衛隊との協力態勢やサリン実験の噂も、官邸やSSRC、防衛隊の内部に広まっていてもおかしくないが、施設の場所を知っている者はごく少数に限られるはずだ」

「ジャブラが封鎖されているのは間違いないか？」アサドが尋ねた。

「はい。捕虜収容所も同然です」

「だが兄さん、ひとつ名前を忘れてますよ」アリーが口を挟んだ。

ルストゥムが薄笑いを浮かべた。「だれだ？」

「ブサイナです。政府内のだれかから聞きましたが、兄さんは彼女のダミー会社を使って原料の一部を仕入れているそうじゃないですか。それに彼女が業務を通じてどんな情報を手に入れているかわかりませんしね。公式な業務であれ、非公式な業務であれ」

兄弟げんかを目の当たりにし、アサドはにやにや笑っていた。

ルストゥムはさっと手を振り、怒りをこめてアリーをにらみつけた。「わかった。彼女も調べよう」

「けっこう」アサドが手を振って議論を終わらせた。「ジャブラの司令官と副官、アティヤ、SSRCの所長、そしてブサイナだ」

「アリー、どんな情報を流せばいい?」大統領が尋ねた。

アリーは口髭に手を走らせた。「それぞれ別の施設の情報です。予備施設があると言うんです。アメリカはその情報を欲しがるでしょう。そしてそのストーリーは、CIAに伝わるまでもてばいい。何かあったときに、われわれがわかる場所にすべきです。そうすれば、ふたつのルートから判明することになります。ひとつはSVRの報告書。もうひとつはアメリカがそこを爆撃した場合」

「補給基地がいい」ルストゥムが言った。ティーカップを握る手の関節が白くなっている。

「そうだな、完璧だ」とアサド。「製造設備を隠せるほど大規模な倉庫がいい。充分な余裕のある」

アリーは兄の拳を見て口をつぐんだ。ルストゥムに仕返しするまたとない機会だという抑えがたい思いが生まれた。「それから兄さん、この情報はさっき名前があがった全員に兄さんから流してもらいます。わたしはもちろん、このプログラムの存在を知らないことになっていますから」

「もちろんだ」ルストゥムが歯ぎしりするように答えた。

「それに施設の場所と、それを伝える相手の名前をリストにしてもらえると助かります。そうすれば、あとで矛盾がないか確認できるので」

ルストゥムの目がぎらりと光ったが、リストを走り書きしてアリーに渡した。アリーは最後のふたつの名前と地名をちらりと見てからポケットにしまった。残りはあとで確認しよう。

　ジャミール・アティヤ――ハーン・アブー・シャマト

　ブサイナ・ナジャール――ワーディー・バルザ

「ありがとう、兄さん」アリーは言った。

「すばらしい」とアサド。「さて、三つ目のアプローチは？」

「ＣＩＡの工作員がスパイを使っているのはわかっています。監視はいないと思わせて工作員も泳がせ、しっかり尾行する。そのスパイのところまで導いてくれるはずです」

「ＣＩＡが作戦の準備を始めた場合、きみの情報源もそれを察知できるだろうな？」アサドが尋ねた。

「可能だとは思いますが、確実とは言えません。ＣＩＡはそういう情報を自分たちの協力者にも秘密にしますから。でもやってみましょう」

　ルストゥムはアリーの覚え書きを指さし、強調のため書類を指で叩いた。「本当にロシアのチームが必要なのか？」

「はい。彼らは数十年にわたってアメリカに対する作戦を続けています」

　アサドはふたたび手を振って、顔も見ずにルストゥムを黙らせた。「今日の午後プーチンに電話する。この作戦は承認された」

バースィルがあのガラガラ声でルストゥムに何か囁いた。ルストゥムは大統領のほうを向いて言った。「大統領、大変綿密な計画ですが、単にそのＣＩＡの男を逮捕して名前を吐かせればいいのでは？」

アサドは愉快そうな顔をして椅子の背にもたれ、アリーの顔をちらりと見て反応をうかがった。大統領は自分の配下の者が小競り合いをするのを見て楽しんでいる。自分が中心にいて、それぞれの組織のトップがいがみ合っているほうが都合がいいのだ。大統領は紅茶に口をつけた。

「どう思う、アリー？」答えがわかっていながらアサドは尋ねた。

アリーが傷痕をこすると、ルストゥムが冷笑を浮かべた。このいまいましい傷は、それをつけた人間が目の前にいることを常に察知するのだ。

実は、ルストゥムはアリーを殺すことに失敗している。二度にわたって。八歳になったルストゥムは、母が死んだのはアリーを出産したからだということに気づき、夜泣きばかりして父と継母の注目を集める弟のせいで愛する母を失ったことが許せなかった。

そこで彼は、やっと歩きはじめたばかりのアリーを階段の上に誘導し、そこから突き落とした。ルストゥムは両親に、アリーが階段のてっぺんで足を踏み外したと嘘をついた。アリーにその記憶はない。ルストゥムが二度目に試みたとき、父と継母が殺された夜にその事実を明かした。アリーが運命に関わる決断をした日だ。

衝動的な十歳の子どもの決断とは、トラクターに乗せるという約束を父に実行してもらうことだった。

ハッサン家は食料品店と配送会社を経営していた。その年はホムスに新しい店舗を開いたばかりだった。いまは反政府勢力の活動により混乱が続いているが、そのころのホムスはシリア第三の都市だった。一九八〇年当時、イフワーン、つまりムスリム同胞団はアサドの支配に抵抗していた。アリーの父は、イフワーンはふたつのことを望んでいると言っていた。シャリーア法による統治と、アラウィー派の死もしくは一派を山のなかに閉じこめること。あるいはその両方を。

あのころのホムスで、アラウィー派は目新しい存在だった。アリーの父は、自分たちの努力と成功のおかげで、貧困に喘《あえ》ぐ山村から発展した都市へ脱け出せたんだとよく話していた――われわれの才覚だよ、アリー、と。イフワーンのテロリストはその波に抗い、うららかな春の昼日なか、店の外で父の従業員をふたり殺害した。それからほどなく、父の会社の新たな配送センターがオープンした。ハッサン家はラタキアの海岸近くに居をかまえていたが、両親はグランドオープンを前に息子たちをホムスに呼び寄せ、街なかにアパートを借りた。「しばらく目を配らないといけないから、数カ月のあいだこっちで暮らそう」と父は言った。アリーの祖父も海岸の家からやってきて一緒に住むことになった。

アリーとルストゥムは新しい建物の通路を歩きまわった。ペンキを塗ったばかりで、刺激臭が鼻をついた。穀物、機械の部品、家具、農機具などさまざまなものが置かれていたが、アリーの心をとらえたのは、ソビエト製のトラクターだった。美しい水色に魅了され、毎日運転席にすわった。アリーが何度もせがんだため、父はそれが売れる前に乗せてやると約束してくれた。遅くともラタキアの家に帰る前に。

六月になってもトラクターは売れず、アリーたちはラタキアに帰ることになった。ルストゥムが車に荷物を積みこむのを見て、アリーは父のところに走っていき、まだトラクターに乗せてもらっていない、約束したじゃないかと泣いて訴えた。うるさい、黙れとルストゥムが言ったが、父は上の息子を黙らせ、妻のほうに目をやりながら今夜は知事のパーティーに出るので帰れないかもしれないと告げた。彼女はそういうイベントが嫌いだった。それから父は明日の朝トラクターに乗せてやると約束し、そのあとで出発すると言った。アリーは鼻をすすった。それならいい。

父と継母はその晩、運転手の運転する黒いメルセデスでパーティーに出かけていった。窓ガラスの色が濃かったため、いまでもあのとき自分が手を振っていたのを、父はわかっていただろうかとアリーは考えることがある。

運転手は生き延びて、祖父に顚末を語った。アリーがベッドで泣いているあいだ、ルストゥムはキッチンの外で話を盗み聞きしていた。運転手によれば、家に至る道路に入ったところ、制服を着た男が立っていて停まるよう手を突き出してきたそうだ。道には三角コーンが適当に置いてあり、男は警察の警部か何かだと名乗って二ブロック先で銃撃があったのは知っているかと聞いてきた。自分のバッジを見せると、必要な手順だと言ってＩＤカードを見せるよう求めてきた。

ＩＤカードがチェックされ、またチェックされ、長い待ち時間があった。本部のだれかが無線に反応しないようすだった。が、次の瞬間ピシッという音がしたかと思うと、さらに二回、そして一斉に車の後部ドアに銃弾が撃ちこまれた。窓から手が差し入れられ、運転手が外に引きずり出された。彼は呆然と地面にすわりこんだ。

見てろ、しっかり見てろよ、警部は車を指さしながら腹立たしげに言った。

ほかのふたりの男がアリーの父と継母を車内から引きずり出し、道路に放り投げてから運転手と向かい合うように車にもたせかけた。ふたりの男は父たちのＩＤカードを、開いた口のなかに突っこんだ。血しぶきの飛んだカードには、出身地であるアラウィー派の村の名前が記載されていた。それでメッセージは伝わるだろう。

一台の車が停まって男たちが乗りこみ、警部を残して去っていった。警部はイフワーンからのこのメッセージを伝えるよう運転手に命じた。おまえがみんなに伝えろ、すべて伝えるんだ。

運転手は、キッチンで目を両手で覆って泣いていた。立ち聞きしていたルストゥムは引き出しからナイフを取り出し、アリーと共有している部屋のドアを蹴り開けた。ルストゥムはベッドの上でアリーに馬乗りになり、ナイフを首に突きつけた。アリーは刃を近づけまいと兄の腕を押し戻したが、ルストゥムはアリーの首に刃先を突き刺し、喉を切り裂こえった。アリーが必死に兄の腕を叩くと、ナイフの刃が顎から頬の下に移った。おまえはあのとき階段で死ぬべきだったが、いま死ねばいいとルストゥムは叫び、その口からよだれが滴り落ちた。「これは復讐だ！」とルストゥムは叫んだ。「母さんと父さんと継母《かあ》さんの仇だ！」

　そのときアリーの目の前からルストゥムとナイフが消え、祖父がベッドから兄を突き飛ばした。涙越しに祖父の力強い拳がルストゥムに降り注ぐのが見えた。そのあと、祖父はアリーを地元の医者に連れていき傷を縫ってもらった。アリーは自身の血に、祖父の両手と白かったリネンのシャツは、ルストゥムの血にまみれていた。


　兄弟があの晩のことを話し合ったことはない。これまでもなかったし、これからもないだろう。何か語るべきことでもあるというのか？　両親は死んでしまった。アリーは心ならずも死の案内人の手助けをしたのかもしれず、ルストゥムは、兄のルストゥムは、両親とともに死んでしまった。いまの彼は何か別のものだ。ライバル。あるいは拷問者。

　アリーはティーカップを下ろし、大統領のほうを見た。「もしあのアメリカ人を逮捕して尋問すれば、どんな結果に至るかわからない危険な旅に乗り出すことになります。すでにＣＩＡ局員がひとりシリアで姿を消しています。もうひとり消えたとなれば、黙っていないでしょう。われわれが彼を拘束したことに気づけば、ただちに釈放を求めてくるはずです。名前を吐かせるのに限られた時間しかないことになる。うまくいく保証はありません。アメリカはイスラエルと協力して、この部屋にいる全員を殺そうとするでしょう。大統領、あなたも含めてです。そんな危険を冒す前に、まずわたしが覚え書きに示した戦略を試すべきです」

アサドはかわるがわるふたりに視線を向けた。

アリーはこの機に乗じて話を続けた。「このスパイがアメリカに渡したのは、きわめて機密性の高い情報です。伺いますが、このＣＩＡのレポートに記された機密作戦のスケジュールはどうなっているんですか？　どれくらいの時間があるんです？」

「どのくらいの時間が必要だ、ルストゥム？」

ルストゥムはいまにも爆発しそうだった。「ひと月あれば理想的です。ジャブラの存在が発覚したため製造は中止しました。あとはロジスティクスの問題です。でもわかりません、大統領、あのアメリカ人を拉致して頭のなかから情報を絞り出せばいいのでは？」

アリーは思わず口を挟んだ。「そんなの問題外だ」口から飛び出した瞬間、アリーはその言葉を後悔した。

「問題外？」ルストゥムの声は震え、怒鳴り声に変わった。「気はたしかか？　ＣＩＡはテロリスト《イルハービューン》どもに武器を渡し、おれの兵士が毎日それで殺されている。おまえがオフィスで警官ごっこをしているあいだに、おれの部下が惨殺されている。おまえの妻と双子の息子が家でぬくぬくしていられるのは、おれがルールを破って、野蛮人どもをどんな方法でも、いつでもどこでも殺しているからだ！」ルストゥムは絶叫し、アリーに向かって唾を飛ばした。「おれは年寄りも子どもも家畜も殺す、生かしてやったやつには草を食わせる。樽爆弾を落とし、ミサイルを撃ちこみ、毒ガスを吸わせる。この政府がいまも持ちこたえているのは、おれが必要なことをしているからだ！」

この独白のあいだ無表情だったバースィルは、家畜の検査官のような冷静さでアリーの頭皮を見つめていた。

「もういい！」アサドが怒鳴った。「アリー、一カ月やるからそのスパイを見つけろ。それまでに裏切り者を見つけられなければアメリカ人を逮捕する。覚え書きに書かれたそれ以外の案はすべて承認する」と言って立ち上がった。ミーティングは終わりだ。

「大統領、もう少し詳細を伺ってもよろしいでしょうか？」大統領がすでに立ち上がっているのに、アリーは叱責を覚悟して食い下がった。「スパイを突き止めるのに必要です」

ルストゥムが憤怒の表情で歯を食いしばった。

「アメリカ人は、サリンが使われたらただではすまさないと言っています」アリーは続けた。「その愚かな言い草が何を意味するのか、わたしたちのだれもわかっていないと思います。というより、アメリカの大統領もわかっていないはずです。SVRの報告書が正しければ、われわれはすでに越えてはならないとされる一線を越えていることになりますが……」アリーは最後まで言わなかった。

ルストゥムがにやりとし、鼻から息を吐き出した。アサドがそちらにうなずいてみせた。

「リトル・ブラザー」ルストゥムが最初の単語を強調して言った。「われわれはこれから反政府勢力に対し反撃を開始するつもりだ。やつらの村、近隣地域、地下トンネルにガスをまく。数カ月後には勝利を収めているはずだ。それがわれわれの救済になるだろう」

救済。その言葉を聞いて、アリーのまわりの壁がガラガラと崩れ、まだ若く、ラタキアの警察で刑事として働き、ライラの腹に息子たちがいたころに戻っていた。

電話が鳴り、電柱を利用してつくられた三つの十字架が見つかる。聖書を模して、三人のアラウィー派の男たちが磔《はりつけ》にされ、手と足にレール釘が打ちこまれている。電柱の下には血溜まりができている。犯人が見つかったとき、その男はシリアに火をつけたかったと供述した。広場を虐殺者の庭に変え、建物を燃え盛る棺《ひつぎ》に変え、世界の終わりに導きたかった。それがわれわれの救済になるだろう、と男は語った。

「それからアリー」大統領の言葉でアリーはわれに返った。「スパイをとらえるのに、おまえのやり方では上品すぎるというルストゥムの言い分は正しい。だが気をつけろよ、アメリカ人相手の作戦は特に。おまえもよく知っているとおり、思いがけない反応と言い逃れが返ってくる可能性がある。プーチンに電話して、協力を頼もう」

「わかりました、大統領」アリーは答えた。

ルストゥムは大きく息を吐き出し、濁った目でもう一度アリーをねめつけるように見てからバースィルを従えて出ていった。アリーは首筋に手をやり、疼《うず》きはじめた傷痕に触れた。車に乗る前にマルボロに火をつけたとき、ほっとしたことに手は震えていなかった。

33

ブサイナはルストゥムより十歳若かったが、恋人と同様権力にとりつかれていた。政権内の権力争いは、ふたりの会話の主要テーマであり、強力な媚薬だった。いつもは互いの政敵についてあれこれ話すのを楽しんでいたが、その晩ルストゥムはアリーや大統領とのミーティングのことは恥ずかしくて話す気になれなかった。そこで彼は、ブサイナがジャミール・アティヤをどうやって懲らしめるつもりなのか延々と話すのを黙って聞いていた。アティヤの悪事をさらに暴くため、バースィルに見張らせようかと持ちかけてみたところ、かえってブサイナをいらだたせただけだった。彼女は自分の手でアティヤを葬りたいのであって、そもそも不要なリスクはとりたくなかった。「ひとりは小児性愛者、もうひとりは頭皮狩りの異名を持つ男。ふたりのサディストを互いに近づかせるの？　いいえ、ハビービー、けっこうよ。バースィルにはしっかり手綱をつけておいて。アティヤのほうは自分でなんとかする」

そのあとに続いた怒りの独白にルストゥムは興奮し、ブサイナが二本目のワインを開けようと立ち上がったとき、彼女を抱き上げてベッドに放り投げた。今日の午後、宮殿でアリーに負けたことから気を紛らわせてくれた。

内省的な性質《たち》ではなかったが、それでも朝が来ると突き出した腹が目に入り、耳のなかから飛び出した毛をいじりながら、なぜブサイナが自分のようなむさ苦しい男とつき合っているのだろうと疑問に思った。毛むくじゃらの胸を掻き、彼女の肢体に目をやった。腹はいまも平らで、顔はピンと張ってきれいに日焼けしている。美容整形の手術代を払ったのはルストゥムだった。いい投資だったと思う。

　ルストゥムはベッドから起き上がり、ローブをはおってオフィスに入っていった。宮殿のような部屋には玉座の代わりにクルミ材の机が置かれている。ハマーを流れるオロンテス川に残る、歴史的な水車ノーリアの残骸でつくられたものだ。ルストゥムは椅子に腰を下ろし、アメリカ大使館周辺の警備を担当しているムハーバラートの報告書を読みはじめた。最初の数ページを読み終えたところで椅子の背にもたれ、紅茶を飲みながら机に目をやった。右脚に使われている木材に、このノーリアは街の大モスクに水を供給するため一三六一年につくられたと刻まれている。その銘の近くに残っている溝を見て、暴力の嵐が吹いた一九八二年の冬を思い出した。前回の内戦の最中で、彼が若い中尉だったころだ。その日、反政府勢力のムスリム同胞団、イフワーンの部隊がこのノーリアの真うしろにあったアパートに立てこもった。相手のスナイパーに十人の兵士の命を奪われ、司令官だった前大統領の弟がルストゥムの小隊にアパートの制圧を命じた。ルストゥムたちは早朝から戦いつづけ、少しずつ迫っていって水車を挟んで激しく撃ちあった。木の破片が宙を舞った。

　アパートに到達したころには、ルストゥムは十七人のイフワーンを殺していた。建物内に突入し、女と子どもを含めさらに六人を殺した。兵士と一緒にいたのだからしかたがない。アパートを制圧すると、ルストゥムとバースィルは煙草を吸い、薬莢の海のなかからノーリアの残骸を拾い集めた。それから三十二人の死んだ同志ひとりにつき、ひとりずつイフワーンの頭皮を剝ぎ取りはじめた。切り取って袋に入れる作業が夜中まで続いた。その晩ルストゥムは新たにバースィルという弟を得た。父とふたりの母を殺した弟の代わりに。

　ルストゥムは机の上に右手を置いて、優しく木の表面を撫でた。そしてついに報告書の五ページ目に捜していた名前を見つけた。報告書には大使館に勤務しているアメリカ人全員の写真が載っている。

　ルストゥムは電話を手に取った。

「バースィルを呼べ」電話に出た側近に命じた。

　すぐにバースィルの聞きなれたしわがれ声が聞こえてきた。ハマーで砲弾の破片が当たって声帯を引き裂かれたのだ。ノーリアの残骸を集めた三日後のことだった。

「おまえたちに仕事がある。防衛隊じゃない。防衛委員会だ、民兵のほうの。非公式の仕事で、アメリカ人にメッセージを送りたい。大使館の前で数時間、騒ぎを起こすんだ。暴力はなしで」

　バースィルはわかったというようにうなり声をあげた。

　あのアパートで、バースィルがひとりのイフワーンから生きたまま頭皮を剝ぎ取ったときの目を思い出し、ルストゥムはこの血兄弟にはもっとはっきり言わなければならないと思い直した。

「アメリカ人を殺すなよ、バースィル。偶発的な死もだめだ。わかったか？」

「はい、司令官」

「おまえの精鋭たちを使え」

「いつですか？」

「できるだけ早く」


　サムがプロクターのオフィスにいると、国務省外交安全局の職員から電話があり、外にデモ隊が集結していると告げられた。二百人ほどが集まってアサド支持の旗を振ったり、信者のように肖像画を掲げたりしているという。「バスって言った？」プロクターが聞き返した。「ムハーバラートの役立たずたちは外で何してるの？　何も？　わかった。了解、そっちに行く」プロクターはオフィスを出て職員たちに怒鳴りはじめた。「いま破壊行動のフェーズ１に入った！　きっかり二分ですべての書類を廃棄せよ！」

　フェーズ１の時間は、暴徒たちが敷地内に入りこみ、支局に到達するまでの時間にもとづいて決められる。サムは三分あると思ったが、プロクターは一度言ったら引かないタイプだ。

プロクターは酸を使うシュレッダーの電源を入れるよう、サポート要員に命じた。ハードドライブを粉砕し、一度に五十ページまでの機密文書を処理することができる。通信技術士が、どうやって印刷したのか見当もつかないほどの技術マニュアルの山を、ウッドチッパーで木片を粉砕するようにシュレッダーにかけはじめた。

「フェーズ２――電子メディアを破棄する段階には入っていない。でも念のため、ハードドライブをすべて取り外して金庫のなかに入れること！」

支局には小規模の武器庫があり、Ｍ４カービンとタクティカルショットガン、ベレッタの拳銃が用意され、プロクターが好んで言うように、一触即発の状況になってきた場合のフェーズ３――事務スタッフは脱出し、局員は自衛する、に備えている。「上に行ってくるけどすぐに戻る。だれも武器に手を触れるんじゃないわよ！」

「チーフは持っていったほうがいいんじゃないですか？」ゼルダが声をかけた。

「まあ、Ｚ」プロクターは首を横に振りながら言った。「優しい、優しいＺ」とゼルダに投げキスをしてから勢いよく出ていった。

サムとゼルダはハードディスクを外して金庫にしまった。サムがドアのほうを手で示すと、ゼルダがうなずいた。

ふたりは外に出て、サムが分厚い金属扉を閉めた。事務棟の二階に続く階段を上っていくと、外からデモ隊が唱えるスローガンや金切り声が聞こえてきた。

ゼルダはショックを受けているようだった。サムは彼女を引き寄せて説明した。「こういう状況で銃は使えない。死者が出たら、群衆は怒り狂う。それに銃を取ったところで結局は数で圧倒される。自分たちの手で第二のテヘランを引き起こすことになるだけだ」

二階に着くと、暗証番号を入力してなかに入った。国務省の職員たちのオフィスやブースは空っぽだった。みな窓際に固まり、ロータリーに集まっている群衆を眺めている。

暴徒たちは敷地内にゴミを投げ入れはじめた。ガラスにトマトがぶつかり、政務担当官が驚いて飛びのいた。次は茶色くなったレタスだった。さらに次々と腐った野菜や果物が、ヒョウまじりの嵐のように窓に叩きつけられた。室内に悪臭が漂ってきた。

大使が顔をしかめて窓の外を見ていた。彼は最近ハマーで行なわれた抗議行動に許可を得ずに参加して、政権から怒りを買っていた。サムやプロクターと同様、アラビア語が堪能なので、群衆が彼を犬と呼んでいるのがわかる。プロクターは笑みを押し殺していた。

外交安全局の職員が大使館を囲むフェンスを指さした。「あれはよじ登り防止機能の付いたフェンスです。最上位モデルの」

「じゃあ、よじ登るのを防いで戦ってくれるの？　最高ね」プロクターは下の通りをよく見ようと、汚れがこびりついた窓の前で頭を動かしながら言った。

ふたりの男がフェンスを登りはじめた。海兵隊員が数人中庭に飛び出し、男たちを止めようとしたがふたりは意に介さない。するともうひとりがフェンスに飛びついた。さらにもうひとり。

サムは、そのうちのひとりが手にシリア国旗を持っていることに気づいた。ゼルダがサムのほうに身を寄せてきた。「ここまでは入ってこないよね？」

サムはうなずいた。「大丈夫だと思う。あの旗が見える？　連中はこっちの旗をおろしたいだけだ。大使館を襲うつもりなら、もっと大勢がなだれこんでいるはずさ」

全部で四人の男たちが中庭にたどり着いた。彼らは二階のアメリカ人に向かって卑猥な仕草をしはじめた。

「フェンスはさして抵抗しなかったわね」とプロクター。

それ以上よじ登ろうとする者は現れなかったが、海兵隊員は議論に敗れ、なかに引き上げていった。するとフェンスの向こうからバールが投げこまれ、ひとりが受け取って四人全員が事務棟の壁に登りはじめた。

ひとりが屋根に達し、旗竿によじ登って星条旗をおろし、代わりにシリア・アラブ共和国の国旗を取りつけた。それから勝ち誇ったように星条旗を持ち上げると、群衆から喝采がわき起こった。そしてズボンを下ろした。

「いまバールを持った男が屋根に登った」政務担当官が言った。

屋根の上のシリア人がいる場所からは、狭い中庭越しにこちらが見わたせるようだった。彼はさらに卑猥な仕草をしてからエアコンを壊しはじめた。一度か二度手を止めて、通りの群衆に向かって雄叫びをあげる。やがてファンが止まる音がした。

「あのシャッビーハのクソ野郎め」プロクターが言った。「外は四十度以上あるのよ」

PART 4
追跡

34

ダマスカスの西の外れにあるメッゼ軍事空港で、アリーは駐機場のアスファルトから湯気が立ちのぼるのを見ていた。マルボロを一本吸ったが、暑さでなんの味もしなかった。腕時計に目をやると、バンドが汗でぐっしょり濡れていた。十二時三十分。ロシアのチームがそろそろ到着するはずだ。カナーンがスーツのジャケットを脱ぎ、肩にかけて言った。

「なかで待ちませんか、ボス？」

アリーは首を横に振り、空を見上げた。「だめだ。ここで迎えなければ」サングラスを押し下げてさえぎるもののない空を見上げたとき、何か光るものが見えた。

雲のあいだから貨物輸送機が現れ、アリーは煙草をもみ消したが、着陸したときにまた一本火をつけた。「さあ行くぞ」アリーはカナーンに言った。タキシングしている輸送機にはロシア対外情報庁《SVR》とロシア国内の治安機関、連邦保安庁《FSB》の局員が十二人搭乗していた。モスクワやワシントンでＣＩＡを相手にした作戦を経験しているメンバーばかりだ。アリーはＳＶＲのボルコフという将軍の指揮のもと、彼らの協力を得てＣＩＡ工作員サミュエル・ジョセフを追跡して罠にかけることになっている。片手で光をさえぎって見ていると、ターボプロップのうなり音がやみ、貨物室が開いた。

ボルコフは――アリーはムハーバラートのファイルでこの人物を知っていた――最初にタラップを降りてきて灼熱のなかに立った。そのうしろに部下たちが続き、輸送機の腹から装備の入った大きな木箱を引きずり出しはじめた。アビエイターサングラスをかけ、茶色のボンバージャケットをはおったボルコフが近づいてくるのを見て、アリーは慌てて汗ばんだ手をズボンで拭いて差し出し、木槌のような手を握った。「シリアへようこそ、将軍」アリーは英語で挨拶した。

「これほど重大な案件で来られて光栄だ」ボルコフはそう応じて振り返り、ダンボール箱や木箱を輸送機から運び出している部下たちを示した。

「半分はウォッカだよ」ボルコフは笑って言った。アリーも笑った。

輸送機から降ろされた監視用バンが駐機場に停まった。さらに木箱が運び出され、二台のバンがそれに続いた。

「そのアメリカ人をボコボコにしてやろう」ボルコフは粗野な英語で楽しそうに言った。「わたしはワシントンで二度、やつらと対峙する任務についたことがある。今回のことは大変な名誉だよ」

「ともにジョセフを追いましょう」アリーはすでにこのロシア人が好きになっていた。

もう一台、輸送機からバンが現れた。

「これ全部、どこに運ぶおつもりですか?」カナーンがアラビア語で聞いた。

思いのほか、カナーンはあっさりオフィスを明け渡した。ロシアの監視のプロたちは夕方にはオフィスに落ち着き、すぐに仕事に取りかかった。

司令センターが立ち上がり、部屋は地図やリアルタイムの映像、音声、サミュエル・ジョセフのほか、ＣＩＡ関係者と確認済みの人物またはその疑いのある人物の写真であふれ返った。

「ここで酔っ払ってからアメリカ人を殺しに行くみたいですね」アリーは木箱入りのウォッカと、あちこちに貼ってあるＣＩＡ局員の写真を指さして冗談を言った。

「悪くない考えだな、准将」ボルコフはまったくふざけたふうもなく言った。「悪くない考えだ」

チームは連れ立って、サミュエル・ジョセフがダマスカスでよく使うルートをたどった。ロシア人たちはアリーやその部下たちと一緒に歩いて、ジョセフがこの街をどうとらえているのか理解しようとした。チームのほとんどは半袖を着ていたが、ボルコフだけは真夏の太陽のもと革のジャケットで通した。

ジョセフの電話やスカイプ通話をモニターするのと同時に、カナーンの部下がジョセフのアパートに侵入して盗聴器を仕掛けた。報告によれば、アパートには冷蔵庫以外家具がほとんどなく、その冷蔵庫にはひそかに持ちこまれたクアーズ・ライトがぎっしり詰まっていたそうだ。

チームは七つに分けられた。ロシア人チームが四つ、シリア人チームが三つ、車でも徒歩でも定まった場所でも、監視が続けられる態勢がとられた。

ロシア人は、敵対地域でのＣＩＡの行動についてこと細かに説明した。アメリカ人がモスクワでどうやって動き、通りでどう振る舞うか、監視探知ルート《ＳＤＲ》の仕組みについても詳しく解説してくれた（「やつらは十五時間もかける場合があるんだ、准将。見張るのにへとへとになるよ」）

モスクワで撮影された監視の映像も流された。ロシアチームはＳＶＲやＦＳＢの新人に教えるように、監視を見きわめたり、監視を出し抜く技術をレクチャーした。カナーンは熱心な生徒さながらノートをとっていた。

実地訓練が行なわれ、ＳＶＲの作戦担当官がジョセフの役目を担った。ダマスカスの街で彼が尾行を振り切り、ＣＩＡが言うところの〝ブラック〟だと確信するのをみなで見守った。最初は彼の勝ちだった。だがすぐにチームは彼に張りつき、正しい情勢分析を行なって隠れ家に入ったジョセフ役を見張った。映像で出入口を確認し、ジョセフとの架空のミーティングが終わって出てきた協力者を見つけることができた。

その日、チームは現実のジョセフを一日中尾行した。ターゲットと監視チームとの距離が離れている場合であっても、どうやって見張ればいいかボルコフは知っていた。監視の要所をどこに置けばいいか決める絶妙なセンスがあった。細部への注意が揺らぐことはなかった――水のようにウォッカを飲んでいるにもかかわらず。

アリーは煙草とウォッカ——味わいを楽しむまではいかなくても、少なくとも慣れようとした——をやりながら、アサドにも提案した、サミュエル・ジョセフともうひとりのスパイを罠にかけるための作戦をボルコフに話して聞かせた。

「すばらしい計画だな、アリー」ロシア人は言った。「危険はあるが、興味深い」ふたりは乾杯し、ボルコフは互いの紙コップにウォッカを注ぎ足した。

ドアに飾ってあるアサドの肖像画をぼんやり眺めていると、ノックの音がしてドアが開き、大統領の視線がさえぎられた。かなり遅い時間だったが、カナーンが入ってくるやすぐに悪い知らせだとわかった。アリーはテーブルを示し、煙草を勧めた。「早く言え。もう遅い」

カナーンは腰を下ろして煙草を受け取った。「われわれは彼女に大きな信頼を置いていました、ボス。信頼しすぎたのかもしれません」そう言うと煙草に火をつけて、椅子の背にもたれた。

アリーは片方の眉を吊り上げた。「何か不審な点があるのか？」

「それに多くを求めすぎています」

「彼女にも見返りはある。その点ははっきりさせてあるはずだ。それに長引かせるつもりはない。訓練を受けた情報部員ではないのだから、ひと月以上働かせることはない。通信機を手に入れたら彼女の仕事は終わりだ」アリーはアサドの肖像画にもう一度目をやって、煙草をもみ消した。「彼女はなんと言ってる？　何かあったのか？」

カナーンは下唇を突き出して、煙を頭上に向かって吐き出した。「何もありませんが、われわれの支配下にあることをはっきりわからせたほうがいいと思います」

アリーは立ち上がって椅子の背もたれに両手を置き、腰をかがめて背中を伸ばした。それから本棚の前に行き、以前このオフィスを使っていた人物が残していった農業関連の本を開いて、埃っぽい表紙を指で払った。アリーはカナーンの直感を信じていた。本を棚に戻して言った。「何か提案が？」

カナーンはうなずいた。「いつものやり方です、ボス。反体制派を揺さぶるブサイナ・ナジャールの仕事を助けるために、われわれはファーティマ・ワーエルの親族五人を逮捕しました。同じことをすべきです。もちろんひどい扱いはしません。ただメッセージを送るだけです。支配しているのはわれわれだと」彼は煙草を消した。「たとえば、彼女のいとこは大っぴらに大統領の退陣を求めています」

アリーは低いうなり声をあげた。「書類を用意しろ」と言うと、もう一本煙草に火をつけた。

35

十代のころ覚えた心地いいやりかたで指を動かしていると、フランスでサムをなかに迎え入れたときのことが思い出された。身体に走るうねりを楽しみながら、ふと指先のさかむけが目に入り、無常にもダマスカスに意識が引き戻されてたちまち興奮が消えた。それまで息を止めていたマリアムは、空気を求めて喘ぎ悪態をついた。明かりをつけて起き上がり、まじまじと指先を見た。ベッドの端にすわって窓のブラインドに視線を向けると――今夜は何も合図がなかったのですべて下りている――快楽の代わりにめまいを覚えた。とにかく負担が大きすぎた。さっきの解放が必要だったのに。マリアムはいくつもの方向に引き裂かれていた。ＣＩＡに協力し、ファーティマ・ワーエルを締めあげる一方で、ジャミール・アティヤとアリー・ハッサンから身を守らなければならなかった。サムとの仕事だけが自由を感じられた。それ以外はすべて、自分が悪いことをしているように思えてならなかった。

服を着てラザンに電話した。「こっちに来ない、ハビブティ？」おじのダウードの病室から、すっかりなじみ深くなった電子音が聞こえてきた。翌朝イタリアに出発するので、その前にいとこに会いたかった。ラザンがおじの病室を出ることはめったになく、彼女には息抜きが必要だった。マリアムもだ。思いきり飲んで煙草を吸い、ソファでアメリカ映画を見ながらそのまま寝てしまいたい。「二十分で行くね、ハビブティ」

ラザンは学生時代に飲んでいた安酒ではなく、〈ベルヴェデール〉のウォッカを持っていた。「わたしたちに必要なのはこれだよ」そう言いながらボトルを掲げ、室内に入ってきた。ふたりはキッチンで二ショットずつ流しこむと、煙草を吸うためボトルを持って狭いバルコニーに出た。ショットグラスは置いていった。

「今日はおじさま大丈夫だった？」マリアムは手すりにもたれながら尋ねた。

「うん。日に日によくなってきてる。あと数日で退院できるだろうって。昇進のこと聞いた？」ラザンの顔が曇った。

おじのダウードは殺害された上司のシャーリーシュに代わり、部門450を率いるよう任命された。

「聞いた」サムたちは大喜びするだろうが、ラザンはいやがっていた。マリアムはただ早くおじに退院してほしかった。

「で、イタリアだっけ？」ラザンが話題を変えた。

「そう。官邸の仕事で」

ラザンは深々と煙草を吸いながら無意識に眼帯をいじっていた。マリアムはたいていその存在を忘れているが、ときどきいやでも目に入った。

「どんな具合?」マリアムは尋ねた。

「平気だよ。もう機能しないこと以外は」

マリアムはぎゅっと手すりをつかんだ。ありがたいことにウォッカが効きはじめていた。ボトルから直接飲んでラザンに渡すと、ラザンも同じように飲んでからマリアムに返した。マリアムはもうひと口飲みながら、自分がずっとラザンを愛していて、いまようやくいとこを理解したと思った。彼女も自由な人だった。その瞬間、マリアムはすべてを打ち明けたくなった。

「わたしがあなたを愛してるって知ってるでしょ?」マリアムは言った。「官邸よりずっと愛してるって」

「わたしたちは姉妹だもの。当然じゃない」

「最近、調整委員会に連絡した、ラザン?」

ラザンは薄笑いを浮かべてもうひと口ウォッカを飲んだ。「してたら?」

マリアムはいとこの頬にキスをし、耳元で囁いた。「だったら、いっそうあなたを好きになる」

ラザンは驚いて口をわずかに開いたが、マリアムは手でふさいで彼女の額にキスをした。

「渡したいものがあるの」マリアムは言った。

パリで買った、袖がフリルの黒いドレスだった。これまで渡すタイミングがなかったが、今夜はぴったりだと思った。室内に戻り、ラザンは服を脱いでドレスに着替えた。彼女が裾を整えているあいだにマリアムがファスナーを上げた。ラザンはその場でくるりとまわった。「すてき、ハビブティ。気に入ったわ」マリアムはもうひと口ウォッカを飲み、ボトルをラザンに渡した。ラザンはボトルを差し出すマリアムの指先をじっと見ていた。リビングルームで向かい合うふたりのあいだに一瞬重苦しい空気が流れ、ラザンはボトルを傾けながらマリアムをじっと見つめた。「わたしが調整委員会よりあなたを愛してるって知ってるでしょ、オクヒティ？」ラザンが言った。

マリアムはうなずいた。

「本当に、オクヒティ？」ラザンが繰り返した。

マリアムの目から涙がこぼれ落ちたが、すぐにぬぐい去った。「ええ、ハビブティ、知ってるわ」

ラザンはもうひと口飲んでからボトルをコーヒーテーブルの上に置いた。そしてマリアムのほうに一歩近づき、右手を取った。「じゃあ、これはどうしたのか教えて」と言いながら血のにじむ指先に優しく触れた。

ウォッカが本格的に効いてきて、マリアムはすべてをぶちまけたい衝動を抑えなければならなかった。口をつぐんだまま、ラザンの指が自分の指をそっと撫でるのを見ていた。またひと筋涙がこぼれた。

「まだ飲み足りない？」ラザンはボトルをつかんでひと口飲むと、マリアムに差し出そうとした。

そのとき大きなノックがあった。あのノックだ。マリアムは即座に事情を察したが、ラザンも同じだとわかったのは、ボトルを床に落としドアから一歩離れたからだ。「うそ、うそでしょ」ラザンはつぶやくように言った。マリアムはドアを見つめながら、これはただの夢でノックの相手はすぐに消えてしまうのではないかと考えていた。ただの間違いだ。アパートを間違えました、ミズ・ハッダード。ひどい勘違いでした。

　もう一度ノックが繰り返された。「〈セキュリティ・オフィス〉だ。開けなさい、いますぐ」

「うそ、大変、どうしよう」ラザンはもう一歩ドアから遠ざかった。

　マリアムがドアを開けると、アリー・ハッサンと部下のカナーンが立っていた。フランスから戻ったあと彼から電話があり、サムのことを聞かれた。彼らがプレッシャーをかけてくる前、鉤爪で押さえつけてくる前、支配される前のことだ。そのときふたりがうしろのラザンを見ていることに気づいた。「こんばんは、ミズ・ハッダード」アリーが言った。「入ってもかまわないかね？」

　マリアムはふたりを通した。アリーはリラックスしているように見えたが、カナーンは少しずつ後ずさっているラザンから目を離そうとしなかった。アリーが胸ポケットから紙を取り出して読みあげはじめた。マリアムは最初の数語だけでわかった。「――一九六三年の非常事態法によって付与された権限にもとづく大統領命令により、国家治安最高裁判所はラザン・ハッダードを国威の弱体化の罪で有罪とし……」けれどもそれ以上アリーの言葉は耳に入らなかった。悲鳴と、ラザンの細い脚がドレスのシルクの生地をこする音しか聞こえなくなったからだ。ラザンはバルコニーに出るドアを開けるのに手こずっていた。恐怖と酒の影響で指がうまく動かなかったせいだが、そのときマリアムはラザンが何をしようとしているのか理解した。ドアがスライドして開いていく。マリアムは抗議活動のときのようにラザンの名前を叫んで突進したが、いま彼女を守ることはムハーバラートから救うのではなく、彼らに引き渡すことを意味していた。アリーとカナーンも動き出したのがわかったが、マリアムは一歩先にいて、バルコニーのドアを抜けてラザンのすぐうしろに迫った。

ラザンが右脚を手すりにかけたのと同時にドレスが破れ、マリアムは飛び降りようとするいとこの肩をつかんで引き戻した。ラザンの背中がマリアムの胸に押しつけられるようにしてふたりとも床に倒れ、マリアムはドアのすぐ内側のカーペットに頭をぶつけた。前がよく見えなかったが、逃がれようともがくラザンに、必死にしがみついた。ラザンが金切り声をあげ、泣きだした。

「お願い、マリアム、離して。この人たちと一緒に行くことなんてできない。離して、飛び降りさせて。一瞬のことだよ。何も感じない」

ラザンは腕を振り払おうとしたが、マリアムはしがみついて離さなかった。

「一緒に飛び降りて」ラザンが言った。「お願い、お願い、ハビブティ、わたしをひとりであいつらと行かせないで」

マリアムは泣き、シルクの生地を感じながらいとこを抱きしめていた。抗うのをやめたラザンの身体から力が抜け、呼吸も落ち着いてきた。「今夜は雲がないよ、オクヒティ」ラザンは空を見上げてようやく言葉を発したが、ウォッカのせいでうまく呂律がまわっていなかった。「星がいくつか見える」

アリーがそっとラザンを立ち上がらせ、手錠をかけてからもう一度逮捕状を読みあげた。ラザンは抵抗しなかった。カナーンがアパートから連れ出し、アリーはその場に残った。マリアムは床にすわりこみ、この男を殺すことを考えていた。

「どうして、准将？」マリアムは声を絞り出すように言った。

アリーはその質問に答えなかった。ドアのほうに歩き出し、途中でウォッカのボトルをまっすぐに起こした。「イタリアでの仕事をちゃんとやれば、いとこは無事だ。彼女の運命はきみにかかっている」

36

ＣＩＡの支局長が激昂するのは珍しいことではない。古株のなかには支局の規律に欠かせないとして、推奨する者もいる。感情のほとばしりは通常支局長のオフィスで起きる——少なくとも支局長にとっては安全な場所だ。カッと激しく燃え上がり、あっという間に収束する。バグダードに赴任していたときの支局長は、公電の配布リストを間違えたことでミーティングの最中にケースオフィサーの後頭部を殴りつけたことがあった。だがカイロではケースオフィサーがどうしようもないミスをしでかしても、エド・ブラッドリーはたいてい大目に見ていた。サムは半ばエドに理想の父親像を見ていたが、それでもおざなりな評価をした公電を書いたことで支局員全員の前で怒鳴りつけられたことがある。

アーテミス・アフロディーテ・プロクターも同じ流派に属していた。

「ジャブラの施設から……」ゼルダはそこで言葉を切り、その先がプロクターに快く受け入れられるはずがないとわかって咳払いした。「ジャブラの施設から人がいなくなりました」

プロクターはペン立ても兼ねているマグをつかみ、壁に向かって投げつけた。「くそっ、ふざけやがって！　D.C.の間抜けどもが何週間も時間を無駄にしたせいよ！　暗殺許可《J》書に署名したくせに、サリンのことでは何もしなかった。できるときにさっさと統合直接攻撃弾《DAM》でも撃ちこめばよかったのに！」と怒鳴り散らしたあと甘いものを探したが、何も見つからずにデスクの引き出しを叩きつけて閉めた。そして「まったく」と静かに言った。

離れたテーブルからプロクターの激昂を観察していたサムは、ゼルダがブラウスとスカートからカップの細かい破片をつまみ取るのを見ていた。プロクターの予想のつかない天候パターンに慣れたのか麻痺《まひ》しているのか、表情を変えない彼女を見て、どちらにしても感心した。

サムは報告書に目を落とした。報告書の下にあるコメント欄には、分析官の評価が記されていた。大混雑している積みおろし場、多数のフォークリフト、そしてVIP用駐車場の明らかな混乱は、共和国防衛隊とSSRCがジャブラから撤退し、サリンを持ち出そうとしていることを示している。コメントは「どこへというのは、判断できない」と締めくくられていた。

サムはテーブルに報告書を置き、マグの破片をまたいで椅子にすわった。腐った果物のにおいが大使館の敷地全体と同様、いまも室内に残っていた。大使館の請負業者がただちに看板の応急処置をして落書きを消したが、においはなかなかとれなかった。サムは鼻をつまみ、口で大きく呼吸をした。「あっという間に撤退していますね、チーフ」サムは言った。「われわれがつかんだことを、だれかが教えたんでしょう」

「わかってる」とプロクター。「D.C.であの報告書が何人の目に触れると思う？　一万人よ。おそらくね。容疑者が一万人。これからわたしたちは使用可能な情報を提示しなければならないの。落とせる爆弾くらい使用可能な情報をね、ジャガーズ。あいつらがジャブラを閉鎖してサリンをどこに持っていったのか、大統領に報告しなければならない。なんてすてきなのかしら」

サムはプロクターに、〈アテナ〉作戦の秘密通信システムのことでこれからブラッドリーや防諜課の課長サマンサ・クレズボとミーティングで話すことになっていることを指摘した。「ミーティング?」プロクターは言った。「冗談じゃない」

ビデオ会議はプロクターの冒頭陳述で始まった。ぼやけた画面が徐々にラングレーにあるブラッドリーのオフィスを映し出した。「エド、無駄なミーティングが多すぎる。この国が焼け落ちようとしているのに、ミーティングでおしゃべりして、あなたのアシスタントから送られてくるミーティングの予定に関する無意味なメールに返事をしなけりゃならない。こんなくだらないミーティングをしながら、どうやって作戦を実行できるっていうの? クソすぎる」

「これが標準運用手順《SOP》だよ、アーテミス」ブラッドリーはプロクターの勢いに負けずに声を張りあげた。

「だれのためのSOP? エド、わたしは踊りの集会に出るスー族の女族長《チーフテス》みたいなものよ——女性の族長はチーフテスでいいのかしらね?」

サムは思わず口の内側を嚙んだ。ゼルダは足元の床を見ていた。

厳密に言えば部下であるプロクターからいきなり激しい先制攻撃を受け、クレズボの口がぽかんと開き、ブラッドリーが話しはじめたときもまだ完全には閉じられていなかった。

「いいかげんにしろ、アーテミス。〈アテナ〉に最新鋭の通信システムを渡すとしたら、防諜課に承認してもらう必要がある。手当たりしだい配るわけにはいかないんだ。特にそれが、希望者が殺到している装置なら」

「最近彼女が獲得した情報の裏付け作業から始めてはどう？」クレズボが口を開いた。「お互いを責め合うのはやめにして。担当者の評価書は読んだわ。問題なさそうだったけど」

「はい、課長」プロクターが冷静さを取り戻し、ゼルダのほうへ手を振った。「ここにいるゼルダが裏付けのためにあちこちのデータベースを調べました。うちのスタッフは上物ばかりです」

ゼルダが咳払いして書類をめくりはじめた。「ジャブラの施設に加え、〈アテナ〉の情報を裏付けるレポートを四つシギントで入手しました。ブサイナの作戦で特定された業者の電話をＮＳＡが調べたところ、そのうちの三件でブサイナのパソコンで見つかったのと同じ取引がありました」ゼルダはそこで咳きこみ、バッシャールの似顔絵が描かれたマグカップから水を飲んだ。サムは床に散らばっているもうひとつのマグの残骸に目をやった。

「なるほどね」クレズボが言った。「エド、このケースは基準を満たすと思う。ほかの課で設けた基準とも一致する」

「よかった。では、きみたち」とブラッドリー。「きみたちに提供するために、列に並んでいたエージェントをふたり蹴散らすことにしよう。〈アテナ〉にこれを渡すのは、これまでの報告が優れていて、今回裏付けがとれたからだ。ローマ支局に送るからトスカーナで彼女に渡してくれ」

37

宮殿のようなファーティマのヴィラで、窓からトスカーナの陽光が降り注いでいたが、彼女の目が曇ったようにマリアムは思った。闘志が消え、マリアムへの憎悪に置き代わっている。

アリーはファーティマの母親、おじとおば、ふたりのいとこを逮捕した。マリアムはリストの下のほうを指さし、次に逮捕される親族を示しながら、この女性と会うたびに感じるヒリヒリする痛みと闘っていた。

「みんなきちんとした扱いを受けているわ、ファーティマ、その点は安心して。でもあなたが従うまでこのリストの人物たちは逮捕されつづける。いちばん下までいってもあなたが協力しなければ、同じ扱いが続くことは約束できない」マリアムは、憤怒の表情を浮かべている女性に向かってその紙を滑らせた。ファーティマはお茶も軽食も勧めることなく、ベルベッドのソファの肘掛けを握りしめていた。

「条件はまだ同じなの？」ファーティマが氷のように冷たい声で尋ねた。

「ええ」

「わたしがあなたたちの望む嘘を言ってシリアに帰ったら、母たちを解放してくれるの？」

「ええ」マリアムはファーティマの目を見て、次にどんな反応が来るか覚悟した。「あなたが沈黙を守っているかぎりお母様は自由よ」

ファーティマは目をこすって窓の外を見た。窓を突き破って外に飛び出したいというように、じっともの思いに耽っていた。「いいわ、マリアム。でもあなたがついているのは悪魔の側よ、わかってる？　あなたはほかのすべてを失ったの」

マリアムは顔に反応を出さないようにしたが、ファーティマの激しい非難を腹に感じていた。それが少なくとも一部は真実だとわかっていたからだ。「国民評議会を脱退して文書で非難声明を出し、シリアに帰国すればただちにみんな釈放される。それが官邸からの約束よ」マリアムは言った。

ファーティマはそっけなくひとつうなずいた。

マリアムが席を立つと、ファーティマも立ち上がってドアに向かった。

「ご家族のためにも早くしたほうがいいわ」マリアムはそう言うと背中を向けて外に踏み出した。

「あともうひとつ」ファーティマが言ったので、マリアムは振り向いてドアのほうに一歩戻った。

「なに？」

「反政府勢力のスナイパーがあなたのおじさんを撃ち損なったのは残念だわ」ファーティマが棘々しい口調で言った。「モンスターは死なないのね」

　そして、マリアムの顔に唾を吐いた。額に飛んだ唾がマリアムの目のなかに伝い落ちた。


　その日の夕方、マリアムはモンタルチーノの街を走り、急な石畳の坂道を登って石柱がある教会を目指した。扉は開いていたが、外が暗くなりかけていたため、なかはひと気がなく薄暗かった。マリアムは会衆席に腰を下ろした。両端に大理石の太い円柱が立っていた。祭壇画の上のドームに窓がはめこまれていて、キリストと聖母を見守るふたりの天使の精巧な彫刻に光が当たっていた。ハッダード家はクリスチャンの家系だったが、マリアムは教会へは通っていなかった。最後に行ったのは六年前の甥の洗礼式のときだ。マリアムは黙ってすわり、両手で頭を抱えた。

目を閉じると、天国とは言いがたい光景が脳裏に広がった。

　数人の男に囲まれていた。ジャミール・アティヤ、ラザン、殴ったムハーバラート、そしてアリー・ハッサン。次の瞬間、全員がこちらに向かってきた。マリアムは武器を求めて手を伸ばした。棍棒、ナイフ、銃。なんでもいい。棍棒をつかんでアリー・ハッサンに殴りかかったが、目の前にいたのはファーティマだった。彼女は両腕を上げて頭を守り、シスター《オクヒティ》、やめて、お願い、お願い、やめてと繰り返し、やがて声が聞こえなくなった。

マリアムはだれもいない教会で目を開け、泣きはじめた。家族のために。自分自身のために。サムのために。彼のことを思い、膝に頭をのせたまま縮こまって震えた。マリアムはひとりだった。どうしようもなく孤独だった。

38

〈タケリア（メキシコ料理の屋台）〉という変わったコードネームを持つ隠れ家は、中世に建てられた数軒の家屋をトスカーナの田舎風の屋敷に改修したものだった。赤い絨毯にマホガニーの家具がしつらえられ、壁は農作業の風景を描いたスケッチで埋めつくされていた。ぶどう畑に囲まれた丘の中腹に建っていて、イタリア貴族の末裔《まつえい》という人物が所有するだれも住んでいない城の陰になっていた。彼は維持費をまかなうために屋敷をＣＩＡに貸し出していた。

現実のＣＩＡ局員は、ふつう派手なスポーツカーを運転したりしない。それどころか、グローバル配備センターの年配の女性職員とレンタカーのことで話し合ったときに、車はエコノミークラスのなかから選ばなければならないことを知った。けれども豪華なヴィラ、スイミングプール、放置された城を横目に糸杉が立ち並ぶ砂利道を走っていると、サムはプロクターを罵りたくなってきた。トヨタ・RAV4に乗っている人間に、ここに滞在する余裕があるはずがない。この車を選んだのはプロクターだが、彼女は助手席でショットガンを抱えている。後部座席に押しこめられているのはアイオナ・バンクスという技術サービス部の服飾専門家で、マリアムがアティヤを倒すのに必要な装備を用意するために召集されていた。

その夜マリアムが隠れ家に来て一緒に夕食をとることになっていた。イタリアに到着して以来、〈バンディートズ〉が彼女を見張っていたが、監視はいないと判断された。「ここに来るとアフガニスタンを思い出すわね」ぶどう畑に囲まれた、狭く埃っぽい駐車場に車を乗り入れるとプロクターが言った。糸杉の陰になって空気がひんやりしている。プロクターは車から飛び降りて、上半身をひねり短い脚を伸ばした。「もちろん、ひどい貧困とテロは別だけど」

夕方サムが部屋で本を読んでいると、砂利敷きの駐車場に車が入ってくる音がした。マリアムは時間どおりだった。サムは私道を歩いていって彼女を出迎えた。

「やあ」サムはマリアムが車――BMW・1シリーズ――のドアを開けるのと同時に言ったが、彼女は笑顔を返さなかった。目に生気がなく、よそよそしさが感じられた。どこかようすがおかしかった。「ファーティマとの話し合いはどうだった？」サムは尋ねた。

「最悪。その話はあとでもいい？」

「もちろん」サムは一歩下がって、マリアムがドアを大きく開けられるようにした。

マリアムはトランクを開け、サムがスーツケースを引っぱり出した。丘のてっぺんに冷たい風が吹き、糸杉をたわませた。

サムはマリアムの部屋にスーツケースを運び、プールサイドで一緒に夕食を食べようと誘った。裏に設備の整ったキッチンがあるのを発見し、アイオナが街へ買い物に出かけて数時間前から準備していた。「いいわね」マリアムは言った。「でも用意できるまでちょっと時間をもらえる?」

サムは部屋を出て、プールサイドに向かった。揚げたオリーブ、焼きたてのフォカッチャ、ラザニアといったごちそうが並んでいた。アイオナがテーブルを準備するかたわらで、プロクターがグラスにワインを注いでいた。痩せて青白い肌をしたアイオナは、ダーティブロンドの髪の左側をほぼ剃りあげていた。右腕にはびっしりとタトゥーが入れてあり、サムの見たところ、図柄のほとんどが馬のようだった。

プロクターがワインを注いだグラスの下には、テーブルクロスに丸いシミができていた。やがてマリアムが姿を現し、プロクターにハグをしてからアイオナと握手し、席についた。アイオナが、このラザニアはアメリカで売っているようなマリナラソースではなく、ベシャメルソースとフレッシュなパルメザンチーズ、本物のボロネーゼソースを使っていると説明した。「それに六層なんだから」と彼女は誇らしげに強調した。食事が始まり、サムはマリアムにダウードのようすを尋ねた。

「大丈夫よ」マリアムは答えた。「まだ入院してるけど、医師は完全に回復できるだろうって言ってる」

「パープスの手がかりは？」プロクターが英語で尋ねた。

「パープス？」マリアムが聞き返した。

「犯人《パーペトレイター》のこと」サムが説明した。

「ああ、詳しいことは何も。反政府勢力であることはたしかだけど、だれも逮捕されてない」マリアムはフォークを置いた。「ごめんなさい。ほかの話でもいいかしら？」

サムがプロクターの仕事を奪って全員にワインのお代わりを注ぐと、プロクターがにらみつけてきた。サムは三杯目のワインに口をつけながらマリアムを盗み見た。カイロに初めて赴任して以来、もっと正確に言うとラスベガスでテーブルについてから、サムは自分の直感に磨きをかけ、状況に応じて戦略を変える――あるいは勝負をおりる――能力に自信を持っていた。そしていま、マリアムが顔を上げて目が合ったとき、何かあったのだと確信した。

サムがアイオナにうなずくと、彼女はビニールで包装されたフェラガモの黒革のブリーフケースをテーブルに置いた。アイオナはそれをフィレンツェで、およそ五千ユーロで購入していた。

「アティヤとのミーティングのビデオをじっくり見た。不気味なのはともかく、とても役立ったよ」サムが言った。

「ところで、あのときあなた何を着てたの？」プロクターが尋ねた。

「黒のワンピースだったと思います。どうして？」

「セクシーなやつ？」

マリアムは咳きこみ、口元をぬぐった。「たぶん」

「やっぱりね」とプロクター。「あいつはカメラの存在を知ってるのかと思った。ときどきじっとそこを見てたから。納得いったわ、ぴったりしたワンピースを着てたんなら、あなたの谷間を見てたのね」

マリアムの頬が赤く染まり、プロクターが大げさにウィンクするとしばらく沈黙が流れた。アイオナがワインをごくりと飲んだ。

「さて」サムが続けた。「きみが撮ったビデオを元に、ローマでアティヤの鞄の高解像度の画像を作成した」

「もちろんブランドや型番を特定するのは簡単だった」アイオナが言った。「でもレプリカをつくるために外側を隅から隅までミリ単位で細かく観察したの。たとえば映像だと持ち手と本体をつないでいる縫い目のすぐ下に引っ掻き傷があるでしょ」とその部分を指さした。「それも再現してある」

鞄にはポケットがひとつしかなかった。シンプルでエレガント、純粋に書類を入れるためのブリーフケースだ。間仕切りもない。サムはなかの書類を取り出し、新しい鞄に入れ替える時間を測った。二秒でできた。鞄をすり替えるのに、マリアムがオフィスに滞留する時間は最大で十五秒あればいい。それを説明すると、マリアムはうなずいたが、うつろな表情で手をつけていないラザニアをフォークで突きはじめた。

食事が終わり、マリアムはビニールに包まれたままのブリーフケースを手に取って、買うかどうか考えているように吟味しはじめた。「こっちで用意したものをすべてなかに入れて底を縫ってあるの、もちろん同じ糸を使って。鞄自体を壊さないかぎりアティヤも気づかないはずよ」アイオナが説明した。「内側に小さなバネ錠が埋めこんである。でも訓練を受けたムハーバラートのチームがよく見れば気づく特徴をひとつ加えたの。その錠のまわりの縫い目を少しほどいておいた」

「そうしておけば」とサムが続けた。「ムハーバラートが書類を外に出して鞄を調べたとき、なかの縫い目がほどけているのを見つけて全体をバラバラにするはずだ。ぼくたちが隠した通信機と書類が見つかることになる。不審な相手からのテキストメールやeメールを送っておく」

「ここで肝心なのは」とプロクターが口元からベシャメルソースをぬぐいながら言った。「ヒントをほのめかすとき、ブリーフケースについては何も口にしてはいけないことよ。あたりさわりない言葉だけど、疑問を投げかけ調査を始めさせる程度のことだけ。あとは連中が糸をたぐり寄せて鞄が見つかり、ドカーン！　あいつは終わりよ」プロクターは首を刎ねる仕草をした。

アイオナが恐る恐るワインをもう一本開けていいか尋ねた。プロクターは明白な不満は示さずに先を続けた。「あなたはブサイナに、見たことのないデバイスにアティヤが何か打ちこむのを見たと言えばいい。それで充分よ」

その夜は淡々と過ぎた。作戦の詳細を詰めたあとみんなで食事の後片付けをし、早めに寝室に引き上げた。サムはベッドに横になって今回のケースについて考えをめぐらせたが、隣の部屋にマリアムがいるのでどうにも落ち着かなかった。けれども寝つくまでに彼女がよそよそしかった理由を思いつかなかった。朝になると、アイオナが大きな望遠カメラを持ってシエナ郊外にあるシトー会修道院に出かけていった。マリアムが走りに行くと言うので、サムが「一緒に行くよ」と申し出たところ、彼女は「ひとりがいいの、ハビービー」とやんわり断り、彼の頰にキスをした。マリアムを見送りながら、サムはフランス以来感じていた罪悪感のかけらが消えてしまったか、奥深くにしまいこまれたのがわかった。ケースが長引くにつれ彼女への思いが深まっていき、ふたりは一緒になる運命であることを確信するようになった。マリアムとの関係は——ＣＩＡによって禁じられているとはいえ——きわめてふつうで自然なもので、そうなるべくしてなったものだ。それでも彼女のよそよそしさの理由がわからなかった。ふたりの関係が表沙汰になった場合の対処法も何も考えていなかった。

トスカーナの田舎の風景を見わたすベランダでコーヒーを飲んだ。二杯目を飲んでいるとプロクターがやってきた。赤いプルオーバーを着ていたが、下がったジッパーからバナナイエローのスポーツブラが覗いていた。「ミネソタにも丘陵はあるの？」プロクターが尋ねた。「それとも、とうもろこし畑が広がってるだけ？」

「こんなふうじゃありませんが、あるにはあります」サムは答えた。糸杉から鳥のさえずりが聞こえてくる。コーヒーに口をつけたとき、プロクターがこちらを見ているのに気づいた。顔を向けると一瞬見つめ合う格好になり、彼女の緑色の目が細められた。サムの心を探り、ポーカーフェイスに穴を穿《うが》ち、いったい何が起きているのか突き止めようとしている。自分でもわかっていればいいのだが、とサムは思った。

「あの子に何が起きてるの？」彼女は唐突に言った。

「ようすがおかしいです、チーフ」サムは答えた。

「わたしもそう思った」

「でも理由はわかりません」

そのときプロクターの携帯が鳴った。「これは出ないと。三十分後に部屋に来て」

サムはうなずき、ほっと胸を撫で下ろした。

「それから水着を着てくること」

サムは思わず笑って「はい？」と聞き返したが、プロクターは宇宙人の標本を観察する科学者のように首を傾げた。

「プールパーティーだからよ、ジャガーズ」

三十分後、サムはプロクターの部屋のドアをノックした。イタリアに水着は持ってきていないので、笑えるほど短く薄っぺらいジョギング用の短パンをはいていた。居心地の悪さといったらなかった。

ドアを開けたプロクターはふわふわの白い巨大なローブに包まれ、魔法使いのように裾を引きずっていた。何も言わずに外に出てくると、まっすぐプールに向かって歩きはじめた。サムはしかたなくあとに続いた。

プロクターと半裸でふたりきりで過ごすというのはどう考えても嬉しくない展開だ。彼女がサムに興味を持っているというのではない。そもそも男に興味を持っているとは思えなかった――それを言うなら女にもだが。ただ、ベランダで向けられた視線が気になっていて、マリアムと話す前に詳細に踏みこみたくなかった。サムは椅子にタオルを投げ、プロクターがステレオをいじるのを見ていた。プロクターはけたたましい音楽を流している局で止めた。「エ《E》レクトリック・ダ《D》ンス・ミ《M》ュージック、最高ね」

それからローブを脱いだ。髪の色と合う黒いツーピースの水着で、彼女のいつもの服装とは違い、ごくふつうに見えた。

サムはとっさに目をそらしたが――ファームでは半裸の上司を直視するような訓練は受けていない――プロクターはさっさとわきを過ぎてプールの端を歩き、階段のほうへ進んでいった。逃げ道はないと悟り、サムはバーからペローニを二本取った。

プロクターに一本渡したところ、彼女はサムが水に入る前に半分飲み干していた。それから頭をそらし、目を閉じて音楽に聞き入った。サムはこれほどリラックスしている支局長を見たことがなかった。リラックスしているところ自体初めてだ。

「今夜彼女と話すつもりです」しばらくののち、サムは言った。

プロクターは空になったボトルをプールサイドの縁に置き、背中をそらして水に沈んだ。やがて水面に上がってくると、髪をうしろに撫でつけて尋ねた。「寝返ったと考えてるの？」

「いいえ」雷鳴のような音楽で自分の声はほとんど聞こえなかったが、サムは言葉を続けた。「サリン計画について彼女が渡してくれた情報は、複数のルートで裏付けられています。彼女が餌ならシリア側が寄越すようなものじゃありません」

「でもどこかおかしい」サムは続けた。「ゆうべもようすがおかしかった。顔つきがいつもと違いました。何かよくないことが起きたんです。彼女のことは理解しているつもりです。でもファーティマに対する任務がいやなのか、対アティヤの作戦がいやなのか、それとも何かほかの理由があるのかわかりません。ただようすがおかしいというだけで」

プロクターは何か聞きたそうな顔をしていたが、これだけ言った。「まあ、今夜彼女を食事に連れ出して、どういうことなのか突き止めてきて。明日、秘密通信システムについて話し合うわよ」

景色を楽しみながら、サムとマリアムは言葉を交わすことなくサンタンジェロ・イン・

コッレに向かって車を走らせた。丘の上にある眠ったような町で、石畳の道に屋根のタイルが剝がれかけた家、ひとつきりの広場に面してレストランが二軒あるだけだった。広場では三人の高齢女性が手をつないで散歩していた。サムたちは二軒のレストランのうちの一軒に入り、中庭のテーブルについた。薄闇に包まれるなか、近くの家の地下からジャズバンドのベースの音が聞こえてきて、客たちの会話のさざめきが時おりさえぎられた。

　マリアムはジーンズと白いTシャツの上に〈バブアー〉のオリーブ色のジャケットをはおっていた。ゆるくカールした髪を下ろしていたが、大きなゴールドのフープイヤリングが風に揺れるのが見えた。サムは長袖のグレーのTシャツにジーンズ、ドライビングシューズという格好で、はたから見れば広場にやってきた休暇中のカップルのように見えるだろう。「エズのときと同じね」マリアムがウェイトレスにメニューを戻しながら言った。サムは笑みを向け、初めての夜、彼女のイヤリングがたてる音を聞きながら愛を交わしたことを思い出した。いまつけているのはあのときと同じものだろうか。

　ワインのオーダーはマリアムに任せ、ウェイトレスが行ってしまうと、サムはテーブルに手を伸ばして彼女の手に重ねた。マリアムは微笑んだ。「こうされると安心する」とイタリアに来てから初めてリラックスした表情を見せた。地下から金管楽器の音が流れてきて夜気にまじり合った。丘の斜面に生えた糸杉からムシクイの鳴き声が聞こえてくる。サムはオリーブオイルにパンを浸し、マリアムをじっと見つめた。この不安と恐れが入りまじった目はこれまでにほかの協力者や、ポーカーのテーブルで思いがけずポットに大金が入っているのを目にした対戦者に見たことがある。ヴィルフランシュで襲われた直後のマリアムの目にも見た。ウェイトレスがワインを注ぎ、ふたりは手を握り合ったまま黙って飲んだ。マリアムを落ち着かせる必要があった。〈アテナ〉を評価しなければならない。

「何を恐れているんだい？」サムは尋ねた。思い当たる節はいくつかあったが、マリアムの口から聞きたかった。

「怖いの」彼女は言った。「いろんなことが」マリアムはどうにか微笑もうとして、中庭の向こう側にいる、同じくらいの歳のカップルを手で示した。

「あの人たちを見て。手を握り合ってキスしている。それなのにわたしはアティヤやムハーバラートに見張られてるんじゃないかとビクビクしている。それか、あなたがシリアから追放されたらどうなるんだろうと考えてる。もっとひどいことが起きたらって。いまダマスカスの街は不安定になっていて、みんなで崖に向かって進んでいる気がする。そうなったらどうなるの？　わたしの家族やいとこは？　わたしが怖いのは……」

マリアムはナプキンで鼻をかみ、涙がこぼれ落ちないよう歯を食いしばった。

「何が怖いんだ？」

「わたしが捕まったら家族がどうなるかが怖い」マリアムは涙を流しながら言った。「自分のことはどうでもいい。でも家族は」

サムはテーブルの反対側に椅子を動かして彼女の隣にすわった。腕をまわして肩を抱くと、マリアムが頭を押しつけてきた。どのくらいそのまま無言ですわっていたかわからない。ウェイトレスがほとんど手をつけていない皿を片付けにやってくると、サムは手を払って追い返した。バンドも演奏をやめていた。ミュージシャンたちが丘陵のふもと近くに停めた車に向かって歩いていく。

「何かあったのかい？」サムは尋ねた。

マリアムは首を振った。

「きみのことはずっと守るよ、マリアム。ずっと」サムは耳元で囁いた。「ぼくたちが選んだ仕事は危険なものだが、それがお互いを引き寄せた。これをダマスカスで一緒に終わらせよう。約束する」サムはマリアムの額、そして唇にキスをし、首筋をさすりながら髪の感触を味わった。

「わたしたちには何かがある」マリアムが言った。「それがわたしに力をくれる。あなたが一緒でなければできない、サム」

サムも同じことを思っていた。けれども自分がどうしようもない失敗をやらかしてしまったことはわきに置いて、三つのことが頭を離れなかった。どれも互いに矛盾するが、すべて真実だった。一、今夜マリアムと一緒に逃げたかった。二、彼女が語ったことはどれも真実だが、まだ話していないことがある。三、マリアムは忠実だ。サムに対しても、CIAに対しても。

シェフとバーテンダーはすでに帰宅してしまい、ついにウェイトレスが足を忍ばせて勘定書きを持ってやってきた。泣いているアラブ人女性とそのハンサムな恋人とは目を合わせないように。何を言い争っていたのか知らないが、いまふたりはキスをしているので、どうやらけんかは終わったようだ。ウェイトレスは微笑んだ。とても感動的だ。

サムが勘定を払い、ふたりはキスをしながら坂を下って車まで歩いていった。車を停めた場所から三メートルほど離れたところで、年配の夫婦が玄関前の階段にすわりワインを飲みながら怒鳴り合っていた。何を言っているのかわからなかったが、あまりにうるさいのでサムはプランBを講じなければならなかった。午前中にこの車で修道院に出かけたアイオナがトランクに毛布を入れていたのを思い出した。「途中にぶどう畑があった」サムは言った。

「完璧ね、ハビービー」マリアムが言った。「早く車を出して」

ボスカレッリ・ワイナリーへは細く曲がりくねった道が続いていたが、スピードを落とすことなくスムーズに進んでいった。十年前ファームで防衛運転コースを二位で修了したときに、サムは不安定な地形での運転の方法を学んでいた。けれどもいまサムの気を散らすのは、こちらに突っこんでこようとする対向車ではなく、隣にすわっているシリア人だった。

ワイナリーに着くと道の端に車を停めた。ぶどう畑は浅い溝と石垣とで道路から隔てられていた。サムはトランクを開けて毛布を引っぱり出した。

ふたりは石垣をまたいで、ぶどうの木が整然と並んでいる畑の奥に向かって歩いていき、五十メートルほど行ったところで毛布を広げた。月がまばゆく光っていた。

ふたりは並んで横たわった。キスをしながら服を脱ぎ捨て、サムは温かい肌に全身を包まれた。マリアムはうめき声をあげてぶどうの木のほうに膝を向け、サムの耳に口を押しつけた。「約束してくれる、ハビービー？」

サムはマリアムの髪に手を走らせた。「約束するよ、ハビブティ。約束する」

マリアムは毛布に頭を預けて空を見上げ、サムは肩に爪が食いこむのを感じながらゆっくり動きはじめた。マリアムの目を見ると、生気のない瞳に月光が輝いていた。古いぶどうの木の陰になって、彼女のまぶたが小刻みに動き筋肉が震えているのがわかっても、サムはどこか引っかかっていた。


サム、マリアム、プロクターは朝食の席で秘密通信機のデバイスについて話し合った。

サムは、トーストをかじっているマリアムに〈プラティパス〉の仕組みを説明した。「iPadと同じように使えるんだ。なぜならiPadだから。というかiPadだったから。違いは、連絡できるのはぼくたちだけだという点だ。実際にやってみせよう。このデバイスはバースト転送で人工衛星と通信する。傍受はかなり難しい」

「かなり難しいの、不可能なの？」マリアムが聞き返した。

サムが答える前にプロクターが反応した。「あなたをだまして不可能だなんて言うつもりはない。でも傍受するには、このデバイスがどこにあるか正確な位置を知っていて、信号がどこに向かっているか、いつそこに向かうか知っていなければならない。その三つがそろわなければ不可能なの」

「メッセージが長く、バーストの時間が長いほど、検出は容易になる」サムが言った。

「だからこのプラットフォームでは文字数が制限され、同じ場所から大量のメッセージを同時に送ることはできない。でもこれでぼくたちに短いメッセージを送ることができて、こっちからも送り返せる。ミーティングを設定するのにデッド・ドロップを使わなくてよくなる」

「それはよさそうね」マリアムが言った。

「まさに」とサム。「ぼくたちに連絡する方法をやってみせよう。画面に暗証番号代わりにきみ専用のスワイプモーションをつくる。いまはぼく用にプログラムしてあるからぼくが開く」

テーブルをまわってマリアムの隣にすわると、ベランダで感じたようなプロクターの視線を感じた。何かあると察しているようだ。

サムはGmailに似たアプリを開くために何度か画面をスワイプした。「このプラットフォームには、きみが入力している最中にうしろから覗きこまれたときのために、ファイアウォールの裏に偽の受信トレーをつくってある。ぼくたちにメッセージを打ったらGmailのときと同じように送信ボタンを押せばいい。どんなアドレスを入力してもどんな件名を書いてもかまわない。向かうのは一カ所だ」と言って空を指さした。「ぼくたちのところ」

「デバイスのその部分は、ほかの部分から完全にファイアウォールで守られてる」プロクターが続けた。「偽のメールプログラムがこのｉＰａｄにずっと存在することはないわ。つまりもしムハーバラートがこれを手に入れてなかを見ようとしてもできないの、だって存在しないから」

「きみがスワイプするとこのプログラムが立ち上がる、メッセージを打って送信ボタンを押す――バーストを起こす――そのあとｉＰａｄをスリープにする。ブーン。それで終わりだ。次にふつうに開いたときには、きみのアプリ、ダウンロードした映画、音楽が全部そこにある」

サムは鞄に手を伸ばし、小型の黒い球体を取り出した。上下にコードがついていて、両方ともＵＳＢコネクターにつながっている。コードは一本は赤、もう一本は緑で、球体の中央部にはへそのようにボタンがひとつ付いている。

「これできみのｉＰａｄの中身をほんの数分で移すことができる。新しいｉＰａｄをいまきみが使っているケースに入れ、ぼくたちは元のｉＰａｄを持って帰る」とサムは続けた。

マリアムは〈プラティパス〉をじっと見つめ、「不安だわ」と顔を上げずに言った。「持って帰りたいかどうかわからない」

こういう機器を前にすると、多くの協力者が同じ不安に陥った。マリアムがこれに不安を覚えるだろうことはサムもわかっていた。以前担当したサウジの将軍もこれをいやがった。彼の諜報技術はずさんで、彼が好む方法――ブラッシュ・パス、デッド・ドロップ、チョークのマークを残す、走行中の車からものを落とす――のほうが検知されやすかったにもかかわらずだ。サムは一から説明して重要性を訴えたが変わらなかった。将軍は慣れたものを好んだ。ほかのエージェントも、自分が裏切り者であることを絶えず突きつけられるために手元に置きたがらなかった。寝室にそういうデバイスがあると、常に責められている気分になるのだ。

サムがほとんどわからない程度に視線を投げると、プロクターはバトンを受け取って尋ねた。「どうしてか教えてくれる？」

「こういうシステムがほかの国ではハッキングされることを知っているから」マリアムが答えた。「中国。イラン。あなたたちも知っているとおり、いまシリアにはイランの代表団が来ていて、ムハーバラートが反体制派を割り出すのを手伝っている。こういうデバイスを家に置くのは……狙われやすくなる気がするの」

サムはうなずいた。「わかった。でもいままでこれをハッキングした人間はいない。だれひとりとして。イランでのハッキングは、一時的なウェブ上のシステムで起きたものだ。イラン人は特定のサイトを訪れたエージェントを見つけている。中国は一歩進んで、実際にこのシステムを使ってファイアウォールを突破し、別のシステムに入ってエージェントを見つけている。でもこのシステム自体に入った者はいない」

「ＣＩＡは中国人エージェントにも同じことを言っていたはずよ」プロクターが口を開い

て反論しかけたが、マリアムはその隙を与えなかった。「このデバイスであまり情報のやりとりをしたくないの。たくさん話すことがあるなら直接会いたい」

「わたしたちもよ」とプロクター。「これはミーティングを設定したり、もののやりとりの方法を決めたり、緊急の用件を伝えたりするのに使えばいいわ。大事なことだけ。その後直接会ったときに詳しい話を聞かせてもらう」

マリアムはコードやｉＰａｄをじっと見つめたあと、自分のｉＰａｄを差し出し中身を全部〈プラティパス〉に移すように頼んだ。それから十分後、そろそろ出発しなければならないと言った。「三十分後にブサイナに電話することになってるの」

アイオナがブリーフケースを持って朝食のテーブルに現れた。フェラガモの店の布袋に入ってタグもつけられている。「だれかに聞かれたときのために」と言いながらマリアムに領収書を渡した。「イタリア土産よ、愛する人のための」サムは、ゆうべのディナーのときのように、マリアムが顔をしかめて歯を食いしばっているのに気づいた。

マリアムは全員をハグしてブリーフケースをスーツケースにしまうと、サムとプロクターに車まで一緒に来てほしいと頼んだ。駐車場でマリアムはまた悲しそうに見えたが、「ふたりとも大好きよ」と告げると、ドアを閉めエンジンをかけて走り去った。

プロクターとサムは、車が砂埃を巻きあげて稜線沿いに進み、糸杉の壁とぶどう畑の向こうに消え、谷間に下りていくのを見守った。

「ゆうべの答えはわかった？」プロクターがサムのほうを向いて尋ねた。

「怖がっています。それと家族に何かあったようです」

「それが何か言った?」

「言ったようなものです」

39

〈バンディートズ〉は、四日間に四度同じことを繰り返した。爆弾が仕掛けられたパジェロを〈セキュリティ・オフィス〉の近くまで運転し、縁石に停め、ターゲットが間違いなくアリー・ハッサンであることをラングレーが確認できるよう、隠れ家にビデオ機材を設置した。だが、毎回何か違うことが起きて作戦は頓挫した。暗号化されたビデオリンクがうまく作動しなかった、サムに尾行がついていた、アリーが散歩に出かけなかった(二回あった)。

「また明日やるしかないわね」アリーがパジェロのわきを通り過ぎたときに、横にベビーカーを押す女性がいるのを見て、プロクターが言った。「毎日でも」

サムとプロクターは六時間かけてSDRを練りあげた。暗殺許可の規定では、引き金を引く前に担当官がターゲットを目視することが定められていた。〈バンディートズ〉の支援はあるが、最終的にはサムがひとりで隠れ家から指示しなければならない。確実に尾行をまく必要があった。

支局長のオフィスには、ダイエットコーラの缶とチューインガムの包み紙が至るところに散乱していた。プロクターに疲れは感じられなかった。むしろその逆で、サムも神経が昂《たかぶ》っていた。プロクターがプランを口に出して検討するあいだ、サムはショットガンを構えて缶のひとつに狙いをつけた。ふたりはモスクワのような、諜報活動がきわめて限られる地域でやるように、サムが監視をまいて姿を消すかどうか話し合った。

「まだよ」プロクターが言った。「そうするとあなたがＣＩＡだと認めたようなもので、連中は激怒し、何をしてくるかわかったものじゃない。きっとあなたを面白半分にめちゃくちゃに叩きのめす。モスクワではわたしたちが強引に尾行をまいたら、そういうふざけた真似をしてくるじゃない。それかヴァルみたいに、捕まって殺されるかもしれない。モスクワから来たロシアチームに関するシギントは読んだ？」

サムはうなずいた。中身は、サムがイタリアに出発する前にダマスカスに到着した、モスクワ発の貨物輸送機の搭乗者名簿だった。名前を調べると、ＦＳＢの職員七人とＳＶＲの職員五人だとわかった。ダマスカスに来た理由はわからない。「ロシアが混合チームを編成するのは珍しいですね」サムはショットガンを下ろして言った。「ぼくたちに対抗するために、だれかが助けを呼んだようだ」

プロクターがうなずいた。「ねえ、ロシア人はモスクワでわたしたちに対応するのに精鋭を使っている、だからロシアに助けを要請したんなら、Aチームを送ってくるはずよ。でも、もちろん、もちろん、落ち着かないのは変わらない」プロクターは顎を上下に動かしながら言った。

「シリア人は、ぼくたちが大物を狙っているのを知っているようですね」サムはショットガンをゴミ箱に向け、引き金を引く真似をした。

翌朝サムはキッチンでコーヒーを飲みながら、頭のなかの地図でSDRを確認した。二杯目をいれ、スカイプで母と話をした。これから買い物に行くけれど何か欲しいものはないか尋ねると、家具かアクセサリーで迷ったのち、ラグがいいということになった。アメリカでは、米軍がシリアに介入すべきだという報道があふれていると母が心配するので、サムはダマスカスは安全だよとごまかした。ふたりは愛していると言い合って通話を切った。

ノートパソコンを閉じると、携帯を手に取りバスルームに向かった。支局の通信担当官スタッフにテキストメールを送って、旧市街で飲む約束を確認した。シャワーを浴びて髭を剃り、仕上がりをチェックしてジーンズにダークブルーのテニスシューズをはき、しわの寄ったリネンの白いシャツを着た。デジタルカメラが入った小ぶりのショルダーバッグをさげてアパートを出ると、マルキ地区を歩きはじめた。アパートでのいつもの行動、カメラ、服装――どれもふだんの生活パターンに合わせたもので、シリアの監視チームにサムがダマスカスでいつもの週末を過ごすつもりであると信じこませるのが狙いだった。買い物をし、友人と会い、観光スポットをぶらつく。

通りはすでに多くの通行人と自動小銃を構えた兵士であふれていて、路地では野良猫が伸びをしていた。商店に寄って水を買い、それを飲みながらティシュリーン公園沿いのジヤワハルラール・ネルー通りを歩いていった。定位置についた監視員を見つけたが、頭のなかの地図のとおりだった。単独の監視員があとをつけてくるのも当たり前になっていた。がっちりしたムハーバラートの歩兵は存在を隠そうともせず、四十メートルほどうしろを歩いている。サムはウマイヤド広場のにぎやかな環状交差点でタクシーを拾い、アッバースィーン広場に行くよう頼んだ。

タクシーはダマスカスの激しい渋滞のなかに突き進んでいった。ここで運転するのは最悪だ。ドライバーは周囲のものをことごとく無視し、自分の車の鼻先しか見ていない。立て続けにクラクションを鳴らし、しょっちゅう衝突し合い、気まぐれに歩行者のために停車する。

サムはバックミラーに目をやって、尾行担当の監視員がポケットから無線機を引っぱり出すのを見た。それほど簡単に尾行をすり抜けられるとは思っていなかった。移動チームに連絡がいき、タクシーを監視するだろう。それは火を見るより明らかだ。

ＳＤＲはダマスカス中心部の想定だったが、プロクターと相談して新しいルートを考案し、時間も支局の基準の十時間を超えるものになった。旧市街の東端からスタートし、西に向かってジグザグに進んでいき、〈セキュリティ・オフィス〉の目と鼻の先にある隠れ家に到着する。

午前八時。タクシーを降りて何枚か写真を撮っていると、移動チームが現れた。黒のセダンと、かつてはタクシーだったらしい黄色の車が駐車場の外でアイドリングしていた。サムはアッバースィーン広場のほうへ歩きはじめた。監視の車はどこかへ行ってしまったが、尾行担当の監視員が戻ってきて、うしろをのんびり歩き出した。相手はサムに一日人員を割り当てている。肝心なのはこれを何時間も引き伸ばすことだ。見ているほうがほとほとうんざりして、その人員をほかに向けさせるまで。サムは周囲にいる人間を記憶し終えると、あらためて気持ちを引きしめた。

アリーとボルコフは、ロシアチームの司令センターにいた。かすかな体臭が空気中に漂い、吸いかけの煙草が灰皿でもみ消されている。ずらりと並んだモニターに、レストランに到着したアメリカ人のライブ映像が流れていた。外に停められた車から撮影されたもので、シリアとロシアの監視チームも、サミュエル・ジョセフと一緒にそのレストランに到着していた。

カナーンとふたりのロシア人はキリスト教徒地区の詳細な地図にかがみこんで、アメリカ人の次の動きについて話し合っていた。

「どう思う、准将?」ボルコフがアリーに尋ねた。「今日だと思うか?」

スタップとサムは正午に店の外で落ち合った。〈アブー・ジョージ〉というはやりのカフェは、ダマスカスのどの店より早い時間から酒を出すとスタップは嬉しそうに説明した。店内にほかの客の姿はなかった。スタップはバーテンダーと握手をし、ステラを二杯注文すると、外が見える窓際のテーブルについた。彼はサムが任務中だとは知らず、ノンストップでしゃべりつづけた。オフィスの冷蔵庫に入れていた酒をだれかに盗まれたという話をしていたとき、白いシャツに安っぽい黒のスラックスという服装の、さっき見かけた監視員が前を通り過ぎざま、ゴリラのように身体を膨らませて堂々と窓を覗きこんできた。サムはほかの人間も記憶していった。ブルージーンズにすり減った茶色の靴にアディダスのシャツを着た男――緊張しているようだ。監視員かもしれない。顔を覚えておこう。グレーのスラックスにシンプルな黒いTシャツを着て、携帯を持って笑っている男――頭と肩の力が抜けていて、笑いは本物だ。監視ではないだろう。関係なし。

スタップがだらだら話しつづけるあいだ、サムはカタログをアップデートしつづけた。ビールを飲み終えると――スタップはもう一杯注文し、サムは断った――スタップは殻付きのピスタチオを食べはじめた。午後一時三十分。そろそろ旧市街を横断する頃合いだ。

サムは母のために買い物をしなければならないと告げて店を出た。スタップは「あー、はいはい」と言ってサムの背中を叩き、ビールをさらにあおった。

サムは〝まっすぐな道〟と呼ばれる、旧市街を東西に走るローマ時代の道を西に向かって歩きはじめた。注文家具や手織りの絨毯を売る店が集まる一角に近づいていく。三十分ほどぶらぶら歩きながら途中で写真を撮ったり、頭上を飛行する戦闘機を見上げたり、母にテキストメールを送ったりした。歩行者はまばらだった。

監視員は消えていた。手を引いたのだろうか。監視チームのさりげない動作やとっさの動きなど、相手のチームがひそかに任務を遂行しようとしている場面は目にしていなかった。脇道にさっと隠れる人間も見なかったし、その日繰り返し同じ顔を見たり、一定の距離を保って歩いている通行人を見るということもなかった。期待できるかもしれない。

サムは適当な店に入り、絨毯がぎっしり積まれている奥の部屋に素早く移動した。コンクリートの床の真ん中が一部空いていて、絨毯を広げられるようになっていた。社交的な店主が思春期前の少年にお茶を持ってくるよう大声で命じ、張り切ってサムに商品を見せはじめた。母は本当にラグを欲しがっていたので、サムは三十分かけて商品を吟味し、鳥と花の刺繍《ししゅう》がしてあるバルーチ族の赤褐色のラグに決めた。売買成立のハグを交わし、店を出る時間になったので早々に切り上げた。そのあと別のラグの写真を撮って、デジタルカメラとショルダーバッグを絨毯の山の上に置いた。店を出てさらに西に向かい、ミドハト・パシャ市場を目指した。

十分後、監視員がいなくなったことを確信した。攻勢の時間だ。サムはカメラを入れたバッグがあるはずの身体の側面を叩き、出し抜けに絨毯店に向かって来た道を駆け戻りはじめた。顔はまっすぐ前を向いていたが、視線はあちこちに動かしてすべてを視界に収めようとした。熱、人、動き、エネルギー。やはり監視はいないようだった。不安を押しこめ、身体の疼きに耳を澄ました。心臓が脈打ち、血が熱くたぎった。

店主からカメラとショルダーバッグを受け取り、今度は東に向かった。〈アブー・ジョージ〉へ。

四時。一歩ずつ戻って街を横断する時間だ。何度も方向を変え、逆行し、五回以上立ち止まる。旧市街の曲がりくねった道を利用するつもりだった。路上のプロは中世の迷路で短時間ながらもっともな理由で相手をまいて、相手チームをあぶり出すチャンスを何度も見出すことができる。敵を分散させ、防衛線を再構築させる。そうすればどれほど手堅いチームでもミスを犯す。

サムは聖マリア大聖堂を過ぎてレストランの〈ナーランジ〉の前を通り、貼り出してあったメニューを読んで写真を撮り、薬局に寄った。靴ずれのために大判のバンドエイドを買ったことは計画に入っていなかったが、手当てが必要だったし立ち寄り先が増えたことで、いっそう相手をいらだたせる結果になったはずだ。サムは人ごみに紛れ、また離れてを繰り返し、相手を広い空間に誘い出していった。ウマイヤド・モスクに近づくにつれ人通りは増えていったが、そこに向かうのではなくローマ時代の道を渡ってアッサギール門のほうに進んでいった。

のかわからなかった。監視はいないと感じていた。アサド支持派の土産物屋で立ち止まったとき、腹が鳴っているのに気づき、何か食べなければと思った。

七時。空気が変わったが、見えない相手との闘いのせいなのか自分自身の緊張のせいなのかわからなかった。

レバント地方名物の伸びるアイスクリーム、ブーザを半分ほど食べて水を飲んだところで心理戦が始まった。これまで完璧にSDRを実行していると考えていたが、果たしてそうだろうか？　アイスクリームを売っていた女性は、宝石店にいた女性と同じではないだろうか？　薬局の外で気になった動きは、本当にサッカーボールを蹴る少年だっただろうか？　駅に向かうにつれ疲労が増していき、ふくらはぎに痛みを覚えながら汗で貼りついたシャツを引き剝がした。

ふとベンソンのことを思い出した。SDRの訓練で毎回ゴーストを見て、ファームを追い出された男だ。デスクワークにまわされたのち、十カ月後にCIAを去った。

自分の技術を信じろと、サムは言い聞かせた。もう少しだ。あたりが静まりかえっている気がしたが、空気がパチパチと音をたてた。東のほうで迫撃砲が発射され、沈む直前の赤とピンクの夕日がそれを迎え撃った。ヒジャーズ駅前の広場に着き、足を止めて写真を撮った。そのとき広場の南西のほうで、何か動きがあった。不気味な静けさのなか、ふたたびパチパチという音がした。無線機の音かもしれないし、しわくちゃのホイルを踏む音かもしれない。背筋がゾクゾクし、およそ十二時間も気づかれることなく監視を続けられるチームが存在するかどうか考えた。サムはベンチに腰を下ろした。

追われている気がする。

その言葉がある記憶を呼び覚ました。かつてサンダースという局員がアンカラでロシア人協力者と会うことになっていた。SDRを実行して協力者と面会した。ところが翌日そのロシア人は本国に送還され、ロシア連邦保安庁《ルビャンカ》本部庁舎の壁の前で銃殺された。事後の調査で、サンダースは固定チームと移動チームから成るロシア対外情報庁《SVR》の特別チームに追跡されていたことが判明した。三週間前の外交イベントでの話しぶりから、サンダースにはロシア人協力者がいるのではないかと疑われたのだ。トルコでの情報漏洩の疑念も持たれた。サンダースはたぐり寄せるべき糸だった。ロシア人は気づかれないように充分距離をとって彼をバブルに囲いこみ、片時も目を離さなかった。サンダースはまったく気づかなかった。当時カイロ支局長だったブラッドリーは、支局員全員にこの事後報告書を読ませた。サムは自分もサンダースとまったく同じことをしただろうと思い、震えあがった。

そしていま、ここダマスカスにロシアのチームがいることが判明しているが、目的はさっぱりわからなかった。ふたたびあの事後報告書のことを考えた。書き手のひとり、ロシア・ハウス出身の古株は、自分がバブルのなかにいないことを知る唯一の方法は、これまで向かっていた方向と垂直の方向に唐突にルートを切り替えてバブルを破り、相手の陣営を再構築させることだと書いていた。さっきまでの動きがすべてバブル内で行なわれていたということがありうるだろうか、とサムは思った。

一台のスクーターが広場を横切って川のほうへ向かった。運転していた女性の顔は見えなかったが、服に見覚えがある気がした。ゴーストを見ているのだろうか？

自分のせいでアリー・ハッサンを暗殺する作戦をぶち壊しにするわけにはいかなかった。ヴァルを殺した外道には代償を払ってもらう。隠れ家に入る前に尾行されていないことを確かめなければならない。監視チームに囲まれているかどうかわからなかったが、突き止める必要がある。バブルを破らなければならない。サムは立ち上がり、北に向かって急ぎ足で歩きはじめた。旧市街には、日没の祈拝を呼びかけるムアッジンの声が響きわたっている。だがサムの耳には聞こえていなかった。監視のこと以外何も考えられず、必死に足を動かし、しっかり地面を踏みしめた。

ポート・サイード通りを北に向かい、同じ方向を走っていたタクシーを停めた。

「どちらへ？」運転手が英語で尋ねた。

サムは適当な場所を考えた。「北へ向かってくれ」とアラビア語で答えると目を閉じた。心臓が早鐘を打ち、汗がダラダラ流れてくる。なるべくゆっくり呼吸した。目をつぶったまま深呼吸を一分続け、何時間もかけて頭に叩きこんだ街の地図を呼び出そうとした。ダーダー墓地。ここからまっすぐ北にあるし、これまでのルートにも矛盾しない。それに観光スポットでもあるから、聞かれても説明できる。運転手に市庁舎近くの環状交差点に向かい、そこでバグダード通りを東に曲がるよう伝えた。

墓地は松林に囲まれていた。サムが入っていくのと同時に、太陽が地平線の下に沈みはじめた。適当に写真を撮りながら墓石のあいだを歩きまわった。もう十二時間たっている。疲労の波が押し寄せてきた。墓地の反対側の端に近づいていくと、車のブレーキ音に続き男性ふたりと女性ひとりの、いらだち押し殺した声が聞こえてきた。

頭上で二発の迫撃砲が轟いた。着弾した音は聞こえなかった。サムはあたりを見まわして耳を澄ましたが、人の気配は感じなかった。

さっき声のしたほうに歩いていくと、若い女性とすれ違った。ヒジャーズ駅前の広場で見たスクーターに乗った女性と同じような背格好だった。さっきは革の乗馬用ブーツをはいていたが、いまは黒いフラットシューズだ。それから兄弟のように手をつないだふたりの若い男性とすれ違った。背が低いほうの足元を見る。すり減った茶色い靴。スタップと飲んでいたとき同じものが〈アブー・ジョージ〉の外にあった。間違いない。あのときはアディダスのTシャツを着ていたが、いまはグレーのブレザーとそれに合うスラックスを身につけている。サムはあっという間に囲まれた。

墓地の外にあるベンチに腰を下ろした。日はすでに沈んでいた。三十分そこにすわってすべての行動を思い返し、すべての判断を見直したあと、プロクターに向き合う覚悟を決めた。ハンターたちがそこにいるのがわかった。自分たちは成功したのだろうかと考えているか、サムがエージェントを待っていると思っているのだろう。サムはそのまますわって時間を引き伸ばし、相手をいらだたせ、司令官たちを挑発しているだけだった。彼らはサムの十二時間を無駄にした。お返しに同じことをしてやるつもりだった。

アリーとボルコフは、墓地の外でベンチにすわっているCIA工作員サミュエル・ジョセフを映したライブ映像を見ていた。アリーは自分たちの存在が鉄道駅周辺で見破られたことに気づいたが、ジョセフの行動についてもっと知りたかったので、ボルコフと一緒に映像を見つづけた。認めたくはなかったが、ジョセフに感心していた。

アリーはまずボルコフの煙草に、次に自分の煙草に火をつけた。ランチタイムからずっとふたりは議論を戦わせてきた。アリーは直感で、サミュエル・ジョセフは作戦を遂行中だと思うと言った。今日がその日かとボルコフに問われ、そうだとするにはあまりにカジュアルすぎると答えた。どこかおかしかった。どうしてだ、やつを罠にかけようとボルコフは迫った。旧市街を移動するジョセフを七つのチームで囲み、バブルのなかに封じこめた。ボルコフのおかげで固定監視の位置取りは完璧だった。監視員はジョセフのまわりに巧妙に配置され、彼が動くのを確認して移動チームに連絡した。だが、鉄道駅でアリーの配下のシリアチームがジョセフに近づきすぎた。彼らはそのせいでパニックになり、墓地で姿をさらしてしまった。するとあのいまいましいアメリカ人は、機転をきかせてひたすら街を歩きつづけた。

映像が消えた。〈セキュリティ・オフィス〉の司令センターにいるチームが無線機に耳を傾け、報告を聞いていた。

「チーム3です、ターゲットがタクシーに乗ったのでカメラを止めました。いま追跡しています」

タクシーはジョセフのアパートの前で止まったとチーム5から報告があったとき、ボルコフがホチキスを床に投げつけた。

アリーはボルコフに向かってうなずき、自分のオフィスに入ってドアを閉めた。時計を見ると午後十時三十分になっていた。もう五日もライラや息子たちの顔を見ていない。

アリーは煙草に火をつけて報告書を書きはじめた。

40

その日は朝から蒸し暑かった。暑さよりひどいのは、助手席側のスピーカーが壊れている三菱パジェロを運転して渋滞にはまることだとラーミーは思った。スピーカーの代わりに忍ばせてあるのは軍レベルの爆発物ではないだろうか。ラーミーは、知りたくないと自分に言い聞かせた。

二十分後、ラーミーは、アリーがいつも〈セキュリティ・オフィス〉を出て煙草を吸いながら歩く脇道で駐車スペースを見つけた。コンクリートの壁に横付けにして車を停めると、〈セキュリティ・オフィス〉と監視カメラから顔を背けて歩き去った。

同じころ、兄のユースフが隠れ家でビデオ機材の調整をしていた。サムにメッセージを送るにはふたつの点を確認する必要があった。ひとつは弟がパジェロを停めるところ。もうひとつはアリーが〈セキュリティ・オフィス〉に入るところだ。

ユースフはふたつ目を待っていた。このひと月この隠れ家でずっと待機しているが、死ぬほど退屈だった。

一時間後、アリーの車がゲートを入ってきて、本人が建物に入るときの姿もちらりとビデオに映った。ユースフはサムに暗号化されたテキストメールを送った。〝来た〟

「敵対地域のルールに従っているのよ」ラングレーからまた届いた、アリー・ハッサン暗殺作戦について進捗を報告せよという公電を叩きつけるように置くと、プロクターはきっぱりと言った。「いまのところは」

敵対地域のルール。監視をまく、姿を消す、そしてふたたび現れる。その必要があるときは、派手にやらなければならない。監視員たちの目の前で消えたり現れたりするのだ。ムハーバラートはいずれ報復してくるだろうが、サムに選択の余地はなかった。ワシントンからのプレッシャーは増すばかりで、支局としては受け身でいられなかった。アリーを殺さなければならない。

プロクターのオフィスで行なわれた朝のミーティングを終え、サムは〈アテナ〉からの通信をチェックするためにパソコンを開いた。受信ボックスは空のままだった。サムは何度もいらだたしげにマウスをクリックしてデータベースを閉じた。

一週間以上沈黙が続いている。何があったんだ？　見つかったのか？　受け入れ国はふつう内通者を捕まえてもそれを教えてはくれない。ヴァルが拘束中に死亡したことをCIAが知ったのは一カ月以上たってからだ。おそらく鞄のことでアティヤに捕まったのだろう。あるいはiPadのプログラムが見つかったのかもしれない。アレッポにいる父親が死んだのかもしれない。それともただあのデバイスを持っているのが不安なだけかもしれない。サムはパソコンをロックしてバスルームに行き、便座にすわって頭を抱えこんだ。それから使い捨て携帯を開き、〈バンディートズ〉からメッセージが来ていないか確認した。〝来た〟

サムはメッセージを打ち返した。〝退避せよ〟

プロクターはサムと拳を合わせ、NIACT——ナイト・アクション——の公電をラングレーに送ると言った。その後ブラッドリーや七階の幹部たち、顔認識の専門家、法務顧問室に連絡することになる。

そしてまた、すべてはサムが、ダマスカス支局に視線が向けられるこの街で姿を消せるかどうかにかかっていた。

サムはアパートに戻るとシャワーを浴び、黒っぽいジーンズとブルーのチェック柄のドレスシャツに着替え、大嫌いなパウダーブルーのリネンのスポーツコートをはおった。十時にシャアラーン地区で飲む約束を確認するため、ゼルダに携帯からテキストメールを送った。買い物をしてから行くと書いておいた。

サムは携帯やさまざまな変装グッズを入れたメッセンジャーバッグを持ってアパートを出た。すぐに監視用バンが目に入り、歩道で煙草を吸っていた男が顔を上げてこちらを見てくるのがわかった。別にかまわない。ほんの数秒の隙があればいいのだ。

ウマイヤド・モスクに向かって歩きはじめた。大使館のある北を目指すうちに、あとをつけてくるムハーバラートとの間隔が開いていった。通りが見えると脈拍が上がり、固定の監視はいないかチェックしながら右に曲がった。だれもいなかった。そして走り出した。もう一度右に曲がり、今度は左に曲がってダッシュした。

路地には一台の車が停まっているだけだった。黒のBMW・5シリーズでエンジンはかかったまま、トランクが少し開いていて運転席にエライアスがいる。サムはその車めがけて走り、トランクをさっと開けると、見られていないか周囲に目をやって――だれもいない――なかに飛びこんだ。コンパートメントにうずくまると車がスムーズに動き出し、やがて右に傾いた。どうにかスポーツコートとドレスシャツを脱ぎ、バッグを探って腹の詰め物と新しいTシャツを取り出した。Tシャツに着替えているときにちょうど道のでこぼこにタイヤが取られたため、腕がねじれて折れるかと思った。次にTシャツの下に発砲スチロールの詰め物を入れ、むさ苦しい茶色のかつらをかぶったあと、チクチクする口髭をつけた。車がふたたびでこぼこにぶつかったので、サムは悪態をついて口髭をつけ直した。予期しない検問に当たらないよう祈りながら横になった。もし民兵に車を止められて、かつらをつけ、腹に詰め物をした長身のアメリカ人が隠れているのが見つかったら一巻の終わりだ。

息を切らし悪態をつきながら、ジョセフを見失ったと報告してきた伍長からの電話を受けたのはカナーンだった。

伍長を怒鳴りつけたあと、カナーンはその知らせを告げるためにアリーのオフィスに向かった。ボルコフ将軍がコーヒーカップでウォッカを飲んでいるのを目にした瞬間、この男の前で失敗を告白しなければならないことにカナーンの心臓は止まりそうになった。

「見失ったってどういうことだ？」アリーが言葉に詰まりそうになりながら聞き返した。カナーンが伍長のお粗末な言い訳を伝えると、ボルコフの顔から表情が失われ、眉がかすかに吊り上がったが、すぐに元に戻った。

「あのアメリカ人に出し抜かれたな」カナーンが報告を終えるとボルコフが口を開いた。

アリーはうなずいた。「連中は、前回われわれがあと少しで成功するところだったのを知っています。テキストメールに書いていたとおり、ジョセフはこのあと同僚と飲みに行くと思いますか？」

ボルコフはもう一杯ウォッカを飲み、地図に目をやって肩をすくめた。「まだ家を出てから十五分しかたっていない。待ち合わせまであと四時間ある。作戦を遂行して女性の友人と寝酒をやる時間はたっぷりある」

「カナーン、路上チームはそれがどんな車かわかってないんだな？」アリーは尋ねた。

「はい。だれも見ていないそうです」

「運がよければ検問に引っかかるかもしれない」ボルコフが言った。

「可能性はあります」アリーは煙草に火をつけ、もうひとつシャツのボタンを開けた。部屋が急に耐えがたいほど暑く感じられた。「わたしが待ち合わせの場に出向いてもいい」

「すばらしいアイデアだ」とボルコフ。「ときどきモスクワでアメリカ人に尾行をまかれることがあったが、そのあと連中を見つけ出して叩きのめした」


車は何度も角を曲がって街に戻り、隠れ家に向かった。九十分後にエライアスがトランクを開け、口髭を掻いている男に笑いかけた。

サムは街灯に照らされたカフル・スーサ地区と隣のアル・ラワーン地区を歩き、何度かバブルを破るテクニックを使ったが、どれも必要なかった。つけられてはいなかった。午後八時に隠れ家に着いたとき、〈バンディートズ〉はすでに引きあげたあとだった。サムは三脚にセットしたビデオカメラをパジェロの下部に向け、暗号化された衛星リンクが作動しているかチェックした。そしてポケットから携帯を取り出し、むやみに長く、奇妙な並びの番号に電話をかけた。

「サム、聞こえるか？」出たのはブラッドリーだった。

「はい。映像は見えますか？」

「ああ。だれもいない通りとパジェロが一台見える」

「了解、こっちもです。プロクター、聞こえますか？」

「ええ。ダマスカス支局につながってる」

「顔認識チームも一緒に、長官の会議室にいる」とブラッドリー。「両方の〈モリー〉も一緒だ、AIプログラムと生身の人間の。彼女の名前はスーザン・クローリーだ」

「よろしく、スーザン」全員が言った。

「よし、みんな」とブラッドリーが続けた。「長官からこの件でボタンを押す権限が与えられた。アリーがオフィスを出たら、スーザンとAIプログラムがそれぞれ判断を下す。その後おれが装置起動の許可を出し、サムが赤外線センサーを有効にする。その間ずっとターゲットと爆風ゾーンの目視を続けてくれ。もし通行人がいれば作戦は中止する。みんなわかったか？」

「はい」

「では待つことにしよう」

サムはビデオの映像を見つめながら、アリーはなかで何をしているのだろう、そして神に見捨てられたこの建物のどの部屋で、やつらはヴァルの頭の皮を剝いだのだろうと考えていた。

アリーはボルコフのあとを歩いて、ロシアチームの司令センターに向かった。サミュエル・ジョセフの追跡がうまくいっていないことがはっきりした。あのアメリカ人の居所はわかっていない。

ようやく計画が実を結びつつあるのに、時間が尽きはじめていた。それでもアサドから得た、アメリカ人への猶予の時間はまだ残っていた。一方で、彼を捕らえて尋問するというルストゥムの案に対する猶予も生きていた。アリーはこの捜査をそのような暴力行為に貶《おとし》めたくなかったが、選択の余地はなくなってきている。せっかく節度を持ってことに当たろうとしているのに、アメリカ人はこちらをあざけって自分たちの作戦を続行している。

いずれにしても、ブサイナやほかの関係者に対し、ルストゥムが偽のサリンの移転場所を教えるという作戦についても進捗はなかった。もしいずれかの施設の名前がSVRの次の報告書に記載されていなければアリーの時間は尽き、サミュエル・ジョセフを逮捕して、名前を無理やり引き出すことになるだろう。あの若者が通りで見せたふざけた行動を思えば、それもやむなしと思えてきたが、まだ完全にはそう言い切れなかった。

頭をすっきりさせたかった。アリーは煙草をつかんで散歩に出かけた。

サムは見慣れた人影が〈セキュリティ・オフィス〉から出てきて、外に築かれた瓦礫の山を避けて歩いていくのを隠れ家から見ていた。ビデオカメラをその人物のほうに向け、ズームインする。

「やつだ。アリーです」

アリーには道の右側を歩いてもらわなければならなかった。監視記録によればほぼ毎回そうしているが、ルートを変える可能性はあった。「おい、頼むぞ。右側だ」サムは声を押し殺すように言った。

手に煙草を持ったまま守衛と談笑しているアリーを見て、サムは彼に妻と双子の息子がいることを思い出した。一瞬胸をつかれ、アリーの人間性に思いを馳せたが、ヴァルと彼女の母親、追悼式典のようすを無理やり頭に思い浮かべた。

そのあいだずっと、アリーは守衛たちと冗談を交わしていた。

ＦＳＢチームの無線に耳を傾けていたロシア人が興奮した交信を聞きつけ、ボルコフに向かって叫んだ。「ジョセフの特徴に一致する人間を見つけました。カフル・スーサのアパートです。近くにいます」

ボルコフは空になった発泡スチロールのカップをゴミ箱に向かって投げつけたが、完全に外していた。「見せてくれ。どこだ？」

補佐官が地図の前に立ち、もう一度移動チームに住所を尋ね、その場所を指さした。

「一ブロック先じゃないか」ボルコフはそう言ってカナーンのほうを向いた。カナーンはジョセフとジョセフがいま会っている人物を逮捕するよう、各所にいるシリアチームに指令を出した。

「大佐、アリーはどこだ？」

「散歩に出ました、すぐそこまで」

ボルコフはあきれたように目をむいた。まったくレバント人ときたら。太陽をふんだんに浴びているせいだろうが、考えが甘い。「アリーをつかまえて一緒に歩きで行く。わかったか？」

カナーンはうなずくと電話を口元に戻し、カフル・スーサのアパートに急行するようチームに大声で命令した。

「いま歩いている」サムが言った。「右側だ。正しい側。フリスビー正常」チームはポリーナがつけたニックネームを使っていた。「顔認識のため映像を集中させる」

アリーは二十メートルほどゆっくり歩いてから立ち止まって煙草を消した。パジェロまであと百メートル近くある。車が停まっている周辺に人はいない。

ラングレーでは、顔認識の専門家が以前〈バンディートズ〉によって撮影された映像と比較しながらライブ映像を分析していた。それと同時に〈モリー〉と呼ばれるアルゴリズムが同じ情報を処理している。アリーに間違いないと〈モリー〉とスーザンの見解が一致すれば、ゴーサインとなる。

アリーは歩き続けていた。ゆっくりと。

サムは咳払いした。なぜか製粉工場のことが頭に浮かんだ。それからマリアムと過ごしたトスカーナのぶどう畑。もう少しでロシア人に見破られそうになったSDR。だがラスベガスの記憶は消えてしまった。なぜだかきれいさっぱりと。サムはこの作戦を遂行することで、自分も殺人者になるのだろうかと考えた。実際に自分の手で爆発させなかったとしても、赤外線センサーを起動させるのだから。

「ラングレーで確認がとれた」だれだかわからない声が言った。「ところでわたしはポール・ガートナー、法務顧問室の室長だ。スーザンと〈モリー〉の見解が一致した。アリーに間違いない」

「了解」ブラッドリーが言った。「サム、装置を起動しろ」

サムが衛星電話をダイヤルすると、装置が起動し、赤外線が照射された。「五十メートル」サムは言った。

アリーはのんびり歩きながらふたたび煙草に火をつけ、深々と煙を吸いこんで、なぜ自分はこんなことをしているのだろうと疑問に思った。だがすぐにその考えを頭から追い払い、時計を確かめた。ライラと息子たちの顔が見たかったが、時間が遅すぎた。野獣のような兄や途方もなく不合理な大統領のために警官ごっこをするのではなく、息子たちと取っ組み合いをして遊んでいたいと、つかの間目を閉じて夢想した。立ち止まって吸い殻をはじき飛ばすと、もう一本火をつけてまた歩きはじめた。

「二十五メートル」サムが言った。

「この男には精神的な問題があるの？」プロクターが口を開いた。「だってそんな歩き方じゃない？」

「口を閉じてろ」ブラッドリーが言った。

「十五メートル。歩道にはだれもいない。アリーだけだ」

「十メートル、五」

「あと二秒」とブラッドリー。

アリーの背後から重い足音が聞こえてきた。

「准将！」ボルコフが叫んだ。「やつを見つけた。戻ってくれ」

はっと振り返ると、こちらに向かって突進してくるボルコフの姿が目に入った。振り返った拍子にアリーは足元がふらつき車道のほうによろめいて、停まっていたパジェロのトランクに両手をついた。気恥ずかしさを覚えながら身体を起こした。

「何があったんですか？」アリーは尋ねた。

「移動チームがやつを見つけた。ここカフル・スーサの一ブロック先のアパートだ。カナーンがチームを向かわせている。急ぐぞ。いまなら間に合う」

アリーは走りはじめた。

サムは、アリーに向かって走ってくる男を見て赤外線センサーを切った。そしてカメラに映るカオスを息をつめて凝視していた。

ブラッドリーが沈黙を破った。「いいか、みんな。サムがセンサーを切った。スーザン、あの男がアリーに何を言っていたかわかるか？　シリア人には見えなかった。サム、脱出しろ」

サムは荷物をまとめ、口髭をつけ直した。この間ずっと腹の詰め物とかつらをつけたままだった。

スーザンの声が聞こえてきた。「アリーと一緒にいた男が言ったのは、〝やつを見つけた〟です」

「サム、聞こえたか？」ブラッドリーが言った。「そこを動くな、協力者が一緒なわけじゃないんだ。どんと構えて、回線をこのままつないでおけ」

マリアム、サムの世界、ここでの存在意義、そのすべてが一本の糸でかろうじてつながっていたが、いまそれをアリー・ハッサンが断ち切ろうとしていた。この隠れ家にいるのが見つかったら、国外追放されるか殺されるかだろう。マリアムを守ることはできなくなり、彼女の肌を感じ、笑い声を聞くこともできなくなる。二度と会うことはないだろう。サムは悪態をつき、壁を蹴って穴を開けると、会議室に腰を下ろしてビデオ機材をどう処分するか考えた。

アリーとボルコフは白い石づくりのビルに到着した。このブロックは同じような建物ばかり並んでいて見分けがつかない。ふたりは満面の笑みを浮かべている〈セキュリティ・オフィス〉の大尉に近づいた。「どうやって見つけたんだ?」アリーが尋ねた。

「ツイてたんです、なかに入っていくところを偶然見かけました。階段をつけていって、アパートの一室に入るのを確認しました」

「だれか一緒に入っていく者はいたか?」

「いいえ」

「案内してくれ」

三人は黙ってエレベーターに乗りこんだ。一階上がるごとにアリーの心拍数が増していった。

ドアの前に着き、大尉がドアを開けようとしたが、鍵がかかっていると首を横に振った。

アリーはドアをノックした。「〈セキュリティ・オフィス〉だ。ドアを開けろ、いますぐ」沈黙。

「ドアを開けるのに三秒やる」さらに沈黙が続いた。

アリーはうなずき、銃を抜いた。大尉がドアを蹴破り、アリーはなかに踏みこんだ。

リビングルームは空っぽで、キッチンも同様だった。アリーが寝室に入ると、魅力的な若いシリア人女性が全裸でベッドに寝そべり、ゆったりと煙草を吸っていた。彼女が恥ずかしげもなく立ち上がって煙草を消したとき、身体の隅々まで手入れが行き届いているのがわかった。ブラを拾い上げると、彼女はクロゼットを顎で示した。

あとになってわかったことだが、チームがジョセフだと判断したのは、フランス大使館のクレマン・ラクロワという若い外交官だった。驚くほどジョセフに似ていて、カフル・スーサのアパートでシリア人の美容師と情事に耽っていたのだった。

クレマンはノックの音を聞いてクロゼットに隠れた。一方、シリアの男女関係においてよくあるように頭脳担当の彼の恋人は、これが大きなひどい間違いだとムハーバラートが気づくまで、ゆっくり煙草を楽しんでいた。

アリーがドアを蹴破って入ってくるのを、サムはじっと待っていた。三十分たったのち、ブラッドリーとプロクターがそこを出てもいいと判断した。尾行されている気配はなく、アリーやロシア人はどこに行ったのだろうとサムは考えた。ビデオ機材は残したまま、SDRを逆にたどりながら少しずつ変装を解いていった。自宅のアパートに着くころには鞄は空になり、サムは本来の自分に戻っていた。

疲れ果てていたが、ゼルダとの食事に出かけなければならなかった。サムがこの晩作戦に従事していることをシリア側は知らないかもしれないからだ。向こうはテキストメールを読んでいるはずなので、食事に出かけると思っているだろう。アパートの入口を見張っていたムハーバラートは、サムが帰ってきたのを見て驚いているようだった。この五日間ずっと同じ男で、サムは少し気の毒に思い手を振ろうかと考えたが、怒らせるだけだと思い直した。侮辱ととらえられてアパートに侵入され、家宅捜索のきっかけを与えるだけだろう――それともただ部屋を荒らして楽しむだけかもしれない。

ゼルダはシャアラーン地区の洒落たレストラン〈スリー・テーブルズ〉を予約していた。この界隈はいつも家族連れやデート中の若いカップル、そぞろ歩きを楽しむ人々でにぎわっていた。だがそれは内戦前の話だ。いまでは高級ブティックや金持ち相手のバーは閑散とし、レストランは不定期営業になっている。

ゼルダはすでに着いていて、窓際のテーブルに居心地悪げにすわっていた。ほかのテーブルに客はいなかった。

そして、彼女の隣にアリー・ハッサンがすわっていた。

アリーは笑顔でサムに向かって手を振り、テーブルに招いた。サムが近づいていくと、立ち上がって握手をし、店内を向くように置かれた椅子を示した。

「サミュエル、かけてくれ」アリーは英語で言った。

ゼルダはこのシリア人が来る前にワインを注文していたらしく、ウェイターがボトルを運んできた。

ウェイターがテイスティングのためにワインを注ぐと、アリーは微笑みグラスをまわしてにおいを嗅いだ。「ドメーヌ・ド・バージュラス、すばらしい選択だ」アリーがひと口含んでうなずくと、ウェイターは全員のグラスに注いだ。「シリアで唯一輸出に値するワインだよ。これ以外は国が所有するぶどう畑でつくられたただのゴミだ。このワインをつくっているのはふたりのレバノン人なんだ。ぶどう畑はわたしの故郷にほど近いラタキアにあるんだがね。反体制派がときおり爆弾を落としていると聞いている」

ゼルダがテーブルクロスから手を離すと、くっきりと汗のあとがにじんでいた。

「まさか酒を飲むとはね」サムはヴァルを殺した男に向かってウィンクしながらアラビア語で言った。本当は心臓にナイフを突き立てたかったが、アリーはリラックスして落ち着いて見えた。

アリーは笑ってワインをもうひと口飲んだ。「わたしはアラウィー派なんだ、ミスター・ジョセフ。われわれは異端者でね」アリーに笑いかけられ、ゼルダはテーブルクロスの汗じみを見下ろした。

ウェイターがパンを持ってくると、アリーはうなずいてサーブするよう伝えた。アリーはゼルダのほうを向き「失礼」と断って、彼女のパンにオリーブオイルをかけた。続けて自分のパンにもオイルをかけながら、ゼルダのほうをじっと見ていた。「シリアの滞在を楽しんでおられますか？」

「ええ」ゼルダはようやくアリーの目を見て答えた。「美しい国でしたね」

アリーの英語はさほど達者ではなく、ゼルダが侮蔑をこめて過去形を使ったのに気づいていないようだった。「海岸やアレッポのほうに行けないのは実に残念だ」アリーは言った。「最近アレッポはお勧めできなくてね。嘆かわしいことに」

「父はそこで生まれました。子どものころ一度行ったことがあります」ゼルダが応じた。

「なんと、それはすばらしい。では、かつての栄光をご存じなのだね。ということは半分シリア人なのか？　信じられない。アメリカは本当に人種のるつぼなのだな」アリーはもうひと切れパンを取って口に運び、目を細めてサムを見た。「散歩に行こう、ミスター・ジョセフ」

ふたりがゼルダを残して店を出ると、彼女はほっとしたようにワインをぐっとあおった。アリーは歩きながら煙草に火をつけ、サムにも一本勧めたがサムは断った。アリーは公園に向かって歩きはじめた。「われわれを監視しているチームがあるのか？」サムが尋ねた。

「わたしの組織ではないはずだが、わからないな。ほかの機関が作戦を展開しているかもしれない」アリーは自分の言葉に笑い、煙草の灰を落とした。

「息子さんたちは元気か？」サムは続けて尋ねた。

「おかげさまで元気にしている。前から自分がＣＩＡのファイルにどう書かれているか気になっていてね。おいしい情報はすべて把握しているのか？」

「あなたの愛人は六人しか見つかっていない」アリーはふたたび笑ったが、サムは彼の首筋に筋状の傷痕が赤く浮かびあがったのを見逃さなかった。

「ではあと四人見逃している。彼女たちのことは大切に隠してあるんだ……さすがのCIAでも見つけられないかもしれないな」アリーはにやりとすると、胸ポケットを叩きながらコンビニエンスストアのほうを示した。「話はまだ終わっていないが、煙草がなくなった」

サムはアリーのあとに続いて店に入り、紙幣を数枚差し出した。「アメリカ政府に迷惑料として払ってもらうのも悪くないな」アリーは忍び笑いをもらしながらアラビア語で言った。自分の店でムハーバラートの幹部とアメリカ人が話しているのを見て、店員は明らかに動揺していた。サムは彼に笑いかけ、アラビア語で尋ねた。「調子はどうだい？」

「順調です」店員は答えたが、その目は早く出ていってくれと訴えていた。

アリーが先に店を出て、ふたりは無言のまま公園に向かった。意外にもアリーは新しい煙草に手をつけなかった。ベンチを指さし、並んで腰を下ろした。

アリーは煙草のパッケージを手首に当てて一本取り出し火をつけた。カップルが通り過ぎるのを待ってからサムのほうを向いて口を開いた。「ミスター・ジョセフ、きみはわが政府の厚意によりこの国で暮らし、働くことが許されている。われわれはきみの安全のためにきみを監視している。突然姿を消すなんて許されることではない」

「了解した」サムは答えた。

アリーは続けた。「わたしの寛大さを弱さと混同しないほうがいい。ふたたびルールを破ったら罰が下される。よくご存じだろうが、わが国ではいま闇の勢力が力を持っている。

ルールを破ることは彼らに攻撃の理由を与えることになる」

「了解した」サムは繰り返した。

「けっこう」アリーは煙草を吸い終えると地面に投げ捨て、靴でもみ消した。それから立ち上がった。

サムはアリーに話をさせたかった。なぜヴァルを殺したのかどうしても聞きたかった。彼女の名前を出したときにこの男の目に浮かぶ表情を見たかった。けれども彼女の名を出せばアリーを警戒させ、作戦を危険にさらすことになる。そこで別の方法を試すことにした。「あなたには妻と子どもがいる。治安報告書はすべて読んでいるはずだ」とサムは切り出した。「あなたは社会の騒乱に対する政府の対処の仕方をよく思っていないはずだ。そうでしょう?」

「政府はたしかに間違いを犯している」

「ではあなたの家族の安全を守るのに、いまの政府がもっとも適していると考えている?」

アリーはもう一本煙草に火をつけると、残りをサムに渡して立ち去ろうとした。「ミスター・ジョセフ、余計な口出しは無用だ。妻と息子たちの安全を守るのはわたしの仕事だ。きみはわたしのではなく、自分自身の身の安全を気にしたほうがいい。それが必要になるはずだ」

自宅のアパートに着いたとき、ムハーバラートに手を振る必要はなかった。相手はまっすぐにサムを見て、にやにや笑っていた。部屋の鍵がすでに開いていてもサムは驚かなかった。棚がすべてひっくり返され、本がビリビリに裂かれ、ノートパソコンがハンマーで打ち砕かれ、ソファがキッチンナイフでズタズタにされ、そのナイフがリビングに放置されているのを見ても驚かなかった。玄関ホールのクロゼットを開けたところ、コートに触れるまでもなく小便で濡れているのがわかった。焦げ臭いにおいを頼りにキッチンに行くと、生ごみ処理機にナイフやフォークを突っこんで作動させただけでなく、椅子がバラバラにされて焚きつけにされていた。オーブンの火は消えていたが、抑えられない好奇心から開けてみると、なかで本が燃やされていた。サムはにやりとした。エアコンは取り外されていた――破壊するには貴重すぎたのだろう。さすがに抜け目ない。そしてバスルームに行き、心から感心した。バスタブが木っ端微塵に破壊され、シンクには尿が溜まり、トイレには枕が突っこまれていた。

けれどもひとつ予想を超えるものがあった。ベッドの真ん中に人間がしたとは思えない大量の糞が残されていたのだ。その上にまるでバースデーケーキの蠟燭さながら、レストランを出るサムとアリーを撮った画質の悪い写真がのっていた。

41

アリーは大統領を巻きこまずにすむ方法を模索していた。ルストゥムに二回電話し、兄が偽の情報を流すとした人物の名前やそのロケーションをリストにした関係者限りのメモを送ったが、返事は何もなかった。共和国防衛隊の本部にカナーンを送ったところ、側近に三時間待たされたのち、ルストゥムはブルダーンのヴィラにいると告げられた。ブルダーンに行くとダマスカスにいると言われた。そこで最終的にアリーは大統領秘書のオフィスの外で待ったあと、五分間の面会を許された。

「きみの兄からは、すでに情報を流したと聞いている」アサドはネットサーフィンに気をとられながら言った。すわるよう言われないので、アリーは大統領のデスクの前に立っていた。「少なくともアティヤには話したようだ、今週初めのミーティングで彼に移転場所について聞かれたよ」アサドはマウスをクリックしたあと、また立て続けに何度かクリックした。「あのふたりは互いを嫌っているようだな」アサドはそう言って忍び笑いをもらした。「そのうちルストゥムがバースィルに命じて、アティヤを殺させるんじゃないかと本気で心配しているんだ」そこでまたくっと笑った。大統領が本気なのかどうなのか、アリーにはわからなかった。

「兄はひとりを除いて全員に話したようです、大統領」アリーは言った。「あのアメリカ人の監視作戦は続けていますが、移転場所を知る幹部の――」

「きみのチームが失敗したことは知っている」アサドはパソコンの画面を見ながら言うと、顔を上げて話を戻した。「きみはブサイナのことを言っているのだろう？　きみの兄は彼女を試す必要はないと考えているようだな、アリー」

「それに同意なさいますか、大統領？」

大統領は頭のうしろで両手を組んで椅子の背にもたれると、薄い口髭を撫でた。「何が必要なんだ？」


アリーは極秘の大統領命令を携えてルストゥムのオフィスに向かった。中将は会議中だと言い張る側近を押しのけてドアを開けると、ルストゥムはあの水車のデスクに向かって報告書を読んでいた。「何しに――」

「自分の恋人がＣＩＡのスパイだと疑ってるのか？」アリーは言った。

「ふざけるな。そんなはずがないだろう」

「じゃあなぜ彼女に偽の情報を流さないんだ？　ワーディー・バルザが移転先だって」

「どうして流してないと言える？　それにスパイはレイプ魔のアティヤだとわかってるはずだ」

アリーはデスクに大統領命令を叩きつけた。「これを読め」

書類に目を通しはじめたルストゥムの顔が、みるみるうちに真っ赤になっていった。読み終わるときちんとデスクに置いたものの、逆さまになっていた。

「今夜じゅうに彼女に情報を流すんだな」アリーはそう言うと、きびすを返して出ていった。


マリアムはゆっくりとオレンジを口に運びながら、官邸にブリーフケースを持ちこむために使った巨大なバッグを横目でちらちら見ていた。この一時間でオレンジを三つも食べたせいで指先の色が変わり、ささくれに果汁がしみた。皮を剝きながらバッグをじっと見つめていた。自分で出向くことなく、これをアティヤの部屋に届ける方法があるのではないかというように。この作戦が成功すれば、なんという皮肉だろう。あのモンスターはフランスでわたしを殺すために銃や棍棒で武装した男たちを送りこんできたというのに、こちらはただのブリーフケースでとどめを刺すことができるとしたら。

オレンジをもうひと房口に入れたところ、ブサイナがドアの外で立ち止まった。「お先に、マリアム」

「お疲れさまです」マリアムは上司に向かって微笑んだ。フロアに人が少なければ少ないほどいい。鞄をすり替えるのにギャラリーは必要なかった。ブサイナがいなくなると、マリアムはバッグに視線を戻した。もうひと房口に入れたとき、そのにおいで不意にアリーの部下カナーンのことを思い出した。イタリアから帰国したあとに行なわれた事情聴取で、彼はオレンジを食べていた。上司が何度も同じ質問を繰り返す横で、静かに皮を剝いていた。

Q：きみが提出したデバイスだが。人工衛星に接続するのか？
A：はい、サミュエル・ジョセフはそう言っていました。前にも言ったはずです、准将。
Q：どうしてきみに渡したんだ？
A：情報を提供することに合意したので。ダマスカスで彼らに連絡するための手段が必要だと言ったんです。何か通信機が必要でした。前にも――
Q：ほかに何を言ったんだ？
A：何も。
（書類をめくる音）
Q：このなかでＣＩＡの支局長はどの人物だ？
A：この女性です。
Q：名前は？
A：アーテミスと名乗っていました。
Q：それはアメリカに本当にある名前か、カナーン？　偽名に聞こえるが。

（聞き取れない声）
Q：本当に？　わかった。ダマスカスにはほかに隠れ家はあるか？
A：この前伝えたところだけです、准将。
Q：彼は協力と引き換えにきみに何を約束したんだ？
A：お金です。
Q：レストランで夕食は何を食べた？
A：パスタです。
Q：どんなパスタ？
A：カチョエペペ。チーズと胡椒のスパゲッティです。
Q：サミュエル・ジョセフは何を食べた？
A：もう四回も言いましたが――
Q：サミュエル・ジョセフは何を食べた？
A：パスタです。トスカーナ風ラグーソース。豚肉の。
（くぐもった会話、ライターをつける音）
Q：少し休憩しよう。いとこに会いたいか？
A：いつ釈放されるんですか？
Q：きみの仕事が終わったときだ。
A：それはいつになるんですか、准将？

Q：終わったときだ。ほかに何か？

A：化粧室を使えますか？

マリアムは嘔吐し、便器の横にうずくまると、手で口を押さえて過呼吸気味に呼吸をくり返した。いつの間にか人差し指を嚙んでいて、血が流れているのを見て悪態をついた。トイレットペーパーで血を拭いてから鏡で自分の顔を見ると、ぶどう畑でサムがしてくれた約束を思い出し、自分が裏切り者になった気がした。「わたしよりひどい顔色じゃない、オクヒティ」マリアムが短時間、監房を訪ねたときラザンが言った。「刑務所にいるのはわたしのほうだよ」

マリアムはオレンジを食べ終え、皮をゴミ箱まで持っていった。八時四十五分。あと十五分だ。化粧室に行って果汁を洗い流してからオフィスに戻ると、明かりを消してドアを閉め、もう帰宅したように見せかけた。机の下に潜りこんでブリーフケースが入った大型のバッグを抱え、自分の鼓動に耳を澄ました。ドアの外で足音が聞こえたので腕時計に目をやったところ、暗闇でかろうじて読みとれた。八時五十八分。「あいつは几帳面な変態よ」とブサイナはよく言っていた。

アティヤの足音がドアの外を通り過ぎ、別の大統領顧問ハサン・トゥルクマーニーのオフィスに向かうのがわかった。マリアムはこの瞬間を待っていた。できれば遅い時間、ブサイナが帰宅したあとでアティヤがトゥルクマーニーを訪ねる時間を。この条件がそろったときでないと、廊下の先にあるアティヤのオフィスに忍びこみ、鞄をすり替えることはできない。なぜ廊下のそのあたりを歩いていたのかとブサイナに疑問を持たれてしまうからだ。ブサイナはアティヤと同じくらい疑り深く、マリアムが彼のオフィスの近くにいるのを見れば裏切りの証拠だと見なすだろう。

トゥルクマーニーのオフィスのドアが開き、続いてカチャッと閉まる音が聞こえた瞬間、マリアムはぱっと立ち上がった。バッグをつかむと廊下を足早に進んでいき、ブサイナのオフィスを通り過ぎ、左に曲がってアティヤのチームの部屋が並んでいる廊下に出た。さらに足を速めて彼のオフィスに着くと、幸いドアは開いていた。

このドア口でお尻を叩かれたことを思い出しながら、バッグから新しいブリーフケースを取り出し、床に置かれたアティヤの鞄の横に並べた——なかにアティヤと気の毒な妻名義の米国のパスポート、現金、脱出を求めるメッセージを仕込んだデバイスが入っている。「ムハーバラートはどう反応すると思う?」サムは尋ねた。「たぶんアティヤを殺すと思う」とマリアムが答えると、サムは淡々と「いいね」と言った。「やつの携帯にもアメリカの番号から不審なテキストメールを送っておく。念のために」

マリアムはアティヤの鞄から書類を取り出し、鞄を交換する前に内ポケットを念入りに調べた。「ひとつ注意点があるの」アイオナはそう言っていた。「あなたの撮ったビデオからは当然鞄のなかは見えなかった。二カ月くらい使ったみたいに見えるように内側に傷をつけてある。百回以上書類を出し入れしてみたけど、わたしたちには見えないシミや傷、裂け目があるかもしれない。鞄を交換するとき、違いが明らかだと思ったら中止して」

マリアムは必死に鞄を見比べて違いを探したが、ひとつも見当たらなかったのでむしろ怖くなった。この作戦を続けなければならないからだ。新しい鞄に書類を入れ直して、元の鞄があったところに置いたあと、持参した大型のバッグに元の鞄を入れて急いでオフィスを出た。このあいだチック症状は出なかった。集中しきっていたからだが、いまでは背中に汗が流れ、肩にかけたバッグが重く感じられた。廊下を歩き出すと自分の足音が響くのにびくりとし、角を曲がってほとんど走るようにブサイナのオフィスを過ぎ、自分のオフィスに急いだ。

そのときトゥルクマーニーの部屋のドアが開き、アティヤの声が聞こえた。マリアムはとっさに判断してブサイナのオフィスに飛びこんだ。アティヤの足音が近づいてくるなか、デスクのわきに立って荒い息をつく。バッグのなかに何が入っているのか聞かれるところが思い浮かんだ。〝いいバッグだな。なかに何が入っているか見せてくれ〟。手を伸ばしながらそう言うだろう。奥に引っこんでようすをうかがっていると、廊下を急ぐアティヤの足がドアの下から差しこむ光を一瞬さえぎった。マリアムは一分ほどしてから一歩踏み出し、少しずつドアに近づいていった。

ドアノブに手をかけた瞬間、廊下から聞き覚えのある声が聞こえてきたが、いま話題になっているのはこれまでよく耳にしてきた艶っぽいものではなかった。マリアムはドアノブから手を離し、オフィスの奥に戻って化粧室に入った。身を隠そうとしてのとっさの行動だったが、ブサイナがオフィスのドアを開けたとき、なぜふつうに部屋を出ていって、なかにいた言い訳をでっちあげなかったのか自分を罵った。暗闇のなか、ふたをした便座にすわっていると、ルストゥムとブサイナが口論しながら部屋に入ってきたのだ。どちらかが明かりをつけた。書類を届けるはずだったのに忘れていたと言うべきだった。夢遊病に悩んでいると言うべきだった。隠れる以外のことをすべきだったのだ。マリアムの世界に火がついて、ブサイナの化粧室に隠れるという致命的なミスで窮地に陥ってしまった。そのまま身動きせず、暗闇で自分の鼓動を聞いていた。ふたりはどうして戻ってきたのだろう？　セックスするつもりなら、万事休すだ。化粧室のドアを開けると、盗んだブリーフケースの入ったバッグを抱えたＣＩＡのスパイが、大量の汗をかいてトイレにすわっているのだから。

「あとにできないの？」ブサイナの声がした。「それにここじゃないとだめなの？　帰るところだったんだけど」

「ジャブラで問題があったんだ。出荷の話は覚えてるか？」

「もちろん。問題って？」

「アメリカ人に見つかった。サリンをすべて別の施設に移動させて撤退しなければならなくなった。予備施設だ、ワーディー・バルザの。何かジャブラに送ってしまうといけないから、きみにも話しておきたかった」

「なるほどね。攻撃の準備はまだ進められているの？」

「ああ。充分な量を確保してある。だがこれはふたりだけの秘密だ、ハビブティ」

ドア越しであっても、マリアムにはブサイナがルストゥムに投げかけている視線が見えるようだった。ブサイナの返事は聞こえなかった。

マリアムは、少なくとも三十分はふたりがセックスするのを聞いていた。ソファから聞こえてくる獣のような声は気味が悪かったが、化粧室でうっかり音をたててもかき消されると思うと安心できた。おそらくブサイナの下着だろうが布が裂ける音が聞こえたとき、マリアムは自宅のアパートでラザンが身を投げようとバルコニーに脚をかけてドレスが破れたあの瞬間に引き戻された。あのあとふたりは床に倒れて泣き、叫び、珍しく星の出ている夜空を見上げた。わたしはいとこの命を救ったはずだが、いったいなんのために？　いまラザンは地下牢にいる。わたしは愛した人をことごとく失望させている。ラザン。サム。おじのダウード。そしていまは化粧室に閉じこめられている。いったい何をしているのだろう？　これまでわたしは何を成し遂げたというのだろう？　マリアムは目を閉じ、外の声を遮断しようとした。

いとこを救うためにサムをアリーに売り渡してしまった。心から憎んでいる男に。暗闇のなかで黒いドレスを着たラザンの姿が見えた。ビリビリに裂かれてはいなかったが。彼女はその場でくるりと回転した。そしてこう言うのが聞こえた。〝どうしてわたしのためにあのモンスターたちを助けてるの？　わたしはすでに自由だよ、オクヒティ。ほかの人を自由にしてあげて。ファーティマ、父、あなた自身。だれがあなたを助けてくれるの？　アリー・ハッサン？　ばか言わないで。あなたが信頼できるのはサムだけだよ。それなのに、あなたがめちゃくちゃにしたの〟

おこがましくもいとこを守ろうとしたけれど、彼女が決して認めてくれないことにマリアムはようやく気づいた。ラザンなら闘いつづけろと言うだろう。マリアムはラザンを助けようとした。最初は反政府活動から、次はアリー・ハッサンの魔の手から。けれどもいま、いとこを救うには自分自身を解放しなければならないと気づいた。

マリアムは目を開けた。

ふたりが帰ったあと、念のために三十分待った。汗だくで神経が昂ったままブサイナのオフィスを出て、壁に寄りかかりながら自分のオフィスに戻った。横になって冷たい床に頬を押し当てた。サムに伝えなければならないが、アリーにデバイスを渡してしまったし、ドロップサイトは時間がかかりすぎる。そのとき近くに迫撃砲が着弾し、窓が揺れた。時計を確認した。サムはまだ大使館にいるかもしれない。マリアムはバッグを持ってオフィスを出た。

今夜伝えなければ。ミスを挽回しなければ。サムに約束を守ってもらおう。

42

ソファでファックしたおかげで頭がすっきりした。サミュエル・ジョセフの監視の失敗についてアリーが書いた報告書をオフィスで読み返していると、ルストゥムは一瞬目の前のもやが晴れわたった気がした。ＣＩＡ工作員は夜の闇に消えた。フランス人と取り違えたのだ。やつのアパートを荒らし、ベッドにクソをしたのはいいアイデアだったが、失態の埋め合わせにはならなかった。けれども弟には兄の自分の目の前に大統領命令を突き出して、あのばかげたメッセージをブサイナに伝えろと言ってくるだけの度胸があった。内側で怒りが煮えたぎるのを感じ、歯をきつく食いしばった。アリーを階段から突き落とし、ベッドで馬乗りになって首筋にナイフを突きつけた幼い少年に戻っていた。ルストゥムは復讐心の塊だった。自分こそがシリアの救済だった。

この混乱の後始末をしなければならない。

サミュエル・ジョセフを逮捕する必要がある。アリーのばかげた計画にまだ猶予があるのはわかっていたが、真実が明らかになれば大統領も納得してくれるだろう。二、三時間もあれば、バースィルがあのアメリカ人から裏切り者の名前を吐かせることができる。そして、自分の軍のなかにスパイが潜んでいないことがわかれば、内戦を終わらせるために猛攻を仕掛けることができる。アメリカは日本に原爆を落として第二次世界大戦を終わらせた。テロリストどもを毒ガスで殺して何が悪い？

ルストゥムは受話器をつかんでバースィルの名前を叫んだ。補佐官がバースィルにつないだ。

「おまえたちに仕事がある」ルストゥムは言った。

「なんなりと」ガサガサいう音がして、バースィルが首と肩のあいだに受話器を挟むのがわかった。「何をすれば？」

「ダマスカスにアメリカ人がいる、CIAの人間だ。名前はサミュエル・ジョセフ、やつのファイルを送る。こいつが裏切り者を操っている。逮捕したい」

「了解しました。民兵を使いますか？」

「ああ。書類はなしだ」ルストゥムはハマーを思い出し、濁った目や切り取られた頭皮が脳裏によみがえった。「だが手荒な真似はするな。使うのは素行のいいやつらだけにしろ。ヘロインもなし。話を聞く必要があるから、殺したり病院送りにしたりするな。わかったか？」

「アリーがロシア人と一緒にやつを見張っているのでは？」

「このあと電話して退くように言っておく、おまえたちに仕事ができるように」

「はい、司令官。いつ取りかかりますか？」

「いますぐだ」

電話を切ってアリーのオフィスにかけたところ、秘書にまわされた。「アリーを出せ」とうなるように言ったが、聞こえたのは弟の声ではなく、長官はここにはいないとつかえながら答える秘書の言葉だった。「ではロシア人に代われ」ルストゥムは怒鳴りつけた。少しして、きついスラブ訛りの声に挨拶を受けた。「はい、司令官」

「今夜はもうアメリカ人の監視はやめてくれ。別のところに行ってもらいたい」

43

大使館と契約している清掃業者がまだアパートにいたので――「こんなの見たことありませんよ、ミスター・ジョセフ」スタッフのひとりはめちゃくちゃになったアパートを見てまわりながら何度もつぶやいていた――サムはいつもより遅くまで支局に残り、〈アテナ〉のデータベースに寄せられたメッセージをチェックしていた。ひとつも届いていなかった。イタリアから戻って以降ただの一度も。疲れきっているのと心配なのとでいてもたってもいられず、上着をはおって帰宅することにした。ポケットにはアリーのために買ったマルボロが入っていた。アメリカでは公共の場所で煙草を吸えるのはラスベガスくらいしかなくなっていたが、これまで吸いたいという気持ちにはならなかった。昔から嗅ぎ煙草のほうが好きだった。だがいまはどうしても吸いたい気分だった。

事務棟の外に出て海兵隊の護衛官から火を借りたために、悪化する治安状況について与太話につき合わなければならない気分になった。その若い海兵隊員は、法と秩序が崩壊しそうな首都の状況に心から興奮しているようだった。「これもらってもいいかい?」サムが箱入りのマッチを持ち上げると、その能天気な若者はどうぞと答えた。サムはよじ登り防止機能のついた断崖絶壁のフェンスを見上げ、この国から放り出されるのはいつになるだろうと考えた。初めてこの国に来た日に抱いていた興奮は消え、ダマスカスでの任務は失敗しつつあるという不吉な予感に置き換わった。

プロクターに課せられた仕事はふたつあった。アリー・ハッサンを殺し、〈アテナ〉を動かすこと。その両方に失敗してしまった。

ひとつ目、アリー。あと少しのところまで迫られていた。サムはなぜロシア人がアリーを追いかけてきたのか、彼らがどこに行ったのかわからなかったが、ロシア人の口の動き(〝やつを見つけた〟)から自分を追っていたことはわかった。アリーの警告と自宅のアパートを荒らされたことは、自分が薄氷の上にいることを示していた。アリーの目のなかに指を突っこんでも、目玉はえぐり出せないかもしれない。ただ噛みちぎられるだけだ。ペルソナ・ノン・グラータとして追放されるかもしれないが、ひどい場合はヴァルと同じ目にあうだろう。

ふたつ目、〈アテナ〉。マリアムだ。トスカーナで何か隠しごとをしていた。一週間以上デバイスから連絡がない。何か由々しきことが起きたのだ。サムはもう一本煙草に火をつけて、迫撃砲の筋が残る空に星条旗がはためくのを見つめた。屋根によじ登って引き下ろそうとした男たちのことを思い出した。イタリアで恐怖におびえていたマリアムの目を思い出した。自分がした約束を思い出した。

ダマスカスでの時間は尽きたのかもしれない。今夜以降、自分のキャリアがどうなるか見当もつかなかった。これで終わりかもしれない。だがやるべきことが何かはわかっていた。

サムは煙草をもみ消した。事務棟に入る暗証番号を入力し、階段を下りて支局に戻った。再度暗証番号を入力して分厚い金属扉が開くと、デスクに置いてあった鞄をつかんでプロクターのオフィスに向かった。彼女は電話でだれかに怒鳴っていたが、サムの姿を見ると受話器を置いた。政権側の反撃が激しさを増し、壁が揺れた。サムはドアに寄りかかった。

「自分が危機的状況にいることはわかっています、チーフ。今後どうすべきか、明日の朝ブラッドリーも交えて話し合ったほうがいいのでは？」

プロクターはじろりとサムをにらんだが、質問には答えなかった。「協力者の面倒を見て、情報をとってきなさい」プロクターは言った。「大切なのはそれだけでしょ」

サムはうなずいた。支局を出ると駐車場を通り抜け、金属探知機を通過し、大使館の敷地を出た。今夜、約束を果たすつもりだ。

マリアムは環状交差点の反対側のベンチにすわり、サムが大使館から出てくるのを待っていた。監視や尾行がないところで話をする必要があったが、彼はムハーバラートに尾行されているはずなので気をつけなければならない。通りで追い越すふうを装ってそばに近寄り、素早くメッセージを伝えるのはどうだろう。それでうまくいくかもしれない。マリアムが現れてもサムは驚きを見せず、何ごともなかったようにやり過ごすはずだ。自分が〈セキュリティ・オフィス〉のチームにつけられていないことも確信していた。官邸を出てから、フランスで習った手順を実行している。

サムは川沿いにアドナーン・アル・マルキ通りを歩いていた。車や通行人の多い幅広い並木道で、ウマイヤド広場やシェラトン・ホテルに通じている。いつもより道が空《す》いているのは、戦闘が激しくなってみんなが家に閉じこもっているせいだ。マリアムは以前このエリアが人々を惹きつけていたころのように、人通りが多いことを期待していた。ＣＩＡ局員に接触しようとしているというのに、自分が裸でさらされている気がした。サムが少し離れた川沿いの歩道に姿を現したとき、ムハーバラートの尾行がついていないことに気がついた。変だ。サムは川沿いの五十メートルほど先にいて、急ぎ足で歩いている。マリアムはハイヒールとそれを選んだ自分を罵りながら足を速めた。通りは薄暗くて人影もなく、大使館の周囲のにぎやかな雑踏が懐かしく感じられた。

そのとき目に入った。大型ゴミ容器の背後から三人の男が現れてサムの行く手をさえぎったのだ。検問ではない。マリアムにはそれが何かわかった。バッグから爪やすりを取り出し、直前まで見えないように手首に沿ってつかむと、バッグを地面に放り出した。幸い、アティヤの元のブリーフケースは処分してあった。

ハイヒールを脱ぎ捨てて走り出した。

目の前に三人の男が現れて、サムは整備されていない歩道で立ち止まった。相手は制服を着ておらず、棍棒を握った体格のいい男は〈I ♡ NY〉のTシャツを着ていた。あとのふたりはAK-47を持っていて、ひとりはビーチサンダルをはき、もうひとりは迷彩服を身につけている。ひとりはいなかった――いまはまだ。サムは相手の空気感がわからなかった。民兵？　犯罪者？　反体制派？　ダマスカスではその境界線が曖昧だが、それが重要というわけでもない。サムはNYのTシャツの男のベルトに手錠がぶら下がっているのに気づいた。この連中がだれであろうと、自分を拉致するつもりなのだ。

「こんばんは」サムはアラビア語で言った。「なんの用かな？」

「ミスター・ジョセフ」NYが言った。「われわれと一緒に来てもらいたい」

やれやれ、とサムは思った。相手は名前を知っている。いいニュースは、殺すつもりはないらしいということだ。でなければ手錠を持っているはずがない。つまり自分には利用価値があるということになる。わずかであっても。

「何者だ？」サムはアラビア語で続けた。

「軍だ」

サムはもうひとりの男のビーチサンダルに目をやり、次に銃を見て、そしてふたたびNYに視線を戻した。

NYはサムの向こうを見ていた。サムは足音に気づいた。だれかがうしろから裸足で歩道を走ってくる音がする。サムは身構えた。


パリでベニに叩きこまれたように、レッツェヴはクラヴマガの基本原則のひとつだ。切れ目なく攻撃を続けること。足の裏が歩道にこすれて焼けるように痛んだが、マリアムは三人の民兵の顔に混乱した表情が広がるのを見ながらスピードを上げた。

相手は三人いて、ふたりは銃を構えている。銃を奪わなければならない。垢《あか》抜けた服装の女が目を血走らせて裸足で向かってくるのを見て、彼らはどう反応すればいいのかわからないようだった。

あと五メートルほどのところで、NYのTシャツを着て棍棒を持った男が止まれと叫んだ。マリアムはさらにスピードを上げた。

そして爪やすりを振り上げ、自動小銃を持っている男――ビーチサンダルの男の股間に突き刺した。ズボンが血に染まって男は泣き叫んだ。マリアムが右腕を振りまわして銃を叩き落とすと、男は股間に突き刺さった爪やすりをつかんで歩道に倒れた。

サムはこの場に飛びこんできたのがマリアムだと気づかないまま、迷彩服を着た男に向かって足を踏み出した。男は去勢された仲間をぎょっとした顔で見つめていた。サムは男の胸骨に拳を繰り出したが、肩にかけていた鞄が邪魔になってわずかに外れた。迷彩服はうしろによろけ、銃を構えなおそうとした。サムは相手の脛を蹴りつけ、指を鉤爪のようにして顔に向けて突き出し、穴を探した。左目に中指を突っこんでひねると、男が悲鳴をあげてサムの指先が滑った。相手は銃を離さず、サムに向けようとした。

次の瞬間、右肩に火がついたような痛みが走り、サムは男の眼窩をつかんでいた手を放してよろめいた。棍棒が右の肝臓に振り下ろされた。続けてもう一度。立ち上がろうとしたところ、今度はNYに脛を殴られた。男は何やら低い声でわめいていたが、サムには意味がわからずそのまま崩れ落ちた。

マリアムはひざまずいて歩道からAK‐47を拾い上げ、サムを棍棒で叩きのめしている〈I♡NY〉のTシャツを着た男に向けた。引き金を引くと自動小銃の独特な音がして、銃弾が男の骨盤や太もも、膝を粉砕した。男はその場に倒れた。

迷彩服の男は目を押さえて、歩道と五メートルほど下にある川岸を隔てる石灰石の壁に向かってよろよろと歩いていた。マリアムは男に銃を向けて一斉射撃をしたが、狙いが低すぎたため多くが歩道に当たった。そこで上に修正すると、銃弾は男の尻、背中、首を引き裂き、ついに後頭部に当たって男は石壁の上に覆いかぶさった。マリアムは引き金を引き続け、男の身体が壁の上でぐらりと揺れ、向こう側の川岸に落ちていくのを見守った。あたりを見まわしたところ、奇跡的に通行人の姿はなかった。川岸で迷彩服の男が死んでいて、歩道ではビーチサンダルの男が爪やすりの突き刺さった股間を押さえてうめいていた。NYのTシャツの男は這って逃げようとしていたが、ほとんど進んでいなかった。サムは右の肩をつかんでどうにか立ち上がった。

マリアムは素足に薬莢が当たるのを感じながら、股間を押さえているビーチサンダルの男のほうへ近づいていった。男は爪やすりを引き抜いていたが、ズボンは血でぐっしょり濡れていた。「だれの命令?」マリアムは男を見下ろし、銃を頭に突きつけて言った。反体制派か強盗だと言ってほしかった。それなら厄介ではあるが、相手はサムがCIAだと知らず、マリアムをアメリカと結びつけることはしないだろう。

ビーチサンダルに抗う気力は残っていなかった。「バースィル・マフルーフ。おれたちは民兵だ」男は顔をしかめ、酸素を取りこんでから最後に言った。「アメリカ人を捕まえに来た」

マリアムは顔を背けて引き金を引いた。足元に血が飛び散るのを感じながら。「正規の民兵よ」マリアムは英語でサムに言った。蒸し暑いのに、歯がカチカチ鳴っている。歯を食いしばり、這って逃げようとしているNYに銃口を向けた。男が動かなくなるまで、引き金を引きつづけた。

大使館のほうで立て続けにクラクションが鳴らされていたが、マリアムには聞こえなかった。

どう見てもひどい惨状だった。死んだシリア人民兵三人、けがをしたCIA局員、どういうわけか襲撃の最中に突然現れた協力者。奇跡的に歩道には通行人も警察もいなかったが、銃声がしたのだからこの状況も長くは続かないだろう。サムはなぜマリアムが現れたのか見当もつかなかった。フランスで取り決めた安全上のルールをすべて破っている。

マリアムはバッグと靴を取りにいった。サムは銃から指紋をぬぐい、爪やすりを拾い上げると、川岸に倒れている死体を見下ろした。それから自分の鞄のなかを見て、使い捨て携帯があるのを確かめた。エライアスにテキストメールで住所を知らせ、メッセージの終わりにピリオドを四つ打った。緊急事態の合図だ。

サムはマリアムがバッグから取り出したウェットティッシュで、彼女の顔や首筋に点々と飛んだ血をこすり落とした。マリアムはスカートのなかにブラウスを入れ直し、髪を結び直した。ピクピク動く目をこすった。サムはマリアムに住所を告げた。

サムの携帯が振動した。〝了解。十分で行く〟

「一緒には行けない」サムは言った。「きみはラウダのほうに向かってくれ。手短なSDRで。十分後に迎えが来る」

「どこに行くの？」マリアムが尋ねた。

「話ができるところだ」

〈バンディートズ〉に割り当てられた資金により、カシオン山のふもとに位置するマルキ地区の北の外れに質素なアパートが購入された。寝室の床にはマットレスが直接置かれていたが、シーツはなかった。狭いキッチンには缶詰のスープが用意され、通路にはカード用テーブルと金属の椅子が一脚置かれていた。天井の照明はチカチカ点滅し、消臭剤と防虫剤のにおいが鼻をついた。停電に備えて、〈バンディートズ〉たちの手で乾電池式のキャンプ用ランタンが寝室の壁に沿っていくつか並べてあった。

二時間後にまたエライアスが来て、マリアムを家の近くまで送ることになっていた。検問所はすべて通過するものの、玄関先までは送り届けない。この部屋はみすぼらしかったが、マリアムと過ごせるなら何もいらなかった。だが二時間でも危険だった。マリアムが監視されていれば――そうだとわかっていたが――不在の時間が長くなると、相手に疑いを抱かせることになる。

ふたりはマットレスの上に向かい合ってすわった。照明がふたたびちらついてそのまま消えた。頭上で砲撃の音がする。サムはランタンをひとつ点けた。

「どうしてあそこにいたんだ?」サムは尋ねた。

「伝えなければならないことがあったから」

サムはもう少しで叫び出しそうだった。〝どうして渡したデバイスを使わなかった?〟けれども答えはすでに知っていた――だからこそ裏切りと同時に彼女の誠実さを確信するのだ。それでもいらだちを静めることはできなかった。自分自身の判断が信用できなくなり、プロクターの言葉を思い起こした（〝情報をとってきなさい〟）。サムは目を細めて彼女を見た。「というと？」

「ルストゥムがサリンの移転先の場所をブサイナに教えるのを聞いたの」

「どこだ？」

「ワーディー・バルザ」

「どうしてわかった？」

「立ち聞きしたから。わたしはブサイナのオフィスの化粧室にいた。アティヤのオフィスに鞄を置いたばかりだった。わたしは――」そこでマリアムは泣き出した。

すでにシリア側は銃撃戦があったことを知り、殺人をサムと結びつけているだろう。見つかれば殺されるかもしれない。あるいは逮捕して裁判にかけたうえで殺すのかもしれない。今夜のうちにラングレーに情報を伝える必要がある。

「デバイスはだれが持ってるんだ、マリアム？」

マリアムは燃える目でまっすぐにサムの顔を見た。「ごめんなさい、ハビービー、本当にごめんなさい」と言って両手を目に押しつけて泣きはじめた。「許して、お願い、許して」

「だれが持ってる？」

マリアムは泣き続けた。「ごめんなさい、ハビービー、ごめんなさい、ごめんなさい」

「どこにある?」

マリアムは濡れて赤くなった顔をあげた。「アリー・ハッサンが持ってる。ラザンを連れていかれたの、イタリアに出発する前の晩にアパートに現れて彼女を逮捕した。アリー・ハッサンはあなたに対抗するためにわたしを使ったの、ハビービー、ごめんなさい、本当に」

予想どおりの展開だった。マリアムの告白を聞いたらきっと腹を立てるだろうと思っていたが、実際は悲しくなっただけだった。イタリアで打ち明けてくれなかったことが悲しかった。サムとプロクターが助けてやれたかもしれない。逃してやれたかもしれない。だがいまふたりはダマスカスに囚《とら》われ、この混乱から生きて抜け出せるか自信がなかった。

「あのデバイスから何を手に入れたがっているかわかるか? それかぼくから?」サムは尋ねた。マリアムは震え出し、流れた化粧を手でぬぐった。さっき落としきれなかった血の塊が涙でふやけた。この粗末なアパートの静けさのなかで、いまサムはイタリア以来初めて彼女の顔をまともに見た。顔色が悪く、打ちひしがれている。目の下にはクマが浮き、皮が剝けて赤くなった指先を嚙んでいる。

「はっきりしたことは言わなかった。アリーはただあなたが裏切り者と会うと思っていて、だれか突き止めなければならないと言っていた。それはわたしのことかと思ったけど」

サムは優しくマリアムの指先に手を添えて口元からそっと離し、両手で包みこんだ。

「デバイス以外に渡したものは?」

「大半は背景情報よ。プロクターのことを話した」マリアムは唇を噛んだ。「それからダマスカスの隠れ家のこと。あなたと連絡をとるよう言われた。あなたとパリのパーティーで出会ったことを知ってるの。アリーはわたしを使ってあなたを陥れようとしている。それでデバイスを欲しがったの」

サムはこれまでの話を整理した。最新鋭の秘密通信機器と隠れ家が使えなくなり、最上級のシリア人協力者が裏切った。防諜課の連中は怒り狂うだろう。

サムは室内を歩きまわった。ふたたびカシオン山に迫撃砲が着弾した。電気がついたが、ほんの数秒でアパートはふたたび暗闇に包まれた。

「なぜ今夜ぼくをつけたんだ？」

「その話を聞いてあなたに知らせなければと思ったから。ほかに連絡する方法がなかったから」

「アティヤの作戦を実行したのか？　鞄をすり替えた？」イタリアから戻って以来、支局にはなんの報告も届いていなかった。

「ええ。でもデバイスがなかったからあなたに伝えられなかった」

「アリーにアティヤの作戦のことを話したのか？　ブサイナのパソコンのことは？」

「まさか。わたしは忠実だもの。一緒に闘ってる」

「わかってるよ、ハビブティ、わかってる」サムが腰を下ろすと、マリアムがサムの肩に頭を預けて泣きはじめた。彼女はＣＩＡを裏切り、フランスで交わした取り決めを反故《ほご》にし、サムを売った。それでも彼女が本当のことを言っているのがわかった。別の人生、別の世界でなら、どこかで一緒になれたかもしれない。けれどもふたりがいるのはダマスカスで、この街が地獄に落ちるところを最前線で目の当たりにしている。サムは怒りと悲しみ、恥辱をわきに追いやりたかった。いまコントロールできることだけに集中したかった。彼女を守りたかった。

「ラザンは釈放されたのか?」サムは尋ねた。

マリアムは首を横に振り、歯を食いしばってランタンを見つめた。「まだ。アリー・ハッサンは嘘つきよ」

サムは素早く頭を回転させ、果たすべき義務と取りうる手段について考えた。エージェントを保護しろ。約束を守れ。

「きみを守る唯一の方法は」サムは言った。「アリーが望むものを渡すことだ」

ふたりはマットレスの上で向かい合わせになってプランを練った。

「何かあったときのために連絡手段が必要だ、ほんの数秒の時間でも」サムは最後に言った。「エライアスに言って、きみを家まで送るときに使い捨て携帯を渡せるようにする」

〈バンディートズ〉にテキストメールを送ったあと、マリアムに自分の使い捨て携帯の番号を教えた。

時計を確認する必要はなかった。エライアスが迎えに来るまであと二十五分だとわかっている。

サムはマリアムの耳に入らないよう、キッチンに行ってプロクターに電話した。襲撃されたことは報告したが、いまどこにいるかは言わなかった。

「撤退のタイミングね。パーティーは終わり」プロクターは言った。

サムは次の戦略をどう説明していいかわからなかったので、ただこう言った。「今夜この情報を伝えてください、チーフ。〈アテナ〉からの機密情報です。サリンはワーディー・バルザにあります。確実な情報です」

電話を切ると、サムは深呼吸した。たとえこの作戦が成功したとしても、シリアで裁判にかけられるより、プロクターとＣＩＡの上層部に対峙するほうがずっとましだとは言い切れなかった。結局のところ、唯一の違いは記念ホールの壁に星がつくかつかないかだろう。

サムが戻ると、マリアムはマットレスに横になっていた。サムは隣に横たわった。許して、ハビービー、お願い、マリアムは何度も繰り返し言った。サムは彼女の額に額をつけ、数分間黙って抱き合った。やがて呼吸のリズムが合い、サムは彼女にキスをした。

マリアムは涙を拭き、サムの視線を受け止めながら彼のシャツのボタンを外していった。肩のところで袖が引っかかると、サムは身を硬くした。

「これが本当に最後になるかもしれないわね、ハビービー」マリアムが言った。

「わかってる」とサム。「でもぼくたちはしょっちゅう間違うからね」

44

七月十八日の穏やかな日差しが降り注ぐ朝、ルストゥムは国家安全保障局の本部に歩いて向かいながら、繰り返される血の抗争について考えをめぐらせていた。

一日が終わるまでにリストは膨らんでいくことだろう。

この手の会議は退屈きわまりなかった。大統領は内戦のあいだ防諜活動を集約させるために、自身の弟がトップを務める組織をつくった。この会議で笑える点は、アリーのいる老朽化した建物には全員がすわれる広い会議室がなかったため、〈セキュリティ・オフィス〉以外の場所で集まらざるをえなかったことだ。アリーへの当てこすりはともかく、この手の会議は疲労困憊することが常だった。参加者のほとんどがしゃべることしか能がない、腑抜けの役人ばかりだからだ。

「司令官、ちょっとよろしいですか」ビルに入っていくと、聞き慣れた声がした。バースィルがロビーに立っていて、彼の到着を待っていた。ルストゥムはバースィルをわきに引っぱった。

「捕まえたか?」ルストゥムは小声で聞いた。国家安全保障局の本部はこの手の会話ができる場所ではなかった。

「ゆうべ民兵とのあいだである事象が発生しまして」

「事象？　はっきり言え、バースィル」ルストゥムは通行人の視線を気にしながら言った。

「あのＣＩＡ工作員を捕らえるのに送りこんだ連中が死にました」バースィルが言った。

「やつが殺し、逃走したんです」

ルストゥムは呆然と立ちつくした。だれかが敬礼したが、目に入らなかった。

「今朝早くに死体が見つかりました」バースィルが続けた。「川の近くで射殺されていました。ひとりはペニスを刺され、もうひとりは目をえぐり出されて川岸に投げ捨てられていたそうです」

「ペニスを刺された？」

「はい」

「ヘイワーン」ルストゥムはうなるように言った。けだものめ。血圧が上がるのがわかった。「やつを見つけろ」

「あらゆる場所を捜しています、司令官」一瞬間があいて、バースィルはこう続けた。

「もし見つけたら？」

「生け捕りにしろ。可能なら」

アリーは激昂したまま会議室に入っていき、テーブルの上座についた。会議の議題は用意していたが、無駄になった。いま集中できるのは、残虐な兄とその子分であるバースィルに対する激しい怒りだけだからだ。ふだんは感情を見せないボルコフも、前夜ルストゥムが監視を中止させたことをアリーは承認していないし、知りもしなかったと知って同じように顔を真っ赤にして怒っていた。その話を聞いたとき、ボルコフは磁器のマグを部屋の壁に叩きつけた。彼が午前中に飲むと決めている〈ジュラヴリー〉のウォッカが飛び散ったが、まだ半分は残っていたことからその怒りが本物だとわかった。アリーは煙草を二本吸いながら、ロシア人の部下が後始末をするのを眺めていた。

そこからサミュエル・ジョセフの追跡が始まり、全部で十七ある全治安機関に通知され、最優先に対応するよう指令が出された。アリーは自らあのアメリカ人のアパートの捜索を指揮した。彼がマリアム・ハッダードに用意した隠れ家も捜索し、彼女を事情聴取に呼び出した。国境警備隊にも警戒態勢をとらせた。アメリカ側にも正式に通告し、その緊迫した会議の終わりで副外相がアメリカ大使に悪態をついたらしい。それなのに、まだサミュエル・ジョセフは見つかっていない。

アリーは書類に目を通しながら給仕の少年を呼び寄せた。いつまでたっても名前が覚えられない。少年はきしみをあげるワゴンを押しながら、テーブルをまわって近づいてきた。そしてカップに紅茶を注ごうとしたが、かなりの量をトレーにこぼした。「すみません……すみません、准将」少年はつかえながら言い、カップの両側を拭いた。

「大丈夫だ」アリーはそう言ってカップを受け取った。「ナプキンをくれ……名前はなんだったかな？」

「ジブリールです、准将」

「そうだったな、ジブリール、ナプキンを取ってくれ」けれども少年には聞こえていないようだった。口をぽかんと開けてドアのほうを見ている。アリーは振り返った。

アサド大統領が入ってきた。この会議には毎回招かれているが、顔を見せるのは初めてだった。アリーは立ち上がって握手をし、わきに寄って真ん中の席を譲った。大統領はテーブルについたほかの高官たちと挨拶をした。

ルストゥムはアリーを無視してアサドの右隣にすわった。アリーは兄のほうに身を寄せて耳打ちした。「昨晩あのアメリカ人を殺そうとしたそうですね。拘束したんですか、それともあなたの部下たちがひどい失態を犯しただけですか？」

「おまえの目を欺くためにおれが三人の民兵を殺したと思ってるのか？　逃げたと見せかけて、実は拘束しているとでも？」

「あなたならやりかねない」

ルストゥムは鼻で笑った。「ふざけるな、アリー、あのアメリカ人がどうなったのか、どこにいるのかおれは知らない」大統領がルストゥムのところに来て、握手をしてから席についた。ネクタイを撫で、会議を始めるようアリーにうなずいた。

「今日の会議の目的はサミュエル・ジョセフというアメリカ人を見つけることだ」アリーは集まった面々に向けて言いながら、ガタガタ鳴るティーワゴンに視線を走らせた。内務大臣に紅茶を注ぎ終わったジブリールが近づいてくる。アサドが手を振って呼び寄せると、ワゴンがいっそう大きくきしみをあげて近づいてきて、アリーと大統領のあいだで止まった。部屋中の目がそのワゴンに注がれ、アリーはしゃべるのをやめた。ジブリールは紅茶を注ごうとしたが、手元が震えて熱い紅茶が大統領のカップからあふれ、テーブルに広がった。「くそっ」大統領はこぼれた紅茶がズボンの上に滴り落ちないよう手で払いのけながら、必死にナプキンを捜しているジブリールをにらみつけた。少年にとって最悪な朝のようだ。具合が悪そうに見えた。

「そのワゴンのなかに入ってないのか？」大統領は布がかかっている、ワゴンの下の部分を指さした。

「ぼく……ぼく……取ってきます、大統領」ジブリールはアリーと大統領のあいだにワゴンを置いたままその場を離れようとした。

「おい」ルストゥムが怒鳴りつけるように言った。「邪魔になるからそのワゴンをテーブルの反対側に持っていけ」

ジブリールはまず大統領を、それからアリーを見た。少年の額に汗がにじんでいた。ティーワゴンが音をたてて遠くに行くのを聞きながら、アリーは話を再開した。少年はテーブルの反対側の端にいる国防大臣とトゥルクマーニーのあいだにワゴンを置いた。部屋を出ていくとき、彼がこちらを見ていたのに気がついた。いやな予感がした。アリーは口をつぐみ、手元の書類を見ながら集中しようとした。

「ハッサン准将」大統領が言った。「続けてくれ。わたしもあのワゴンの音で耳がおかしくなりそうだ」耳に指を差し入れ、笑いながらまわしてみせた。

かすかなベルの音がした。と、次の瞬間熱波に襲われ、アリーの身体は強烈な光に包まれて部屋のなかが見えなくなった。それから重力を失ったように、プールの底で身体がぐるぐるまわっているような気がした。顔と腕が焼かれ、煙で鼻腔がふさがれた。もう一度身体がまわったときに、切断された脚がスローモーションで目の前を通り過ぎた。そしてさらに回転したとき、床に——それとも天井に——穴が開いて煙が立ちのぼっているのが見えた。やがて世界が静止し、境界線がはっきりして、回転がゆっくりになっていったが、聞こえるのはうなり声や悲鳴、うめき声、そして苦しそうな息づかいだけだった。

しばらくして大統領が喘ぐように言った。「なんてことだ《ヤ・アッラー》」

気がつくとアリーは、自分の椅子から少し離れた壁にもたれてすわっていた。大統領は椅子のうしろに倒れ、頭を持ち上げて身体を動かそうとしていた。アリーは下を向いて自分の脚が無傷のままそこにあるのを確認した。指で触ってみると、圧迫を感じた。つま先を動かしてみる。できた。

痰《たん》を吐き出しながら、煙が充満した部屋を見まわした。黒焦げになった手や脚が床に散らばっている。テーブルの反対側は消え、天井のタイルが剝がれて大きな穴が開いていた。テーブルの向こう側は見通せなかったが、右側にルストゥムが倒れていて、肘を使ってこちらに這って近づいてきた。

アサドは血走った目をして立ち上がったが、ふたたび崩れ落ち、煙を吸いこんだのか苦しそうに喘いでいた。アリーは自分が立ち上がれることに気がついた。アサドのほうによろよろと歩いていき、大統領を抱きかかえた。ルストゥムも立ち上がり、壁に手をついて身体を支えている。アリーは周囲を見まわし、国防大臣の目が黙ってこちらを見返しているのに気づいた。まるで顔の下半分はどこに行ったのかと問いかけているように。

一時間後、アリーはルストゥムとアサドとともに宮殿にいた。大統領は右目に包帯を巻き、胸と腕に負った火傷に圧迫包帯を巻いていた。ルストゥムは首にギプスをつけるよう医師に指示されたが、アリーは奇跡的に顔に切り傷を負っただけだった。まだライラには電話していない。なんと言えばいいかわからなかった。自分はショック状態にあるのだろうか。

アルジャジーラを見ながら、ジブリールが連れてこられるのを待った。少年は爆発のあと、建物から逃げようとしているところを捕まった。テレビでは、ドゥーマの軍司令官ザフラン・アッルーシュが犯行声明を出し、これから首都奪取の戦いが始まると宣言していた。アサドがテレビに向かってリモコンを投げつけたため、画面にひびが入って映像が消えた。アリーは両手で頭を抱えた。だれも口をきかなかった。

やがて大統領警護隊長がドアを開け、手錠をかけられた給仕のジブリールが目の前に連れてこられた。汗をかいて青あざが浮き、目はショックで大きく見開かれている。おそらくアリーも大統領もふたりとも生きていたからだろう。

アリーはいますぐライラと息子たちのもとに帰りたかったが、宮殿に足止めされ、さらに悲惨な展開を見せられている。この状況が許せなかった。自分が許せなかった。ジブリールはじっと床を見つめていた。

「わたしを見ろ」アサドが言うと、ジブリールは身を震わせた。大統領は一歩近づいた。

「わたしを見ろと言ったんだ」ジブリールが顔を上げると、大統領は少年の目に唾を吐きかけ、顔を平手打ちにした。ジブリールは泣き出し、アリーは顔を背けた。

「わたしの父が三十年かけてつくりあげたこの国を、わたしの治世でおまえのようなクズの裏切り者に破壊させるわけにはいかない」アサドは言った。「この国は軍靴と剣、銃によって治めなければならない、わかるか？　まさにおまえのような者がいるかぎり、シリアに自由は訪れないだろう。おまえはわが一族が長年にわたって抑えこんできたカオスだ。おまえのような者こそわたしが闘う理由だ、わが政府が決して屈服しない理由だ。シリアはわたしのものだ、おまえたちのものではない」

アサドは警護隊長に合図して、少年を連れていかせた。

「いますぐ始めろ」アサドはルストゥムに言った。

ルストゥムはうなずくと、首のギプスを剝ぎ取ってアサドのオフィスを出ていった。

「あのアメリカ人を見つけるんだ」大統領はアリーに命じた。

アリーはカナーンの運転する車で〈セキュリティ・オフィス〉に戻った。六カ所の検問所を通過するあいだに、頭上を飛ぶ戦闘機ミグと、緊張した面持ちの共和国防衛隊の将校たちの姿を見て、もはやこれまでなのだろうかと思った。ライラに電話をかけた。

「ハビブティ、息子たちと家にいるのか？」

「ええ。どうしたの？」

「会議の最中に大統領が狙われた。おれは無事だが、負傷した者もいる。防衛隊は攻撃を準備している」

「どうすればいいの？」ライラの声が震えていた。うしろでサーミーが叫ぶ声がした。

アリーは選択肢を考えた。

逃げる。まずい考えだ。反体制派があちこちに検問所を設けているし、ルストゥムが空港を閉鎖するのは間違いない。

隠れる。これもだめだ。どちらの側に見つかっても殺される。

闘う。いまのところ最良の手だ。生き延びるチャンスがある。

「家から出ないでくれ。市の中心はまだ安全だ、ハビブティ。いまオフィスに向かっているところだが、すぐに帰るよ」

建物に着き、部屋に向かう途中でロシア人の司令センターの前を通り過ぎた。ボルコフが肉付きのよい顔に勝ち誇った笑みを浮かべてこちらを見た。手にはウォッカがなみなみと注がれた新しいマグと書類を一枚持っている。

「准将、プーチン大統領から直々にこの情報をあなたに提供するよう指示があった。アメリカ人が言うところの、最新の情報だ《ホット・オフ・ザ・プレッシャー》」ボルコフはそう言い、ふたりは腰を下ろした。

アリーはそれを言うなら〝ホット・オフ・ザ・プレス〟だと訂正しかけたがやめておいた。この男がどれほどウォッカを飲んでいるのかわかったものではない。

ボルコフは続けた。「ワシントンで幸運に恵まれた。ゆうべ遅くに、われわれの情報源でもっとも高い地位にいるひとりが興味深い情報を入手した」

ボルコフはテーブルの向こうからその書類を滑らせてきた。

これまでの情報と同様、これにもしるしがあった――（TS∥HCS∥OC REL ISR）。そしてきわめて簡潔だった。情報源の特定も含めたった五行の文章だ。だが重要なのは本文ではなく、タイトルだった。

〝共和国防衛隊、ワーディー・バルザにサリンを移転〟

アリーは泣いていいのか笑っていいのかわからなかった。ワーディー・バルザ。ブサイナに割り当てた場所だった。

アリーがオフィスを訪ねると、ルストゥムは電話の相手に向かってミサイルとロケット弾を国じゅうに配備しろと怒鳴りつけていた。六人の部下が口をぽかんと開けてそれを聞いていた。アリーが入っていくと、首を動かせないルストゥムは身体全体をこちらに向けてきた。その目は残忍な光を帯び、宮殿では気づかなかったが口髭が焦げていた。

ルストゥムはアリーを無視して電話に向かって怒鳴りつづけ、地図の前に移動してドゥーマ内のある座標を指さした。それから受話器を叩きつけるようにして切ると、激しく右腕を振ってアリーにすわるよう示し、同時に痛みに顔をゆがめた。そして部下たちを部屋から追い出した。

「何しに来た？」ルストゥムが口を開いた。

アリーはルストゥムのほうへテーブル越しに書類を押しやった。「ＳＶＲがコピーを届けたそうだが、忙しくて見ていないと思ってね」

ルストゥムは数秒間その報告書をにらみつけた。そうすることでタイトルが変わるかもしれないとでもいうように。それからため息をつくとがっくりと肩を落とし、テーブルに書類を伏せて置いた。

「これはおれが対処する。おれひとりで」

アリーははじめブサイナを逮捕するつもりでいたが、今回は自分のやり方を通せないとわかっていた。だが彼女は終わりだ。

「そうだな。やってもらおう、兄さん」

45

ロシア人がもたらした書類は、ルストゥムの時空をゆがませた。ハマー。一九八二年二月。ルストゥムはダマスカスでタクティカルショットガンを手に攻撃ヘリに乗りこみ、風に髪をなぶられながら反体制派が潜む低木地を見下ろしていた。民家を一軒一軒取り戻して街を奪還するつもりだった。ダマスカスでは卑猥な冗談を言ったり、カードをやったりしていた兵士たちがみな押し黙り、農民たちがなたや斧でヘリを指しているのを低空飛行で観察していた。おそらく彼らは政府軍が到着したことをムスリム同胞団のテロリストたちに教えるつもりなのだろう。ハマーに着くとルストゥムたちはアパートに襲いかかり、大混乱を引き起こしていった。手榴弾を投げ、物陰に隠れて応射し、仲間がひとり倒れるごとに怒りを爆発させた。アパートでは身を寄せ合った家族にタクティカルショットガンを浴びせ、頭皮を剝いだ。

ルストゥムは、ブルダーンのヴィラのバスルームで現実に立ち戻った。ヘリコプターが外で旋回するなか、バスタブでくつろいでいるブサイナにロシア製のコンバットショットガンを向け、彼女のしなやかな身体に向かってSVRの報告書を投げつけた。書類は石鹸の泡の上にひらりと落ち、ブサイナは震える手でそれを拾い上げた。あのときのハマーのアパートはみすぼらしく、壁に無数の弾痕があり、死のにおいでむせ返りそうになった。ここは清潔で平穏で洗練されている。ルストゥムは視線を定め、濡れて判読できなくなった書類を読もうとしているブサイナを見つめた。

「これは何、ハビービー？」ブサイナはつかえながら言うと、バスタブのなかで後ずさった。遠くに。あいつらはいつも後ずさろうとした。どうにか逃れようと。いまルストゥムは自分のヴィラにいて、豪華なバスタブにつかっている恋人を見るのに精一杯で、首都を取り巻く混乱には気づいていなかった。ショットガンを握り直し、書類が泡のなかに沈んでいくのを凝視していた。

「おまえの死刑執行状だ」ルストゥムは言った。

頭に狙いを定めると、ブサイナが悲鳴をあげた。そしてルストゥムは引き金を引いた。

ブサイナを殺し、神経が昂った状態でダマスカスに戻ると、ダウード・ハッダードがオフィスにすわっていた。ルストゥムは彼を呼んでいたことを忘れていた。「ダウード、すわってくれ」すでにすわっているダウードに言うと、部門４５０の助言が必要なことを大まかに説明した。その際に共和国防衛隊のことを、前身の〈ディフェンス・カンパニーズ〉と何度も言い間違えた。ルストゥムが若い中尉だった一九八〇年代に属していた、いまはなき軍隊だ。

ダウード、あの毒ガスが唯一の切り札なんだと、ルストゥムは訴えた。地下トンネル内の害虫どもを一掃する唯一の方法で、連中に武器を置かせるには圧倒的な恐怖しかない。「できるだけ早く取りかからなければならない」ルストゥムは言った。ネズミの穴に潜むテロリストどもをあぶり出してやる。

ルストゥムは机の引き出しを探って大型ナイフを取り出し、壁に貼った地図に突き立てた。ドゥーマにまっすぐ。それから地図に向かって唾を吐くと、唾液が垂れてアレッポとホムスを結ぶハイウェイM5に重なった。

ルストゥムは振り返り、「さて、ダウード」と自身の想像力の墓場から自分を引き戻しながら言った。「部門450の知見を必要とする事態が生じた。化学兵器を使ってテロリストどもに報復攻撃を開始するよう大統領から命令が出されたのだ。わたしの部下たちはこの命令に従って弾道ミサイルの準備を始めている。部門450の新たに任命された責任者として、きみにこの命令を出す」ルストゥムはテーブルに一枚の紙を滑らせた。「読めばわかるが、空軍基地で混ぜて装填することになる」

「われわれには充分な貯蔵量がありません、司令官」ダウードはその書類を読んで言った。「この規模の作戦に必要なほどの」

「われわれはジャブラで数百トンものサリンを製造したが、アメリカ人とシオニストに知られたため、そのすべてを近くの予備施設に移した。わたしの部下が前駆物質の大まかな配分を行ない、さっききみに渡した命令書に書かれた発射場に送ってある。きみにはその準備を監督してほしい」

「スケジュールは?」

「明日の朝」

「わかりました、司令官」ダウードは首のあたりを搔きながら立ち上がって背を向けた。

「そうだ、ダウード。きみの反抗的な娘は現在われわれの拘束下にあるが、きみは忠実な公僕だと信じている。失望させないでくれ。彼女のためにも」

46

その日多くのシリア人と同じように、マリアムもこれで終わりなのだろうかと思った。民兵の検問所が急激に増え、略奪者が通りをうろつき、反体制派はアルジャジーラのインタビューで政権の最後の日々が始まったと宣言していた。迫撃砲やサイレンの音が絶え間なく聞こえてきた。

午後の半ばごろには、ザフラン・アッルーシュの軍隊がルストゥムの敷いた防衛線を打ち破り、街の中心部に奇襲部隊を送りこんでいた。オンラインで読んだロイターの記事によれば、共和国防衛隊の一大隊が逃亡したということだった。

ブサイナがブルダーンにあるルストゥムの快楽の館に行っていたため、マリアムは官邸で代わりを務めていた。大規模な爆発があったあとでチームを帰宅させ、しばらく自宅でようすを見るよう指示を出した。

携帯電話が鳴り、画面にはブサイナのアシスタントのひとり、アミーナの名が表示されていた。「マリアム、彼女が死んだの、死んじゃったの」マリアムが出るとアミーナが金切り声で言った。

「だれが死んだの？　何があったの？」

「ブサイナよ、マリアム。バスタブのなかで。バスタブよ、マリアム」悲鳴に続き、ヘリコプターのローターが回転する音が聞こえてきた。アミーナは背後に向かって何か聞き取れないことを叫んだ。「ルストゥムに撃たれたの」彼女はついにそう言うと、すすり泣きはじめた。

「ルストゥムに？」

「そう。彼はヘリコプターでやってきて、なかに入ってブサイナを撃ち殺し、そして出ていったの。わたしはオフィスにいた。わたしが遺体を見つけたの。ああ、マリアム――顔がなくなっていて、バスタブはすっかり……」アミーナがふたたび叫んだが、何を言ったのかわからなかった。それからアミーナは言葉に詰まり、しばらく泣いたあとでバスタブのなかで書類を見つけたと言った。「書類？」マリアムは聞き返した。

「ええ、英語が書いてあったけど、変なしるしが書かれている以外読めなかった。濡れていたし、わたしあなたほど――」

突然冷や水を浴びせられたように感じ、マリアムは彼女をさえぎった。「そこを動かないで、道路は安全じゃないわ。それからその書類は破棄して。いいわね？」

「ルストゥムが戻ってきたら？　あのモンスターが戻ってきたらどうすればいいの？」マリアムはサムに教えた情報のことを考えた。ワーディー・バルザ。ルストゥムの口からブサイナに告げられた施設の名前だ。マリアムはそれをＣＩＡに教えた。するとルストゥムがブサイナを殺した。シリアにはもはや偶然は存在しない。マリアムは充分な空気が吸えなかった。めまいがし、吐きそうだと思った。

「大丈夫よ」マリアムは言った。「ルストゥムは戻ってこない。仕事は終わったから。でも、アミーナ？」

若いアシスタントはすすり泣いていた。

「アミーナ？」マリアムは声を張りあげた。

「は、は、はい、マリアム？」アミーナがつかえながら答えた。

「ブサイナを殺した人間を見たと兵士に言ってはだめよ、わかった？」

アミーナは何かつぶやきながら電話を切った。マリアムはバスルームに駆けこみ、嘔吐した。

マリアムはベッドにすわり、プランが実行に移されるのを待っていた。それかアリー・

ハッサンに連行されるのを。あるいはジャミール・アティヤに殺されるのを。それとも迫撃砲で死ぬのを。どれが最初に来るだろうか。

窓の外で銃声が聞こえた。窓から見下ろすと、布で顔を覆った男が箱を肩に担いで走っていくのが見えた。略奪が始まった。アパートの外に張りついていた〈セキュリティ・オフィス〉の見張りもいなくなっていた。臆病者。マリアムはブラインドを下ろし、指先の皮膚を噛み切った。

ドアがノックされ、マリアムは飛び上がった。ドアを開けると、おじダウードの憔悴《しょうすい》した姿があった。もう銃撃のときの包帯はしていなかったが、以前よりも衰弱して見えた。マリアムはおじを招き入れ、ジェット機のエンジン音や迫撃砲が着弾する音を聞きながら、ごくふつうの社交訪問のようにリビングルームでレモンティーを出した。

ダウードの制服は湿っていて、脇の下がぐっしょり濡れていた。鼻の上に汗が浮き、ティーカップに滴り落ちた。おじは震える手でカップに口をつけた。

「どうしたの、おじさま?」マリアムは尋ねた。

「おまえの父さんに電話すべきだった」ダウードが口を開いた。「だがつかまらなくてね」おじが顔をしかめるのを見て、マリアムはだれかに肺を押さえつけられたように胸に鈍い痛みを覚えた。そしてうなずいた。

「仕事で空軍基地に行く、早ければ今夜にも。なんと言っていいかわからないが、戻ってこられないかもしれない」

マリアムは笑ってこう言いたかった。〝冗談でしょ？〟。だがそうではないとわかっていた。「どういうこと？」言えたのはそれだけだった。

ダウードがカップを下ろして髪に手を走らせると、同時に数本抜けた。おじはそれをズボンにこすりつけた。

「この前の婚約パーティーで言ったことを覚えてるか？ もうはるか昔に思えるな。おまえは昔から軍事会議の一員だったと言った」

「覚えてるわ。光栄に思った。いまもそう思ってる」

「戻ってこられないかもしれない理由は言えないが、会議の一員であるおまえにふたつ頼みがある。こんなことを頼むのは申し訳ないが」

マリアムはおじの切羽詰まった目を見た。これから彼が口にすることを聞きたくはなかったが、こう言った。「話して、おじさま」

「ラザンの面倒を見て、無事に釈放されるよう働きかけることを約束してほしい。もしわたしが戻らなければ、そのときは……」おじは言葉を切って、首筋の傷痕を掻いた。

そして先を続けた。「質問を受けるかもしれない。不愉快な質問を」

「約束する」マリアムは答えた。「もちろんよ」おじがほんの少し顔を上げた。「ふたつ目は？」

ダウードはポケットから一枚の紙を取り出した。濡れて擦り切れ、手のなかで震えている。「いま起きていることをおまえに知らせたかった。口にするのも憚《はばか》られるほど邪悪なことだ。これを渡せばおまえも巻きこまれるだろう。断ってもかまわない」

「どうしてわたしに言うの？」

「おまえは軍事会議の一員だろう？　世界大戦ではないとしても、戦争には変わらない。この紙が欲しいか？」

わたしは何もしなかった。

マリアムはうなずいた。ダウードはその紙をマリアムのほうに滑らせ、ティーカップの下に置くと立ち上がった。「書けることはすべてそこに書いた。わたしが知っていることはすべて」

ドアの前で抱きしめられ、マリアムは気がつくと泣いていた。それを見たダウードも涙を流しはじめた。「おまえの父さんはおまえを誇りに思うだろう。わたしの情報がどんな役割を果たすにせよ、しかるべきときが来たら、おまえの父は堂々と立ち上がったとラザンに伝えてくれ。どうにか最後にはおまえの仇をとったと。伝えてくれるな、マリアム？」

マリアムは言葉を発することができずにただうなずき、暗くおびえた目ではいと伝えた。

ダウードは背中を向けて立ち去りかけたが、もう一度振り返った。「その紙には五つの場所が書かれている。今夜か明日の朝までに破壊するのがベストだ」

「でもおじさま、どうして――」

ダウードは片手を上げて笑みを浮かべた。さっきより晴れやかな顔になっていた。身体から重荷が消えたように。「言わなくていい、マリアム。わたしのため、わたしの魂のためにおまえに話したんだ」
マリアムはドアを閉めた。
紙を開いて読んだ。
ふたたび嘔吐した。
サムに連絡するもっといい方法があればいいのにと思った。
彼の使い捨て携帯に電話をかけた。
素早くすべてを伝えた。
胸を押さえつけていた、目に見えないつかえがとれた気がした。
それでもやるべきことは山ほど残っていた。

47

協力者からＣＩＡに伝えられたメッセージのなかで、これがもっとも破滅的なもののひとつだろうとサムは思った。支局まで走って駆けつけたかったが、彼とマリアムにはまだやるべきことがあった。プリペイド携帯をつかんで大使館に電話すると、大使館員が電話に出た。

「地下の人間にこの携帯番号に電話するよう伝えてくれ。いますぐにだ。わかったか?」

電話口の男はわかりましたと言い、サムは電話を切った。部屋のなかを歩きまわる途中で、山と積まれたスープの缶をうっかり倒した。五分後、電話が鳴った。サムは応答した。

「ちょっと、あんたいったいどこにいるのよ?」

プロクターの声を聞いて、これほど嬉しいと思ったことはなかった。

「隠れていました。すみません、でもほかに手立てがなかったんです。これからあるものを読みあげます。〈アテナ〉の準情報提供者からの情報です。三人程度の関係者だけが読めるように、取り扱い注意の枠に入れる必要があると思います。いいですか?」

「いいけど」プロクターは折れたが、声には怒りがにじんでいた。

サムが読みあげると、プロクターは一瞬押し黙った。「いまのをブラッドリーに送って電話する。またかけ直すから」プツッと電話が切れた。

十分後、ふたたび電話が鳴った。「送ったわよ。さあ、どこにいるのか言いなさい。さもないと、合衆国に戻るとき鎖につながれることになる」

隠れ家はプロクターの身体から放たれる黒いエネルギーに満たされた。うなり声を発しながらサムのわきを通り過ぎると、テーブルの上に勢いよくバッグを置いた。留め金がカチャンと音をたて、サムは黒革のバッグに目をやった。支局長がこれほど怒っているのを見るのは初めてだった。

プロクターは目をすがめた。じっとにらみつけられ、サムはふたたびバッグに目を戻した。「支局に置いてあるナイフとピストルよ」プロクターは質問を予期して言った。「市内は大変な騒ぎになってる。ローマ帝国の崩壊さながらね。西ゴート族もおしっこを漏らしそうよ、血に飢えて略奪に走る連中ばっかりで」

プロクターはバッグのなかから輪ゴムを取り出し、膨張した髪をゆがんだポニーテールにまとめた。「いったいどういうことなのか、説明する気はあるの?」

プロクターは、サムが口を開くのを待たずにしゃべり出した。「説明してあげようか、なぜあんたを殴り倒して車に放りこみ、国境を越えてアンマンに置き去りにしないのか?」サムが黙っていると、プロクターはテーブルに身を乗り出した。サムは壁を背にして彼女のほうを向いた。

プロクターは歯ぎしりするような、怒りに煮えたぎる声で続けた。「ひとりのケースオフィサーがいる。優秀な勧誘員だけど、ある協力者に対しては自分のチンポを主な評価ツールにしているんじゃないかとわたしは疑っている。このオフィサーはその協力者とともに政権派の民兵に襲われた、わたしにはまるで見当もつかない理由でね。そしてふたりはこの快楽の館に逃げこんだ――」と言いながら貧相なベッドルームを手で示した。「――三人の民兵を殺したあとで。それから予備のサリン製造施設に関する裏付けのない情報を寄越してきて、わたしはそれを大慌てでラングレーに正式に報告した」

サムは口を開こうとしたが、プロクターに制された。「そのケースオフィサーが安全な場所に来ることを拒否したため、わたしは検問所や降り注ぐ迫撃砲の合間をぬって決死のSDRを敢行することを余儀なくされた」

サムはふたたび口を開きかけたが、プロクターは口元に指を当てた。「しーっ。黙ってろって言ったでしょ。終わるまでその口を閉じてなさい。それから、その協力者の準情報源からアサドのサリンパーティーを止めるのに必要な情報が提供された。勇敢な支局長は、大統領が翌日それらの施設を爆撃する命令を出せるように、その情報をラングレーに伝えた。もしアサドが反撃に出たら、大使館の全員を危険にさらすことになるのを承知のうえで」

アパートの廊下でだれかが悲鳴をあげ、プロクターはドアのほうに目をやった。

「そのあいだそのケースオフィサーは、この隠れ家に腰を落ち着けて自身の支局に命令を飛ばしていた。自分の居場所を明かすことを拒否して作戦を実行させた。それはなぜなの?」

「それは――」

「なぜか教えてあげる。あんたはわたしがここに来て、あんたの首根っこをつかんで大使館に引きずっていくことがわかっていたから。さあいくつか説明してもらうわよ。いますぐ。あんたは〈アテナ〉の担当官よ、彼女に何があったのか言いなさい。なぜ彼女が犯行現場にいたのか」

プロクターはそこで口をつぐみ、胸の前で腕を組んだ。

「アリーがマリアムに近づいてきました。ぼくたちがパリで会話したことをムハーバラートが報告していたんです。アリーは圧力をかけるために彼女のいとこを逮捕しました。そしてデバイスを確保しようと彼女をイタリアに送り出した、ぼくたちがすでに彼女を勧誘していたことを知らずに。彼女はその作戦について知らされていたわけではありませんが、アリーがモグラを狩り出そうとしていることを導き出しました」

プロクターは大きなため息をついた。「彼女がそう言ったの？」

「はい」

「ほかに何を渡したって？」

「ぼくの背景情報。それから彼女と使っていた隠れ家の場所」

「連中がどうしてデバイスを欲しがるのか、その理由を言った？」

「いいえ。彼女にもわからないそうです。イタリアからダマスカスに戻って以来、デバイスは彼女の手元にはありません、そのせいで電源が入っていない状態なんです」

「だから走ってあんたに会いに来たの？」とプロクター。「心変わりして、デバイスを使わずに情報を伝えるために？」

「はい。彼女はルストゥムがブサイナにワーディー・バルザと教えるのを聞き、ぼくたちに知らせなくてはと考え駆けつけてくれたんです。そしてぼくが襲われた。そういえば、ブサイナは死にましたよ。ルストゥムのヴィラで射殺されました。今朝のことです」

「なんてこと。本当に？」

「マリアムから聞きました」

「じゃあ違うかもしれない」

「電話してきたとき彼女はヒステリー寸前でした。ワーディー・バルザの情報をどうしたのかと聞かれました」

「あの子もたいした女優ね」

「いえ、そうではありません、チーフ。イタリアでようすがおかしいことはわかっていました。そう言ったはずです——どこかようすがおかしいって」

「あの子はわたしたちを、あなたをもてあそんでいるかもしれない。ちゃんと考えた？シリア政府がサリンをワーディー・バルザに移送すると、わたしたちに思わせたいのかもしれない」

「いや、筋が通りません、チーフ。考えてみてください。動かしがたい事実がふたつあります。ひとつは、マリアムがワーディー・バルザの情報を直接伝えるために大使館の外でぼくを待っていたこと。もうひとつは、三人の民兵を殺してぼくを救ってくれたことです」

「で、あんたはそのあいだずっと自分のチンポを押さえつけていたわけ、ジャガーズ？」

プロクターが返事を期待していないことは明らかで、ふたたび寝室のほうに目をやった。サムはそこで繰り広げられたことに彼女が想像力を働かせていることがわかった。左目が半分閉じられている。それから先を続けるよう促した。

「マリアムが本当に寝返ったのなら、こんなふうな行動はとらないはずです」サムは続けた。「それにアリーが頭がよければ——実際いいですが——こんな作戦を展開したりしないはずだ。まず、マリアムを直接寄越してワーディー・バルザの情報を伝えさせたりしない。そんなことをすれば警戒を促すだけです。デバイスを使って送ってきたでしょう。そのほうがずっと簡単ですから。次に、マリアムがわれわれを裏切ったのなら、民兵たちを殺したりしない。逆にぼくを逮捕させていたはずです」

プロクターはその理屈について何も言わなかったが、納得したというしるしだった。代わりにこう聞いてきた。「じゃあいったい、なぜブサイナは殺されたわけ？」

「アリーがモグラを洗い出そうとしているんだと思います。候補者の数をギリギリの数まで絞ったはずです。向こうは最初のエフレでのサリン実験について、マリアムがぼくたちに教えたことを知らないのでしょう。アリーが複数の候補者に対し、いずれダマスカスに戻ってくるとわかっている情報を与えたところ、ぼくたちがブサイナの餌に飛びついた。シリア側はなんらかの手段でそれを察知した。そして彼女が死んだ」

「ばかばかしい」プロクターの口調は心許なかった。

「そうですか？　ぼくたちがジャブラに関する情報を本国に伝えたところ、その数日後に共和国防衛隊が撤退をはじめた。その施設について知っていたのは政権内でもごくわずかだったはずです。彼らはどこかからその情報を手に入れた——D.C.でわれわれの公電を読めるのは何人ですか？　数千人？──その後サリンが移された。リークで犯人を絞りこめるように、でたらめの情報を流したんです。候補者のうちのひとりがブサイナだったはずだ。ルストゥムがブサイナにワーディー・バルザという地名を伝え、マリアムが立ち聞きしてぼくに教えてくれた。それがD.C.に伝わって顔の見えないモグラに流れ、最終的にアリーのところに返っていった。ブサイナを殺したのはルストゥムに間違いないでしょう。アリーのやり方ではありません。マリアムはそれが偽情報だったとは知らず、ただ重要なことだと思ってぼくに教えてくれた。あらゆる危険を冒して」

プロクターはサムの主張に納得したようだった。「彼らがブサイナをモグラと考えていたのなら、五つの配備施設の情報はおそらく正確なはずです。彼女が排除されたいま、連中は遠慮なくサリン攻撃を進められると考えているでしょう。裏切り者は消えた」

サムはプロクターとの攻防の頂点に達していた。そろそろ飛びおりるころだ。ここで議論に勝てば、サムはもう一度命の危険にさらされるだろう。だが負ければ、おそらくマリアムが死ぬことになる。サムは背筋を伸ばして立ち、最後の一撃に突き進んだ。

「そうです」サムは続けた。「もちろん、われわれが配備施設を爆撃すれば話は別です。そうすればアリーは実態を精査するでしょう。モグラがブサイナでなかったことに気づくはずです。われわれが衛星画像で割り出したのではないかと思い当たっても、詳しく調べるはずだ。アリーは必ずふたつのことをします。マリアムを逮捕し、ワーディー・バルザの情報を流したのがだれか気づくでしょう。それはブサイナではない、なぜなら驚くことに彼女が死んだ数時間後にアメリカの攻撃が空振りに終わり無実が証明されるから。アリーは疑惑の目をブサイナのオフィスにいる女に向ける、ワーディー・バルザのことを耳にしたかもしれず、その忠誠心は、彼女のいとこを逮捕して揺さぶりをかけるほど疑わしいものだ。限界まで拷問するでしょう」

プロクターはバッグのなかからナイフを取り出して鞘から抜き出すと、じっと考えこんだままテーブルに突き立てた。テーブルの表面に小さな穴が穿たれた。「どんな作戦を考えてるの？」やがてつぶやくように言った。

「エージェントを守り、そのまま維持する方法があると思います。アリーに彼の望んでいるものを渡すんです、個人的に」

「説明して」

プロクターは怒りを押しとどめ、ナイフをくるくるまわしながら口を挟むことなく耳を傾けていた。サムが説明を終えると、ナイフを鞘に戻して寝室のほうに歩いていき、なかをさっと見てマットレスに視線を定めた。壁がガタガタ揺れ、漆喰が剝がれ落ちて下にたまった。頭上でキーンという戦闘機の音がする。プロクターはサムのすぐそばに立ち、三十センチ下から見上げてきた。政治に敏《さと》い支局長や保身主義の官僚ならば即座にこのプランを却下し、大使館付きの海兵隊員を呼んでサムを帰国させたかもしれない。だがプロクターは違う。失うものがいくつあってもだ。ラングレーのお偉方がだれかの首を要求するとすれば、彼女の首が真っ先にギロチン台にのせられるだろう。けれどもアーテミス・アフロディーテ・プロクターはふたつのルールでしか動かない。情報を集め、エージェントを守ること。それ以外はどうでもいい。サムはその両方を担保する案を示した。かなりの犠牲をともなうものではあるが。

「名前だけで満足しなかったらどうなると思ってるの？」プロクターが言った。「ホワイトハウスが全面的に戦おうとしなかったら？　シリア側が延々といやがらせを続けたら？　ヴァルみたいな扱いを受けたらどうするの？」

「そうしたらいまと同じです。マリアムは絶体絶命の危機にさらされつづける。でもいま言った方法を試せば、仕事を続けてもらいながら彼女の身を守れるチャンスがあります」

プロクターはうなずき、サムを叱責する前に寝室に目をやった。

彼女は床に唾を吐いたが、何も言わなかった。

支局長にはわかっていた。

はるか昔、カイロでブラッドリーが言った。〝ヘマは一度なら許されるぞ、ジョセフくん、正直に言えばね。だが隠しごとや嘘は失敗よりひどい。失敗は優秀なケースオフィサーにだってある。でもごまかしはそうじゃない。妻や恋人、子どもには嘘をつけるかもしれないが、ＣＩＡには無理だ〟

サムは支局長を見た。数カ月前だったら、こんなプランを考えたり罪を告白することで今後のキャリアに支障が出る心配をしたかもしれない。だがいまはどうでもよかった。協力者を守ること。大切なのはそれだけだ。それにプロクターに嘘はつけなかった。ふたりは業務上結婚しているようなもので、サムはその誓いを破ってしまったのだ。許しが欲しかった。

プロクターに視線を合わせていたが、見てはいなかった。自分の身体が彼女に話しかけるのを、冷蔵庫の上の高みから見ている気がした。傍観者のように。すると告白するのが楽になった。「ぼくは彼女を愛しています、チーフ」サムは言った。

プロクターは目をすがめ、サムに一歩近づいた。

そして殴った。下からの強烈なフックで、音をたてて顎の下に命中した。サムはその場に倒れ、プロクターに見下ろされたが、まともに目が見えず、広がった黒い髪がぼんやりわかるだけだった。プロクターは膝をつき、目線を合わせた。サムは顎を動かそうとしたが、痛みにたじろぎ手を当てた。

「ヘマをしたわね」プロクターは言った。「わたしの勘が当たっていた部分もあるけど、間違っていたところもある。でもあんたにはしなくてはいけない仕事がある、これ以上チンポに振りまわされるようでは無理な仕事よ。罰はあとにとっておく、このホラーショーが終わったあとまでね」

プロクターはサムを床から引き上げ、カウンターに寄りかからせた。それから背を向けて、グレーのブラウスを肩までまくりあげた。七つの星のタトゥーと、パームツリー柄の強烈なオレンジ色のブラ。殴られて幻覚を見ているのだろうかとサムは思った。するとプロクターはブラウスをウェストにたくし入れ、こちらに向き直った。

「七つの星。二〇〇九年にアフガンのチャップマン基地で起きた自爆テロ攻撃により七人の局員が死んだ。このタトゥーを入れたのは犯人一味を殺したあとのこと。わたしが報復チームを率いたの、死の天使と呼ばれたわ。あれほど楽しいことはなかった。これからもないでしょうね。そういう種族だから。わたしはどちらの側につくか決めた。あなたにも当面はこっちにいてもらう。でも覚えておきなさい、もし失敗したら絶対に責任をとってもらう。あなたの星を背中につけることになったとしても、どこまでも追い詰める」

プロクターはナイフをバッグにしまい、ジッパーを閉めた。バッグを肩にかけると、サムのほうを振り返った。「一時間以内に評価を下してメッセージを送る。そのあと彼女にゴーサインを出して」

新たに迫撃砲が撃ちこまれるなか、プロクターは振り返りもせず歩き去った。

48

アリーはポケットのなかで携帯が振動するのを感じた。マリアムだった。

「何か進展は？」

「連絡してきたわ。緊急ミーティングがある。隠れ家で」

「いつ？」

「緊急事態を示すマークだったけれど、時間は特定されていなかった。デバイスにも送ってきているはず」

「礼を言う。いとこはじきに釈放されるだろう」アリーは電話を切った。

マリアムを使ってアメリカ人に揺さぶりかけるという賭けはうまくいった。彼女は義務を果たしたと、アリーは認めざるをえなかった。デバイスを確保して隠れ家の場所を明らかにした。役目を果たしたのだから、〈セキュリティ・オフィス〉の監房にいる彼女のいとこは手荒な真似はされず、充分な食事を与えられている。マリアムの真価はまだ問われていなかった。アリーには圧力が必要だった。害のない圧力。それが功を奏したようだ。

アリーはｉＰａｄを置いたところに行き、マリアムが見本を示したとおり大げさな手振りでそれを開いた。たしかにアメリカ人は彼女に連絡をとろうとしている。
１　いつもの場所で緊急ミーティングを行ないたい。午後十時までに行く。
２　首都の混乱を見ながら出国の調整をする必要あり。
３　パスポートとバッグを持参のこと。
４　ミーティングのあとただちに出国の予定。

アリーは時計に目をやった。午後八時三十八分。階段を下りてロシアチームの司令センターに出向き、マグをすすっているボルコフを見つけた。

「マリアムにミーティングの連絡がありました」

ボルコフの表情は変わらなかった。「出国か？　外はひどい状況だぞ」

「はい。ルートを調整する必要があるので、細かい点を直接話したいようです。その後、今夜のうちに彼女を脱出させるつもりです」

ボルコフがうなり声をあげた。「われわれの監視チームは、今日一日キリスト教徒地区の家を見張っている。何も見ていないそうだ。クリーンだよ」

「それはいい。今夜、この狂気を終わらせましょう」

49

隠れ家までSDRで向かうにあたり、サムは検問所を回避するため大通りは避け、繰り返し見る顔や車はないかチェックしながら、ジグザグに進んでキリスト教徒地区に近づいていった。いまとなってはどうでもいいことだが、本能的にやってしまうのと、監視されているのなら向こうが予期しているとおりに振る舞う必要があるためだった。内戦に引き裂かれたシリアの中心部で、貴重な協力者に会いにいくＣＩＡ局員という役まわりを。

サムは白い石づくりのビルの内階段を上っていった。いちばん上の踊り場に着くと足を止めて目を閉じ、イタリアに行く前にここでマリアムに会ったときのことを思い出した。そしてため息をついた。廊下の照明か煙探知機に仕掛けられた監視カメラを見ている人間には、ほとんどわからなかっただろうが。

小さなため息をついて目を開けるまでの短いあいだに、弟とヴァルの顔が脳裏に浮かんだ。自分のミスのせいで犠牲になったふたりだ。続けてパリで目に焼きついた、赤いドレスを着たマリアムの姿が。

隠れ家のドアを開けると、背後から階段を上ってくるくぐもった足音が聞こえてきた。急ぎ足で、一歩近づくごとに大きくなってくる。思っていたとおりだ。

アリーがキッチンに立って煙草を吸っていた。にこりともせずにサムを見つめてくる。

「いいキッチンだな」と言うと大理石の床に吸い殻を放り投げ、靴でもみ消した。

するとうしろから頭上に風が吹いた。そして暗闇に包まれた。

50

両腕と胸の包帯がまだ取れていない状態ながら、アサド大統領は翌朝早くルストゥムとアリーを呼び出した。ロシア大統領から緊急メッセージがあり、ふたりも一緒にその電話を聞いたほうがいいと考えたのだ。

イヤピースをつけて宮殿のソファにすわったアリーは、ロシア大統領が不明瞭な英語でシリア・アラブ共和国大統領に朝の挨拶をするのを聞いた。プーチンは命を狙われたアサドに心からの懸念を示し、シリアのムハーバラートがテロリズムの温床を根絶することを祈っていると続けた。ルストゥムは、そうすれば英語が頭に入るというように両の手のひらをぎゅっと額に押しつけていた。

次にアリーはきつい訛りのある英語で重大な言葉を聞いた。「ついさっきワシントンの確かな筋から情報が入った。ＳＶＲの情報提供者からで、アメリカが貴国を空爆する準備を進めているというものだ。その情報提供者は、昨日ホワイトハウスで行なわれた会議に参加したＣＩＡの高官から直接それを聞いている」プーチンは劇的な効果を狙ってそこで間を置いた。「その情報は最近アメリカが獲得した地位の高い協力者からもたらされたそうだ」

プーチンは続けた。「アメリカは現在、東地中海に停泊している空母エイブラハム・リンカーンを中心とする空母打撃群を使うものと見られている。衛星画像やシギント、世界各地にあるSVRの支局《レジデンチュラ》も使ってさらに詳しい情報を集めている。もちろん手に入りしだいそれらの詳細を伝えるつもりだ」

「その情報提供者は時期について何か言っていましたか？」アサドが尋ねた。

「差し迫っていると」とプーチン。「アメリカ側の攻撃は彼らが主張するところの化学兵器の使用を防ぐためのもので、政権を転覆させる意図はないというのがわたしの評価だ。だがそうだとしても、わたしがアメリカと対峙してきた経験から言えるのは、連中は必ず武力に訴えるということだ。爆撃を受ければ、たとえ一度きりの攻撃であろうと、必ず断固とした態度で応じなければならない」

アサドはぶつぶつと同意を示し、自身の父親の抵抗力を褒め称えた。プーチンはそつなく同意した。

別れの挨拶を述べ、互いに協力し合おうと曖昧に約束し、兄弟愛の誓いが交わされたあとで、アサドは受話器をデスクの架台に戻した。そして、なんてことだ《ヤ・アッラー》、アメリカ《アル・アムリカーン》のクソ《アル・マラーエン》野郎ども《アル・シャラーメート》！　獣《ヘイワナート》！　間抜け《ハミア》！　悪魔《シヤヤティーン》！　とハッサン兄弟に向かって叫んだ。大統領にとって大変な二十四時間だったのだろう。暗殺未遂のショックから立ち直り、自国民に対してサリンをまくことを検討し、アメリカの報復攻撃の可能性について議論を余儀なくされる。だれであろうと、限界に達するはずだ。

「ルストゥム、あとどれくらいで始められる？」アサドは落ち着きを取り戻して尋ねた。

「昨日の夜から、原料の調合と充塡を開始しました。部分的には始められます、お望みとあらば」

「取りかかれ」

アサドはデスクのボタンを押して個人秘書に紅茶を持ってくるよう大声で命じたが、怒鳴った拍子に痛みに顔をしかめた。アリーはちらりと天井に目をやり、アメリカの空爆計画に宮殿が入っているのかどうか考えた。

「さて」大統領が言った。「モグラの正体だが。ブサイナだったと判明したそうだな」

「ほかにもいる可能性があります」ルストゥムが答えた。突然ラジオの音量を上げたようなやけに高い声で、調整できないようだった。顔色もよくなかった。髪は乱れ、目は血走って視線があちこちさまよっていた。制服はしわくちゃで、靴下に血が飛んでいた。ブサイナを殺したあと着替えようと思ったが、ほかのことに気をとられて途中でやめたとでもいうように。

「そうだな」とアサド。「ともかく最悪の事態を想定しなければならない。アリー、きみのスパイが入手したデバイスはどうなった？」

「やりとりを読んでいますが、はっきりだれと特定するまでには至っていません。時間がかかりそうです。メッセージは暗号化されていますが、イランは解読できると踏んでいます」

「アメリカ人を拘束しているんだったな？」

「はい、大統領、ゆうべこちらのスパイに会いに来たところを捕らえました。いま拘束中です」

「今日中に尋問しろ。アメリカのモグラがほかにもいるのか確信がほしい。あの男は三人のシリア人を殺している。アメリカが空爆してくれれば、その男がどれほど痛めつけられようと簡単に言い抜けられるし、死んでもどさくさに紛れるだろう。とにかく早く情報を引き出すんだ」

「はい、大統領」アリーは答えた。「わたしが自ら尋問にあたります、名前を吐くまで」

「さて、ルストゥム」アサドは笑みを貼りつけてルストゥムのほうを向いた。「プーチン大統領の言うように、アメリカが空爆してきたらこちらも強い態度を示さなければならない。きみの戦略は？」

ルストゥムは髪に手を走らせると眉を寄せ、口髭から半透明な何かをぬぐい去った。

「猫がおもちゃのネズミを叩くように、この数カ月われわれはＣＩＡと戯れてきました。デバイスを確保し、向こうの工作員を罠にかけるのに上品な作戦を展開してきました。当時としては賢明な対応だったと言えるでしょう。けれども今回、連中はわれわれの偉大な勝利の朝にやってくるはずです、仲間のテロリストどもがわれわれを皆殺しにしようとしたあとで。いいえ、大統領、一度爆弾が落とされたらお遊びは終わりです。ロシアが言うように空爆が実行されたら、大使館に民兵を送りこんで人質を取るべきです。民兵たちは愛国心にかき立てられて大使館に押し入り、アメリカのシオニストが小国シリアを爆撃することに抗議するでしょう」

ルストゥムは咳きこんで手に唾を吐き出し、それを制服でぬぐった。「それと同時に」と言葉を続けた。「今後われわれをスパイできないように手を打つんです。おそらく大使館もＣＩＡ支局も閉鎖に追いこまれるでしょう。バースィルと民兵を送ってメッセージを伝えさせる」

アサドは頭の上に手をやって包帯をいじった。それからアリーにどう思うか聞いた。

「もしそうすれば、アメリカはさらに圧力をかけてきます。空爆が激しくなり、市民を狙うかもしれません。紛争は悪化する一方でしょう」

アサドはアリーの顔をじっと見てどちらがいいか考えた。アリーは自分の負けを悟った。

「従来のルールでは、きみの言うとおりだったかもしれん、アリー。だがいまはきみの兄さんが正しいと思う。アメリカ人に教訓を与えなければならない」

大統領は自分の包帯を指さした。「連中はルールに従って動いたりしない。わたしたちだってそうだ」

PART 5
自由

51

サムは手を縛られたまま、底冷えのする暗い独房で寒さに震えていた。軽く殴られたあと服を剝ぎ取られたが、腹や顔を何度か殴られただけで深刻なダメージはなかった。ヒリヒリするが我慢できるレベルだ。だれも水や食べものを持ってきてくれなかった。どこにあるかわからないスピーカーから、よくわからない音楽——というよりただの雑音——が聞こえてきて、眠れずにいた。それがなければ眠っていたというわけではない。やることがいくつもあったからだ。

きたるべき襲撃に備え、サムは何時間もかけてさまざまなアイテムを頭のなかの箱、部屋、金庫にしまっていた。アリーがどんな手法を使うかわからなかったが、パターンや流れは昔ファームで受けた訓練とさほど違わないだろう。苦痛の頂点に向かってじわじわとのぼりつめる方法だ。始まりのベースキャンプでは、アリーは時間稼ぎや嘘、真実の一端を当てこんでいるだろう。だがしだいに高みにのぼっていく——おそらく電気を流される——と綻《ほころ》びが生じ、さらなる真実や矛盾が露見して嘘がなくなることを期待するだろう。頂点では名前を待ち受けるはずだ。そしてすべてを検証するだろう。

スパイを突き止めたと確信してアリーが出ていくときには、彼に勝ったと思わせなければならない。最終的な綻びがあまりに早く来たと思われてはならないし、従順になりすぎてもいけない。アリーはそれをごまかしの証拠と見なし、さらなる高みに向かって拷問を続けるだろう。たとえサムが名前を吐いたあとでも。

そうなれば、プランは崩壊する。頂点に達したアリーはサムを引きずりまわしたあげく、頭のなかに隠した金庫を――おそらく文字どおり――こじ開けるだろう。その金庫にはひとつの名前がしまってある。マリアムだ。サムが真っ先に精神の迷宮の奥深くにしまいこんだアイテムだった。

いま暗闇のなか、サムはそれ以外の材料を整理するために自身の精神機構の内部を探っていた。

捨てて犠牲にしてもいいカテゴリーに分類したアイテムもいくつかあった。自分がＣＩＡ局員であること、隠れ家の場所、共和国防衛隊のジャブラでの活動やワーディー・バルザについて知っていること。それからもう使われていない、もしくは、まれにしか使われていないドロップサイトやブラッシュ・パスの場所、合図の仕組みについても教えてもいいかもしれない。これらはどれも変更可能な情報だ。こうした情報はすべて、最初はふもとのベースキャンプで否定したあと、時間をかけ、苛烈な強要のもとで提示しなければならない。そうした発覚の仕方により信憑性が生まれ、この頂への道は結果をもたらしてくれるという誤った考えをアリーが抱くことになる。

アリーのために用意されたテーブルに、ラッピングが施されたリボンがかかった箱がのっていて、そのなかに名前がひとつ入っている。ジャミール・アティヤ。サムはこれで、アリーに頂点に達したと確信させなければならなかった。これで終わりだと。サムを独房に戻したあと、アリーたちは証拠を求めてアティヤの世界をズタズタにするだろう。デバイス、現金、偽名を使ったアメリカのパスポートが見つかるだろう。パソコンや携帯を調べれば、不審なメールや通話が見つかるだろう。

独房の扉が開いて、まぶしい光が一斉に差しこんできた。サムはふたりの男に肩をつかまれ、別の薄暗い部屋に連れていかれた。錆だらけの配管が壁を覆い、天井に雑に開けた穴につながっている。部屋の真ん中にはライトに照らされた安手のテーブルが置かれ、四脚の椅子が配されていた。床は茶色いタイル張りで、テーブルの下に排水溝があった。

ふたりの男はサムを椅子にすわらせて部屋を出ていった。上から投光照明の光が降り注ぐ。サムは下を向き、安堵して目を閉じた。ベースキャンプ。最初の尋問だ。もう一度自分の精神機構を見直して、マリアムの名前を隠した金庫を奥深くにしまいこんだ。そこには彼女の真の誠実さが納められている。ブサイナのパソコンをコピーし、共和国防衛隊の配備施設を教えてくれた。まもなくアメリカの戦闘機によって破壊されるだろうが。

一時間にも思われる時間がたったころ、金属の扉がきしみをあげて開き、腐食した配管に光が差した。扉はふたたび閉じた。

アリー・ハッサンがサムの向かいにすわり、煙草に火をつけた。アリーは傷痕を撫で、両手をテーブルの上に重ねて置くと口を開いた。

「わたしの忠告を聞かなかったな」アリーはアラビア語で言った。「きみは三人のシリア人を殺した。そして隠れた。そのうえスパイのひとりを国外へ逃がそうとした。マリアムはもちろん拘束中だ。まさにここの監房にね。ゆうべきみを隠れ家で見つけたのはそういうわけだ」アリーは長々と煙草を吸い、サムの顔を見た。

サムはテーブルに目をやったまま黙っていた。

「未解決の問題がひとつある、わが政府にとってきわめて重要な問題だ。もうひとりのスパイの名前――彼女だけがおまえの協力者でないことはわかっている」

サムは身をすくませないよう気をつけた。試しにマリアムの名前を出すことにした。アリーは隠れ家でサムを逮捕したことを餌に、マリアムを捕らえたと告げて揺さぶりをかけ、うろたえさせるつもりなのだろう。「マリアムを拘束したと言ったと思ったが」サムは言った。

アリーは頭を掻いて、シャツのポケットから煙草のパックを取り出した。それをテーブルに置くと、もう片方の手に持っていた火のついた煙草の灰を落とした。それから首を横に振った。

「嘘はよくないぞ、サミュエル。もうひとりいることはわかっている。名前を言え、それとわれわれの軍事計画について、そいつがきみに渡した情報を。いますぐに」

サムは自分が見返しているのがアリーにわかるよう、光に目をすがめた。「なんの話かわからないな、アリー」

アリーが部屋を出ていくのと入れ違いに、ふたりの男が戻ってきた。ひとりがサムを立ち上がらせると、もうひとりが腹に強烈なパンチを見舞い、左右続けざまに連打した。だれも口をきかなかったが、部屋にはくぐもったうめき声と息をのむ音がこだまし、サムがうつ伏せに倒れるまで続いた。その後ひとりが背中にすわり、もうひとりが右の足首を固定して何かを振り下ろした。首の筋肉が極限まで緊張し、光のダンスが見えたかと思うとバキッという音がした。サムは絶叫した。

男たちはサムを仰向けにし、顔と破壊された足に分かれて攻撃した。背中に乗っていた男がサムの上にまたがり、髪をつかんで顎を殴りつけ、ゆうべプロクターから免れた場所を容赦なく叩きのめした。

だが頭を攻撃するのは古典的なミスだと、サムは遠のく意識のなかで思った。失神は恩寵だ。

「大尉、被疑者を失神させるとは、なんという失態だ！」きまり悪そうなカナーンとその弟がアメリカ人を冷蔵庫のような独房に戻してから戻ってくると、アリーはそう怒鳴りつけた。「話を聞かなければならないのに」

「准――」

「言い訳は聞きたくない」アリーは傷痕を引っ掻いた。「目を覚ましたらすぐに知らせろ。次は電気を流すからコードを用意しておけ」

アリーは上階のオフィスに急ぎ、祖国《ロディナ》に帰る命令をのんびり待っているロシア人たちのわきを通り過ぎた。ドアを閉めて腰を下ろすと、窓の外に目をやって東の方角を眺めた。戦闘機や戦闘ヘリコプターがドゥーマの上空を飛んでいる。アリーはこのアメリカ人を数カ月間にわたって追ってきたが、この男のスパイをすべて見つけ出すことはできなかった。だがいまさら気にする理由がわからなくなった。ルストゥムが反体制派への攻撃を開始し、アメリカも空爆を始めようとしている。ライラと子どもたちのようすが気がかりだった。

遠くで大きな爆発音が聞こえ、建物全体が揺れた。ルストゥムが始めたのにちがいない。煙草に火をつけて窓辺に立つと、バルゼーにあるSSRCの本部の上に煙の柱が立ちのぼっているのが見えた。

それからミグではない戦闘機が――シリアのものでもロシアのものでもない――カシオン山の上を飛行していた。ロシアから提供された資料で見た記憶がある。アメリカのF－35だ。ピープルズ・パレスにいくつか爆弾を落とすと、次の瞬間真っ赤な炎が立ちのぼり、ぽっかりと雲が浮かんだ。戦闘機はあっという間に視界から消えた。アメリカ人め。アリーは首を伸ばして飛行機がどこに向かうのか確かめようとしたが、何も見えなかった。自分の息づかいが聞こえ、腹が波打つのがわかった。そのときふたたび戦闘機が――別の機体かもしれないが――山の向こうから現れ、南に方向を変えてカフル・スーサと〈セキュリティ・オフィス〉のほうに近づいてきた。

アリーはライラと双子たちのことを思い、別れを告げる時間がないことに吐きそうになった。自分はなんという臆病者だ。戦闘機は二秒で距離を縮めてきた。機体は低く、目の高さに飛んでくるようだった。アリーは後ずさり、背を向け、頭を引っこめた。すべてとっさの動きだったが、爆弾がこのビルに落とされたらなんの意味もない行動だ。だが戦闘機は土壇場で急上昇して、ビルを越えていった。北側の窓ガラスがすべて粉々になった。背中にガラスの破片が降り注ぎ、アリーは床にうずくまった。甲高いエンジン音が遠くへ消えていくと、立ち上がってガラスを払い落とした。全身が震え、後頭部から少し出血していた。廊下の先で悲鳴が聞こえたが、よろよろとデスクに向かってライラに電話をかけた。

「大丈夫か、ハビブティ?」アリーは耳鳴りに負けまいと声を張りあげた。電話の向こうで双子が泣き叫んでいるのが聞こえてくる。

ライラも泣いていた。「どういうこと、何が起きてるの? 大きな爆発音が二回して、子どもたちは泣きわめいて、電気が消えて、スキーマスクをかぶった男がアパートの外で空に向かって発砲してる。聞こえてる?」

ライラの言ったことはほとんど聞き取れたが、耳鳴りがやまなかった。

「わたしたちはここに閉じこめられたまま死を待つのね?」ライラが金切り声で叫んだ。

「それにあの飛行機は何、イスラエルなの? いま寝室の窓から通りを見てるけど、民兵が外にいる。今朝はだれかがテレビを担いでこの通りを走っていったわ、アリー、街がおかしくなってる。早く帰ってきて。いつ帰ってこられそう？　いつなの？　聞こえてる？　アリー？　アリー？」

耳鳴りがひどくなっていた。もう一度アメリカの爆弾が落とされ、建物が揺れた。ガラスのない窓から熱風が吹きこんできて、目に埃が入った。

ライラが叫び、その向こうでサーミーの声がした。「パパ、パパ、パパ！」遠くでふたたび爆発音が聞こえた。それから救急車のサイレンと、皮肉にも空襲警報が遅れて続いた。

だがそのあいだ、アリーに聞こえたのはほとんどが耳鳴りだけだった。

「そこを動くな、ライラ」アリーは叫んだ。「子どもたちと寝室のクロゼットに隠れるんだ。すぐに帰る。愛してる。息子たちにも伝えてくれ」

アリーはそれだけ言って電話を切った。ドアに向かって歩いていくと、突然ドアが大きく開き、勢いよく壁に当たった。

共和国防衛隊の司令官で、ハマーの英雄である兄のルストゥムがドア口に立っていた。顔がゆがみ、シャツの襟に血痕が飛び、痛めた首にもこびりついていた。

ルストゥムはマリアムの右腕をつかみ、うしろで手錠をかけていた。彼女の顔は赤く染まり、目は憔悴しきっていた。

ルストゥムは咳きこんで赤いものを吐き出し、それを腕でぬぐった。

「今日がその日だ、リトル・ブラザー」

サムは冷凍貯蔵庫にいるような寒さのなか目を覚ました。皮膚が濡れて冷え切っていた。だれかがアラビア語で起きたと言い、すぐに二組の手に荒々しく肩をつかまれてテーブルに連れていかれた。指先と睾丸に電極を取りつけられ、投光照明の下に置き去りにされた。サムは痛めつけられた足を見下ろした。動かすことはできなかった。

ドアが勢いよく開いて三人の人間が入ってきた。顔の見分けはつかなかったが、二番目の人物が先頭の人物を前に押し出しているようだった。最後の三人目がドアを閉めた。二番目の男がサムと向かい合わせの椅子に先頭の人物をすわらせた。サムはまぶしい光に目を細め、向かいの人物の輪郭を見てとった。

上昇する時間だ。

ふたりは隠れ家でこれを計画した。マットレスの上でセックスする前、互いの身体が許しを求め合う前のことだ。マリアムは裏切りを。サムはそもそも彼女を巻きこんだことを。ふたりの罪が同等ではないことに、マリアムはいまも吐きそうな気持ちだった。サムやCIAに協力することで、心の底から憎んでいる政府と、自分でコントロールできない人生とに闘いを挑みたかった。イタリアでサムを裏切ったのは事実だ。デバイスを受け取ったのだ。あのときサムとプロクターに、アリー・ハッサンからの脅しを打ち明けるべきだったのだ。そうすれば打開策が見つかったかもしれない。

「連中はぼくの前にきみを連れてくるかもしれない」あの晩、サムはマットレスの上でそう言った。「アリーは、ぼくがきみのことをCIAの忠実なスパイだと思っていると考えている。それを利用するかもしれない。きみをぼくと同じ部屋に、あるいは隣の房に入れるかもしれない。きみが芝居を続け、アリーのルールに従い、彼のリードに合わせることが肝心だ」

ドアがノックされたとき、マリアムはアリーの姿を予期していた。アメリカのスパイを陥落させる計画が実行に移されるのを。けれどもそこにいたのは兄のルストゥムだった。ブサイナの血がこびりついた制服を着て、顔に不気味な笑みを貼りつけ、けがをしたらしい首は一部変色していた。

「何か？」マリアムは言った。

その直後、ルストゥムはマリアムを思いきり平手打ちにした。ふたりの男がうしろから荒々しくアパートに入ってきた。マリアムはひとり目の男の股間に膝蹴りを食らわせたが、二番目の男に床に突き飛ばされ、背中に腕をまわされて大理石の床に顔を押しつけられた。腕を縛られて車に乗せられ、アメリカの戦闘機が上空を飛びまわるなか、〈セキュリティ・オフィス〉に連行された。ルストゥムは爆発音がするたびに耳障りな声で叫んでいた。車のなかで何度も同じ言葉を繰り返していた。おれのブサイナ、おれのブサイナ、おれのブサイナ、と。

いま、サムの腫れあがった顔に釘付けになりながら、マリアムはこの兄弟の首にそれぞれ爪やすりを突き刺すところを思い描いていた。警察官を装っているサディストたち。けれどもまずは気力をしっかり保たなければならない。

「どうしてわたしがこんなところに連れてこられなければならないの？」マリアムは後ろ手に縛られたコードをほどこうとしながら言った。

だれも答えなかった。


電話が鳴った。

サムはゆっくりと頭をもたげ、応答しているのがルストゥム・ハッサンだと見てとった。

「本当か？」沈黙に続き、電話の向こうから悲鳴が聞こえてきた。「ヤ・アッラー」ルストゥムはそう言って受話器をテーブルに叩きつけた。サムはルストゥムのにおいが近づいてくるのを感じた。熱く臭い息だ。ルストゥムは荒い呼吸をしながらサムの肩に手を置き、隣に椅子を持ってきた。腰をかがめてサムの足の具合を確認したあと、ブーツで踏みつけた。目に黒い点が浮かび、サムは悲鳴をあげた。

ルストゥムは足をどけて立ち上がった。「楽なところは切り抜けたようだな」壁のほうに目をやったあと、床に視線を落とした。それからサムの右側数十センチのところを指さして身を乗り出した。「きみの友人のヴァレリーは、ちょうどそのあたりのコンクリートの上で死んだ。皮肉じゃないか？」と言いながらサムの髪をくしゃくしゃにした。

「スパイはだれだ？」アリーが唐突に言った。サムが顔を向けると、アリーは小さな黒い箱にかがみこんでいた。そしてなんの警告もなくボタンを押した。

何も見えなかったが、サムはすべてを感じた。

まじり気のない、圧倒的な痛みだった。訓練を受けてはいたが、シミュレーションはシ骨のなかに熱湯を注ぎこまれる感覚が実際はどんなものか、まったくわかっていなかった。それが足から脳に逆流し、パンパンに膨らんで破裂寸前の風船になった気がした。やがて不意にやんだかと思うと、部屋に光と雑音が戻ってきた。胸が波打つように震えているのがわかり、床に嘔吐した。

マリアムが悪態をつくのが聞こえた。

「スパイはだれだ?」アリーはもう一度言った。

頭のなかにつくった記憶の宮殿のなかに、マリアムの名前と彼女の忠実さを納めた金庫がちらりと見えた。サムは瞬きしてその記憶を消し去り、それがどの部屋に入っているか忘れようとしたが、それはそこにあって、サムを手招きしていた。もう一度瞬きした。最初のボックスのセットを思い起こし、言葉につかえながらそれを差し出した。

「ぼくはCIAだ」サムは言った。「あんたたちが何を望んでいるのか知らないが、ダマスカスの拠点なら知ってる。山のふもとにある隠れ家。暗く、禍々《まがまが》しい光、支局長の肛門科医に――」

「暗号名を使うのはやめろ」アリーが言った。

「ブラッシュ・パス、モスクの近くで」たとえそうしたくても、単語をつなげて文章にすることは不可能だった。「地図。見せる」

「それはどうでもいい」ルストゥムが言った。

アリーがもう一度ボタンを押し、世界が消え失せた。永遠にも思える時間、繰り返し焼きつくされ、頭のなかで光が弧を描くように飛びかうなか、サムは金庫とその中身を思った。ミネソタの松の香りがし、母が泣いている声が聞こえた。サムは椅子に崩れ落ちた。いまのが頂点か？　どれくらい時間がたったんだ？

マリアムが叫んだ。咳をすると顎に血が流れ落ちる。ふたりの兄弟が言い争っているのが聞こえたが、何を揉めているのかはわからなかった。マリアムのしわがれた声がふたたび聞こえ、サムの頭はどうにかアラビア語を処理しようとした。「どうしてわたしがこんなところに連れてこられなければならないの？」

「ジャブラとワーディー・バルザのことをどうやって知った？」アリーが問いかけた。

サムは頭をのけぞらせたが、ルストゥムが前に戻した。

ここがピークだ。いまだ。いまやらなければ。「ワーディーのことは官邸で立ち聞きした」サムは大声で言った。「廊下で」

「何？　だれが立ち聞きしたんだ？　廊下って？」アリーが聞き返した。

アリーが何度ボタンを押したのか、サムはわからなくなっていた。時が止まり、暗闇のなかマリアムの名前が納められた金庫が見えた。何度も繰り返されるループのなかで、サムは金庫の上に手を置き、ゴツゴツした金属に指を走らせ、ダイヤルをまわしてカチッという音を聞いた。

電気がふたたび流れた。記憶をとどめておこうとしたが抑えておけなくなり、堰を切ったようにあふれ出した。古い写真のようにどれも暗く、縁にシミがある。シャーマンズ・コーナーのとうもろこし畑、本を読んでくれた母、製粉工場、ラスベガス、カイロにあったブラッドリー家の湿っぽいキッチン。そしてマリアム。星明かりのなか浮かび上がるシルエット、笑い声、月に照らされたぶどう畑。サムはそれらを手でつかみ、盾のように固めて骨を痛めつける電流から身を守ろうとしたが、指が触れた瞬間にそれらの記憶は消え失せた。助けを求めて虚空に向かって叫んだが、返ってきたのは痛みだけだった。

そのときアリーのためにラッピングしたボックスの存在を思い出した。このカードを切るのはいまだ。

床に胆液を吐き出すのと同時に世界がふたたび現れた。「アティヤ」サムは喘ぐように言った。「アティヤだ、アティヤ」

「ジャミール・アティヤ?」アリーが聞き返した。ふたたび現れた世界に焦点が合ったとき、アリーが煙草を吸いながら、テーブルの上のボタンの横で指をコツコツ鳴らしているのがわかった。アリーはその名前について考えているようだった。

サムはうなずいた。目がまわり、頭がうしろにそり返った。ルストゥムにまた前に引き戻された。

「ワーディー・バルザと聞いた。ブサイナ。罠」サムはつかえながら言った。

暗闇のなか、何かがサムに向かってわめいていた。コンクリートと金属がこすれる音がして、サムは自分の椅子が床を引きずられてだれかの近くに引き寄せられるのがわかった。マリアムの姿が地平線に現れたとき、床をこする音が止まった。ふたりは顔を向かい合わせ、膝が触れ髪のにおいが感じられるほど近くにいた。サムは彼女の目を覗きこんだ。そのとき首に熱を感じた。金属の味がする血しぶきが舌に飛び、熱が上に向かってズタズタにされた顎の骨を過ぎて顔に達した。だれかが名前を叫んでいるのが聞こえた。ブサイナ、アティヤ。目にふたたび金庫が浮かび、サムはそれに向かって手を伸ばした。

アリーはきっかり十五秒、背中を向けていた。そのあいだにカナーンに電話をし、いますぐジャミール・アティヤの世界をひっくり返すよう命じた。オフィスやヴィラを徹底的に捜索し、パソコンや電話を押収しろ。何もかもだ。

振り返ると、兄がCIA局員の首にギザギザの線を刻んでいた。ルストゥムはこう叫んでいた。「これはおれのかわいいブサイナの仇だ」アリーが呆然と自身の傷痕に手をやりながら目を見張っていると、ルストゥムがサムの首からナイフを引き抜き、マリアムに向かっていった。

ルストゥムがサムを切りつけているあいだ、マリアムは助けを求めて叫びながら、椅子にくくりつけられた手と腕を必死に動かしていた。

「おれが彼女を殺したことを知ってるか？」ルストゥムはそう言って泣きわめき、徐々に生気を失っていくサムの顔に向かって唾を飛ばした。「おまえのせいだ。おまえが彼女をはめたんだ！」

ルストゥムはナイフを引き抜いたが、マリアムは床に血液が滴り落ちるのを見ていた。サムが口から何か吐き出した。しっかりして、ハビービー。しっかりして。

ルストゥムはサムの顎をつかみ、かがみこんで視線を合わせた。「おれはずっとこの売春婦《シャルムータ》を使う計画が気に入らなかった」とナイフでマリアムを示した。「イタリアでおまえに何を話したんだろうな。この女はブサイナと働いていた。おそらくワーディー・バルザのことも立ち聞きしたんだろう。ブサイナがうっかり余計なことを漏らしてしまったんだろう」

ルストゥムは椅子をどけてマリアムの右側に立つと、耳元でそっと言った。「おれのブサイナを殺したか？」

「スパイはだれだ？」という声が轟いた。それがアリーなのかルストゥムなのか、それとも神その人なのか、マリアムにはわからなかった。

マリアムは身体を震わせ、アリーのほうを見た。抑えていた怒りが噴き出した。民兵に襲われたときのことを思い出し、ハッサン兄弟に同じことをする光景を思い描いた。兄弟をそれぞれ見下ろすように立ち、弾倉が空になるまで引き金を引く。「ふざけないで、アリー、わたしは協力以外何もしていない。あなたが望むものを渡したのに、これが報い？

あなたたちふたりとも――」

マリアムの脇腹にナイフが突き刺さり、ルストゥムが何度も同じことをつぶやきながら奥深くに沈めた。おれのブサイナを殺したか？　ナイフは肋骨に当たったが、ルストゥムはうなり声をあげてさらに深く押しこんだ。

マリアムは彼の目を見てこう言いたかった。そうよ、わたしが殺したのよ、このモンスター。だがそうはせずに、自分の身体に深く突き刺さったナイフを見下ろした。濡れた柄《え》しか見えず、サムが目を血走らせて絶叫するのがわかった。マリアムは愛を交わしたときのようにその目にすがりたかったが、周囲がぐらつきはじめた。ルストゥムがナイフを引き抜くと、何かぬるぬるするものが脚を流れていった。

少年のアリーは寝室の床に横たわっていた。その上にルストゥムがまたがって、喉にナイフを突き立てようとしていた。父とふたりの母の仇を討つというやり残した仕事を終わらせようとして。

すると祖父がルストゥムをなぎ倒し、何度も殴りつけた。老人は力強かった。格闘して荒い息をつきながら、祖父はベッドにもたれて泣きじゃくるアリーを抱きしめた。ルストゥムは気を失って、隣で伸びていた。

「だれが悪いの、おじいちゃん？」アリーは尋ねた。声は震え、こわばっていた。「だれが悪いの？」

〝おまえじゃないよ、アリー。おまえのせいじゃない〟

ルストゥムがマリアムの脇腹からナイフを引き抜き、首筋に近づけた。

アリーは突進した。ルストゥムがうしろによろめいて、ナイフが床に落ちた。アリーはふたたび前に踏み出し、兄の腹を開いた手で殴ってから、頭上に腕を振り上げて耳のあたりを殴りつけた。ガリッという音がした。

ルストゥムはその場に倒れた。起き上がろうとしたが、アリーはナイフを拾って兄の胸を蹴りつけ、冷たいコンクリートに押し戻した。続けて兄の上にまたがり、ナイフの柄を鼻に振り下ろした。大量に血が飛び散り、さらにもう一度繰り返した。今度は骨が潰れる湿った音がして、ルストゥムの悲鳴が響きわたった。アリーはなおも振り下ろし、自分の顔に血しぶきを浴びた。

ルストゥムの飢えた目が見返してきて、手が持ち上がってナイフをつかもうとした。目でも、なんでもよかった。アリーは兄を押さえつけ、顔をにらみつけて視線をとらえると、首にナイフを深く沈め、筋層をズタズタにして頸動脈を切断した。兄の目が光を失い、脚の動きが止まって、呼吸が絶えるまで押さえこんでいた。

それからようやく床に転がり、すわり直した。

マリアムは頭をがっくりと前に倒した状態で静かになっていた。サムが助けを求めて叫んでいる。サムの椅子は倒れ、腕を縛りつけられたまま床を這ってマリアムのもとに近づこうとしていた。アリーは倒れこむようにしてテーブルまで移動した。サムはわめきながら、真っ白に青ざめてピクリとも動かないマリアムのほうに進んでいった。

カナーンの部下が大きくドアを開けて入ってくると、この惨状を目にして両手で頭を抱えこんだ。ルストゥムの遺体を見て、呆然と顔に両手を走らせた。

アリーは震える手で煙草に火をつけた。「医者を呼べ。大至急だ」

しっかりしろと叫びながら、サムはマリアムのほうへ近づいていった。息を吸うたびに肺にガラスが刺さったような痛みが走った。首はほとんど動かせないまま、とにかくマリアムのもとに急ごうとした。ルストゥムの死体が床に横たわり、アリーがマリアムの脇腹を自分のシャツで圧迫しているのがわかった。ぼんやりした光のなか、別の男が部屋に何かを運び入れていた。

マリアムの頭が力なく垂れていた。目の光も失われている。「マリアム！　マリアム！　マリアム！」サムは叫んだ。

だれかがサムを持ち上げた。身体全体が悲鳴をあげるのを感じながらカートに乗せられ、尋問室をあとにした。顔に風を感じ、上からまぶしい光を浴びた。頭のなかの金庫が見えた。手つかずのままだ。一瞬、ストレッチャーに乗せられたマリアムが横に並んだ。ずっと向こうにいるだれかが大声で怒鳴っている。マリアムは傷口を上にして横たわっている。怒鳴っているだれかが液体の入った袋を高く持ち上げている。マリアムの身体からチューブが突き出している。

サムは必死に彼女の目を覗きこんで、何か読みとろうとした。
けれどもそのまま運び去られた。

52

茫然自失の状態でオフィスに戻ったアリーは、白い襟付きのシャツは着ていなかった。マリアムの間に合わせの止血帯として第二の人生を終えたのだ。ロシアチームの司令センターの前を通り過ぎたとき、何ごとにも動じないボルコフが口をぽかんと開けていた。オフィスに入って椅子からガラスの破片を払い落とし――その日の朝アメリカの戦闘機が残した置き土産だ――立て続けに煙草を六本吸った。ようやく手の震えが収まると、机の引き出しにしまっていた予備のシャツを着た。

それからライラに電話をかけた。「どこにいるの？」ライラは叫んだ。「どこにいるの、アリー？　いますぐ帰ってきて！」うしろで双子が泣いている声が聞こえてきた。

「無事か？」アリーは尋ねた。

「ええ、いまのところはね。クロゼットに隠れてる。早く帰ってきて」

「ルストゥムが死んだ」

「死んだ？　どうして？　爆弾で？」

「事件があったんだ。オフィスで。正気を失った。おかしくなってしまったんだ」

「正気を失った？」

「あとで説明するよ」右の手首がピクピクと震えた。アリーはもう一本煙草を取り出そうとしたが、パッケージが床に落ちた。しかたなく拾い上げてから尋ねた。「無事なのか、ライラ？　きみと子どもたちは？」

「ええ、でも帰ってきて」

「帰るよ。でも先に片付けることがある」

「帰ってきて！」ライラは叫ぶように言った。

「愛してるよ」アリーはそう言って電話を切り、煙草に火をつけた。

フィルターぎりぎりまで吸うと、立ち上がって粉々になった窓ガラスから外を見た。街のあちこちから煙が立ちのぼり、サイレンが鳴り響いている。アリーはこの惨状を目に焼きつけた。

自分は兄を殺した。共和国防衛隊の司令官を。

エージェントのマリアムは、数階下にある急ごしらえの病室で死に瀕している。暴力的にではあるがＣＩＡ局員を尋問して情報を手に入れることに成功した。その男はまだ拘束下にある。

バースィルが先導する暴徒はいま、アメリカ大使館に襲いかかっている。

電話が鳴った。カナーンだった。

「なんだ？」

「アティヤのオフィスにいます。隠しポケットのあるブリーフケースが見つかりました。なかには偽名を使ったアメリカのパスポートが入っていました。一見したところかなり本物に近いです。それに丸めた紙幣とデバイスもありました。なかに何が入っているかわかりませんが、こういうものは見たことがありません」

「パソコンはどうだ、携帯は？」

「アメリカとヨーロッパの番号から不審なメールが携帯に入っています。暗号のようです。eメールアカウントも同じです」

「逮捕しろ。拘束してここに連れてこい。宮殿に報告する」

アリーは下におりていった。ロシア人たちがもの問いたげな目でじっと見つめてきたが、気にかけなかった。時間がない。

「ボルコフ、アルジャジーラをつけてくれ」

ボルコフは数台あるうちの一台をつけた。

速報と打たれて映像が切り替わり、ホワイトハウスで米国大統領が記者会見に応じていた。シリア政府が化学兵器の使用を進めているとする信頼できる情報を受け、シリア国内への空爆に踏みきったと、大統領は力強い声で語った。かかる攻撃を止めるのと同時に、このように残忍な行為は許容できるものではないというメッセージを野蛮なアサド政権に伝えるためだ。そして、わが国が化学兵器による攻撃を防いだことを確信していると続けたあと、記者たちに質問を促した。ある記者は、内戦による死者は数十万人に及んでいるのに、なぜ昔ながらの虐殺が行なわれていたそのときではなく、いまになってサリン攻撃に介入するのかと質問した。大統領は演壇の向こうでそわそわしていた。アリーはテレビを消した。

ボルコフは聞きたいことがあるような顔をしていた。それも山ほど。だがアリーはまわれ右してその場を離れ、自分のオフィスに戻った。家に帰らなければ。デスクの椅子にすわり、ガラスが吹き飛ばされた窓から吹きつける風を背中で受けながら、亡命について考えた。家族を連れて車でヨルダンに向かう。空爆のあと、すでにあちこちに検問所が設けられているだろう。空港も同じだ。政府職員の身分証明書があるから、それが役に立つかもしれない。そうではないかもしれない。逃亡すれば殺人犯と見なされるかもしれないと思ったが、実際そうだった。ムハーバラートはライラの両親や兄弟を逮捕して尋問するだろう。アリーを呼び戻すために暴力に訴えるかもしれない。そうやってアサドは玉座を維持してきたのだ。

アリーは地下へ行ってファイリングキャビネットの前に立った。いちばん上の引き出しを開けて、〈アサド湖の水位、報告と分析、１９８８－１９９２〉というラベルが貼られたフォルダーを捜し当て、なかからビデオテープと二枚の遺体の写真を取り出した。ヴァレリー・オーウェンズとその協力者、マルワーン・ガザーリーの写真だ。ポケットからペンを取り出し、番号と短いメモを紙に書きつけフォルダーのなかに入れた。つかの間二枚の写真に写っている生気のない目に見入った。階段を上りながら医師に電話をかけた。

「アメリカ人に意識はあるか?」

「はい。かなり弱っていますが話はできます。でもわたしなら、尋問にかけようとは思いませんが」

「わかった。わたしがそっちに行く」

アリーが到着すると医師たちはそそくさと部屋から出ていき、ジョセフとふたりきりになった。ジョセフの首と頬には縫いあとがあり、顎には包帯が巻かれ、踏み潰された足にはギプスがつけられていた。

仰向けに寝ていたジョセフは、アリーを見ると瞬きをして言った。「マリアムは死んだのか?」

「わからない。ここに来たのはきみに話があってのことだ」

アリーは煙草を吸いたかったが、部屋が狭苦しく、アメリカ人の肺が耐えられるかどうかわからなかったので、代わりに自分の傷痕をこすった。

「お互い同じような場所に痕が残りそうだな」アリーは言った。ジョセフは天井をじっと見つめたまま、ふたたび瞬きをした。

「今日、妙なできごとが立て続けに起きた。こんな朝を迎えたのは初めてだ。家族のもとに帰りたい。きみもそうだろう。だから提案がある」

ジョセフは頭を動かしてアリーのほうを見ようとした。だが顔をしかめてふたたび天井を見上げ、耳を傾けた。

「きみをここに永遠に閉じこめておくことも、もちろんできる」アリーは言った。「身体が回復するのを待って、もう一度電気を流してすべてを検証することも。ヒズボラの友人たちは、アメリカ人の尋問にかけては長年の経験がある。彼らはCIAのベイルート支局長ウィリアム・バックリーを長期間拘束していた、ただ単に自分たちが手札をすべて持っていることを確認したかったからだ。もちろんメッセージを送るためでもある。もう一度きみをナイフで切り刻んだら、さらに多くのことがわかるだろう」

ジョセフは何も言わなかった。

「こうしているあいだにも、わたしの部下がジャミール・アティヤの逮捕に向かっている」

アメリカ人は沈黙を続けた。

「今朝、きみの政府がいわゆる化学兵器による攻撃を止めようとして、わが国を空爆した。いくつかの基地が被害を受け、われわれの計画は頓挫した」

ジョセフは口を開こうとしたが、すぐにうめき声をあげた。「どうしてそんな話をする？」

「わたしが何に気づくに至ったかわかるか？　政府のことはどうでもいい。だが家族は大切だ。わたしが気にかけているのはそれだけだ。それにいまの政権が何をしてきたか知ってるか？　少しでも理解できるか？　わたしのような人間を縛りつけるんだ。わたしの家族の運命は政府と密接にからみ合っている。きみたちの組織では選択肢があるはずだ、なんと言うんだったかな、エージェン――、エージェン――」

「エージェンシー」

「それだ。エージェンシー。きみたちは生まれたときから自由だった。それを当然に思っている。ここシリアで、わたしにも同じような自由があると思っているかもしれない。だがむろん、そんなものは幻想だ。わたしはほかの国民同様、奴隷にすぎない。高い地位にいるかもしれないが、それでも奴隷は奴隷だ。けれども家族を破滅させるわけにはいかない。それにアメリカ政府にもこれ以上追われたくない。だからふたつ提案がある」

アリーはベッドの上にフォルダーを置いた。「ひとつ目だ」

「なんだ？」

「ヴァレリー・オーウェンズとその協力者マルワーン・ガザーリーの尋問ビデオだ。きみも知っていると思うが、ふたりとも死亡している。ビデオを見れば、わたしが尋問中に彼女を救おうと止めに入ったことがわかるはずだ。うまくはいかなかったが。兄のルストゥムに押さえつけられているあいだに、兄の部下が彼女の頭皮を剝ぎ取った。その後わたしは報告書を捏造させられた。ヴァレリーが鎮痛剤を過剰摂取したというでたらめを織り交ぜて」

アリーはフォルダーからヴァレリーの写真を取り出して、ジョセフの手にのせた。彼は前にも見たことがあるというように、訳知り顔にその写真を見つめた。

「どうしてこれが偽造ではないと言える？」ジョセフが言った。

「だったらずいぶん手のこんだ計画じゃないか？　今日こういうビデオをつくってきみに渡す？　ＣＩＡかモサドのファイルのどこかにこの男の写真か、通話の傍受の記録があるはずだ。このビデオと見比べて、わたしが言っている男だと確認すればいい」

「名前は？」

「バースィル・マフルーフ准将」

アリーは立ち上がってジョセフに近づき、真上から見下ろして両手をベッドの柵にかけた。「きみが——とりわけいまは——アメリカ政府を代表しているわけではないのはわかっているが、帰国したときわたしがこの情報を善意から提供したことを上司に伝えるという個人的な保証がほしい。今後、爆撃のターゲットを選ぶ際に考慮してもらいたい、それかいまの政権が崩壊するときに連絡するから助けてほしい。わかり合えただろうか？」

ジョセフはそれには答えなかった。「兄が死んだことはどう説明するつもりだ？」

「本当のことを。兄はきみに圧力をかけるために、わたしのスパイのマリアムを尋問の場に連れてきて自制心を失った。彼女が殺される前に、わたしがやむなく兄を殺害した」

ジョセフはうなずいた。「ふたつあると言った。ぼくを解放する前にふたつ提案があると。バースィルのビデオがひとつ。もうひとつは？」

53

ギリシャのイドラ島で、当時九歳のアーテミス・アフロディーテ・プロクターは占い師に死期を告げられた。

「つまり、これよりずっと暴力的な経験だったわけよ」プロクターが支局全体に向けて言ったとき、携行式ロケット弾が上の事務棟にふたたび着弾する音がした。三十分前に親政府派民兵《シャッビーハ》が満載されたバスがロータリーに到着し、抗議活動、破壊活動のみならず数人が大使館の敷地内に侵入する事態が予想された。ところが、相手が送りこんできたのは襲撃部隊で、壁を乗り越えて西側の出入口を警備していた海兵隊員をふたり撃ち、高性能プラスティック爆弾《セムテックス》か地雷、あるいはほかの何かでドアを破壊した。プロクターは直接見たわけではなく、どうしても名前を覚えられないセキュリティ担当者からのめそめそした電話で聞いただけだった。だが実際に侵入され、凶暴な民兵の集団が昆虫のように敷地内を埋めつくしていた。

プロクターはフェーズ３の破壊命令（事務職員は脱出、局員は自己防衛）を出した。書類がシュレッダーにかけられ、ハードディスクと通信機器は酸を用いたシュレッダーで粉碎された。シュレッダーがすべてを嚙み砕いているあいだ、プロクターはブラッドリーに電話をかけた。「エド、馬となだで武装した連隊を寄越してちょうだい、ここのいかれた連中がわたしたちを痛めつけようと続々と集まってきているの」と言って受話器を離し、銃声や爆発音を聞かせてから電話を切った。

そのあとプロクターは敷地内の監視カメラの映像を流している、モニター群の前に立った。駐車場で海兵隊員が民兵を撃つ場面や、事務棟の吹き飛ばされたドアを通り抜けて大使のオフィスに向かっている民兵の姿、国務省の職員と海兵隊員が三階の見張り台に集まって襲撃が終わるのを待っているようすが映し出されていた。共和国防衛隊の准将の制服を着たシリア人が、コンバットショットガンといまいましいナイフを持って二階を歩きまわっている。完全なカオスだ。

「こっちに来るわよ」プロクターは支局員全員に向けて言うと、部屋を見まわし部下の人数を数えた。

「ゼルダはどこに行ったの?」プロクターが尋ねたのと同時に、ふたたび事務棟にロケット弾が被弾して壁が揺れた。

だれかが、ゼルダは上の機密情報隔離室で大使にブリーフィングしていると答えた。

「くそっ」モニターを見ていたプロクターが叫び、全員が武器を持ってまわりに集まった。

「なんでここで共和国防衛隊の准将が歩きまわってるのよ?」プロクターは全員に向けて言った。准将が鞘からナイフを抜き、大使のオフィスに入っていく。別のモニターには、ふたりの民兵が階段を下りて支局の外の廊下に達したのが映っていた。ふたりは周囲をうかがいながらAK-47を構えてゆっくり近づいてくる。

「やられた」プロクターはモスバーグのショットガンをつかんで扉を開け、廊下に飛び出していった。男たちに向けて二発撃ちこむとさっと支局内に戻り、うめき声が聞こえてきたので、指揮官がだれか答えたらすぐに死なせてあげるとアラビア語で呼びかけた。さらにうめき声が続き、さっきの申し出を繰り返した。

「バースィル・マフルーフ准将だ」と返事が返ってきた。「衛兵を撃ったのは彼だ。おれたちは……そんなつもりじゃ……」ゴボゴボという音に続き、苦しそうなうなり声が聞こえたあと静かになった。

「死にやがった」プロクターは言った。

「チーフ、ゼルダが逃げ出しました」だれかが言った。

プロクターはモニターの前に戻った。ゼルダが隔離室から飛び出したのと同時に、共和国防衛隊のバースィルという准将が大使のオフィスから出てきた。バースィルは逃げるゼルダの背中に向けてショットガンを発砲した。ゼルダが階段でくずおれて踊り場に倒れこむのを、別のカメラがとらえていた。バースィルが彼女に向かって走り出した。

バースィルは赤く染まった白い頭皮を手に持っていた。それを見たプロクターの頭は、アフガニスタンのチャップマン基地で遠い昔に聞いた爆発音で満たされた。ショットガンに弾《たま》をこめ直し、ゼルダのもとに駆け出した。

角を曲がると民兵のひとりにぶつかった。プロクターは彼の異様に大きく開かれた目に銃を向け、頭を吹き飛ばした。たった一発で鮮やかに。ゼルダは階段の下でうつ伏せに倒れていた。

「ちょっとおっぱいを引きずるわよ、Z、いいわね？　痛くて気絶しそうになったら言いなさいね」

プロクターは階段の人影に向かって銃弾を浴びせると、ゼルダの肩をつかんで支局まで廊下を引きずっていった。その間何発も銃弾が撃ちこまれ、周囲の壁に当たった。プロクターの耳に低い声で、髪を覆っていないとは、このキリスト教徒の女たち《イフワーン》はなんとはしたないんだと言うのが聞こえた。続けてその声が応援を呼んだ。イフワーンっていったいなんのことよ？

プロクターはゼルダの真っ白い顔を見下ろした。両脚はズタズタだった。

「Z、聞こえる？」プロクターは叫んだ。廊下でカチッという音がして、はっと振り向きざま発砲した。支局にランチャーを向けていた男は脚を半分失い、その場に倒れた。

「でかいのをぶちこんでくるわよ！」プロクターは大声で言ってゼルダを見下ろしたが、ピクリとも動かなかった。「だれか止血して、止血帯でもなんでもいいから持ってきて！」

サポート要員のひとりがゼルダのズタズタになった脚を包帯で巻きはじめた。

「しっかりしなさい、Z、しっかりするのよ」プロクターはふたたび振り返って、向こうからやってくる男に向かってショットガンを炸裂させた。男はドアの前で倒れたものの、顔を上げて大声で叫んだ。プロクターは男のこめかみにモスバーグを押しつけて引き金を引き、支局内にとって返した。

ふたたび奇妙な声が聞こえた。バースィルだ。プロクターはその場にさっとうずくまり、廊下に転がり出た。バースィルが頭皮を持って立っていた。ショットガンを撃つと、バースィルは腹這いに倒れ、階段のほうに這って逃げようとした。プロクターはうしろからもう一度発砲した。右の尻に銃弾が当たって鈍い音がしたが、バースィルは満足げに雄叫《おたけ》びをあげた。それと同時にプロクターの顔の横を銃弾がかすめて重苦しい熱を感じ、ギリシャ人の年老いた占い師に死期を告げられたことを思い出した。具体的な場所、時刻、そしてめちゃくちゃな状況。いまは死なないことを知っていたから、廊下を走っていこうかと考えたが、ゼルダを置き去りにすることはできなかった。

「あいつのケツをやってやったわよ、Z」プロクターは少しずつ支局に戻りながら話しかけた。「右の尻をね。だからあなたもがんばってちょうだい」

支局の外にある壊れたトイレにロケット弾が撃ちこまれた。プロクターは熱から顔を背けたあと、まっすぐに立った。身長百五十センチの身体をめいっぱい大きく見せて。

自分の最期は知っている、とプロクターはアラビア語で大声で言った。そしていまはそのときではないと。

わたし、アーテミス・アフロディーテ・プロクターは死の天使だと。

54

　サムは大使館までの道のりをほとんど覚えていなかった。後部座席で隣にすわっていたアリーが無線機で部下に命令を飛ばしていたことだけは記憶にある。足の感覚はなく、視界はまだぼやけて定まらなかった。さまざまな色や形がぐるぐるまわり、時おりつかの間晴れわたるが、すぐにもやがかかったようになる。

　大使館に着いたとき、サムは何かおかしいと気づいた。遠くで怒声がし、息が詰まるような煙が立ちこめていて、外に出るなと警告された。どのみちサムは歩けなかった。無線機からまたパチパチと音がして、アリーが車の外で奇襲部隊に命令を出していた。大使館までサムを安全に送り届けることがふたつ目の善意だと、アリーは〈セキュリティ・オフィス〉の地下で説明した。そして、自分以外の人間が付き添うのは賢明ではないと。

　いまサムは身体を起こして、日差しが降り注ぐ窓の外を見きわめようとしていた。ここはどの入口だ？　ロータリーだ。バスが見える。群衆も。大使館の敷地のほうから機関銃の連射音が聞こえる。拳銃の発砲音もだ。近い、ロータリーのなかだ。そして怒鳴り声。こうやって終わるのか？　大使館の外で暴徒に八つ裂きにされて？　サムは上体を起こしてすわろうとしたが足が動かず、踏ん張ることができなかった。ふたたび銃声がした。今度はさらに近い。

怒声。銃声。さらなる叫び声。

アリーがドアを開けた。肩に圧力を感じたと思うと、複数の手が脇の下に差しこまれ、座席から持ち上げられた。アンモニアのなじみ深いにおいがして、だれかに――医者だろうか――脇腹に注射針を刺された。最初は痛みを感じたが、すぐに血管に温かいものが流れるのがわかった。サムは動いていた――なかに運びこまれている。地面が見え、石や砂利、敷石が見え、木目柄の床が流れていった。左に首を伸ばすとアリーの姿があった。高熱にうなされて、底知れぬ深い穴に落ちていく感じがする。暖かい日差しを顔に感じたかった。マリアムにそばにいてほしかった。

彼女の姿を思い描いて目を閉じた。ふたたびまぶたを開けたとき、人影がサムを見下ろしていた。あちらこちらを向いているボサボサの黒い髪が徐々に形を成してきて、棒か銃か、手に何かをつかんでいるのがわかった。サムは身体を動かそうとしたが、どうしてもできなかった。

その人影が膝をついて話しかけてきた。

「ジャガーズ。そろそろだと思ってたわよ」

55

六週間後

歩道に停まったパジェロに、暗視カメラがゆっくりとフォーカスした。若いカップルが夜の散歩を楽しんでいるほかは、あたりに人通りはなかった。

カメラを操作している男が咳をしてレンズが揺れた。男はすぐに薄汚れた石づくりの建物に焦点を戻した。ナトリウム灯のまぶしい光に照らされ、四人の警備員が詰所のまわりで談笑している。「今日彼は泊まるんだろうか」そのうちのだれかが言った。もの静かなカメラマンがまた咳をした。

ビーッという音がした。「法務顧問室のガートナーだ。まだつながってるか?」

「ええ。そっちはパジャマパーティーの最中?」プロクターが言った。

「うるさいぞ、プロクター」ブラッドリーが言った。

「先週撮られたビデオ映像とフォトライブラリーを使って、〈モリー〉がもう一度チェックを終えたところだ。今度はアルゴリズムがうまく作動した。さっきはなぜだめだったのかわからない」

「了解」

カメラが〈セキュリティ・オフィス〉の正面玄関に向けられた。

「だれか出てくる」カメラマンが言った。玄関から出てくる人物に映像がフォーカスされた。

アメリカ大使館が襲撃されて以降、ラングレーでは危機管理の議論が活発に行なわれていた。長官はシリア対策本部を立ちあげ、サムが聞いたところによると、二百人以上の分析官やオペレーター、技術士、言語学者、標的を選定する専門家《ターゲッター》が集められた。ダマスカス支局の閉鎖にともない、プロクターが指揮するシリアに特化した下部組織がアンマン支局につくられた。ドイツで足の手術を受けたサムは、静養期間中にプロクターのチームが襲撃事件の首謀者を特定する任に当たっていることを聞いた。ブラッドリーからは電波の途切れがちな電話で、ぞっとするような顛末を教えられた。海兵隊員六人、国防担当大使館員ひとり、国務省職員七人の計十四人のアメリカ人が死亡したほか、十二人のシリア人職員も命を落とした。また、CIA局員四人を含む二十六人のアメリカ人がドイツのラントシュトゥールで入院治療を受けることになり、そのなかにはゼルダも含まれていた。一九八三年にベイルートで起きた海兵隊兵舎爆破事件以来、アメリカの海外拠点が被った最大の惨事だった。「襲撃を主導した人間はわかりましたか?」サムは尋ねた。

ブラッドリーは答えたくないらしく、受話器を持ち替えたのがわかった。かつての作戦要員《オペレーター》は咳払いした。サムは沈黙を埋めようとはしなかった。

「ヴァルを殺した異常者だ」ブラッドリーはようやく口を開いた。「バースィル・マフルーフ准将。数人が頭の皮を剝がされている。プロクターによれば、ゼルダを撃ったのもそいつらしい。あの野郎を捜している。いま言えるのはそれだけだ、いいな？」

ブラッドリーはふたたび咳をした。そして、彼が巧みに話題を変える直前の数秒間で、サムの頭は自分がいまはまっている深い穴について分析を始めた。

最終的に一週間にわたってラントシュトゥールの病院でじりじりと時間を過ごしたあと、事務方の猛攻撃が始まった。ブラッドリーがボーディングブリッジでサムを出迎え、タイソンズ・コーナーにこの先数カ月滞在することになる家具付きのアパートを用意してくれた。それからおまえは現在休職中の扱いで、すべての情報アクセス権は一時的に停止されていると説明された。ブラッドリーは怒ってはいなかった。ただ隣家の子どもに嚙みついた愛犬を処分しなければならなくなったというような、悲しげな顔をしていた。

査問委員会のヒアリングのため、膨大なファイルがつくられた。ヒアリングの日程は決まっていなかったが、そこで幹部たちがサムの運命を決めることになるのだ。最良のシナリオは、機密情報が漏洩したのではないかという防諜課の懸念が払拭され、ラングレーで六カ月から二十四カ月のあいだデスクワークに縛りつけられること。最悪なのはＣＩＡを解雇されて青いバッジを没収され、機密情報へのアクセス権を完全に剝奪されたうえで、退屈きわまりない民間人の生活へと戻されることだろう。

ラングレーでの数週間は快適とは言えなかった。心理テストが四回、医療チームの健康チェックが毎日あり、正式な身体検査が三回あった。ダマスカスでの最後の週について完全な時系列表をつくろうとしているのか、複数のチームによる過酷な尋問がかわるがわる三日間にわたって行なわれた。サムは個人のものも任務で使っていたものも、所持していた通信機器をすべて提出した。SDRについてもすべて説明を求められ、カイロに赴任して以降、サムが作成したすべての公電と協力者についての評価書を徹底的に調べ直すと言い渡された。

ポリグラフは果てしない〝事情聴取〟と尋問の延長だった。調査官は攻撃的で、威圧的で、声が大きかった。石のような冷たい目をした調査官たちの何度も繰り返される質問に、サムは毎回同じ答えを返した。真実を。ポリグラフは、はいかいいえで答えられるようなシンプルな質問で構成されていたが、マリアムとの関係については、具体的で、生々しい、時系列の報告が求められた。サムはすべてを語った（「あなたは協力者のマリアム・ハッダードとフランス、ダマスカス、イタリアで性的関係を持ちましたか？」）。アリーに解放され、大使館に置き去りにされた際の状況説明を求められた（「すでに述べた関係者の氏名、ドロップサイト、隠れ家の情報以外にアリー・ハッサン准将に機密情報を提供しましたか？」）。三人の民兵を殺害したことについて聞かれた（「マリアム・ハッダードは、大使館の外に来たのはアリー・ハッサンに知られることなく、あなたに情報を届けるためだったと言いましたか？」「マリアム・ハッダードは三人の民兵を殺しましたか？」）。

二週間後、ゼルダが死んだ。

ゼルダはラントシュトゥールで生命維持装置につながれていた。遺体は輸送機でD.C.に運ばれ、防諜課は慈悲深くもいやがらせを中断し、サムを葬儀に出席させてくれた。ブラッドリーとプロクターも参列していた。サムは、ダマスカス国際空港に降り立った元気いっぱいのゼルダがプロクターの車に飛び乗り、大統領官邸の化学兵器調達ネットワークを暴こうと張り切っていたことを思い起こした。ゼルダの短期任務を延長することになった、サムとプロクターが送った公電を思い出して吐き気がしばらく収まらなかった。〝当支局は現在進行中の重要な情報作戦を継続するため、三カ月の延長を要請する〟。どうしようもないゴミだ。自分は彼女を殺すことに手を貸したのだ。ヴァルも同じだ。

葬儀のあとプロクターをつかまえようとしたが、彼女はサムが話しかける前に立ち去ってしまった。

その晩サムは、ブラッドリーの自宅の農場へ夕食に招かれた。「三週間ぶりに家で夕食をとれるというのに、おまえを誘うなんてどうかしてるな」ブラッドリーは言った。アンジェラはサムが車から降りるのに手を貸し、そのまま泣きながら抱きしめた。彼女はバーガーを焼いたあと、クアーズの六缶パックとともにふたりをポーチに残して家のなかに消えた。サムとブラッドリーは晩夏のブルーリッジ山脈に差す光の筋を見つめながら、無言で最初の一缶を飲んだ。

ブラッドリーは二缶目を開け、軽く口をつけた。ダマスカスに行く前と比べて、四歳ほど歳をとったように見えた。「この会話はなかった、いいな？　もしばれたら保安課の連中に八つ裂きにされる」

サムは一缶目のビールを飲み干してうなずいた。

「〈アテナ〉からの連絡はない。アリーに地下に連行されたときから、うんともすんとも言ってこない。だが〈アテナ〉がおれたちをもてあそんでいたとは考えられないという結論に達しつつある、少なくとも長期間にわたってはな。彼女のいとこに関する話は、ハッキングした資料によって裏付けられた。そう言えば、いとこは釈放されたそうだ」

サムはその知らせを聞いてうっすら微笑み、ブラッドリーのほうを向いた。失望させてしまった父親――あるいは裏切ったと言ってもいいかもしれない。どう考えていいかわからなかったが、どちらでもよかった。サムはただ恥ずかしかった。「すみません、エド。彼女のことでは失態を犯しました。許してもらえるでしょうか」

ブラッドリーはうなずいた。「ああ、すでに許してる。このことでおまえを責めるつもりはないよ。おまえは正直に告白した。ミスを認めた」

二缶目のビールを取ろうとクーラーボックスに手を伸ばしたところ、サムは痛みに顔をしかめて軽く息をのんだ。椅子にすわり直してふたを開けた。

ふたりはまた黙ってビールを飲みながら、太陽が稜線の向こうに沈むのを見つめていた。

「〈アテナ〉に渡したデバイスについては相変わらず謎が残っている」ブラッドリーが続けた。「国家偵察局が衛星プラットフォームを調べて妙なものを見つけた、マルウェアのような。詳細はまだはっきりしないが、協力者を全員移して詳しく調べている。アリーとイランの技術者が数週間分の通信記録を盗んだ可能性もある。いまその通信記録から身元が特定できるかどうか防諜課が確認しているところだ。もし身元がばれている可能性があれば、何人か脱出させなければならないだろう」

「プラットフォームには何人の協力者の情報があるんですか？」

「四人だ。〈アテナ〉を入れずに」

「大変だ」サムはつぶやくように言った。

「ああ。彼女がイタリアで打ち明けてくれていればな。逃がすこともできたのに」

サムは缶を置いて両手で顔を覆った。背中にブラッドリーの手が置かれ、ふたりはそのまま黙ってすわっていた。数分後、サムは顔を上げて山並みを見つめた。ブラッドリーはサムの肩に手をかけたままビールを飲んだ。

「査問委員会は休日を避けて開かれるだろう。ポリグラフは問題ないようだが、もっとやらされるかもしれない。おれに言えるのは、受けろということだけだ。情報漏洩についてはあきらめると思う。おまえが嘘をついているとは連中も思っていない、つまりこのまま残れる可能性があるということだ。おれは査問委員会をいくつも見てきたから、常にバランスシートが作成されることを知っている。片方には協力者と無分別な関係に陥ったこと、彼女がその後敵対機関にデバイスを渡したという事実がある。もう片方には彼女の告白とその後の協力、おまえたちの七月十八日から十九日にかけてのダマスカスでの尽力がある」

ブラッドリーはビールを飲み干し、缶を放り投げた。「ところで、ここからはおれの評価だ。おまえが〈アテナ〉を動かしたことで、サリン攻撃を食い止める軍事作戦につながり壊滅的な結果を免れた。おまえたちはふたりで数千人の命を救った。査問委員会にとってもそれは明らかなはずだ。黒と白のようにはっきりした、輝かしい功績だ。問題とされるのは、おまえが自ら捕まったことだ。もちろん彼女との関係もあるが、それがおまえやおれたちの協力者をこれまで以上の危険にさらし、防諜課に頭痛を引き起こした。アリーに話したことは、すべては覚えていないんだろう？」

「もしぼくが逃げていたら、マリアムがアティヤを告発しても、アリーはワーディー・バルザの情報については信じなかったはずです。彼女がすべて認めるまで、しつこく調べて拷問したでしょう」

ブラッドリーはうなずいた。「そうだな。だが査問委員会がどう考えるかわからない」

「でもこういう例はたくさん見てきたんでしょう？　どう思います？」

「本部で二年の執行猶予。だがそれも五分五分だと思ってる」

「あとの半分は？」

「解雇だ」

サムはうなずき、二缶目のビールを一気に飲み終えた。マリアムが無事であればどうでもよかった。

「あとひとつある。ここで待っててくれ」ブラッドリーは室内に入り、階段を下りて地下の〝箱〟に消えた。やがて一枚の紙を手に戻ってくると腰を下ろし、もう一缶ビールを開けた。無精髭の生えた顎をさすりながら話しはじめたが、不意に口をつぐんだ。まるでこれから言おうとしていることの意味にあらためて気づいたように。あるいは話すことそのものについて。

「おまえはいま休職中だから、もちろんこれは適正な行為ではない」ブラッドリーは言った。「だが知ったことじゃない。おまえの協力が必要なんだ」そう言って、たたんだ紙を差し出した。

その紙を受け取って裏返すと、煙と灰のにおいが鼻をついた。前回これを見たとき、サムはアリーの地下の監獄で強烈な鎮痛剤を投与されていた。いまふたたびそれを目にして吐きそうになった。

ブラッドリーは口をゆがめて皮肉めいた笑いを浮かべていた。「おまえは覚えていないかもしれないが、アリーはおまえを大使館に戻す前にこれをビデオテープのケースに滑りこませていた。ところでビデオはアリーの話を裏付けていたよ。バースィル・マフルーフ准将は、近ごろ死亡したルストゥム・ハッサンの見ている前で、尋問中にヴァルとマルワーン・ガザーリーを殺害した」ブラッドリーは顔をゆがめて足元を見下ろした。

「そのあいだアリーは何をしていたんですか？」

「それが妙なんだ。決定的なことは言えないが、バースィルを止めようとしていたようだ。

兄のルストゥムがその邪魔をし、バースィルにヴァルの頭の皮を剝がさせた」

サムはうなずいた。「ぼくは何をすれば？」紙を開くと数字が書かれていて、シリアの電話番号だとわかった。アラビア語で短い文章も書きつけてある。サムはふたたび折りたたんだ。

「バースィルを殺す許可はまだおりていないが、今週中に出ると思う」ブラッドリーは言った。「あいつは血にまみれている。ゼルダとヴァルを含め十六人のアメリカ人の死に責任がある。だがひとつ問題がある。居場所がわからない」

「ダマスカスをもう一度空爆することは、大統領は望んでいない？」

「あいつの行方がまったくつかめないんだ。通信もせず、オフィスへも現れず、ヴィラももぬけの殻。まるでゴーストだ。どこに爆弾を落とせばいいかわからない」

「もしアメリカ人を大勢殺したら、ぼくでも隠れるでしょうね」サムは言った。

「現時点で、アメリカ政府のだれよりおまえがアリーのことを知っている」

「バースィルの居所を見つけるのに、彼が協力すると思ってるんですか？」

「そうだ。おまえの見解は？　アリーはいまの政権に懐疑的だと言ってたじゃないか。なんと言っても、バースィルの背中に大きな目印をつけたビデオテープをおまえに渡している」

サムはうめき声をあげた。「アリーは今後アメリカがどこを空爆するか決めるときに配慮が欲しいと言っていました」

「その配慮を得るためにこちらに協力すると思うか？　おまえが頼めば？」

アリー。サムは力の入らない足を見下ろし、名前を吐かせるためにアリーが流した電流のことを思った。それからゼルダも一緒にレストランで会った夜、あの男が浮かべていた笑みを思い出した。上品で、思いやり深いといってもいい笑みだった。サムを解放する前に政府について語った言葉を思い出した。バースィル・マフルーフの名前を口にしたときは目に憎悪が宿っていた。「アリーは複雑な男です」サムはぼそぼそとそれだけ言った。

「そのようだな」ブラッドリーはそう言ってサムの足に目をやった。ポーチの灯りに蚊が突撃するのを横目で見ながら、サムが続けるのを待った。

「その紙に書かれている番号は調べました？」サムは尋ねた。

「ああ。アリーのオフィスだ」

「ぼくは休職中ですよね？　機密情報へのアクセス権がありません」

「休職なんてくそくらえだ、プロクターの作戦に参加してもらいたい。プロクターもそれでかまわないと言ってる。ほかにはだれにも言わないし、アクセス権はおれが戻しておく。もちろん、大統領が暗殺許可書にサインすればだが」ブラッドリーの視線はふたたびサムの足に戻った。

もちろん一時的にだが。ラングレーから始めて、アンマンのプロクターの新しい店で終わる。

「エド、いろいろ感謝してますが、お願いですから足を見るのはやめてください。きっと治ります。だれよりぼくがこれに決着をつけたいと思っているんです。やり遂げます」サムは三缶目のビールを飲み干して缶を潰し、ブラッドリーに冷静な目を向けた。この作戦に参加したいのは山々だったが、それがマリアムを見つける助けになるのかわからなかった。何よりも愛した女性がダマスカスの中心で消えてしまったのだ。死んだのか囚われの身なのか、沈黙しているだけなのか。最後に見たのは脇腹にナイフを刺されてストレッチャーの上に横たわる姿だった。この光景が脳裏に浮かぶといつもそうだが、そのあとは虚無が訪れ、身体から心が引き剝がされそうになる。

サムはそれをやり過ごして尋ねた。「いつ始めますか？」

口論のあと、サムとプロクターは長年連れ添った夫婦のように、作戦の立案に取りかかった。お互いサムの無分別な行動には触れず、昔からの役割を担い、顎を上げて前に進んでいった。サムが一度マリアムの名前を出したところ、プロクターはアンマンからのテレビ会議のモニター越しにもわかるサムの打ちひしがれた表情を見て、画面に向けて小さな手を突き出した。それが下ろされたとき、サムは彼女の怒りに満ちた目に気づいて〈セキュリティ・オフィス〉の最近の衛星画像に話題を変えた。この数週間、脇道に停まっている車の数が明らかに増えている。プロクターはうなずいて、キングサイズのシリアルバーらしきものに思いきりかぶりついた。「次の写真」

サムはあきらめるしかなかった。

作戦立案上もっとも厄介だったのは、ターゲットの本人確認について、ホワイトハウスと七階の幹部たちから、アルゴリズムの〈モリー〉と顔認識の専門家スーザンの見解が一致したという証明が必要だと言われた。ダマスカスにCIAの職員は残っていない。だれがカメラを操作する？　この点について、作戦チームのあいだで白熱した議論が交わされた。怒濤のように公電がやりとりされ、〈モリー〉のソフトウェアを監視ドローンに搭載するという、サムの半分本気でした提案について、プロクターから反応があった。サムのこのアイデアを犬のクソのようだと一蹴する、一行の公電を送ってきたのだ。この下品な言いまわしは、プロクターなりの許しの表明だとサムは受け取った。敵に対しては、彼女は沈黙しか差し出さないからだ。

最終的に、サムはもっともシンプルな方法を提言した。〈バンディートズ〉を使うのだ。三人ともポリグラフを受けているし、この作戦に前から関わっている。チャンスは彼らだけだとサムは訴えた。承認はなかなか下りなかった。外国籍の人間を暗殺作戦に直接関与させることに法務顧問室から難色が示された。だがブラッドリーとプロクターがサムの案を支持し、ほどなく三人はターゲットがバースィル・マフルーフ准将に書き換えられた暗殺許可書を手にしていた。サムはそれをデスクの下の金庫にしまった。ラングレーでの臨時の仕事場であるブースのデスクには、ダンキンドーナツの空になったコーヒーカップ以外、何も置かれていなかった。

ひとつ問題が残っていた。もっとも重要なステップだ――バースィルの居場所を見つけること。サムはふた晩眠れなかった。

始まったのは水曜日のランチタイムだった。サムはラングレーの地下にある、〈グローバル・テクノロジー・ソリューションズ〉というあたりさわりのないネームプレートがかけられた部屋の外に立っていた。手にはアリーがダマスカスでフォルダーのなかに忍ばせたメモを持っている。国家安全保障局《NSA》の技術士がドアを開け、サムを薄暗い部屋に招き入れた。中央に無機質なデスクの固まりがあり、どの壁際にもテレビモニターが設置され、すべてケーブルニュースを流していた。サムはわきにある部屋に通された。すでにプロクターの顔が画面に映っていて、ＣＩＡの言語学者でシリア人ネイティブのアブダラがテーブルについていた。電話機一台とパソコン数台が壁に沿って設置されている。技術士はパソコンの前にすわり、サムにも腰かけるよう手振りで示した。

「すでに説明したとおり、イラン情報省やロシア、それ以外の者がこの通話を追跡しようとしても、メッゼ郊外の基地局から電波が飛んでいるように見えるはずです」技術士は青い輝点で示された、携帯基地局が乱立するダマスカスの西郊外の衛星写真を指さしながら言った。

「もう二十回近くやってるじゃない、いいかげんにしてよ」プロクターがジェイソンという名前ではない技術士に言った。「みんなこのいまいましいヘッドセットをつけて、さっさと始めるわよ。サム、あなたのショーよ」

サムはアブダラともう一度手順を確認した。それからメモを開き、番号をダイヤルした。ダマスカスはいま八時だ。アリーはおそらくオフィスにいるだろう。呼び出し音が二度鳴ってから彼は電話に出た。

「もしもし？」

「もしもし、ゆうべは電話できなくてすまなかったが、ワインを送ったと伝えたかったんだ」アブダラがよどみないレバント方言のアラビア語で、サムがアリーから受け取ったメモの文章を読みあげた。

しばらく間があった。息づかいが聞こえ、受話器が反対の耳に移ったのがわかり、引き出しが開いて書類がガサガサいう音がした。

「面倒をかけたな。いくら払えばいい？」アリーが尋ねた。

アブダラは電話番号にもなる三つの値段を読みあげた。

「わかった。助かったよ」アリーは言った。

通話が切れた。サムの首筋がチクチクし、うなじの毛が逆立った。

サムはNSAの技術士のほうを向いた。「音声認識ソフトで照合してもらってもかまわないが、やつだ。アリー・ハッサンに間違いない」プロクターのほうを向くと、彼女は両方の親指を立てていた。

「もし折り返し電話をかけてきたら、バースィルの居所を捜すのを手伝ってくれるはずです」サムは言った。

プロクターが親指で首を切る仕草をし、次の瞬間画面が暗くなった。

サムは科学技術本部の作業テーブルでアイオナ・バンクスを見つけた。彼女は旧本部ビルの窓のない一室で、蛍光灯の光のもと作業をしていた。アイオナは笑みを浮かべて剃っていないほうの髪に手を走らせると、サムを手招きした。いくつもある黒いグッチのメッセンジャーバッグをわきによけ――「中国の情報部員はみんなこれを使ってるの」――引き出しから一冊のマニラフォルダーを取り出してサムのほうに押しやった。

「質問がいっぱいあるけど聞かないでおく」彼女は言った。

「賢明だな」

アイオナはフォルダーに手をかけたまま、ほんの少し自分のほうに引き寄せた。「でもひとつ聞かなくちゃならないことがある。これでわたしが解雇される可能性は？」

サムは身を乗り出し、両腕をテーブルの上にのせて無意識に自分のバッジの写真を見つめた。ひどく若く見える。「低い」

アイオナはにやりとしてフォルダーから手を離した。それからサムの青いバッジを見て眉根を寄せた。「ところで、いつそれを失くすの？」

「じきに。アンマンでやることがあるんだ。そのあと査問委員会の手続きが始まる」サムはフォルダーを開いた。なかにはフランスの消印が押された封筒が入っていて、休暇用の貸別荘やホテルのパンフレットが同封されている。ぱらぱら見ていると、エズのシャトーの広告が目に留まって思わず手を止めた。

「このパンフレットはどこで？」

アイオナは眉をひそめた。

「文書係の連中になんて言ったんだ？」

「それを用意してとだけ。何も聞かれなかったよ。あの人たち、そういうのが好きだから」

「ヴィルフランシュから来たように見えるだろうか？」サムは言った。

アイオナは薄笑いを浮かべた。「うん。実はヴィルフランシュの観光事務所から送ってもらったパンフレットなの。次の休暇にまた行きたいと、彼女に思ってもらえるように」

「完璧だ」

沈黙があった。「彼女は無事？」アイオナが暗い顔で聞いた。

「わからない」エズのシャトーの写真を見て、サムは胸が苦しくなりフォルダーを閉じた。

アイオナはうなずき、何も言わなかった。

サムは表に書かれたダマスカスの住所を五回読んで、間違いないことを確かめた。エズのシャトーの写真を封筒に戻し、マニラフォルダーをアイオナに返してから、指の関節で二回木のテーブルを軽く叩いた。

アンマンに発つ数日前、サムは黒の外交官パスポートと短期任務《TDY》を承認するプロクターからの公電を持って、グローバル配備センターに立ち寄った。カウンターのネームプレートによれば、祖母のような風貌の受付係の名前はコーネリア・Gというらしい。床に置かれた杖と虫眼鏡のような眼鏡から察するに、入局したのはアイゼンハワー政権の終わりごろだったのだろう。サムはにこやかに自己紹介した。コーネリアはしなかった。彼女は立ち上がって震える手で書類を受け取ると、パソコンにサムの個人識別番号を入力しはじめた。

数分後、彼女は顔を上げ、サムの出張を承認するプロクターの公電を読み直した。「これ、あなたが偽装したの？」

サムは思わず笑ったが、コーネリアが渋面をつくるのを見て笑顔を消した。「してません。公電のデータベースをチェックしてみてください」

コーネリアはそうした。番号を入力するのに長い時間がかかり、ようやく顔を上げると小声で言った。「どうやってこんなもの引き出したの？ 休職中なのに？ わたしもけっこう長いことここにいますけどね、こんなの見たことないわ。本当はこの公電にもアクセスできないはずよ、ましてや出張なんて」

コーネリアはサムのバッジを指さした。「それは何色？ 赤？ 付き添いが必要なやつ？ ここにいるだれかがあなたに目を光らせているわよ、金庫室から機密書類をくすねたりしないかどうか」とサムのうしろに並んでいる人々を手振りで示した。いつの間にか廊下まで長い列ができていた。

サムは青いバッジを掲げてみせた。「まだ青ですよ、コーネリア」

コーネリアは笑みを浮かべて、サムの生々しい傷をショボショボした目でしばらく見つめた。「でもまあ、あなたがどんなひどいことをしたのか聞いてみたい気もするけれど、やめておくわ。詮索ばかりしていてはこの仕事は続けられないもの。さあ、手配しましょう」コーネリアは聖書を読むように、ＣＩＡの規則第四一条二項の条文をそらで読みあげた。「乗り継ぎ時間を含めて十二時間以上の移動時間でなければ、米国の航空会社（デルタ、アメリカン、ユナイテッド等）のエコノミークラスより上の航空券を購入することはできない」

配備センターとけんかすべきではないと心得ていたため、サムは笑顔でうなずき、もちろん後方トイレ近くの真ん中の席でけっこうですと言った。コーネリアはチケットを予約し、サムが二等書記官（通信担当）であることを証明する書類をプリントアウトすると、ホテルの手配に取りかかった。「部屋は四階以上十階以下でなければならないのよ、知ってるでしょ。例外はなし。四階より上だったら車を使ったテロ攻撃から逃げられるし、十階より下だったら火災のとき消防車のはしごが届くからよ。あなたたちみたいなケースオフィサーには絶対にペントハウスは用意しないの」彼女はそこでサムの指輪のない左手に目をやり、舌打ちした。

アンマンのフォーシーズンズ・ホテルで、サムはテレビを消し、足を引きずるようにしてベッドに戻った。端に腰かけると、夜が明けて眼下の環状交差点で車がぐるぐる走りはじめた音に耳を傾けた。いったんカーペットに落とした目を、そのままクロゼットに向ける。シーツを整えて、深く苦痛に満ちたため息をついた。

痛みに耐えながらのろのろと服を着た。ノックの音が四回聞こえたので、ドアに向かう。覗き穴を確認してから、チェーンロックを外しドアを開けた。「ジャガーズ、いよいよね。今日は記念すべき日になるわよ」

遅い午後から夕方に変わるころ、サムはアンマン支局にいた。プロクターがオフィスから出てきた。アンマンのサポートオフィサーが作戦チームのために、〈ベニガンズ〉でテイクアウトを買ってきてくれたので、会議テーブルに集まってアメリカのレストランチェーンの料理を食べることになった。ハンバーガー、チキンフィンガー、オニオンリング、皿いっぱいのフライドポテトがテーブルに並べられた。「世界でいちばん新しい〈ベニガンズ〉だそうよ」プロクターが言った。「この砂漠の真ん中で食べられるなんてね」

ブラッドリーはそのようすをラングレーで見ていた。アンマンから爆弾を起爆するのはサムの役目だった。

トリガーはいま、顔認識の専門家スーザンと手のつけられていないフライドポテトの皿とのあいだに置かれていた。食事が終わり、プロクターがトイレに行きたいとサムに言った。「わたしはあなたのお目付役なんだから一緒に来てもらうわよ」

寛大にも、プロクターは女性用トイレの外でサムを待たせた。やがて出てきた彼女は、使われていない机が並んでいるところを指さし、そのひとつに腰を下ろした。サムが向かいに椅子を持ってくると、プロクターはポケットから輪ゴムを取り出して髪をまとめた。

「あなたの罪を消してあげることはできないけれど、許しなら与えてあげる。わたしにできるのはそこまでよ」

サムは彼女を抱きしめたかったが、「ありがとうございます、チーフ」とそれだけ言った。

「それから〈アテナ〉のことは残念ね」プロクターは続けた。「あの子はダマスカスのわたしたちのエースだった。ピカピカの極上の協力者だった。それなのにどうなったかわからないなんて、クソすぎる。昔カンダハルで、わたしが担当していた男が消えたことがあった。突然姿を消してしまったの、ふっと跡形もなく。頭がどうにかなりそうだった。いまでも気にかかってる。その男とファックもしてなかったのに」

いまのはサムが犯したＣＩＡへの不義理に対する当てこすりではなく、プロクターの正直な気持ちの表明だと受け取った。共感だ。

サムはうなずいた。プロクターはサムと視線を合わせて言った。「たとえ彼女がふたたび現れても、あなたはこの案件ではメッカのユダヤ人と同じくらい歓迎されないのはわかってるわよね？」

「はい、もちろん。わかってます、チーフ」

プロクターはうなずいて空き缶に唾を吐き出し、髪をほどいて輪ゴムを指で伸ばした。

「あなたが告白した夜。あのクソみたいなダマスカスの隠れ家で。あなたは興味深いことを言ったわね」

「いろいろ言いましたね」

「そうね。でもひとつ興味をそそることを言ったの。あなたがラントシュトゥールで白状したあと、わたしが防諜課や保安課に説明を求められたときに報告しなかったことよ。あなたはこう言った。『ぼくは彼女を愛しています、チーフ』。直接の引用よ。『彼女とファックしました、チーフ』でもなく、『ぼくたちはセックスしていました、チーフ』でもなかった。愛しています。思い出した？」

サムはプロクターのほうに身を乗り出した。「昔ブラッドリーに、ＣＩＡにだけは嘘をつけないと言われました。だから本当のことを話したんです」

プロクターは首を横に振った。「じゃあ、プランは？　これがセックスだけのことだったら、あなたは前に進んでいずれ乗り越えられるでしょう。でも愛は、信頼できる筋によれば、振り払うには手に負えない感情だって言うじゃない」

「プランはありません」サムは答えた。「できることは何もない」

プロクターは髪を結び直した。「そう。でもひとつ質問させてもらうわ、ジャガーズ。ダマスカスに来たとき、あなたは輝かしい未来に向かう、やる気満々のオフィサーだった。でもいまは……」その声は尻すぼみに消えた。「少しばかり縮んだとでも言おうかしらね」

プロクターは弱々しい笑みを浮かべた。

「縮んだというのはいいですね」サムは言った。「当たってます。で、質問のほうは？」

「マリアムにそれだけの価値はあったの？」

〈アテナ〉の本名を口にするのは、諜報技術の基本に反する行為だ。意図的なものだとわかったが、サムはその名前を聞いて思わず動揺した。けれども答えるより早く、会議室からスーザンの声が聞こえてきた。「法務顧問室とつながりました」部屋に戻ると、エライアス・カッサーブが〈セキュリティ・オフィス〉のビルに向けてカメラを操作していると
ころが画面に映っていた。サムはプロクターの隣にすわり、椅子の上でじりじりしながら、夕方の分の痛み止めをきちんと飲んでくるべきだったと後悔していた。

アリー・ハッサンが現れ、ゆっくりと歩道を歩きはじめた。

「バースィルはどこにいるのよ？」プロクターが言った。「アリー・ハッサンを殺す必要はもうないんだから」

アリーは煙草に火をつけて、夜空を見上げながら詰所に向かって歩いていった。雲が点々と浮かんでいる。この数週間は人生で最悪の日々だった。自宅には十五日間帰っていない。鏡を見るのもやめた。身なりはどうでもよくなっていた。

肩書きは変わっていなかった。給料もだ。シリアにおける昇進では、どちらも珍しいことではなかった。だが珍しいのは、そして恐ろしいのは、新たに負う責任の範囲だった。「兄の地位を引き継げ」ルストゥムを殺したことを報告すると、冷酷な目をしたアサドはそう言った。「共和国防衛隊はおまえのものだ。どんな手段を使っても反政府勢力を叩き潰せ」アサドは同時に自分の身辺も調べさせているのではないかとアリーは疑っていたが、

いまのところその動きはなさそうだった。

アリーはずっと自分の正気が保たれているのか不安に駆られていた。ライラが悲鳴をあげ、その後火のなかに飛びこんでいくという悪夢を繰り返し見るようになっていた。オフィスの簡易ベッドで寝るときも、たいてい夜明けの少し前に同じ悪夢を見た。けれども今夜、仕事と悪夢に戻る前にもうひとつ気がかりなことがあった。アリーは煙草をもみ消し、またすぐに火をつけながら歩道に停まっている車のあいだを歩いていった。ゆったりと、煙草を深々と吸いながら歩きつづけた。ルストゥムの喉を切り裂いたときの光景を思い浮かべて自分の傷痕を引っ掻き、兄のことを思った。なんらかの感情がかき立てられることを願って。怒り、罪悪感、喪失感、喜び。

なんでもいい。

だが何も感じなかった。歩いているうちに、記憶は燃えつきて夜の闇に消えた。

アリーが歩く映像を見つめながら、サムは左の頬の下から首筋まで走っている自身の傷に触れた。親指でなぞっていると、プロクターの視線に気づいたので手を下ろした。

「まだなの、ジャガーズ？」プロクターが言った。

「はい、まだです」アリーはパジェロから五十メートルほど離れたところにいた。

「Uターンした」エライアスが言った。「ゆっくり、ひどくゆっくり歩いてくる」

「くそったれ」とプロクター。「さっさと戻ってバースィルを連れてきなさいよ」

〈セキュリティ・オフィス〉のロビーで、カナーンがアリーを待っていた。「やっと口を割りはじめました、ボス。お忙しいのはわかってますが、直接話してもらったほうがいいと思います」アリーはカナーンのあとから地下の監房に向かった。マリアム・ハッダードのいとこ、眼帯をつけた痩せっぽっちの娘を拘束していたのと同じ房だ。カナーンがドアを開け、アリーは凍えるほど寒い部屋に入った。硬い寝台にすわっている囚人の隣に腰を下ろし、暖をとろうと煙草に火をつけた。

「イブラヒム」アリーは呼びかけた。「いや、アブー・カースィムと呼んだほうがいいか?」そこで笑みを浮かべた。「爆弾をつくったと白状したそうだな、もう少しで大統領を殺すところだった爆弾を」

「それにあんたも」アブー・カースィムがうなるように言った。「もう少しであんたも死ぬところだった」

「そうだな」アリーはつぶやくように答えた。

「それからあんたの兄も」

「だったらよかったのに。しかたないから自分でやらざるをえなかった」アリーは相手の顔に煙を吹きかけた。

アブー・カースィムは驚いてアリーのほうを向いたが、すぐに床に目を落とした。

アリーは舌打ちした。「だが過去の情報が欲しいんじゃない。知りたいのは未来のことだ」

「なんだって？」

「〈ブラック・デス〉はどこだ？　おまえの妻、スナイパーだ。彼女はいまどこにいる？　どこに向かっている？」

アブー・カースィムは目を閉じて苦しそうに息をした。それから薄笑いを浮かべた。

「それは、准将、渡せない情報だな」

アリーは立ち上がり床で煙草をもみ消した。「渡せないが、渡すことになる」そう言ってカナーンにうなずいた。カナーンは氷水の入ったバケツを持ってくると、アブー・カースィムに頭から浴びせ、次のセッションに備えさせた。アブー・カースィムは悲鳴をあげ、それからつぶやくように言った。サルヤ、サルヤ、サルヤ。妻の名前を何度も繰り返すのを聞き、アリーはライラのことを思い出した。

オフィスに戻ると、特徴的な声が聞こえた。

「カナーンから答えをもらうつもりはない」バースィルがすわっていた。アリーはテーブルについて煙草に火をつけた。

「椅子にすわれるなんて驚いたよ、バースィル。大使館を襲ったとき、ＣＩＡのいかれた女にケツを吹き飛ばされたんだろう？」アリーはあざけるような笑みを浮かべたが、バースィルは反応しなかった。

「あんたにはアメリカ大使館でのおれの作戦――大統領に承認された作戦を妨害した責任がある」バースィルが言った。「答えを聞きたい、カナーンからではなく。あんたはおれをこのオフィスに呼びつけた。あんたがおれに会えるように。おれを下に見るのはやめろ」とうなるように続けた。

「おれはおまえと兄が負けかけた戦争に勝とうとしている。忙しいんだ」アリーはドアのほうに顎をしゃくり、出ていくよう促した。バースィルは床に唾を吐いた。口髭を舐め、持っていた煙草に火をつけると、最初の煙をアリーの顔に向かってテーブル越しに吹きかけた。バースィルは動こうとしなかった。

「出ていけ、バースィル」

「あんたは――」

「帰れ」

　バースィルはのろのろと立ち上がり、テーブルで煙草をもみ消すと背中を向けた。

　アリーはふつう他人を脅したりしない。怒りに任せて秘密を漏らしたりもしない。ぺらぺらしゃべることで、この国の官憲のトップの地位に就いたのではない。とはいえ、決着をつけなければならないときがある。「大使館でアメリカ人にしたことを見たぞ、バースィル」コマンチ族のバースィルはドアに向かっていた足を止め、困惑したように眉を寄せてゆっくり振り返った。「おまえは地下でヴァレリー・オーウェンズに同じことをしたハマーでもだ」

バースィルは満面の笑みを浮かべた。

「バースィル」アリーは灰皿で煙草をもみ消した。「おまえのことはずっと鬼か悪魔だと思っていた。だが本当は、飼い主に動物の死骸を持っていって褒めてもらいたいだけの狂犬だ」アリーは立ち上がり、バースィルのむっとする息がにおい、唾でぬらぬらした口髭が見えるところまで近づいた。ふたりはにらみあった。「飼い主は死んだぞ、バースィル」

バースィルは真顔に戻った。背を向けてもう一度、床に唾を吐いてから出ていった。

アリーはもう一本煙草に火をつけ、デスクの引き出しを開けて使いかけのノートパッドを取り出した。ぱらぱらとめくって目当てのページを開く。三つの値段。電話番号。

アリーは現金で買った携帯電話にその番号を打ちこんだ。そしてテキストメールを送った。

サムの携帯が鳴った。音は必要なかった。ひと晩じゅう画面をじっと見ていたからだ。アラビア語のメッセージを読んだ。〝出ていった〟。プロクターに見せると、彼女はうなずいて言った。「やっと来たか、やるわよ」

サムは〈セキュリティ・オフィス〉の入口にカメラが向けられるのを見守った。詰所を過ぎて歩道に出たバースィルが、路上駐車された車のあいだを歩いていく。

「スーザン？」プロクターが言った。

「確認中です」スーザンはエライアスが中継する映像に目を凝らしていた。隣の画面には、別の角度から撮られたものが映っている。「ダマスカス、もう少しズームインできますか？」

エライアスはバースィルの顔に焦点を合わせた。

「ありがとう」スーザンが言い、数秒が経過した。「法務顧問室に意見を送りました」

「了解。スーザンと〈モリー〉の結果が出そろった」法務顧問室のガートナーが言った。

「一致した。やつだ、バースィルだ」

「道路と歩道に人はいない」エライアスが言った。

「いま装置を起動しています」サムが言った。

「アリーより歩くのが速いわね、あの独特の歩き方」プロクターが言った。

サムは、バースィルがパジェロのトランクの横を歩くのを見守った。プロクターは呪文を唱えるように、何かぶつぶつとつぶやいていた。

「ヴァル。ゼルダ。敬意を表して」バースィルが助手席のドアに差しかかったとき、サムは言った。

次の瞬間、パジェロのドアが爆風で弾け飛び、溶融プラスチックとアルミニウムの破片の奔流が飛び出してバースィルの頭と身体を貫き、コンクリートの塀を直撃した。車の内部で生じた炎から煙が上がっているのが映像で確認できる。エライアスは爆発ゾーンにカメラを向け、血にまみれた塀、大きな黒い靴、そして毛の生えた生皮を映し出した。バースィルの頭部のようだった。

ヴィルフランシュ＝シュル＝メールの街の灯りが遠くできらめいていた。その女性は赤いドレスを少しずつ引き上げ、うなじで髪をまとめた。窓は開いていて、夜風にカーテンが踊っていた。下の通りからクラクションとサイレンのくぐもった音が聞こえてくる。彼が首筋に口をつけてドレスのジッパーを引き上げると、マリアムは髪をほどいて背中に垂らした。彼はその長い髪を手に巻きつけて、香りを吸いこんだ。

〝歳をとったらこんなふうに暮らせるかもしれない〟

サムは礼拝の呼びかけの声で目を覚ました。どこかしっくりこないものを感じたが、ラングレーの医者に勧められたとおり、松葉杖をつかんで十分ほど室内を行ったり来たりしたあと、ようやく何が違うのかわかった。心が穏やかだった。ダマスカスに赴任して以来、初めてのことだ。

コーヒーをいれてテレビをつけると、アメリカがふたたびダマスカスを空爆したというニュースが流れていた。テロップには〝米軍特殊部隊、シリア全土で攻撃を開始〟と書かれている。サムはテレビを消した。

もう一日アンマンに滞在した。眠り、新聞を読み、さらにコーヒーを飲んだ。足の感覚が戻るまであとどれくらいかかるのだろう。

だが大半は、彼女のことを考えていた。

日没ごろ、プロクターがホテルの部屋に現れてたたんだ紙を突き出してきた。「いまあなたにアクセス権や特権はないけれど、昔懐かしい土地のドロップサイトから回収されたものを特別に届けに来たわよ」プロクターは言った。「〈バンディートズ〉がまだ見まわりを続けていたの。そしていくつもの規則や法律を破って、わたしがこれを支局から持ち出したってわけ。でも知ったこっちゃない。つまるところ、あなた宛だったもの」

サムは怪訝そうに彼女を見た。

「母性本能ってやつかしらね」プロクターはウィンクしたが、あまり納得していない顔をして背中を向け去っていった。

赤く染まる南の空に砂嵐が舞い上がるなか、サムはその紙をバルコニーに持っていった。

56

マリアムは痛みに朦朧としながら山に登った。

右の脇腹を押さえて苦しそうに喘ぎながら、荒廃した街を見わたした。これほどの時間歩いたのは退院してから初めてだ。あなたは運がよかったと、医師たちは言った。ナイフは肋骨のあいだを貫通し、肺に達していた。けれども止血が早かったので、完全に回復するでしょう。マリアムは新鮮な空気が吸いたかった。主治医もいいことだとうなずいた。

その朝早く、夜明けよりかなり前にラザンが部屋にやってきた。マリアムは眠れずにいて、ラザンが暗がりのなかを入ってくるのがわかった。古いバックパックを背負っていた。「一緒に行こうよ、ハビブティ」ラザンは言った。マリアムはこの日が来るのを知っていた。アリー・ハッサンの監獄から釈放され、おじのダウードが空爆で行方不明になって以来、ラザンはずっと静かだった。けれどもムハーバラートに襲われたときのように、ふてくされてむっつりしているわけではなかった。何かに集中し、準備を進めていた。難民になる覚悟を決めていた。マリアムはベッドに起き上がり、ラザンを引き寄せた。「一緒には行けない、ハビブティ。行けたらいいのに」ふたりは抱き合って泣き、ラザンはマリアムの指に手を触れた。

「よくなってきてるじゃない、ハビブティ」ラザンは言った。ふたりはベッドに横になり、マリアムはラザンの髪に手を走らせた。うつらうつらしているあいだに、いつの間にか夜明けに近づいていた。マリアムは途中でベッドを出て、クロゼットのなかに入った。ドアを開けて月の光を入れ、ローブがあったのでそれを着た。アリーが寝室にカメラを仕掛けていたとしても、ローブを捜しに来たと説明できるだろう。床にすわり、山積みになった服の下から書類がぎっしり詰まった箱を引き出した。処分しそびれていた古い写真、手紙、ダイレクトメール、雑誌でいっぱいになっている。昨日届いた封筒を手に取った。フランスの切手が貼ってあって、最初見たとき胃がねじれそうになった。音をたてずに慎重にのりを剝がして、なかに入っていたパンフレットに目を通した。エズのシャトーの写真があった。マリアムはしばらくそれに見入り、気がつくと息を止めていた。目を閉じて、深々と深呼吸した。彼がアリーの監獄を出て無事でいるとメッセージを送ってきたのだ。今度は自分の番だ。

マリアムはベッドに戻り、ラザンの隣で丸くなった。

「行方がわからなくなる前、おじさまが訪ねてきたの」日がのぼり、マリアムはようやく口を開いた。ラザンは困惑した顔でベッドに起き上がった。「共和国防衛隊が化学兵器の攻撃を準備していた基地のリストをくれた」

ラザンは信じられないというようにマリアムから顔を背けた。黙って窓の外を見つめている。

「その情報をある友人たちに渡してほしいと言って」

「友人たち？」

「ええ」

「あなたにそう頼んだの？」

「そうよ。絶対に渡してくれって。それがおじさまにとって何を意味するのか承知のうえで」

「それで、あなたは渡したの？」

「ええ」

ラザンはしばらく口を閉じてすわっていた。「それで空爆された」と小声で言った。「そしてパパが死んだ」

マリアムはベッドに顔を伏せて泣いた。ラザンが隣に身体を寄せてきて、ふたりはそのまま黙って横たわっていたが、やがて外の通りでクラクションが二回鳴らされた。そして三回目は長く。ラザンはバックパックからヒジャブを引っぱり出して身につけた。

「全部そろってるの?」マリアムは目元をぬぐいながら尋ねた。「書類、パスポート、お金」

「ええ、オクヒティ。ばっちりね」

しっかりと抱き合ううちに、マリアムの脚から力が抜けた。マリアムはラザンの顔をじっと見て、できるだけ多くのことを目に焼きつけようとした。長い髪、細い脚、いたずらっぽい微笑み、燃えるような眼差し——眼帯が消えて両方の目がふたたび見えるようになっているところを想像して。ラザンが身体を引き、バックパックを肩にかけた。

「愛してる、オクヒティ」ラザンが言った。「それにあなたがここに残らなくちゃいけない理由もわかってる」

「あなたが行かなくちゃいけない理由もわかってる、オクヒティ」マリアムは応じた。

「でもわたしのほうが愛してる」

ラザンがドアのほうに歩き出した。「待って」マリアムは言った。「あなたがどこに行くつもりなのか知りたくはないけれど、何かよすがになるものがほしい。あなたの新しい人生を思い描けるような。万一わたしたちが会えなかったとしても……その……長期間にわたって」マリアムは泣くまいとして歯を食いしばった。ラザンの顔もこわばっていた。

「新しい名前は何？　逃亡に使う名前は？」マリアムは尋ねた。

ラザンの顔がぱっと輝いた。「ウンム・アビーハよ」

そして彼女は背中を向け、去っていった。


いま夕方の風を肌に感じながら、マリアムは山頂を目指していた。〝あの子に火がついた〟パリで過ごした少女時代、スパーリングの相手を倒してしまうと、そう言われた。強烈なブロー、難しい角度、獰猛《どうもう》なエネルギー。マリアムの目は闘志に燃えていた。一打ごとに、一撃ごとに自分を取り戻し、檻を壊していった。

マリアムはなおも前に進み、街を見わたした。シリアは世界の中心だとおじは言っていた。ここには古《いにしえ》の血がいまでも流れている。世界がつくられたときから存在し、最後まで存在し続けるだろう。そしてここ、とおじは地面を指さすはずだ。世界が終わるのはここだ、と。

反政府勢力に包囲された郊外の上空に煙が立ちのぼるなか、マリアムはダマスカスの中心で光る灯りに目を凝らした。

宮殿からまぶしい光が放たれている。大統領はいまごろそこで自身の財産の行方を算段しているのだろう。

ドゥーマの薄闇に、ジハーディストの黒い旗がはためている。あのとき感じた希望は打ち砕かれ、神あの日の抗議活動を思い出した。ラザンの悲鳴。あのとき感じた希望は打ち砕かれ、神同士の闘いにとって変わられた。

でも両方とも滅ぼしてやる。

あともう少しだった。息を切らし、汗を流し、ひと足進むごとに力を振り絞りながらてっぺんを目指した。サムを心のなかから追い出すことはできなかった。ふたりはともに旅をしてきたが、いまマリアムの道連れはいなくなった。この感情の名前は知っていたが、頂上に達したとき、ついに言葉にして小声で言った。

山頂に達すると同時に、最後の光がダマスカスの西の地平線に消えた。マリアムは右の脇腹を押さえた。歩き続けろ。闘い続けろ。足を止めるな。石垣の上に腰を下ろし、昔住んでいた家のほうを眺めわたした。周囲を見まわしてだれもいないことを確認すると、靴のなかからメモを取り出した。

そこには書けなかったことを、声に出して彼に語りかけた。

膝をついて缶のなかにメモを入れた。それから立ち上がって、山を下りはじめた。

謝辞

小説を書くことは孤独なチームスポーツだ。執筆のシーズンのあいだはほとんどパソコンの前にすわり、架空の人物が住む架空の世界をつくっている。執筆それ自体はそもそもひとりで行なう行為であるが、最終的に一冊の本を現実の世界に生み出すには、家族や友人、支援者の力を必要とする。この小説がそうやって生まれたのは間違いない。

私とこの物語に投資してくれたノートンの編集者スター・ローレンスに特別に感謝する。何度も原稿をチェックしてくれ、文章や物語の展開について貴重な教えを与えてくれた。私に賭けてくれてありがとう。

エージェントのレイフ・サガリンは、（かなりラフな）初期の筋立てや章の断片を読み、それらを研ぎ澄まし、書きつづけるよう促してくれた。第一稿という荒野から約束の地である実際の契約までこのプロジェクトを導いてくれた。今後もずっと感謝しつづけるだろう。

ドン・ヘップバーンは寛大にも、執筆の過程で主要アドバイザー兼友人の役目を果たしてくれた。彼が授けてくれた貴重な専門知識や戦争体験、作戦遂行の教訓が本書にはちりばめられている。諜報技術に関する誤った描写はもちろんすべて私自身の責任である。

大学時代の友人で、ときに悪ふざけの被害者だったデイヴ・ミッチェルは難局に駆けつけてくれ、本書を編集しつつよりよい書き方を伝授してくれた。つらい時間を過ごさせてくれてありがとう。おかげで一段レベルの高いものに仕上がったはずだ。

生まれながらの物書きである私の父は、あらゆる段階の原稿を読み、洞察力に富んだ意見をくれ、最後まで励ましてくれた。いつもそばにいてくれてありがとう、父さん。

大切な友人で、並外れた人間であるケント・ウッドヤードは本書のコンセプトがナプキンに殴り書きにされたものに過ぎなかったごく初期の段階から、アドバイスやアイデアを提供してくれた。数年前に私が初めて書いた、かなりひどい原稿もどうにか読んでくれた。送りつけたものを毎回読んでくれ、ときどきは電話にも出てくれてありがとう。

アレックス・ホルスタインは励ましとユーモアのみならず、示唆に富む、先を見すえた率直な意見をくれた。精神的なサポートと友情により、大きな変化がもたらされたことを記しておきたい。

ティム・グリメットのおかげで、ダマスカスの街の描写があまりにひどいものにならずにすみ、いくつかの恥ずかしい間違いを回避することができた。

舞台裏からチームの仕事を見るのは、実に楽しいものだ。ノートン、ICM、カーティス・ブラウンのチームが緊密な協力態勢を敷いてくれた。ンネオマ・アマディ＝オビがすべての進行を担当してくれた。デイヴ・コールは間違いを見つけ、よりよいものに仕上げてくれた。ロリー・ウォルシュは常に答えを知っていた。カーティス・ブラウンのステファニー・スウェーツとヘレン・マンダーズは世界中に本書を広めてくれた。ポルトガルのルア・デ・パペルのホセ・プラタは大変親切な言葉をかけてくれ、外国の出版社では初めて本書を買ってくれた。

それ以外にも多くの友人やエージェンシーの元同僚たちが初期の原稿を読み、助言を与えてくれた。ハンター・アレンとメアリ・ベス・アレン、エリザベス・ジョーダン、ブレイク・パンジーノ、マーカス・ギボンズ、マイク・グリーンとジェニー・グリーン、マーク・ウィード、グリフィン・フォスター、ジョン・フラグスタッド、ベリル・フリシュティック、ジョン・ウィルソン、トマス・キヴニー、アナ・コノリー、エリン・イェーガー、サラ・G、ベッキー・フリードマン、ベッツィ・マーティンとティム・マーティン、エル・ヴァーネル、ジョー・L、ジェイムズ・D、そしてロブ・シーとサハール・シー。本書を読む時間をつくり、率直な感想をくれたあなたたち全員に感謝してもしきれない。ブライス・ウェルズは読者ではないものの、フォートワースのバー〈リアータ〉でランチ・ウォーターを数杯飲んだあと、（文字どおり）ナプキンに本書のカバーデザインを描き、ノートンの美術部門に幸先のいいスタートを切らせてくれた。残念ながら、最終的にあの骨のあるコンセプトは生き残らなかったが。

ダマスカスにいる読者——彼らの安全のために名前は明かさない——もまた、貴重な洞察や視点を与えてくれたが、誤りは私の責任であり、創作上の自由も私にある。リアリティのあるダマスカスの描写には最善を尽くしたが、ひとつ創作を加えたことを記しておきたい。カシオン山からの眺めはすばらしく、上品なレストランもあるが、デッド・ドロップに使われるマリアムのジョギングコースは完全なつくりごとである。現実のカシオン山は軍の管理下にあり、諜報技術の観点から見るとドロップサイトとしては最悪だと言える。

本書はフィクションであるが、シリアの状況については内戦初期の二〇一一年から二〇一三年にかけて起きた実際のできごとに影響を受けている。たとえば二〇一一年七月、ダマスカスのアメリカ大使館はアサド支持派の群衆に襲われた。暴力行為はなかったものの、腐った果物や卑猥《ひわい》な落書き、動かなくなったエアコンが残された。アブー・カースィムとサルヤがダマスカスへ向かう途上で目撃した虐殺は、シリア中部のホウラ地方にあるタルドゥという村で実際に二〇一二年五月に起きている。死傷者数は諸説あるものの、政権派の軍と民兵によって、百人以上の人々が——多くがその場で——殺害されたと考えられている。死者のうち半数以上が女性と子どもだった。ルストゥムが画策したサリン攻撃は、残念ながらシリアの戦場で現実に起きたことだ。内戦では化学兵器がおびただしい回数にわたって使用されたが、そのほとんどが政権による反政府勢力の居住区への攻撃である。なかでも悪名高いのが、ダマスカス郊外のグータ——ドゥーマはその一部——で二〇一三年八月に起きたサリン攻撃で、千人以上が犠牲になったと言われている。アリー・ルストゥム、アサド大統領が暗殺されかけた爆弾攻撃は、二〇一二年七月十八日に起きた事件に着想を得ている。こちらもまた死傷者数に幅はあるが、反政府グループがダマスカス中心部にある国家安全保障局の本部に爆弾を仕掛け、軍と情報機関の高官が出席するハイレベルの会合の最中に爆発させた。

死者には国防相、大統領の義兄でもある副国防相、国家安全保障局長官、前国防相の官邸顧問も含まれている。爆発当時、大統領は出席しておらず、もちろん架空の存在のアリーとルストゥムもいなかった。

この小説はＣＩＡでの勤務経験なしには書きえなかった。秘密保持命令が引き続き効力を持つなかで、できるかぎり正確にそして適切にエージェンシー——局員の生活や諜報技術、作戦のありよう——を描写しようと努めた。完成するまで数回にわたって原稿を読んでくれたＣＩＡの出版物審査委員会のおかげで、情報源や手法を危険にさらすことはないはずだ。

架空のＣＩＡをつくりあげるのと同様に、秘密の世界の生活をきわめて奇妙なものにしているディテールを密かに作中に持ちこむことも実に楽しい作業だった。軽いところでは、ラングレーのＣＩＡ本部には本当にホットドッグの自動販売機がある（少なくとも過去にあった）し、時計は常にずれていたし、国によってはホテルの部屋に帰るとベッドに人糞が残されていたこともあるし、サムが嘆いているように、ＣＩＡは人里離れた山のなかに潜むテロリストを見つけ出すことができる一方で、基本的なオフィス用品を調達するのに苦労することがある。

このようにいびつで複雑な組織であるにせよ、私はＣＩＡを愛し、敬意を抱いている。本書を読んで多くの人がその任務のみならず、アメリカとその生活様式を守るために局員たちが払っている犠牲について理解を深めてくれることを願っている。ＣＩＡは依然としてわれわれの安全と世界の秩序を守るために不可欠な組織である。ケースオフィサー、分析官、ターゲッター、サポート要員、科学技術部職員、暗号解読者、言語学者、マネージャー（の大半）、庶務担当、技術者、事務職員、スタッフ・オペレーションオフィサー、外部要員、情報収集管理担当官、その他多くの専門家たちがこの世界をより安全でよりよい場所にしている。彼らは多くの場合、陽の当たらないところでわれわれの偉大な共和制国家のためにたゆまず汗を流している。われわれは彼らに借りがある。

ふたりの息子マイルズとレオにも感謝したい。一日の執筆のあとで現実の世界に戻った私を歓迎隊として熱烈に――ときに熱烈すぎるほど――迎えてくれた。ふたりのエネルギー、活力、ユーモア、そして無条件の愛はさまざまな形で本書に影響を与えている。これを読むにはまだ早いけれど（それを言うならどんな本でも）、やがてきみたちの隣で執筆した喜びが伝わることを祈っている。そしてこの世に生を享《う》けたばかりの娘のメイベル、いつの日かきみがこの本を誇りに思ってくれることを願う。

最後に、そして何より大切なことだが、すべての感謝と愛を妻のアビーに捧げる。鍵となるプロットや登場人物の造形をともに考案し、本書の最強の支持者、共謀者、そしてミューズの役を務めてくれた。岐路に立つたび、あきらめることが最善に思えるとき、いつも背中を押しつづけてくれた。執筆においても人生においても、これ以上の伴侶を望むことはできない。

訳者あとがき

元CIA分析官ディヴィッド・マクロスキーのデビュー作『弔いのダマスカス（原題：*Damascus Station*）』をお届けする。

舞台は内戦初期のシリア。本書の主人公でCIAの工作担当官《ケースオフィサー》サム・ジョセフは、ある任務を帯びてシリアの首都ダマスカスに入る。その任務とは化学兵器の研究をしているCIAの情報提供者〈コモド〉とサムの友人でもある担当官のヴァルをシリアから脱出させること。〈コモド〉がCIAに情報を渡していたことがシリア当局の知るところになってしまったのだ。ところが約束の場所に〈コモド〉は現れず、サムは当局に拘束されたヴァルを残して帰国を余儀なくされた。

失意のなか帰国したサムは、新たな任務を与えられる。近くパリにシリアの代表団が渡航するため、そこで新たに協力者をスカウトするというものだった。サムは、マリアム・ハッダードという若い女性の政府職員に目をつけ、外交官を装って彼女に近づく。権力の中枢で働くマリアムだったが、彼女には反政府活動に身を投じて逮捕され、大けがを負わされたいとこがいた。サムは巧みにマリアムとの距離を縮め、勧誘に成功する。やがてマリアムは、政府の驚くべき計画に気づき、サムとともに阻止しようと自らの危険を顧みずに行動を起こしていくのだった。

本書のいちばんの読みどころは、CIAで長年分析官を務めた著者ならではの圧倒的なリアリティである。協力者となりそうな人物を見きわめ、しかるべき機会を見つけて近づき、不審を持たれないよう少しずつ関係を深めていく。協力者を獲得するまでの過程や、その後の実際の情報のやりとりの方法など、興味深いディテールが明かされている。偵察衛星や十秒でパソコンの中身をすべてコピーするUSBなど最新技術を駆使した作戦を展開する一方で、市内を移動するのに十時間近くかけて尾行や監視がいないことを確認するなど、ケースオフィサーの超人的な体力と胆力に依存する泥臭い戦術も現役なのが印象的だ。一瞬の判断で自身や協力者の身の安全が左右される、ケースオフィサーのプレッシャーはすさまじいものだろう。ところどころ差し挟まれる、さまざまな場面でCIAを支えている職員たちのリアルな仕事ぶりも面白い。出張には、十三時間以上のフライトでないとエコノミークラスしか使わせてもらえないなど、意外なトリビアも披露されている。

個性豊かな登場人物も本書の魅力のひとつだ。ミネソタ北部の出身で、高校卒業後、製粉工場で働いていたサムは、ポーカーの才能があることに気づいて運試しに出かけたラスベガスでCIAのスカウト《エージェント》に見出されたという変わり種だ。相手の心理を読むことに長け、これまでに数多くの協力者をスカウトしている。一方、サムの協力者となるマリアムは、ダマスカスの名門クリスチャン一族の出身で三か国語を操る優秀な官僚、護身術クラヴマガの達人でもある。特権階級に属するマリアムが敵国アメリカに協力する決意をしたのは、容赦なく市民を弾圧する政府に対し何もできない自分がもどかしかったからだ。マリアムはサムと出会ったことで自らを解放し、良心に従って戦うことを誓う。

このほか、口が悪く、〝死の天使〟〝肛門科医〟の異名に負けない強烈なオーラを放つ身長百五十センチの女性支局長プロクターをはじめ、アメリカとシリアの二重国籍を持ち、三つ子ならでの抜群のチームワークでサムをサポートするカッサーブ三兄弟、仕事熱心な分析官のゼルダなど、わきを固める登場人物も強い印象を残す。

シリアの人々の暮らしや心理も細やかに描かれているのも本書の特徴だ。シリアは人口の八割近くをイスラム教スンニ派が占め、シーア派の一派であるアラウィー派とキリスト教徒がそれぞれ一割ほど（他にドゥルーズ派など）いると言われている。現大統領バッシャールの父親ハーフェズ・アル＝アサドの代から五十年近く政権を握っているアサド家は少数派のアラウィー派に属し、政府や軍の高官にもこの派の出身者が多く登用されているそうだ。こうした複雑な社会のありようを背景に、本書では恐怖政治に支配され、政権の意向に従わざるをえない人々とそれに果敢に挑む人々の姿が鮮やかに浮き彫りにされている。シリアの情報機関〈セキュリティ・オフィス〉の長官アリーや反政府勢力の爆弾製造者アブー・カースィム、反体制派のリーダーとして亡命を余儀なくされているファーティマなど、さまざまなキャラクターに深みと説得力があり、彼らを通してシリアという国の実情を多少なりとも理解し、そこに暮らす人々に思いを馳せることができる。

れている。ダマスコという名で旧約聖書にも登場し、カインが弟アベルを殺したというカシオン山は本書でも重要な地として描かれている。サムが監視を受けながら歩いた〝まっすぐな道〟では、キリスト教徒を迫害していたサウロ（使徒パウロ）が聖アナニアの手当てを受けて改宗したとされている。スパイスの香りが漂う市場（スーク）で、サムとマリアムが一瞬のやりとりをする場面は特に印象的だ。

舞台のダマスカスは四千年の歴史があり、人類がもっとも長く住んでいる街として知られている。

ここでシリア内戦の経緯を簡単に振り返っておきたい。本編でも触れられているとおり、二〇一〇年にチュニジアで起きたジャスミン革命をきっかけに、アラブの国々では大規模な民主化運動が発生した。この動きはアラブの春と呼ばれ、チュニジアやリビアでは独裁的な政権が倒れたものの、シリアではアサド政権が強硬な姿勢を崩さず激しい内戦に突入した。そのうえこの内戦にイスラム国等さまざまな勢力が介入したために六百万人とも言われる大量の難民が発生し、周辺諸国やヨーロッパに押し寄せることになった。その後、政府軍を支援するロシアやイラン、反政府武装勢力の支援にまわったアメリカやトルコとのあいだで代理戦争とも見られる様相に発展し、二〇二一年の時点での民間人の死者数は三十万人にのぼるとされている。内戦発生から十年以上たち、二〇二二年に起きたロシアによるウクライナ侵攻の陰で報道されることは少なくなってしまったが、シリアの現状にも多くの目が向けられてほしいと思う。